BVT

Es ist das Jahr 1954, und der Schatten des Zweiten Weltkriegs liegt noch auf den Einwohnern von San Piedro, einer Insel an der Nordwestküste der USA. Der Fischer Kabuo, japanischer Abstammung, wird wegen Mordes vor Gericht gestellt. Er soll seinen Jugendfreund Carl Heine umgebracht haben. Ishmael Chambers, Redakteur der einzigen Lokalzeitung, versucht das Verbrechen aufzuklären. Die Aufklärung des Mordes wird für ihn zu einer Auseinandersetzung mit dem Rassismus zwischen Amerikanern und Japanern und konfrontiert ihn zugleich mit seiner eigenen Vergangenheit, denn seine Jugendliebe Hatsue ist die Frau des Angeklagten. Langsam und stetig bringt der Roman die vergessene Geschichte einer Fehde zwischen zwei Familien ans Licht.

David Guterson, 1956 in Seattle geboren, war zunächst High-School-Lehrer. Er veröffentlichte den Erzählband *Das Land vor uns, das Land hinter uns* (Berlin Verlag) und schrieb für das *Harper's Magazine*. *Schnee, der auf Zedern fällt* ist sein erster Roman. Er wurde mit dem renommierten PEN/Faulkner Award ausgezeichnet und stand wochenlang auf den Bestsellerlisten. Guterson lebt mit seiner Frau und zwei Kindern auf einer Insel im Nordwesten der USA.

David Guterson

Schnee, der auf Zedern fällt

Roman

Aus dem Amerikanischen
von Christa Krüger

Berliner Taschenbuch Verlag

Für meine Mutter
und meinen Vater,
in Dankbarkeit

Sonderausgabe
Oktober 2003
BvT Berliner Taschenbuch Verlags GmbH,
Berlin
Die Originalausgabe erschien 1994
unter dem Titel
Snow Falling on Cedars
bei Harcourt Brace & Company, Orlando

Umschlaggestaltung: Nina Rothfos und
Patrick Gabler, Hamburg, unter
Verwendung einer Fotografie von
© photonica /Stuart Simons
Gesetzt aus der Palatino durch psb, Berlin
Druck und Bindung: Clausen & Bosse, Leck
Printed in Germany · ISBN 3-8333-0070-1

Als unseres Lebens Mitte ich erklommen,
Befand ich mich in einem dunklen Wald,
Da ich vom rechten Wege abgekommen.

Wie schwer ist's, zu beschreiben die Gestalt
der dichten, wilden, dornigen Waldeshallen,
Die, denk ich dran, erneun der Furcht Gewalt!

Dante
Die Göttliche Komödie

Harmonie ist – wie eine achterliche Brise auf See – die Ausnahme.

Harvey Oxenhorn
Turning the Rig

1

Kabuo Miyamoto saß mit Würde auf der Anklagebank, sehr aufrecht und stolz, seine Handflächen ruhten leicht auf der Tischplatte; er wirkte fast unbeteiligt – soweit ein Mann unbeteiligt sein kann, dem der Prozeß gemacht wird. Manche Zuschauer sagten später, seine Reglosigkeit habe ausgesehen wie Verachtung für das ganze Verfahren; andere meinten, er habe nur seine Angst vor der drohenden Verurteilung überspielt. Jedenfalls verzog Kabuo keine Miene. Er trug ein weißes, bis zum Hals zugeknöpftes Hemd und graue Hosen mit Bügelfalten. Sein Körperbau, besonders in der Gegend von Hals und Schultern, verriet geballte Kraft; seine Haltung ließ auf ein Höchstmaß an Körperbeherrschung schließen. Kabuo hatte ein glattes, eckiges Gesicht; die Haare trug er so kurz geschoren, daß Schädelform und Halsmuskulatur sich deutlich abzeichneten. Als die Anklage verlesen wurde, blickten seine dunklen Augen starr geradeaus, und er schien ganz ungerührt.

Die Zuschauertribüne war bis auf den letzten Platz besetzt, aber der Gerichtssaal hatte nichts von der Karnevalsstimmung, die sonst manchmal bei Mordprozessen auf dem Lande herrschte. Im Gegenteil: die fünfundachtzig Bürger, die hier zusammengekommen waren, wirkten seltsam bedrückt und nachdenklich. Die meisten hatten den Lachsfischer Carl Heine gekannt, der jetzt oben am Indian Knob Hill auf dem lutherischen Friedhof begraben lag und Frau und drei Kinder hinterließ. Die meisten hatten sich sonntäglich streng wie zum Kirchgang gekleidet, und weil sie in der kargen Nüchternheit des Gerichtssaales ein Spiegelbild der Würde ihres Bethauses sahen, waren sie feierlich gestimmt wie in der Kirche.

Dieser Gerichtssaal, in dem Richter Llewellyn Fielding den Vorsitz führte, lag ganz am Ende eines naßkalten, zugigen Flurs im dritten Stock des Island County-Gerichts und war so schäbig und klein, wie Gerichtssäle so sind. Ein Raum von grauer, karger Schlichtheit – eine schmale Tribüne, ein erhöhter Sitz für den Richter, ein Zeugenstand, ein Holzpodium für die Geschworenen und abgenutzte Tische für den Angeklagten und den Staatsanwalt. Die Geschworenen saßen mit angestrengt ausdruckslosen Gesichtern da und mühten sich, Licht ins Dunkel der Sache zu bringen. Die Männer, zwei Gemüsebauern, ein Krabbenfischer im Ruhestand, ein Buchhalter, ein Zimmermann, ein Bootsbauer, ein Kaufmann und ein Decksmann von einem Heilbuttfänger, trugen alle Jackett und Krawatte. Die Frauen hatten ihre Sonntagskleider angezogen; eine von ihnen war Kellnerin gewesen, jetzt im Ruhestand, eine arbeitete als Sekretärin in einer Sägemühle, zwei waren Ehefrauen von Fischern und sehr nervös. Als Ersatzgeschworener fungierte ein Friseur.

Ed Soames, der Gerichtsdiener, hatte auf Richter Fieldings Verlangen die Heizung kräftig unter Dampf gesetzt, und nun ächzten die Heizkörper in den vier Ecken des Raumes hin und wieder. Sie sorgten für eine drückende feuchte Hitze, die aus allen Winkeln säuerlichen Schimmeldunst aufsteigen ließ.

An jenem Morgen schneite es draußen vor den vier hohen, schmalen Bogenfenstern, deren Bleiglas viel bleiches Dezemberlicht durchließ. Ein Wind vom Meer trieb die Flokken gegen die Fensterscheiben, wo sie schmolzen und Rinnsale bildeten. Hinter dem Gerichtsgebäude zog sich die Stadt Amity Harbor bis zur Küstenlinie der Insel hinunter. Auf den vereinzelten Hügeln der Stadt lagen – nur schattenhaft erkennbar – ein paar baufällige, dem Wind ausgesetzte viktorianische Villen, Überbleibsel aus einer längst vergangenen Zeit der Begeisterung für das Leben am Meer. Die dahinterliegenden Hänge waren dicht mit Zedern bewachsen und noch grün. Der Schnee verwischte die klaren Konturen dieser Zedernhügel. Der Seewind trieb die Flocken unaufhaltsam landeinwärts gegen die duftenden Bäume, und Schnee senkte sich leise und unerbittlich auf die obersten Äste.

Der Angeklagte nahm mit halbem Bewußtsein wahr, wie vor den Fenstern der Schnee fiel. Siebenundsiebzig Tage lang war er im Bezirksgefängnis von allem abgeschnitten gewesen – einen Teil des Septembers, den ganzen Oktober und November und die erste Dezemberwoche hatte er dort gesessen. In seiner Zelle im Keller gab es keine Fenster, keine Öffnung, durch die das Herbstlicht zu ihm dringen konnte. Den Herbst hatte er verpaßt – das wurde ihm jetzt klar –, der Herbst war dahin. Aus den Augenwinkeln betrachtete er den fallenden Schnee, und die wirbelnden Flocken, die der Wind wütend gegen die Fenster peitschte, erschienen ihm unendlich schön.

San Piedro war eine Insel von fünftausend klammen Seelen; ihren Namen hatte sie von den Spaniern, die im Jahr 1603, als sie vom Kurs abgekommen waren, vor der Küste Anker warfen. Wie viele Spanier damals waren auch sie auf der Suche nach der Nordwestpassage gewesen, und der Navigator und Kapitän des Schiffes, Martín de Aquilar von der Vizcaíno-Expedition, schickte einen Arbeitstrupp an Land, der aus einer der Hemlocktannen am Ufer einen neuen Mast zimmern sollte. Die Männer wurden beinahe sofort nach ihrer Landung von Sklavenjägern aus Nootka überfallen und umgebracht.

Siedler stellten sich ein, meist waren es Eigenbrötler und

Exzentriker, die vom Oregon Trail abgekommen waren. 1845 wurden ein paar Schweine geschlachtet – von Engländern aus Kanada, die gegen den Grenzverlauf rebellierten –, aber im ganzen blieb die Insel San Piedro danach von Gewaltakten verschont. Die schlimmste Geschichte, die die Lokalzeitung in den letzten zehn Jahren zu berichten gehabt hatte, war die Meldung, daß ein Inselbewohner am 4. Juli 1951 von einem betrunkenen Segler aus Seattle mit einer Flinte angeschossen worden war.

Amity Harbor, der einzige Ort auf der Insel, hatte ein tiefes Hafenbecken und Ankerplätze für eine Flotte von Ringwadenkuttern und Einmann-Fischerbooten mit Kiemennetzen. Ein sonderbares, verregnetes, windschiefes Dorf war das, geduckt und vermodert, die Bretter seiner Holzhäuser ausgebleicht und verwittert, die Dachrinnen zu stumpfem Orangerot verrostet. Die langen abschüssigen Hänge am Ortsrand waren breit hingelagert und trostlos kahl; an fast allen Winterabenden gurgelten Regenbäche in den tief eingeschnittenen Rinnsteinen. Häufig setzte der Seewind die einzige Verkehrsampel in wilde Bewegung; es kam auch vor, daß der Strom dann im ganzen Ort ausfiel, und zwar tagelang. Die Hauptstraße hatte allerhand aufzuweisen: Petersens Lebensmittelgeschäft, ein Postamt, Fisks Eisenwarenhandlung, Larsens Apotheke, einen Billigladen mit Getränkeausschank, dessen Eigentümerin eine Frau in Seattle war, ein Büro des Puget-Elektrizitätswerks, einen Laden für Bootsbedarf, Lottie Opswigs Modewaren, Klaus Hartmanns Immobilienvermittlung, das Café San Piedro, das Restaurant Amity Harbor und eine heruntergekommene Tankstelle, die den Brüdern Togerson gehörte und auch von ihnen betrieben wurde. Am Kai verbreitete eine Fischkonservenfabrik den Geruch von Fischabfällen, und die geteerten Planken der Anlegestelle für die staatliche Fähre lagen mitten zwischen modernden Booten. Regen, der Geist des Ortes, machte unaufhaltsam und leise alles zunichte, was Menschen zustande gebracht hatten. An Winterabenden rauschten endlose Regengüsse auf das Pflaster, und Amity Harbor verschwand hinter Wasserschleiern.

Kennzeichnend für San Piedro war aber auch ein leuchtendes Grün von besonderer Schönheit, das die Einwohner poetisch stimmte. Eindrucksvolle zedernbewachsene, sanftgrüne Hügelketten, soweit das Auge reichte. Die Häuser auf der Insel waren feucht und moosbedeckt, sie lagen weit verstreut in Feldern und Tälern, in denen Luzernen, Futtermais und Erdbeeren wuchsen. Zufällig entstandene Zedernreihen säumten unbefestigte Wege, die sich im Schatten der Bäume an den farndurchsetzten Weiden entlangschlängelten. Kühe grasten in Wolken von hartnäckigen Fliegen und Schwaden von Kuhfladendunst. Hier und da versuchte ein Inselbewohner, auf eigene Faust Zedernstämme zu zersägen, und ließ haufenweise duftendes Sägemehl und Zedernrinde am Straßenrand liegen. An den Stränden glitzerten glatte Steine und Meeresschaum. Die Küsten von San Piedro hatten mindestens zwei Dutzend kleine Buchten und Fjorde, alle voller Segelboote und Ferienhäuser, eine endlose Reihe natürlicher Ankerplätze.

Im Gerichtsgebäude der Stadt hatte man den vier hohen Fenstern gegenüber einen Tisch aufgebaut, um den Zeitungsleuten, die auf die Insel gekommen waren, einen Arbeitsplatz zu verschaffen. Die Reporter von außerhalb – aus Bellingham, Anacortes und Victoria waren je einer gekommen und drei aus Seattle – blieben unberührt von der feierlichen Stimmung, die unter den ehrerbietigen Bürgern auf der Zuschauertribüne herrschte. Sie flegelten sich auf ihren Stühlen, stützten das Kinn in die Hand und steckten vernehmlich flüsternd die Köpfe zusammen. Die Reporter von außerhalb mußten schwitzen, da sie mit dem Rücken dicht vor einem Heizkörper saßen.

Auch Ishmael Chambers von der Lokalzeitung schwitzte. Er war einunddreißig Jahre alt, ein hochgewachsener Mann mit harten Zügen und den Augen eines Kriegsveteranen. Er hatte nur noch einen Arm, der linke war ihm fünfundzwanzig Zentimeter unterhalb des Schultergelenks amputiert worden; deshalb hatte er den Jackenärmel mit einer Sicherheitsnadel hochgesteckt und die Manschette in Ellbogenhöhe befestigt. Ishmael merkte, daß von der Gruppe der stadtfremden Reporter ein beklemmender Hauch herablassender Verachtung für die Insel und deren Bewohner auf der Tribüne ausging. Sie unterhielten sich in einem Fieberdunst aus Schweiß und Hitze, der zur Gleichgültigkeit verführte. Drei von ihnen hatten die Krawatten ein wenig gelockert, zwei andere die Jacken abgelegt. Dies waren abgebrühte, routinierte Reporter, die offenbar zu viel von der Welt gesehen hatten, um sich noch auf die formelle Höflichkeit einzulassen, die San Piedro stillschweigend bei den Leuten vom Festland voraussetzte. Ishmael, der von der Insel stammte, wollte nicht so sein wie sie. Der Angeklagte Kabuo Miyamoto war ihm vertraut, sie waren zusammen zur Schule gegangen, und er brachte es nicht über sich, im Mordprozeß gegen Kabuo die Jacke auszuziehen wie die anderen Reporter. Um zehn vor neun an jenem Morgen hatte Ishmael noch im zweiten Stock des Island County-Courthouse mit der Frau des Angeklagten gesprochen. Sie hatte auf einer Bank im Flur vor dem geschlossenen Büro des Friedensrichters gesessen, mit dem Rücken zum Bogenfenster, und offensichtlich um Fassung gerungen. »Alles in Ordnung, Hatsue?« hatte er zu ihr gesagt, aber sie hatte sich einfach von ihm abgewandt. »Bitte«, hatte er gesagt. »Bitte, Hatsue.«

Dann hatte sie die Augen auf ihn gerichtet. Erst später, lange nach dem Prozeß, sollte Ishmael feststellen, daß die Dunkelheit dieser Augen seine Erinnerung an die Tage des Prozesses beherrschte. Er sollte sich daran erinnern, wie straff ihr Haar zu einem schwarzen Nackenknoten zusammengebunden war. Sie war nicht ausdrücklich abweisend oder voll Haß gewesen, aber ihre Distanziertheit hatte er trotzdem deutlich gespürt. »Geh weg«, hatte sie geflüstert und ihn dann einen Augenblick lang angestarrt. Diesen Blick konnte er nicht deuten: Er wußte auch später nicht, ob sie ihn strafend, traurig oder schmerzerfüllt angesehen hatte. »Geh weg«, sagte Hatsue Miyamoto noch einmal. Dann hatte sie die Augen wieder von ihm abgewendet.

»Sei nicht so«, sagte Ishmael.

»Geh weg«, hatte sie geantwortet.

»Hatsue«, sagte Ishmael, »sei nicht so.«

»Geh weg«, hatte sie noch einmal gesagt.

Jetzt, im Gerichtssaal, stand ihm der Schweiß auf der Stirn; Ishmael schämte sich, daß er bei den Reportern saß, und beschloß, sich nach der Verhandlungspause einen unauffälligen Platz auf der Tribüne zu suchen. Vorläufig saß er dem Fenster gegenüber und sah dem Schneegestöber zu, das die Geräusche auf den Straßen vor dem Gerichtssaal dämpfte. Er hoffte, daß es unaufhörlich weiter schneien würde, bis die Insel jene märchenhafte winterliche Unberührtheit annahm, die so selten und kostbar war und zu seinen liebsten Kindheitserinnerungen gehörte.

2

Der erste Zeuge der Anklage an jenem Tag war der Bezirkssheriff Art Moran. An dem Morgen, an dem Carl Heine starb, machte der Sheriff gerade Inventur in seinem Büro; für diese Mühe, der er sich laut Erlaß der Bezirksverwaltung einmal im Jahr unterziehen mußte, hatte er sich Mrs. Eleanor Dokes zur Hilfe geholt, die neue Gerichtsstenographin (jetzt saß sie züchtig und korrekt in der Nähe des Richters und protokollierte alles in stummer Erbitterung). Er hatte verwunderte Blicke mit Mrs. Dokes gewechselt, als der Hilfssheriff Abel Martinson über das kürzlich angeschaffte Sprechfunkgerät meldete, Carl Heines Boot, die *Susan Marie*, sei gesichtet worden; sie treibe herrenlos in der White Sand Bay.

»Abel sagte, das Netz sei ganz ausgebracht und treibe hinter dem Boot«, erklärte Art Moran. »Das fand ich sofort, na ja, beunruhigend.«

»Die *Susan Marie* machte Fahrt?«

»Das sagte Abel.«

»Und die Lampen waren an? Hat Hilfssheriff Martinson das berichtet?«

»Richtig.«

»Also bei Tageslicht?«

»Abel hat sich um neun Uhr dreißig gemeldet, glaube ich.«

»Korrigieren Sie mich, wenn nötig«, bat Alvin Hooks. »Kiemennetze müssen laut Vorschrift um neun Uhr morgens eingeholt sein – ist das richtig, Sheriff Moran?«

»Genau«, sagte der Sheriff. »Um neun Uhr morgens.«

Der Staatsanwalt drehte sich mit fast militärischem Schwung einmal um sich selbst, die Hände ordentlich auf dem Rücken. »Was haben Sie dann gemacht?« fragte er.

»Ich sagte Abel, er solle sich nicht von der Stelle rühren und bleiben, wo er war. Daß ich ihn mit der Barkasse holen würde, hab ich gesagt.«

»Die Küstenwache haben Sie nicht gerufen?«

»Hab ich überlegt, aber mich dann entschieden, noch zu warten. Wollte erst mal selbst nachsehen.«

Alvin Hooks nickte. »Fiel das in Ihren Zuständigkeitsbereich, Sheriff?«

»Ermessenssache, Mr. Hooks«, sagte Art Moran. »Ich fand es richtig so.«

Der Staatsanwalt nickte noch einmal und sah sich die Geschworenen an. Er wußte die Antwort des Sheriffs zu schätzen; moralisch gesehen ließ sie den Zeugen in günstigem Licht erscheinen: Er hatte sich damit die Autorität eines gewissenhaften Mannes verschafft, die eigentlich durch nichts zu ersetzen war.

»Erzählen Sie doch dem Gericht die ganze Geschichte von Anfang an«, sagte Alvin Hooks. »Was war am Morgen des 16. September?«

Der Sheriff starrte ihn einen Augenblick lang fragend an. Art Moran war von Natur aus ein unsicherer Mensch und wurde schnell nervös, wenn man etwas von ihm wollte, selbst bei nichtigen Anlässen. Zu seinem Beruf war er scheinbar unfreiwillig gekommen, als ob ihm gar keine andere Wahl geblieben sei; er hatte sich nie vorgenommen, Sheriff zu werden, aber auf einmal fand er sich zu seinem eigenen Erstaunen in diesem Amt wieder. Wenn er in seiner gelbgrünen Uniform mit schwarzem Schlips und gewienerten Schuhen auftrat, sah er aus wie eine Fehlbesetzung, wie ein Mann, der sich in seiner Berufskleidung so unwohl fühlte, als trüge er ein Faschingskostüm zur falschen Zeit. Der

Sheriff war mager und unscheinbar und kaute ständig Kaugummi der Sorte Juicy Fruit (während seiner Vernehmung natürlich nicht, hauptsächlich aus Achtung für die amerikanische Rechtsprechung, an die er trotz ihrer Mängel von ganzem Herzen glaubte). Seit er die Fünfzig überschritten hatte, war sein Haar schütter geworden, und sein Körper, der schon immer etwas unterernährt ausgesehen hatte, wirkte jetzt geradezu ausgezehrt.

In der Nacht vor dem Prozeß hatte Art Moran wachgelegen und sich Sorgen um seinen Zeugenauftritt gemacht. Er hatte sich die Reihenfolge der Ereignisse fest eingeprägt – mit geschlossenen Augen, als träumte er sie nur. Am Morgen des 16. September waren er und sein Vertreter Abel Martinson mit der bezirkseigenen Barkasse in die White Sand Bay gefahren. Die stetig auflaufende Flut hatte ungefähr dreieinhalb Stunden zuvor, um sechs Uhr dreißig, eingesetzt. Jetzt, mitten am Vormittag, schien die Sonne aufs Wasser und wärmte ihm angenehm den Rücken. In der Nacht zuvor hatte dichter Nebel, undurchdringlich wie Watte, über Island County gelegen. Später hatte er sich allmählich gehoben, der unbewegliche weiße Dunst löste sich und trieb in dünnen Schwaden übers Meer. Als die Barkasse auf die *Susan Marie* zustampfte, zogen die letzten Reste des Nachtnebels als Dunstfetzen mit und verschwanden in der Sonnenhitze.

Abel Martinson hielt eine Hand am Gashebel der Barkasse, die andere hatte er auf dem Knie; er erzählte Art, ein Fischer aus Port Jensen, Erik Syvertson – Erik Junior –, habe die treibende *Susan Marie* an der Südseite von White Sand Point gesichtet, mit ausgebrachtem Netz und offenbar unbemannt. Es war schon über anderthalb Stunden nach Tagesanbruch, und die Lampen brannten immer noch. Abel war daraufhin nach White Sand Point gefahren, dann mit umgehängtem Fernglas bis zum Ende der Anlegestelle des Ortes gelaufen. Und tatsächlich sah er, wie die *Susan Marie* mit der Flut in nordnordwestlicher Richtung in die Bucht trieb; also verständigte er den Sheriff über Sprechfunk.

Fünfzehn Minuten später lagen sie neben der *Susan Marie,* und Abel drosselte den Motor. Das Wasser in der Bucht war ruhig, deshalb ging das Manöver glatt. Art legte die Fender aus, und sie machten beide ihre Leinen fest, indem sie ein paar Schläge um die Klampen im Vorschiff legten.

»Die Lampen sind alle an«, meldete Art, mit einem Fuß auf der Bordkante der *Susan Marie.* »Jede einzelne, würd ich sagen.«

»Er ist nicht drauf«, antwortete Abel.

»Sieht nicht so aus«, sagte Art.

»Über Bord gegangen«, sagte Abel. »Ich hab so was geahnt.«

Art zuckte zusammen, als er das hörte. »Bloß nicht«, sagte er. »Sag das nicht.«

Er ging nach achtern, fast bis zum Ruderhaus, blieb dann stehen und spähte nach oben auf Saling und Stenge der *Susan Marie.* Die roten und weißen Positionslampen am Mast hatten den ganzen Morgen gebrannt; das Fanglicht und die Lampe am Ende des Netzes schimmerten matt in der Frühsonne. Während Art noch dastand und nachdachte, zog Abel Martinson den Lukendeckel über dem Laderaum hoch und rief ihn.

»Hast du was gefunden?« fragte Art.

»Sieh mal hier«, antwortete Abel.

Zusammen beugten sie sich über die quadratische Öffnung, aus der ihnen Lachsgeruch entgegenwehte. Abel ließ den Lichtkegel seiner Taschenlampe über einen Haufen stummer, starrer Fische gleiten. »Silberlachs«, sagte er, »vielleicht fünfzig Stück.«

»Dann hat er das Netz mindestens einmal eingeholt«, sagte Art.

»Sieht so aus«, antwortete Abel.

Es war schon vorgekommen, daß Männer – auch bei ruhiger See – in leere Laderäume gestürzt waren, sich einen Schädelbruch dabei zugezogen hatten und ohnmächtig liegengeblieben waren. Art hatte von solchen Unfällen gehört. Er sah noch einmal genauer hin.

»Was schätzt du, um wieviel Uhr wird er gestern abend ausgelaufen sein?«

»Schwer zu sagen. Halb fünf? Fünf Uhr?«

»Und wohin war er unterwegs, was meinst du?«

»Wahrscheinlich die North Bank hoch«, sagte Abel. »Oder zum Ship Channel vielleicht. Oder Elliot Head. Da steht der Fisch gern.«

Aber das wußte Art schon. San Piedro lebte vom Lachs, und das Rätsel, wo die Fischschwärme nachts durchzogen, war dauernd Gesprächsgegenstand. Trotzdem half es ihm, das alles laut ausgesprochen zu hören – es half ihm, klarer zu denken.

Die beiden blieben noch einen Augenblick über die Luke gebeugt stehen – gemeinsam unterbrachen sie ihre Arbeit eine kurze Weile. Die aufgehäuften starren Fische beunruhigten Art, ohne daß er so recht sagen konnte, warum, und so musterte er sie wortlos. Dann erhob er sich – mit knackenden Knien – und wandte dem dunklen Laderaum den Rükken zu.

»Schauen wir uns weiter um«, schlug er vor.

»Gut«, sagte Abel. »Kann sein, er ist in seiner Kajüte. Vielleicht hat er irgendwas an den Kopf gekriegt.«

Die *Susan Marie* war knapp zehn Meter lang, ein in San Piedro übliches Boot, mit einem Hecknetz, gut gepflegt. Die Kajüte lag fast mittschiffs, nur knapp achtern. Art duckte sich durch den Eingang am Heck hinein und stand einen Augenblick an Backbord. Mitten auf dem Boden – das sah er als erstes – lag eine umgekippte Blechtasse. Eine wasserdichte Batterie stand rechts vom Steuer. Auf der Steuerbordseite war eine kurze Koje mit einer Wolldecke. Abel leuchtete sie mit der Taschenlampe aus. Die Kajütenlampe über dem Ruder war angeschaltet; durch das Bullauge fiel ein Sonnenstreifen auf die Steuerbordwand. Art war die Szene nicht geheuer; er wurde den Eindruck nicht los, daß alles zu ordentlich aufgeräumt und allzu still war. Über dem Kompaßhaus hing eine eingepackte Wurst an einem Draht von der Decke; sie pendelte leicht hin und her, wenn die *Susan Marie* von einer Welle gehoben wurde. Aber sonst regte sich nichts. Kein Laut war zu hören, nur ab und an ein leises Knacken im Sprechfunkgerät. Art hörte es und fingerte an den Knöpfen, nur weil er nicht wußte, was er sonst tun sollte. Er war ratlos.

»Das gefällt mir nicht«, sagte Abel.

»Sieh dich genau um«, antwortete Art. »Ich hab vergessen – schau mal nach, ob das Dingi an seinem Platz ist.«

Abel Martinson steckte den Kopf durch die Tür. »Es ist da, Art«, sagte er. »Was jetzt?«

Einen Augenblick lang starrten sie einander an. Dann setzte Art sich seufzend auf den Bettrand von Carl Heines kurzer Koje.

»Vielleicht ist er hier irgendwo unter die Planken gekrochen«, meinte Abel. »Vielleicht war was mit der Maschine nicht in Ordnung, Art.«

»Ich sitze hier genau über seiner Maschine«, erklärte Art. »Da ist überhaupt kein Platz zum Rumkriechen.«

»Dann ist er über Bord gegangen«, sagte Abel kopfschüttelnd.

»Sieht so aus«, antwortete der Sheriff.

Sie tauschten einen kurzen Blick, sahen dann wieder weg.

»Vielleicht hat ihn einer mitgenommen«, schlug Abel vor. »Er hat sich verletzt, gefunkt, jemand hat ihn geholt. Das –«

»Die hätten das Boot nicht treiben lassen«, widersprach Art. »Außerdem hätten wir das inzwischen erfahren.«

»Gefällt mir gar nicht«, sagte Abel Martinson noch einmal.

Art schob sich ein neues Kaugummi zwischen die Zähne und wünschte sich, nicht die Verantwortung übernehmen zu müssen. Er mochte Carl Heine, kannte die Angehörigen, ging sonntags mit ihnen zur Kirche. Carl kam aus einer Familie, die auf der Insel alteingesessen war. Sein Großvater stammte aus Bayern, hatte dreißig Morgen erstklassigen Boden im Center Valley mit Erdbeeren bepflanzt. Auch sein Vater hatte Erdbeeren angebaut, bis ihn 1944 der Schlag traf. Dann hatte Carls Mutter Etta die gesamten dreißig Morgen Land an die Jurgensen-Familie verkauft, als ihr Sohn im Krieg war. Hart arbeitende, schweigsame Leute waren die Heines, bei den meisten in San Piedro beliebt. Art wußte noch, daß Carl als Bordschütze auf der U.S.S. Canton gedient hatte, die während der Okinawa-Invasion gesunken war. Er hatte den Krieg überlebt – nicht allen jungen Männern der Insel war das gelungen –, und zu Hause erwartete ihn ein Leben als Fischer. Er fing Lachse mit dem Kiemennetz.

Auf See hatten Carls blonde Haare sich rötlichgelb verfärbt. Er wog einhundertsieben Kilo, wovon ein guter Teil in Schulter- und Brustpartie saß. Im Winter trug er beim Fischen eine Wollmütze, die seine Frau ihm gestrickt hatte, und die abgetragene Uniformjacke eines Infanteristen. In die Taverne San Piedro ging er nie, nicht einmal zum Kaffeetrinken in das Café. Sonntags saß er morgens mit Frau und Kindern auf einer Hinterbank der lutherischen First Hill Kirche und blinzelte gelassen in das schwache Licht im Altarraum, ein aufgeschlagenes Gesangbuch in seinen großen schweren Händen. Am Sonntagnachmittag hockte er auf dem Achterdeck seines Bootes und brachte sein Netz in Ordnung, entwirrte es geduldig und methodisch und besserte schadhafte Stellen aus. Er arbeitete immer allein. Er war höflich, aber nicht freundlich. Wie alle Fischer in San Piedro lief er überall und immer in Gummistiefeln herum. Auch die Familie seiner Frau wohnte schon lange auf der Insel, wie Art wußte – die Varigs, Wiesenbauern und Schindelmacher mit ein paar Morgen gerodetem Land am Cattle Point, und ihr Vater war vor nicht allzulanger Zeit gestorben. Carl hatte das Boot nach seiner Frau genannt und 1948 westlich von Amity Harbor ein großes Holzhaus gebaut, mit einer Einliegerwohnung für seine Mutter. Aber Etta wollte nicht bei ihm einziehen – aus Stolz, sagte man. Sie war eine kräftige, ernste Frau, sprach mit leichtem deutschem Akzent und wohnte in der Stadt, über Lottie Opsvigs Modegeschäft in der Main Street. Ihr Sohn klingelte dort jeden Sonntagnachmittag an der Tür und holte sie zum Abendessen ab. Art hatte die beiden beobachtet, wie sie langsam zusammen zum Old Hill hinaufstapften, Etta mit einem Schirm gegen den Winterregen, mit der freien Hand den Kragen ihres Wintermantels aus rauhem Stoff zusammenhaltend, Carl die Wollmütze fast bis über die Augen gezogen und die Hände in den Jackentaschen vergraben. Alles in allem war Carl Heine ein guter Mann, davon war Art überzeugt. Er war zwar wortkarg und verschlossen wie seine Mutter, aber das hatte wohl auch mit dem Krieg zu tun. Carl lachte selten, trotzdem wirkte er auf Art weder unglücklich noch unzufrieden. Sein Tod wäre ein harter Schlag für San Piedro; viele lebten hier vom Fischfang, und keiner würde verstehen wollen, was dieser Tod bedeutete. Die Angst vor dem Meer, die sie nie ganz los wurden, die immer unter der Oberfläche des Inselalltags lauerte, würde wieder in ihnen aufsteigen.

Das Boot dümpelte, und Abel Martinson, der in der Kajütentür lehnte, sagte: »Komm, Art, wir holen das Netz ein.«

»Müssen wir wohl«, seufzte Art. »Also los, fangen wir an. Aber vorsichtig, Schritt für Schritt.«

»Dahinten hat er eine Starthilfe. Der Motor ist bestimmt mindestens sechs Stunden nicht mehr gelaufen. Und die Lampen haben die ganze Zeit an der Batterie gehangen. Gib ihm kräftig Saft, Art.«

Art nickte und drehte den Schlüssel neben dem Steuerrad. Der Motor sprang sofort an; die Maschine stotterte kurz und drehte sich dann rasselnd im Leerlauf; sie ratterte unter den Planken wie wild. Art schob den Choke langsam zurück.

»Okay«, sagte er, »zufrieden?«

»Da hab ich mich wohl geirrt«, sagte Abel Martinson. »Klingt ganz gesund.«

Sie gingen wieder hinaus, Art voran. Die *Susan Marie* hatte stark abgedreht, stand mit dem Bug zur Dünung und neigte sich einen Moment nach Steuerbord. Unter dem Antrieb der Maschine stampfte sie rauh, und Art, der gerade über das Achterdeck ging, kam ins Stolpern, griff haltsuchend in die Wanten und riß sich dabei den Daumenballen auf, während Abel Martinson ihn beobachtete. Art rappelte sich auf, stemmte einen Fuß gegen das Steuerbordschanzkleid, um sein Gleichgewicht zu halten, und sah übers Wasser.

Inzwischen lag die gesamte Bucht im hellen Morgenlicht und schimmerte silbrig. Kein Boot war in Sicht; nur ein einziges Kanu glitt parallel zur baumbewachsenen Küstenlinie übers Wasser; es war etwa eine Viertelmeile entfernt; Kinder in Schwimmwesten bewegten die blitzenden Paddel. Die sind unschuldig, dachte Art.

»Gut, daß sie sich gedreht hat«, sagte er zu seinem Hilfssheriff. »Es wird dauern, bis wir das Netz eingeholt haben.«

»Sag Bescheid, wenn du soweit bist«, antwortete Abel.

Einen Augenblick lang überlegte Art, ob er seinem Hilfssheriff nicht einiges erklären müßte. Abel Martinson war vierundzwanzig Jahre alt und Sohn eines Maurers aus Anacortes. Er hatte noch nie erlebt, wie ein Mann im Netz aus dem Wasser geholt wurde; Art hatte das schon zweimal mitangesehen. Es passierte Fischern gelegentlich – sie verfingen sich mit einer Hand oder einem Ärmel im Netz und gingen auch bei ruhigem Wasser über Bord. Das gehörte dazu, so war es eben beim Fischen, und als Sheriff wußte er das. Er wußte, was es hieß, das Netz einzuholen, und daß Abel Martinson es nicht wußte, war ihm auch klar.

Jetzt stellte er den Fuß auf das Pedal der Netzwinde und sah zu Abel hinüber. »Stell dich an die Winde«, sagte er leise. »Ich hole das Netz ganz langsam hoch. Du mußt vielleicht was einsammeln, also halt dich bereit.«

Abel Martinson nickte.

Art trat mit seinem ganzen Gewicht auf das Pedal. Das Netz flatterte einen Augenblick, bis es sich spannte; dann wickelte die Winde es langsam gegen den Wasserwiderstand auf. Die Maschine heulte auf und arbeitete dann leiser. Die Männer standen links und rechts neben der Netztrommel, Art mit einem Fuß auf dem Pedal; Abel Martinson starrte auf die Maschen des Netzes, das langsam auf die Trommel zutrieb. Zehn Meter weiter draußen tanzten die Korken auf einer Spur von aufgewirbeltem Wasser. Sie trieben immer noch mit der Flut in nordnordwestlicher Richtung, aber die Brise von Süden war gerade so weit umgesprungen, daß das Boot leicht nach Backbord gedrückt wurde.

Sie hatten zwei Dutzend Lachse aus dem Netz geholt, außerdem drei Stöcke, zwei Hundshaie, Seetang in dicken Strähnen und Quallen, die sich in den Maschen verfangen hatten, da tauchte Carl Heines Gesicht auf. Einen Moment lang hielt Art dieses Gesicht für eine Sinnestäuschung, wie sie Menschen auf See manchmal unterläuft – vielleicht hoffte er verzweifelt, es wäre nur eine Sinnestäuschung –, aber als dann das Netz weiter eingeholt wurde, kam auch Carls bärtige Kehle hoch, und das Gesicht war vollständig. Carls Gesicht, in Sonnenlicht getaucht, das Wasser aus Carls Haaren floß in silbernen Rinnsalen ins Meer; es war jetzt ganz eindeutig Carls Gesicht mit offenem Mund – und Art drückte das Pedal weiter nach unten. Carl kam hoch, er hing mit der linken Schnalle seiner Ölzeughose in dem Kiemennetz, mit dem er seinen Lebensunterhalt bestritten hatte. Sein T-Shirt klebte ihm an Brust und Schultern, wo es nicht von Luftblasen aufgebläht war. Er hing schwer in den Maschen, die Beine im Wasser, ein Lachs zappelte neben ihm im Netz. Die höchsten Wellen reichten ihm gerade bis zum Schlüsselbein; seine Haut hatte eine seltsam kalte, leuchtendrosa Farbe. Er sah aus wie vom Seewasser verbrüht.

Abel Martinson würgte. Er beugte sich über die Reling und erbrach sich, räusperte sich und spuckte wieder, diesmal heftiger.

»Ist ja gut, Abel«, sagte Art. »Reiß dich zusammen.«

Der Hilfssheriff anwortete nicht. Er wischte sich den Mund mit einem Taschentuch ab, atmete schwer und spie ein halbdutzendmal ins Meer. Dann ließ er den Kopf sinken und schlug mit der Faust gegen das Schanzkleid. »Mein Gott«, sagte er.

»Ich hol ihn langsam hoch«, gab Art zurück. »Halt du seinen Kopf vom Heckspiegel ab, Abel. Reiß dich zusammen. Halt ihm den Kopf weg.«

Aber dann mußten sie die Bleileine hochzerren und Carl ganz in das Netz hineinziehen, bis er darin lag wie in einer Hängematte. So holten sie ihn aus dem Wasser hoch, Abel paßte an der Netzwinde auf, und Art bediente vorsichtig das Pedal; er spähte über das Heck, ein Juicy Fruit zwischen den Zähnen. Sie trugen Carl zusammen aufs Achterdeck. Im kalten Meerwasser war er schnell starr geworden; der rechte Fuß war über dem linken verschränkt, und die Arme hielten die Schultern umklammert, die Finger waren gekrümmt. Der Mund stand offen. Auch die Augen waren offen, aber so weit nach hinten verdreht, daß man die Pupillen nicht mehr sah. Die Äderchen im Augenweiß waren geplatzt, und aus dem Schädel blickten nun zwei rote Kugeln.

Abel Martinson starrte Carls Leiche an.

Art merkte, daß auch er selbst nicht die mindeste Professionalität aufbringen konnte. Er stand einfach da, ganz genauso wie sein vierundzwanzigjähriger Hilfssheriff, und dachte, was man in einer solchen Situation denkt: daß kein Mensch dem Tod entrinnt. Das Schweigen mußte gebrochen werden, und Art spürte den Druck der Verpflichtung, sich so zu verhalten, daß sein Hilfssheriff von ihm lernen konnte. Aber ihm fiel nichts ein, und so standen sie nur da und sahen schweigend auf Carl hinunter.

»Er hat sich den Kopf angeschlagen«, flüsterte Abel Martinson und zeigte auf eine Wunde, die Art nicht bemerkt hatte, weil sie von Carls blondem Haar verdeckt war. »Muß gegen 'ne Kante geschlagen sein, als er über Bord ging.«

Es war nicht zu übersehen: Carl hatte einen Schädelbruch genau über dem linken Ohr. An der Bruchstelle war der Knochen eingedrückt. Art Moran wandte sich ab.

3

Nels Gudmundsson, der Anwalt, der Kabuo Miyamotos Verteidigung übernommen hatte, erhob sich langsam und bedächtig mit greisenhaft unsicheren Bewegungen, hustete und räusperte sich, um die Kehle von Schleim zu befreien, schob die Daumen hinter die Hosenträger, wo sie mit winzigen schwarzen Knöpfen am Hosenbund befestigt waren, und begann mit dem Kreuzverhör. Nels war neunundsiebzig und auf dem linken Auge fast blind, konnte damit nur noch Licht und Schatten unterscheiden. Wie um diese Schwäche wettzumachen, schien das rechte Auge geradezu übernatürlich wachsam, fast hellseherisch, und während er über den Boden schlurfte und sich humpelnd auf Art Moran zu bewegte, blitzten Lichtfunken in diesem Auge.

»Sheriff«, sagte er. »Guten Morgen.«

»Guten Morgen«, gab Art zurück.

»Ich habe noch ein paar Fragen, nur um mich zu vergewissern, daß ich Sie richtig verstanden habe«, sagte Nels. »Sie sagten, die Lichter auf diesem Boot, der *Susan Marie*, brannten alle? Habe ich Sie richtig verstanden?«

»Ja«, sagte der Sheriff, »das stimmt.«

»Auch in der Kajüte?«

»Ja, richtig.«

»Die Positionslampen?«

»Ja.«

»Die Fanglichter? Die Lichter fürs Netz. Alle?«

»Ja, so ist es«, sagte Art.

»Danke«, sagte Nels. »So habe ich Sie auch verstanden. Daß alle brannten, alle Lampen, sagten Sie.«

Er hielt inne und schien einen Augenblick lang seine Hände zu mustern, die voller Leberflecken waren und manchmal zitterten: Nels litt an fortgeschrittener Neurasthenie. Das deutlichste Symptom war eine Hitzewelle, die manchmal in den Enden der Stirnnerven aufflammte, bis die Arterien in seinen Schläfen sichtbar pulsierten.

»Sie sagten, in der Nacht des 15. September war Nebel?« fragte Nels. » Haben Sie das gesagt, Sheriff?«

»Ja.«

»Dichter Nebel?«

»Genau so.«

»Erinnern Sie sich daran?«

»Ja, ich erinnere mich. Ich habe darüber nachgedacht. Weil ich nämlich um zehn Uhr auf meine Veranda hinausging. Eine Woche lang war kein Nebel gewesen. Und nun konnte ich kaum zwanzig Meter weit sehen.«

»Um zehn Uhr?«

»Ja.«

»Und dann?«

»Dann ging ich schlafen, glaube ich.«

»Sie gingen schlafen. Wann sind Sie wieder aufgestanden, Sheriff? Wissen Sie das noch? Am Sechzehnten?«

»Um fünf bin ich aufgestanden. Um fünf Uhr morgens.«

»Das wissen Sie genau?«

»Ich stehe immer um fünf auf. Jeden Morgen. Am Sechzehnten auch, wie immer.«

»Und war noch Nebel?«

»Ja, es war noch neblig.«

»So dicker Nebel wie um zehn Uhr am Abend davor?«

»Fast so, würde ich sagen. Fast. Aber nicht ganz so dick.«

»Es war also morgens noch immer neblig.«

»Ja. Bis neun oder so. Dann kam langsam die Sonne durch

– als wir mit der Barkasse losfuhren, hatte sich der Nebel ziemlich aufgelöst, wenn Sie darauf hinauswollen.«

»Bis neun«, faßte Nels Gudmundsson zusammen. »So ungefähr? Neun?«

»Das ist richtig«, bestätigte Art.

Nels Gudmundsson reckte das Kinn, rückte seine Fliege zurecht und nahm prüfend die Hautfalten an seinem Hals zwischen zwei Finger – das tat er aus Gewohnheit, wenn er über etwas nachdachte.

»Die Maschine sprang sofort an, da draußen auf der *Susan Marie*, Sheriff? Keine Probleme beim Starten?«

»Auf der Stelle«, sagte Art. »Überhaupt kein Problem.«

»Obwohl alle diese Lampen an der Batterie hingen? Waren die Batterien immer noch nicht leer?«

»Muß wohl so gewesen sein. Sie sprang sofort an.«

»Fanden Sie das nicht merkwürdig, Sheriff? Können Sie sich daran erinnern? Haben Sie sich nicht gewundert, daß die Batterie, die all die Lampen versorgen mußte, noch genug Energie für die Maschine hatte, wie Sie sagen?«

»Hab ich in dem Moment nicht überlegt«, sagte Art. »Also – nein ist die Antwort – ich habe mich nicht gewundert, jedenfalls damals nicht.«

»Und kommt es Ihnen jetzt merkwürdig vor?«

»Etwas schon«, antwortete der Sheriff. »Ja.«

»Warum?« fragte Nels nach.

»Weil die Lampen viel Strom verbrauchen. Ich denk mir, sie machen eine Batterie schnell leer – genau wie im Auto. Man muß sich schon wundern. Ja.«

»Man muß sich wundern«, sagte Nels Gudmundsson und fing wieder an, seinen Kehlkopf zu massieren und an der welken Haut zu zupfen.

Nels arbeitete sich zum Tisch mit den Beweisstücken vor, suchte einen Aktenordner heraus und brachte ihn Art Moran. »Ihr Ermittlungsbericht«, sagte er, »wurde gerade eben, als Mr. Hooks Sie befragt hat, vom Gericht als Beweismaterial zugelassen. Ist das Ihr Bericht, Sheriff?«

»Ja, das stimmt.«

»Würden Sie bitte die Seite sieben darin aufschlagen?«

Der Sheriff blätterte in dem Bericht.

»Steht auf der Seite sieben ein Verzeichnis der Gegenstände, die sich an Bord von Carl Heines *Susan Marie* befanden?«

»Ja, das stimmt.«

»Würden Sie dem Gericht vorlesen, was unter Nummer 27 verzeichnet steht?«

»Selbstverständlich«, sagte Art Moran. »Nummer 27. Eine Ersatzbatterie D-8, mit sechs Zellen.«

»Eine Ersatzbatterie D-8, mit sechs Zellen«, sagte Nels. »Danke. Eine D-8, mit sechs Zellen. Würden Sie zur Listennummer 42 gehen und dem Gericht auch vorlesen, was unter dieser Nummer aufgeführt ist?«

»Nummer 42«, wiederholte Art Moran. »D-8 und D-6 Batterien im Batterieschacht. Beide mit sechs Zellen.«

»Eine Sechser und eine Achter?« fragte Nels.

»Ja.«

»Ich habe unten im Laden für Bootsbedarf was ausgemessen«, sagte Nels. »Eine D-6 ist knapp drei Zentimeter breiter als eine D-8. Sie würde nicht in den Batterieschacht der *Susan Marie* passen. Sie wäre drei Zentimeter zu breit dafür.«

»Er hatte ihn notdürftig passend gemacht«, erklärte Art. »Der Flansch war an einer Seite zurückgebogen, um Platz für eine D-6 zu schaffen.«

»Er hat den Flansch an einer Seite weggebogen?«

»Ja.«

»Das konnten Sie sehen?«

»Ja.«

»Einen Metallflansch, der weggebogen war?«

»Ja.«

»Aus weichem Metall?«

»Na ja. Weich genug. Es war weggebogen, um Platz für eine D-6 zu schaffen.«

»Für eine D-6«, wiederholte Nels. »Aber haben Sie nicht gesagt, daß die Ersatzbatterie eine D-8 war, Sheriff? Dann hatte Carl Heine doch eine D-8 zur Verfügung, die ohne das Ausbeulen oder Umbiegen in den Schacht gepaßt hätte, oder nicht?«

»Die Ersatzbatterie war leer«, sagte Art Moran. »Wir haben sie geprüft, als wir das Boot im Hafen hatten. Die hatte keinen Saft mehr, Mr. Gudmundsson. War vollkommen leer.«

»Die Ersatzbatterie war leer«, wiederholte Nels. »Ich fasse zusammen: Sie fanden im Boot des Verstorbenen eine leere Ersatzbatterie D-8, eine funktionierende D-8 unten im Batterieschacht und daneben eine funktionierende D-6, die an sich zu groß für den vorhandenen Platz war, weshalb jemand daran herumbasteln mußte? Einen Flansch aus weichem Metall bearbeiten?«

»Alles richtig«, sagte der Sheriff.

»So weit, so gut«, sagte Nels Gudmundsson. »Würden Sie jetzt bitte die Seite 27 in Ihrem Bericht aufschlagen? Ihre Liste der Gegenstände im Boot des Angeklagten? Und dem Gericht den Gegenstand Nummer 24 auf Ihrer Liste vorlesen?«

Art Moran blätterte die Seiten um. »Gegenstand Nummer 24«, sagte er nach einer Weile. »Zwei D-6 Batterien im Batterieschacht. Beide mit sechs Zellen.«

»Zwei D-Sechser in Kabuo Miyamotos Boot«, sagte Nels. »Und haben Sie auch eine Ersatzbatterie an Bord gefunden, Sheriff?«

»Nein, haben wir nicht. In der Liste steht keine.«

»Der Angeklagte hatte keine Ersatzbatterie an Bord seines Bootes? Er ist ohne Ersatzbatterie zum Fischen hinausgefahren?«

»Ja, anscheinend.«

»Also gut«, sagte Nels. »Zwei D-Sechser im Batterieschacht und keine Ersatzbatterie zu sehen. Sagen Sie, Sheriff: Die D-Sechser im Boot des Angeklagten. War das dieselbe Sorte wie die im Batterieschacht des Verstorbenen? Dasselbe Format? Dasselbe Fabrikat?«

»Ja«, antwortete der Sheriff. »Alles D-Sechser. Die gleiche Batterie.«

»Dann könnte also die D-6 im Boot des Verstorbenen – theoretisch, da sie ja genau die gleiche war – eine perfekte Ersatzbatterie für den Angeklagten abgegeben haben?«

»Ich denke schon.«

»Aber, wie Sie sagen, hatte der Angeklagte gar keine Ersatzbatterie an Bord. Ist das richtig?«

»Ja.«

»Gut, Sheriff«, sagte Nels. »Das ist zu diesem Punkt alles. Jetzt möchte ich Sie noch etwas anderes fragen, wenn Sie gestatten. Sagen Sie: Hatten Sie Schwierigkeiten, als Sie den Verstorbenen herausholten? Als Sie ihn in seinem Netz aus dem Wasser hievten?«

»Ja«, sagte Art Moran. »Ich meine damit, er war sehr schwer. Und sein Unterkörper – die Beine und die Füße – wollte immer aus dem Netz rutschen. Er hing an einer Schnalle seines Ölzeugs. Und wir hatten Angst, er würde uns ganz aus dem Netz fallen, wenn wir versuchten, ihn aus dem Wasser zu ziehen; falls die Schnalle oder das Ölzeug drumherum nicht hielten, wäre er aus dem Netz gekippt, und dann hätten wir ihn verloren. Die Beine hingen im Wasser, verstehen Sie, die waren nicht ganz im Netz.«

»Und können Sie uns erklären, was Sie und Hilfssheriff Martinson machten, um das zu verhindern?«

»Na ja, wir zogen das Netz um ihn herum ein bißchen zusammen. Und wir zogen an der Bleileine. Wir machten eine Art Wiege aus dem Netz, fingen die Beine damit ein. Dann zogen wir ihn hoch.«

»Sie hatten also einige Mühe«, sagte Nels.

»Ein bißchen, ja.«

»Er kam nicht ganz glatt herauf?«

»Zuerst nicht, nein. Wir mußten am Netz rucken und zerren. Aber als wir ihn dann ganz drin hatten und die Maschen ihn festhielten, ging es ziemlich leicht, kann man sagen.«

»Sheriff«, sagte Nels Gudmundsson, »das Rucken am Netz und die Schwerarbeit, die Sie jetzt schildern, könnten die dazu geführt haben, daß der Verstorbene sich den Kopf am Heckspiegel aufschlug, als Sie ihn einholten? Oder an der Heckkante, oder an der Netztrommel? Könnte das sein?«

»Ich glaube nicht«, sagte Art Moran. »Das hätte ich gesehen.«

»Sie glauben nicht«, wiederholte Nels Gudmundsson. »Und als Sie ihn aus dem Netz herauszogen? Oder als Sie ihn an Deck legten? Er war groß und schwer, sagten Sie, einhundertsieben Kilo, und steif war er auch, wie Sie uns erklärt haben. War er schwer zu bewegen, Sheriff?«

»Schwer war er, das kann man wohl sagen. Aber wir waren zu zweit und sind ganz vorsichtig mit ihm umgegangen. Wir sind nirgendwo drangestoßen.«

»Sind Sie sich da ganz sicher?«

»Ich kann mich nicht erinnern, daß wir irgendwo mit ihm drangestoßen wären, nein, Mr. Gudmundsson. Wir waren vorsichtig, das hab ich schon gesagt.«

»Aber Sie können sich nicht erinnern«, sagte Nels. »Oder, anders gesagt, sind Sie sich in irgendeinem Punkt nicht ganz sicher, wie sich alles abgespielt hat? Denken Sie an das Manövrieren mit dieser sperrigen, schweren Leiche, an die Motorwinde zum Einholen des Netzes, mit deren Bedienung Sie sich ja kaum auskannten, an das mühsame Geschäft, einen einhundertsieben Kilo schweren Ertrunkenen ins Boot zu hieven – wäre es möglich, Sheriff Moran, daß der Verstorbene sich den Kopf irgendwann nach seinem Tod angeschlagen hat? Ist das möglich?«

»Ja«, sagte Art Moran. »Möglich wohl – aber nicht wahrscheinlich.«

Nels Gudmundsson wandte sich den Geschworenen zu. »Keine weiteren Fragen«, sagte er. Und trat langsam und mit einer Schwerfälligkeit, die ihm peinlich war – denn als junger Mann war er behende und sportlich gewesen, hatte sich geschmeidig auf dem Parkett der Gerichtssäle bewegt und immer das Gefühl gehabt, bei seinen Auftritten wegen seines Äußeren bewundert zu werden –, den Rückweg zu seinem Platz am Tisch des Angeklagten an, wo Kabuo Miyamoto saß und ihn beobachtete.

4

An jenem ersten Tag des Verfahrens unterbrach Richter Lew Fielding die Verhandlung um zehn Uhr fünfundvierzig. Er drehte sich zum Fenster, betrachtete den lautlos fallenden Schnee, rieb sich die ergrauten Brauen und die Nasenspitze, erhob sich dann, fuhr sich mit der Hand durchs Haar, raffte seine schwarze Robe und schlurfte ins Dienstzimmer.

Der Angeklagte Kabuo Miyamoto neigte sich nach rechts und nickte kaum wahrnehmbar, als Nels Gudmundsson ihm etwas ins Ohr sagte. Gegenüber, durch den Gang von ihnen getrennt, saß Alvin Hooks, stützte das Kinn in die Hand und trommelte mit der Hacke seines Schuhs gegen den Boden, ungeduldig, aber nicht unzufrieden. Auf der Zuschauertribüne standen die Zuschauer gähnend auf, wanderten dann hinaus in die weniger dumpfe Luft des Treppenhauses oder starrten mit ernster Miene aus dem Fenster und sahen zu, wie der Schnee ihnen in Böen entgegenwirbelte, bevor er gegen die bleigefaßten Scheiben trieb. In dem schwachen Dezemberlicht, das die hohen Fenster durchließen, wirkten die Gesichter ruhig, fast ehrfürchtig. Wer mit dem Auto in die Stadt gekommen war, sah der Rückfahrt mit Sorge entgegen.

Ed Soames führte die Geschworenen zu einem Wasserspender, wo sie lauwarmes Wasser aus kegelförmigen Pappbechern trinken konnten, und zeigte ihnen die Toiletten. Dann kam er wieder, taperte herum wie ein Kirchendiener und drehte die Heizkörper niedriger. Trotzdem war der

Gerichtssaal immer noch überheizt; die Hitze stand in dem geschlossenen Raum und konnte sich nicht verteilen. Der Dampf kondensierte an den oberen Fensterscheiben, so daß sie beschlugen und das ohnehin schwache Morgenlicht zusätzlich trübten. Der Gerichtssaal bekam dadurch etwas Beklemmendes.

Ishmael Chambers fand einen Platz auf der Tribüne, setzte sich und klopfte mit dem Radiergummi seines Bleistifts an die Unterlippe. Daß Carl Heine tot war, hatte er, wie andere auf San Piedro auch, am Nachmittag des 16. September erfahren, an dem Tag, als man die Leiche fand. Er hatte den Pfarrer Gordon Groves von der Lutherischen Gemeinde in Amity Harbor angerufen und sich nach dem Thema der Sonntagspredigt erkundigt, um in der Rubrik »In den Kirchen auf unserer Insel«, die in der *San Piedro Review* einmal wöchentlich in der Spalte neben dem Fahrplan der Anacortes-Fähre zu lesen war, darauf eingehen zu können. Der Pfarrer selbst war nicht zu Hause, aber seine Frau Lillian erzählte Ishmael, daß Carl Heine ertrunken sei und daß man ihn in seinem eigenen Netz gefunden habe.

Ishmael Chambers glaubte ihr nicht: Lillian Groves war eine Klatschbase. Er konnte das nicht glauben, und als er aufgelegt hatte, brütete er vor sich hin. Dann, immer noch zweifelnd, rief er im Büro des Sheriffs an und fragte Eleanor Dokes, der er allerdings auch nicht ganz traute: Ja, sagte sie, Carl Heine sei ertrunken. Er war zum Fischen hinausgefahren, ja. Man hatte ihn in seinem Netz gefunden. Der Sheriff? Im Moment nicht da. Sie nehme an, er sei beim Coroner, um den Todesfall zu melden.

Ishmael telephonierte sofort mit Horace Whaley, dem Coroner. Es stimmt, sagte Horace, das müssen Sie schon glauben. Carl Heine ist tot. Schreckliche Geschichte, was? Der Mann habe immerhin Okinawa überlebt. Carl Heine, es sei unfaßbar. Er habe sich den Kopf an irgendwas aufgeschlagen.

Den Sheriff? sagte Horace. Den haben Sie gerade verpaßt. Beide, ihn und Abel. Im Augenblick gegangen. Wollten zum Hafen, sagten sie.

Ishmael Chambers legte den Hörer auf und stützte die Stirn in die Hand. Er dachte an die Schulzeit zurück; so lange kannte er Carl Heine. Sie hatten beide '42 ihr Abschlußexamen gemacht. Sie waren zusammen in der Footballmannschaft gewesen. Er erinnerte sich an die gemeinsame Fahrt mit dem Mannschaftsbus zum Spiel gegen Bellingham. Im Herbst '41 war das gewesen. Sie waren schon für das Match angezogen, die Helme hatten sie auf dem Schoß, das Handtuch um den Hals gehängt. Er wußte noch, wie Carl auf dem Platz neben ihm ausgesehen hatte, mit dem Handtuch um seinen dicken deutschen Hals, den Blick aus dem Fenster auf die vorbeiziehenden Felder gerichtet. Es war dämmerig, die kurze Spanne des Zwielichtes im November, und Carl sah zu, wie Schneegänse auf den tiefliegenden überfluteten Weizenfeldern landeten; er reckte den Hals, das kantige Kinn war energisch und schon mit blonden Bartstoppeln bedeckt wie bei einem Mann. »Chambers«, hatte er gesagt, »schau mal, die Gänse.«

Ishmael steckte ein Notizbuch ein und ging hinaus auf die Hill Street, ohne das Büro der *Review* hinter sich abzuschließen. Die drei Räume hatten einmal einen Buch- und Zeitschriftenladen beherbergt und standen noch voller Regale. Die Buchhandlung hatte zu wenig Kundschaft gehabt, weil sie ungünstig lag, ganz oben an einer steilen Straße: Hill Street schreckte die Touristen ab. Ishmael war das nur recht. Im Prinzip hatte er nichts gegen die Feriengäste aus Seattle, die den ganzen Sommer lang nach San Piedro kamen – die meisten Inselbewohner mochten sie nicht, weil sie Städter waren –, aber andererseits sah er sie nicht übermäßig gern die Main Street auf und ab flanieren. Touristen erinnerten ihn daran, daß sie von anderswo herkamen; beim Anblick der Fremden fragte sich Ishmael, ob ein Leben in San Piedro wirklich das war, was er wollte.

So zwiespältig war er nicht immer gewesen. Einmal hatte er gewußt, was er von seiner Heimat hielt. Nach dem Krieg, dreiundzwanzig Jahre alt und einarmig, war er ohne Bedauern aus San Piedro weggegangen, um in Seattle zu studieren. Er hatte in einem Studentenwohnheim an der Brooklyn Avenue gewohnt und zuerst Geschichte studiert. In dieser Zeit war er nicht gerade glücklich gewesen, aber anderen Kriegsheimkehrern ging es genauso. Er konnte seinen leeren hochgesteckten Ärmel keinen Augenblick vergessen; daß andere Mühe damit hatten, machte ihm Mühe. Da sie nicht darüber hinwegsehen konnten, dachte auch er ständig daran. Gelegentlich ging er in Kneipen in der Nähe des Campus und versuchte, sich so unbeschwert und gesellig wie ein junger Student aufzuführen. Aber hinterher kam er sich immer albern vor. Biertrinken und Poolbillard waren nichts für ihn. Er fühlte sich eher zu Hause in einer Nische mit hoher Trennwand, ganz hinten in Day's Restaurant am University Way, wo er Kaffee trinken und seine Geschichtsbücher lesen konnte.

Im Wintersemester beschäftigte sich Ishmael mit amerikanischer Literatur. Melville, Hawthorne, Twain. In seinem Zynismus rechnete er damit, daß *Moby Dick* ihn unerträglich langweilen würde – fünfhundert Seiten lang Jagd auf einen Wal? –, aber das Buch erwies sich als spannend. Er las den ganzen Wälzer an zehn Abenden hintereinander in seiner Nische im Day's. Über den Wal dachte er schon in einem frühen Stadium der Lektüre nach. Beim Lesen des ersten Satzes stieß er darauf, daß der Erzähler seinen Namen trug: Ishmael. Ishmael war in Ordnung, aber Ahab konnte er nicht achten, und das verleidete ihm schließlich das Buch.

Huckleberry Finn hatte er als Kind gelesen, aber das meiste vergessen. Er erinnerte sich nur, daß es damals komischer war – alles war komischer gewesen –, aber die Geschichte war ihm entfallen. Andere Leute redeten liebevoll und kenntnisreich von Büchern, die sie Jahrzehnte zuvor gelesen hatten. Ishmael hatte den Verdacht, daß sie nur so taten als ob. Manchmal fragte er sich, was wohl aus den Büchern geworden war, die er vor vielen Jahren gelesen hatte – ob sie noch irgendwo in seinem Gedächtnis gespeichert lagen? James Fenimore Cooper, Sir Walter Scott, Dickens, William Dean Howells. Er konnte sich nicht vorstellen, daß sie noch in seinem Kopf waren. Er wußte jedenfalls nichts mehr von ihnen.

Den *Scharlachroten Buchstaben* las er an sechs Abenden durch. Als er fast fertig war, machte das Day's zu. Der Koch kam durch die Schwingtür und sagte ihm, daß es Zeit zu gehen sei. Da war Ishmael auf der letzten Seite angekommen; den letzten Satz las er draußen vor der Tür auf dem Bürgersteig: »Auf schwarzem Wappenfeld der Buchstabe A in Rot.« Was sollte das heißen? Auch die erklärende Fußnote half ihm nicht weiter; er konnte nur raten. Leute hasteten an ihm vorbei, und er stand mit seinem offenen Buch grübelnd im Oktoberwind. Dieses Ende der Geschichte von Hester Prynne bekümmerte ihn; das hatte die Frau wirklich nicht verdient.

Alles was recht war, dachte Ishmael, Bücher waren eine gute Sache, aber mehr auch nicht – sie brachten ihm kein Essen auf den Tisch. Und so entschied sich Ishmael für den Journalismus.

Arthur, sein Vater, war in Ishmaels Alter Holzfäller gewesen. Er hatte viereinhalb Jahre für die Port Jefferson Mill Company gearbeitet; zu dieser Zeit hatte er einen Schnauzbart und wadenhohe wasserdichte Stiefel, ausgefranste Hosenträger und lange wollene Unterhosen getragen. Ishmaels Großvater war ein Highland-Presbyterianer gewesen, seine Großmutter eine strenggläubige Irin aus den Mooren über

Lough Ree; sie hatten sich fünf Jahre vor der großen Feuersbrunst in Seattle kennengelernt, geheiratet und sechs Söhne großgezogen. Nur Arthur, der jüngste, blieb am Puget Sound. Zwei seiner Brüder wurden Berufssoldaten, der dritte starb am Panamakanal an Malaria, der vierte wurde Landvermesser in Burma und Indien, und der letzte ging an die Ostküste und ließ nichts mehr von sich hören.

Die *San Piedro Review*, eine vier Seiten starke Wochenzeitung, hatte Arthur gegründet, als er Anfang zwanzig war. Von seinen Ersparnissen kaufte er eine Druckerpresse, eine billige Boxkamera und mietete ein feuchtes Büro mit niedriger Decke im Hinterhof einer Fischfabrik an. Die erste Ausgabe der *Review* trug die Schlagzeile: FREISPRUCH FÜR GILL. Schulter an Schulter mit Reportern vom *Star*, von der *Times*, *Evening Post*, *Daily Call* und *Seattle Union Record* hatte Arthur den Prozeß gegen den Bürgermeister von Seattle, Hiram Gill, verfolgt, der in einen Alkoholskandal verwickelt war. Er schrieb auch einen langen Artikel über George Vandeveer, den Scharlatan, der die Wobbly-Partei in den Verfahren nach dem Everett-Massaker vertrat. Ein anderer Leitartikel plädierte für Ruhe und Disziplin, als Wilson den Krieg erklärte; ein weiterer befaßte sich rühmend mit der Erweiterung des Fährverkehrs zur Leeseite der Insel. Des weiteren wurde eine Sitzung des Rhododendron-Vereins angezeigt, ein Volkstanzabend in der Farmvereinigung und die Geburt eines Sohnes, Ignatius, in der Familie Horatio March aus Cattle Point. Alles gedruckt in der Centurion Fettdruck – 1917 war das schon eine altmodische Type – mit feinen senkrechten Strichen zwischen den sieben Kolumnen und Untertiteln im Hochdruck mit halbfetten Serifen.

Bald danach wurde Arthur eingezogen und diente in der Armee von General Pershing. Er kämpfte bei Saint Mihiel und Belleau Wood und kam dann wieder zu seiner Zeitung zurück. Er heiratete eine Frau aus Seattle, eine geborene Illini. Sie war weizenblond und feingliedrig und hatte traurige Augen. Ihr Vater, Eigentümer eines Geschäftes für Herrenausstattung in der First Avenue von Seattle und Immobilienspekulant, lehnte Arthur ab: Er sei ein Holzfäller, der sich als Reporter aufspiele, ein Mann ohne Aussichten und seiner Tochter nicht würdig. Trotzdem heirateten die beiden und richteten sich darauf ein, eine Familie zu gründen und Kinder aufzuziehen. Aber sie bekamen nur eines – mit Mühe; ein zweites starb bei der Geburt. Sie bauten ein Haus am South Beach mit Aussicht aufs Meer und legten einen Weg zum Strand an. Arthur entwickelte sich zu einem ausgezeichneten Gemüsegärtner, zu einem unermüdlichen Beobachter des Inselleben und nach und nach zum Kleinstadtjournalisten im wahrsten Sinne des Wortes: Er erkannte, daß seine Zeitung ihm die Gelegenheit bot, durch Worte Einfluß zu nehmen, bekannt zu werden und Dienste zu leisten. Jahrelang machte er keine Ferien. Am Heiligen Abend, bei Wahlen und am 4. Juli druckte er Extra-Ausgaben.

Ishmael erinnerte sich gut, wie er jeden Dienstag abend mit seinem Vater die Druckerpresse bediente. Arthur hatte sie am Fußboden festgeschraubt; sie stand in einer alten Bootswerft in der Andreason Street in einem verfallenen Schuppen, der nach Druckerschwärze und dem Ammoniak in der Setzmaschine roch. Die Presse war eine gewaltige lindgrüne Maschine mit Walzen und Förderbändern in gußeisernen Gehäusen. Sie kam so schwerfällig in Gang wie eine Lokomotive aus dem neunzehnten Jahrhundert und quietschte und ächzte ununterbrochen. Ishmael hatte die Aufgabe, die Druckmesser und Wasserzufuhr einzustellen und Papier nachzulegen. Arthur, der im Lauf der Zeit zu einer symbiotischen Beziehung mit der Maschine gekommen war, beugte sich über sie und inspizierte die Platten und Druckwalzen. Er stand nur Zentimeter entfernt von den klappernden Walzen und dachte offensichtlich überhaupt nicht an das, was er seinem Sohn immer wieder warnend erzählt hatte: Wer mit einem Ärmel zwischen die Walzen geriet, würde sofort wie ein Luftballon zerplatzen und gegen die Wände spritzen. Nicht einmal die Knochen würden übrigbleiben – auch das malte Arthur warnend aus –, die würden sich zwischen schmutzigem Zeitungspapier als weiße Konfettistreifen auf dem Fußboden wiederfinden.

Eine Abordnung der Handelskammer hatte versucht, Arthur zur Kandidatur für das Parlament des Staates Washington zu überreden. Sie kamen in Mänteln und karierten Schals ins Haus, rochen nach Pomade und Rasierseife und ließen sich auf einen Schluck Brombeerlikör nieder, wonach Arthur den Herren aus Amity Harbor erklärte, er werde nicht kandidieren, er hege keine Illusionen, er drechsle lieber Sätze und beschneide seine Maulbeerhecken. Die Ärmel seines gestreiften Oxfordhemdes hatte er bis zum Ellbogen hochgekrempelt, so daß man die Haare auf seinen Unterarmen sah; sein Rücken war ein einziger langer, harter Muskelstrang, über dem sich die Hosenträger spannten. Die Brille, ein Drahtgestell mit runden Gläsern, die wie Vollmonde schimmerten, saß ihm etwas zu weit unten auf der Nase und stand leicht vor, wodurch sie auf freundliche Art von seiner kräftig ausgeprägten Kieferpartie ablenkte. Sein Nasenbein war krumm – im Winter 1915 hatte ihn beim Holzfällen ein abgesprungenes Tau erwischt und ihm die Nase gebrochen. Er ließ sich nicht umstimmen, das war seinen Worten und seinem energisch vorgeschobenen Kiefer, dem aufwärtsstrebenden Kinn, anzumerken. Die Herren aus Amity Harbor kamen gegen soviel Entschlossenheit nicht an. Unbefriedigt verabschiedeten sie sich.

Arthurs Berufsethos war ausgeprägt und unerschütterlich, und so war er mit den Jahren zunehmend bedachtsamer in Worten und Werken geworden und nahm es geradezu pedantisch genau mit der Wahrheit – selbst bei ganz belanglosen Reportagen. Moralische Gewissenhaftigkeit bedeutete ihm alles, das wußte sein Sohn, und auch wenn Ishmael ihm gern nachgeeifert hätte, stand ihm doch der Krieg – die Tatsache, daß er einen Arm verloren hatte –, im Weg. An dem Arm trug er schwer: Die Formulierung war ein makabrer Witz, den er sich selbst erzählte, eine leise Zweideutigkeit. Viel Wärme brachte er nicht mehr auf, weder für Menschen noch für Dinge. Lieber wäre er anders gewesen, aber was half es, er war eben so. Sein Zynismus – der typische Kriegsheimkehrerzynismus – verstörte ihn ständig.

Es kam ihm so vor, als habe sich die Welt nach dem Krieg von Grund auf verändert. Warum das so war, warum alles verdreht und verrückt schien, konnte er niemandem erklären. Aber alle Welt kam ihm unglaublich töricht vor. Menschen waren für ihn nur belebte Gefäße voller Gallert, Fasern und Flüssigkeiten. Er hatte die bloßliegenden Innereien in aufgerissenen Leibern von Toten gesehen. Er wußte auch, wie Hirn aussieht, wenn es aus einem offenen Schädel quillt. Verglichen damit schien ihm vieles im normalen Leben beunruhigend lächerlich. Er merkte, daß ihn harmlose Fremde ärgerten. Wenn ihn ein Mitstudent in einem seiner Seminare ansprach, antwortete er gehemmt und abweisend. Er wußte nie, ob seine Gesprächspartner unbefangen genug auf den amputierten Arm reagierten, um zu sagen, was sie wirklich dachten. Er spürte, daß sie ihm unbedingt ihre Sympathie kundtun wollten, und das irritierte ihn erst recht. Der Armstumpf war ohnehin schon schlimm genug, ekelerregend, dessen war Ishmael sich sicher. Hätte er die anderen abstoßen wollen, hätte er nur im kurzärmeligen Hemd, das den narbigen Stumpf nicht verhüllte, ins Seminar kommen müssen. Das tat er aber nie. Abstoßen wollte er eigentlich niemanden. Wie auch immer, so sah die Welt für ihn aus: Ungefähr alle menschlichen Aktivitäten – seine eigenen nicht ausgenommen – waren völlig unsinnig, und seine Anwesenheit auf der Welt machte andere nervös. Gegen diese unglückselige Sichtweise kam er nicht an, und wenn er es noch so sehr gewollt hätte. Sie gehörte zu ihm, und er litt dumpf darunter.

Später, als er nicht mehr ganz so jung war und wieder zu Hause auf San Piedro lebte, schwächte sich diese Bitterkeit allmählich ab. Er lernte, zu jedermann freundlich zu sein – eine gekünstelte und letzten Endes trügerische Fassade. Nun kam zum Zynismus eines Kriegsversehrten noch die zynische Haltung hinzu, die sich mit dem Älterwerden unausweichlich einstellte, und der professionelle Zynismus des Journalisten. Nach und nach verstand Ishmael sich als einen illusionslosen einarmigen Mann mit hochgestecktem Ärmel, der über dreißig und unverheiratet war. So schlimm war das alles nun auch wieder nicht, und er war nicht mehr so verstört wie damals in Seattle. Aber diese Touristen machten ihm trotzdem zu schaffen, dachte er bei sich, als er die Hill Street hinunter zum Hafen ging. Den ganzen Sommer lang musterten sie seinen leeren Ärmel mit den überraschten und befremdeten Blicken, die seine Nachbarn auf der Insel sich längst abgewöhnt hatten. Und wenn sie ihm begegneten, Eis schleckend und mit frischgewaschenen Gesichtern, kochte in ihm der alte gallebittere, unwillkommene Ärger wieder hoch. Das Seltsame war, daß er alle Menschen gern haben wollte. Er wußte nur nicht wie.

Seine Mutter, die sechsundfünfzig war und allein in dem alten Haus der Familie am Südende der Insel wohnte – es war das Haus, in dem Ishmael aufgewachsen war –, hatte ihm nach seiner Rückkehr aus der Großstadt klargemacht, daß sein Zynismus zwar verständlich, aber doch sehr unvorteilhaft für ihn sei. Seinem Vater sei dieser Zynismus auch eigen gewesen, sagte sie, und ihm habe er auch nicht gut getan.

»Er hat die Menschheit von ganzem Herzen geliebt, aber jeden einzelnen Menschen hat er sich vom Leibe gehalten«, hatte sie Ishmael gesagt. »Du bist genauso, weißt du das? Du bist ganz der Sohn deines Vaters.«

Art Moran stand mit einem Fuß auf einen Poller gestützt und redete mit einem halben Dutzend Fischern, als Ishmael Chambers nachmittags bei den Piers von Amity Harbor ankam. Sie hatten sich vor Carl Heines Boot zusammengefunden, das zwischen der *Erik J* und der *Tordenskold* lag – die eine war ein Seitentrawler und gehörte Marty Johansson, die andere ein Ringwadenkutter aus Anacortes. Als Ishmael auf sie zuging, frischte der Südwind auf, und die Leinen der Kutter knarrten – *Advancer, Providence, Ocean Mist, Torvanger*, alle hatten Kiemennetze, wie auf San Piedro üblich. Die *Mystery Maid*, ein Heilbutt- und Dorschfänger, war nach einem Sturm ziemlich mitgenommen und wurde nun überholt. Die Außenplanken an Steuerbord waren abgenommen, ihre Maschine ausgebaut, und Kurbelwelle und Kolben lagen offen da. Neben ihrem Bug lagen auf der Pier ein Rohrstück, zwei rostige Dieselölfässer, ein paar zerbrochene Scheiben und die leere Hülle einer Schiffsbatterie, auf der leere Farbdosen gestapelt waren. Unterhalb der Stelle, wo Teppichreste als Fender an der Kaimauer befestigt waren, zog sich ein Ölfilm über das Wasser.

Heute waren viele Möwen da. Normalerweise suchten sie rund um die Lachskonservenfabrik nach Futter, aber jetzt saßen sie auf den Zugschwimmern von Schleppnetzen und auf Bojen, ohne eine Feder zu rühren, wie aus Ton gemacht, oder sie schaukelten auf den Wellen, flogen gelegentlich auf, ließen sich vom Wind tragen und wandten die Köpfe hin und her. Manchmal ließen sie sich auf unbemannten Booten nieder und suchten verzweifelt nach Essensresten auf dem Deck. Die Fischer schossen gelegentlich mit Schrot auf sie, aber meistens ließ man die Möwen im Hafen in Ruhe; ihr weißgrauer Kot befleckte alles.

Vor der *Susan Marie* saßen Dale Middleton und Leonard George in Monteuranzügen auf einer hingelegten Öltonne. Jan Sorensen lehnte an einem hölzernen Müllbehälter; Marty Johansson stand breitbeinig da, die Arme über der nackten Brust verschränkt, das T-Shirt in die Hose gestopft. Neben dem Sheriff stand William Gjovaag mit einer Zigarre zwischen den Fingern. Abel Martinson saß auf dem Bugrand der *Susan Marie,* ließ die Beine über dem Wasser baumeln und hörte der Unterhaltung der Fischer zu.

Die Fischer von San Piedro fuhren – jedenfalls damals – bei Anbruch der Dunkelheit aufs Meer hinaus. Die meisten fischten mit Kiemennetzen, Männer, die einsame Plätze suchten und ihre Netze in den Strömungen auslegten, mit denen die Lachse schwammen. Die Netze hingen wie Vorhänge im dunklen Wasser, und die nichtsahnenden Lachse verfingen sich darin.

Ein Lachsfischer brachte die Nachtstunden schweigend zu, ließ sich von den Wellen schaukeln und wartete stundenlang geduldig. Darauf mußte er eingestellt sein, sonst waren seine Erfolgsaussichten zweifelhaft. Manchmal bewegte sich der Schwarm der Lachse durch so enge Gewässer, daß die Männer in Sichtweite voneinander fischen mußten; dann lag Streit in der Luft. Der Mann, dem ein anderer das Netz vor die Nase gelegt und den Fang abgejagt hatte, fuhr dann schon einmal hinterher, und wenn er auf gleicher Höhe mit dem Eindringling war, schwang er drohend das Gaff, den Fischhaken, und überschüttete ihn mit einer Flut von Schimpfwörtern. Gelegentlich gab es wilde Wortgefechte auf dem Wasser, aber viel häufiger war man die ganze Nacht allein und hatte nicht mal jemanden zum Streiten. Manch einer versuchte dieses einsame Leben, gab es dann aber wieder auf und reihte sich in die Mannschaft eines Ringwadenkutters oder Heilbuttfängers ein. Mit der Zeit wurde Anacortes, eine Stadt auf dem Festland, Heimathafen der großen Kutter, die mit vier oder mehr Leuten bemannt waren, und in Amity Harbor hatten die Einmannboote der Kiemennetzfischer ihren Platz. San Piedro war stolz darauf, daß die Inselfischer den Mut hatten, auch bei rauher See allein auf Fang zu gehen. Allmählich kamen die Männer von der Insel zu der moralischen Überzeugung, daß alleine zu fischen die beste Art des Fischens sei, besser als jede andere, so daß die Söhne von Fischern nachts davon träumten, sie führen auf ihren einsamen Booten hinaus und zögen große Lachse aus dem Meer, mit denen sie Eindruck auf andere Männer machen würden.

So kam es, daß der schweigsam arbeitende, auf sich selbst gestellte Lachsfischer auf San Piedro zum Inbegriff des guten Mannes wurde. Einer, der zu gesellig war, zu viel redete und zu sehr auf das Zusammensein, die Unterhaltung und das Lachen mit anderen angewiesen war, besaß nicht, was das Leben verlangte. Nur soweit er im Kampf mit der See Sieger blieb, konnte ein Mann seinen Platz in der Welt behaupten.

Die Männer von San Piedro lernten das Schweigen. Aber bei seltenen Gelegenheiten, und dann mit großer Erleichterung, unterhielten sie sich im Morgengrauen am Hafen. Zu der Zeit waren die Fischer zwar müde und immer noch beschäftigt, aber sie riefen einander von Deck zu Deck zu, was in der Nacht passiert war, und sprachen von Dingen, die nur sie verstehen konnten. Die Nähe, die Vertrautheit anderer Stimmen, die ihren Mythen Glaubwürdigkeit verliehen, machten die Fischer zugänglich, wenn sie nach einer Nacht auf dem Meer zu ihren Frauen zurückkehrten. Sie waren Einzelgänger, geprägt von ihrer Landschaft, Inselleute, die dann und wann merkten, daß sie gerne sprechen wollten, aber nicht sprechen konnten.

Ishmael Chambers, der nun auf die vor der *Susan Marie* versammelte Gruppe zuging, war sich sehr bewußt, daß er nicht zur Bruderschaft der Fischer gehörte, daß er den Männern sogar verdächtig war, weil er sein Geld mit Worten verdiente. Andererseits hatte er aber den Vorteil des sichtbar Kriegsversehrten und aller Veteranen, deren Kriegsjahre für Nichteingeweihte immer ein Geheimnis bleiben. Die Lachsfischer wußten ihn deshalb zu schätzen; es glich ihr Mißtrauen gegen den Wortemacher aus, der den ganzen Tag an seiner Schreibmaschine saß.

Sie nickten ihm zu und rückten etwas zusammen, um ihm Platz in ihrem Kreis zu machen. »Hat sich wohl rumgesprochen, was los ist«, sagte der Sheriff. »Sie wissen wahrscheinlich mehr als ich.«

»Ich kann's nicht glauben«, antwortete Ishmael.

William Gjovaag steckte sich die Zigarre zwischen die Zähne. »Kommt vor«, knurrte er. »Du gehst fischen, dann passiert's.«

»Na ja, schon«, sagte Marty Johansson. »Aber mein Gott.« Er schüttelte den Kopf und wippte im Stehen hin und her.

Der Sheriff nahm den linken Fuß vom Poller, zog sich die Hose in der Taille hoch und stellte den rechten Fuß ab, stützte dann den Ellbogen aufs Knie.

»Waren Sie bei Susan Marie?« fragte Ishmael.

»Ja, war ich«, sagte Art. »Mann.«

»Drei Kinder«, sagte Ishmael. »Was wird sie jetzt machen?«

»Weiß ich nicht«, sagte der Sheriff.

»Hat sie was gesagt?«

»Kein Wort.«

»Was soll sie denn sagen?« warf William Gjovaag ein. »Was kann sie schon sagen? Gott im Himmel.«

Ishmael hörte Gjovaags Verachtung für den Journalismus heraus. Er war ein sonnenverbrannter, dickbäuchiger, tätowierter Lachsfischer mit den wässerigen Augen des Gintrinkers. Seine Frau hatte ihn vor fünf Jahren verlassen; William lebte auf seinem Boot.

»Entschuldigung, Gjovaag«, sagte Ishmael.

»Entschuldigen mußt du dich nicht«, gab Gjovaag zurück. »Bist sowieso 'n Scheißkerl, Chambers.«

Alle lachten. Es war eigentlich ganz freundlich gemeint, das verstand Ishmael.

»Wissen Sie, was passiert ist?« fragte er den Sheriff.

»Das versuch ich eben zu klären«, sagte Art Moran. »Genau darüber reden wir hier.«

»Art will wissen, wo wir alle zum Fischen waren«, erklärte Marty Johansson. »Er –«

»Muß nicht wissen, wo alle waren«, unterbrach ihn Sheriff Moran. »Ich versuch nur herauszubringen, wo Carl letzte Nacht war. Wo er gefischt hat. Wer ihn zufällig gesehen oder als letzter mit ihm geredet hat. Solche Sachen, Marty.«

»Ich hab ihn gesehen«, sagte Dale Middleton. »Wir sind zusammen aus der Bucht gelaufen.«

»Du willst sagen, du bist hinter ihm hergefahren«, sagte Marty Johansson. »Wetten, daß du ihm nachgefahren bist?«

Junge Fischer wie Dale Middleton saßen jeden Tag gern und lange im Café von San Piedro oder im Amity-Harbor-Restaurant und spitzten die Ohren. Sie wollten wissen, wo die Fische zogen, was die anderen Männer in der Nacht zuvor gefangen und wo genau sie fündig geworden waren. Wer so erfahren und erfolgreich war wie Carl Heine, ignorierte die Jungen natürlich. Das führte dazu, daß er damit rechnen konnte, auf dem Weg zu seinen Fischgründen verfolgt zu werden: Wenn ein Mann nichts sagen wollte, fuhr man ihm eben nach. In nebligen Nächten mußten die Verfolger dicht aufschließen und verloren ihn trotzdem leicht ganz aus den Augen. In diesem Fall schalteten sie ihre Sprechfunkgeräte ein und nahmen Kontakt mit verschiedenen Kollegen auf, die ihrerseits Kontakt suchten: Stimmen von Glücklosen, die aufgefangen wurden von ähnlich Pechverfolgten in der Hoffnung auf ein Zipfelchen Information. Die nach dem Ethos von San Piedro geachtetsten Männer fuhren nie einem anderen nach und verzichteten auf Sprechfunkkontakt. Gelegentlich kamen andere Boote in die Nähe, sahen, wessen Boot es war und drehten sofort ab, weil sie wußten, daß weder eine Unterhaltung noch genaue Informationen über den Zug der Fische, die sie suchten, zu erwarten waren. Manche Männer sagten weiter, was sie wußten, andere nicht. Carl Heine gehörte zur zweiten Kategorie.

»Also gut, ich bin hinter ihm hergefahren«, sagte Dale Middleton. »Der Kerl hatte in letzter Zeit 'ne Menge Fisch.«

»Wann war das?« fragte der Sheriff.

»Sechs Uhr dreißig ungefähr.«

»Haben Sie ihn danach noch gesehen?«

»Ja. Draußen an der Ship Channel Bank. Mit vielen anderen. Warteten auf Silberlachs.«

»Letzte Nacht war Nebel«, sagte Ishmael Chambers. »Sie müssen dicht neben ihm gefischt haben.«

»Nein«, sagte Dale. »Ich hab nur gesehen, wie er das Netz ausbrachte. Vor dem Nebel. Vielleicht sieben Uhr dreißig? Acht Uhr?«

»Ich hab ihn auch gesehen«, sagte Leonard George. »Da hatte er das Netz draußen. An der Sandbank. Er war an der Arbeit.«

»Wann war das?« fragte der Sheriff.

»Früh«, sagte Leonard. »Acht Uhr.«

»Danach hat ihn keiner mehr gesehen? Niemand nach acht?«

»Ich bin gegen zehn wieder abgehauen«, erklärte Leonard George. »Da war nichts zu machen, keine Fische. Ich bin rauf nach Elliot Head, ganz langsam. War Nebel. Ich hatte das Nebelhorn an.«

»Ich auch«, sagte Dale Middleton. »Alle sind bald abgezogen. Sind dann zu Marty gefahren und haben ihm den Fisch weggefangen.« Er grinste. »Die Nacht hat sich gelohnt.«

»Ist Carl nach Elliot Head gekommen?«

»Hab ihn nicht gesehen«, sagte Leonard. »Aber das heißt gar nichts. Wie gesagt, Suppe.«

»Der hat sich nicht bewegt, wetten«, warf Marty Johansson ein. »Denk ich mir nur so, aber Carl hat sich nie viel bewegt. Der hat sich entschieden und ist dann geblieben, wo er war. Wahrscheinlich hat er auch Fische aus dem Ship Channel rausgeholt. Bei Elliot Head hab ich ihn nicht gesehen, nein.«

»Ich auch nicht«, sagte Dale Middleton.

»Aber am Ship Channel haben Sie ihn gesehen«, sagte der Sheriff. »Wer war sonst noch da? Erinnern Sie sich?«

»Wer sonst noch?« fragte Dale. »Zwei Dutzend Boote mindestens, wenn nicht mehr, aber wer das war, weiß der Himmel.«

»Suppe«, sagte Leonard George. »Richtig dicker Nebel. Man konnte nichts sehen da draußen.«

»Welche Boote?« fragte der Sheriff.

»Na ja«, sagte Leonard. »Warte mal. Ich habe die *Kasilof* gesehen, die *Islander, Mogul, Eclipse* – jetzt red ich von denen draußen am Ship Channel –«

»Die *Antarctic*«, sagte Dale Middleton. »Die war auch draußen.«

»Die *Antarctic*, stimmt«, sagte Leonard.

»Und über Funk? Haben Sie da noch jemanden gehört? Den Sie nicht gesehen haben?«

»Vance Cope«, sagte Leonard. »Kennen Sie Vance? Die *Providence*? Mit dem hab ich kurz geredet.«

»Und wie du mit dem geredet hast«, sagte Marty Johansson. »Ich hab euch zwei gehört, über die ganze Strecke zum Head. Meine Güte, Leonard –«

»Sonst noch jemand?« sagte der Sheriff.

»Die *Wolf Chief*«, antwortete Dale. »Ich hab Jim Ferry und Hardwell gehört. Die *Bergen* war draußen am Ship Channel.«

»War das jetzt alles?«

»Ich glaub«, sagte Leonard. »Ja.«

»Die *Mogul*? Wessen Boot ist das?«

»Moultons«, antwortete Marty Johansson. »Die hat er letztes Frühjahr von den Laneys gekauft.«

»Und die *Islander*? Wem gehört die?«

»Die *Islander*, das ist Miyamoto«, sagte Dale Middleton. »Das ist doch richtig? Der mittlere?«

»Der älteste«, erklärte Chambers. »Kabuo – das ist der älteste. Der mittlere ist Kenji. Der arbeitet in der Konservenfabrik.«

»Die sehen doch alle gleich aus«, sagte Dale. »Die Kerle kann man nicht auseinanderhalten.«

»Japse«, sagte William Gjovaag. Er warf seinen Zigarrenstummel ins Wasser neben der *Susan Marie*.

»Gut, hört mal«, sagte Art Moran. »Wenn ihr Hardwell oder Cope oder Moulton oder sonst jemanden seht, sagt ihnen, sie sollen mal zu mir kommen. Ich möchte wissen, ob irgend jemand von ihnen letzte Nacht mit Carl gesprochen hat – von allen will ich das wissen –, habt ihr verstanden? Aber auch wirklich von allen.«

»Der Sheriff klingt ja verdammt scharf«, sagte Gjovaag. »Ist das denn nicht bloß ein Unfall?«

»Doch, natürlich«, sagte Art Moran. »Aber ein Mann ist tot, William. Da muß ich einen Bericht schreiben.«

»Ein guter Mann«, sagte Jan Sorensen mit leichtem dänischem Akzent. »Guter Fischer.« Er schüttelte den Kopf.

Der Sheriff stellte den Fuß wieder auf den Boden und prüfte sorgfältig, ob das Hemd richtig in der Hose steckte. »Abel«, sagte er, »kümmerst du dich um die Barkasse?

Komm doch zu mir ins Büro, wenn du sie versorgt hast. Ich geh schon mal mit Chambers voraus. Wir haben was zu bereden.«

Aber damit ließ er sich Zeit. Erst als sie den Hafen hinter sich gelassen hatten und in die Harbor Street einbogen, redete Art nicht mehr über dies und das, sondern kam zur Sache. »Sehen Sie«, sagte er. »Ich weiß, was Sie denken. Sie wollen schreiben: Sheriff Moran hat den Verdacht, daß an der Sache was faul ist, und ermittelt. Hab ich recht?«

»Ich weiß nicht, was ich schreiben soll«, sagte Ishmael Chambers. »Ich weiß noch gar nichts. Ich hatte gehofft, Sie würden mir auf die Sprünge helfen.«

»Klar, ich helf Ihnen auf die Sprünge«, sagte Art Moran. »Aber erst müssen Sie mir was versprechen. Sie sagen kein Wort von einer Ermittlung, in Ordnung? Falls Sie mich zitieren wollen, dann sage ich folgendes: Carl Heine ist verunglückt und ertrunken, oder so ähnlich, das überlasse ich Ihnen, aber kein Wort von Ermittlungen. Es gibt nämlich keine.«

»Wollen Sie, daß ich lüge? Soll ich mir irgendwas ausdenken?«

»Ganz im Vertrauen? Zugegeben, wir ermitteln. Irgendwas stimmt da nicht, da ist was komisch, nur Kleinigkeiten, die nicht zusammenpassen – wir haben jetzt noch keinen Anhaltspunkt. Könnte Mord sein, könnte Totschlag sein, könnte ein Unfall sein – alles ist möglich. Wir wissen es einfach noch nicht. Aber wenn Sie das jetzt auf die erste Seite der *Review* setzen und jeder es lesen kann, werden wir die Sache nie klären.«

»Und die Männer, mit denen Sie gerade geredet haben, Art? Wissen Sie, was die jetzt machen? William Gjovaag wird jedem, der es hören will, erzählen, daß Sie herumschnüffeln, weil Sie einen Killer suchen.«

»Das ist was anderes«, sagte Art Moran nachdrücklich.

»Das ist ein Gerücht, oder? Und solche Gerüchte gibt es hier immer, auch wenn ich überhaupt nichts ermittle. In diesem Fall möchten wir es dem Killer überlassen – wenn es einen gibt –, ob er sich selbst sagt, daß er nur Gerüchte hört. Wir lassen die Gerüchte für uns arbeiten, die sollen ihn unruhig machen. Und außerdem muß ich sowieso Fragen stellen. Da hab ich kaum eine Wahl, oder? Wenn Leute spekulieren wollen, worauf ich hinaus will, dann ist das ihre Sache. Ich kann's nicht ändern. Aber auf keinen Fall wird die Zeitung von mir die Ankündigung einer polizeilichen Ermittlung hören.«

»Klingt, als ob Sie meinen, daß der große Unbekannte hier mitten unter uns auf der Insel lebt. Ist das der Grund –«

»Hören Sie«, sagte Art Moran zögernd, »für die *San Piedro Review* gibt es keinen ›großen Unbekannten‹. Das muß zwischen uns klar sein.«

»Ist mir klar«, sagte Ishmael. »Also gut, ich werde schreiben, daß es nach Ihrer Auskunft ein Unfall war. Und Sie halten mich auf dem laufenden, wenn sich was Neues ergibt.«

»Abgemacht«, sagte Art. »Die Abmachung gilt. Wenn ich was herausfinde, werden Sie es als erster erfahren. Okay? Haben Sie jetzt, was Sie wollten?«

»Noch nicht«, sagte Ishmael. »Die Geschichte muß ich erst noch schreiben. Würden Sie jetzt mir ein paar Fragen zu diesem *Unfall* beantworten?«

»So wird ein Schuh draus«, sagte Art Moran. »Schießen Sie los. Fragen Sie.«

5

Nach dem Ende der Vormittagspause legte Horace Whaley, der Coroner von Island County, im Gerichtssaal seinen Eid auf die Bibel ab. Er sprach mit leiser Stimme, schob sich scheu in den Zeugenstand, umklammerte die Armstützen aus Eichenholz und blinzelte hinter seiner Nickelbrille hervor in die Richtung von Alvin Hooks. Horace war fast fünfzig Jahre alt und von Natur aus sehr zurückhaltend; auf der linken Stirnseite hatte er ein portweinfarbenes Muttermal, das er oft geistesabwesend betastete. Er war makellos gepflegt, storchbeinig und schlank – aber nicht ganz so dürr wie Art Moran –, trug die gebügelten Hosen bis über die Taille hochgezogen und sein spärliches Haar linksgescheitelt und mit Pomade glatt an den Kopf geklebt. Horace Whaleys Augen quollen hervor – wegen einer Schilddrüsenüberfunktion – und schwammen vergrößert hinter den Brillengläsern. Eine gewisse Scheu, eine ängstliche Vorsicht zeigte sich in allen seinen Bewegungen.

Horace hatte zwanzig Monate lang als Militärarzt auf dem pazifischen Kriegsschauplatz gedient; während dieser Zeit hatte er immerfort an Schlaflosigkeit und einer diffusen Tropenkrankheit gelitten, die ihn seiner eigenen Einschätzung nach daran hinderte, seine Arbeit gut zu machen. Verwundete, die er versorgen mußte, waren gestorben, und er – schlaflos und benommen – war für sie verantwortlich gewesen. Diese Männer und ihre blutenden Wunden wurden für ihn zu einem ständig wiederkehrenden Angsttraum.

Horace hatte am Morgen des 16. September am Schreibtisch gesessen und Verwaltungsarbeiten erledigt. Am Abend vorher war eine sechsundneunzigjährige Frau im Altersheim von San Piedro verschieden, und eine Einundachtzigjährige war beim Holzhacken gestorben; sie war über ihrem Hackklotz zusammengebrochen und liegengeblieben; eine Milchziege leckte ihr übers Gesicht. So wurde sie von einem Kind gefunden, das mit einer Schubkarre Äpfel brachte. Und nun füllte Horace die Spalten in zwei vorgedruckten Sterbeurkunden aus, alles mit zweifacher Kopie, da klingelte das Telephon neben ihm. Er hob den Hörer ab und hielt ihn irritiert ans Ohr; seit dem Krieg hatte er Mühe, verschiedene Dinge gleichzeitig zu erledigen, und im Augenblick hatte er schon mehr zu tun, als ihm lieb war, und wollte eigentlich nicht gestört werden.

In dieser Stimmung hörte er, daß Carl Heine tot war, ein Mann, der auf der *Canton* gewesen war, als sie versenkt wurde, und, wie Horace auch, Okinawa überlebt hatte – und das alles anscheinend nur, um beim Lachsfischen tödlich zu verunglücken.

Zwanzig Minuten nach dem Anruf hatten Art Moran und Abel Martinson den Leichnam auf einer Tragbahre hereingebracht; die Füße in den Gummistiefeln ragten über den Rand der Bahre hinaus. Der Sheriff ächzte unter dem Gewicht an seinem Ende, sein Stellvertreter preßte die Lippen zusammen und schnitt eine Grimasse, und zusammen hoben sie den Mann von der Bahre und legten ihn auf Horace Whaleys Untersuchungstisch. Der Tote war in eine Art Leichentuch gewickelt, zwei weiße Wolldecken, wie sie an Marinesoldaten verteilt wurden und von denen nun, neun Jahre nach dem Krieg, immer noch reichlich übrig waren – jedes Boot auf San Piedro hatte anscheinend mindestens ein halbes Dutzend. Horace Whaley fingerte nervös an dem Mal auf seiner Stirn, lüpfte eine der beiden Decken und spähte in

Carl Heines Gesicht. Er sah den klaffenden Kiefer und den großen Mund, einen erstarrten, weit offenen Schlund, in dessen Tiefen die Zunge des Toten verschwunden war. Das Weiße seiner Augen war von vielen geplatzten Adern durchzogen.

Horace zog die Decke wieder über Carl Heines Gesicht und konzentrierte seine Aufmerksamkeit auf Art Moran, der direkt neben ihm stand.

»Verdammt«, sagte er. »Wo haben Sie ihn gefunden?«

»White Sand Bay«, antwortete Art.

Art berichtete dem Coroner von dem treibenden Boot, von der Stille und den Lichtern an Bord der *Susan Marie* und davon, wie sie den Toten in seinem Netz hochgezogen hatten. Er erzählte, wie Abel seinen Pickup und die Tragbahre aus dem Spritzenhaus geholt, wie sie unter den Augen einiger Fischer, die neugierig zugesehen und Fragen gestellt hatten, Carl mit vereinten Kräften auf den Pickup geladen und hierhergebracht hatten. »Jetzt fahr ich zu seiner Frau«, beendete Art seinen Bericht. »Ich möchte nicht, daß die Nachricht so zu ihr durchsickert. Also bis später, Horace. Es wird nicht lange dauern. Aber ich muß zuerst zu Susan Marie.«

Abel Martinson stand nervös am Ende des Untersuchungstisches, und Horace sah ihm an, wieviel Mühe es ihn kostete, sich daran zu gewöhnen, daß man in Gegenwart eines toten Menschen normale Unterhaltungen führte. Die Spitze von Carl Heines rechtem Stiefel ragte gerade vor ihm aus den Decken heraus.

»Abel«, sagte Art Moran, »du bleibst am besten hier bei Horace. Du kannst mit anpacken, wenn er Hilfe braucht.«

Der Hilfssheriff nickte. Er legte die Mütze auf einem Instrumentenschränkchen ab. »Gut«, sagte er, »in Ordnung.«

»Schön«, sagte der Sheriff. »Ich bin gleich wieder da. Halbe Stunde, Stunde höchstens.«

Als er gegangen war, spähte Horace noch einmal in Carl Heines Gesicht – der junge Hilfssheriff mußte solange schweigend warten –, dann wusch er seine Brillengläser unter dem Wasserhahn. »Wissen Sie was«, sagte er schließlich, während er den Hahn zudrehte. »Gehen Sie doch über den Flur in mein Büro. Da können Sie sich hinsetzen und die Zeitschriften durchblättern; Radio ist auch da und eine Thermoskanne Kaffee, falls Sie welchen möchten. Und wenn ich diese Leiche umdrehen muß und Ihre Hilfe brauche, dann ruf ich Sie. Wie wäre das?«

»In Ordnung«, sagte Abel Martinson. »Rufen Sie mich dann.«

Er ging und nahm seine Mütze mit. Verdammt jung, sagte Horace zu sich selbst. Dann trocknete er sein Drahtbrillengestell mit dem Handtuch ab und zog sich, weil er penibel war, seinen Arztkittel über. Er legte die Handschuhe an, nahm die Decken ab, die Carl Heine wie Leichentücher verhüllten, und schnitt dann mit einer gebogenen Schere säuberlich und methodisch das Ölzeug weg; Stück für Stück ließ er die abgeschnittenen Teile in einen Abfallsack fallen. Nach dem Ölzeug kamen T-Shirt, Arbeitshosen und Unterwäsche dran; zum Schluß entfernte er Stiefel und Strümpfe, aus denen Seewasser lief. Alle Kleider legte er in ein Waschbecken.

In einer Tasche fand er ein Päckchen mit meist abgebrannten Streichhölzern, in einer anderen eine Rolle Bindfaden. Ein Messerfutteral war an eine Gürtelschlaufe der Arbeitshose geknotet, aber das Messer steckte nicht darin. Das Futteral stand offen.

In Carl Heines linker Vordertasche fand sich eine Taschenuhr, die um ein Uhr siebenundvierzig stehengeblieben war. Horace legte sie in einen Manilapapier-Umschlag.

Der Leichnam war immerhin zwei Stunden lang unterwegs gewesen; er war zuerst aus der White Sand Bay zum

Kai östlich der Anlegestelle der Fähre gebracht worden und dann weiter in Abel Martinsons Pickup die First Hill hinauf und in die Straße hinter dem Gerichtsgebäude, in dessen Keller sich das Leichenschauhaus und das Büro des Coroners hinter einer Reihe von Doppeltüren befanden, aber trotz der langen Fahrt hatte er, wie Horace feststellte, kaum etwas von seiner Starre verloren. Er war rosig wie Lachsfleisch, und die Augen hatten sich nach hinten verdreht. Der Körper war auffallend und ganz ungewöhnlich kräftig gebaut, gedrungen und muskulös, mit breitem Brustkorb und hervortretenden Beinmuskeln; und Horace Whaley konnte nicht umhin wahrzunehmen, daß er hier ein seltenes Prachtexemplar von einem Mann vor sich hatte, über einen Meter neunzig groß und einhundertsieben Kilo schwer, bärtig, blond und so solide wie eine Steinfigur, als wären die Einzelteile aus Granit gehauen – zugleich aber hingen die Arme geradezu affenartig, unelegant und brutal an den Schultern. Horace fühlte eine Regung von Neid in sich aufsteigen, die ihm wohlvertraut war, und mußte gegen seinen Willen zugeben, daß Carls Geschlechtsorgane von beachtlicher Stattlichkeit waren. Der Fischer war nicht beschnitten, und seine Hoden waren haarlos und straff. In dem eisigen Seewasser hatten sie sich nach oben an seinen Körper gezogen, und der Penis, der trotz der Kälte noch mindestens doppelt so groß war wie Horaces eigener, lag dick und rosig am linken Bein.

Der Coroner der Insel hüstelte zweimal kurz und trocken und wanderte um seinen Untersuchungstisch herum. Er versuchte – ganz bewußt, denn er würde darauf angewiesen sein –, den Körper, den er vor sich hatte, nicht mehr als Carl Heine zu sehen, einen Mann, den er kannte, sondern als »den Verstorbenen«. Der rechte Fuß des Verstorbenen hatte sich hinter dem linken verhakt, und Horace mühte sich nun, die Verklammerung zu lösen. Man mußte so kräftig ziehen, daß Bänder in den Lenden des Verstorbenen zerrissen wurden, und dieses tat Horace Whaley nun.

Ein Coroner ist dazu da, Dinge zu tun, die anderen Menschen nicht im Traum einfallen würden. Horace Whaley war eigentlich Hausarzt, einer von den drei Ärzten auf San Piedro. Er kümmerte sich um Fischer und deren Frauen und Kinder. Seine Kollegen waren nicht bereit gewesen, Tote zu untersuchen, und ihm war die Arbeit zugefallen, weil man keinen anderen finden konnte. So hatte er seine besonderen Erfahrungen gesammelt und Dinge vor Augen bekommen, deren Anblick die meisten Menschen nicht hätten ertragen können. Im vergangenen Winter hatte er den Leichnam eines Krabbenfischers gesehen, den man in der West Port Jensen Bay geborgen hatte – nachdem er zwei volle Monate unter Wasser gewesen war. Die Haut des Mannes war wie Seife geworden, er schien in Seife eingeschlossen wie in graue Ambra. Auf Tawara hatte er die Leichen von Männern gesehen, die mit dem Gesicht nach unten in flachem Wasser gestorben waren. Das warme Meerwasser der steigenden Flut hatte sie tagelang überspült, und die Haut hatte sich von ihren Gliedern gelöst. Besonders deutlich stand ihm die Erinnerung an einen Soldaten vor Augen, von dessen Händen sich die Haut wie feine, durchsichtige Handschuhe abgeschält hatte, sogar die Fingernägel hatten sich mit gelöst. Erkennungsmarken hatte Horace nicht gefunden, aber er hatte hervorragende Fingerabdrücke nehmen können, die zur Identifizierung ausreichten.

Er verstand etwas vom Tod durch Ertrinken. 1949 hatte er einen Fischer gesehen, dessen Gesicht von Krebsen und Langusten angefressen war. Sie hatten sich über die weichsten Teile hergemacht – Augenlider, Lippen, Stücke der Ohren –, so daß das Gesicht dort eine intensive grüne Farbe angenommen hatte. So was hatte er auch im Pazifik-Krieg gesehen, dazu Männer, die, halb im Wasser liegend, gestorben waren: Die Körperteile, die unter Wasser gelegen hatten, waren vollkommen intakt geblieben, aber alles, was der Luft ausgesetzt gewesen war, hatten die Sandfliegen bis zum Knochen weggefressen. Und er hatte im Chinesischen Meer die Leiche eines Mannes treiben sehen, der halb Mumie und halb Skelett war, von unten angefressen und auf dem Rükken von der Sonne ausgedörrt, bis er braun und lederig geworden war. Nach dem Untergang der *Canton* trieben im Umkreis von Kilometern Leichenteile im Wasser, die selbst die Haie verschmäht hatten. Die Marine hatte sich nicht die Zeit genommen, diese Teile einzusammeln; man hatte genug mit den Lebenden zu tun gehabt.

Carl Heine war der vierte tote Lachsfischer, den Horace in den letzten fünf Jahren untersucht hatte. Zwei waren in einem Herbststurm umgekommen und auf das Watt von Lanheedron Island gespült worden. Der dritte war ein interessanter Fall, daran erinnerte sich Horace gut. Im Sommer 1950 war das gewesen, vier Jahre her. Ein Fischer namens Vilderling – Alec Vilderling. Seine Frau arbeitete als Schreibkraft für Klaus Hartmann, den Immobilienmakler in Amity Harbor. Vilderling und sein Partner hatten das Netz ausgebracht und dann zusammen eine Flasche Puertorico-Rum geleert – unter dem Sommermond im Windschatten der Kabine ihres Seitentrawlers. Dann hatte Vilderling anscheinend beschlossen, ins Meer zu pinkeln. Mit heruntergelassenen Hosen war er hineingestürzt, hatte zum Entsetzen seines Partners nur ein-, zweimal wild um sich geschlagen und war dann einfach im mondfleckigen Meer verschwunden. Vilderling konnte offenbar nicht schwimmen.

Sein Partner, ein neunzehnjähriger Junge namens Kenny Lynden, sprang hinterher. Vilderling hing in seinem Netz, zappelte, als der Junge versuchte, ihn frei zu bekommen. Obwohl Kenny Lynden vom Rum ganz benebelt war, schaffte er es irgendwie, Vilderling mit einem Taschenmesser aus dem Netz loszuschneiden und wieder an die Oberfläche zu ziehen. Aber das war alles, was er tun konnte. Vilderling lebte schon nicht mehr.

Der Fall war interessant und hatte sich Horace deshalb eingeprägt, weil Alec Vilderling, technisch gesehen, nicht ertrunken war. Er hatte große Mengen Meerwasser geschluckt, aber seine Lunge war trocken. Horace hatte in seinem Bericht zuerst die Vermutung geäußert, daß der Kehlkopf des Toten sich verschlossen habe – ein krampfartiger Verschluß –, um das Wasser daran zu hindern, tiefer in die Luftröhre einzudringen. Aber damit ließ sich die eindeutige Dehnung der Lunge nicht erklären, die durch den Wasserdruck verursacht sein mußte; also hatte er seine Anfangshypothese revidiert und im Schlußbericht eingetragen, daß das Salzwasser, das Alec Vilderling geschluckt hatte, von seinem Blut absorbiert worden war, als er noch lebte. In diesem Fall, so schrieb er, sei als offizielle Todesursache Anoxie anzugeben – Sauerstoffmangel im Gehirn – und dazu eine plötzliche Veränderung in der Zusammensetzung des Blutes.

Als er nun gedankenverloren über Carl Heines nackten Körper gebeugt dastand, beschäftigte ihn vor allem die Frage nach der genauen Ursache von Carls Tod – nein, falsch: die Frage, wie der Verstorbene zum Verstorbenen geworden war. Horace rief sich zur Ordnung, er durfte die fleischliche Hülle, die er vor sich hatte, nicht mit Carl verwechseln, sonst würde es ihm sehr schwerfallen, das zu tun, was jetzt getan werden mußte. Noch vor einer Woche hatte der Verstorbene in Gummistiefeln und sauberem T-Shirt – vielleicht dem, das jetzt der Chirurgenschere zum Opfer gefallen war – seinen ältesten Sohn, einen Sechsjährigen, zu Horace in die Praxis in Amity Harbor getragen und auf eine Schnittwunde am Fuß des Jungen gezeigt, der sich an der Metallstütze einer umgekippten Schubkarre verletzt hatte.

Carl hatte den Jungen auf dem Tisch festgehalten, während Horace die Wunde nähte. Im Gegensatz zu anderen Vätern, die Horace in vergleichbarer Situation erlebt hatte, gab Carl seinem Sohn keine Verhaltensmaßregeln. Er achtete darauf, daß das Kind sich nicht bewegte; der Junge weinte nur einmal, beim ersten Stich, danach hielt er den Atem an. Als alles vorbei war, hob Carl ihn vom Tisch, hielt ihn im Arm und wiegte ihn wie einen Säugling. Horace hatte gesagt, der Fuß dürfe nicht belastet werden, und suchte ein Paar Krücken heraus. Dann hatte Carl wie üblich die Arbeit bar mit sauberen Scheinen bezahlt. Übertriebene Dankesworte hatte er nicht gemacht; er bestand aus Schweigen, war ein einziges bärtiges, schroffes, gewaltiges Schweigen, nicht bereit, sich dem Protokoll des Insellebens zu fügen.

Ein Mann, der so groß und stark ist wie er, dachte Horace, muß darauf achten, nicht bedrohlich zu wirken, sonst läuft er Gefahr, daß die Nachbarn sich vor ihm fürchten. Aber Carl tat wenig, um das natürliche Mißtrauen zu zerstreuen, das ein normaler Mensch beim Anblick eines Mannes von so massiger Statur empfindet. Er kümmerte sich demonstrativ nur um seine eigenen Angelegenheiten und nahm sich nicht die Zeit zu einer Geste, die den anderen seine Harmlosigkeit signalisiert hätte. Horace erinnerte sich, daß er ihn eines Tages dabei beobachtet hatte, wie er mit seinem Springmesser spielte: Er ließ die Klinge herausspringen, klappte sie dann wieder zu, indem er sie gegen sein Bein drückte, ließ sie wieder aufspringen und zuklappen, immer von neuem, und Horace wußte nicht zu sagen, ob das Ganze Gewohnheit oder Drohung, ein nervöser Tick oder eine Demonstration seiner Männlichkeit war. Der Mann hatte anscheinend keine Freunde. Niemand konnte mit ihm herumwitzeln oder ihn in eine Unterhaltung über unwichtige Sachen ziehen, obwohl er andererseits mit fast allen höflich umging. Die anderen Männer bewunderten ihn, weil er stark war und gute Arbeit leistete, weil er sich auf dem Meer sehr kundig und in seiner rauhen Art sogar mit einer gewissen Eleganz verhielt; doch wurde ihre Bewunderung durch das Mißtrauen gedämpft, das seine Statur und seine brütende Nachdenklichkeit weckten.

Nein, liebenswürdig war Carl Heine nicht, aber auch kein schlechter Mann. Früher, vor dem Krieg, hatte er in der Schulmannschaft Football gespielt und war genau wie die anderen Jungen gewesen: hatte viele Freunde gehabt, eine Mannschaftsjacke getragen, hatte geredet, auch wenn es gar nichts zu sagen gab, nur so aus Spaß am Reden. So war er gewesen – und dann war der Krieg gekommen, der Krieg, den Horace auch mitgemacht hatte. Und wie sollte man es erklären? Was konnte man anderen schon sagen? Danach redete man nie mehr nur um des Redens willen, man machte den Mund nicht mehr auf, nur damit er offen war, und wenn andere sein Schweigen als Verdüsterung deuten wollten, auch gut, Grund zur Düsternis hatte er wohl, oder? Die Düsternis des Krieges steckte Carl Heine in den Gliedern, genau wie ihm, Horace, auch.

Aber – »der Verstorbene«. Das mußte er sich einprägen: Nicht mit Carl, dem Mann, der neulich mit seinem Sohn in die Praxis gekommen war, hatte er es zu tun, sondern mit einem Toten, mit einem Beutel Eingeweide, einem Sack von Organen. Sonst war das Ganze aussichtslos.

Horace Whaley legte den Ballen seiner rechten Hand auf den Solarplexus des Toten. Er legte die linke Hand darüber und fing an zu pumpen, als wollte er einen Ertrinkenden wiederbeleben. Und als er die Hände so pumpend auf und ab bewegte, quoll Schaum, der aussah wie Rasiercreme, aber mit blaßrotem Blut aus der Lunge durchsetzt war, aus Mund und Nase des Toten.

Horace hielt inne und betrachtete das Ergebnis. Er beugte sich über das Gesicht des Verstorbenen und sah sich den Schaum genau an. Seine Hände, über die er Gummihandschuhe gestreift hatte, waren noch sauber, sie hatten noch nichts außer der kalten Haut auf der Brust des Toten berührt, also nahm er Papier und Stift von seinem Instrumententisch und notierte sich Farbe und Beschaffenheit des Schaumes, der so reichlich ausgetreten war, daß er das bärtige Kinn und den Schnauzbart des Toten fast vollständig bedeckte. Horace wußte, wie das zu erklären war: Luft, Schleim und Meerwasser hatten sich durch die Atmung vermischt, der Verstorbene hatte also noch gelebt, als er untergegangen war. Er hatte sich nicht als Toter unter Wasser in seinem eigenen Netz verfangen. Carl Heine hatte noch geatmet, als er ins Meer gestürzt war.

Aber Anoxie, wie Alec Vilderling, oder Erstickungstod durch Wasser und Würgen? Wie die meisten Menschen wollte Horace nicht nur wissen, sondern sich genau vorstellen können, was geschehen war; außerdem war er sogar dazu verpflichtet, damit im amtlichen Sterberegister des Island County die Wahrheit, und sei sie noch so schmerzlich, für alle Zeiten verzeichnet stünde. Carl Heines düsterer Todeskampf, seine Anstrengung, die Luft anzuhalten, die Menge Wasser, die seine Eingeweide füllte, seine tiefe Bewußtlosigkeit und die letzten Zuckungen, das keuchende Schnappen, als der Tod ihn schon im Griff hatte, als der letzte Rest Luft aus ihm entwich und sein Herz stehenblieb und sein Hirn nicht mehr arbeitete – das alles war in der fleischlichen Hülle, die auf Horace Whaleys Untersuchungstisch lag, gespeichert oder nicht gespeichert. Es war seine Pflicht, die Wahrheit zu finden.

Einen Augenblick lang stand Horace mit über dem Bauch gefalteten Händen da und erwog, was dafür sprach, daß man den Brustkasten des Toten öffnete, um an die Indizien heranzukommen, die in Herz und Lunge zu finden waren. Als er so dastand, bemerkte er – wie konnte er das übersehen haben? – die Schädelwunde über dem linken Ohr des

Toten. »Hol mich der Teufel«, sagte er laut. Mit einer Friseurschere schnitt er das Haar rings um die Wunde ab, bis ihre Ränder frei lagen. Der Knochen war gebrochen und in einer Länge von ungefähr zehn Zentimetern eingedrückt. Die Haut war aufgerissen, und aus der Bruchstelle im Schädel trat eine winzige Spur rosiger Hirnmasse aus. Was immer diese Wunde verursacht hatte – ein schmaler, ungefähr fünf Zentimeter breiter, flacher Gegenstand –, hatte eine verräterische Spur am Kopf des Toten hinterlassen. Das war genau die tödliche Schlagwunde, die Horace im Pazifik-Krieg mindestens zwei dutzendmal gesehen hatte. So etwas kam im Nahkampf Mann gegen Mann vor: Sie rührte von einem Schlag mit einem kraftvoll geführten Gewehrkolben. Die japanischen Soldaten waren in der Kunst des *kendo*, im Stockkampf, trainiert und deshalb außerordentlich versiert in dieser Form des Totschlags. Und die Mehrheit der Japse, das wußte Horace auch noch, schwangen die Waffe von rechts nach links, so daß die tödliche Verletzung über dem linken Ohr lag.

Horace legte eine Klinge in eines seiner Skalpelle und setzte einen Schnitt am Kopf des Toten an. Er trieb die Klinge bis zum Knochen und führte sie durch das Haar, wobei er einen Bogen über den Schädel buchstäblich von einem Ohr zum anderen beschrieb. Es war ein geschickter, gleichmäßiger Schnitt, wie wenn man eine geschwungene Bleistiftlinie über den Scheitel zieht, eine fließende, elegante Kurve. Durch diesen Schnitt konnte er die Haut des Toten vom Schädel abziehen, wie die Schale einer Pampelmuse oder Apfelsine, und die Stirn so umklappen, daß sie auf der Nase auflag.

Horace zog auch die Haut über dem Hinterkopf zurück, legte dann sein Skalpell ins Waschbecken, spülte sich die Handschuhe ab, trocknete sie und holte eine Knochensäge aus dem Instrumentenschrank.

Er machte sich an die Arbeit, den Schädel des Toten aufzusägen. Nach zwanzig Minuten wurde es nötig, den Leichnam umzudrehen, also begab Horace sich widerstrebend auf den Weg zu Abel Martinson, der mit übereinandergeschlagenen Beinen auf einem Stuhl saß, die Mütze auf dem Schoß hielt und gar nichts tat.

»Helfen Sie mir mal?« sagte der Coroner.

Der Hilfssheriff erhob sich und setzte die Mütze auf. »Klar«, sagte er, »gern.«

»Gern werden Sie das nicht tun«, sagte Horace. »Ich hab einen Schnitt quer über seinen Kopf gemacht. Der Schädel liegt frei. Schön sieht das nicht aus.«

»In Ordnung«, sagte der Hilfssheriff. »Danke, daß Sie mich vorwarnen.«

Sie gingen hinein und drehten den Leichnam um, ohne ein Wort zu sagen, Abel Martinson schob von der einen Seite, der Coroner griff hinüber und zog von der anderen, und dann beugte Abel Martinson den Kopf über das Waschbecken und erbrach sich wieder. Er wischte sich gerade den Mund mit einem Zipfel seines Taschentuchs ab, als Art Moran durch die Tür kam. »Was ist denn hier los?« fragte der Sheriff.

Zur Antwort zeigte Abel mit einem Finger auf Carl Heines Leiche. »Ich hab wieder gekotzt«, sagte er.

Art Moran sah sich Carls von innen nach außen gewendetes Gesicht an, sah die abgeschälte Haut, blutigen Schaum, der wie Rasiercreme an seinem Kinn klebte, und wendete sich ab.

»Das hält mein Magen nicht gut aus«, sagte Abel Martinson.

»Kein Wunder«, antwortete der Sheriff. »Mein Gott. Herrgott noch mal.«

Aber er blieb trotzdem stehen und sah zu, wie Horace in seinem Arztkittel ganz methodisch mit der Säge werkelte. Er sah zu, wie Horace die Schädeldecke des Toten abnahm und neben die Schulter des Toten legte.

»Das hier ist die *dura mater*«, sagte Horace und zeigte mit dem Skalpell. »Diese Membran hier, unmittelbar unter der Schädeldecke. Genau hier liegt die *dura mater*.«

Er nahm den Kopf des Toten zwischen die Hände und drehte ihn mit Mühe – die Bänder im Hals waren extrem starr – nach links.

»Kommen Sie mal her, Art«, sagte er.

Dem Sheriff war klar, daß er das tun mußte; dennoch rührte er sich nicht von der Stelle. Bestimmt mußte er doch bei seiner Arbeit gelernt haben, dachte Horace, daß es sehr unangenehme Augenblicke gab, in denen einem keine Wahl blieb. Angesichts solcher Situationen war es am besten, die Dinge schnell und ohne Zögern zu tun, wie Horace selbst es aus Prinzip tat. Aber der Sheriff war wie gelähmt. Er brachte es nicht über sich, aus der Nähe nachzusehen, was unter Carl Heines Gesicht lag.

Horace hatte Art schon früher in solchen Situationen erlebt, wie er sein Juicy Fruit kaute, das Gesicht verzog, die Lippen mit dem Daumenballen rieb, die Augen zusammenkniff und hin und her überlegte. »Es dauert nur eine Minute«, redete Horace ihm zu. »Einen kurzen Blick nur, Art. Damit Sie sehen können, womit wir's zu tun haben. Ich würde Sie nicht darum bitten, wenn es nicht wichtig wäre.«

Horace zeigte Art das geronnene Blut und den Riß in der *dura mater*, wo etwas von der Hirnmasse ausgetreten war. »Er bekam einen schweren Schlag mit einem ziemlich flachen Gegenstand, Art. Erinnert mich an eine bestimmte Sorte von Kopfverletzungen, wie durch Schläge mit dem Gewehrkolben, die ich ein paarmal im Krieg gesehen habe. Einer von den *kendo*-Hieben, die die Japse so gut beherrschen.«

»*Kendo?*« fragte Art Moran.

»Stockkampf«, erklärte ihm Horace. »Die Japse üben das von Kind an. Wie man mit Stöcken tötet.«

»Scheußlich«, sagte der Sheriff. »Mein Gott.«

»Sehen Sie nicht hin«, sagte Horace. »Ich werde jetzt einen Schnitt durch die *dura mater* machen. Ich möchte mir noch etwas anderes ansehen.«

Der Sheriff drehte sich bedächtig um. »Du bist blaß«, sagte er zu Abel Martinson. »Setz dich lieber hin.«

»Ich schaff's schon«, sagte Abel. Er stand am Waschbekken mit dem Taschentuch in der Hand, hielt den Kopf gesenkt und lehnte sich schwer gegen den Waschtisch.

Horace zeigte dem Sheriff drei Knochensplitter vom Schädel des Toten, die im Hirngewebe steckten. »Ist er daran gestorben?« fragte Art.

»Das ist komplizierter«, antwortete Horace Whaley. »Kann sein, daß er einen Schlag über den Kopf bekam, dann seitwärts über Bord ging und ertrank. Oder sich den Kopf aufschlug, nachdem er ertrunken war. Oder während er ertrank. Das kann ich nicht mit Sicherheit sagen.«

»Können Sie das noch klären?«

»Vielleicht.«

»Wann?«

»Ich muß in seinen Brustkasten sehen. Herz und Lunge untersuchen. Und vielleicht sagt mir nicht einmal das genug.«

»Sein Brustkasten?«

»Richtig.«

»Welche Möglichkeiten gibt es denn?« fragte der Sheriff.

»Möglichkeiten?« sagte Horace Whaley. »Beliebig viele, Art. Alles Mögliche kann passiert sein, und alles Mögliche passiert auch. Ich mein, vielleicht hat ihn eine Herzattacke umgeworfen. Vielleicht ein Schlaganfall, vielleicht der Alkohol. Aber jetzt will ich erstmal wissen, ob er zuerst den Schlag auf den Kopf bekam und dann über Bord gegangen ist. Denn dieser Schaum hier« – er zeigte mit dem Skalpell darauf – »sagt mir, daß Carl noch atmete, als er über Bord ging. Seine Atmung funktionierte noch, als er ins Wasser fiel. Deshalb würde ich im Moment annehmen, er ist ertrunken, Art. Die Kopfwunde hat offensichtlich dazu beigetragen. Hat sich vielleicht den Schädel an einer Lippklampe aufgeschlagen. War vielleicht ein bißchen achtlos beim Netzausbringen – ist mit der Schnalle darin hängengeblieben und über Bord gegangen. Ich neige dazu, es so in meinen Bericht aufzunehmen. Aber ganz sicher bin ich mir noch nicht. Vielleicht sieht alles ganz anders aus, wenn ich Herz und Lunge untersucht habe.«

Art Moran rieb sich heftig über den Mund und starrte Horace Whaley an. »Diese Kopfwunde«, sagte er, »diese Kopfwunde ist doch irgendwie ... merkwürdig, oder?«

Horace Whaley nickte. »Kann schon sein«, sagte er.

»Könnte ihm vielleicht jemand einen Schlag versetzt haben?« fragte der Sheriff. »Ist das eine Möglichkeit?«

»Wollen Sie Sherlock Holmes spielen?« fragte Horace. »Wollen Sie Detektiv spielen?«

»Eigentlich nicht. Aber Sherlock Holmes ist nicht hier, oder? Und die Wunde an Carls Kopf ist es schon.«

»Das stimmt«, sagte Horace. »Soweit haben Sie recht.«

Dann – und später, während des Prozesses gegen Kabuo Miyamoto, sollte Horace Whaley sich daran erinnern, daß er diese Worte ausgesprochen hatte (obwohl er sie im Zeugenstand nicht wiederholte) – sagte er zu Art Moran, wenn er Lust habe, Sherlock Holmes zu spielen, dann solle er anfangen, nach einem Japs mit einem blutigen Gewehrkolben zu suchen – nach einem rechtshändigen Japs, genauer gesagt.

6 Horace Whaley kratzte an dem Mal auf seiner Stirn und sah den Schneeflokken draußen vor den Fenstern des Gerichtssaales zu. Das Schneetreiben war jetzt dichter, viel dichter; vom Wind gepeitscht und still, man hörte aber den Wind an den Dachbalken des Hauses rütteln. Meine Wasserrohre, dachte Horace. Die werden einfrieren.

Nels Gudmundsson erhob sich zum zweiten Mal, hakte die Daumen hinter die Hosenträger und nahm mit seinem guten Auge wahr, daß Richter Lew Fielding wirkte, als schliefe er gleich ein, und daß er den Kopf immer noch so schwer auf die linke Hand stützte wie während der Zeugenaussage Horace Whaleys. Er hörte zu, das wußte Nels; er tat nur so müde, um zu verbergen, wie wach sein Verstand war. Der Richter nahm den Dingen gern auf seine einschläfernde Weise die Schärfe.

Nels bewegte sich so gut er konnte – er hatte Arthritis in den Hüften und Knien – auf den Zeugenstand zu. »Horace«, sagte er, »guten Morgen.«

»Morgen, Nels«, antwortete der Coroner.

»Sie haben eine Menge gesagt«, sagte Nels Gudmundsson. »Sie haben dem Gericht in allen Einzelheiten geschildert, wie Sie die Autopsie des Verstorbenen durchgeführt haben; Sie haben uns von Ihrem ausgezeichneten Hintergrund als Gerichtsmediziner berichtet, und so weiter, alles Auskünfte, um die Sie gebeten wurden. Und ich habe Ihnen zugehört, Horace, wie alle hier. Und – na ja – einiges ist mir noch nicht recht klar.« Er hielt inne und zupfte sich am Kinn.

»Dann fragen Sie mal«, sagte Horace Whaley.

»Zum Beispiel dieser *Schaum*«, sagte Nels. »Ich weiß nicht, ob ich verstanden habe, was es damit auf sich hat, Horace.«

»Der Schaum?«

»Sie haben ausgesagt, Sie hätten Druck auf den Brustkasten des Verstorbenen ausgeübt, und kurz danach sei ihm ein auffallender Schaum aus Mund und Nasenlöchern getreten.«

»So ist es«, sagte Horace. »Ich würde sagen, daß das normalerweise der Fall ist bei Ertrunkenen. Dieser Schaum erscheint vielleicht nicht sofort, wenn man das Unglücksopfer aus dem Wasser zieht, aber sobald man anfängt, ihm die Kleider auszuziehen oder Wiederbelebungsversuche zu machen, tritt er auf, meist in großen Mengen.«

»Wie kommt das?« fragte Nels.

»Druck bringt ihn hoch. Der Schaum kommt durch eine chemische Reaktion in der Lunge zustande, wenn Wasser sich mit Luft und Schleim vermischt.«

»Wasser, Luft und Schleim«, wiederholte Nels. »Aber was bewirkt, daß sie sich mischen, Horace? Sie sprechen von einer chemischen Reaktion – wie geht die vor sich?«

»Sie wird durch Atmen verursacht. Sie tritt ein, wenn Atmung vorhanden ist. Sie –«

»Und genau das hat mich verwirrt«, unterbrach Nels. »Vorhin, meine ich. Während Ihrer Zeugenaussage. Sie sagen, dieser Schaum entsteht *nur*, wenn sich Wasser, Schleim und Luft durch den Atemvorgang eines Menschen mischen?«

»So ist es.«

»Aber ein ertrunkener Mensch atmet nicht mehr«, sagte Nels. »Wie kann also dieser Schaum ... Sie verstehen, was mich verwirrt.«

»Aber natürlich«, sagte Horace. »Ich glaube, das kann ich erklären. Er – also dieser Schaum – bildet sich in einem *frühen* Stadium des Ertrinkens. Der Verunglückte geht unter und fängt an zu kämpfen. Schließlich beginnt er Wasser zu schlucken, und wenn er das tut, wird durch den so entstehenden Druck die Luft aus seiner Lunge hinausgepreßt – und dabei bildet sich der Schaum, von dem ich gesprochen habe. Die chemische Reaktion findet statt, wenn der Ertrinkende *aufhört* zu atmen. Oder wenn er seine letzten Atemzüge tut.«

»Ach so«, sagte Nels. »Dann sagt Ihnen dieser Schaum also, daß Carl Heine ertrunken ist, richtig?«

»Na ja –«

»Er sagt Ihnen zum Beispiel, daß er nicht erst – etwa auf seinem Bootsdeck – ermordet und dann über Bord geworfen wurde? Denn wenn das geschehen wäre, hätte sich kein Schaum gebildet, oder? Verstehe ich die chemische Reaktion richtig? Sie kann nicht eintreten, wenn der Ertrinkende nicht mehr atmet, während er untergeht? Haben Sie das so gesagt, Horace?»

»Ja«, bestätigte Horace. »Das besagt der Schaum. Aber –«

»Entschuldigung«, sagte Nels. »Einen Moment noch, bitte.« Er bewegte sich mühsam an Mrs. Eleanor Dokes vorbei, die über ihre Stenographiermaschine gebeugt dasaß, nickte dem Gerichtsdiener Ed Soames zu und nahm ein Schriftstück von dem Tisch mit den Beweisstücken. Dann machte er sich auf den Rückweg zum Zeugenstand.

»Gut, Horace«, sagte er dann. »Ich gebe Ihnen hier das Beweisstück zurück, das Sie vorhin im Verhör als Ihren Autopsiebericht identifiziert haben, der, wie Sie bezeugten, Ihre Befunde und Folgerungen genau wiedergibt. Haben Sie die Freundlichkeit, den Bericht noch einmal in die Hand zu nehmen und sich den vierten Absatz auf Seite vier durchzulesen, bitte; wir werden solange warten.«

Während Horace tat, worum man ihn gebeten hatte, kehrte Nels zum Tisch des Angeklagten zurück und trank einen Schluck Wasser. Seine Kehle machte ihm allmählich zu schaffen; seine Stimme war rauh und heiser geworden.

»In Ordnung«, sagte Horace, »fertig.«

»In Ordnung«, sagte Nels. »Habe ich richtig verstanden, Horace, daß der vierte Absatz auf Seite vier Ihres Autopsieberichts als Todesursache im Fall Carl Heines *Ertrinken* nennt?«

»Ja, so ist es.«

»Sie kommen also zu dem Ergebnis, daß er ertrunken ist?«

»Ja.«

»War das ganz eindeutig? Bestanden noch irgendwelche Zweifel?«

»Ja, natürlich bleiben Zweifel. Zweifel gibt es immer. Man ist nicht –«

»Einen Moment, Horace«, sagte Nels. »Wollen Sie sagen, daß Ihr Bericht ungenau ist? Wollen Sie uns das zu verstehen geben?«

»Der Bericht ist exakt«, sagte Horace Whaley. »Ich –«

»Können Sie dem Gericht den letzten Satz des vierten Absatzes auf Seite vier des Autopsieberichts, den Sie vor sich haben, laut vorlesen?« sagte Nels Gudmundsson. »Der Absatz, den Sie sich gerade durchgelesen haben? Bitte, lesen Sie ihn vor.«

»Gut«, antwortete Horace. »Hier steht – ich zitiere: ›Das Vorhandensein von Schaum in den Luftwegen und im Bereich von Lippen und Nase weist zweifelsfrei darauf hin, daß das Unfallopfer zum Zeitpunkt des Eintauchens noch lebte.‹ Zitatende.«

»*Zweifelsfrei* lebte er zum Zeitpunkt des Eintauchens noch? Das steht dort, Horace?«

»Ja, das steht da.«

»*Zweifelsfrei*«, sagte Nels Gudmundsson und drehte sich zu den Geschworenen um. »Danke, Horace. Das ist wichtig. Das ist gut. Aber da ist noch etwas, was ich Sie fragen wollte. Etwas in diesem Autopsiebericht.«

»Bitte«, sagte Horace, nahm die Brille ab und biß auf einen Bügel. »Fragen Sie nur.«

»Also dann, Seite zwei«, sagte Nels. »Ganz oben, der zweite Absatz ist es, glaube ich.« Er ging zum Tisch des Angeklagten und blätterte sein eigenes Exemplar durch. »Absatz zwei«, sagte er. »Ja, hier ist es. Würden Sie das bitte dem Gericht vorlesen. Nur die erste Zeile, Horace.«

»Zitat«, antwortete Horace steif. »›Eine sekundäre, unerhebliche Verletzung an der rechten Hand wird festgestellt, kürzlich entstanden; sie erstreckt sich lateral von der Falte zwischen Daumen und Zeigefinger zur Außenseite des Handgelenks.‹«

»Ein Schnitt«, sagte Nels. »Stimmt das? Carl Heine hat sich an der Hand geschnitten?«

»Ja.«

»Eine Ahnung, wie?«

»Keine Ahnung. Ich könnte nur spekulieren.«

»Das ist nicht nötig«, sagte Nels. »Aber dieser Schnitt, Horace. Sie sagen in Ihrem Bericht, er sei ›kürzlich entstanden‹. Was heißt kürzlich? Können Sie dazu etwas sagen?«

»Ganz kürzlich, würde ich sagen.«

»Ganz«, sagte Nels. »Wie kürzlich ist ›ganz‹ kürzlich?«

»*Ganz* kürzlich«, wiederholte Horace. »Ich würde sagen, er hat sich in der Nacht, als er starb, geschnitten, eine oder zwei Stunden vor seinem Tod. *Ganz* kurz zuvor, okay?«

»Eine Stunde vorher oder zwei?« fragte Nels. »Zwei wäre auch möglich?«

»Ja.«

»Und drei? Oder vier, Horace? Oder vierundzwanzig?«

»Vierundzwanzig ist ausgeschlossen. Die Wunde war

frisch, Nels. Vier Stunden, vielleicht. Als Äußerstes. Mehr auf keinen Fall.«

»In Ordnung«, sagte Nels. »Er verletzte sich also an der Hand. Nicht mehr als vier Stunden, bevor er ertrank.«

»Richtig«, bestätigte Horace Whaley.

Nels Gudmundsson zupfte wieder einmal an den Hautfalten an seiner Kehle. »Nur noch eines, Horace«, sagte er. »Ich muß noch einmal nachfragen, weil mich eine weitere Sache in Ihrer Zeugenaussage verwirrt hat. Diese Wunde am Kopf des Verstorbenen, die Sie erwähnten.«

»Ja«, sagte Horace. »Die Wunde. Was ist damit?«

»Können Sie uns noch einmal erklären, wie sie aussah?«

»Ja«, wiederholte Horace. »Es war eine ungefähr sechs Zentimeter lange Verletzung knapp über dem linken Ohr. Der Knochen darunter war in einer Länge von etwa zehn Zentimetern gebrochen. Eine geringe Menge Hirnmasse war aus dem Riß ausgetreten. Es war aus der Form der Einbuchtung im Schädel deutlich, daß ein schmaler, flacher Gegenstand diese Verletzung bewirkt hat. Das ist eigentlich alles, Nels.«

»Ein schmaler flacher Gegenstand hat sie bewirkt«, wiederholte Nels. »Haben Sie das gesehen, Horace? Oder schließen Sie das?«

»Es ist mein *Job*, Schlüsse zu ziehen«, sagte Horace Whaley mit Nachdruck. »Sehen Sie, wenn bei einem Einbruch dem Nachtwächter mit dem Brecheisen ein Schlag über den Schädel versetzt wird, dann werden die Kopfverletzungen, die er davonträgt, aussehen, als stammten sie von einem Brecheisen. Wenn sie von einer Hammerspitze kämen, würde man das ebenso sehen können – eine Hammerspitze hinterläßt eine sichelförmige Verletzung, ein Brecheisen eher lineare Wunden mit V-förmigen Enden. Schlägt dich einer mit dem Pistolengriff nieder, ist das eine Sache; ein Schlag mit einer Flasche ist eine andere. Fällst du bei einem Tempo von sechzig Stundenkilometern vom Motorrad und schlägst mit dem Kopf auf Schotter auf, dann wird der Schotter ein Muster von Abschürfungen hinterlassen, das mit nichts anderem zu verwechseln ist. Also: Ja, ich *schließe* aus der Verletzung des Verstorbenen, daß sie durch einen schmalen, flachen Gegenstand bewirkt wurde. Schlüsse ziehen ist das, was Coroner *tun*.«

»Der Motorradfahrer ist ein interessantes Beispiel«, hakte Nels Gudmundsson ein. »Wollen Sie damit sagen, daß solche bezeichnenden Verletzungen nicht notwendig durch Schläge entstehen, die gegen das Opfer geführt werden? Daß die Verletzung auch entstehen kann, wenn das Opfer gegen ein Hindernis geschleudert wird – zum Beispiel auf den Schotter?«

»Kann sein«, sagte Horace Whaley. »Wir wissen es nicht.«

»Im vorliegenden Fall könnte die fragliche Verletzung, die Wunde an Carl Heines Kopf, von der Sie gesprochen haben, also entweder von einem Schlag gegen den Kopf oder von einem Aufprall auf einen unbewegten Gegenstand herrühren? Wäre beides möglich, Horace?«

»Das kann man nicht unterscheiden«, argumentierte Horace. »Nur daß das, was gegen seinen Kopf traf, flach, schmal und hart genug war, ihm den Schädel zu brechen, kann man sagen, aber nicht, ob der fragliche Gegenstand sich gegen seinen Kopf oder ob der Kopf sich auf den Gegenstand zu bewegte.«

»Flach, schmal und hart genug, ihm den Schädel zu brechen. Zum Beispiel die Bordkante eines Bootes, Horace? Wäre das möglich?«

»Schon möglich. Wenn er heftig genug dagegen geschleudert wurde. Aber ich sehe nicht, wie.«

»Eine Netzwinde vielleicht – oder eine von diesen Lippklampen im Heck eines Lachsfischerbootes? Sind die nicht auch schmal und flach?«

»Ja, das heißt einigermaßen flach. Sie –«

»Könnte er sich den Kopf daran aufgeschlagen haben? Besteht wenigstens die Möglichkeit?«

»Die Möglichkeit besteht, selbstverständlich«, sagte Horace. »Jede –«

»Ich möchte Sie etwas anderes fragen«, sagte Nels. »Gibt es eine Methode, wie ein Coroner bestimmen kann, ob Wunden wie diese vor oder nach dem Tod entstanden sind? Ich meine damit – um auf Ihr Beispiel von vorhin zurückzukommen –, könnte ich nicht den Nachtwächter vergiften, zusehen, wie er stirbt, und dann seiner Leiche mit einem Brecheisen über den Schädel schlagen und ihm eine Verletzung beibringen, die aussieht, als hätte ich ihn auf diese Weise *umgebracht*?«

»Ist das eine Frage nach Carl Heines Wunde?«

»So ist es. Ich möchte wissen, ob *Sie* etwas dazu sagen können. Ist Carl Heine verletzt worden und dann gestorben? Oder ist es möglich, daß ihm die Kopfverletzung *post mortem* zugefügt wurde? Daß er sie erlitt – oder sollen wir sagen, daß seine *Leiche* sie erlitt –, nachdem er ertrunken war? Vielleicht, als Sheriff Moran und sein Hilfssheriff Martinson ihn im Netz an Bord hievten?«

Horace Whaley dachte darüber nach. Er nahm die Brille ab, er massierte sich die Stirn. Dann klemmte er sich die Brillenbügel wieder hinter die Ohren und kreuzte die Arme vor der Brust.

»Das weiß ich nicht«, sagte er. »Die Frage kann ich nicht beantworten, Nels.«

»Sie wissen nicht, ob die Kopfwunde dem Tod vorausging oder nicht? Ist das Ihre Aussage, Horace?«

»Das will ich sagen, ja.«

»Aber die Todesursache war zweifelsfrei Ertrinken. Ist das richtig? Ich irre mich nicht?«

»Das ist richtig.«

»Carl Heine starb also nicht an einer Kopfverletzung?«

»Nein, aber –«

»Keine weiteren Fragen«, sagte Nels Gudmundsson. »Danke, Horace. Das ist alles.«

Art Moran beobachtete von seinem Platz auf der Tribüne, wie Horace Whaley litt, und empfand eine merkwürdige Genugtuung dabei. Er erinnerte sich an das beleidigende Wort: *Sherlock Holmes*. Er erinnerte sich daran, wie er Horaces Büro verlassen und gezögert hatte, zur Mill Run Road zu fahren, um die Frau des Toten zu benachrichtigen.

Er hatte am Kotflügel von Abel Martinsons Pickup gelehnt und seine Hand inspiziert, die er sich am Morgen an den Wanten von Carls Boot aufgeschabt hatte. Dann hatte er in seiner Tasche nach einem Stück Juicy Fruit gesucht – zuerst in den Hemdentaschen, dann etwas irritiert in der Hosentasche. Er fand nur noch zwei; acht hatte er schon verbraucht. Er stopfte sich eines in den Mund, hob das andere auf und schob sich hinter das Steuer von Abels Pickup. Sein eigener Wagen war in der Stadt unten am Hafen geparkt; er hatte ihn am Morgen dort gelassen, als er wegen der Barkasse zum Hafen gegangen war. Als Fahrer von Abels Pickup kam er sich lächerlich vor, denn der Junge hatte, ehrlich gesagt, zuviel Arbeit in die Karre gesteckt. Ein aufgemotzter Dodge, in Anacortes burgunderrot gespritzt, aufwendig mit Streifen lackiert und ausgestattet mit dekorativen Auspuffrohren, die hinter der schimmernden Fahrerkabine hochgezogen waren – mit einem Wort: ein Schuljungenspielzeug. Einer von den Pickups, die man in Städtchen auf dem Festland, in Everett oder Bellington sah, beliebt bei Halbwüchsigen, die damit nach Footballspielen oder an Samstagabenden spät ihre Runden drehten. Art mußte annehmen, daß Abel Martinson in seiner Schulzeit wahrscheinlich ein gewisses Maß an innerer Unruhe besessen, sich inzwischen aber verändert hatte und daß dieser Wagen den letzten Überrest seines früheren Selbst darstellte: Deshalb trennte er sich nicht gern davon. Aber trotzdem würde er es tun, und zwar bald, das sah Art voraus. So ging es eben.

Auf der Fahrt zu Susan Marie Heine legte Art sich im stillen seine Worte zurecht. Er stellte sie immer wieder um, während er seinen Auftritt plante, entschloß sich endlich zu einem leicht militärischen Gebaren mit gewissen seemännischen Verbrämungen. Einer Witwe die Nachricht zu überbringen, dachte er sich, daß ihr Mann auf See den Tod gefunden hatte, war eine Aufgabe, die man seit Jahrhunderten ernst, aber mit tragischem Stoizismus erledigte: Entschuldigen Sie, Mrs. Heine. Es tut mir leid, Ihnen sagen zu müssen, daß Ihr Ehemann, Carl Gunther Heine, heute nacht bei einem Unfall auf See umgekommen ist. Erlauben Sie mir, Ihnen das Beileid der ganzen Gemeinde zu übermitteln und …

Nein, so ging es nicht. Sie war ihm nicht unbekannt; er konnte sie nicht wie eine Fremde behandeln. Schließlich sah er sie jeden Sonntag in der Kirche, wenn sie nach dem Gottesdienst im Aufenthaltsraum Tee und Kaffee austeilte. Sie kleidete sich immer sehr sorgfältig für ihre Rolle als Gastgeberin, trug einen kleinen runden Hut, Tweedkostüm und cremefarbene Handschuhe; er hatte es immer als sehr angenehm empfunden, Kaffee aus ihrer ruhigen Hand entgegenzunehmen. Das blonde Haar trug sie aufgesteckt unter dem Hut, sie hatte eine Doppelreihe Kunstperlen um den Hals, einen Hals, der ihn an Alabaster erinnerte. Kurz, sie war achtundzwanzig Jahre alt und auf eine Weise attraktiv, die ihm zu schaffen machte. Wenn sie ihm Kaffee einschenkte, redete sie ihn mit »Sheriff Moran« an und wies danach mit einem behandschuhten Zeigefinger auf den Kuchen und die Pfefferminzplätzchen, die hinten auf dem Tisch aufgebaut waren – als ob er sie nicht längst selbst entdeckt hätte. Dann lächelte sie ihn liebenswürdig an und setzte die Kaffeekanne auf dem Tablett ab, während er sich Zucker nahm.

Die Aussicht, ihr von Carls Tod berichten zu müssen, stand Art sehr bevor, und beim Fahren mühte er sich, die rechten Worte zu finden, die feststehende Formel, mit der er sich seiner Aufgabe entledigen könnte, ohne sich allzu ungeschickt anzustellen. Aber es sah so aus, als gäbe es eine solche Formel nicht.

Kurz vor Heines Haus an der Mill Run Road war eine Ausweichstelle, an der der Sheriff im August Brombeeren gepflückt hatte. Er fuhr abrupt darauf zu und hielt an, weil er noch nicht in der Lage war zu tun, was von ihm verlangt wurde. Er ließ den Motor von Abels Pickup im Leerlauf, steckte sich den letzten Streifen Juicy Fruit zwischen die Zähne und sah die Straße hinunter auf Heines Haus.

Das Haus sah genauso aus, wie man es von Carl erwartete, dachte er – solide, ordentlich, abweisend und respektabel, nicht provozierend, aber eben auch nicht einladend. Es lag fünfzig Meter entfernt von der Straße mitten in einem vier Morgen großen Grundstück, das in Luzernen-, Erdbeer-, Himbeer- und Gemüsebeete aufgeteilt war. Carl hatte das Land selbst gerodet, mit der für ihn charakteristischen Schnelligkeit und Gründlichkeit, hatte die Stämme an die Brüder Thorsen verkauft, Laub- und Reisighaufen verbrannt und in einem einzigen Winter den Boden zum Bauen und Pflanzen bereitet. Bis zum April hatte er die Beerensträucher gepflanzt und das Gerüst aus Pfosten und Balken für seine Scheune gebaut; im Sommer konnte man Carl schon das Fachwerk aufstellen und Ziegel- und Backsteinmauern hochziehen sehen. Er habe vorgehabt – so behauptete man in der Gemeinde –, einen aufwendigen Bungalow zu bauen, so wie sein Vater vor Jahren auf der Farm der Familie bei Island Center. Er habe sich große offene Kamine vorgestellt, erzählte jemand, und einen Alkoven, eingebaute Fenstersitze und Holzvertäfelung, einen verputzten Sockel für die Veranda und Mäuerchen entlang der Einfahrt. Aber während der Arbeit merkte er mit der Zeit, daß er zu nüchtern für alle diese Dinge war – er war ein akkurater Baumeister, aber kein Künstler, sagte seine Frau –, auf die Holzvertäfelung wurde zum Beispiel ganz verzichtet, und den Kaminschornstein aus Flußsteinen, der an dem Haus, das früher seinem Vater gehört hatte (jetzt war Bjorn Andreason der Besitzer), so auffiel, hatte er auch nicht gebaut. Am Ende hatte er ein schmuckloses, stabiles Haus hingestellt, das sorgfältig mit Zedernschindeln gedeckt war und Zeugnis ablegte von der präzisen Art seines Erbauers.

Art Moran, den Fuß auf der Bremse, das Kaugummi im Mund, unruhig und stumm, sah sich zuerst den Garten an, dann die Veranda mit den sich verjüngenden Säulen und schließlich die herausragenden Stützbalken des Giebeldaches; er schaute hoch zu den beiden Mansarden mit ihren Schrägdächern, die entgegen dem ursprünglichen Plan nicht asymmetrisch angeordnet waren, sondern konventionell gebaut nebeneinander lagen. Und er schüttelte den Kopf, als er sich erinnerte, daß er schon einmal in diesem Haus mit den unverblendeten Dachsparren in den oberen Zimmern und Susan Maries schweren Möbeln in den unteren gewesen war. Im vergangenen Oktober war er zu einem geselligen Beisammensein der Kirchengemeinde dort gewesen –, aber diesmal würde er nicht ins Haus hineingehen. Das wußte er plötzlich. Er würde auf der Veranda stehenbleiben und seine Nachricht überbringen, die Mütze ans Bein gepreßt, und dann gleich wieder gehen, ohne über die Schwelle zu treten. *Richtig* war das nicht, so viel verstand er, aber was sollte er denn tun? Es war zu schwer, dafür eignete er sich nicht. Er würde Eleanor Dokes in seinem Büro anrufen, wenn er fertig war, und sie würde Susan Maries ältere Schwester alarmieren, und die Schwester würde kommen, und zwar bald.

Aber er? Er sah nicht, wie er ihr helfen konnte. Er war nicht dafür gemacht, bei ihr auszuharren. Er würde diese Witwe bitten, Verständnis dafür zu haben, daß viel Arbeit auf ihn warte ... dringende berufliche Pflichten ..., er würde seine Nachricht überbringen, sein Beileid ausdrücken und dann in der Haltung eines Mannes, der weiß, wo er hingehört, Susan Marie einfach alleinlassen.

Er ließ Abels Pickup im Leerlauf die Straße hinunterrollen und bog in Susan Maries Einfahrt ein. Von hier aus war jenseits der mit Zedern bewachsenen Hänge das Meer zu sehen, wenn man über die Reihen der aufgebundenen Himbeerbüsche hinweg nach Osten blickte. Es war ein klarer Septembertag, wie man sie hier nur selten erlebte, wolkenlos und, wo kein Schatten fiel, so warm wie im Juni. In der Ferne blitzten die Schaumkronen auf den Wellen im Sonnenlicht, und Art Moran begriff jetzt, was er noch nie verstanden hatte – daß Carl sich diesen Bauplatz nicht nur wegen der sonnigen Lage ausgesucht hatte, sondern auch wegen der weiten Aussicht nach Norden und Westen. Während Carl sich um seine Himbeeren und Erdbeeren kümmerte, hatte er immer mit einem Auge das Meer im Blick.

Art parkte hinter Heines Bel-Air und schaltete die Zündung aus. Im selben Augenblick kamen Carls Söhne um die Hausecke gelaufen – ein Junge, den Art auf drei bis vier Jahre schätzte, gefolgt von einem anderen, ungefähr sechsjährigen, der humpelte. Sie standen hinter einem Rhododendronbusch, in Shorts, barfuß und ohne Hemd, und starrten Art an.

Art zog ein Einwickelpapier aus seiner Hemdentasche und spuckte sein Kaugummi hinein. Was er zu sagen hatte, wollte er nicht mit einem Juicy Fruit im Mund sagen.

»Hallo, ihr zwei«, rief er munter durch das Wagenfenster. »Eure Mutter daheim?«

Die beiden Jungen antworteten nicht. Sie starrten ihn nur

an. Ein Schäferhund kam um die Ecke, und der ältere Junge packte ihn am Halsband und hielt ihn fest. »Sitz«, sagte er, aber kein Wort sonst.

Art Moran schob die Wagentür ein Stück auf, nahm seine Mütze vom Sitz und setzte sie auf, weit nach hinten geschoben. »Polizist«, sagte der kleinere Junge und stellte sich neben seinen Bruder. »Kein Polizist«, antwortete der ältere, »das ist der Sheriff oder so.«

»Stimmt«, sagte Art. »Ich bin Sheriff Moran, Jungs. Ist eure Mutter daheim?«

Der ältere Junge gab seinem Bruder einen Schubs. »Geh und hol Mama«, sagte er.

Sie sahen aus wie ihr Vater. Sie würden auch so groß wie ihr Vater werden, das war eindeutig. Sonnengebräunte, kräftig gebaute deutsche Kinder.

»Geht ihr nur und spielt«, sagte er. »Ich werde mal klopfen. Geht ihr spielen.« Er lächelte den kleineren an.

Aber sie gingen nicht. Sie sahen vom Rhododendronbusch aus zu, wie er die Stufen zur Veranda hochstieg und mit den Knöcheln an die Tür pochte, die aufsprang und den Blick auf Carls Wohnzimmer freigab. Art wartete und sah währenddessen hinein. Die Wände waren mit lackiertem Kiefernholz verkleidet, die Astlöcher traten deutlich hervor. Susan Maries Vorhänge hatten ein klares, mildes Gelb, waren säuberlich zurückgezogen, von gebügelten Schleifen zusammengehalten, gerafft, gestuft, mit Volants versehen. Die konzentrischen Kreise eines wollenen Knüpfteppichs bedeckten den Dielenboden fast vollständig. In einer entfernten Ecke schimmerte ein Klavier, in einer anderen stand ein Rollschreibtisch. Zwei gleiche Schaukelstühle aus Eichenholz mit bestickten Kissen, zwei gleiche Beistelltischchen aus Nußbaum an einer abgenutzten Sofabank und ein Plüschsessel neben einer Stehlampe aus Messing. Der Sessel war an Carls überdimensionalen Kamin herangeschoben, in dem hohe kanellierte Kaminböcke standen. Der Sheriff war beeindruckt von der Ordnung in diesem Zimmer, von dem ruhigen, dickflüssigen, goldgelben Licht und auch von den Photographien an den Wänden, auf denen die versammelten Ahnen der Heine- und der Varig-Familie zu sehen waren: gedrungene, standfeste Deutsche mit ehrlichen Gesichtern, die niemals für den Photographen lächelten.

Es war ein schönes Wohnzimmer, sauber und still. Das Verdienst daran schrieb er Susan Marie zu, so wie er Schornstein und Mansarden als Carls Werk ansah, und während er noch dastand und ihre ordnende Hand in allem bewunderte, erschien sie oben an der Treppe.

»Sheriff Moran«, rief sie. »Hallo.«

Da wußte er, daß sie noch nichts gehört hatte. Er wußte, daß er es ihr sagen mußte. Aber noch konnte er es nicht – konnte sich nicht dazu überwinden –, also stand er nur da, die Mütze in der Hand, rieb sich die Lippen mit dem Daumenballen und sah sie scheu von der Seite an, als sie die Stufen herabkam. »Hallo«, sagte er. »Mrs. Heine.«

»Ich hab gerade versucht, das Baby zum Schlafen zu kriegen«, sagte sie.

Sie war jetzt eine ganz andere Frau als in der Kirche – nicht die reizende, Tee und Kaffee anbietende Fischersfrau. Jetzt trug sie einen ausgeblichenen Rock, keine Schuhe und kein Make-up. Sie hatte eine Windel mit Spuckflecken über der linken Schulter, und ihr Haar war nicht frisch gewaschen. In der Hand hielt sie eine Babyflasche.

»Was kann ich für Sie tun, Sheriff?« fragte sie. »Carl ist noch nicht da.«

»Deshalb bin ich hier«, antwortete Art. »Ich fürchte, ich muß Ihnen … etwas Schlimmes sagen. Das Schlimmste, Mrs. Heine.«

Zuerst schien sie nicht zu verstehen. Sie sah ihn an, als hätte er Chinesisch gesprochen. Dann nahm sie die Windel von der Schulter und lächelte ihn wartend an, und es war seine Pflicht, das Rätsel zu klären.

»Carl ist tot«, sagte Art Moran. »Er ist heute nacht gestorben. Ein Unfall beim Fischen. Wir haben ihn heute morgen in seinem Netz verfangen gefunden, draußen in der White Sand Bay.«

»Carl?« sagte Susan Marie. »Das kann nicht sein.«

»Es ist aber so. Ich weiß, daß es nicht sein kann. Ich will nicht, daß es so ist. Glauben Sie mir, ich wünschte, es wäre nicht wahr. Aber es ist wahr. Ich bin gekommen, um Ihnen das zu sagen.«

Es war merkwürdig, wie sie reagierte. Man hätte es nicht voraussehen können. Plötzlich wich sie vor ihm zurück, blinzelte, ließ sich schwer auf die unterste Stufe fallen, saß dann dort und stellte die Babyflasche neben ihre nackten Füße auf den Boden. Sie vergrub die Ellbogen im Schoß und fing an, sich hin und her zu wiegen, die Windel hielt sie in beiden Händen und drehte sie mit den Fingern zusammen. »Ich wußte, daß es eines Tages so kommen würde«, flüsterte sie. Dann blieb sie ganz still sitzen und starrte in das Wohnzimmer.

»Es tut mir leid«, sagte Art. »Ich … ich glaube, ich werde Ihre Schwester anrufen und sie bitten herzukommen. Ist Ihnen das recht, Mrs. Heine?«

Aber von ihr kam keine Antwort, und Art konnte nur noch einmal sagen, es tue ihm leid, und an ihr vorbei zum Telephon gehen.

7

Ganz hinten in Richter Lew Fieldings Gerichtssaal saßen vierundzwanzig förmlich gekleidete Inselbewohner japanischer Herkunft. Kein Gesetz zwang sie, nur diese hintersten Plätze in Anspruch zu nehmen. Sie hatten es getan, weil San Piedro es von ihnen erwartete, ohne dies ein Gesetz zu nennen.

Ihre Eltern und Großeltern waren schon 1883 nach San Piedro gekommen. Damals wohnten zwei von ihnen – Japan Joe und Charles Joe – in einem Verschlag bei Cattle Point. Neununddreißig Japaner arbeiteten in der Sägemühle von Port Jefferson, aber der Volkszähler machte sich nicht die Mühe, sie namentlich in seine Liste einzutragen; er schrieb bloß auf: Japs Nummer 1, Japs Nummer 2, Japs Nummer 3, Japan Charlie, Alter Japs Sam, Lachender Japs, Zwerg Japs, Chippy, Boots und Stumpy – Namen dieser Art, nie die richtigen Namen.

Um die Jahrhundertwende hatten sich dreihundert Japaner auf San Piedro angesiedelt, die meisten waren als Seeleute auf Schonern gekommen und waren in Port Jefferson heimlich an Land gegangen, um in den Vereinigten Staaten zu bleiben. Viele schwammen ohne einen Cent amerikanischen Geldes ans Ufer, wanderten auf der Insel herum und ernährten sich von Multebeeren und *matsutake*-Pilzen, bis sie nach »Jap Town« fanden, einer Siedlung mit drei Badehäusern, zwei Friseuren, zwei Kirchen (einem buddhistischen Tempel und einer Baptistenmission), einem Hotel, einem Lebensmittelladen, einem Baseballplatz, einem Eiscafé, einem

Tofu-Laden und fünfzig ungestrichenen, schmutzigen Unterkünften, die alle auf Schlammstraßen blickten. Innerhalb einer Woche hatten alle abtrünnigen Seeleute Arbeit in der Sägemühle – sie stapelten Holz, fegten Sägemehl zusammen, schleppten Rindenstücke, ölten Maschinen – für einen Stundenlohn von elf Cents.

Firmenbücher, die in den Archiven von Island County aufbewahrt werden, verzeichnen, daß 1907 achtzehn Japaner in der Sägemühle von Port Jefferson verletzt oder verstümmelt wurden. Japs Nummer 107 verlor laut Eintragung am 12. März eine Hand in einer Rindenschälmaschine und bekam 7 Dollar, 80 Cent Schmerzensgeld. Japs Nummer 57 renkte sich am 29. Mai die rechte Hüfte aus, als ein Holzstapel umfiel.

1921 wurde die Sägemühle geschlossen: Alle Bäume auf der Insel waren den Sägen zum Opfer gefallen, und nun glich San Piedro einer kahlen Baumstumpfwüste. Die Sägemühlenbesitzer verkauften ihren Besitz und verließen die Insel. Die Japaner legten Erdbeerfelder an, denn Erdbeeren gediehen im Klima von San Piedro und erforderten wenig Startkapital. Man brauchte dazu nichts als ein Pferd, einen Pflug und viele Kinder, hieß es.

Einige Japaner pachteten schon bald kleine Felder und machten sich selbständig. Die meisten aber hatten Arbeitsverträge oder arbeiteten als Pächter auf Feldern, deren Besitzer *hakujin* waren. Nach dem Gesetz konnten sie selbst nicht Landeigentümer werden, ohne eingebürgert zu sein; amerikanische Staatsbürger aber konnten sie – ebenfalls nach dem Gesetz – nicht werden, solange sie Japaner waren.

Sie sparten ihr Geld in Konservenbüchsen, schrieben dann an ihre Eltern in Japan und baten sie, ihnen Ehefrauen zu schicken. Manche logen und behaupteten, sie seien reich geworden, oder schickten alte Photos, auf denen sie noch junge Männer waren; jedenfalls kamen Ehefrauen über den

Ozean. Sie wohnten in Hütten aus Zedernholzbrettern, die von Petroleumlampen erleuchtet wurden, und schliefen auf Strohsäcken. Durch die Ritzen in den Wänden blies der Wind. Morgens um fünf Uhr waren Braut und Bräutigam auf den Erdbeerfeldern zu finden. Im Herbst hockten sie zwischen den Reihen und zupften Unkraut oder gossen eimerweise Dünger auf die Pflanzen. Im April legten sie Schnecken- und Rüsselkäfergift aus. Sie schnitten die Ableger zurück, zuerst bei den einjährigen Pflanzen, dann bei den zwei- und dreijährigen. Sie jäteten Unkraut und achteten auf Pilzbefall und Ungeziefer und auf den Schimmel, der mit dem Regen kam.

Wenn die Beeren im Juni reif wurden, zogen sie mit ihren Kisten auf die Felder und fingen an zu pflücken. Jedes Jahr kamen kanadische Indianer auf die Insel und halfen den Japanern bei der Arbeit für die *hakujin*. Die Indianer schliefen am Feldrand oder in alten Hühnerställen oder Scheunen. Manche arbeiteten in der Erdbeerkonservenfabrik. Sie blieben zwei Monate, bis auch die Himbeersaison vorbei war, und waren dann wieder verschwunden.

Aber mindestens einen vollen Monat lang waren Sommer für Sommer unendliche Mengen Erdbeeren zu pflücken. Eine Stunde nach Sonnenaufgang waren die ersten der flachen Kisten schon bis über den Rand voll, und der Vorarbeiter, ein Weißer, schrieb römische Ziffern in ein schwarzes Buch neben den Namen jedes Pflückers. Er sortierte die Beeren in Kisten aus Zedernholz, und die Männer von der Verpackungsgesellschaft luden sie auf Pritschenwagen. Die Pflücker bückten sich wieder in die numerierten Reihen und füllten weiter ihre Kisten.

Wenn Anfang Juli die Ernte vorbei war, bekamen sie zum Erdbeerfest einen freien Tag. Ein junges Mädchen wurde zur Erdbeerprinzessin gekrönt; die *hakujin* ließen Lachs braten, die Freiwillige Feuerwehr veranstaltete ein Softballspiel gegen die Mannschaft vom Japanischen Gemeindezentrum. Der Gartenverein stellte Erdbeeren und Körbe mit Fuchsien aus, und die Handelskammer prämierte die Sieger im Wettbewerb der Festwagen. Im Tanzpavillon in West Port Jensen waren die Lampions angezündet; Touristen aus Seattle drängten sich auf den Ausflugsdampfern, um die Svenska Polka, den Rheinländer, den Schottischen und den Hambone zu tanzen. Alle kamen – Wiesenbauern, Büroschreiber, Kaufleute, Fischer, Krabbenfänger, Zimmerleute, Holzfäller, Netzknüpfer, Gemüsegärtner, Schrotthändler, Immobilienhaie, Schundromanschreiber, Pfarrer, Rechtsanwälte, Seeleute, Obdachlose, Maschinenbauer, Schindelmacher, Fernfahrer, Klempner, Pilzsammler und Gärtner. Sie machten Picknick in Burchillville und Sylvan Grove, hörten zu, wie die High School Band schleppende Blasmusik spielte, und lagerten Portwein trinkend unter Bäumen.

Die ganze Veranstaltung – eine Mischung aus Bacchanal, Potlatch und neuenglischem Supper – drehte sich um die Krönung der Erdbeerprinzessin, die immer ein jungfräuliches japanisches Mädchen war, in Satin gekleidet und sorgfältig mit Reispuder geschminkt. Die Krönungszeremonie war recht gravitätisch und fand am Eröffnungsabend des Festes bei Sonnenuntergang vor dem Island County-Gericht statt. Körbe voller Erdbeeren waren im Halbkreis um die Prinzessin angeordnet, und sie empfing mit gebeugtem Haupt die Krone aus der Hand des Bürgermeisters von Amity Harbor, der eine rote, von der Schulter zur Taille reichende Schärpe trug und ein verziertes Zepter hielt. In die erwartungsvolle Stille hinein verkündete er feierlich, daß das Landwirtschaftsministerium – er hatte einen Brief – ihrer löblichen Insel bestätigte, sie produziere Amerikas Beste Erdbeere; oder er wußte zu vermelden, daß King George und Queen Elizabeth bei einem kürzlichen Besuch der Stadt Vancouver zum Frühstück Erdbeeren der Sorte »San Piedro's Beste« genossen hätten. Hurrarufe erschallten, als er nun mit hocherhobenem Zepter dastand und die freie Hand auf der wohlgeformten Schulter des jungen Mädchens ruhen ließ. Das Mädchen erwies sich als ahnungslose Mittlerin zwischen zwei Gemeinschaften, ein menschliches Opfer, das einen Festverlauf ohne ein böses Wort garantierte.

Am nächsten Tag fingen die Japaner – traditionsgemäß um die Mittagszeit – mit der Himbeerernte an.

So spielte sich das Leben in San Piedro ab. Am Tag von Pearl Harbor hatte San Piedro 843 Einwohner japanischer Abstammung, einschließlich der zwölf Schüler in der letzten Klasse der Amity Harbor High School, die in diesem Frühjahr ihr Abschlußexamen nicht machen sollten. Am frühen Morgen des 29. März 1942 brachten fünfzehn Fahrzeuge der US War Relocation Authority alle japanischen Amerikaner der Insel San Piedro zur Anlegestelle der Fähre in Amity Harbor. Sie wurden auf ein Schiff verfrachtet – vor den Augen ihrer weißen Nachbarn, die früh aufgestanden waren, um sich das Schauspiel nicht entgehen zu lassen: Sie harrten in der Kälte aus und sahen zu, wie die Japaner aus ihrer Mitte vertrieben wurden. Manche von ihnen waren Freunde, aber die meisten waren nur neugierige Zuschauer und Fischer, die an Deck ihrer Boote im Hafen von Amity Harbor standen. Die Fischer hatten – wie die meisten Inselbewohner – das Gefühl, daß diese Vertreibung der Japaner das einzig richtige sei; und sie lehnten zufrieden an den Kajüten ihrer Heck- und Seitentrawler und waren überzeugt, daß die Japaner aus gutem Grund gehen mußten: Schließlich war Krieg, und das änderte alles.

Während der Morgenpause war die Frau des Angeklagten allein zu der Sitzreihe hinter dem Angeklagtentisch gekommen und hatte um Erlaubnis gebeten, mit ihrem Mann zu sprechen.

»Das müssen Sie aber von hier hinten aus tun«, sagte Abel Martinson. »Mr. Miyamoto kann sich umdrehen und Sie ansehen, aber mehr auch nicht, verstehen Sie. Ich soll ihn nicht viel rumlaufen lassen.«

Siebenundsiebzig Tage lang war Hatsue Miyamoto jeden Nachmittag um drei Uhr zum Island County-Gefängnis gekommen, um ihren Mann zu sehen. Zuerst kam sie allein und unterhielt sich durch eine Glasscheibe mit ihm, aber dann bat er sie, die Kinder mitzubringen. Das tat sie dann auch: Es kamen die beiden Mädchen, acht und vier Jahre alt, die hinter ihr gingen, und ein elf Monate alter kleiner Junge, den sie auf dem Arm hielt. An dem Morgen, als sein Sohn das Laufen lernte, war Kabuo im Gefängnis, aber am Nachmittag brachte sie den Jungen mit, und er machte vier Schritte, und sein Vater sah ihm durch das Fenster des Besuchszimmers zu. Hinterher hob sie ihn zum Fenster hoch, und Kabuo sprach durch das Mikrophon mit ihm. »Du kannst weiter laufen als ich«, sagte er. »Mach ein paar Schritte für mich, okay?«

Jetzt, im Gerichtssaal, drehte er sich zu Hatsue um. »Wie geht's den Kindern?« fragte er.

»Sie brauchen ihren Vater«, antwortete sie.

»Nels arbeitet daran«, sagte Kabuo.

»Nels geht jetzt«, sagte Nels. »Hilfssheriff Martinson sollte sich auch etwas bewegen. Können Sie sich nicht irgendwo hinstellen und sie aus der Distanz im Auge behalten, Abel? Lassen Sie die beiden doch ein bißchen allein.«

»Kann ich nicht«, antwortete Abel. »Art reißt mir den Kopf ab.«

»Art reißt Ihnen nicht den Kopf ab«, sagte Nels. »Sie wissen sehr gut, daß Mrs. Miyamoto ihrem Mann nicht heimlich eine Waffe zusteckt. Treten Sie ein bißchen zurück. Lassen Sie die beiden reden.«

»Kann ich nicht«, sagte Abel. »Tut mir leid.«

Aber er ging ungefähr einen Meter beiseite und tat so, als hörte er nicht zu. Nels entschuldigte sich und ging.

»Wo sind sie jetzt?« fragte Kabuo.

»Bei deiner Mutter. Mrs. Nakao ist da. Alle helfen.«

»Du siehst schön aus. Du fehlst mir.«

»Ich sehe schrecklich aus«, antwortete Hatsue. »Und du siehst aus wie einer von Tojos Soldaten. Sitz lieber nicht mehr so stramm und aufrecht. Die Geschworenen bekommen sonst Angst vor dir.«

Er sah sie mit seinem durchdringenden Blick an, und sie konnte sehen, daß er sich ihren Rat durch den Kopf gehen ließ. »Das tut gut, aus der Zelle rauszukommen«, sagte er. »Ein gutes Gefühl, draußen zu sein.«

Hatsue hätte ihn gern berührt. Sie wollte die Hand auf seinen Hals legen, mit den Fingerspitzen sein Gesicht fühlen. Dies war das erste Mal seit siebenundsiebzig Tagen, daß keine Glasscheibe zwischen ihnen war. Siebenundsiebzig Tage lang hatte sie seine Stimme nur durch ein Mikrophon gehört. In der ganzen Zeit war sie nicht ein einziges Mal gelassen und ruhig gewesen, und sie hatte es aufgegeben, sich ihre Zukunft auszumalen. In den Nächten hatte sie die Kinder zu sich ins Bett geholt und sich dann vergeblich bemüht, Schlaf zu finden. Sie hatte Schwestern, Kusinen und Tanten, die sie morgens anriefen und zum Mittagessen einluden. Sie nahm die Einladungen an, weil sie einsam war und den Klang anderer Stimmen brauchte. Die Frauen machten Brote, backten Kuchen, kochten Tee und schwatzten in der Küche, während die Kinder spielten, und so ging der Herbst vorbei, während ihr Leben stillstand.

Manchmal schlief Hatsue nachmittags auf dem Sofa ein. Während sie schlief, paßten die anderen Frauen auf ihre Kinder auf, und sie versäumte nicht, sich dafür zu bedanken; aber früher hätte sie so etwas nie getan: einfach einschlafen, sich hinlegen, während sie Besuch hatte und ihre Kinder wild herumtobten.

Sie war einunddreißig Jahre alt und noch sehr anmutig und grazil. Beim Gehen setzte sie die ganze Sohle auf, wie eine barfüßige Bauersfrau, sie hatte eine schmale Taille und kleine Brüste. Oft trug sie Männerkhakihosen, ein graues Sweatshirt aus Baumwolle und Sandalen. Im Sommer arbeitete sie immer als Erdbeerpflückerin, um etwas dazu zu verdienen. In der Erntezeit waren ihre Hände vom Erdbeersaft verfärbt. Auf dem Feld trug sie einen Strohhut tief in die Stirn gezogen – als junges Mädchen hatte sie das häufig versäumt, deshalb hatte sie jetzt Fältchen um die Augen. Hatsue war groß – über einen Meter siebzig –, konnte sich aber trotzdem eine ganze Weile tief zwischen die Erdbeerreihen bücken, ohne Rückenschmerzen zu bekommen.

Neuerdings hatte sie angefangen, Mascara und Lippenstift zu benutzen. Sie war nicht eitel, aber sie begriff, daß sie ihr blühendes Aussehen verlor. Sie hatte nichts dagegen, mit einunddreißig langsam zu verblühen, denn im Lauf der Jahre war ihr allmählich immer klarer geworden, daß es im Leben nicht nur auf die außergewöhnliche Schönheit ankam, die man immer an ihr gerühmt hatte. In ihrer Jugend war sie so schön gewesen, daß ihre Schönheit eine Art öffentlichen Besitzes gewesen war. 1941 hatte man sie zur Erdbeerprinzessin gekrönt. Als sie dreizehn war, hatte ihre Mutter ihr einen Seidenkimono angezogen und sie zu Mrs. Shigemura geschickt, die jungen Mädchen Unterricht im *odori*-Tanz gab und sie die Kunst der Teezeremonie lehrte. Vor einem Spiegel sitzend, hatte sie von Mrs. Shigemura gelernt, daß ihr Haar *utsukushii* war und daß es eine Form der Ketzerei wäre, dieses Haar zu schneiden. Es sei ein Fluß aus schimmerndem Onyx – Mrs. Shigemura beschrieb es mit japanischen Worten –, das wichtigste Merkmal ihrer physischen Erscheinung, ebenso auffallend und außergewöhnlich wie Kahlköpfigkeit bei einem Mädchen ihres Alters. Sie müsse lernen, daß man es auf viele verschiedene Arten tragen könne – sie könne es mit Nadeln bändigen oder zu einem dicken Zopf flechten und über einer Brust hängen lassen oder zu einem komplizierten Knoten im Nacken zusammendrehen oder so zurückkämmen, daß es die breiten, glatten Flächen ihrer Wangen freigebe. Mrs. Shigemura wog Hatsues Haar in ihren Händen und sagte, seine Beschaffenheit erinnere sie an Quecksilber und Hatsue müsse lernen, ein liebevolles Spiel damit zu beginnen, so wie man auf einem Saiteninstrument oder einer Flöte spielte. Dann kämmte sie es nach hinten, bis es sich auf Hatsues Rücken fächerförmig ausbreitete und in schwarzen Wellen überirdisch schimmerte.

Mrs. Shigemura unterrichtete Hatsue jeden Mittwochnachmittag in den Feinheiten der Teezeremonie, in Kalligraphie und in Landschaftsmalerei. Sie zeigte ihr, wie man Blumen in einer Vase anordnete und wie man sich zu besonderen Gelegenheiten das Gesicht mit Reispuder bestäubte. Sie schärfte Hatsue ein, niemals zu kichern und niemals einen Mann direkt anzusehen. Um ihren Teint makellos zu halten – Hatsue habe eine Haut wie Vanilleeis, sagte Mrs. Shigemura –, müsse sie darauf achten, sich nie der Sonne auszusetzen. Mrs. Shigemura lehrte Hatsue, maßvoll und beherrscht zu singen und in graziöser Haltung zu sitzen, zu gehen und zu stehen. In dieser Hinsicht zeigte Mrs. Shigemuras Schulung noch immer ihre Wirkung: Hatsues Bewegungen bildeten ein harmonisches Ganzes, das von den Ballen ihrer Füße bis zu ihrem Kopf reichte. Sie wirkte in sich ruhend und anmutig.

Sie hatte immer ein anstrengendes Leben gehabt – Arbeit auf dem Feld, Internierung, noch mehr Feldarbeit zusätzlich zur Arbeit im Haushalt –, aber in dieser Zeit der Schulung durch Mrs. Shigemura hatte sie gelernt, sich trotzdem zu sammeln. Das war zum Teil eine Sache der Körperhaltung und der Atmung, aber noch mehr der Seele. Mrs. Shigemura lehrte sie, die Vereinigung mit dem Größeren Leben anzustreben und sich selbst als ein Blatt an einem großen Baum zu sehen: Daß es im Herbst sterben müsse, sei unwichtig im Vergleich zu der glücklichen Erkenntnis, am Leben des ganzen Baumes teilzuhaben. In Amerika, sagte sie, habe man Angst vor dem Tod; hier sei das Leben vom Sein getrennt. Eine Japanerin dagegen müsse verstehen, daß das Leben den Tod umfasse, und wenn sie die Wahrheit dieses Gedankens spüre, werde sie Ruhe finden.

Mrs. Shigemura lehrte Hatsue, reglos zu sitzen, und behauptete, daß sie nicht richtig erwachsen werde, bevor sie gelernt habe, so über längere Zeit zu verharren. Das Leben in Amerika sei ungünstig dafür, denn hier herrschten Anspannung und Unglück. Zunächst konnte Hatsue, die erst dreizehn war, nicht einmal dreißig Sekunden lang stillsitzen. Später dann konnte sie zwar ihren Körper stillhalten, merkte aber, daß ihr Geist nicht zur Ruhe kommen wollte. Doch allmählich ließ ihre Rebellion gegen die Ruhe nach. Mrs. Shigemura war erfreut und behauptete, das Ungestüm ihres Ich werde langsam überwunden. Sie erklärte Hatsue, ihre innere Ruhe werde ihr helfen. Sie werde die Harmonie des Seins auch mitten in den Veränderungen und der Rastlosigkeit spüren, die das Leben unausweichlich mit sich bringe.

Aber wenn Hatsue vom Unterricht bei Mrs. Shigemura auf Waldwegen nach Hause ging, fürchtete sie, trotz aller Übungen keine Ruhe gefunden zu haben. Sie trödelte und saß manchmal unter Bäumen, suchte nach Frauenschuh oder weißem Trillium und grübelte darüber nach, wieviel Anziehungskraft die Welt der Illusionen für sie hatte – grübelte über ihre Sehnsucht nach Leben und Unterhaltung, nach Kleidern, Make-up, Tanzen, Kino. Ihr kam es so vor, als habe sie durch ihr äußeres Verhalten Mrs. Shigemura nur getäuscht; tief im Innern wußte sie, daß ihre Hoffnung auf weltliches Glück erschreckend unwiderstehlich war. Aber der Druck, dieses Innenleben zu verbergen, war hoch, und als sie auf die High School kam, konnte sie durch ihre Körpersprache meisterhaft eine Ruhe vorgeben, die sie in Wahrheit gar nicht besaß. Auf diese Weise entwickelte sie ein geheimes Leben, das sie verstörte und das sie gerne überwinden wollte.

Über sexuelle Fragen sprach Mrs. Shigemura offen und unverblümt mit Hatsue. Bedeutungsschwer wie eine Wahrsagerin verkündete sie, daß weiße Männer Hatsue begehren und danach streben würden, ihre Jungfräulichkeit zu zerstören. Sie behauptete, weiße Männer trügen im Herzen verborgen eine Lust auf unberührte, junge japanische Mädchen. Sieh dir nur ihre Illustrierten und die Filme an, sagte Mrs. Shigemura. Kimonos, Sake, Wände aus Reispapier, kokette, scheu lächelnde Geishas. Weiße Männer hegten Phantasievorstellungen von einem leidenschaftlichen Japan: Mädchen mit schimmernder Haut und gertenschlanken, langen Beinen barfuß in der schwülen Wärme der Reisfelder –, und diese Phantasien lenkten ihre Triebe in die Irre. Gefährliche, egozentrische Männer seien sie, fest überzeugt, daß Japanerinnen sie wegen ihrer weißen Haut und ihrer Tatkraft anbeteten. Halte dich fern von weißen Männern, sagte Mrs. Shigemura, und heirate einen Jungen deiner Art, der ein starkes, gutes Herz hat.

Die Eltern hatten Hatsue zu Mrs. Shigemura geschickt, damit das Mädchen nicht vergaß, daß sie zuerst und vor allem Japanerin war. Ihr Vater, ein Erdbeerfarmer, war aus Japan gekommen; seine Vorfahren waren Töpfer gewesen, solange man zurückdenken konnte. Hatsues Mutter Fujiko – die Tochter einer Familie mit bescheidenen Mitteln aus der Gegend von Kure, hart arbeitende Ladenbesitzer und Reisgroßhändler – war mit der *Korea Maru* als Hisaos nach einem Photo ausgesuchte Braut gekommen. Die Ehe war durch einen *baishakunin* arrangiert, der den Shibayamas erzählt hatte, der potentielle Bräutigam habe im neuen Land ein Vermögen gemacht. Aber die Shibayamas nannten ein stattliches Haus ihr eigen und meinten, Fujiko, die Tochter, um die es sich handelte, habe Besseres verdient als die Ehe mit einem Lohnarbeiter in Amerika. Daraufhin zeigte ihnen der *baishakunin*, dessen Geschäft es war, Bräute aufzutreiben, zwölf Morgen bestes Bergland, das der potentielle Bräutigam nach seiner Rückkehr aus Amerika angeblich kaufen wolle – so sagte er. Pfirsichbäume und Persimonen standen auf dem Land, auch schlanke hohe Zedern und ein schönes neues Haus mit drei Steingärten. Und schließlich hatte er noch ein Argument – Fujiko selbst habe den Wunsch zu gehen: sie sei jung, neunzehn erst, und wolle etwas von der Welt jenseits des Ozeans sehen.

Aber sie war während der ganzen Reise seekrank gewesen, hatte nur im Bett gelegen, immer Magenkrämpfe und Brechreiz gehabt. Und als sie endlich in dem neuen Land war, hatte sie bei der Ankunft in Seattle feststellen müssen, daß sie einen armen Mann geheiratet hatte. Hisaos Finger waren schwielig und sonnenverbrannt; und seine Kleider rochen stark nach der schweißtreibenden Arbeit auf den Feldern. Es zeigte sich, daß er nichts besaß, nur ein paar Dollar und etwas Kleingeld. Er bat Fujiko um Verzeihung. Zuerst wohnten sie in einer Unterkunft in Beacon Hill in einem Zimmer, dessen Wände mit Photos aus Illustrierten tapeziert waren; die Weißen auf den Straßen behandelten sie mit demütigender Verachtung. Fujiko nahm Arbeit in einer Großküche am Hafen an. Auch sie schwitzte unter ihren Kleidern und arbeitete sich die Hände wund für die *hakujin*.

Hatsue wurde geboren, sie war die erste von fünf Töchtern, und die Familie zog in ein Mietshaus an der Jackson Street. Es gehörte Leuten aus der Provinz Tochigiken, die erstaunlich viel erreicht hatten: Die Frauen der Familie gingen in Kimonos aus Seidenkrepp und scharlachroten Pantoffeln mit Korksohlen herum. Aber es stank in der Jackson Street nach faulem Fisch, nach Kohl und Rüben, die in der Salzlake des Meerwassers gärten, nach träge fließenden Abwässern und nach den Abgasen der dieselgetriebenen Straßenbahnen. Drei Jahre lang putzte Fujiko dort Zimmer, bis Hisao eines Tages mit der Nachricht nach Hause kam, daß er für sie beide Arbeit bei der National Cannery Company angenommen habe. Im Mai schifften sich die Imadas nach San Piedro ein, wo man auf den zahllosen Erdbeerfeldern arbeiten konnte.

Die Arbeit war hart – Hatsue und ihre Schwestern sollten viel Zeit ihres Lebens damit verbringen –, und man mußte sie gebückt und unter der heißen Sonne tun. Aber trotz der Mühen lebte man unendlich viel besser als in Seattle: Die Erdbeerpflanzen zogen sich in säuberlichen Reihen talauf und talab, der Wind trieb den Pflückern den Geruch des Meeres zu, und morgens beschwor das graue Licht ein Stück des Japans herauf, das Hisao und Fujiko verlassen hatten.

Anfangs wohnten sie in der Ecke einer Scheune, die sie mit einer Indianerfamilie teilten. Hatsue war sieben, als sie mit ihrer Mutter Farne im Wald pflückte und Ilexhecken schnitt. Hisao verkaufte Barsche und flocht Weihnachtskränze. Sie sammelten Münzen und Scheine in einem Kornsäckchen, pachteten sieben Morgen Land mit Baumstümpfen und wildem Wein, kauften einen Ackergaul und fingen an zu roden.

Der Herbst kam, die Ahornblätter rollten sich zu Fäusten zusammen und fielen ab; der Regen zermalmte sie zu braunrotem Brei. Im Winter 1931 verbrannte Hisao gerodetes Holz und brach Stümpfe aus der Erde. Langsam gewann ein Haus aus Zedernholzbrettern Gestalt. Rechtzeitig zu Beginn des blassen Frühlingslichtes waren die Felder bestellt und die ersten Pflanzen gesetzt.

Als Kind grub Hatsue Panopea-Muscheln am South Beach aus, pflückte Brombeeren, sammelte Pilze und zupfte Unkraut zwischen den Erdbeerpflanzen. Sie mußte auch ihre vier jüngeren Schwestern bemuttern. Als sie zehn war, brachte ein Nachbarjunge ihr das Schwimmen bei und bot ihr an, seine Glasbodenkiste mitzubenutzen, damit sie unter die Wasseroberfläche sehen könne. Die beiden Kinder klammerten sich an die Kiste, ließen sich den Rücken von der Sonne über dem Pazifik wärmen und beobachteten gemeinsam Seesterne und Steinkrebse. Das Wasser verdunstete auf Hatsues Haut und hinterließ eine Salzkruste. Eines Tages küßte der Junge sie schließlich. Er fragte, ob er es dürfe, und sie sagte weder ja noch nein, und dann beugte er sich über die Kiste und legte eine Sekunde lang seine Lippen auf ihre. Sie roch das warme salzige Innere seines Mundes, bevor der Junge zurückfuhr und sie blinzelnd ansah. Dann beobachteten sie wieder durch das Glas Anemonen, Seegurken und Ringelwürmer. Hatsue sollte sich an ihrem Hochzeitstag daran erinnern, daß sie ihren ersten Kuß von diesem Jungen bekommen hatte, von Ishmael Chambers, als sie sich an einer Glasbodenkiste festhielten und im Wasser trieben. Als ihr Ehemann sie aber fragte, ob sie schon einmal jemanden geküßt habe, hatte Hatsue geantwortet: *Nie.*

»Es schneit stark«, sagte sie nun zu ihm und sah zu den Fenstern des Gerichtssaals hinauf. »Viel Schnee. Für deinen Sohn ist es der erste.«

Kabuo drehte sich um, damit er das Schneetreiben sehen konnte, und sie bemerkte die dicken Sehnenstränge an seiner linken Halsseite über dem zugeknöpften Hemdkragen. Er hatte im Gefängnis nichts von seiner Kraft verloren; diese Kraft war, soweit sie es verstand, eine Sache seiner inneren Einstellung, etwas, was er stillschweigend den Lebensumständen anpaßte: In seiner Zelle hatte er sich darauf konzentriert, sie zu bewahren.

»Sieh im Kartoffelkeller nach, Hatsue«, sagte er. »Damit nichts einfriert.«

»Ich hab schon nachgesehen«, antwortete sie. »Alles in Ordnung.«

»Gut«, sagte Kabuo. »Ich hab gewußt, daß du das tust.«

Er sah einen Augenblick schweigend dem Schnee zu, dessen Flocken an den hohen Fenstern vorbeischossen, dann wandte er sich wieder zu ihr. »Weißt du noch, der Schnee damals in Manzanar?« fragte er. »Jedesmal, wenn es schneit, denke ich daran. An das Schneetreiben und den starken Wind und den Kanonenofen. Und an das Sternenlicht, das durchs Fenster schien.«

So redete er gewöhnlich nicht mit ihr, solche romantischen Worte gebrauchte er sonst nie. Aber vielleicht hatte das Gefängnis ihn gelehrt, etwas preiszugeben, was er sonst verborgen gehalten hätte. »Das war auch ein Gefängnis«, sagte Hatsue. »Manches war gut dort, aber ein Gefängnis war es.«

»Es war kein Gefängnis«, sagte Kabuo. »Das haben wir damals nur gedacht, weil wir es nicht besser wußten. Aber ein Gefängnis war das nicht.«

Als er es sagte, wußte sie, daß es die Wahrheit war. Sie hatten im Internierungslager in Manzanar in einem buddhistischen Tempel aus Teerpappe geheiratet. Hatsues Mutter hatte Armeewolldecken aufgehängt, um den engen Wohnraum der Imadas zu teilen, und hatte ihnen in der Hochzeitsnacht zwei Feldbetten gleich neben dem Kanonenofen gegeben. Sie hatte die Pritschen sogar zusammengerückt, damit sie ein einziges Bett bildeten, und die Laken mit der Hand glattgestrichen. Hatsues Schwestern standen alle vier neben dem Vorhang und sahen ihrer Mutter dabei zu. Fujiko schüttete Kohlen in den Kanonenofen und wischte sich die Hände an der Schürze ab. Sie nickte und sagte, sie sollten die Luftklappe nach fünfundvierzig Minuten schließen. Dann nahm sie ihre vier Töchter mit hinaus und ließ Hatsue und Kabuo allein.

Sie standen in ihren Hochzeitskleidern am Fenster und küßten einander, und sie nahm den Geruch seiner warmen Haut wahr. Draußen trieb Schnee gegen die Barackenwände. »Sie werden alles hören«, flüsterte Hatsue.

Kabuo ließ seine Hände an ihrer Taille, drehte sich um und redete gegen den Vorhang. »Im Radio ist bestimmt gute Musik«, rief er. »Ein bißchen Musik wär ganz nett.«

Sie warteten. Kabuo hing seine Jacke an einen Haken. Nach einer Weile kam ein Sender aus Las Vegas – Country-and-Western-Musik. Kabuo setzte sich und zog Schuhe und Strümpfe aus. Er stellte sie ordentlich unters Bett. Er zog seine Fliege auf.

Hatsue setzte sich neben ihn. Sie sah einen Moment lang sein Gesicht von der Seite an, sah die Narbe an seinem Kinn, und dann küßten sie sich. »Ich brauche Hilfe mit meinem Kleid«, flüsterte sie. »Der Verschluß ist hinten, Kabuo.«

Kabuo öffnete ihn für sie. Er fuhr mit dem Finger an ihrem Rückgrat entlang. Sie stand auf und streifte sich das Kleid von den Schultern. Es fiel auf den Boden, und sie hob es auf und hängte es an den Haken neben seine Jacke.

Hatsue kam in Büstenhalter und Slip wieder zum Bett und setzte sich neben Kabuo.

»Ich möchte nicht viel Lärm machen«, sagte sie. »Auch wenn das Radio läuft. Meine Schwestern horchen.«

»Okay«, sagte Kabuo. »Ganz leise.«

Er knöpfte sich das Hemd auf, streifte es ab und legte es ans Fußende. Er zog sich das Unterhemd über den Kopf. Er war sehr kräftig. Sie konnte die fließende Bewegung seiner Bauchmuskeln sehen. Sie war froh, daß sie ihn geheiratet hatte. Er stammte wie sie von Erdbeerfarmern ab. Er konnte gut mit den Pflanzen umgehen und wußte, welche Ableger man beschneiden mußte. Seine Hände waren wie ihre in den

Sommermonaten vom Erdbeersaft verfärbt. Das Aroma der roten Früchte haftete an seiner Haut. Und weil er nach Erdbeeren duftete, fühlte sich Hatsue zu ihm hingezogen, das wußte sie; ihre Nase sagte es ihr, so seltsam das Außenstehenden auch vorkommen mochte. Und sie wußte auch, daß Kabuo dasselbe wollte wie sie: eine Erdbeerfarm auf San Piedro. Das war alles, mehr wollten sie nicht, nur ihre Farm und die Nähe der Menschen, die sie gern hatten, und den Duft von Erdbeeren vor dem Fenster. Hatsue kannte gleichaltrige Mädchen, die sicher waren, daß ihr Glück anderswo lag, in Seattle oder Los Angeles vielleicht. Sie konnten nicht genauer sagen, was sie eigentlich in der Großstadt suchten, nur daß sie unbedingt dorthin wollten. Früher hatte Hatsue sich das auch gewünscht, aber allmählich war sie dem entwachsen, wie aus einem Traum aufgewacht, seit sie ihre eigene innere Natur entdeckt hatte: Sie war gemacht für das friedliche, gelassene Leben der Erdbeerfarmer auf der Insel. Sie wußte im Innersten, was sie wollte, und sie wußte, warum sie es wollte. Sie begriff das Glück, an einem Ort zu sein, wo die Arbeit klar überschaubar war und wo sie mit einem Mann, den sie aus freiem Entschluß liebte, über die Felder gehen konnte. Und Kabuo empfand wie sie und wollte vom Leben dasselbe wie sie. Und deshalb machten sie Pläne miteinander. Wenn der Krieg vorbei war, wollten sie nach San Piedro zurückkehren. Kabuo war dort so verwurzelt wie sie, ein Junge, der sich mit dem Boden und den Pflanzen auskannte und wußte, wie gut es tat, unter den Menschen zu leben, die man liebte. Auf ihn traf genau zu, was Mrs. Shigemura vor vielen Jahren über den Mann, den sie lieben und heiraten sollte, gesagt hatte. Deshalb küßte sie ihn jetzt mit Inbrunst. Seinen Kiefer und seine Stirn küßte sie zarter, und dann stützte sie ihr Kinn auf seinen Kopf und hielt seine Ohren zwischen den Fingern. Sein Haar roch nach feuchter Erde. Kabuo legte seine Hände auf ihren Rücken und zog sie fest an sich. Er küßte sie dicht über ihren Brüsten und drückte die Nase auf ihre Haut.

»Du riechst so gut«, sagte er.

Er drehte sich zur Seite, zog die Hosen aus und legte sie neben das Hemd. Nun saßen sie in Unterwäsche nebeneinander. Seine Beine schimmerten in dem schwachen Licht, das durchs Fenster kam. Sie konnte sehen, daß sein Penis unter dem Stoff seiner Unterhose aufrecht stand.

Hatsue zog die Füße aufs Bett und stützte das Kinn auf die Knie. »Sie horchen«, sagte sie. »Ich weiß es genau.«

»Könnt Ihr das Radio lauter stellen?« rief Kabuo. »Wir hören so wenig hier drin.«

Die Country-and-Western-Musik wurde lauter. Und sie waren am Anfang ganz still. Sie lagen auf der Seite und sahen einander an, und sie spürte sein hartes Glied an ihrem Bauch. Sie streckte den Arm aus und berührte es unter dem Stoff der Unterhose, berührte die Spitze und den Schaft. Die Kohle im Kanonenofen brannte hörbar.

Ihr fiel ein, wie sie Ishmael Chambers, an die Glasbodenkiste geklammert, geküßt hatte. Er war ein braungebrannter Junge, der unten an der Straße wohnte – sie hatten zusammen Brombeeren gepflückt, waren auf Bäume geklettert und hatten Barsche geangelt. Sie dachte an ihn, als Kabuo die Unterseite ihrer Brüste küßte und dann die Brustwarzen durch den Stoff ihres Büstenhalters, und sie sah Ishmael als den Anfang einer Kette, sie hatte einen Jungen geküßt, als sie zehn war, und sie wußte, daß sie schon damals etwas seltsam Fremdes empfunden hatte, und daß sie heute, jetzt gleich, das harte Glied eines anderen tief in sich spüren würde. Aber es fiel ihr nicht schwer, Ishmael in ihrer Hochzeitsnacht ganz aus dem Gedächtnis zu löschen; er hatte sich nur eingeschlichen, ganz zufällig sozusagen, weil alle romantischen Augenblicke eine Kette bildeten – auch wenn manche schon längst Vergangenheit waren.

Nach einer kleinen Weile streifte ihr Mann ihr den Slip ab und löste den Verschluß des Büstenhalters, und sie zog seine Shorts herunter. Sie waren nackt, und sie konnte sein Gesicht im Sternenlicht des Fensters sehen. Es war ein gutes Gesicht, kraftvoll und sanft. Der Wind draußen wehte jetzt heftig und pfiff zwischen den Brettern. Sie umschloß Kabuos hartes Glied mit der Hand und spürte, wie es in ihm pulsierte. Dann ließ sie sich zurücksinken, ohne ihn loszulassen – so wollte sie es –, und er lag auf ihr und hielt ihren Hintern in den Händen.

»Hast du das schon jemals gemacht?« flüsterte er.

»Nie«, antwortete Hatsue, »du bist mein Einziger.«

Die Spitze des Penis fand die Stelle, die er suchte. Einen Moment wartete Kabuo dort, beherrscht, und küßte sie – er umschloß ihre Unterlippe mit seinen Lippen. Dann zog er sie an sich und drang im selben Augenblick in sie ein, so daß sie spürte, wie sein Skrotum leicht gegen ihre Haut schlug. Ihr ganzer Körper war einverstanden und antwortete ihm. Hatsue bog die Schultern zurück – ihre Brüste preßten sich an ihn –, und ein langsamer Schauer überlief sie.

»Es ist richtig«, hatte sie geflüstert – das wußte sie noch. »Es fühlt sich so richtig an, Kabuo.«

»*Tadaima aware ga wakatta*«, hatte er geantwortet. »Jetzt in diesem Augenblick verstehe ich die tiefste Schönheit.«

Acht Tage später brach er nach Camp Shelby, Mississippi, auf, wo er in das 442. Regiment eintrat. Er erklärte ihr, er müsse in den Krieg. Er habe seine Tapferkeit zu beweisen. Er habe seine Treue zu den Vereinigten Staaten, seinem Vaterland, unter Beweis zu stellen.

»Lauter Beweise, an denen du sterben kannst«, hatte sie ihm erklärt. »Ich weiß, daß du tapfer und treu bist.«

Er ging trotz ihrer Worte. Sie hatte sie vor der Hochzeit schon viele Male wiederholt, oft hatte sie ihn gedrängt, nicht zu gehen, aber er hatte sich nicht dazu überwinden können, dem Krieg fernzubleiben. Das sei nicht nur eine Frage der Ehre, hatte er gesagt, er müsse auch deshalb gehen, weil er ein japanisches Gesicht habe. Da sei etwas zusätzlich zu beweisen, dieser besondere Krieg lade ihm eine Bürde auf, und wenn nicht er sie trage, wer würde es dann tun? Sie sah, daß er in diesem Entschluß nicht wanken würde, und erkannte die Unbeugsamkeit, die kampflustige Seite ihres Ehemannes, die sich verzweifelt wünschte, in den Krieg zu ziehen. Es gab einen Bereich in ihm, der für sie unzugänglich war; dort faßte er einsame Entschlüsse, und das beunruhigte sie nicht nur, sondern machte ihr Angst um die gemeinsame Zukunft. Ihr Leben war nun mit seinem verbunden, und deshalb, meinte sie, müsse jeder Winkel seiner Seele für sie offen sein. Sie sagte sich ständig, der Krieg, das Leben im Internierungslager, die Belastung durch die unsicheren Zeiten und das Exil seien die Erklärung für sein distanziertes Verhalten. Viele Männer gingen gegen den Wunsch ihrer Frauen in den Krieg, jeden Tag verließen Gruppen das Lager, scharenweise zogen die jungen Männer davon. Sie sagte sich, sie müsse das hinnehmen, so wie ihre Mutter und Kabuos Mutter ihr rieten, sie dürfe nicht gegen Kräfte kämpfen, die übermächtig waren. Sie war jetzt im Strom der Geschichte, wie ihre Mutter vor ihr. Sie mußte mit dem Strom schwimmen – oder ihr eigenes Herz würde sie verzehren, und sie würde den Krieg nicht so unverletzt überleben, wie sie noch immer hoffte.

Hatsue fand sich damit ab, daß sie ihren Mann entbehrte, und lernte die Kunst des Wartens auf unbestimmte Zeit – eine bewußt unter Kontrolle gehaltene Hysterie, die eine gewisse Ähnlichkeit mit dem hatte, was Ishmael Chambers empfand, als er sie im Gerichtssaal beobachtete.

8

Als Ishmael Chambers Hatsue beobachtete, fiel ihm wieder ein, wie er mit ihr unterhalb der Steilküste am South Beach nach Muscheln gegraben hatte. Hatsue trug eine Gartenschaufel und einen Metalleimer mit durchgerostetem Boden, der ständig Wasser verlor; sie legte eine Tropfspur, als sie so durch das Watt wanderte; sie war vierzehn und hatte einen schwarzen Badeanzug an. Sie ging barfuß, machte einen Bogen um die Entenmuscheln und suchte sich trockene Stellen, an denen das salzverkrustete Gras, von der Sonne getrocknet, fächerförmig auf dem Schlick lag. Ishmael trug Gummistiefel und hatte einen kleinen Gärtnerspaten in der Hand; beim Gehen hatte er die Sonne hinter sich, sie verbrannte ihm Schultern und Rücken und trocknete den Schlamm an seinen Knien und Händen.

Sie liefen über einen Kilometer weit. Sie machten eine Pause und schwammen. Als die Flut einsetzte, kamen die Panopea-Muscheln hervor und spuckten Wasserstrahlen wie unter dem Seegras verborgene kleine Geysire. Überall im Watt brachen kleine Fontänen auf, dutzendweise, sprudelten sechzig Zentimeter hoch oder noch höher, dann ein zweites Mal, dann wurden sie niedriger, dünner und versiegten. Die Panopeas reckten die Rüssel aus dem Schlick und streckten die Lippen der Sonne entgegen. Die Atemöffnungen am Rüssel glitzerten. Sie leuchteten zartweiß und schillernd aus dem Gezeitenschlick hervor.

Die beiden knieten neben einem Rüssel und besprachen

seine Merkmale. Sie waren ruhig und machten keine hastigen Bewegungen – Bewegung machte die Muscheln scheu, so daß sie sich zurückzogen. Hatsue, ihren Eimer neben sich, die Schaufel in der Hand, zeigte auf die dunkle Lippenfarbe der Muschel, auf ihre Größe, Farbe und Schattierung, auf die Umrandung ihres wässerigen Grübchens. Sie entschied, daß es sich um eine Bartmuschel handele.

Sie waren vierzehn Jahre alt; Panopeas waren wichtig. Es war Sommer, und alles andere zählte nicht.

Sie kamen zu einer zweiten Fontäne und knieten sich wieder hin. Hatsue saß auf ihren Fußknöcheln und wrang das Salzwasser aus den Haaren, so daß es ihr am Arm entlang lief. Dann lockerte sie den Haarstrang, hob ihn hoch, ließ ihn sorgfältig nach hinten gleiten, damit er sich auf dem Rücken ausbreiten und in der Sonne trocknen konnte.

»Panopea«, sagte sie leise.

»Eine große«, stimmte Ishmael zu.

Hatsue beugte sich vor und steckte einen Finger in den Rüssel. Sie sahen zu, wie die Muschel versuchte, sich um ihn zu schließen, und sich in den Schlick bohrte. Hatsue folgte dem Rückzugsweg mit der Spitze eines Erlenstöckchens; die gesamten sechzig Zentimeter verschwanden. »Sie ist ganz tief unten«, sagte Hatsue, »und es ist eine große.«

»Ich bin dran mit Graben«, antwortete Ishmael.

Hatsue gab ihm ihre Schaufel. »Der Griff ist lose«, warnte sie. »Paß auf, daß er nicht abbricht.«

Die Schaufel förderte Venusmuscheln, Stöckchen und Sandwürmer zutage. Ishmael baute einen Deich gegen die einsetzende Flut; Hatsue schöpfte mit ihrem lecken Eimer Wasser, sie lag lang ausgestreckt mit dem Bauch im warmen Schlick, die Rückseite ihrer Beine war glatt und braun.

Als der Erlenstock umfiel, legte Ishmael sich neben sie und sah zu, wie sie mit dem Handspaten kratzte. Der obere Teil der Muschel wurde sichtbar; sie sahen die Öffnung, durch die sie den Rüssel zurückgezogen hatte. Sie lagen zusammen am Rand des Loches, jeder streckte einen schlammbedeckten Arm in die Öffnung, und sie gruben tiefer, bis ein Drittel der Muschel zu sehen war. »Laß sie uns jetzt rausziehen«, schlug Ishmael vor.

»Wir müssen unter sie kommen«, antwortete Hatsue.

Er hatte ihr beigebracht, wie man Panopeas ausgrub, und sie hatten vier Sommer lang zusammen gebuddelt, dann war sie geschickter als er. Sie hatte eine Art, beim Reden Gewißheit auszudrücken, die er ganz und gar überzeugend fand. »Die sitzt noch fest«, erklärte Hatsue jetzt. »Wenn wir jetzt schon ziehen, zerbricht sie. Lieber noch etwas Geduld haben und tiefer graben. Es ist besser, wenn wir weiter graben.«

Als es Zeit war, die Muschel herauszuziehen, langte er mit seiner Hand so weit hinunter, wie er konnte, so daß er mit dem Gesicht seitlich im Schlick lag und Hatsues eines Knie vor sich hatte. Es lag so dicht vor seinen Augen, daß es sein ganzes Sichtfeld einnahm und er das Salz auf ihrer Haut riechen konnte.

»Vorsichtig«, mahnte sie. »Langsam. Ganz ruhig. Nicht zu hastig. Langsam geht's am besten.«

»Sie kommt«, ächzte Ishmael, »ich kann sie fühlen.«

Danach nahm sie ihm die Muschel aus den Händen und spülte sie in einem Priel ab. Sie rieb die Schale mit dem Handballen ab und säuberte den langen Rüssel und den Fuß. Ishmael nahm die Muschel wieder und legte sie in den Eimer. Sauber und zerbrechlich sah sie aus, sie war die größte, die er je gesehen hatte, ungefähr so groß und so geformt wie eine aus dem Knochen gelöste Putenbrust. Er bewunderte sie, drehte sie in der Hand hin und her. Die Größe und das Gewicht einer Panopea überraschte ihn immer wieder. »Da haben wir 'ne schöne gefunden«, sagte er.

»Die ist riesig«, antwortete Hatsue, »gigantisch.«

Sie stand im seichten Wasser und spülte sich den Schlick von den Beinen, während Ishmael das Loch wieder zuschüttete. Die Flut glitt über das sonnendurchwärmte Watt, und das Wasser war warm wie in einer Lagune. Die beiden saßen nebeneinander im Seichten, sahen hinaus auf den weiten Ozean, Seetang über den Beinen. »Das geht endlos weiter«, sagte Ishmael. »Auf der Welt ist mehr Wasser als sonstwas.«

»Irgendwo hört es auf«, antwortete Hatsue. »Oder es geht einfach immer rundherum.«

»Das ist dasselbe. Es ist endlos.«

»Irgendwo ist eine Küste, wo jetzt gerade Flut ist«, erklärte Hatsue. »Und da hört der Ozean auf.«

»Der hört nicht auf. Er trifft auf einen anderen, und dann ist das Wasser ganz schnell wieder da, und alles vermischt sich.«

»Ozeane vermischen sich nicht«, sagte Hatsue. »Sie haben unterschiedliche Temperatur. Sie haben verschieden viel Salz.«

»Sie vermischen sich unter der Oberfläche«, sagte Ishmael. »Eigentlich ist es alles nur ein einziger Ozean.«

Er stützte sich mit den Ellenbogen auf, zog sich eine Strähne Algen über die Beine und legte sich wieder zurück.

»Es ist nicht ein einziger Ozean«, sagte Hatsue. »Es sind vier Ozeane – der Atlantik, der Pazifik, der Indische Ozean und das Eismeer. Die sind verschieden.«

»Und was ist an ihnen verschieden?«

»Sie sind eben verschieden.« Hatsue legte sich neben ihn, stützte sich mit den Ellenbogen auf und ließ die Haare nach hinten fallen. »Einfach so«, fügte sie noch hinzu.

»Das ist kein guter Grund«, sagte Ishmael. »Die Hauptsache ist, Wasser ist Wasser. Namen auf der Landkarte bedeuten gar nichts. Glaubst du vielleicht, wenn du auf einem Schiff auf einem Ozean wärst und dann zu einem andern kämst, da würdest du ein Schild oder so was sehen? Es –«

»Die Farbe würde anders sein, das hab ich gehört«, sagte Hatsue. »Der Atlantische Ozean ist irgendwie braun, und der Indische Ozean ist blau.«

»Wo hast du das gehört?«

»Weiß ich nicht mehr.«

»Das ist nicht wahr.«

»Doch, das stimmt.«

Sie waren still. Man hörte nur das schmatzende Geräusch des Wassers, sonst keinen Laut. Ishmael war sich ihrer Nähe sehr bewußt. Das Salz in ihren Mundwinkeln war eingetrocknet und hatte eine kleine Kruste zurückgelassen. Er bemerkte ihre Fingernägel, die Form ihrer Zehen, die Vertiefung an ihrer Kehle. Er kannte sie seit sechs Jahren und kannte sie doch nicht. Er hatte angefangen, sich brennend für das Unzugängliche in ihr, den Bereich, den sie für sich behielt, zu interessieren.

In letzter Zeit machte ihn der Gedanke an sie unglücklich, und er hatte sich lange, den ganzen Frühling über, den Kopf zerbrochen, wie er ihr von seiner Traurigkeit erzählen sollte. Er hatte nachmittags oben auf dem Steilufer am South Beach gesessen und darüber nachgedacht. In der Schule hatte er darüber nachgedacht. Aber er hatte immer noch keine Ahnung, wie er mit Hatsue reden sollte. Die Worte wollten ihm nicht gehorchen. In Hatsues Gegenwart hatte er das Gefühl, sich ihr zu offenbaren, wäre ein Fehler, den er nie wieder gutmachen könnte. Sie war verschlossen und gab ihm keinen Anknüpfungspunkt zum Reden, obwohl sie nun schon seit Jahren vom Schulbus aus zusammen nach Hause gingen, sich am Strand und im Wald trafen und zusammen spielten und Beeren pflückten. Als sie klein waren, hatten sie in einer Gruppe zusammen gespielt, zu der auch ihre

Schwestern und andere Kinder gehörten: Sheridan Knowles, Arnold und Bill Kruger, Lars Hansen, Tina und Jean Syvertsen. Als sie neun Jahre alt waren, hatten sie an Herbstnachmittagen im Fuß einer hohlen Zeder gespielt; dort hatten sie ausgestreckt am Boden gelegen und hinaus in den Regen gesehen, der auf Schwertfarn und Efeu trommelte. In der Schule waren sie einander fremd, aus Gründen, die er nicht durchschaute, obwohl er zugleich begriff, daß es so sein müsse, weil sie japanische Eltern hatte und er nicht. Es war eben einfach so, dagegen konnte man nichts machen.

Sie war vierzehn, und schon zeichneten sich ihre Brüste unter dem Badeanzug ab. Sie waren klein und hart wie Äpfel. Er konnte nicht genau sagen, ob sie sich sonst noch verändert hatte, aber sogar ihr Gesicht war anders geworden. Die Beschaffenheit ihrer Haut hatte sich geändert. Er hatte die Veränderungen an ihr beobachtet, und wenn er dicht bei ihr saß, so wie jetzt im Wasser, war er nervös und angespannt.

Ishmaels Herz fing wieder an, so unruhig zu klopfen wie seit kurzem immer, wenn sie da war. Es gab keine Worte für das, was er zu sagen hatte, und seine Zunge war wie gelähmt. Er mußte ihr jetzt sein Herz ausschütten, es war nicht mehr auszuhalten. Der Druck, ihr seine Liebe zu erklären, zog sich wie ein Knoten in ihm zusammen. Nicht nur, daß ihre Schönheit ihn anrührte, sie hatten auch schon eine gemeinsame Geschichte, zu der dieser Strand, dieses Wasser, diese Steine und der Wald in ihrem Rücken gehörten. Das alles gehörte ihnen und würde ihnen immer gehören, und Hatsue war der Geist dieser Landschaft. Sie wußte, wo man *matsutake*-Pilze, Wacholderbeeren und Farnspitzen fand, und alles hatte sie seit Jahren an seiner Seite gesammelt, und sie hatten einander einfach selbstverständlich gefunden; sie waren in allem unbefangen wie Freunde gewesen – bis auf die letzten Monate. Und jetzt litt er ihretwegen, und er verstand, daß das so bleiben würde, wenn er nichts dagegen unternahm. Dafür brauchte er Mut, und es machte ihn ganz krank, dieses Unerwünschte, für das er keine Worte hatte. Es war zu schwer. Er schloß die Augen.

»Ich hab dich gern«, bekannte er. Seine Augen waren immer noch geschlossen. »Weißt du, was ich damit meine? Ich hab dich immer gern gehabt, Hatsue.«

Sie antwortete nicht. Sie schaute ihn nicht einmal an; sie hielt den Blick gesenkt. Aber da er nun schon einmal angefangen hatte, machte er weiter, bewegte sich auf die Wärme ihres Gesichts zu und legte seine Lippen auf ihre. Auch sie waren warm. Da war der Salzgeschmack und ihr warmer Atem. Er drängte zu heftig, und sie stützte sich mit einer Hand unter dem Wasser ab, um nicht hintenüber zu fallen. Sie erwiderte seinen Druck, und er spürte, wie ihre Zähne gegen seine drängten, und roch das Innere ihres Mundes. Ihre Zähne schlugen ein bißchen aufeinander. Er schloß die Augen und öffnete sie wieder. Hatsue kniff die Augen zu, sie wollte ihn nicht ansehen.

Sobald sie sich nicht mehr berührten, sprang sie auf, griff nach ihrem Eimer und lief den Strand entlang. Sie war sehr schnell, das wußte er. Er stand auf, um ihr nachzusehen. Dann, als sie im Wald verschwunden war, legte er sich noch zehn Minuten lang ins Wasser und spürte den Kuß viele Male. Er beschloß, er wolle sie immer lieben, ganz gleich, was kommen würde. Eigentlich war es gar keine Frage eines Entschlusses, sondern eher das Akzeptieren von etwas Unausweichlichem. Danach ging es ihm besser, obwohl er auch verwirrt war und Angst hatte, sein Kuß sei falsch gewesen. Aber aus seiner Sicht – der eines Vierzehnjährigen – war ihre Liebe ganz unvermeidlich. Sie hatte an jenem Tag ihren Anfang genommen, als sie an seinem Glaskasten geklammert auf dem Wasser trieben und einander küßten, und jetzt mußte sie ewig weitergehen. Da war er sich ganz sicher. Und er war sich sicher, daß Hatsue es genauso empfand.

Danach arbeitete Ishmael zehn Tage lang – was gerade anfiel, Arbeiten im Haushalt, Unkrautjäten, Fensterputzen – und machte sich Sorgen um Hatsue Imada. In seiner Sorge meinte er, sie halte sich absichtlich vom Strand fern, und langsam wurde er finster und mißmutig. Er nagelte die Drahtgitter für Mrs. Vera Carmichaels Spalierhimbeeren fest, räumte ihren schattigen Geräteschuppen auf, bündelte ihr Kleinholz aus Zedernreisig – und dachte dabei ständig an Hatsue. Er half Bob Timmermann, die Farbe von seinem Schuppen zu kratzen, und jätete Unkraut in den Blumenbeeten von Mrs. Crow, einer Frau, die sich mit Blumenbinden beschäftigte und Ishmaels Mutter etwas herablassend behandelte.

Jetzt kniete Mrs. Crow auf einem Knieschoner neben Ishmael im Blumenbeet, hantierte mit einem Handrechen mit Ahorngriff, hielt dann und wann inne, um sich mit dem Arm den Schweiß von der Stirn zu wischen und zu sagen, er sei wohl traurig. Später entschied sie, daß sie eine Pause mit Eistee und Zitronenscheiben auf der Veranda verdient hatten. Sie zeigte auf einen Feigenbaum und erzählte Ishmael, sie wisse gar nicht mehr, vor wie vielen Jahren sie den gepflanzt habe; er habe sich gegen alle Wahrscheinlichkeit gehalten und trage riesige Mengen süßer Feigen. Mr. Crow wisse Feigen sehr zu schätzen, fügte sie hinzu. Sie nippte an ihrem Tee und wechselte das Thema: Die Familien, die am South Beach wohnten, würden bei den Leuten in Amity Harbor als selbsternannte Aristokraten und Unzufriedene, Menschenscheue und Exzentriker gelten – auch Ishmaels Familie gehöre dazu. Ob er wisse, daß sein Großvater geholfen habe, die Pfähle für die Piers an der South Beach-Anlegestelle in den Grund zu rammen? Die Papineaus, sagte sie, seien mit gutem Grund so bettelarm: Sie machten alle keinen Finger krumm. Die Imadas dagegen arbeiteten unermüdlich, auch die fünf kleinen Mädchen. Die Eberts holten Gärtner und alle möglichen Handwerker ins Haus: Klempner, Elektriker und Schreiner kämen in ihren Lieferwagen, um für sie die Arbeit zu machen – aber die Crows nähmen immer Leute aus der Nachbarschaft. Seit vierzig Jahren wohnten sie und Mr. Crow nun schon hier am South Beach. Mr. Crow habe im Kohlebergbau gearbeitet und in einem Sägewerk, aber neuerdings sei er im Schiffbaugeschäft und im Moment gerade in Seattle; er finanziere dort den Bau von Fregatten und Minensuchbooten für Roosevelts Marine (dabei könne er Roosevelt überhaupt nicht leiden, sagte sie) – aber warum Ishmael denn so traurig sei? Sei wieder fröhlich, redete Mrs. Crow ihm zu, und trank ihren Tee in kleinen Schlucken. Das Leben war doch so schön.

Als er am Samstag mit Sheridan Knowles zum Angeln unterwegs war – er ruderte an der Küste entlang und machte sich Sorgen um Hatsue –, sah Ishmael Mr. Crow. Er hatte die Hände auf die Knie gestützt und spähte durch ein Teleskop, das auf ein Stativ montiert und mitten auf seinem terrassierten Rasen aufgebaut war. Von seinem Aussichtspunkt aus beobachtete er neidisch die Jachten der Leute aus Seattle, die auf dem Weg zu ihren Liegeplätzen in Amity Harbor am South Beach vorbeikreuzten. Mr. Crow war ein Mann von unberechenbarem Temperament mit einer hohen Stirn wie Shakespeare. Sein Ausblick auf die See war weit und windig, sein Garten hatte niedrige Azaleenhecken und war mit Kamelien, Starina-Rosen und Buxbaumspalieren bepflanzt, alles eingerahmt von den weißen Schaumkronen der anrollenden Wellen und den stahlgrauen Steinen am Strand. Sein Haus kehrte der Sonne eine hohe, tadellos gepflegte Wand mit geschlossenen Fensterläden zu. An drei Seiten war es herrschaftlich von Zedern umgeben. Mr. Crow hatte sich auf eine Art Grenzkrieg mit Bob Timmons, seinem nördlichen Nachbarn, eingelassen. Er behauptete, Bobs Hemlocktannen an der Westseite stünden in Wirklichkeit auf seinem Grundstück. Eines Morgens – Ishmael war damals acht Jahre alt – waren zwei Landvermesser mit ihren Geräten gekommen und hatten überall kleine rote Flaggen aufgestellt. Diese Zeremonie wiederholte sich über die Jahre in unregelmäßigen Abständen, und die Gesichter der Landvermesser änderten sich, aber sonst nichts, nur daß die Bäume höher wurden und ihre schwankenden Wipfel wie grüne Peitschen vor dem Himmel standen. Bob Timmons – ein Kind der Berge von New Hampshire, das man hierher verpflanzt hatte, ein bleicher, wortkarger, entschlossener Mann von puritanischem Temperament – sah mit ausdrucksloser Miene zu, die Hände in die Hüften gestützt, während Mr. Crow brummend mit schweißglänzender Stirn auf und ab marschierte.

Ishmael arbeitete auch für die Etheringtons, tatkräftige Sommergäste aus Seattle. Jedes Jahr im Juni kamen viele Leute, um sich für die Sommerferien am South Beach einzurichten. Hier kreuzten, halsten und wendeten sie in ihren winzigen Segelbooten; sie strichen, sie hackten, fegten und pflanzten, wenn ihnen der Sinn nach therapeutischer Arbeit stand, und sie faulenzten am Strand, wenn ihnen danach zumute war. Abends zündeten sie Lagerfeuer an, aßen Venusmuscheln, Miesmuscheln, Austern und Barsch. Die Boote waren auf den Strand gezogen und lagen sicher hinter der Flutlinie, Schaufeln und Rechen waren sauber mit Wasser abgespritzt und weggeräumt. Die Etheringtons tranken Gin Tonic.

Am oberen Ende der Miller Bay, jenseits des Watts, wohnte Kapitän Jonathan Soderland, der früher mit seinem alten Windjammer, der *C. S. Murphy*, Handelsexpeditionen in die Arktis unternommen hatte. Schließlich war er zu alt dafür geworden und brachte seitdem seine Zeit damit zu, den Sommergästen Seemannsgarn zu erzählen – dabei strich er sich den schneeweißen Bart, trat in langen wollenen Unterhosen und zerfledderten Hosenträgern auf –, oder er posierte am Ruder der *Murphy*, die für immer im Watt festlag, für die Photographen. Ishmael half ihm beim Holzhacken.

Das einzige rentable, profitorientierte Unternehmen am South Beach außer der Erdbeerfarm der Imadas war Tom Pecks Große Amerikanische Blaufuchsfarm. Am hinteren Ende der Miller Bay zupfte Tom Peck im Schatten der Madrona-Bäume an seinem feuerroten Ziegenbärtchen, zog an seinem Pfeifenstiel und züchtete in achtundsechzig überfüllten Käfigen der glänzenden Pelze wegen amerikanische Blaufüchse. Die Welt ließ ihn vollkommen allein damit, obwohl Ishmael und zwei andere Jungen in jenem Juni von ihm angestellt wurden, die Käfige mit Drahtbürsten zu reinigen. Peck hatte sich seine Privatmythologie zugelegt, die Indianerkriege, Goldgräberei und Geschichten von gedungenen Mördern einschloß, und es war bekannt, daß er immer einen Derringer in einem verborgenen Schulterholster bei sich trug. Weiter oben an der Bucht, am östlichen Ausläufer, der als Little House Cove bekannt war, hatte die Familie Westinghouse ein Landhaus im Newport-Stil gebaut; es lag auf einem Dreißig-Morgen-Anwesen inmitten von Douglastannen. Besorgt wegen des allgemeinen moralischen Verfalls an der Ostküste – der an der Entführung des Lindbergh-Babys besonders deutlich abzulesen war –, hatten der bekannte Großproduzent von Haushaltsgeräten und seine aus hochangesehenen Bostoner Kreisen stammende Ehefrau ihre drei Söhne samt Dienstmädchen, Köchin, Butler und Privatlehrer in die Abgeschiedenheit von San Piedro verfrachtet. Ishmael half einen endlosen Nachmittag lang Dale Papineau – selbsternannter Aufpasser bei einem halben Dutzend Sommerhäusern –, die Erlenäste zurückzuschneiden, die die lange Einfahrt überwölbten.

Ishmael arbeitete auch mit Dale zusammen, als Etheringtons Dachrinnen gesäubert werden mußten. Er hatte den Eindruck, daß die Etheringtons Dale meistens seinen Willen ließen – er war für sie ein pittoresker Inseltyp, er trug zum Charme der Insel bei. Wenn es ein, zwei Tage gefroren oder sehr heftig geregnet hatte, stapfte Dale mit einer Taschenlampe von Haus zu Haus – humpelnd, weil die Hüfte, die er sich in der Teerfabrik ausgerenkt hatte, immer weh tat, wenn es feucht oder kalt war oder beides zugleich, und blinzelnd, weil er zu eitel war, eine Brille zu tragen –, stöberte er in den Gärten und Kellern und säuberte die Abflußrohre. Im Herbst verbrannte er Haufen von Gestrüpp und Laub für Virginia Gatewood. Dale stand da, eine dürre Gestalt im Zwielicht, mit Baumwollhandschuhen und verschlissenem, an den Ellbogen durchgescheuertem Regenmantel. Die Adern in seinen Wangen waren geplatzt und plattgedrückt und sahen aus wie eine Art blauer Paste unter der Haut; sein Adamsapfel quoll hervor wie bei einer Kröte. Ishmael fand, er habe Ähnlichkeit mit einer versoffenen Vogelscheuche.

Vier Tage nach dem Kuß am Strand – im Wald war es schon dunkel, aber die Erdbeerfelder lagen noch im Dämmerlicht – kauerte sich Ishmael am Rand der Imada-Farm nieder und beobachtete eine halbe Stunde lang das Haus. Zu seiner eigenen Überraschung wurde es ihm überhaupt nicht langweilig, also blieb er noch eine Stunde länger. Es war beruhigend für ihn, die Wange an den Erdboden zu schmiegen, die Sterne über sich zu haben und hoffen zu können, Hatsue von fern zu sehen. Aber dann bekam er doch Angst, entdeckt und als Schnüffler beschimpft zu werden, er wurde unruhig, und als er sich fast schon selbst überredet hatte, endlich zu gehen, sogar schon dabei war, aufzustehen, da öffnete sich die Fliegentür quietschend, Licht fiel auf die Veranda, und Hatsue kam heraus und ging zu einem der Eckpfosten. Sie setzte einen Weidenkorb auf das Geländer aus Zedernholz und fing an, die Wäsche der Familie abzunehmen.

Ishmael sah zu, wie Hatsue Laken von der Leine nahm. Sie stand im Schein des Lichtes, das gedämpft von der Veranda herüberkam; graziös hob und senkte sie die Arme. Wäscheklammern zwischen den Zähnen, faltete sie Handtücher, Unterhosen und Arbeitshemden zusammen, bevor sie sie in den Wäschekorb legte. Als sie fertig war, lehnte sie sich einen Augenblick an den Pfosten, kratzte sich am Hals und sah zu den Sternen hoch, sog dann den Duft der noch feuchten frisch gewaschenen Wäsche ein. Schließlich nahm sie den Wäschekorb auf und verschwand wieder im Haus.

Ishmael kam am nächsten Abend wieder; fünf Nächte hintereinander wartete er hingebungsvoll auf seinem Beobachtungsposten. Jede Nacht nahm er sich vor, nicht wiederzukommen, aber am folgenden Abend machte er sich bei Anbruch der Dämmerung zu einem Spaziergang auf, und es wurde eine Pilgerfahrt daraus; er war schuldbewußt und schämte sich, während er über den Wall stieg, der ihre Erdbeerfelder schützte, und verharrte einen Moment vor der weiten Fläche. Er fragte sich, ob andere Jungen so etwas auch machten, ob sein Voyeurismus vielleicht krankhaft war. Er wurde jedoch belohnt, weil er sie noch einmal sah, als sie die Wäscheleine einholte – eine graziöse Hand griff dabei über die andere –, die Klammern auf das Geländer legte, dann Hemden, Laken und Handtücher faltete. Einmal stand sie kurz auf der Veranda und bürstete den Sommerstaub von ihrem Kleid. Bevor sie wieder hineinging, faßte sie ihr langes Haar energisch zusammen und wand es zu einem Knoten.

Am letzten Abend sah er sie einen Eimer mit Küchenabfällen ausschütten – kaum fünfzig Meter von seinem Versteck. Sie erschien wie immer ohne Vorwarnung im Licht der Veranda und schloß leise die Tür hinter sich. Als sie in seine Richtung ging, blieb ihm vor Schreck das Herz stehen. Jetzt konnte er ihr Gesicht erkennen und das Tok-tok ihrer Sandalen hören. Hatsue bog in die Reihen der Erdbeerbeete ein und leerte ihren Eimer auf dem Komposthaufen aus, sah zum Mond hinauf, so daß sein blaues Licht auf ihr Gesicht fiel, und ging dann auf einem anderen Weg wieder zum Haus. Er sah sie noch einmal zwischen den Himbeersträuchern, bevor sie an der Veranda erschien. Mit einer Hand faßte sie das Haar im Nacken zusammen, an der anderen baumelte der leere Eimer. Er wartete, und einen Augenblick danach war sie am Küchenfenster, mit einem Lichtkranz um den Kopf. Ishmael schlich sich näher heran und sah, wie sie sich das Haar aus den Augen strich und wie Seifenlauge von ihren Fingern tropfte. An den Erdbeerpflanzen ringsum hingen die ersten reifen Früchte, ihr Duft erfüllte die Nacht. Er schlich sich noch näher heran, bis die Hündin der Imada um die Hausecke gehumpelt kam. Er erstarrte, bereit, wegzulaufen. Sie schnüffelte kurz, winselte, drückte sich an ihn, ließ sich Kopf und Ohren streicheln, leckte ihm die Hand und legte sich nieder. Ein gelbäugiges, krummes altes Tier mit fleckigen Zähnen, ledrigem Fell und durchgedrücktem Rükken; die traurigen Augen trieften jämmerlich. Ishmael rieb ihr den Bauch. Die graue Hundezunge hing in den Staub; das Tier hechelte, und seine Rippen hoben und senkten sich.

Einen Augenblick danach kam Hatsues Vater und rief auf japanisch nach der Hündin. Er rief noch einmal, ein leiser, guttural klingender Befehl, und die Hündin hob den Kopf, schlug an, kam auf die Füße und humpelte davon.

Das war das letzte Mal, daß Ishmael bei den Imadas spionierte.

Als die Pflückzeit anfing, sah er Hatsue morgens um halb sechs auf dem Waldweg am South Beach unter schweigenden Zedern. Sie waren beide auf dem Weg zur Arbeit in Mr. Nittas Feldern – er zahlte besser als die anderen Erdbeerfarmer auf der Insel, sie bekamen fünfunddreißig Cents für die Kiste.

Er ging hinter ihr her, sein Lunchpaket in der Hand. Er holte sie ein und sagte Hallo. Keiner von beiden erwähnte den Kuß am Strand vor zwei Wochen. Sie gingen ruhig den

Weg entlang, und Hatsue meinte, vielleicht hätten sie Glück und sähen einen Hirsch, der im Farn äste. Am Morgen zuvor hatte sie eine Hirschkuh gesehen.

Wo der Weg auf den Strand mündete, hingen die Madrona-Bäume bei Flut über dem Wasser. Schlank und biegsam, olivgrün und mahagonibraun, scharlachrot und aschfarben, schwer behangen mit glänzenden Blättern und samtigen Beeren, warfen sie Schatten auf die Steine und den Schlick am Ufer. Hatsue und Ishmael schreckten einen Graureiher auf, dessen Gefieder die Farbe des Watts hatte; er krächzte einmal heiser und flog mit weitgespannten Flügeln davon, anmutig trotz der jähen Flucht stieg er steil hoch, flog über die Miller Bay und ließ sich in der abgestorbenen Spitze eines weit entfernten Baumes nieder.

Der Weg führte im Bogen um die Bucht herum, dann hinunter in einen Sumpf – den Devil's Dip, der so feucht und klamm war, daß man die Schwarzbeeren und Teufelskrallen im Bodennebel nicht sehen konnte –, dann stieg er wieder an und führte zwischen Zedern und schattigen Fichten hindurch, bevor er sich zum Center Valley senkte. Die Siedler hier, die Andreasons, die Olsens, die McCullys, die Coxes, hatten Felder, die schon seit langem urbar gemacht und ertragreich waren; man hatte Ochsen als Zugtiere beim Pflügen genommen, Nachkommen der Rinder, die in den alten Holzfällerzeiten San Piedros auf die Insel gekommen waren. Die Ochsen waren gewaltige, stinkende graue Tiere, und Ishmael und Hatsue blieben stehen und starrten einen an, der sein Hinterteil an einem Zaunpfahl rieb.

Als sie auf Nittas Feldern ankamen, waren die kanadischen Indianer schon bei der Arbeit. Mrs. Nitta, eine zierliche Frau, deren Taille den Umfang einer Konservendose hatte, flitzte mit ihrem großen Pflückerhut wie ein Kolibri durch die Reihen. Ihr Mund war, wie der ihres Mannes, voller Goldzähne, die in der Sonne blitzten, wenn sie lachte. An den Nachmittagen saß sie unter einem Sonnenschirm mit dem Stift zwischen den Fingern, die Rechnungsbücher auf einer Zedernholzkiste aufgeschlagen vor sich, die Stirn in die Hand gestützt. Ihre Handschrift war tadellos – kleine, zierliche, elegante Zahlenreihen füllten die Seiten ihres Rechnungsbuches. Sie machte ihre Eintragungen mit der ruhigen Gelassenheit eines Gerichtsschreibers und spitzte häufig den Bleistift.

Ishmael und Hatsue trennten sich, um beim Pflücken mit ihren Freunden zusammen zu sein. Die Farm war so groß, daß in der Hochsaison ein gemieteter zerbeulter Schulbus die Pflücker zum staubigen Eingangstor brachte. Eine Atmosphäre manischer Arbeitslust hing über den Feldern, Kinder, die gerade erst in die Ferien entlassen worden waren, hielten fröhlich Ernte. Die Kinder von San Piedro waren begeisterte Pflücker, teils weil es eine Gemeinschaftsarbeit war, teils weil sie in den Ferien ein bißchen Geld verdienen konnten. Die hochsommerliche Hitze, der Erdbeergeschmack auf der Zunge, das Schwatzen und die Aussicht, Geld für Sodapop, Feuerwerk, Fischköder und Make-up ausgeben zu können, verführte alle dazu, bei Mr. Nitta zu arbeiten. Den ganzen Tag lang knieten Kinder in der Sonnenhitze nebeneinander in den Feldern, dicht über den Boden gebeugt. Romanzen nahmen hier ihren Anfang und ihr Ende; Kinder küßten einander am Feldrand oder auf dem Heimweg durch den Wald.

Ishmael beobachtete über drei Reihen hinweg Hatsue bei der Arbeit. Ihre Frisur fiel schon nach kurzer Zeit auseinander, und auf ihren Schlüsselbeinen glänzte der Schweiß. Sie pflückte geschickt, sie war schnell und effizient; sie füllte zwei Kisten in derselben Zeit, in der andere Pflücker nur eineinhalb schafften. Sie war mit ihren Freundinnen zusammen – sechs junge Japanerinnen, die in den Reihen nebeneinander hockten und alle große Strohhüte aufgesetzt hatten – und ließ nicht merken, daß sie ihn kannte, als er mit seiner eigenen bis zum Rand gefüllten Kiste an ihr vorbeiging. Er kam mit der leeren Kiste zurück und sah, wie konzentriert sie pflückte, niemals hastig, aber ununterbrochen. Er kauerte sich wieder an seinem drei Reihen entfernten Platz nieder und versuchte, sich auf seine eigene Arbeit zu konzentrieren. Als er aufsah, schob sie sich gerade eine Beere in den Mund, und er hielt inne, um ihr beim Essen zuzusehen. Hatsue drehte sich um und sah ihn an, aber mit welchen Gefühlen, konnte er nicht ausmachen, und ihm erschien ihr Blick beinahe zufällig, als hätte er für sie keine Bedeutung. Sie wandte die Augen ab und aß noch eine Erdbeere, langsam und ohne jede Verlegenheit. Dann hockte sie sich etwas bequemer hin und nahm ihre methodische Pflückarbeit wieder auf.

Am späten Nachmittag, gegen halb fünf Uhr, zogen dicke Wolken auf und warfen Schatten über die Erdbeerfelder. Das klare Junilicht wurde grau, und im Südwesten erhob sich Wind. Dann konnte man den Regen, die Abkühlung schon riechen und spüren, bevor die ersten Tropfen fielen. Die Luft wurde schwer, plötzliche Windstöße fuhren in die Zedern am Feldrand und zerrten an den Wipfeln und Ästen. Die Pflücker trugen ihre letzten Kisten schnell zum Wagen und warteten in einer Reihe, bis Mrs. Nitta unter ihrem Schirm Zahlen neben ihre Namen geschrieben und sie ausbezahlt hatte. Sie reckten die Hälse, um die Wolken zu beobachten, und streckten die Handflächen aus, um zu prüfen, ob es schon regnete. Zuerst fielen nur wenige Tropfen, die winzige Staubfahnen aufwirbelten, aber dann war es, als hätte der Himmel ein großes Loch bekommen, durch das der Sommerregen schoß. Er schlug ihnen ins Gesicht, und die Pflücker liefen los und suchten irgendeinen Unterstand – ein Scheunentor, das Innere eines Autos, die Lagerschuppen, die Zedernwälder. Manche hielten sich die Kisten über den Kopf und ließen die gepflückten Erdbeeren den Regen auffangen.

Ishmael sah, wie Hatsue über die oberen Felder der Nittas lief und in südlicher Richtung im Zedernwald verschwand. Beinahe unwillkürlich ging er hinterher, zuerst zögernd, ohne sich um den Regen zu kümmern, der auf ihn herabtrommelte – durchnäßt war er sowieso, und der Regen war warm, und es war schön, ihn im Gesicht zu spüren –, und dann trabte er durch den Wald. Der Waldweg am South Beach mit seinem Zedernbaldachin war bei Regen nicht der schlechteste Ort, und er wollte diesen Weg mit ihr zusammen nach Hause gehen – ohne ein Wort zu sagen, wenn sie es wünschte. Als er sie aber unterhalb der McCully-Farm sah, beschloß er, langsamer zu gehen und ihr in ungefähr fünfzig Meter Abstand zu folgen. Sie würde ihn nicht hören, der Regen übertönte alle Geräusche, und außerdem wußte er nicht, was er sagen sollte. Es war ihm schon genug, sie nur zu sehen, wie auf den Erdbeerfeldern oder an den Abenden, als er hinter dem Zedernstamm gestanden und sie beim Wäscheabnehmen beobachtet hatte. Er würde hinter ihr hergehen und den Regen auf die Bäume prasseln hören und beobachten, wie sie sich nach Hause durchschlug.

Wo der Pfad an der Miller Bay auf den Strand stieß – hier wuchs eine dichte Geißblatthecke, die gerade abgeblüht war, und dazwischen wilde Himbeeren sowie ein paar Hekkenrosen –, nahm Hatsue eine Abkürzung durch den Zedernwald. Ishmael folgte ihr durch eine farnbewachsene Senke, wo der Waldboden gefleckt war von weißen Windenblüten. Ein umgestürzter, mit Efeu umsponnener Zedernstamm lag quer in der Senke; sie kroch darunter durch und folgte einem Seitenpfad, der neben einem seichten Bachbett verlief – dort hatten sie drei Jahre zuvor zusammen Treibholzboote schwimmen lassen. Der Pfad machte drei Biegungen, und dann balancierte Hatsue auf einem Baumstamm über den Bach, kletterte den zedernbewachsenen Hang bis zur halben Höhe hinauf und schlüpfte in den hohlen Baum, in dem sie zusammen gespielt hatten, als sie neun Jahre alt waren.

Ishmael kauerte unter Ästen im Regen und beobachtete den Eingang des hohlen Baumes eine halbe Minute lang. Das Haar hing ihm naß in die Augen. Er versuchte zu verstehen, was Hatsue hierher geführt hatte; er hatte diesen Ort, der ungefähr einen Kilometer von seinem Haus entfernt lag, vollkommen vergessen. Jetzt fiel ihm wieder ein, wie sie sich Moos unter die Beine geschoben und auf dem Rücken liegend nach oben geschaut hatten. Man konnte in der Baumhöhle knien, nicht stehen, aber es war genug Platz, sich auszustrecken. Sie waren mit anderen Kindern dort gewesen und hatten gespielt, sie müßten sich verstecken; mit ihren Taschenmessern hatten sie Erlenstöcke angespitzt, um sich damit zu verteidigen. Im Inneren des Baumes hatten sie Pfeile aufbewahrt, die zuerst nur für Phantasiegefechte gedacht waren, dann aber zu Waffen in einem Kampf wurden, den sie gegeneinander führten. Sie hatten sich kleine Bogen aus Eibenholz und Bindfäden gebastelt; die hohle Zeder wurde zu einer Art Fort; von dort aus rannten sie den Abhang hinauf und hinunter und schossen aufeinander. Ishmael hockte da und dachte daran, wie sie an diesem Hang Krieg gespielt und schließlich erst die Syvertsen-Mädchen und dann die Imada-Schwestern weggejagt hatten, und dann sah er, daß Hatsue vom Eingang des hohlen Baumes aus zu ihm herüberschaute.

Er sah zurück; verstecken war sinnlos. »Komm rein«, sagte sie, »es ist naß.«

»Okay«, sagte er.

Im Baum kniete er auf dem Moos, und das Wasser rann ihm unter dem Hemd auf der Haut entlang. Hatsue saß in ihrem durchnäßten Sommerkleid auf dem Moos, den breitrandigen Pflückerhut neben sich. »Du bist mir nachgegangen«, sagte sie, »stimmt's?«

»Das wollte ich eigentlich gar nicht«, entschuldigte sich Ishmael. »Es ist mir einfach so passiert. Ich war auf dem Heimweg. Verstehst du, was ich meine? Ich hab gesehen, wie du abgebogen bist und … na ja, dann ist es irgendwie passiert. Tut mir leid«, fügte er hinzu. »Ich bin dir nachgegangen.«

Sie strich sich das Haar hinter die Ohren. »Ich bin ganz naß«, sagte sie. »Durchgeweicht bin ich.«

»Ich auch. Aber es fühlt sich eigentlich ganz gut an. Jedenfalls ist es hier drin trocken. Kennst du den Baum noch? Die Höhle kommt mir jetzt kleiner vor.«

»Ich bin die ganze Zeit hierhergegangen«, sagte Hatsue. »Ich komme, wenn ich nachdenken will. Kein Mensch kommt hierher. Seit Jahren habe ich niemanden hier gesehen.«

»Worüber denkst du nach?« fragte Ishmael. »Wenn du hier bist, mein ich. Worüber denkst du dann nach?«

»Ich weiß nicht. Über alles mögliche. Es ist einfach ein Ort zum Nachdenken, verstehst du.«

Ishmael lag auf dem Bauch, stützte das Kinn in die Hände und sah in den Regen hinaus. Hier in der Baumhöhle war man ganz für sich. Er hatte das Gefühl, hier würden sie niemals entdeckt werden. Die Wände um sie herum waren glänzend und golden. Es war erstaunlich, wieviel grünliches Licht aus dem Zedernwald hier eindrang. Der Regen rauschte auf das Blätterdach über ihnen und auf die Farnwedel, die unter jedem Tropfen zuckten. Der Regen machte die Abgeschiedenheit noch größer; kein Mensch auf der Welt würde hier vorbeikommen und sie in diesem Baum finden.

»Es tut mir leid, daß ich dich am Strand geküßt habe«, sagte Ishmael. »Können wir das nicht einfach vergessen. Vergessen, daß es passiert ist?«

Zunächst kam keine Antwort. Es sah Hatsue ähnlich, daß sie keine Antwort gab. Er mußte immer reden, auch wenn ihm die richtigen Worte nicht einfielen, aber sie schien zu einer Art von Schweigen fähig zu sein, die ihm ganz fremd war.

Sie hob ihren Strohhut auf und sah ihn statt Ishmael an. »Das muß dir nicht leid tun«, sagte sie mit niedergeschlagenen Augen. »Mir tut es nicht leid.«

»Mir auch nicht«, sagte Ishmael.

Sie legte sich neben ihn auf den Rücken. Das grünliche Licht schien ihr ins Gesicht. Er wollte seinen Mund auf ihren legen und für immer dort lassen. Er wußte jetzt, daß er es tun konnte, ohne es zu bedauern. »Glaubst du, daß es falsch ist?« fragte sie.

»Andere Leute meinen das«, sagte Ishmael. »Deine Freunde würden es falsch finden«, fügte er hinzu. »Und deine Eltern.«

»Deine Freunde auch«, sagte Hatsue. »Und deine Mutter und dein Vater.«

»Deine mehr als meine«, sagte Ishmael. »Wenn sie wüßten, daß wir zusammen hier in diesem Baum sind ...« Er schüttelte den Kopf und lachte leise. »Dein Vater würde mich wahrscheinlich mit einer Machete umbringen. Der würde mich in Stücke hauen.«

»Das wohl nicht«, sagte Hatsue. »Aber du hast recht – er wäre böse. Mit dir und mit mir, weil wir das hier machen.«

»Aber was machen wir denn schon? Wir reden miteinander.«

»Trotzdem«, sagte Hatsue. »Du bist kein Japaner. Und ich bin mit dir allein.«

»Das macht nichts«, antwortete Ishmael.

Sie lagen nebeneinander in der Zeder und redeten eine halbe Stunde lang. Dann küßten sie sich wieder. Sie mochten es, einander in der Baumhöhle zu küssen, und so küßten sie sich immer weiter. Ishmael schloß die Augen, hörte den Regen draußen, spürte das weiche Moos unter sich und atmete ihren Geruch mit vollen Zügen ein. Er sagte sich, daß er noch nie zuvor so glücklich gewesen war, und er spürte beinahe schmerzhaft deutlich, daß dies jetzt geschah und nie wieder genauso geschehen würde, ganz gleich, wie lange sein Leben dauern mochte.

9

Ishmael fand sich in dem Gerichtssaal wieder, in dem Hatsues Mann wegen Mordes angeklagt war. Er merkte, daß er sie dabei beobachtete, wie sie mit Kabuo sprach, und er zwang sich, die Augen von ihr abzuwenden.

Die Geschworenen kamen zurück, dann auch Richter Fielding, und Carl Heines Mutter wurde in den Zeugenstand gerufen. Sie lebte schon zehn volle Jahre in der Stadt, sah aber immer noch aus wie eine Bauersfrau: gedrungen, abgearbeitet und windgegerbt. Etta rückte im Zeugenstand ihre Kleidung zurecht, so daß man das Rascheln ihrer Unterwäsche hörte: dicke Nylonstrümpfe, ein Strumpfbandgürtel aus Lottie Opsvigs Laden, eine Rückenstütze, die ihr ein Arzt in Bellingham gegen den Ischias, die Folge ihrer Feldarbeit, verschrieben hatte. Fünfundzwanzig Jahre lang hatte sie bei jedem Wetter an der Seite ihres Mannes, Carl Heine senior, gearbeitet. Im Winter, wenn ihr der Atem als Dampf aus dem Mund stieg, hatte sie Gummistiefel und Überzieher getragen, um den Kopf einen warmen Schal gewickelt, der fest unter ihrem schweren Kinn verknotet war. Mit fingerlosen Wollhandschuhen, die sie spätabends gestrickt hatte – aufrecht im Bett neben dem schnarchenden Carl sitzend –, hatte sie auf ihrem Melkschemel hockend die Kühe gemolken. Im Sommer hatte sie Beeren sortiert, Ableger zurückgeschnitten, Unkraut gejätet und ein Auge auf die Indianer und Japaner gehabt, die alljährlich in der Pflückzeit auf Heines Farm arbeiteten.

Sie war in Bayern geboren – am Akzent hörte man das immer noch –, auf einem Milchbauernhof in der Nähe von Ingolstadt. Carl Heine senior hatte sie kennengelernt, als er zu ihrem Vater auf die Weizenfarm in der Nähe von Hettinger, North Dakota, kam. Sie waren zusammen ausgerissen, auf der *Northern Pacific* nach Seattle – an das Frühstück im Speisewagen erinnerte sie sich noch –, wo er dann zwei Jahre in einer Gießerei auf Harbor Island und ein Jahr als Holzverlader am Hafen gearbeitet hatte. Etta, eine Bauerntochter, lebte sich in Seattle gut ein. Sie arbeitete als Näherin in der Second Avenue und nähte Klondike-Mäntel gegen Stücklohn zusammen. Die Erdbeerfarm auf San Piedro, wo sie Weihnachten zu Besuch waren, gehörte Carls Vater, einem korpulenten Mann; Carl war mit siebzehn aus Abenteuerlust von dort weggegangen. Als sein Vater starb, kehrte er zurück und brachte Etta mit.

Sie versuchte, sich mit San Piedro anzufreunden. Es war jedoch feucht auf der Insel, und sie bekam Husten, später auch Rückenbeschwerden. Sie brachte vier Kinder zur Welt und erzog sie zu harter Arbeit, aber der Älteste ging nach Darrington und montierte Starterkabel, und der zweite und der dritte zogen in den Krieg. Nur der zweite, Carl junior, kam wieder. Das vierte Kind war ein Mädchen, das wie Etta mit einem Mann ausriß, nach Seattle.

Etta wurde die Erdbeeren leid, sie vertrug sie nicht und mochte sie nicht. Ihr Mann war ein wahrer Erdbeerliebhaber, aber Etta machte sich nichts aus ihnen. Für ihn waren Erdbeeren ein heiliges Wunder, Zuckerjuwelen, tiefrote Edelsteine, süße Kugeln, saftige Rubine. Er kannte ihre Geheimnisse, den Weg, den sie sich suchten, ihre täglichen Reaktionen auf die Sonne. Er sagte, die Steine zwischen den Reihen würden Hitze speichern und in den Nächten an seine Pflanzen abgeben – aber sie ging auf diese Reden nicht ein. Sie brachte ihm seine Eier und holte Milch aus dem Stall. Streute den Puten und Hühnern Futter aus der Schürzentasche. Schrubbte den Ackermist vom Fußboden in der Stiefelkammer. Füllte den Schweinetrog und ging durch die Hütten der Pflücker, um nachzusehen, ob sie gestohlene Einmachgläser als Nachttöpfe benutzten.

Eines Nachts im Oktober 1944 versagte Carls Herz. Sie hatte ihn in der Toilette gefunden, sein Kopf war gegen die Wand gesackt, die Hose hatte sich um seine Fußknöchel gewickelt. Carl junior war im Krieg, und Etta nutzte die Gelegenheit, die Farm an Ole Jurgensen zu verkaufen. Damit besaß Ole fünfundsechzig Morgen Land mitten im Center Valley. Und Etta hatte nun genug Geld zum Leben, wenn sie sparsam damit umging. Sparsamkeit war ihr zum Glück von Natur aus gegeben: Sie zog daraus dieselbe tiefe Freude, die Carl an seinen Erdbeeren hatte.

Alvin Hooks, der Staatsanwalt, zeigte großes Interesse an Ettas Finanzen. Er ging vor ihr auf und ab, den linken Ellbogen mit der rechten Hand umfaßt und das Kinn auf den Daumen gestützt. Ja, sagte sie, sie habe die Bücher der Farm geführt. Nein, viel Gewinn habe sie nie abgeworfen, aber die dreißig Morgen hätten die Familie fünfundzwanzig Jahre lang einigermaßen ernährt – in manchen Jahren besser, manchmal schlechter, fügte sie hinzu: je nachdem, was die Konservenfabrik zahlte. Bis '29 hatten sie ihre Schulden abgezahlt, das half, aber dann kam die Wirtschaftskrise. Der Erdbeerpreis fiel, der Traktor brauchte ein Kugellager aus Anacortes, die Sonne schien nicht jedes Jahr. In einem Frühjahr ruinierte ein Nachtfrost die Ernte, in einem anderen konnte man die Felder nicht trocken bekommen, und die tief hängenden Erdbeeren verfaulten. In einem Jahr gab es Pilzbefall, im nächsten nahm das Ungeziefer überhand. Zu allem Unglück brach sich Carl '36 ein Bein und konnte nur an den Feldern entlanghumpeln und vergessene Pfosten und Eimer suchen, aber nicht wegtragen, weil er die Hände für seine beiden selbstgeschnitzten Krücken brauchte. Dann ging er hin und bepflanzte fünf Morgen mit Himbeeren, ein Experiment, für das er viel Geld ausgab – für Draht und Zedernpfähle, Arbeitslohn für den Spalierbau. Sie machten ein Verlustgeschäft damit, bis er begriffen hatte, wie man die Himbeersträucher ausdünnen mußte, damit sie Früchte ansetzten. Ein andermal probierte er eine neue Sorte aus – Rainiers –, die nicht gedieh, weil er mit zuviel Stickstoff düngte: viel Grün, die Pflanzen schossen ins Kraut, aber die Früchte waren klein und hart, eine jammervolle Ernte.

Ja, den Angeklagten Kabuo Miyamoto kannte sie schon lange, das konnte man wohl sagen. Vor über zwanzig Jahren war seine Familie zum erstenmal zum Pflücken gekommen – der Angeklagte, seine beiden Brüder, seine beiden Schwestern, die Mutter und der Vater –, daran konnte sie sich noch gut erinnern. Sie waren gute Arbeiter und blieben meistens für sich. Sie brachten ihre Körbe bis zum Rand gefüllt zur Sammelstelle, Etta führte die Listen, hakte ab und zahlte aus. Zuerst wohnten sie in einer der Hütten für die Pflücker: Man konnte den Barsch, den sie dort kochten, von weitem riechen. Sie sah sie manchmal abends unter einem Ahornbaum sitzen. Sie aßen Reis mit Fisch von Blechtellern. Die Wäscheleine spannten sie zwischen zwei jungen Bäumchen auf einer Wiese mit Brennesseln und Löwenzahn. Ein Auto hatten sie nicht; wie sie sich behalfen, wußte sie nicht. Morgens früh gingen zwei, drei der Kinder mit Angelschnüren zur Center Bay hinunter und angelten vom Kai aus oder schwammen zu den Felsen hinaus und versuchten, Kabeljau zu fangen. Sie hatte sie auf der Straße gesehen, um sieben Uhr kamen sie vom Wasser zurück, mit Fischen oder Pilzen, Farnschößlingen, Muscheln; manchmal, wenn sie Glück hatten, brachten sie sogar Seeforellen mit. Sie gingen barfuß, mit gesenktem Kopf. Alle hatten Pflückerhüte aus Stroh auf den Köpfen.

Oh ja, sie konnte sich gut erinnern. Was für eine Frage! Wie sollte sie diese Leute vergessen können? Sie saß im Zeugenstand, starrte Kabuo an, und ihre Augen schwammen in Tränen.

Richter Fielding unterbrach die Verhandlung, als er sah, daß sie von ihren Gefühlen überwältigt wurde, und Etta folgte Ed Soames in den Vorraum, wo sie schweigend, in Erinnerungen versunken, dasaß.

Zenhichi Miyamoto war an ihrer Tür erschienen, nachdem die Familie im dritten Jahr zum Pflücken gekommen war. Etta hatte am Spülbecken gestanden, durch das Wohnzimmer zur Haustür gesehen und gemerkt, daß er sie beobachtete. Er nickte ihr zu, und sie starrte ihn an und beschäftigte sich wieder mit ihrem Abwasch. Dann kam Carl, ihr Mann, an die Tür und sprach mit Zenhichi – die Pfeife hielt er dabei zwischen Daumen und Zeigefinger. Sie konnte nicht genau verstehen, worüber die beiden redeten, also stellte sie das Wasser ab und stand ganz still da und lauschte.

Nach einer Weile gingen die beiden Männer weg und wanderten zusammen auf die Felder hinaus. Durch das Küchenfenster über dem Spülbecken konnte sie die beiden sehen: Sie blieben stehen, einer zeigte auf etwas, dann gingen sie weiter. Blieben wieder stehen, zeigten auf etwas, machten mit den Armen weitausholende Bewegungen hierhin und dorthin. Carl zündete sich die Pfeife an und kratzte sich hinter dem Ohr, und Zenhichi wies mit seinem Hut nach Westen, beschrieb einen weiten Bogen, setzte den Hut wieder auf. Die beiden Männer wanderten noch ein Weilchen zwischen den Reihen umher, stiegen auf die kleine Erhebung und wendeten sich hinter ein paar Himbeersträuchern nach Westen.

Als Carl wiederkam, hatte sie den Kaffeetisch gedeckt. »Was wollte er denn?« fragte sie.

»Land«, sagte Carl. »Sieben Morgen.«

»Welche sieben?«

Carl hatte die Pfeife auf den Tisch gelegt. »Die sieben zum Westen hin, in der Mitte. Dann bleibt uns das Land im Norden und Süden. Ich hab ihm die sieben Morgen im Nordwesten vorgeschlagen. Wenn ich überhaupt verkaufe. Es ist sowieso Hügelland.«

Etta goß Kaffee in beide Tassen. »Wir verkaufen nicht«, sagte sie fest. »Nicht in Zeiten, wo das Land so billig ist. Nicht, bevor bessere Zeiten kommen.«

»Es ist Hügelland«, wiederholte Carl. »Schwer zu bearbeiten. Gute Sonne, aber schlecht zu drainieren. Das unfruchtbarste Land, das wir haben. Er weiß das. Deshalb hat er gefragt. Wenn ich überhaupt dran denke zu verkaufen, dann nur dieses Stück. Das weiß er.«

»Er wollte die sieben in der Mitte«, betonte Etta. »Hat sich gedacht, da kann er zwei Morgen gutes Land dazukriegen, ohne daß du was merkst.«

»Vielleicht«, sagte Carl. »Aber ich hab's ja gemerkt.«

Sie tranken ihren Kaffee. Carl aß ein mit Zucker bestreutes Butterbrot. Dann noch eins. Er hatte immer Hunger. Ihn satt zu bekommen, war eine Aufgabe. »Und was hast du ihm gesagt?« fragte sie.

»Ich würde es mir überlegen«, antwortete Carl. »Ich wollte ja schon fünf Morgen im Westen brachliegen lassen, du weißt doch, da wird man die Disteln nicht los, das Land da macht zuviel Arbeit.«

»Verkauf nicht«, sagte Etta. »Jetzt verkaufen – das wirst du später bereuen.«

»Das sind anständige Leute«, sagte Carl. »Du kannst dich drauf verlassen, daß es bei denen friedlich zugeht. Keine Saufereien, kein lautes Theater. Leute, mit denen du zusammenarbeiten kannst, wenn du mußt. Zuverlässiger als viele andere.« Er nahm die Pfeife auf und spielte damit, er mochte es, wie sie in der Hand lag. »Jedenfalls hab ich gesagt, ich würde mir's überlegen«, sagte Carl. »Das heißt nicht, ich muß verkaufen. Heißt nur, ich denk drüber nach.«

»Überleg dir das gut«, mahnte Etta. Sie stand auf und räumte den Kaffeetisch ab. Sie wollte in dieser Sache nicht nachgeben; sieben Morgen waren fast ein Viertel des gesamten Grundbesitzes. »Die sieben werden später viel mehr wert sein«, schärfte sie ihm ein. »Wenn du klug bist, hältst du sie gut fest.«

»Kann sein«, sagte Carl. »Das muß ich mir genau überlegen.«

Etta stand mit dem Rücken zu ihm am Spülbecken. Sie klapperte heftig mit dem Geschirr.

»Jetzt Geld in der Hand zu haben, wär aber auch ganz schön, meinst du nicht?« sagte Carl nach einer Weile. »Wir müßten dies und das anschaffen und –«

»Wenn du so anfängst«, wies Etta ihn zurecht, »das zieht bei mir nicht. Versuch bloß nicht, mich mit neuen Sonntagskleidern für die Kirche zu ködern, Carl. Ich kann mir selbst Kleider besorgen, wenn ich welche brauche. So arm sind wir ja wohl nicht, daß wir an Japse verkaufen müssen, oder? Damit wir neue Kleider kaufen können? Oder einen Beutel teuren Pfeifentabak? Das sag ich dir, Carl, halt du dein Land fest, halt es gut fest, und ein neues Rüschenhütchen von Lottie ändert gar nichts. Außerdem«, sie drehte sich zu ihm um und trocknete sich die Hände an der Schürze ab, »glaubst du vielleicht, der Mann hat einen Schrank mit Geld oder eine Schatzkiste irgendwo auf den Feldern vergraben? Was denkst du dir eigentlich? Daß er dir alles auf einmal bar hinblättert oder so? Glaubst du das? Er hat keinen Cent, nur das, was wir ihm fürs Pflücken zahlen und was er bekommt, wenn er für Thorsens und diese Katholiken – wie heißen die noch? – am South Beach, unten beim Kai, Feuerholz hackt. Er hat nichts, Carl. Er wird es abstottern und du kannst es als

Taschengeld in die Stadt tragen. Für Pfeifentabak, soviel du willst. Für Illustrierte. Deine sieben Morgen wird der Kramladen in Amity Harbor schlucken.«

»Die Katholiken da heißen Heppler«, gab Carl zurück. »Miyamoto arbeitet nicht mehr für sie, glaube ich. Letzten Winter hat er Zedern für Torgerson geschlagen, gutes Geld damit gemacht, schätz ich. Er arbeitet hart, Etta. Das weißt du. Du hast ihn selbst auf dem Feld gesehen. Das muß ich dir doch nicht erzählen. Hat auch nichts ausgegeben. Ißt die ganze Zeit Barsch, und Reis aus Anacortes kauft er säckeweise.« Carl kratzte sich unter dem Arm, rieb sich mit seinen dicken schweren Fingern die Brust, nahm wieder seine Pfeife und drehte sie in der Hand hin und her. »Die Miyamotos sind ordentlich und sauber«, sagte er beharrlich. »Warst du nie in ihrer Hütte? Da kann man vom Fußboden essen, die Kinder schlafen auf Matten, jemand hat sogar den Schimmel von den Wänden geschrubbt. Die Kleinen laufen nicht mit dreckverschmierten Gesichtern herum. Die Wäsche immer ordentlich aufgehängt, mit Klammern, die jemand extra *geschnitzt* hat. Schlafen nie lange, brüllen nicht rum, beklagen sich nicht, bitten nie um irgendwas –«

»Wie die Indianer«, warf Etta ein.

»Behandeln auch die Indianer nicht wie Dreck«, sagte Carl. »Sind freundlich mit ihnen. Haben ihnen die Latrine gezeigt, haben den Neuen den Weg zum Watt gezeigt und die besten Stellen zum Muschelsuchen. Also«, sagte Carl, »für mich macht es überhaupt keinen Unterschied, ob sie Schlitzaugen haben oder nicht. Das ist mir verdammt egal, Etta. Menschen sind Menschen, wenn man es recht bedenkt. Und die hier sind in Ordnung. Nichts gegen sie zu sagen. Die Frage ist also: Wollen wir verkaufen? Weil Miyamoto nämlich sagt, fünfhundert kann er *jetzt gleich* zahlen. Fünf*hundert*. Und den Rest können wir auf zehn Jahre verteilen.«

Etta drehte sich wieder zu ihrem Spülbecken um. Typisch

Carl! dachte sie. Das machte ihm Spaß: über seine Felder gehen, mit seinen Pflückern schwatzen, seine Beeren probieren, sich die Lippen lecken, Pfeife rauchen, in die Stadt fahren, um einen Sack Nägel einzukaufen. Ließ sich in den Ausschuß wählen, der das Erdbeerfest organisierte, suchte den besten Festwagen mit aus, half beim Lachsbarbecue. Mußte mitmischen, als der neue Festplatz gekauft wurde, als die Leute in Amity Harbor Holz und wer-weiß-was für den Tanzpavillon in West Port Jensen spenden sollten. War Freimaurer, und zum Odd-Fellow-Club gehörte er auch, half mit bei der Buchführung der Farmvereinigung. Stand abends an den Hütten der Pflücker, schwatzte mit den Japsen, radebrechte mit den Indianern, sah zu, wie die Frauen Pullover und anderes Zeug strickten, zog den Männern Geschichten aus der Nase von den alten Zeiten, als es noch keine Erdbeerfelder auf der Insel gab. Carl! War die Erdbeerzeit zu Ende, wanderte er an so eine abgelegene einsame Stelle, von der sie ihm erzählt hatten, und suchte nach Pfeilspitzen und alten Knochen und Muschelschalen und weiß-der-Himmel-was-noch. Einmal ging ein alter Indianerhäuptling mit; sie kamen mit Pfeilspitzen wieder und saßen bis zwei Uhr morgens auf der Veranda und rauchten Pfeife. Carl gab dem Mann Rum zu trinken – sie konnte im Schlafzimmer hören, daß sie sich ordentlich bedienten, beide hatten einen in der Krone. Sie lag da mit offenen Augen, und ihre Ohren gewöhnten sich an die Nachtgeräusche und lauschten, wie Carl und der Häuptling sich den Rum eingossen und manchmal vor Lachen wieherten wie die Pferde. Der Häuptling erzählte die ganze Zeit Geschichten von Totempfählen und Kanus und von einem Potlatch, bei dem er gewesen war – die Tochter eines anderen Häuptlings hatte geheiratet, und der alte Häuptling selber hatte beim Speerwerfen gewonnen, und am nächsten Tag war der andere Häuptling plötzlich im Schlaf gestorben, da war er tot und die Tochter verheiratet, und die andern gingen hin und stachen ein Loch in sein Kanu und packten ihn rein und hingen es in einen Baum, aus irgendeinem abscheulichen Grund.

Etta war um zwei Uhr morgens im Morgenrock an die Tür gekommen und hatte den Häuptling nach Hause geschickt, es sei spät, und die Sterne gäben genug Licht, da würde er den Weg schon finden, sie wollte nicht, daß ihr Haus nach Rum stank.

»Na gut«, sagte sie jetzt zu Carl – sie stand mit gekreuzten Armen in der Küchentür; da hatte sie das letzte Wort, das wußte sie: »Du bist Herr im Haus, du hast die Hosen an, geh du nur und verkauf unser Eigentum an einen Japs. Du wirst schon sehen, was dabei rauskommt.«

Als das Gericht wieder zusammentrat, erklärte sie auf Aufforderung von Alvin Hooks, was es mit der Abmachung auf sich hatte: fünfhundert Dollar sofort und ein Pachtkauf-Vertrag mit acht Jahren Laufzeit. Carl sollte zweimal im Jahr, am 30. Juni und am 31. Dezember, zweihundertfünfzig Dollar bekommen, mit sechseinhalb Prozent Zinsen jährlich. Den Vertrag sollte Carl aufbewahren, das zweite Exemplar Zenhichi behalten, und ein drittes lag bereit, falls irgendein Inspektor Einblick nehmen wollte. Etta erklärte, die Miyamotos hätten damals – es war das Jahr 1934 – sowieso keinen Grundbesitz erwerben dürfen. Sie stammten aus Japan, beide waren dort geboren, und es gab ein Gesetz, das ihnen Landbesitz verbot. Carl ließ die Grundstücke auf seinen Namen eintragen, hielt sie für die Miyamotos, nannte das Ganze eine Pacht, für den Fall, daß jemand die Sache überprüfte. Sie hatte sich das nicht ausgedacht, Carl war's gewesen – sie behielt den Handel nur im Auge, das war alles. Sah zu, wie das Geld kam und ging, achtete darauf, daß die Zinsen richtig berechnet wurden. *Sie* hatte in ihrem ganzen Leben keine solchen Sachen gemacht.

»Einen Augenblick«, unterbrach Richter Fielding. Er ordnete seine Robe und streifte Etta mit einem Blick. »Ich bitte um Entschuldigung, daß ich Sie unterbreche, Mrs. Heine. Das Gericht hat zu dieser Sache ein paar klärende Bemerkungen zu machen. Entschuldigen Sie die Unterbrechung.«

»In Ordnung«, sagte Etta.

Richter Fielding nickte ihr zu, wandte sich dann an die Geschworenen. »Wir wollen uns die Flüsterei hier am Richtertisch sparen«, fing er an. »Mr. Hooks und ich könnten über die Angelegenheit eine Weile hin und her reden, aber dabei käme auch nichts anderes heraus als folgendes: Ich werde die Zeugenaussagen eine Weile unterbrechen müssen, um eine Rechtsfrage zu erklären.«

Er rieb sich die Brauen, trank etwas Wasser, legte die Brille ab und begann noch einmal: »Die Zeugin bezieht sich auf ein jetzt abgeschafftes Gesetz des Staates Washington, das in der Zeit, von der sie spricht, Ausländern, Nichtamerikanern, Erwerb und Eigentum von Grundbesitz untersagte. Dasselbe Gesetz legte auch fest, daß niemand in irgendeiner Weise oder Form *für* einen Ausländer – einen Nichtamerikaner – Land erwerben durfte. Im Jahre 1906, wenn ich mich recht erinnere, ordnete der Justizminister darüber hinaus an, daß die Gerichte der einzelnen Staaten allen aus Japan stammenden Ausländern die amerikanische Staatsbürgerschaft zu verweigern hätten. Damit war es, rechtlich gesehen, für japanische Einwanderer unmöglich, im Staat Washington Land zu besitzen. Mrs. Heine hat uns berichtet, daß ihr verstorbener Ehemann in geheimer Absprache mit dem verstorbenen Vater des Angeklagten eine Vereinbarung getroffen hat, die auf einer, sagen wir, recht liberalen, wenn auch für beide Partner befriedigenden Auslegung dieser Gesetze beruhte. Die beiden haben, schlicht gesagt, die Gesetze *umgangen.* Jedenfalls schlossen der Ehemann der Zeugin und der Vater des Angeklagten einen sogenannten ›Pacht‹-Vertrag, der verschleierte, daß in Wirklichkeit ein Kauf stattgefunden hatte. Eine beträchtliche Summe Bargeld wechselte den Eigentümer; für den Fall einer Überprüfung von Staats wegen wurden falsche Papiere ausgefertigt. Diese Papiere liegen, wie Sie sich erinnern werden, zusammen mit den Exemplaren aus dem Besitz ihres Mannes und des ›Käufers‹, wie Mrs. Heine erwähnt hat, als Beweismaterial der Anklage diesem Gericht vor. Mrs. Heine hat uns in aller Deutlichkeit klargemacht, daß die an diesem Handel Beteiligten nicht mehr unter uns sind, also steht nicht zur Debatte, ob sie sich eines Verstoßes schuldig gemacht haben. Wenn das Gericht oder die Zeugin noch weitere Fragen haben, mögen sie diese jetzt stellen«, fügte der Richter hinzu. »Alle sollten jedoch wissen, daß dieses Gericht nicht darüber zu entscheiden hat, ob jemand gegen ein jetzt – glücklicherweise – nicht mehr bestehendes Gesetz unseres Staates, das Ausländern Grundbesitz untersagte, verstoßen hat. Mr. Hooks, fahren Sie bitte fort.«

»Eins will ich noch sagen«, sagte Etta.

»Ja, selbstverständlich«, antwortete der Richter.

»Diese Japaner konnten nicht Landeigentümer sein«, sagte Etta. »Also sehe ich nicht ein, wieso die Miyamotos sich einbilden konnten, unser Land gehörte ihnen. Sie –«

»Mrs. Heine«, sagte der Richter. »Verzeihen Sie mir noch einmal. Ich bitte um Entschuldigung, daß ich Sie unterbreche. Aber ich muß Sie daran erinnern, daß Mr. Miyamoto hier wegen Mordes angeklagt ist, daß das Gericht sich auf diese Anklage zu konzentrieren hat und daß Streitigkeiten über die Rechtmäßigkeit von Grundbesitz vor einem Zivilgericht verhandelt werden müssen. Beschränken Sie sich bitte darauf, die Fragen zu beantworten, die man Ihnen stellt. Mr. Hooks«, sagte der Richter, »bitte fahren Sie fort.«

»Danke«, antwortete Alvin Hooks. »Erlauben Sie nur eine Bemerkung für das Protokoll. Ich möchte klarstellen, daß die

Zeugin Fakten betreffs des Eigentums an ihrem Grund und Boden nur deshalb zu rekonstruieren versucht hat, weil sie im Lauf der Untersuchung direkt danach gefragt wurde. Daß außerdem eine solche Information wesentlich für den Vertreter der Anklage ist und daß eine klare Schilderung der Sachlage das Mordmotiv des Angeklagten verdeutlichen wird. Daß –«

»Nun reicht's«, sagte Richter Fielding. »Ihre einleitende Erklärung haben Sie nun gemacht, Alvin. Fahren Sie fort mit der Zeugenbefragung.«

Alvin Hooks nickte und ging wieder auf und ab. »Mrs. Heine«, sagte er. »Noch einmal kurz zurück: Wenn das Gesetz, wie Sie sagen, den Miyamotos jeden Grundbesitz verbot, wozu dann diese Kaufvereinbarung?«

»Damit sie mit den Zahlungen anfangen konnten«, sagte Etta. »Nach dem Gesetz durften sie Grund besitzen, wenn sie Amerikaner waren. Die Miyamoto-Kinder waren hier geboren, also waren sie Amerikaner, schätz ich. Sobald sie zwanzig Jahre alt waren, sollte ihnen das Land überschrieben werden – nach dem Gesetz durften sie das, den Grundbesitz auf den Namen der Kinder eintragen.«

»Ich verstehe«, antwortete Alvin Hooks. »Und sie – die Familie des Angeklagten, also die Miyamotos – hatten 1934 noch keine zwanzigjährigen Kinder, Mrs. Heine? Soweit Sie wissen, Ma'am?«

»Da sitzt der Älteste ja«, sagte Etta und zeigte mit dem Finger auf Kabuo. »Der muß damals zwölf gewesen sein.«

Alvin Hooks drehte sich zum Angeklagten um, als wisse er nicht recht, wen sie gemeint hatte. »Der Angeklagte?« fragte er. »1934?«

»Ja«, sagte Etta. »Der Angeklagte. Darum ging es ja in dem Pachtvertrag über acht Jahre. Nach acht Jahren wär er zwanzig gewesen.«

»1942«, sagte Alvin Hooks.

»1942, genau«, sagte Etta. »Im November '42 war er zwanzig, die letzte Zahlung sollte am 31. Dezember sein, dann sollte das Land auf seinen Namen überschrieben werden. So war das gedacht.«

»*Gedacht*?« fragte Alvin Hooks nach.

»Die letzte Rate ist nicht gekommen«, sagte Etta. »Sogar die letzten *beiden* Male haben sie nicht gezahlt. Zwei Raten nie abgezahlt. Von sechzehn im ganzen.«

Sie kreuzte die Arme über der Brust. Kniff den Mund zusammen und wartete.

Nels Gudmundsson hüstelte.

»Nun, Mrs. Heine«, sagte Hooks. »Was haben Sie unternommen, als die beiden letzten Raten 1942 nicht gezahlt wurden?«

Sie ließ sich mit der Antwort Zeit. Sie rieb sich die Nase. Sie rückte die Arme zurecht. Sie erinnerte sich, wie Carl eines Nachmittags mit einem Flugblatt nach Hause gekommen war, das er aus Amity Harbor mitgebracht hatte. Er hatte mit dem Papier vor sich am Tisch gesessen, hatte es glattgestrichen und langsam Wort für Wort gelesen. Etta hatte sich über ihn gebeugt und mitgelesen.

»ANORDNUNGEN FÜR ALLE PERSONEN JAPANISCHER HERKUNFT IN DEN FOLGENDEN BEZIRKEN« stand da, und dann wurden Orte aufgezählt: Anacortes und Bellingham, San Juan und San Piedro und viele weitere im Skagit Valley; die anderen hatte sie vergessen. Jedenfalls wurden die Japse aufgefordert, bis zum Mittag des 29. März ihre Sachen zu packen. Sie sollten von der Vierten Armee evakuiert werden.

Etta hatte an den Fingern abgezählt, daß die Japse genau acht Tage Zeit hatten. Mitnehmen durften sie Bettzeug, Wäsche, Waschzeug, Kleider zum Wechseln, Messer, Gabeln, Löffel, Teller, Schüsseln, Tassen. Sie hatten ihr Gepäck sauber zu bündeln und mit Namen zu versehen. Die Regierung würde ihnen eine Nummer geben. Die Japse durften soviel mitnehmen, wie sie tragen konnten, aber keine Haustiere. Die Regierung sagte, das Mobiliar würde in Speicher gebracht werden. Die Möbel mußten sie dalassen, die Japse mußten sich am 29. März um acht Uhr morgens in Amity Harbor, in einer Sammelstelle am Hafen, melden. Die Regierung würde für den Transport sorgen.

»Mein Gott«, sagte Carl. Er glättete das Papier mit dem Daumen, schüttelte den Kopf.

»Jetzt haben wir dieses Jahr keine Pflücker«, sagte Etta. »Vielleicht kriegen wir ein paar Chinesen aus Anacortes, die Japse sind bis dahin bestimmt nicht wieder da.«

»Bis dahin ist noch viel Zeit«, sagte Carl. »Bei Gott, Etta.« Er schüttelte den Kopf.

Carl nahm die Finger von dem Papier auf dem Tisch. Es rollte sich von selbst zusammen. »Bei Gott«, sagte er noch einmal. »Acht Tage.«

»Die werden alles verkaufen«, sagte Etta. »Wart's nur ab. Ihren ganzen Krempel, Töpfe und Pfannen. Wie auf dem Basar – paß auf. Das werden die mit ihrem Zeug machen – so schnell wie möglich verkaufen, an jeden, der es ihnen abnimmt.«

»Und die Leute werden das ausnutzen«, sagte Carl und schüttelte immer noch seinen großen Kopf. Er saß mit aufgestützten Armen am Tisch. Jetzt würde er gleich anfangen zu essen, das wußte sie, und die Krümel überall in ihrer Küche herumstreuen. Er sah aus, als sei er bereit zu essen, als denke er ans Essen. »Das ist schlimm«, sagte er. »Das ist nicht *recht*.«

»Sind doch Japse«, sagte Etta. »Wir sind im Krieg mit denen. Wir können doch hier keine Spione dulden.«

Carl schüttelte den Kopf und drehte seinen schwergewichtigen Körper sehr schnell zu ihr herum.

»Wir passen nicht zusammen«, sagte er Etta ins Gesicht. »Du und ich, wir passen einfach nicht zusammen.«

Sie wußte genau, was er meinte. Aber trotzdem gab sie ihm keine Antwort. Wieso auch. Solche Sachen hatte er schon manchmal gesagt. Das tat ihr nicht mehr weh.

Einen Augenblick stand Etta nur da und stemmte die Fäuste in die Hüften: Er sollte sehen, was sie von der Sache hielt. Aber Carl sah nicht weg. »Hab doch etwas christliche Barmherzigkeit«, sagte er. »Meine Güte, Etta. Hast du denn gar kein Herz?«

Sie ging hinaus. Sie mußte Unkraut jäten, und der Schweinetrog war auch leer. Sie blieb in der Stiefelkammer stehen, hängte ihre Schürze an einen Haken, setzte sich, um die Stiefel anzuziehen. Als sie noch so saß und sich mit einem Stiefel abmühte und über Carls Worte nachdachte – daß sie nicht zusammenpaßten, die alte Geschichte –, da kam Zenhichi Miyamoto an die Tür, nahm den Hut ab und nickte ihr zu.

»Wir wissen schon Bescheid über euch«, sagte sie.

»Ist Mr. Heine da, Mrs. Heine?« Miyamoto drückte den Hut erst ans Bein, versteckte ihn dann hinter dem Rükken.

»Er ist da«, sagte Etta. »Ja.«

Sie steckte den Kopf durch die Tür und rief laut nach Carl. »Jemand will dich sprechen!« fügte sie hinzu.

Als Carl kam, sagte sie zu ihm: »Ihr könnt ruhig gleich hier darüber reden, damit ich dabei bin. Mich geht's auch an.«

»Hallo, Zenhichi«, sagte Carl. »Komm doch rein.«

Etta zerrte sich die Stiefel von den Füßen. Sie folgte dem Japaner in die Küche.

»Setz dich, Zenhichi«, sagte Carl. »Etta holt dir einen Kaffee.«

Er starrte sie an, und sie nickte. Sie nahm eine frische Schürze vom Haken und band sie um. Sie füllte die Kaffeekanne.

»Wir haben das Flugblatt gesehen«, sagte Carl. »Acht Tage ist nicht annähernd genug Zeit. Wie kann ein Mensch in acht Tagen fertig sein? Es ist nicht recht«, fügte er hinzu. »Das ist einfach nicht recht.«

»Was sollen wir machen?« sagte Zenhichi. »Wir werden die Fenster mit Brettern zunageln. Alles dalassen. Wenn Sie möchten, Mr. Heine, können Sie unsere Felder abernten. Wir sind dankbar, daß Sie an uns verkauft haben. Gute zweijährige Pflanzen sind da jetzt, fast überall. Wir werden viele Beeren haben. Pflücken Sie die doch bitte. Verkaufen Sie sie an die Konservenfabrik. Das Geld ist für Sie. Sonst verfaulen sie doch, Mr. Heine. Und niemand hat was davon.«

Carl fing an, sich im Gesicht zu kratzen. Er saß Zenhichi gegenüber und kratzte sich. Er sah breit und ungeschlacht aus, der Japaner war kleiner und kläräugig. Sie waren ungefähr gleich alt, aber der Japs wirkte jünger, mindestens fünfzehn Jahre jünger. Etta stellte Tassen und Untertassen auf den Tisch, öffnete den Zuckertopf. Ganz schön schlau, so anzufangen, dachte sie. Erstmal die Beeren anbieten, die jetzt sowieso keinen Wert mehr für ihn haben. Wirklich gut. Dann von den Raten reden.

»Danke«, sagte Carl. »Dann pflücken wir also. Vielen Dank dafür, Zenhichi.«

Der Japaner nickte. Der nickte immer, dachte Etta. So machten sie das, damit tricksten sie einen aus – sie taten klein, aber sie hatten Großes im Sinn. Nicken, nichts sagen, Augen niederschlagen; so kamen sie an ihre sieben Morgen. »Wie wollt ihr eure Raten zahlen, wenn Carl und ich eure Beeren pflücken?« rief sie von ihrem Platz am Herd zum Tisch hinüber. »Es ist nicht –«

»Halt dich da raus, Etta«, unterbrach Carl sie. »Darüber müssen wir jetzt noch nicht reden.« Er wandte sich wieder dem Japaner zu. »Wie geht's bei euch zu Hause?« fragte er. »Wie werdet ihr denn damit fertig?«

»Viel Arbeit zu Hause«, sagte Miyamoto. »Alles einpakken, alles in Ordnung bringen.« Er lächelte; sie sah seine großen Zähne.

»Können wir euch irgendwie helfen?« fragte Carl.

»Sie pflücken unsere Beeren. Das ist eine große Hilfe.«

»Aber können wir jetzt helfen? Irgendwas anderes tun?«

Etta stellte die Kaffeekanne auf den Tisch. Sie sah, daß Miyamoto den Hut auf dem Schoß hatte. Carl war zwar ein ausgesprochen liebenswürdiger Gastgeber, aber daran hatte er nun nicht gedacht, oder? Der Japs mußte da sitzen und wußte nicht wohin mit seinem Hut, hielt ihn unter dem Tisch wie ein Mann, der sich die Hosen naß gemacht hatte.

»Carl, gieß ein«, sagte sie. Sie setzte sich, strich die Schürze glatt und faltete die Hände auf der Tischplatte.

»Warten wir, bis er sich gesetzt hat«, antwortete Carl. »Dann trinken wir unsern Kaffee.«

So saßen sie da und warteten auf den Kaffee, als Carl junior hereinstürzte. Schon aus der Schule zurück. Drei Uhr fünfunddreißig und schon zu Hause. Er mußte *gerannt* sein. Ein Buch hatte er bei sich – Mathematik. Seine Jacke war voll Grasflecken, das Gesicht vom Wind gerötet und ein bißchen verschwitzt. Sie konnte sehen, daß er Hunger hatte, darin war er wie sein Vater, er aß alles, was in Reichweite war. »In der Speisekammer sind Äpfel«, sagte sie. »Nimm dir einen, Carl. Hol dir ein Glas Milch und geh nach draußen. Wir haben Besuch, wir besprechen was.«

»Ich hab gehört, was los ist«, sagte Carl Junior. »Ich –«

»Geh und hol dir deinen Apfel«, sagte Etta. »Wir haben Besuch, Carl.«

Er ging. Er kam mit zwei Äpfeln wieder. Ging zum Kühlschrank, holte den Milchkrug heraus, goß sich ein Glas ein. Sein Vater griff nach der Kaffeekanne und schenkte Miyamoto, ein, dann Etta, dann sich selbst. Carl junior sah zu ihnen hinüber, die Äpfel in der einen, das Glas Milch in der andern Hand. Dann ging er ins Wohnzimmer.

»Geh nach draußen«, rief Etta hinter ihm her. »Iß nicht da drin.«

Der Junge kam wieder und blieb in der Tür stehen. Der eine Apfel war angebissen, das Milchglas leer. Er war schon fast so groß wie sein Vater. Er war achtzehn. Kaum zu glauben, wie groß und kräftig er war. Er biß wieder in den Apfel. »Ist Kabuo zu Hause?« fragte er.

»Kabuo ist gerade gekommen«, antwortete Miyamoto. »Ja, er ist da.« Er lächelte.

»Ich geh rüber«, sagte Carl junior. Er ging durch die Küche und stellte sein Glas ins Spülbecken. Er knallte die Küchentür zu.

»Komm her und räum dein Schulbuch weg«, rief Etta.

Der Junge kam zurück und trug sein Buch die Treppe hinauf. Er ging in die Speisekammer, holte sich noch einen Apfel und winkte, als er am Tisch vorbei kam. »Bin gleich wieder da«, sagte er.

Carl schob dem Japaner den Zuckertopf hin. »Nimm dir«, sagte er. »Auch Sahne, wenn du möchtest.«

Miyamoto nickte. »Danke«, sagte er. »Sehr gut. Nur Zukker bitte.«

Er rührte einen halben Löffel Zucker in seinen Kaffee. Er benutzte den Löffel vorsichtig, legte ihn dann auf der Untertasse ab. Er wartete, bis Carl seine Tasse nahm, hob dann seine eigene hoch und nippte daran. »Sehr gut«, sagte er. Er sah zu Etta hin und lächelte in ihre Richtung – ein kleines Lächeln, mehr war es nie.

»Euer Sohn ist sehr groß geworden«, sagte er. Er lächelte immer noch. Und dann senkte er den Kopf. »Ich möchte Rate zahlen. Noch zwei Raten, dann ist alles bezahlt. Heute habe ich einhundertundzwanzig Dollar. Ich –«

Carl Senior schüttelte den Kopf. Er setzte die Kaffeetasse ab, während er immer noch den Kopf schüttelte. »Auf keinen Fall«, sagte er. »Kommt nicht in Frage, Zenhichi. Wir bringen deine Ernte ein, dann sehen wir im Juli, was dabei rauskommt. Vielleicht finden wir dann eine Lösung. Vielleicht gibt es ja auch dort, wo du hinkommst, Arbeit für dich. Wer weiß. Das wird sich zeigen. Jedenfalls werd ich dir in diesen Zeiten nicht dein Gespartes abnehmen, Zenhichi. Davon wollen wir gar nicht erst *reden.*«

Der Japs legte seine einhundertzwanzig Dollar auf den Tisch – viele Zehner, ein paar Fünfer, zehn Einer; er ordnete sie zu einem Fächer. »Nehmen Sie das bitte«, sagte er. »Ich schicke mehr von dort, wo ich hingehe. Ich zahle. Vielleicht kann ich nicht genug zahlen, dann haben Sie dies Jahr immer noch sieben Morgen Erdbeeren. Dann im Dezember noch eine Rate. Sehen Sie? Eine noch.«

Etta kreuzte die Arme über der Brust; sie hatte es doch *gewußt*, daß er seine Erdbeeren nicht einfach so hergeben würde! »Deine Beeren«, sagte sie. »Wie sollen wir die berechnen. Vor Juni setzt keiner Preise fest. Gut, nehmen wir mal an, du hast gute Pflanzen, zweijährige, wie du sagst. Alles läuft gut. Wir heuern Leute zum Unkrautjäten an. Kein Ungeziefer, gute Sonne, nichts geht schief, die Beeren werden reif, die Ernte ist gut. In Ordnung, wenn das Geld für die Arbeiter und Düngemittel abgezogen ist, bleiben vielleicht zweihundert als Erlös für die Beeren? In einem guten Jahr? Wenn die Preise gut sind? Aber sagen wir mal, das Jahr wird schlecht. Oder durchschnittlich. Pilzbefall, zu viel Regen, oder was sonst passieren kann – kannst du dir aus einem Dutzend Möglichkeiten aussuchen –, dann reden wir nur noch von hundert, höchstens hundertzwanzig Erlös aus den Beeren. Richtig? Was dann? Ich sag dir was. Das reicht dann nicht für deine Rate, zweihundertundfünfzig Dollar.«

»Nehmen Sie das«, sagte Zenhichi. Er stapelte die Scheine, schob sie ihr zu. »Diese einhundertundzwanzig Dollar. Die Erdbeeren bringen einhundertunddreißig, die nächste Rate ist damit bezahlt.«

»Ich dachte, du wolltest uns die Beeren *schenken*«, sagte Etta. »Bist du nicht hier reingekommen und wolltest sie herschenken? Hast du uns nicht erzählt, wir sollten sie an die Konservenfabrik verkaufen und behalten, was wir dafür bekommen? Und jetzt willst du hundertdreißig dafür.« Sie griff sich das säuberlich aufgestapelte Geld und fing an zu zählen, während sie weiterredete: »Einhundertdreißig auf das Risiko, daß sie wirklich so viel bringen, plus das hier als vorzeitige Rate, das Risiko gegen den Vorteil, daß wir das hier im März bekommen, statt daß wir bis Juni auf die ganze Rate warten? Bist du deshalb gekommen, hast du darauf gehofft?«

Der Japaner sah ruhig an ihr vorbei. Er sagte nichts, rührte auch seinen Kaffee nicht an. Er war starr und abweisend geworden. Sie konnte sehen, daß er sich ärgerte, daß er sich beherrschte, seinen Zorn nicht zeigte. Stolz ist er, dachte sie. Ich habe ihn gerade angespuckt, und er tut so, als wäre das nicht passiert. Steckt es weg, dachte sie.

Etta war mit dem Geldzählen fertig, legte den Stapel auf den Tisch zurück und verschränkte die Arme wieder über der Brust. »Noch Kaffee?« fragte sie.

»Nein, danke«, antwortete der Japs. »Sie nehmen das Geld, bitte.«

Carls große Hand glitt über den Tisch. Seine Finger bedeckten den Geldstapel und schoben ihn vor die Kaffeetasse des Japaners. »Zenhichi«, sagte er. »Das nehmen wir nicht. Egal, was Etta sagt, wir nehmen's nicht. Sie ist unhöflich gewesen, und ich entschuldige mich bei dir.« Dann sah er sie an, und sie gab den Blick zurück. Sie wußte, wie ihm zumute war, aber das machte ihr nicht viel aus. Sie wollte, daß Carl wußte, was los war, wie er reingelegt werden sollte. Sie dachte nicht daran, den Kopf zu senken. Sie starrte ihn an.

»Es tut mir leid«, sagte der Japaner. »Sehr leid.«

»Wir denken darüber nach, wenn die Erntezeit kommt«,

sagte Carl. »Komm du erst mal dort an, wohin du jetzt fährst, dann schreib uns. Wir ernten deine Erdbeeren, schreiben dir wieder, und dann sehen wir weiter. Was mich betrifft, machen wir das dann irgendwie nach Gefühl. Auf die eine oder andere Art schaffst du die letzten Raten bestimmt, irgendein Weg wird sich schon finden, und auf die Dauer wird schon alles werden, wie es sein soll. Alles kommt in Ordnung. Aber jetzt hast du andere Sorgen. Daß wir dich auch noch wegen der Raten belästigen, kannst du wirklich nicht brauchen. Du hast schon ohne das genug zu tun. Und wenn ich irgendwas tun kann, wenn ich dir beim Packen helfen soll, du mußt es nur sagen, Zenhichi.«

»Ich zahle die Raten«, antwortete Zenhichi. »Ich finde einen Weg, ich schicke das Geld.«

»Ist gut«, sagte Carl und streckte die Hand aus. Der Japaner nahm sie.

»Danke, Carl«, sagte er. »Ich zahle. Keine Sorge.«

Etta beobachtete Zenhichi. Ihr fiel auf, daß er nicht gealtert war – sie sah es deutlicher als je zuvor. Seit zehn Jahren hatte er immer auf denselben Feldern gearbeitet, seine Augen waren noch klar, sein Rücken gerade, die Haut straff, der Bauch fest und mager. Zehn Jahre lang hatte er auf denselben Feldern wie sie gearbeitet, und trotzdem schien er nicht einen Tag älter geworden zu sein. Seine Kleider waren sauber, er hielt den Kopf aufrecht, seine Haut sah braun und gesund aus. All das war Teil seines Geheimnisses, seines Abstandes zu dem, was *sie* war. Er wußte etwas, was ihn nicht altern ließ – während sie, Etta, verbraucht und müde war –, ein Wissen, das er für sich behielt, hinter seinem Gesicht verbarg. Vielleicht war es die Religion der Japse, dachte sie, oder vielleicht lag es ihm im Blut. Man würde es wohl nie herausbekommen.

Im Zeugenstand fiel ihr wieder ein, daß Carl junior an jenem Abend mit einer Bambusangelrute zurückgekehrt war.

Wie er zu ihr hingesehen hatte, als er mit windzerzaustem Haar durch die Tür gekommen war. Er stürmte in ihre Küche, kräftig und jung, wie ein übermütiger Doggenwelpe. Ihr Sohn, ein kräftiger junger Mann.

»Sieh mal«, sagte er. »Das hat Kabuo mir geliehen.«

Er fing an ihr zu erklären, wofür die Angel gut war. Sie hatte am Spülstein gestanden und Kartoffeln fürs Abendessen geschält. Er sagte, die Angel sei gut für Seebarsche. Gespaltener Bambus, von Mr. Nishi gemacht, die Ringe ganz glatt, mit Seide umwickelt. Man konnte sie als Schleppangel benutzen, vielleicht Erik Everts oder einen von seinen Freunden dazu bringen, daß er ihn mit dem Kanu rausfuhr. Man müsse die Rute mit einem leichten Köder ausrüsten, mal sehen, wie es lief. Wo Vater denn sei. Er müsse ihm die Angelrute unbedingt zeigen.

Etta schälte weiter Kartoffeln, während sie ihrem Sohn sagte, was sie sagen mußte: Bring die Angel sofort wieder zu den Japsen zurück, sie schulden uns Geld, die Angelrute bringt da bloß was durcheinander.

Sie erinnerte sich, wie der Junge sie angesehen hatte. Verletzt, ohne es zugeben zu wollen. Wollte widersprechen, wollte es auch wieder nicht – konnte nicht gegen sie an und wußte es. Der Blick des Verlierers – wie sein Vater, der große, schwerfällige Erdbeerfarmer. Gedrückt, an der Erde klebend. Der Junge redete wie sein Vater und bewegte sich wie sein Vater, aber er hatte eine breite Stirn und kleine Ohren, und um die Augen herum hatte er etwas von ihr. Der Junge war nicht ganz und gar Carls Kind. Auch ihr Sohn war er, das spürte sie.

»Du kehrst jetzt auf der Stelle um und trägst das Ding wieder zurück«, hatte sie noch einmal gesagt und mit dem Schälmesser auf die Tür gezeigt. Und das war richtig gewesen, das sah sie jetzt, im Zeugenstand. Er hatte die Rute zurückgebracht, ein paar Monate waren vergangen, er war in den Krieg gezogen, er war wieder heimgekommen, und dieser japanische Junge hatte ihn umgebracht. Sie hatte die ganze Zeit recht gehabt; Carl, ihr Ehemann, hatte sich geirrt.

Die Japaner hätten ihre Ratenzahlungen nicht geleistet, erklärte sie Alvin Hooks. So einfach sei das. Nicht gezahlt. Sie habe das Land an Ole Jurgensen verkauft und ihnen das Geld, das ihnen zustand, nach Kalifornien geschickt, sie habe nicht versucht, das Geld zu behalten, das ihnen gehörte. Sie haben jeden Penny zurückgegeben. Sie sei Weihnachten '44 nach Amity Harbor gezogen. Damit sei die Sache erledigt, habe sie angenommen. Wie es jetzt aussehe, habe sie sich in einem Punkt geirrt: Wenn es um Geld ging, war man vor niemandem sicher. So oder so *wollten* sie es. Und deshalb, so erklärte sie dem Gericht, sei ihr Sohn von Kabuo Miyamoto ermordet worden. Ihr Sohn war tot, für immer dahin.

10

Alvin Hooks ging um seinen Tisch herum und nahm das gleichmäßige Hin und Her wieder auf, das schon den ganzen Morgen Teil seiner Strategie gewesen war. »Mrs. Heine«, sagte er. »Sie sind im Dezember '44 nach Amity Harbor gezogen?«

»Richtig.«

»Ihr Ehemann war kurz zuvor verstorben?«

»Auch richtig.«

»Sie hatten das Gefühl, ohne ihn Ihr Land nicht mehr bearbeiten zu können?«

»Ja.«

»Deshalb zogen Sie nach Amity Harbor«, sagte Alvin Hooks. »Wo genau wohnen Sie dort, Mrs. Heine?«

»In der Main Street«, sagte Etta. »Über Lottie Opsvigs Geschäft.«

»Lotti Opsvigs? Ein Modegeschäft?«

»Das stimmt.«

»In einer Wohnung?«

»Ja.«

»Ist sie groß?«

»Nein«, sagte Etta, »nur zwei Zimmer.«

»Zwei Zimmer über einem Kleidergeschäft«, sagte Alvin Hooks. »Sie haben sich also eine Zweizimmerwohnung genommen. Und darf ich fragen, wie hoch die Monatsmiete war?«

»Fünfundzwanzig Dollar«, sagte Etta.

»Eine Wohnung für fünfundzwanzig Dollar«, sagte Alvin

Hooks. »Wohnen Sie immer noch da? Ist das Ihre gegenwärtige Adresse?«

»Ja.«

»Und zahlen Sie immer noch fünfundzwanzig Dollar?«

»Nein«, sagte Etta. »Fünfund*dreißig*. Der Preis ist seit '44 gestiegen.«

»1944«, wiederholte Alvin Hooks. »Das Jahr, in dem Sie einzogen? Das Jahr, in dem Sie den Miyamotos ihr Geld zurückschickten und nach Amity Harbor zogen?«

»Ja«, sagte Etta.

»Mrs. Heine«, sagte Alvin und blieb stehen. »Haben Sie danach noch etwas von den Miyamotos gehört? Nachdem Sie ihnen ihr Geld geschickt hatten?«

»Ich habe von ihnen gehört«, sagte Etta.

»Wann war das?« fragte Alvin Hooks.

Etta biß sich auf die Lippe und dachte darüber nach; sie kniff sich in die Wange. »Das war im Juli 1945«, gab sie schließlich zur Antwort. »Der da stand auf einmal bei mir vor der Tür.« Und sie zeigte mit dem Finger auf Kabuo Miyamoto.

»Der Angeklagte?«

»Jawohl.«

»Er kam 1945 an Ihre Tür? An Ihre Wohnungstür in Amity Harbor?«

»Richtig.«

»Hat er vorher angerufen? Haben Sie ihn erwartet?«

»Nein. War auf einmal da. Einfach so.«

»Unangemeldet? Tauchte aus dem Nichts auf, sozusagen?«

»Ganz recht«, sagte Etta. »Aus dem Nichts.«

»Mrs. Heine«, sagte der Staatsanwalt. »Was gab der Angeklagte als Grund dafür an, daß er Sie aufsuchte? Was wollte er von Ihnen?«

»Er wollte über das Land reden, sagte er. Hätte ein paar

Dinge über mein Land zu sagen, das ich an Ole verkauft hatte.«

»Was hat er genau gesagt, Mrs. Heine? Können Sie sich noch erinnern? Können Sie dem Gericht helfen?«

Etta faltete die Hände im Schoß und spähte zu Kabuo Miyamoto hinüber. Sie konnte ihm an den Augen ablesen – *sie* ließ sich nicht hinters Licht führen –, daß er alles noch genau wußte. Er hatte vor ihrer Tür gestanden, ordentlich angezogen, die Hände geballt, die Augen starr. Es war Juli und unerträglich heiß in ihrer Wohnung; im Hausflur war es viel kühler. Sie hatten einander angestarrt, und dann hatte Etta die Arme über der Brust verschränkt und ihn gefragt, was er wolle.

»Mrs. Heine«, hatte er gesagt, »erinnern Sie sich noch an mich?«

»'türlich«, hatte Etta geantwortet.

Sie hatte ihn nicht mehr gesehen, seit die Japse die Insel verlassen hatten – 1942, vor über drei Jahren –, aber sie erinnerte sich deutlich an ihn. Er war der Junge, der Carl die Angelrute hatte schenken wollen, der Junge, den sie immer von ihrem Küchenfenster aus gesehen hatte, wenn er auf dem Feld mit seinem Holzschwert übte. Er war Miyamotos Ältester – sein Gesicht kannte sie, aber sie wußte seinen Namen nicht mehr –, der Junge, mit dem ihr Sohn immer herumzog.

»Ich bin seit drei Tagen wieder zu Hause«, sagte er. »Carl ist wohl noch nicht zurückgekommen.«

»Carl ist gestorben«, antwortete Etta. »Carl junior kämpft gegen die Japse.« Sie starrte den Mann im Hausflur an. »Mit denen sind wir jetzt fast fertig«, setzte sie dazu.

»Fast«, hatte Kabuo geantwortet. Er ließ die Hände fallen und verschränkte sie auf dem Rücken. »Das mit Mr. Heine tut mir leid«, sagte er. »Ich habe es in Italien erfahren. Meine Mutter hat es mir geschrieben.«

»Na ja, ich hab es euch mitgeteilt, als ich euch euer Geld

zurückgeschickt habe«, erwiderte Etta. »Schrieb in meinem Brief, daß Carl tot ist und ich das Land verkaufen mußte.«

»Ja«, sagte Kabuo. »Aber Mrs. Heine, mein Vater hatte eine Abmachung mit Mr. Heine. Hat er nicht –«

»Mr. Heine war gestorben«, unterbrach ihn Etta. »Ich mußte eine Entscheidung treffen. Konnte die Farm doch nicht allein bewirtschaften, wie denn? Ich hab an Ole verkauft, und damit hat sich's«, sagte sie. »Wenn du über das Stück Land reden willst, mußt du mit *Ole* reden. Ich habe nichts mehr damit zu tun.«

»Bitte«, antwortete Kabuo. »Mit Mr. Jurgensen habe ich schon geredet. Ich bin letzten Mittwoch auf der Insel angekommen und auf die Felder hinausgegangen, um zu sehen, was daraus geworden ist. Wollte mich mal umsehen. Mr. Jurgensen war mit seinem Traktor draußen. Wir haben uns eine Weile unterhalten.«

»Na gut, dann hast du schon mit ihm geredet«, sagte Etta.

»Das hab ich«, sagte Kabuo. »Er hat gesagt, ich soll lieber mit Ihnen reden.«

Etta preßte die Arme fester an die Brust. »Hmpf«, sagte sie, »es ist sein Land, oder? Geh wieder hin und erklär ihm das. Erklär ihm, ich hätte das gesagt. Sag's ihm nur.«

»Er hat es nicht *gewußt*«, sagte Kabuo. »Sie haben ihm nicht gesagt, daß nur noch eine Rate fehlte, Mrs. Heine. Sie haben ihm nicht gesagt, daß Mr. Heine –«

»Er hat es nicht gewußt«, höhnte Etta. »Hat Ole dir das gesagt? Er hat es nicht gewußt – ach wirklich? Hätte ich vielleicht sagen sollen: ›Ole, übrigens haben diese Leute eine illegale Abmachung mit meinem Mann, er sollte ihnen sieben Morgen Land abgeben.‹ Das hätte ich sagen sollen? Er hat es nicht *gewußt*«, wiederholte Etta. »Das ist doch wohl das Lächerlichste, was ich je gehört habe. Ich soll jemandem, der mein Land kaufen will, auf die Nase binden, daß es da noch einen illegalen Vertrag gibt, der alles durcheinanderbringt?

Und wenn ich das getan hätte? Was dann? Na? Tatsache ist, ihr habt eure Raten nicht gezahlt. Eine Tatsache ist das. Und stell dir nur mal vor, ihr hättet das mit einer Bank hier in der Gegend gemacht. Stell dir nur mal vor, ihr zahlt die Raten nicht – was glaubt ihr, was dann passiert? Man wartet höflich auf euch? Nein. Die Bank nimmt euch das Land wieder ab, das passiert. Ich hab nichts getan, was eine Bank nicht auch machen würde. Ich hab nichts Unrechtes getan.«

»Sie haben nichts *Illegales* getan«, antwortete der Japs. »Unrecht – das steht auf einem anderen Blatt.«

Etta blinzelte. Sie trat zurück und legte die Hand auf den Türknauf. »Raus hier«, sagte sie.

»Sie haben unser Land verkauft«, sprach der Japs weiter. »Sie haben uns das Land weggenommen und verkauft. Sie haben ausgenutzt, daß wir nicht da waren. Sie –«

Aber sie hatte die Tür zugemacht, um nichts weiter hören zu müssen. Carl hat soviel Unordnung gemacht, hatte sie gedacht. Und jetzt muß ich alles wieder in Ordnung bringen.

»Mrs. Heine«, sagte der Staatsanwalt Alvin Hooks, als sie das erzählt hatte, »haben Sie den Angeklagten danach wiedergesehen? Hat er Sie noch einmal auf diese Sache mit dem Land angesprochen?«

»Ihn gesehen?« fragte Etta. »Und ob ich ihn gesehen hab. In der Stadt hab ich ihn gesehen, bei Petersen hab ich ihn gesehen, hier und da … ich hab ihn ab und zu gesehen, jawohl.«

»Hat er mit Ihnen gesprochen?«

»Nein.«

»Nie?«

»Nein.«

»Es gab keinen weiteren Austausch zwischen Ihnen?«

»Nicht daß ich wüßte. Höchstens, wenn Sie böse Blicke eine Art von Sprechen nennen.«

»Böse Blicke, Mrs. Heine? Was genau meinen Sie damit?«

Etta strich sich das Kleid glatt und korrigierte ihre Haltung auf dem Stuhl im Zeugenstand, bis sie wieder kerzengerade saß. »Jedesmal, wenn ich ihn gesehen hab«, sagte sie, »hat er die Augen zusammengekniffen und mich schief angeschaut. Sie wissen schon, so lauernd, *wütend*.«

»Ich verstehe«, sagte der Staatsanwalt. »Und wie lange ging das?«

»Ging die ganze Zeit bis jetzt«, sagte Etta. »Hat nie aufgehört. Ich hab nie einen freundlichen Blick von dem gesehen, kein einziges Mal in der ganzen Zeit. Immer die Augen zusammengekniffen, immer hat er mich böse angesehen.«

»Mrs. Heine«, sagte Alvin Hooks, »haben Sie jemals in dieser Sache mit Ihrem Sohn über den Angeklagten gesprochen? Haben Sie Carl junior erzählt, daß Kabuo Miyamoto an Ihre Tür gekommen war und mit Ihnen über den Verkauf des Grundbesitzes Ihrer Familie gestritten hatte?«

»Mein Sohn hat alles gewußt. Als er wiederkam, hab ich es ihm erzählt.«

»Wiederkam?«

»Aus dem Krieg«, sagte Etta. »Paar Monate später, so im Oktober war das, glaub ich.«

»Und damals haben Sie ihm erzählt, daß der Angeklagte an Ihre Tür gekommen war?«

»Ja.«

»Wissen Sie noch, wie seine Reaktion war?«

»Ja«, sagte Etta. »Er wollte es im Auge behalten, hat er gesagt. Wenn Kabuo Miyamoto mich weiter so schief ansehen würde, wollte er ihn im Auge behalten, das hat er gesagt.«

»Aha«, sagte Alvin Hooks. »Und? Hat er das getan?«

»Soviel ich weiß, ja.«

»Er behielt Kabuo Miyamoto im Auge?«

»Ja, das tat er. Er beobachtete ihn.«

»Hatten die beiden ein gespanntes Verhältnis, wissen Sie etwas darüber, Mrs. Heine? Sie waren beide Fischer, das war eine Gemeinsamkeit. Sie waren in ihrer Jugend Nachbarn gewesen, wie Sie uns sagten. Und doch gab es diesen ... Streit. Diesen Familienstreit über das Land. Standen die beiden, Ihr Sohn und der Angeklagte, von 1945 an auf freundlichem oder unfreundlichem Fuß?«

»Nein, ein Freund von meinem Sohn war der Angeklagte nicht. Das ist doch klar. Sie waren Feinde.«

»Feinde?« sagte Alvin Hooks.

»Carl hat mir mehr als einmal erklärt, er wünschte, Kabuo würde endlich die sieben Morgen vergessen und aufhören, mich schief anzusehen.«

»Als Sie ihm erzählten, daß der Angeklagte Ihnen finstere Blicke zugeworfen habe, wie hat Ihr Sohn da reagiert? Antworten Sie genau.«

»Er hat gesagt, Kabuo sollte das lieber lassen. Hat gesagt, er würde die Augen offen halten wegen Kabuo.«

»*Die Augen offen halten*«, wiederholte Alvin Hooks. »Meinte er, daß eine Gefahr von Mr. Miyamoto ausging?«

»Einspruch«, unterbrach Nels Gudmundsson. »Die Zeugin wird durch diese Frage aufgefordert, Spekulationen über Stimmung und Gemütsverfassung ihres Sohnes anzustellen. Er ist –«

»Schon gut, schon gut«, sagte Alvin Hooks. »Erzählen Sie uns, was Sie *beobachtet* haben, Mrs. Heine. Erzählen Sie uns, was Ihr Sohn gesagt oder getan hat – gibt es irgendeinen Anhaltspunkt dafür, daß er meinte, von Kabuo Miyamoto gehe Gefahr aus?«

»Ja«, sagte Etta. »Er hatte ein wachsames Auge auf ihn. Jedesmal, wenn ich ihm erzählte, daß der Mann da mich böse anstarrt, hat er das gesagt – daß er aufpassen werde.«

»Mrs. Heine«, sagte Alvin Hooks. »Würden Sie sagen, das Wort ›Familienfehde‹ ist der passende Ausdruck für die Beziehung zwischen ihrer Familie und der des Angeklagten? Waren Sie verfeindet? Gab es eine Fehde?«

Etta sah Kabuo an. »Ja«, sagte sie. »Feinde sind wir bestimmt. Die haben uns beinahe zehn Jahre lang wegen dieser sieben Morgen in den Ohren gelegen. Mein Sohn wurde deshalb umgebracht.«

»Einspruch«, sagte Nels Gudmundsson. »Die Zeugin spekuliert darüber, ob –«

»Stattgegeben«, stimmte Richter Fielding zu. »Die Zeugin wird sich darauf beschränken, ohne weitere Spekulationen die Fragen zu beantworten, die ihr gestellt werden. Ich weise die Geschworenen hiermit an, ihre letzten Worte außer acht zu lassen. Des weiteren werden die Kommentare der Zeugin aus dem Protokoll gestrichen. Fahren Sie fort, Mr. Hooks.«

»Danke«, sagte Alvin Hooks. »Aber ich habe keine weiteren Fragen mehr, Euer Ehren. Mrs. Heine, ich möchte Ihnen sagen, wie sehr ich es zu schätzen weiß, daß Sie bei diesem Wetter den Weg zu uns nicht gescheut haben. Vielen Dank, daß Sie in einem Schneesturm als Zeugin ausgesagt haben.« Er drehte eine Pirouette auf der Schuhspitze und wies mit dem Zeigefinger auf Nels Gudmundsson. »Ihre Zeugin«, sagte er.

Nels Gudmundsson schüttelte den Kopf und runzelte die Stirn. »Nur drei Fragen«, brummelte er, ohne aufzustehen. »Ich habe ein bißchen gerechnet, Mrs. Heine. Wenn ich richtig multipliziert habe, dann kaufte die Miyamoto-Familie Ihnen sieben Morgen für viertausendfünfhundert Dollar ab – stimmt das? Viertausendfünfhundert Dollar?«

»Versucht haben sie das«, sagte Etta, »aber nicht alle Raten gezahlt.«

»Zweite Frage«, sagte Nels. »Als Sie 1944 zu Ole Jurgensen gingen und ihm Ihr Land zum Verkauf anboten, wie hoch war der Preis pro Morgen da?«

»Eintausend«, sagte Etta. »Tausend pro Morgen.«

»Das heißt dann wohl, daß aus den viertausendfünfhundert siebentausend Dollar wurden, habe ich recht? Zweitausendfünfhundert Dollar Wertsteigerung für das Land, wenn Sie den Miyamotos ihr Geld zurückschickten und den Grund und Boden an Ole Jurgensen verkauften?«

»Ist das Ihre dritte Frage?« sagte Etta.

»So ist es, ja«, sagte Nels.

»Sie haben richtig gerechnet. Zweitausendfünfhundert.«

»Das war alles, danke«, antwortete Nels. »Sie dürfen den Zeugenstand verlassen, Mrs. Heine.«

Ole Jurgensen stützte sich schwer auf seinen Stock, als er von der Tribüne herunterkam. Alvin Hooks hielt ihm die Schwingtür auf, und Ole schlurfte an ihm vorbei, den Stock in der rechten Hand, die linke auf dem Rücken. Er schlurfte halb seitwärts, wie ein verletzter Krebs, und quälte sich zu Ed Soames hin, der die Bibel bereithielt. Als Ole am Ziel war, nahm er den Stock abwechselnd in die rechte und in die linke Hand, bevor er das Problem löste, indem er sich den Stock ans Handgelenk hängte. Im Juni hatte er einen Schlaganfall gehabt und zittrige Hände davon zurückbehalten. Er war draußen bei seinen Pflückern gewesen und hatte Beeren aussortiert, und auf einmal hatte er das Gefühl, die Erde kippe unter ihm weg, nachdem ihm schon den ganzen Morgen irgendwie schwindlig und übel gewesen war. Ole bäumte sich auf und machte eine letzte verzweifelte Anstrengung, abzuschütteln, was mit ihm geschah, aber der Himmel schien ihm auf den Kopf zu fallen, die Erde kam ihm entgegen, und er stürzte hintenüber in eine Erdbeerkiste. Da lag er und blinzelte in die Wolken, bis zwei kanadische Indianer ihm unter die Arme griffen und ihn aufrichteten. Sie brachten ihn mit dem Traktor in sein Haus und legten ihn wie einen Leichnam auf die Veranda. Liesel schüttelte ihn, bis er sie anknurrte und sabberte, und bei diesem Anblick wurde sie hysterisch und fing an, ihn nach seinen Symptomen zu befragen. Als ihr deutlich wurde, daß er nicht die

Absicht hatte zu antworten, hörte sie auf zu reden und küßte ihn auf die Stirn. Dann hastete sie ins Haus und rief Dr. Whaley an.

Seitdem war er schnell verfallen. Seine Beine waren spindeldürr, die Augen tränten, der Bart reichte ihm in dünnen Strähnen bis zum dritten Westenknopf, die Haut sah rötlich und wundgescheuert aus. Er hockte krummgebeugt im Zeugenstand, beide Hände umklammerten den Stockgriff, ein zittriger, staksiger alter Mann.

»Mr. Jurgensen«, begann Alvin Hooks, »Sie waren viele Jahre lang Nachbar der Heines im Center Valley? Ist das richtig?«

»Ja«, sagte Ole Jurgensen.

»Wie viele Jahre?«

»Eigentlich immer«, sagte Ole. »Weil ich noch weiß, daß vor vi-vierzig Jahren Carl, der alte Carl, das Land neben meinem gerodet hat.«

»Vierzig Jahre. Vierzig Jahre lang waren Sie Erdbeerfarmer?«

»Ja. Über vierzig Jahre.«

»Wie viele Morgen hatten Sie damals, Mr. Jurgensen?«

Ole schien darüber nachzudenken. Er leckte sich die Lippen und schielte an die Decke; die Hände rutschten den ganzen Stock entlang hinunter und hinauf.

»Fünfunddreißig am Anfang«, sagte er schließlich. »Dann ha-habe ich noch dreißig von Etta dazugekauft, hat Etta ja gesagt, als sie hier war. Das brachte mich dann auf fünfundsechzig Morgen: 'ne große Farm war das.«

»Ja«, sagte Alvin Hooks. »Sie kauften dann also dreißig Morgen von Etta Heine.«

»Ja, das hab ich gemacht.«

»Und wann war das, Mr. Jurgensen?«

»Wie sie gesagt hat: 1944.«

»Sie hat Ihnen den Grundbrief damals ausgehändigt?«

»Ja.«

»War Ihrer Meinung nach der Besitz frei und unbelastet? Das heißt, waren irgendwelche Hypotheken eingetragen, Auflagen zu erfüllen? Grunddienstbarkeiten? Pachtrechte? Etwas von dieser Art?«

»Nein, nichts dergleichen«, sagte Ole Jurgensen. »Der Vertrag war klar. War alles in Ordnung damit.«

»Ich verstehe«, sagte Alvin Hooks. »Ihnen war also nichts davon bekannt, daß die Miyamotos möglicherweise einen Rechtsanspruch auf sieben Morgen von Ihren neu gekauften dreißig Morgen haben könnten?«

»Nichts bekannt, nein«, sagte Ole. »Hab Etta gefragt, weil die Miyamoto-Familie, die hat-hat ein Haus auf dem Besitz, verstehen Sie, ich weiß, sieben Morgen sind an die verkauft worden. Aber Etta hat mir gesagt, die haben die Raten nicht bezahlt, also muß sie die ... wieder in Besitz nehmen. Sie hat keine Wahl, jetzt, wo Carl tot ist, sagt sie. Alles in Ordnung mit dem Vertrag, sagt sie. Die Miyamoto-Familie ist im Lager, sagt sie, k-kommen vielleicht nie wieder. Sie wird ihnen ihr Geld geben, sagt sie. Ansprüche haben die nicht, nein.«

»Sie haben also nichts von möglichen Rechtsansprüchen der Miyamotos auf sieben Morgen von Ihrem neu erworbenen Grund und Boden erfahren?«

»Nein. Ich hab nichts davon gehört, bis dieser Mann«, er wies mit der Nase auf den Angeklagten, »rumkommt und mir's sagt.«

»Sie meinen den Angeklagten dort drüben, Kabuo Miyamoto?«

»Ja, den«, sagte Ole. »Richtig.«

»Er kam wann zu Ihnen?«

»Wart mal«, sagte Ole. »Sommer '45 war das. Er sch-steht da und sagt, Mrs. Heine hat ihn beraubt. Mr. Heine hätte so was nie zugelassen, sagt er.«

»Ich kann nicht ganz folgen«, sagte Alvin Hooks. »Der

Angeklagte tauchte im Sommer 1945 auf Ihrer Farm auf und beschuldigte Etta Heine, sie habe ihn *beraubt*?«

»Ja. Das weiß ich noch.«

»Und was haben Sie gesagt?«

»Ich hab gesagt, nein, sie hat mir das Land verkauft, und in dem Brief habe ich *seinen* Namen an keiner Stelle gesehen.«

»Ja? Und?«

»Dann wollte er wissen, ob ich ihm das Land zurückverkaufe.«

»Zurückverkaufen? Die dreißig Morgen?«

»Nicht alle dreißig«, antwortete Ole. »Nur die sieben im Nordwesten, wo seine Familie früher gewohnt hat. Vor dem Krieg.«

»Und haben Sie darüber gesprochen? Haben Sie den Verkauf erwogen?«

»Er hatte kein Geld«, antwortete Ole. »Und ich hab sowieso nicht vorgehabt, sie zu ve-verkaufen. Das war vor … dem Schlaganfall. Ich hatte 'ne gute Farm, fünfundsechzig Morgen. Ich wollte kein Stück davon verkaufen, an niemanden.«

»Mr. Jurgensen«, sagte Alvin Hooks. »Als Sie Etta Heines dreißig Morgen kauften, haben Sie da auch ihr Haus gekauft?«

»Nein. Das hat sie extra verkauft. Nur das Haus, an Bjorn Andreason. Und der wohnt da immer noch.«

»Und das Haus, in dem die Familie des *Angeklagten* gewohnt hatte, Mr. Jurgensen?«

»Das hab ich gekauft«, sagte Ole.

»Ich verstehe«, sagte Alvin Hooks. »Und was haben Sie damit gemacht?«

»Ich hab es für meine Pflücker genutzt, verstehen Sie«, sagte Ole. »Meine F-Farm war jetzt so groß, da brauchte ich das ganze Jahr über einen Verwalter. Also wohnte der da drin, und es hat Platz für die Pflücker, wenn die Pflückzeit kommt.«

»Mr. Jurgensen«, sagte Alvin Hooks, »hat der Angeklagte während seines Besuches im Sommer 1945 sonst noch etwas zu Ihnen gesagt? Können Sie sich noch an irgend etwas erinnern?«

Ole Jurgensens rechte Hand ruhte nicht mehr auf dem Stockgriff. Sie suchte sich den Weg in die Seitentasche der Jacke und fummelte nach etwas. »Ja, eine Sache«, sagte Ole. »Er hat gesagt, eines Tages würde er sich sein Land wiederholen.«

»Wiederholen?«

»Ja. Und daß er wütend ist, hat er gesagt.«

»Und was haben Sie gesagt?«

»Ich hab gesagt, warum wütend auf *mich*? Ich weiß nix von diesem Land, nur daß ich es nicht verkaufen will, an niemanden.« Ole hob ein Taschentuch an den Mund und trocknete sich die Lippen. »Ich hab zu ihm gesagt, geh zu Etta und sprich mit ihr, sie ist nach Amity Harbor gezogen. Ich hab ihm erklärt, wo er sie findet, sie ist diejenige, mit der er reden muß.«

»Und ist er dann gegangen?«

»Ja.«

»Und haben Sie ihn nochmal wiedergesehen?«

»Ja, man sieht sich, die Insel ist klein. Hier sieht man immer alle, die hier wohnen.«

»Gut«, sagte Alvin Hooks. »Sie hatten einen Schlaganfall, Mr. Jurgensen, sagen Sie. Das war im Juni dieses Jahres?«

»Ja, am 28. Juni.«

»Ich verstehe«, sagte Alvin Hooks. »Und dadurch wurden Sie arbeitsunfähig? So daß Sie sich nicht mehr in der Lage fühlten, Ihre Farm zu bewirtschaften?«

Ole Jurgensen antwortete nicht gleich. Seine rechte Hand, in der er das Taschentuch knüllte, wanderte wieder zum

Stockknauf zurück. Er kaute auf der Innenseite seiner Wange, sein Kopf wackelte. Ole hatte Mühe mit dem Sprechen.

»I-ich … ja«, sagte er. »Ich hab's einfach nicht geschafft, verstehen Sie.«

»Sie konnten Ihre Farm nicht bewirtschaften?«

»N-nein.«

»Was haben Sie daraufhin getan?«

»I-ich hab sie zum Verkauf angeboten«, sagte Ole Jurgensen. »Am 7. September. Gleich nach Labor Day.«

»In diesem Jahr?«

»Ja.«

»Haben Sie Ihren Besitz über einen Makler angeboten, Mr. Jurgensen?«

»Ja.«

»War der Makler Klaus Hartmann?«

»Ja.«

»Haben Sie es noch auf andere Weise angeboten?«

»Wir hatten 'n Schild an der Scheune«, sagte Ole. »Das war alles.«

»Und was passierte dann?«

»Dann kam Carl Heine«, sagte Ole, »Ca-Carl Heine, Ettas Sohn.«

»Wann war das?« fragte Alvin Hooks.

»Das war am 7. September«, sagte Ole. »Da kam auf einmal Carl Heine und wollte meine Farm kaufen.«

»Erzählen Sie uns, wie das war«, sagte Alvin Hooks freundlich. »Carl Heine war ein … erfolgreicher Fischer. Er hatte ein schönes Haus in der Mill Run Road. Was wollte er mit Ihrer Farm?«

Ole Jurgensen blinzelte ein halbes dutzendmal. Er tupfte sich die Augen mit dem Taschentuch ab. Der junge Mann, erinnerte er sich, Carl Heine junior, war an jenem Morgen mit einem himmelblauen Bel-Air bei ihm auf dem Hof vorgefahren und hatte die Hühner aufgescheucht. Ole saß auf der Veranda und wußte sofort, wer da kam; er ahnte auch, was er wollte. Der junge Mann war zu jeder Ernte gekommen; Frau und Kinder hatte er mitgebracht. Sie hatten ihre Körbe mit aufs Feld genommen und zusammen Erdbeeren gepflückt. Ole hatte Carls Geld nie annehmen wollen, aber Carl hatte es ihm aufgedrängt. Wenn Ole den Kopf schüttelte, legte Carl die Geldscheine auf den Tisch neben die Waage, unter ein Gewicht. »Egal, daß das mal das Land meines Vaters war«, sagte er dann. »Jetzt gehört es dir. Wir bezahlen.«

Und jetzt war er da, so groß und stark wie sein Vater, hatte die Figur seines Vaters und das Gesicht seiner Mutter, kam in Gummistiefeln wie ein Fischer – dabei fiel Ole wieder ein, daß er ja ein Fischer *war* und sein Boot nach seiner Frau genannt hatte: die *Susan Marie*.

Liesel hatte dem jungen Mann ein Glas Eistee gebracht. Er hatte sich so gesetzt, daß er von seinem Platz aus die Erdbeerfelder überblicken konnte. In der Ferne konnte man gerade noch die breite Vorderfront von Bjorn Andreasons Haus erkennen – wo Carl junior früher gewohnt hatte.

Sie hatten über dies und das geredet, erklärte Ole dem Gericht jetzt. Carl hatte gefragt, wie die Erdbeeren in diesem Jahr waren, Ole hatte nach den Lachsgründen gefragt. Liesel hatte sich nach Ettas Gesundheit erkundigt, und dann hatte sie Carl gefragt, wie ihm das Leben eines Fischers gefalle. »Gar nicht«, hatte Carl geantwortet.

Ole hatte es seltsam gefunden, daß der junge Mann so etwas laut sagte. Dabei mußte sein Stolz gelitten haben. Ole begriff, daß Carl damit etwas eingestanden hatte, und zwar aus einem bestimmten Grund. Er hatte eine Absicht verfolgt.

Der junge Mann hatte sein Glas auf den Boden gestellt, genau vor seine Gummistiefel, die Ellbogen auf die Knie gestützt und sich zu ihnen hingeneigt, als wollte er etwas beichten. Einen Augenblick lang hatte er auf die Dielen der Veranda geblickt. »Ich möchte eure Farm kaufen«, hatte er gesagt.

Liesel hatte ihm erklärt, daß Bjorn Andreason nun das alte Heine-Haus habe und daß daran nichts zu ändern sei. Liesel hatte gesagt, daß sie und Ole die Farm eigentlich gar nicht aufgeben wollten, daß ihnen aber nichts anderes übrigbleibe. Und der junge Mann hatte genickt und sich die Bartstoppeln am Kinn gekratzt. »Das tut mir leid«, hatte er leise gesagt. »Ich ziehe nicht gern einen Vorteil daraus, daß Sie nicht gesund sind, Mr. Jurgensen. Aber wenn Sie verkaufen müssen, dann meine ich … also, dann bin ich interessiert.«

Ole hatte gesagt: »Ich freue mich. Sie waren hier zu Hause, Sie kennen das Land. Was wir machen, ist nur fair. Ich freue mich.« Und er hatte dem jungen Mann die Hand entgegengestreckt.

Der junge Mann ergriff sie sehr ernst. »So sehe ich es auch«, hatte er gesagt.

In der Küche hatten sie darüber gesprochen, wie sie die Sache regeln wollten. Carls Geld steckte in der *Susan Marie* und in seinem Haus an der Mill Run Road. Vorerst konnte er tausend Dollar bar auf die Hand anzahlen – Carl legte das Geld auf den Tisch. Zehn Einhundert-Dollar-Scheine. Bis November ließe sich das Boot verkaufen, dann das Haus, sagte Carl. »Ihre Frau wird glücklich sein«, sagte Liesel und lächelte. »Fischer sind nachts immer unterwegs.«

Ole Jurgensen stützte sich auf seinen Stock und erinnerte sich, daß am selben Tag noch ein Besucher dagewesen war. Kabuo Miyamoto war zu ihm gekommen.

»Der Angeklagte?« fragte Alvin Hooks. »Am 7. September in diesem Jahr?«

»Ja, Sir«, sagte Ole.

»An dem Tag, an dem Carl Heine mit Ihnen über den Verkauf Ihres Grundbesitzes gesprochen hat?«

»Ja, Sir.«

»Am Nachmittag desselben Tages?«

»So gegen zwölf«, sagte Ole. »Als wir gerade mit dem Essen anfangen wollten. Da hat Miyamoto bei uns angeklopft.«

»Und hat er gesagt, was er wollte, Mr. Jurgensen?«

»Dasselbe wie Ettas Sohn. Wollte mein Land kaufen«, sagte Ole.

»Erzählen Sie«, sagte Alvin Hooks. »Was hat er genau gesagt?«

Sie hatten sich zusammen auf die Veranda gesetzt, erklärte Ole. Der Angeklagte hatte das Schild an der Scheune gesehen und wollte Oles Farm kaufen. Da war Ole wieder eingefallen, wie der Japaner einmal auf dem Feld gestanden und geschworen hatte, daß er sich das Land seiner Familie eines Tages wiederholen würde. Das hatte Ole ganz und gar vergessen gehabt. Neun Jahre waren seitdem vergangen.

Ihm war auch wieder eingefallen, daß der Japaner noch vor dieser Zeit für ihn gearbeitet hatte; er hatte zu einer Mannschaft gehört, die ihm 1939 seine Himbeeren gepflanzt hatte. Ole erinnerte sich, wie er Zedernpfähle für die Himbeersträucher eingerammt hatte; auf der Ladefläche eines Pickups hatte er gestanden, ohne Hemd, und seinen Hammer geschwungen. Da war er vielleicht sechzehn oder siebzehn gewesen.

Er erinnerte sich auch daran, daß er ihn früh am Morgen auf den Feldern gesehen hatte, wo er ein Holzschwert geschwungen hatte. Der Vater des Jungen hatte Zeniechie oder so ähnlich geheißen. Er hatte den Namen nie richtig aussprechen können.

Auf der Veranda hatte er Kabuo nach seinem Vater gefragt, aber der Mann war schon lange tot.

Der Japaner hatte dann nach dem Land gefragt und deutlich gemacht, daß er die sieben Morgen gern zurückkaufen wollte, die seine Familie damals besessen hatte.

»Die stehen leider nicht mehr zum Verkauf«, hatte Liesel gesagt. »Die sind schon verkauft. Heute morgen ist schon jemand hier gewesen. Es tut mir wirklich leid für Sie, Kabuo.«

»Ja, es tut uns leid«, hatte Ole gesagt.

Der Japaner war erstarrt. Die Höflichkeit verschwand plötzlich aus seinem Gesicht, und es wurde abweisend und fremd. »Verkauft?« hatte er gesagt. »Schon?«

»Ja«, sagte Liesel. »Einfach so. Es tut uns leid, daß wir Sie enttäuschen müssen.«

»Alles verkauft?« fragte der Japaner.

»Ja«, sagte Liesel. »Es tut uns sehr leid. Wir hatten nicht mal Zeit, das Schild abzunehmen.«

»Wer hat es gekauft?« fragte Kabuo Miyamoto immer noch mit jenem starren Gesichtsausdruck. »Ich möchte mit den Leuten reden.«

»Etta Heines Sohn Carl«, sagte Liesel. »Ungefähr um zehn ist er hier gewesen.«

»Carl Heine«, hatte der Japaner geantwortet, und da war eine Andeutung von Zorn in seiner Stimme.

Ole hatte vorgeschlagen, Kabuo Miyamoto solle doch mit Carl Heine über die Sache reden. Vielleicht könne man zu einer Einigung kommen.

Liesel schüttelte den Kopf und rang die Hände in der Schürze. »Wir haben es verkauft«, wiederholte sie entschuldigend. »Ole und Carl haben es mit Handschlag abgemacht, verstehen Sie. Wir haben eine Anzahlung genommen. Wir sind an unsere Abmachung gebunden. Es ist verkauft, verstehen Sie. Es tut uns leid.«

Der Japaner war inzwischen aufgestanden. »Ich hätte eher kommen müssen«, sagte er.

Am nächsten Tag war Carl wieder vorbeigekommen –

Liesel hatte ihn wegen Kabuo Miyamoto angerufen –, um das Schild von der Scheune abzunehmen. Als er auf die Leiter stieg, stand Ole, auf seinen Stock gestützt, unten und erzählte ihm vom Besuch des Japaners. Ole erinnerte sich, daß Carl nach allen Einzelheiten gefragt hatte. Er nickte mit dem Kopf und hörte genau zu. Ole erzählte alles – wie die Höflichkeit aus dem Gesicht des Japaners verschwunden war, wie es den undeutbaren, verschlossenen japanischen Ausdruck angenommen hatte, als er hörte, daß das Land verkauft war, das er hatte erwerben wollen. Carl Heine nickte immer wieder und stieg dann mit dem Schild die Leiter hinunter. »Danke, daß Sie mir das erzählt haben«, hatte er gesagt.

11

Während der Mittagsunterbrechung des Verfahrens aß Kabuo Miyamoto sein Mittagessen, wie schon siebenundsiebzigmal, in seiner Zelle. Diese Zelle war eine von zweien im Keller des Gerichtsgebäudes und hatte weder Gitter noch Fenster. Sie war gerade groß genug für eine Pritsche aus Armeebeständen, ein WC, ein Waschbecken und einen Nachttisch. In einer Ecke war ein Abfluß im Betonfußboden und in der Tür eine vergitterte Öffnung, dreißig Zentimeter im Quadrat. Sonst gab es keine Fenster oder Blenden, durch die Licht hätte hereinfallen können. Von der Decke hing eine nackte Glühbirne, und Kabuo konnte sie an- und ausstellen, indem er sie in ihrer Fassung lockerte oder festschraubte. Aber noch bevor die erste Woche um war, hatte er gemerkt, daß ihm die Dunkelheit lieber war. Seine Augen hatten sich daran gewöhnt. Wenn das grelle Licht gelöscht war, spürte er die Enge seiner Zelle weniger und fühlte sich nicht ganz so eingesperrt.

Kabuo saß auf der Bettkante und hatte das Essen vor sich auf dem Nachttisch stehen. Ein Erdnußbutterbrot mit Marmelade, zwei Karotten, ein Napf grüner Pudding, eine Blechtasse Milch, alles auf einem Tablett. Er hatte das Licht angedreht, um zu sehen, was er aß, aber auch, um sein Gesicht in einem Handspiegel betrachten zu können. Seine Frau hatte gesagt, er sehe aus wie einer von Tojos Soldaten. Er wollte prüfen, ob das stimmte.

Er saß vor seinem Tablett und betrachtete sich selbst im Handspiegel. Er konnte sehen, daß sein Gesicht einmal das

Gesicht eines Jungen gewesen war und daß sich dann das Gesicht seiner Kriegsjahre darübergelegt hatte – ein Gesicht, das ihn zunächst überrascht hatte, an das er aber jetzt gewöhnt war. Er war aus dem Krieg nach Hause gekommen und hatte in den eigenen Augen jenen verstörten, leeren, in die Ferne gerichteten Blick entdeckt, den er von anderen Soldaten kannte. Sie schienen nicht eigentlich durch die Dinge hindurchzustarren, sondern vielmehr am gegenwärtigen Zustand der Welt vorbei auf eine andere Welt zu blicken, die ihnen für immer ferngerückt und zugleich unmittelbarer präsent war als die Gegenwart. An vieles erinnerte sich Kabuo auf diese Weise. Unter der Oberfläche seines Alltags lag ein Leben, in dem er wie unter Wasser lebte. Kabuo erinnerte sich, wie er unter dem Helm eines Soldaten an dem bewaldeten Hang, im gleichmäßigen Summen der Bienen, das Gesicht eines Jungen gefunden hatte – er hatte einem halben Kind in den Unterleib geschossen. Als Kabuo von der Seite auf den Jungen zugegangen war, hatte der zu ihm hochgestarrt und mit zusammengebissenen Zähnen und zitternder Stimme etwas Deutsches gesagt. Dann war der Junge in Panik geraten und hatte die Hand in Richtung seines Gewehrs bewegt, und Kabuo hatte noch einmal auf ihn geschossen, aus kürzester Entfernung genau ins Herz. Und immer noch wehrte der Junge sich gegen das Sterben, er lag zwischen zwei Bäumen auf dem Rücken, Kabuo stand einen guten Meter entfernt, erstarrt, das Gewehr noch im Anschlag. Der Junge hielt sich die Brust mit beiden Händen und versuchte unter großer Mühe, den Kopf zu heben, und gleichzeitig rang er nach Atem und sog die heiße Nachmittagsluft ein. Dann stieß er wieder Worte hervor, und Kabuo begriff, daß er den Amerikaner, der auf ihn geschossen hatte, anflehte, er solle ihn retten – er hatte gar keine Wahl, niemand sonst war da. Das alles auf einmal war zuviel, und als der Junge aufhörte zu sprechen, zuckte seine Brust ein paarmal, und das

Blut rann ihm aus dem Mund und über die Wangen. Dann ging Kabuo mit seinem Gewehr zu dem Jungen, hockte sich neben ihn, und der Junge legte eine Hand auf Kabuos Stiefel, schloß die Augen und tat seinen letzten Atemzug. Sein Mund blieb noch eine Weile angespannt, und Kabuo wartete, bis die Spannung sich löste. Kurz danach stieg der Geruch von Kot von dem Jungen auf.

Kabuo saß in seiner Gefängniszelle und betrachtete sein Spiegelbild genau. Da war nichts, was er hätte kontrollieren können. Das Gesicht war von seinen Kriegserfahrungen geprägt, und wenn er auf andere Leute innerlich erstarrt wirkte, dann deshalb, weil er sich so fühlte. Wenn er jetzt, nach vielen Jahren, an den sterbenden deutschen Jungen dachte, konnte er spüren, daß sein Herz genauso wild pochte wie damals, als er vor dem Baum kauerte und aus seiner Feldflasche trank, während ihm die Beine zitterten und die Ohren rauschten. Was hätte er den Leuten von San Piedro sagen können, wie sollte er die Kälte erklären, die von ihm ausging? Die Welt war unwirklich, ein lästiges Hindernis, das ihn davon abhielt, seine Erinnerung ganz auf den Jungen zu konzentrieren, auf die Wolke von Fliegen über dem erstaunten Gesicht des Toten, auf das Blut, das durch sein Hemd quoll und in den Waldboden sickerte, übelriechend, das Knattern des Gewehrfeuers vom nächsten, östlich gelegenen Hang – er war von dort weggegangen, und war es auch wieder nicht. Und danach hatte er noch drei Morde begangen, die waren ihm nicht mehr so schwergefallen wie der erste, aber Morde waren es trotzdem. Wie sollte er also den Leuten sein Gesicht erklären? Eine Weile saß er regungslos in seiner Zelle, dann konnte er sein Gesicht allmählich objektiv betrachten und sehen, was Hatsue sah. Er hatte den Geschworenen seine Schuldlosigkeit vermitteln wollen, er hatte sie dazu bringen wollen, daß sie sahen, wie er sich quälte; er saß aufrecht, weil er hoffte, seine mit verzweifelter Anstrengung erkämpfte Fassung würde die Wahrheit seiner Seele widerspiegeln. Das hatte er von seinem Vater gelernt: Je größer die Beherrschtheit, um so offener trat die Persönlichkeit zutage, um so deutlicher zeigte sich die innere Wahrheit eines Menschen – ein Paradox. Kabuo hatte angenommen, daß seine Abkehr von dieser Welt irgendwie für sich sprach, daß Richter, Geschworene und das Publikum auf der Tribüne in seinem Gesicht den Ausdruck eines Kriegsveteranen erkennen würden, der seine Ruhe für immer geopfert hatte, um ihnen die ihre zu erhalten. Jetzt, da er sein Gesicht im Spiegel forschend betrachtete, sah er, daß er nur verstockt wirkte. Er hatte jede Reaktion auf das, was sich da abspielte, verweigert, er hatte den Geschworenen nicht gestattet, seine Gefühle zu erkennen.

Dabei war bitterer Zorn in Kabuo hochgestiegen, als er Ettas Zeugenaussage hörte. Er hatte gespürt, wie seine sorgsam aufgebaute Fassade bröckelte, als sie vor dem Gericht so beleidigend von seinem Vater sprach. Er hatte den heftigen Wunsch gespürt, ihr zu widersprechen, ihre Aussage zu unterbrechen und die Wahrheit über seinen Vater zu sagen, der ein starker, unermüdlicher Mann gewesen war, fanatisch ehrlich und dazu freundlich und bescheiden. Aber er hatte das alles unterdrückt.

Jetzt, in seiner Gefängniszelle, starrte ihm aus dem Spiegel die Maske entgegen, die er aufgesetzt hatte, um an den Krieg zu erinnern, an die Stärke, die er aufgebracht hatte, damit er dessen Folgen überstehen konnte. Die Maske hatte aber etwas anderes übermittelt: Stolz und eine rätselhafte Überheblichkeit, so als ob er nicht nur dem Gericht überlegen, sondern auch unbeeindruckt von der Aussicht wäre, daß ihm von diesem Gericht die Todesstrafe drohte. Das Gesicht im Handspiegel war nicht anders als das Gesicht, das ihm eigen war, seit der Krieg ihn dazu gebracht hatte, nach innen zu blicken, und obwohl er sich mühte, seinen Ausdruck zu ändern – denn dieses Gesicht war eine Last –, blieb es doch, wie es war, unwandelbar und endgültig. Er wußte insgeheim, daß er des Mordes schuldig war, daß er im Lauf des Kriegs Männer umgebracht hatte, und diese Schuld – er kannte kein anderes Wort dafür – lebte unablässig in ihm weiter. Seine Anstrengung galt dem Versuch, das nicht zu erkennen zu geben. Aber schon die Anstrengung für sich genommen verriet Schuld, und er sah keine Möglichkeit, sie zu verbergen. Er konnte an der Maske, zu der sein Gesicht wurde, nichts ändern, während er auf dem Platz des Angeklagten mit dem Rücken zu seinen Inselnachbarn saß und die Hände auf dem Tisch vor sich liegen hatte. In seinem Gesicht lag sein Schicksal, das wußte er, seit es ihm Nels Gudmundsson gleich zu Anfang erklärt hatte. »Da sind die Fakten«, hatte er gesagt, »und die Geschworenen hören zu, aber mehr noch beobachten sie Sie. Sie beobachten Sie, um zu sehen, was in Ihrem Gesicht passiert, wie es sich verändert, wenn Zeugen aussagen. Im Grunde liegt für die Geschworenen die Antwort in Ihrem Auftritt im Gerichtssaal, wie Sie aussehen und wie Sie sich verhalten.«

Er mochte diesen Nels Gudmundsson. Er hatte ihn gleich an dem Septembernachmittag gemocht, als er zum erstenmal in der Zelle erschienen war – mit einem zusammengeklappten Schachbrett unter dem Arm und einer Zigarrenkiste voll Schachfiguren. Er hatte Kabuo eine Zigarre aus der Hemdtasche angeboten, sich selbst eine angesteckt, aus der Zigarrenkiste zwei Tafeln Schokolade hervorgezogen und wie nebenbei auf das Bett neben Kabuo gelegt.

»Ich bin Nels Gudmundsson, Ihr Anwalt«, sagte er. »Ich bin vom Gericht beauftragt, Sie zu vertreten. Ich –«

»Ich habe es nicht getan«, sagte Kabuo. »Ich habe mir nichts zuschulden kommen lassen.«

»Hören Sie«, sagte Nels. »Ich will Ihnen was sagen. Darüber können wir uns später den Kopf zerbrechen, gut? Ich suche jetzt schon seit fünfzig Jahren oder noch länger jemanden, der Zeit zum Schachspielen hat. Kommt mir so vor, als wären Sie vielleicht der Richtige.«

»Das ja«, sagte Kabuo. »Aber –«

»Sie waren beim Militär«, sagte Nels. »Sie sind wahrscheinlich ein guter Schachspieler. Schach, Dame, Rommé, Bridge, Hearts, Cribbage. Und wie ist es mit Patience?« fügte Nels hinzu. »Patience ist vielleicht am besten für Sie hier drin.«

»Patience hab ich noch nie gemocht«, antwortete Kabuo. »Wenn man anfängt, das im Gefängnis zu spielen, wird man depressiv.«

»Das habe ich mir nie klargemacht«, sagte Nels. »Wir müssen Sie eben hier herausholen, das ist alles.« Er lächelte.

Kabuo nickte. »Können Sie das?«

»Im Augenblick kommt man uns keinen Fingerbreit entgegen, Kabuo. Sie werden bis zum Prozeß drinbleiben, schätze ich.«

»Einen Prozeß dürfte es gar nicht *geben*«, sagte Kabuo.

»Alvin Hooks würde Ihnen da widersprechen«, sagte Nels. »Er sucht das Belastungsmaterial für seinen Fall zusammen. Er meint es ernst mit der Mordanklage, und er meint es ernst mit der Todesstrafe. Wir müssen es genauso machen – wir müssen die Sache ernst nehmen. Wir haben eine Menge Arbeit vor uns, Sie und ich. Aber erstmal was anderes: eine Runde Schach? Sollen wir?«

Die *Todesstrafe,* dachte Kabuo bei sich. Er war Buddhist und glaubte an die Gesetze des Karma, deshalb machte es für ihn Sinn, daß er für seine Kriegsmorde zahlen mußte: Alles kommt zu uns zurück, nichts ist zufällig. Todesangst erwachte in ihm. Er dachte an Hatsue und die Kinder, und ihm schien, er müsse von ihnen fortgehen – weil er soviel Liebe für sie empfand –, um damit seine Schuld an den Toten zu sühnen, die er in Italien zurückgelassen hatte.

»Setzen Sie sich aufs Bett«, sagte er zu Nels und versuchte, sich zu beruhigen. »Das Schachbrett legen wir auf den Nachttisch.«

»Schön, sehr schön«, sagte Nels.

Der alte Mann stellte die Schachfiguren mit unsicheren Händen auf. Sie hatten dunkle Flecken, und die durchscheinende Haut war von stark hervortretenden Venen durchzogen.

»Weiß oder Schwarz?« fragte Nels.

»Vorteile hat beides«, antwortete Kabuo. »Sie entscheiden, Mr. Gudmundsson.«

»Die meisten Spieler eröffnen lieber«, sagte Nels. »Warum eigentlich?«

»Müssen es wohl als Vorteil sehen, als erster zu ziehen«, sagte Kabuo. »Finden wohl den Angriff am sichersten.«

»Und Sie tun das nicht?« fragte Nels.

Kabuo nahm in jede Hand einen Bauern und legte die Hände auf den Rücken. »So löst man das Problem am leichtesten«, sagte er. »Auf diese Weise müssen Sie nur raten.« Er zeigte Nels die geschlossenen Fäuste.

»Die linke«, sagte der alte Mann. »Wenn Sie es dem Zufall überlassen wollen, ist die linke so gut wie die rechte. So gesehen sind beide gleich.«

»Ihnen ist das gleich?« fragte Kabuo. »Möchten Sie lieber Weiß? Oder lieber Schwarz?«

»Machen Sie die Hände auf«, antwortete Nels und steckte sich die Zigarre rechts hinten zwischen die Zähne – Kabuo schoß durch den Kopf, daß er wohl ein Gebiß trug.

Nels hatte Weiß und machte den ersten Zug. Es zeigte sich, daß der alte Mann auf die Rochade verzichtete. Er hatte kein Interesse am Endspiel. Seine Strategie bestand darin, Augenblicksvorteile zugunsten der Position zu opfern, früh Figuren aufzugeben, um sich eine unangreifbare Stellung auf dem Brett zu sichern. Er gewann, obwohl Kabuo genau sah, was er tat. Er ging direkt auf sein Ziel zu. Das Spiel war ganz plötzlich zu Ende.

Kabuo stellte den Handspiegel jetzt auf das Tablett mit dem Essen und verzehrte die Hälfte seines Puddings. Er kaute und schluckte seine Karotten und den Rest des Brotes, schüttete dann die Milch aus seiner Tasse und füllte sie zweimal mit Wasser. Er wusch sich die Hände, zog die Schuhe aus und legte sich auf seine Pritsche. Nach einer kleinen Weile stand er noch einmal auf und schraubte die Glühbirne in der Fassung locker. Das Licht ging aus, und dann legte sich der Angeklagte wieder hin, schloß die Augen und träumte.

Er träumte ohne zu schlafen – Tagträume, Wachträume, wie schon oft in seiner Zelle. Auf diese Weise entfloh er der Enge und bewegte sich frei auf den Waldwegen von San Piedro, wanderte an den herbstlichen, mit Rauhreif überzogenen Weiden entlang; im Geist ging er wieder auf halb zugewachsenen Pfaden, die plötzlich in Brombeerhecken endeten oder überraschend zu ganzen Ginsterfeldern führten. Er sah in Gedanken die Überreste alter Holzfällerpfade und vergessener Feldwege, die sich in Tälern und Senken voller Farn verloren. Manchmal endeten diese Pfade an Steilküsten hoch über dem Meer; manchmal schlängelten sie sich bis zu Stränden hinunter, wo dicke Zedern, junge Erlen und Ahornbäume, die von winterlichen Sturmfluten umgestürzt worden waren, mit den vertrockneten Kronen halb im Sand und Kies vergraben lagen. Von den Wellen angespülte Algen blieben in den Zweigen der umgestürzten Bäume als dichte tropfende Bärte hängen. Dann wanderten Kabuos Gedanken weiter, und er war wieder auf dem Wasser, hatte das Netz ausgebracht, der Lachs ging hinein, und er stand auf dem Vordeck der *Islander*, spürte die Brise im Gesicht, sah das Wasser phosphoreszieren und die Schaumkronen silbern im Mondlicht aufleuchten. Auf seiner Pritsche im Island County-Gefängnis spürte er das Meer wieder und die Dünung unter seinem Boot, während es durch die Schaumkronen schnitt; mit geschlossenen Augen roch er das Salz und den Fischgeruch der Lachse im Laderaum, hörte die laufende Netzwinde und den tiefen Ton der Maschine. Seevögel stiegen in Schwärmen vom Wasser auf, begleiteten die *Islander* im ersten dunstigen Licht an einem kühlen Morgen auf ihrem Heimweg; sie hatte fünfhundert Silberlachse im Laderaum, und der Wind pfiff in der Takelage. An der Fischfabrik hielt er jeden Fisch einzeln in den Händen, bevor er ihn in die Kisten auf dem Pier warf – schimmernde Chinooks mit glasigen offenen Augen, glatt, geschmeidig, armlang und schwer, manche wogen ein Viertel seines eigenen Gewichts. Er konnte sie noch immer in den Händen spüren und die Möwen sehen, die über seinem Kopf kreisten. Als er ablegte und zum Hafen weiterfuhr, folgten die Möwen hoch oben in der Luft, die Flügel bewegungslos im Wind. Als er dann das Deck der *Islander* schrubbte, war er von einem Möwenschwarm umgeben. Er hörte sie schreien und sah ihnen zu, wie sie dicht über dem Wasser kreisend nach Abfällen schnappten, während Marlin Teneskold oder William Gjovaag mit Schrotflinten auf sie schossen, so daß die Möwen sich weiter draußen auf dem Wasser niederließen. Die Hügel über Amity Harbor warfen das Echo der Schüsse zurück, und dann erinnerte sich Kabuo, was er in diesem Jahr verpaßt hatte: die Goldfärbung der Birken und Erlen, die rote Herbstfarbe der Ahornbäume, die Rost- und Brauntöne des Oktobers, die Apfelpresse, die Kürbisse und die Körbe voller frischer Zucchini. Die Zedern mit ihren dichten feinen Nadeln und den Duft modernder Blätter an den stillen grauen Herbstmorgen, wenn er nach dem nächtlichen Fischen müde zur Veranda hinauftrottete. Das schmatzende Geräusch der Blätter, die, durchweicht vom Regen, unter seinen Schritten zusammengedrückt wurden. Er hatte die Herbstregenfälle versäumt, die Rinnsale, die ihm die Wirbelsäule hinunterliefen oder sich mit der Gischt in seinen Haaren mischten – Dinge, von denen er nicht geahnt hatte, daß er sie vermissen würde.

Im August hatte er seine Familie zur Insel Lanheedron gefahren. Sie hatten an einem verankerten Floß festgemacht, und er hatte sie im Skiff zum Sugar Beach gerudert. Seine Töchter standen in der Brandung und stocherten nach Quallen und sammelten Sanddollars; dann gingen sie – Kabuo trug das Baby auf dem rechten Arm – an dem kleinen, in die Bucht mündenden Bach aufwärts durch ein bewaldetes kleines Tal und weiter zu einem Wasserfall, einer Kaskade, die sich über eine bemooste Mauer ergoß. Dort aßen sie ihr mitgebrachtes Picknick im Schatten der Fichten und sammelten Multebeeren. Hatsue fand unter Birken ein halbes Dutzend weiße Knollenblätterpilze und zeigte sie ihren Töchtern. Sie seien ganz weiß und schön anzusehen, aber tödlich giftig. Sie zeigte ihnen auch den Frauenhaarfarn, der daneben wuchs; sie erzählte, daß die schwarzen Stiele im Flechtwerk eines Körbchens aus Kiefernzweigen ihren Glanz behielten.

An dem Tag hatte er sie uneingeschränkt bewundert. Sie sammelte die Stengel des wilden Ingwer, um Reis zu würzen, und Schafgarbenblätter für Tee. Am Strand grub sie mit einem angespitzten Stock Muscheln aus und harkte den Sand in einem Halbkreis vor sich durch. Sie fand Kiesel und ein Fossil: ein in Kalk gebettetes Krebsbein. Sie besprühte das Baby mit Meerwasser. Als es Abend wurde, halfen die Mädchen Kabuo, Treibholz für ein Feuer zu sammeln. Im letzten Licht ließen sie das Skiff wieder zu Wasser. Seine älteste Tochter angelte einen echten Dorsch aus dem Seetang vor Lanheedron. Er säuberte ihn an Deck, während Hatsue noch einen ohne Rute, bloß mit der Angelschnur, fing. Sie aßen und tranken auf dem Kutter – den Dorsch, die Muscheln, Ingwerreis, Schafgarbentee. Seine mittlere Tochter und das Baby schliefen in der Koje, die älteste Tochter stand am Ruder. Hatsue und Kabue gingen nach vorn. Er stand mit der Brust gegen ihren Rücken gelehnt, hielt sich an den Wanten fest, bis im Süden die Lichter von Amity Harbor auftauchten; dann ging er ins Ruderhaus und brachte die *Islander* auf Kurs, um sie in die Fahrrinne zu legen. Seine Tochter schmiegte sich an ihn, als er das Ruder übernahm, und ihr Kopf lag noch an seinem Arm, als er um Mitternacht in den Hafen einlief.

Dann kamen ihm Bilder von Erdbeerfeldern aus der Zeit vor Manzanar wieder in den Sinn, und er war in den Feldern wie immer, in einem Meer von Erdbeeren, unzählige Reihen waren es, dazwischen ein Labyrinth von Ablegern, so kompliziert angeordnet wie ein Netzwerk von Arterien, die sich auf dem Dutzend Farmen seiner Kindheit überall über den Boden der Erdbeerfelder zogen. Er war auf den Feldern, zwischen den aufgehäufelten Reihen, bückte sich und pflückte, die Sonne brannte auf seinem Nacken, er stand tief über die Erde gebeugt in einem Meer aus Grün und Rot, der Geruch der Erde und der Beeren stieg wie Dunst auf, er füllte die zwölf Flechtkörbchen aus Kiefernzweigen mit den selbstgepflückten Erdbeeren. Er sah seine Frau vor sich, als sie noch nicht verheiratet waren, er sah sie auf Ichikawas Farm Erdbeeren pflücken, erinnerte sich, wie er mit seiner Kiste auf sie zuging und wie sie ihn zwar nicht hatte kommen sehen, weil sie ganz in ihre Arbeit vertieft war, dann aber, rein zufällig, ganz ohne Absicht im letzten Augenblick doch mit ihren schwarzen Augen aufgeblickt, dabei so geschickt wie immer weiter gepflückt hatte – sie hielt die Beeren leicht und wie rote Edelsteine zwischen den Fingern –, und während sie ihn ansah, einen ihrer Flechtkörbe füllte, von denen schon drei bis zum Rand voll mit reifen Früchten in ihrer Kiste standen. Er hatte sich ihr gegenüber hingehockt und sie beim Pflücken genau betrachtet – wie sie beim

Bücken das Kinn fast auf den Knien hatte, das Haar fest zu einem langen dicken Zopf geflochten; den Schweiß auf ihrer Stirn hatte er gesehen und die einzelnen Haare, die sich aus dem Zopf gelöst hatten – lose Strähnen, die ihr über Wangen und Nase fielen. Sie war sechzehn. Sie kauerte tief am Boden, zusammengekrümmt, so daß die Brüste die Oberschenkel berührten, sie trug Knüpfsandalen und ein rotes Sommerkleid aus Musselin, dessen schmale Träger über ihre Schulter fielen. Wieder sah er ihre kräftigen Beine, die braunen Knöchel und Waden, die Biegsamkeit ihres Rückgrats, den Schweiß auf ihrem Hals. Dann war es Abend, und er war vom Waldweg am South Beach abgebogen, um ihr Haus aus verwitterten Zedernschindeln anzusehen und über die Felder hin zu dem Ort zu schauen, an dem sie wohnte. Die Felder waren von hohen Zedern umgeben und von schwachem Mondlicht beleuchtet. Eine Kerosinlampe flackerte rötlich im Fenster von Hatsues Haus, die Tür stand offen, klaffte ungefähr dreißig Zentimeter, und ein Lichtstreifen fiel auf die Veranda. Grillen und Nachtkröten, das Knurren eines Hundes, Wäsche, die sich in der Nachtbrise an der Leine bauschte. Und wieder dachte er an das Grün der Erdbeerpflanzen, den Regen auf modernden Zedernnadeln und das Salzwasser. Sie kam mit einem Eimer Küchenabfälle auf ihn zu, ihre Sandalen knarrten, sie näherte sich dem Komposthaufen, und auf dem Rückweg ging sie an den in Reihen gepflanzten Himbeersträuchern vorbei. Er beobachtete, wie sie ihr Haar mit einer Hand zusammenhielt und mit der anderen die Ranken auf der Suche nach den reifsten Beeren abtastete. Ab und zu hoben sich die Fersen in den Sandalen. Sie steckte sich die Beeren zwischen die Lippen, hielt immer noch das Haar zusammen, die Ranken schnellten leise im Bogen zurück, wenn sie die Beeren von den Fruchtständen abstreifte. Er stand da und sah ihr zu und stellte sich vor, daß er den Geschmack von Himbeeren frisch und kühl im

Mund spüren würde, wenn er sie in dieser Nacht küssen könnte.

Er sah sie vor sich, genauso wie er sie im Geschichtsunterricht gesehen hatte, einen Bleistift zwischen den Zähnen, eine Hand im Nacken, die ganz in ihrem üppigen Haar verschwand. Wenn sie durch die Flure ging, hielt sie die Bücher an die Brust gepreßt, trug einen Faltenrock, einen Pullover mit Rombenmuster, weiße Söckchen, die ordentlich gerollt über den polierten Onyxknöpfen ihrer Schuhe saßen. Sie sah ihn an und dann gleich wieder weg und sagte nichts, wenn er vorbeiging.

Er erinnerte sich an Manzanar, den Sandstaub in den Baracken, in den mit Dachpappe verkleideten Schuppen und in der Kantine; sogar das Brot war sandig. Sie hatten in der Gemüseplantage des Lagers gearbeitet, Auberginen und Salat gezogen. Sie hatten wenig Lohn bekommen und viele Stunden gearbeitet, man hatte ihnen erklärt, es sei ihre Pflicht, hart zu arbeiten. Er und Hatsue hatten zuerst nur über belanglose Dinge geredet, dann von den Feldern auf San Piedro gesprochen, die sie hatten verlassen müssen, und vom Duft der reifenden Erdbeeren. Er hatte angefangen sie zu lieben, und das nicht nur wegen ihrer Schönheit und Anmut, und als er merkte, daß sie beide denselben heimlichen Traum hatten, war er sich seiner Liebe gewiß. Eines Abends küßten sie einander hinten im Mannschaftswagen, der sie zum Lager zurückbrachte, und der kurze Augenblick, in dem er ihren warmen, feuchten Geschmack wahrnahm, versetzte sie für ihn aus der Welt der Engel in die Menschenwelt. So wurde seine Liebe tiefer. Bei der Feldarbeit ging er an ihr vorbei und legte ihr einen Moment lang eine Hand um die Taille. Sie ergriff diese Hand und drückte sie mit ihren von der Lagerarbeit schwieligen, harten Fingern, und er erwiderte den Druck; dann jäteten sie weiter Unkraut. Der Wind blies ihnen Sand ins Gesicht, trocknete ihnen die Haut aus und ließ die Haare hart werden wie Draht.

Er erinnerte sich an Hatsues Gesichtsausdruck, als er ihr sagte, daß er sich zum Kriegsdienst gemeldet habe. Nicht daß er fort sein würde, sei das Schlimmste, hatte sie gesagt – auch wenn das schrecklich genug sei –, sondern daß er vielleicht gar nicht wiederkäme oder nicht mehr derselbe wäre, wenn er zurückkäme. Kabuo hatte ihr nichts versprochen – er wußte nicht, ob er zurückkommen würde oder ob er als derselbe Mann wiederkäme. Es sei eine Frage der Ehre, hatte er ihr erklärt, deshalb habe er keine Wahl, er müsse seine Pflicht erfüllen, der Krieg verlange es. Zuerst hatte sie sich geweigert, das zu verstehen, und hatte beharrlich erklärt, daß Pflicht weniger wichtig sei als Liebe und daß sie hoffe, Kabuo empfinde genauso. Aber er konnte diesen Gedanken für sich nicht annehmen; Liebe ging tief und bedeutete Leben, aber der Ehre konnte man nicht den Rücken kehren. Er wäre nicht mehr er selbst, wenn er nicht in den Krieg ginge, und dann wäre er ihrer nicht würdig.

Sie zog sich zurück, versuchte, sich von ihm fernzuhalten, und drei Tage lang sprachen sie nicht miteinander. Schließlich war er in der Dämmerung auf der Plantage zu ihr gegangen und hatte ihr gesagt, er liebe sie über alles in der Welt und hoffe nur, daß sie verstehen könne, warum er gehen müsse. Um nichts sonst bitte er sie, nur darum, daß sie ihn respektiere, wie er sei, wie seine Seele sei. Hatsue stand mit ihrem Rechen da und sagte, sie habe von Mrs. Shigemura gelernt, daß Charakter immer Schicksal sei. Er würde tun müssen, was ihm vorbestimmt sei, und für sie gelte dasselbe.

Er hatte genickt und sich bemüht, nichts zu erkennen zu geben. Dann drehte er sich um und ging zwischen den Reihen der Auberginenpflanzen hindurch. Er war zwanzig Meter weit gekommen, da rief sie ihn beim Namen und fragte, ob er sie heiraten würde, bevor er gehe. »Warum willst du mich heiraten?« fragte er, und ihre Antwort war: »Damit ich einen Teil von dir behalte.« Sie ließ den Rechen fallen und ging die zwanzig Schritte auf ihn zu, um ihn in die Arme zu nehmen. »Ich bin auch, wie ich bin«, flüsterte sie. »Es ist mein Schicksal, dich zu lieben.«

Es war eine Kriegsheirat gewesen – das begriff er jetzt –, zu hastig, weil sie keine andere Wahl hatten und weil beide spürten, daß es das Richtige für sie war. Sie kannten sich erst seit ein paar Monaten, obwohl er sie schon immer aus der Entfernung bewundert hatte, und wenn er darüber nachdachte, hatte er den Eindruck, daß es wohl zu ihrer Ehe hatte kommen sollen. Seine Eltern waren einverstanden, ihre Eltern waren einverstanden, und er war glücklich, daß er in den Krieg ziehen konnte in dem Wissen, daß sie auf ihn wartete und da sein würde, wenn er zurückkehrte. Und dann war er als Mörder wiedergekommen, und ihre Furcht, er werde bei der Rückkehr nicht mehr er selbst sein, hatte sich bewahrheitet.

Er erinnerte sich auch an das Gesicht seines Vaters und an das Schwert, das sein Vater in der Zeit vor Pearl Harbor in einer Truhe aufbewahrte. Es war ein *katana* des Waffenschmiedes Masamune, angeblich schon seit sechshundert Jahren in der Familie Miyamoto. Sein Vater ließ es in der Scheide und hatte es mit Tuch umwickelt, eine schmucklose, höchst nützliche Waffe. Ihre Schönheit lag in der Schlichtheit, in der einfachen Krümmung; auch die hölzerne Scheide war schmucklos und schlicht. Eines Nachts hatte der Vater es zusammen mit anderen Dingen – seinen *kendo*-Übungsschwertern aus Holz, seinem *sageo,* seinem *obi, naginata,* den *hakama*-Hosen und dem *bokken* – in einem Erdbeerbeet vergraben, alles sorgfältig eingewickelt in ein Loch gelegt und das Dynamit dazugepackt, das vom Roden übriggeblieben war, außerdem eine Kiste mit Büchern und japanischen Schriftrollen und ein Photo von Kabuo im feudalen Gewand eines *bugeisha*, den *kendo*-Stock schwingend – aufgenommen im Japanischen Gemeindezentrum von San Piedro.

Kabuos *kendo*-Training hatte angefangen, als er sieben Jahre alt war. Sein Vater hatte ihn eines samstags in die Turnhalle des Gemeindezentrums mitgenommen, wo in einer Ecke ein *dojo* aufgebaut war. Sie knieten hinten im Raum vor einer Nische und betrachteten ein Bord, auf dem Schälchen mit ungekochtem Reis säuberlich ausgerichtet standen. Kabuo lernte, sich im Sitzen zu verbeugen. Während er auf seinen Fersen saß, erklärte ihm der Vater leise, was *zenshin* zu bedeuten hatte. Der Junge verstand, daß damit das ständige Bewußtsein möglicher Gefahr gemeint war. Sein Vater schloß die Erklärung damit, daß er das Wort zweimal wiederholte – *zenshin! zenshin!* –, dann nahm er eine Holzstange von der Wand, und ehe Kabuo wußte, wie ihm geschah, hatte der Vater ihm den Stock auf den Solarplexus gestoßen.

»*Zenshin!*« sagte Zenhichi, während der Junge nach Luft rang. »Hast du nicht gesagt, du hättest verstanden?«

Sein Vater sagte, wenn er *kendo* lernen wolle, werde man von ihm mehr verlangen und erwarten als von einem Durchschnittsjungen. Wolle er es trotzdem lernen? Die Entscheidung liege bei ihm. Er solle sich Zeit nehmen und gründlich darüber nachdenken.

Als Kabuo acht war, gab ihm der Vater zum erstenmal eine Waffe in die Hand – ein *bokken*. Kurz nach dem Ende der Pflücksaison standen sie an einem Julimorgen ganz früh in den Erdbeerfeldern. Der *bokken*, ein gekrümmtes, knapp einen Meter langes Stück Kirschholz, hatte Kabuos Urgroßvater gehört, der vor der Meiji-Restauration ein Samurai gewesen war und danach – als das Tragen von Schwertern gesetzlich verboten wurde – zehn Tage lang als Bauer auf den staatlichen Reisfeldern in Kyushu gearbeitet hatte, um sich dann zweihundert rebellierenden Samurai in Kumamoto anzuschließen. Sie ernannten sich selbst zur Liga des Göttlichen Sturms, fasteten drei Tage und stürmten dann mit gezogenen Schwertern auf eine kaiserliche Garnison zu. Deren Verteidiger brachten ihre Gewehre in Anschlag und töteten mit der ersten Salve alle Angreifer bis auf neunundzwanzig; die Überlebenden begingen auf dem Schlachtfeld Selbstmord, Kabuos Urgroßvater war unter ihnen.

»Du kommst aus einer Samurai-Familie«, sagte Kabuos Vater auf japanisch zu ihm. »Dein Urgroßvater starb, weil er nicht aufhören konnte, ein Samurai zu sein. Es war sein Unglück, daß er in einer Zeit lebte, die keine Samurai mehr brauchte. Darauf konnte er sich nicht einstellen, und sein Zorn über die Welt überwältigte ihn. Ich weiß noch, was für ein zorniger Mann er war, Kabuo. Er lebte nur, um Rache an den Meiji zu nehmen. Als sie ihm erklärten, er dürfe sein Schwert nicht mehr öffentlich tragen, verschwor er sich mit anderen, Männer zu töten, die er kaum kannte – Regierungsbeamte, Männer mit Familien, die in unserer Nachbarschaft wohnten, die freundlich zu uns waren, mit deren Kindern wir spielten. Er benahm sich unvernünftig und redete davon, sich in solcher Weise zu reinigen, daß er für die Meiji-Gewehre unverwundbar würde. Nachts war er immer fort. Wir wußten nicht, wohin er ging. Meine Großmutter kaute sich die Fingernägel ab. Sie stritt mit ihm, wenn er gegen Morgen nach Hause kam, aber er änderte seine Lebensweise nicht und erklärte nichts. Seine Augen waren rot, das Gesicht starr. Er aß schweigend aus seinem Napf und trug sein Schwert im Haus. Es hieß, er habe sich anderen Samurai angeschlossen, die von den Meiji ausgestoßen worden waren. Sie zogen verkleidet durch die Straßen, das Schwert in der Hand, und brachten Regierungsbeamte um. Sie waren Straßenräuber, Diebe und Abtrünnige. Ich weiß noch, daß mein Großvater sich über die Ermordung Okubo Toshimichis freute, des Mannes, der dafür verantwortlich gewesen war, daß die Burg seines Meisters konfisziert und dessen Armee vernichtet worden war. Er lächelte, zeigte die Zähne und trank.«

»Ja, mein Großvater war ein ausgezeichneter Schwertkämpfer«, hatte Zenhichi erklärt, »aber am Ende wurde er von seinem eigenen Zorn überwältigt. Darin liegt Ironie, denn als ich so alt war wie du jetzt und er noch ein zufriedener, abgeklärter Mann, hat er mir so oft eingeschärft, welche Art von Schwert ein Mann führen sollte: ›Das Schwert, das Leben gibt, nicht das Schwert, das Leben nimmt, ist Ziel des Samurai‹, hat mein Großvater damals gesagt. Zweck des Schwertes ist Leben zu retten, nicht Leben zu zerstören.«

»Du kannst sehr gut mit dem *bokken* umgehen, wenn du dich konzentrierst«, sagte Kabuos Vater. »Du hast die Begabung dazu. Du mußt dich nur entschließen zu lernen, jetzt, da du acht bist.«

»Ich möchte es«, antwortete Kabuo.

»Ich weiß, daß du es möchtest«, sagte sein Vater. »Aber achte mal auf deine Hände.«

Kabuo korrigierte die Handhaltung.

»Deine Füße«, sagte der Vater. »Die Spitze einwärts drehen. Zuviel Gewicht auf den Fersen.«

Sie begannen, den senkrechten Hieb zu üben. Dabei bewegten sie sich zwischen den Erdbeerpflanzen, der Junge drängte voran, der Mann wich zurück, die beiden arbeiteten zusammen. »Der *bokken* schlägt zu, Hüften und Bauch geben dem Schlag Kraft. Du mußt die Bauchmuskeln spannen, wenn du zum Schlag ansetzt. Nein, du verspannst deine Knie – sie müssen locker sein, wenn du schlägst. Auch den Ellbogen lockern, sonst kannst du nicht durchziehen, und die Kraft des Körpers fließt nicht bis zum *bokken*. Die Hüften gehen nach unten, Knie und Ellbogen locker, der Bauch ist hart, Schlag ansetzen, drehen, noch mal, zuschlagen …«

Der Vater zeigte Kabuo, wie man das Holzschwert so hielt, daß die Handgelenke beweglich und entspannt waren. Eine Stunde verging, und dann war es Zeit für die Arbeit auf dem Feld, und sie legten den *bokken* beiseite. Danach übte Kabuo jeden Morgen seine *bokken*-Hiebe – den senkrechten Hieb, der den Kopf eines Mannes bis zur Nasenwurzel spaltete, so daß der Schädel auseinanderklaffte, auf jeder Hälfte ein Auge; die vier diagonalen Hiebe – von links und rechts, von oben nach unten und von unten nach oben –, die einen Mann unterhalb einer Rippe aufschlitzten oder ihm einen Arm abtrennten; den horizontalen Hieb, der von links kam und einen Mann genau oberhalb der Hüften verletzte; und schließlich den gebräuchlichsten *kendo*-Hieb, einen horizontalen Schlag, den ein Rechtshänder mit großer Kraft gegen die linke Kopfseite seines Gegners führte.

Er übte die Hiebe, bis sie ihm zur Natur wurden, ein Teil von ihm waren, so daß der *bokken* eine Verlängerung seiner Hände bildete. Als er sechzehn war, konnte ihn niemand im Gemeindezentrum mehr besiegen, weder die sechs Erwachsenen auf der Insel, die *kendo* als ernsthaftes Hobby betrieben, noch sein Vater, der die Überlegenheit des Sohnes ohne Beschämung anerkannte. Viele im *kendo*-Club sagten, daß Zenhichi, trotz seiner Jahre, der überlegene Techniker blieb, der reinere von beiden, sein Sohn aber habe mehr Kampfgeist und mehr Bereitwilligkeit, aus seiner dunklen Seite Kraft zu ziehen, um am Ende zu siegen.

Erst als er vier Deutsche umgebracht hatte, verstand Kabuo, wie recht sie hatten, wie tief sie ihm mit der Hellsicht älterer Menschen ins Herz gesehen hatten. Er war ein Krieger, und diese düstere Wildheit war durch Generationen der Miyamoto-Familie auf ihn gekommen, so wie er dazu bestimmt war, sie an die nächste Generation weiterzugeben. Die Geschichte seines Urgroßvaters, des wahnsinnigen Samurai, war auch seine eigene Geschichte, das sah er jetzt.

Manchmal, wenn er spürte, wie der Zorn in ihm aufstieg, weil er die Erdbeerfelder seiner Familie verloren hatte, sammelte er ihn im Bauch und stand mit seinem *kendo*-Stock im Garten, bereit, die schwarze Choreographie seiner Kunst zu üben. Nach dem Krieg sah er nur Dunkelheit, in der Welt wie in seiner Seele, überall außer im Geruch der Erdbeeren und im Duft seiner Frau und seiner drei Kinder, eines Jungen und zweier Mädchen. Er glaubte, das Glück, das seine Familie ihm gab, keinen Augenblick zu verdienen; tief in der Nacht, wenn er nicht schlafen konnte, stellte er sich vor, er würde ihnen einen Brief schreiben, in dem er seine Sünde genau darlegte. Er würde sie verlassen und sein Leid allein tragen, und sein Unglück würde seinen Zorn besiegen. Die Gewalttätigkeit würde vielleicht am Ende von ihm weichen, so daß er frei wäre, über seine Bestimmung und sein nächstes Leben auf dem Großen Rad nachzudenken.

In seiner Zelle sitzend, angeklagt des Mordes an Carl Heine, schien es ihm, als habe er den Leidensort gefunden, den er sich in seiner Phantasie ausgemalt und ersehnt hatte. Denn Kabuo Miyamoto litt in seiner Zelle unter der Angst vor seiner Verurteilung. Vielleicht war es nun sein Schicksal, für die Leben zahlen zu müssen, die er im Zorn genommen hatte. Das war die Natur von Ursache und Wirkung, das war die Unbeständigkeit aller Dinge. Wie rätselhaft das Leben war! Alles war durch Geheimnis und Geschick mit allem verbunden, das wurde ihm beim Meditieren in seiner verdunkelten Zelle immer klarer. Unbeständigkeit, Ursache und Wirkung, Leiden, Sehnsucht, die Kostbarkeit des Lebens. Jedes empfindende Wesen kämpfte um Identität und Selbstbehauptung. Er besaß genug Zeit und genug Erfahrung mit dem Leid, um sich auf den steilen Weg der Befreiung zu begeben, den er viele Leben lang würde weitergehen müssen. Er würde soviel Boden wie möglich zu gewinnen suchen und sich damit abfinden müssen, daß der

Berg seiner gewalttätigen Sünden zu hoch war, als daß er ihn in der Spanne eines einzigen Lebens erklimmen konnte. Er würde im nächsten und übernächsten Leben weiter steigen müssen, und sein Leid würde sich unausweichlich vervielfachen.

12

Draußen wehte der Wind beständig von Norden und trieb Schnee gegen das Gerichtsgebäude. Inzwischen war die Schneedecke in der Stadt sieben Zentimeter hoch, dabei war der Schnee so leicht, daß man kaum sagen konnte, er bilde eine Decke; vielmehr wirbelte er wie Eisnebel, wie Geisteratem durch die Straßen von Amity Harbor – Sandhosen aus Pulverschnee, gefrorene Wolken aus Elfenbein, weiße Rauchspiralen. Gegen Mittag konnte man das Meer nicht mehr riechen, die Sicht aufs Wasser war vom Nebel verhangen, das Gesichtsfeld war eingeengt, verschwommen und zugeschneit, verwischt und getrübt; und wer sich ins Freie wagte, dem brannte scharfer Frostgeruch in der Nase. Der Schnee stäubte unter den Gummistiefeln der Leute, die sich mit gesenktem Kopf zu Petersens Lebensmittelladen durchkämpften. Wenn sie versuchten, mit den Blicken die Weiße zu durchdringen, peitschte der Wind ihnen Schneestaub in die zusammengekniffenen Augen und verzerrte, was sie sahen.

Ishmael Chambers wanderte ziellos im Schnee herum, voll Staunen über die Schönheit und voll Erinnerungen. Der Prozeß gegen Kabuo Miyamoto hatte ihn in die Welt seiner Jugend zurückversetzt.

Fast vier Jahre lang hatten er und Hatsue immer wieder in ihrer hohlen Zeder gelegen, aneinandergeschmiegt in der träumerischen Zufriedenheit junger Liebender. Sie hatten ihre Jacken auf dem Moos ausgebreitet und waren geblieben, so lange sie konnten, nach Einbruch der Dämmerung und nachmittags an den Wochenenden. Der Baum verströmte einen Zederndurft, der an Haut und Kleidern haftete. Sie kletterten in ihre Höhle, atmeten tief, legten sich hin und berührten einander. Umschlossen von der Wärme, dem Zederndurft, der Vertrautheit und dem Regengeräusch von draußen, der Weichheit und Glätte ihrer Lippen und Zungen, lebten sie für Stunden in der Illusion, daß sie allein auf der Welt wären, niemand und nichts außer ihnen. Ishmael drängte sich an Hatsue, während sie einander hielten, und Hatsue erwiderte den Druck, ihre Hüften kamen ihm entgegen, ihre Beine öffneten sich unter ihrem Rock. Er fühlte ihre Brüste und streifte das Gummiband ihrer Unterwäsche, und sie streichelte ihm Bauch und Brust und Rücken. Auf seinem Heimweg durch den Wald hielt Ishmael manchmal an einer einsamen Stelle an, und da ihm nichts anderes übrigblieb, nahm er sich selbst in die Hand. Während er sich berührte, dachte er an Hatsue. Er schloß die Augen und lehnte den Kopf an einen Baum; danach ging es ihm besser und schlechter.

Nachts kniff er manchmal die Augen fest zu und stellte sich vor, wie es wäre, wenn er sie heiratete. Die Idee, daß sie irgendwohin, an einen ganz anderen Ort ziehen könnten, wo so etwas möglich war, kam ihm nicht allzuweit hergeholt vor. Er malte sich gern aus, mit Hatsue in der Schweiz oder Italien oder Frankreich zu leben. Er überließ sich seiner Liebe ganz und gar und ging soweit zu glauben, daß seine Gefühle für Hatsue irgendwie vorherbestimmt waren. Er hatte ihr als Kind am Strand begegnen und von da ab sein Leben mit ihr verbringen sollen. Anders konnte es gar nicht sein.

In ihrer hohlen Zeder sprachen sie über alles so intensiv und überreizt, wie Teenager es tun, und er merkte, daß ihre Stimmung leicht wechselte. Zuzeiten wurde sie abweisend und stumm, und er empfand ihre Distanz so überdeutlich, daß es ihm ganz unmöglich schien, sie zu erreichen. Sogar wenn er sie in den Armen hielt, hatte er das Gefühl, in ihrem Herzen sei ein Bereich, zu dem er keinen Zugang habe. Gelegentlich schaffte er es, darüber zu reden, ihr allmählich zu erkennen zu geben, wie sehr ihn die Empfindung verletzte, daß sie ihm einen Teil ihrer Liebe vorenthielt. Hatsue stritt das ab und erklärte ihm, daß ihre Zurückhaltung etwas sei, wofür sie nichts könne. Sie sei ausdrücklich dazu erzogen worden, überschwengliche Gefühlsäußerungen zu unterdrücken, aber das heiße nicht, daß sie im Herzen lau sei. Sie sagte, auch ihr Schweigen drücke etwas aus, wenn er lernen könne, darauf zu lauschen. Trotzdem wurde er den Verdacht nicht los, er liebe sie mehr als sie ihn, und das beunruhigte ihn ständig.

Er fand heraus, daß Hatsue eine religiöse Seite hatte, die er in ihrer Kindheit nur dunkel geahnt hatte. Er fragte sie danach, und schließlich erzählte sie ihm, daß sie versuche, bestimmte wesentliche Grundsätze ihres Glaubens im Blick zu behalten. Alles Leben sei vergänglich – darüber denke sie jeden Tag nach. Sie erklärte, es sei wichtig, daß man sehr überlegt handle, denn alles Handeln wirke sich auf die Zukunft der Seele aus. Sie gab zu, daß sie Gewissensbisse habe, sich so heimlich mit ihm zu treffen und Vater und Mutter zu täuschen. Ihr schien gewiß zu sein, daß sie unter den Folgen dieses Verhaltens später werde leiden müssen, daß niemand eine solche Täuschung lange aufrechterhalten könne, ohne dafür irgendwie büßen zu müssen. Ishmael widersprach ihr wortreich und behauptete, Gott könne ihre Liebe unmöglich als etwas Falsches oder Böses ansehen. Gott sei etwas ganz Persönliches, antwortete Hatsue; nur sie selbst könne wissen, was Gott von ihr erwarte. Das Motiv sei sehr wichtig, fügte sie hinzu: Welches Motiv habe sie, die Zeit, die sie mit Ishmael zubringe, vor ihren Eltern geheimzuhalten? Das sei die Aufgabe, die sie am meisten beunruhige: das Motiv ihres Handelns zu bestimmen.

In der Schule gab Ishmael Gleichgültigkeit vor, wenn er sie sah, und ignorierte sie auf die lässige Art, die sie ihn allmählich lehrte. Hatsue war Meisterin in der Kunst, so zu tun, als wären ihre Gedanken anderswo. In ihrer karierten Bluse mit den adretten Biesen, Puffärmeln und Rüschenkragen, mit einer Schleife im Haar, dem gefältelten Rock und einen Bücherstapel an die Brust gedrückt, traf sie ihn im Flur und ging mit einer Gleichgültigkeit vorbei, die so ungekünstelt schien, daß er am Anfang schmerzlich überrascht war. Konnte sie solche Kälte heucheln, ohne sie auch zu empfinden? Allmählich lernte er, diese Begegnungen bis zu einem gewissen Grade zu genießen, obwohl seine Gleichgültigkeit immer einstudierter wirkte als ihre und obwohl er auf kaum verhüllte Weise immer begierig war, ihren Blick aufzufangen. Ab und zu sprach er sie jetzt sogar an – das war Teil seines Spiels. »Ganz schön schwer der Test«, sagte er dann am Ende einer Stunde. »Wieviel hast du gewußt?«

»Ich weiß nicht. Ich hab nicht genug gelernt.«

»Hast du schon den Aufsatz für Sparling fertig?«

»Ich hab's versucht. Ich hab ungefähr eine Seite.«

»Ich auch. Bißchen mehr.«

Dann ging er weiter, suchte seine Bücher zusammen und ging mit Sheridan Knowles oder Don Hoyt oder Denny Horbach aus dem Klassenzimmer.

Beim Erdbeerfest 1941 hatte er zugesehen, wie der Bürgermeister von Amity Harbor Hatsue zur Erdbeerprinzessin krönte. Der Bürgermeister hatte ihr eine Tiara auf den Kopf gesetzt und eine Schärpe über die linke Schulter gelegt. Hatsue und vier andere Mädchen promenierten durch die Menge und warfen den Kindern Bonbons mit Erdbeergeschmack zu. Ishmaels Vater, Eigentümer, Verleger, Herausgeber, Chefreporter, Photograph und Drucker der *San Piedro Review*, hatte ein besonderes Interesse an diesen Ereignissen. Jahr für Jahr lieferten sie ihm Stoff für die erste Seite der Zeitung, komplett mit Bild der gekrönten, hübschen Maid, Schnappschüssen von Familien beim Picknick (»Die Maltons aus Protection Point freuen sich am Erdbeerfest«) und einem wohlwollenden Leitartikel oder einer Kolumne, in der die Mühen der Organisatoren vor Ort lobend hervorgehoben wurden (»… Ed Bailey, Lois Dunkirk und Carl Heine sen., ohne die dies alles nicht möglich gewesen wäre …«). Arthur streifte in Hemd, Fliege und Hosenträgern, seinen weichen Filzhut tief ins Gesicht gezogen, durch das Picknickgelände; seine Kamera hing mit ihrem ganzen beträchtlichen Gewicht an einem Lederriemen um seinen Hals. Ishmael stand neben ihm, als Hatsue fotografiert wurde – er zwinkerte ihr zu, als sein Vater ein Auge an den Sucher des Apparates hielt, und sie gab ihm die leise Andeutung eines Lächelns zurück.

»Sie kommt aus unserer Nachbarschaft«, sagte der Vater. »South Beach kann stolz darauf sein.«

An dem Nachmittag begleitete er seinen Vater, und sie machten beim Tauziehen und beim Dreibeinlauf mit. Die blumengeschmückten Festwagen – Farnwedel, Zinnien und Vergißmeinnicht – und der Hofstaat des Erdbeerfestes, der sich bühnenwirksam unter Kirschzweigen und mit Draht aufgebundenen Fichtenästen präsentierte, zogen wie Schiffe an den prüfenden Augen des Erdbeerfest-Ausschusses vorbei, zu deren Mitgliedern der Bürgermeister, der Vorsitzende der Handelskammer, der Chef der Feuerwehr und Arthur Chambers zählten. Wieder stand Ishmael neben seinem Vater, als Hatsue auf ihrem Festwagen vorbeifuhr und allen majestätisch mit dem Kreppapier-Zepter zuwinkte. Ishmael winkte zurück und lachte.

Der September kam. Sie waren in der letzten Klasse der High School. Eine graugrüne Stille legte sich über alles, und die Sommergäste fuhren wieder in ihre Stadtquartiere zurück: Der Himmel bezog sich, Nachtnebel kamen auf, Dunst in den Tälern zwischen den Hügeln, Schlamm auf den Straßen, leere Strände, Muschelschalen zwischen den Felsen verstreut, die Geschäfte still in sich selbst zurückgezogen. Im Oktober hatte San Piedro seine festliche Sommermaske abgelegt, und darunter kam ein schlafschwerer, träger Träumer zum Vorschein, dessen Winterbett aus feuchtem grünem Moos bestand. Autos krochen mit Tempo dreißig oder vierzig über Schlamm- und Schotterstraßen wie lahme Käfer unter den überhängenden Ästen der Bäume. Die Sommergäste aus Seattle waren nur noch in Erinnerungen und auf Sparkonten anwesend, Öfen wurden geheizt, Feuer geschürt, Bücher bereitgelegt, Steppdecken ausgebessert. Die Rinnsteine füllten sich mit rostfarbigen Kiefernnadeln und dem durchdringenden Geruch von Erlenblättern; aus den Dachrinnen floß der Winterregen.

Hatsue erzählte ihm an einem Nachmittag von ihrer Lehrzeit bei Mrs. Shigemura und von der Anweisung, die sie als vierzehnjähriges Mädchen bekomme hatte: einen Jungen von ihrer Art zu heiraten, einen Japaner aus guter Familie. Sie sagte wieder, daß es sie unglücklich mache, die Welt zu täuschen. Das heimliche Leben, dessen sie sich jeden Augenblick in Gegenwart ihrer Eltern und Schwestern bewußt sei, gebe ihr das Gefühl, sie habe die anderen auf eine Weise betrogen, die man nur *böse* nennen könne – ein anderes Wort dafür gebe es nicht, sagte sie Ishmael. Draußen tropfte der Regen von dem Schutzdach aus Zedernästen herunter auf den efeubedeckten Boden. Hatsue saß da, das Kinn auf die Knie gestützt, und sah durch die Öffnung hinaus, das Haar hing ihr in einem dicken Zopf über den Rücken. »Böse ist das nicht«, sagte Ishmael nachdrücklich. »Wie kann es etwas Böses sein? Das wäre doch ganz sinnlos. Die Welt ist böse, Hatsue«, setzte er hinzu. »Kümmre dich nicht darum.«

»Das ist nicht so einfach«, sagte Hatsue. »Ich belüge meine Familie jeden Tag, Ishmael. Manchmal denk ich, ich werde noch verrückt dabei. Manchmal denk ich, so kann es nicht weitergehen.«

Später lagen sie nebeneinander im Moos und sahen in die dunklen Zedern hinaus, die Hände hatten sie hinter dem Kopf verschränkt. »Es kann nicht so weitergehen«, flüsterte Hatsue. »Machst du dir denn keine Sorgen?«

»Doch«, sagte Ishmael. »Du hast recht.«

»Was sollen wir denn machen? Was ist die Antwort?«

»Ich weiß nicht«, sagte Ishmael. »Es gibt keine, so wie's aussieht.«

»Ich hab ein Gerücht gehört«, erwiderte Hatsue. »Von einem Fischer, der behauptet, er hätte ein deutsches U-Boot ganz nah bei Amity Harbor gesehen. Ein Periskop – dem sei er fast einen Kilometer lang gefolgt. Glaubst du, das könnte wahr sein?«

»Nein«, sagte Ishmael. »Das ist nicht wahr. Die Leute glauben alles – vor lauter Angst. Das ist nur Angst, sonst nichts. Sie fürchten sich.«

»Ich hab auch Angst«, sagte Hatsue. »Alle haben jetzt Angst.«

»Ich werd wohl eingezogen werden«, antwortete Ishmael. »Damit muß ich mich einfach abfinden.«

Sie saßen in ihrer Zeder und dachten darüber nach, aber noch schien der Krieg weit weg zu sein. Der Krieg beunruhigte sie dort nicht, und sie lebten weiterhin in dem Gefühl, in ihrem heimlichen Leben unberührbar zu sein. Ihre Versunkenheit, die Wärme ihrer Körper, die Vermischung ihrer Gerüche, die Bewegungen ihrer Glieder – all das schirmte sie ab und schützte sie. Aber manchmal lag Ishmael nachts wach, weil in der Welt Krieg war. Dann konzentrierte er seine Gedanken auf Hatsue und hielt sie dort, bis der Krieg an der Schwelle des Schlafs zurückwich, um sich in seinen Träumen um so schrecklicher auszubreiten.

13

Hatsue Imada stand nach der Zeremonie im Vorraum des buddhistischen Tempels von Amity Harbor und knöpfte sich den Mantel zu, als Georgia Katanakas Mutter den Leuten, die dort zusammenstanden, die Nachricht von Pearl Harbor überbrachte. »Das ist ganz schrecklich«, sagte sie. »Ein Luftangriff. Die japanische Luftwaffe hat alles zerbombt. Das ist schlimm für uns, furchtbar. Im Radio hört man gar nichts anderes mehr. Nur noch Pearl Harbor.«

Hatsue schlug den Mantelkragen bis zum Hals hoch und sah zu ihren Eltern hinüber. Ihr Vater – er hatte ihrer Mutter in den Mantel geholfen – stand sprachlos da und sah an Mrs. Katanaka vorbei. »Das kann nicht wahr sein«, sagte er.

»Es ist wahr«, gab sie zurück. »Hören Sie Radio. Heute morgen. Die haben Hawaii bombardiert.«

Sie standen in der Küche des Empfangsraums, zusammen mit den Katanakas, Ichiharas, Sasakis und Hayashidas und lauschten dem Bendix-Radio auf der Theke. Niemand sagte etwas – sie standen nur da. Sie hörten zehn Minuten zu, ohne eine Bewegung, mit gesenkten Köpfen, ganz dem Radio zugewandt. Schließlich begann Hatsues Vater, ruhelos auf und ab zu gehen, sich am Kopf zu kratzen und dann übers Kinn zu streichen. »Wir sollten jetzt fahren«, sagte er.

Sie fuhren nach Hause und hörten wieder Radio, die fünf Imada-Töchter und ihre Eltern. Sie ließen das Radio den ganzen Nachmittag lang und noch bis spät am Abend laufen. Dann und wann klingelte das Telephon, und Hatsues Vater besprach sich auf japanisch mit Mr. Oshiro oder Mr. Nishi. Ein halbes Dutzend Anrufe oder mehr machte er auch selbst, um die Sache mit Bekannten zu bereden. Er legte auf, kratzte sich am Kopf und hörte wieder die Meldungen im Radio.

Mr. Oshiro rief zurück und berichtete Hatsues Vater, in Amity Harbor habe ein Fischer namens Otto Willets eine Leiter vor Ichiyamas Kino aufgebaut und die Glühbirnen der Anzeigetafel herausgeschraubt. Solange er damit beschäftigt war, hatten zwei Männer ihm die Leiter gehalten und laut auf die ganze Familie Ichiyama geschimpft, die gar nicht da war. Als Otto Willets und seine Freunde das gemerkt hatten, waren sie zur Lundgren Road hinausgefahren, hatten in ihrem Pickup vor dem Haus der Ichiyamas gesessen und laut gehupt, bis Shig aus dem Haus auf die Veranda kam, um zu sehen, was sie wollten. Willet hatte Shig einen dreckigen Japs genannt und ihm gedroht, man werde ihm alle Glühbirnen zerschlagen – ob er nicht wisse, daß Verdunklung angeordnet sei? Shig sagte, nein, das habe er nicht gewußt, er sei froh, daß man ihm Bescheid gesagt habe, er sei den Männern dankbar, daß sie die Glühbirnen für ihn herausgeschraubt hätten. Otto Willets Schimpfworte ignorierte er.

Um zehn Uhr rief Oshiro noch einmal an; bewaffnete Männer hätten sich rund um Amity Harbor postiert – aus Angst vor einem japanischen Angriff. Nördlich und südlich der Stadt stünden an der Küste entlang Männer mit Gewehren hinter Baumstämmen. Die Verteidigung von San Piedro werde organisiert; in diesem Augenblick versammelten sich Männer in der Freimaurerloge. Die Otsubos waren gegen acht Uhr dort vorbeigefahren und hatten mindestens vierzig Personenwagen und Pickups gezählt, die an der Straße in der Nähe der Loge parkten. Außerdem sollten drei oder vier

Lachsfischer aus dem Hafen ausgelaufen sein, um die Küstengewässer von San Piedro zu überwachen. Mr. Oshiro hatte unterhalb des Kliffs, ganz in der Nähe seines Hauses an der Crescent Bay, einen gesehen, der sich von der Flut tragen ließ, die Maschine abgestellt hatte und unbeleuchtet war; man konnte ihn nur silhouettenhaft gegen den Nachthimmel erkennen. Hatsues Vater – er sprach japanisch – fragte Mr. Oshiro, ob wirklich U-Boote da seien und ob die Gerüchte von einer Invasion Oregons und Kaliforniens auf Wahrheit beruhten. »Alles ist möglich«, antwortete Mr. Oshiro. »Man muß auf alles gefaßt sein, Hisao.«

Hatsues Vater nahm seine Schrotflinte aus dem Schrank und stellte sie im Wohnzimmer in eine Ecke. Er legte auch einen Kasten Munition bereit und steckte sich drei Patronen in die Hemdtasche. Dann schaltete er alle Lampen bis auf eine aus und verhängte die Fenster mit Tüchern. Alle paar Minuten stand er von seinem Platz am Radio auf, lüpfte an einem Fenster eine Ecke des Tuchs und spähte hinaus auf die Erdbeerfelder. Dann ging er auf die Veranda und horchte und suchte den Himmel nach Flugzeugen ab. Es waren keine da, aber der Himmel war auch bewölkt, so daß man nicht leicht ein Flugzeug gesehen hätte.

Sie gingen zu Bett; keiner schlief. Am nächsten Morgen im Schulbus sah Hatsue Ishmael Chambers ganz offen ins Gesicht, als sie auf dem Weg zu ihrem Platz an ihm vorbeikam. Ishmael gab den Blick zurück und nickte ihr zu. Ron Lamberson, der Busfahrer, hatte eine Zeitung aus Anacortes unter seinem Sitz; an jeder Haltestelle öffnete er die Tür mit Schwung, und während die Kinder schweigend einstiegen, las er einen Abschnitt aus der Zeitung. »So sieht's aus«, rief er über die Schulter zurück, als der Bus die Mill Run Road hinunterkurvte. »Die Japaner greifen überall an, nicht bloß in Pearl Harbor. Sie starten Angriffe im ganzen Pazifik. Roosevelt wird heute den Krieg erklären, aber was sollen wir gegen diese Attacken machen? Die ganze Flotte da draußen ist versenkt, so sieht's aus. Und in Hawaii und an anderen Orten auch werden japanische Verräter verhaftet – das FBI kümmert sich drum. In Seattle sind sie übrigens jetzt grade hinter ihnen her. Lochen die Spione ein und alles. Die Regierung hat alle japanischen Konten gesperrt. Hauptsache ist, für heute nacht ist an der ganzen Küste Verdunklung angeordnet. Die Marine schätzt, daß es einen Luftangriff geben wird. Ich will euch ja keine Angst machen, aber der könnte genau hier passieren – ein Angriff auf den Sender in Agate Point, ihr wißt doch? Der Marinesender? Euer Radio wird von sieben Uhr abends an bis morgen früh nicht auf Sendung sein, damit die Japaner keine Signale auffangen können. Alle Leute sollen schwarze Tücher vor die Fenster hängen und sich im Haus aufhalten und Ruhe bewahren.«

In der Schule hörten alle den ganzen Tag nur Radio. Zweitausend Menschen waren gefallen. Die Stimmen der Ansager waren bedrückt und traurig und klangen so, als ob die Lage sehr ernst sei. Die Schüler saßen auf ihren Plätzen, schlugen die Bücher nicht auf und hörten einem Marinesoldaten zu, der genau erklärte, wie man Brandbomben löschte; dann kamen Meldungen von neuen japanischen Angriffen, Roosevelts Rede vor dem Kongreß, eine Erklärung des Justizministers Biddle, daß Mitglieder der japanischen Fünften Kolonne in Washington, Oregon und Kalifornien inhaftiert würden.

Mr. Sparling wurde unruhig und bitter und fing an, mit tieftrauriger, monotoner Stimme von seinen elf Monaten in Frankreich während des Ersten Weltkrieges zu erzählen. Er sagte, er hoffe, daß die Jungen in seiner Klasse ihre Kriegspflicht ernst nähmen, mehr noch, daß es für sie Ehrensache sei, den Japanern Auge in Auge gegenüberzutreten und ihnen alles heimzuzahlen. »Der Krieg ist was Scheußliches«, fügte er hinzu. »Aber die haben angefangen. Sie haben Hawaii an einem Sonntagmorgen bombardiert. Ausgerechnet am Sonntagmorgen.« Er schüttelte den Kopf, stellte das Radio an und lehnte mißmutig an der Tafel, die Arme vor der schmächtigen Brust gekreuzt.

Bis drei Uhr nachmittags hatte Ishmaels Vater die erste Kriegs-Sonderausgabe in der Geschichte seiner Inselzeitung gedruckt und verteilt – ein Extrablatt mit der Schlagzeile: VERTEIDIGUNG DER INSEL GESICHERT!

> Bereits wenige Stunden nach dem Ausbruch der Feindseligkeiten zwischen Japan und den Vereinigten Staaten war die Insel San Piedro zu später Nachtstunde – wenigstens vorläufig – auf einen Luftangriff oder einen anderen gravierenden Notstand eingerichtet.
> Der örtliche Luftschutzbeauftragte Richard A. Blackington berief unverzüglich eine Sitzung der örtlichen Luftschutzkommission ein; sie fand gestern nachmittag unter Teilnahme aller Kommissionsmitglieder in der Freimaurerloge statt. Ein Signalsystem wurde ausgearbeitet, das zur Verdunklung bei drohenden Luftangriffen aufruft: Einzelheiten dazu finden sich an anderer Stelle in dieser Sonderausgabe. Die Signale werden von Kirchenglocken, Fabriksirenen und Autohupen gegeben.
> Die Organisatoren des Luftschutzes gehen davon aus, daß »man mit allem rechnen muß«. Luftbeobachter des Flugabwehrkommandos auf der Insel werden rund um die Uhr auf Posten sein. Inzwischen haben Mitglieder der japanischen Gemeinde der Insel ihre Loyalität zu den Vereinigten Staaten bekundet.
> Die Wachen an der Agate Point Sendestation der U.S. Navy wurden verdreifacht, ebenso an der Crow Marine Railway and Shipbuilding Company. Die Pacific Telephone and Telegraph Company und die Puget Sound

Power and Light Company ließen wissen, daß sie Maßnahmen zur Bewachung ihrer Einrichtungen hier am Ort ergreifen würden.

Vorkehrungen wurden getroffen, die Löschgeräte, die im Sommer auf der Insel sind und den Winter über in Anacortes lagern, hierher zurückzubringen.

Fähnrich R. B. Clawson, der den Kommandeur L. N. Channing vom Agate Point-Sender vertritt, sprach auf der Sitzung der Luftschutzkommission. Die Nachrichtendienste der Armee und der Marine haben die Situation unter Kontrolle und unternehmen vor Ort die jeweils angemessenen Schritte zur Abwehr von Saboteuren und Spionen, teilte er mit. »Der Sender wurde bei der Nachricht vom Angriff auf Pearl Harbor sofort in Alarmbereitschaft versetzt«, fügte Fähnrich Clawson hinzu. »Trotzdem muß die Zivilbevölkerung der Insel, unabhängig von der Unterstützung durch Marine und Armee, auch selbst alles nur Mögliche tun, um ihre Wohnungen und Arbeitsplätze vor Sabotage und Bombardierung zu schützen.«

Folgende Offizielle der Luftschutzkommission nahmen an der gestrigen Sitzung teil:

Bill Ingraham, Fernmeldewesen; Ernest Tingstaad, Transport; Mrs. Thomas McKibben, medizinische Versorgung; Mrs. Clarence Wukstich, Vorräte und Lebensmittel; Jim Milleren, Hilfspolizei; Einar Petersen, Straßen und Verkehr; Larry Phillips, Hilfsfeuerwehr; Arthur Chambers, Presse.

Ebenfalls anwesend waren: Major O. W. Hotchkins, Vorsitzender des Luftschutzkomitees; Bart Johannson, Assistent von Major Hotchkins, und S. Austin Coney, Organisator des Flugzeugabwehrkommandos der Insel.

Unten auf der Seite befand sich eine Mitteilung der Insel-Luftschutzkommission, halbfett, in Sechzehn-Punkt-Schrift:

> BEI ANHALTENDEM GLOCKENGELÄUT, ANHALTENDEN HUPSIGNALEN UND ANHALTENDEM TON DER SIRENEN DER CROW MARINE RAILWAY AND SHIPBUILDING COMPANY SCHALTEN SIE SOFORT ALLE ELEKTRISCHEN LAMPEN AB, EINSCHLIESSLICH DAUERNACHTBELEUCHTUNGEN, Z. B. SCHAUFENSTERBELEUCHTUNG, DIE IHRER KONTROLLE UNTERSTEHEN. LICHTER AUSGESCHALTET LASSEN BIS ZUM ENTWARNUNGSSIGNAL: DIE ZWEIMALIGE WIEDERHOLUNG DES FLIEGERALARMSIGNALS.

Das Extrablatt enthielt außerdem noch eine Anweisung von Richard Blackington: Kirchenglocken und Autohupen sollten nur in Abstimmung mit dem Fliegeralarmsystem eingesetzt werden. Die für die medizinische Versorgung zuständige Mrs. Thomas McKibben bat alle Inselbewohner im Besitz eines Kombis, der als Rettungswagen einzusetzen wäre, sie unter Amity Harbor 172-R anzurufen; sie registrierte auch die Adressen von Krankenschwestern im Rettungsdienst und von Personen mit einer Ausbildung in Erster Hilfe. Und schließlich forderte der Inselsheriff Gerald Lundquist die Einwohner auf, alle verdächtigen Aktivitäten oder Anzeichen für Sabotage unverzüglich der Polizei zu melden.

Arthurs Kriegsextrablatt enthielt auch einen Artikel mit dem Titel »Führende japanische Mitbürger bekennen sich zu Amerika«, in dem Masato Nagaishi, Masao Uyeda und Zenhichi Miyamoto, alle drei Erdbeerfarmer, öffentlich die Bereitschaft aller auf der Insel lebenden Japaner bekundeten, die Flagge Amerikas zu verteidigen. Sie sprachen im Auftrag der Japanischen Handelskammer, der Japanisch-Amerikanischen Liga und des Japanischen Gemeindezentrums, und ihre Treuebekenntnisse waren, wie die *Review* versicherte, »prompt und einstimmig«; auch habe Mr. Uyeda versprochen: »Wir werden die ersten sein, die jedes Anzeichen von Spionage oder Sabotage sofort den Behörden melden.« Arthur brachte wie üblich seinen Kommentar unter dem Titel »Ein offenes Wort«. Er hatte ihn völlig übermüdet um zwei Uhr nachts bei Kerzenlicht getippt:

> Wenn je einer Gemeinde ein örtlicher Notstand drohte, dessen Ursprung außerhalb ihrer Kontrolle lag – dann der Gemeinde der Insel San Piedro, heute, an diesem Morgen, am Montag, dem 8. Dezember 1941.
>
> Jetzt ist es an der Zeit, ein offenes Wort über die Dinge zu sagen, die uns alle angehen.
>
> Auf dieser Insel leben 800 Angehörige von 150 Familien, die durch Blutsbande jener Nation verbunden sind, die gestern eine Greueltat gegen allen Anstand begangen hat. Jene Nation hat sich auf einen Krieg mit uns eingelassen, und sie wird erleben, daß wir schnell und entschlossen zurückschlagen. Amerika wird mit vereinten Kräften mutig auf die Gefahr antworten, die uns jetzt im Pazifik droht. Und wenn der Staub sich wieder legt, dann wird Amerika gesiegt haben.
>
> Bis dahin steht eine schwere Aufgabe vor uns, die heftigste Gefühle in uns wachruft. Aber diese Gefühle, das muß die *Review* in aller Deutlichkeit betonen, dürfen nicht in blinden, hysterischen Haß gegen alle Personen japanischer Herkunft ausarten. Sonst könnte eine Massenhysterie uns vergessen machen, daß etliche von diesen Personen amerikanische Staatsbürger sind, daß sie unserem Land treu dienen, daß sie sich dem Land ihrer Geburt nicht mehr verbunden fühlen.
>
> Im Licht dieser Sorge weist die *Review* darauf hin, daß die Menschen japanischer Abstammung auf dieser In-

sel nicht für die Tragödie von Pearl Harbor verantwortlich sind. Das muß klar sein. Sie haben ihre Loyalität zu den Vereinigten Staaten bekundet und sind seit Jahrzehnten angesehene Bürger von San Piedro. Diese Menschen sind unsere Nachbarn. Sie haben sechs ihrer Söhne in die Armee der Vereinigten Staaten geschickt. Kurz: Sie sind nicht der Feind, ebensowenig wie unsere Mitbürger deutscher oder italienischer Abstammung. Wir dürfen uns nicht gestatten, das zu vergessen, und unser Wissen sollte unser Verhalten gegenüber allen unseren Nachbarn leiten.

So möchte die *Review* alle Inselbewohner, gleich welcher Abstammung, dringend ersuchen, in dieser Notlage so ruhig wie möglich zu bleiben. Lassen Sie uns in dieser Krisenzeit so handeln, daß wir Inselbewohner, wenn alles vorbei sein wird, einander in dem Wissen in die Augen sehen können: Wir haben uns ehrenhaft und fair verhalten. Lassen Sie uns im Auge behalten, was im Wahnsinn des Krieges so leicht vergessen wird: Haß und Vorurteil sind niemals rechtens und dürfen in einer gerechten Gesellschaft niemals geduldet werden.

Ishmael saß in der hohlen Zeder und las die Worte seines Vaters; er las sie zum zweitenmal, als Hatsue in Jacke und Schal hereinschlüpfte und sich zu ihm ins Moos setzte. »Mein Vater war die ganze Nacht auf«, sagte Ishmael. »Er hat diese Zeitung druckfertig gemacht.«

»Mein Vater kommt nicht an unser Geld«, entgegnete Hatsue. »Wir haben ein paar Dollar, an den Rest kommen wir nicht ran. Meine Eltern sind keine amerikanischen Bürger.«

»Was wollt ihr jetzt machen?«

»Das wissen wir nicht.«

»Ich hab zwanzig Dollar von der Pflücksaison«, sagte

Ishmael. »Die kannst du haben. Ich bring sie morgen mit in die Schule.«

»Nein«, sagte Hatsue. »Bring sie nicht mit. Mein Vater wird sich schon was einfallen lassen. Ich könnte dein Geld nicht annehmen.«

Ishmael drehte sich auf die Seite, so daß er sie ansah, und stützte sich auf den Ellbogen. »Ich kann es kaum glauben«, sagte er.

»Es ist so unwirklich«, antwortete Hatsue. »Es ist einfach nicht fair – es ist nicht *fair*. Wie konnten sie das bloß tun, einfach so? Wie sind wir da reingeraten?«

»*Wir* sind da nicht reingeraten«, sagte Ishmael. »Die Japaner haben uns in den Krieg *gezwungen*. An einem Sonntagmorgen, als niemand damit rechnen konnte. Das war schäbig, wenn du mich fragst. Sie –«

»Sieh dir mein Gesicht an«, unterbrach ihn Hatsue. »Sieh in meine Augen, Ishmael. Mein Gesicht sieht aus wie die Gesichter der Menschen, die das getan haben – verstehst du nicht, was ich meine? Mein Gesicht – so sehen die Japaner aus. Meine Eltern sind aus Japan nach San Piedro gekommen. Meine Mutter und mein Vater, die sprechen kaum Englisch. Meine Familie ist jetzt ganz übel dran. Verstehst du mich? Wir werden Schwierigkeiten bekommen.«

»Wart mal, einen Moment«, sagte Ishmael. »Du bist keine Japanerin. Du bist –«

»Du hast doch die Nachrichten gehört. Sie verhaften Leute. Sie nennen viele Leute Spione. Gestern abend haben Männer vor Ichiyamas Haus geparkt und sie alle gemein beschimpft, Ishmael. Sie saßen im Auto und haben ständig gehupt. Wie kann das bloß alles passieren?« fragte sie. »Wie konnte es dazu kommen?«

»Wer war das? Von wem redest du?«

»Das war Mr. Willets – Otto Willets. Gina Willets Onkel und ein paar andere Männer. Sie haben sich über die Glühbirnen am Kino aufgeregt. Die Ichiyamas hatten die Lichter brennen lassen.«

»Das ist doch verrückt«, sagte Ishmael. »Das Ganze ist einfach verrückt.«

»Sie haben die Glühbirnen rausgeschraubt und sind dann zu seinem Haus gefahren. Sie haben ihn einen dreckigen Japs genannt.«

Darauf wußte Ishmael nichts mehr zu sagen. Er schüttelte nur den Kopf.

»Ich bin nach der Schule zu Hause gewesen«, erzählte Hatsue. »Mein Vater war am Telephon. Alle haben Angst wegen des Agate Point-Marinesenders. Sie meinen, er würde heute Nacht bombardiert. Männer mit Gewehren gehen dorthin, um den Sender zu verteidigen. Sie werden an den Stränden entlang im Gebüsch sitzen. Die Shirasakis haben eine Farm am Agate Point, und Soldaten von der Sendestation sind zu ihnen gekommen. Sie haben ihnen Radio und Kamera und Telephon weggenommen und Mr. Shirasaki verhaftet. Und der Rest der Familie darf das Haus nicht verlassen.«

»Mr. Timmons ist auf dem Weg dahin«, sagte Ishmael, »ich hab ihn gesehen, er stieg gerade ins Auto. Er sagte, er wollte zuerst zu den Freimaurern, wo alles organisiert wird. Sie sagen den Leuten, welche Strände sie bewachen sollen. Und meine Mutter streicht diese Verdunklungsfenster schwarz. Sie hatte den ganzen Tag das Radio an.«

»Alle haben das Radio an. Meine Mutter kann sich von unserem gar nicht trennen. Sie sitzt nur da und hört sich alles an und telephoniert mit Leuten.«

Ishmael seufzte. »Krieg; ich kann einfach nicht glauben, daß das passiert.«

»Wir müssen gehen«, gab Hatsue zurück. »Es wird schon dunkel.«

Sie überquerten den kleinen Bach unter ihrem Baum und folgten dem Pfad hügelabwärts. Es war dämmerig, und der

Seewind blies ihnen ins Gesicht. Sie blieben auf dem Pfad stehen, umarmten einander und küßten sich einmal und dann noch einmal, das zweite Mal sehr fest. »Laß nicht zu, daß uns das auseinanderbringt«, sagte Ishmael. »Was in der Welt vorgeht, ist mir ganz egal. Uns kann es nichts anhaben, da passen wir schon auf.«

»Uns passiert schon nichts«, sagte Hatsue. »Das wirst du sehen.«

Am Dienstag half Ishmael seinem Vater bei der Arbeit. Er nahm im Büro in der Andreason Street Anrufe entgegen und machte sich auf einem gelben Block Notizen. Sein Vater gab ihm den Auftrag, bestimmte Leute anzurufen und die Fragen zu stellen, die er auf eine Liste geschrieben hatte. »Kannst du das machen? Allein schaff ich es nicht.«

Ishmael rief bei der Marinestation an. Ein Fähnrich Clawson sagte ihm, der Pilot habe auf seinem täglichen Aufklärungsflug etwas bemerkt, was ihm nie zuvor aufgefallen sei: Die japanischen Erdbeerplantagen auf San Piedro seien so angelegt, daß die Pflanzreihen alle genau auf den Sender von Agate Point zuliefen. Diese Erdbeerpflanzenreihen könnten japanische Tiefflieger leicht auf ihr Ziel hinleiten. »Aber die Erdbeerfelder sind doch schon seit dreißig Jahren da«, sagte Ishmael. »Nicht alle«, antwortete Fähnrich Clawson.

Der Sheriff rief an. Er habe den Verdacht, daß Dutzende japanischer Farmer Dynamitvorräte in ihren Schuppen und Scheunen aufbewahrten, die man zu Sabotagezwecken benutzen könnte. Andere hätten Kurzwellenradios, wie er gehört habe. Der Sheriff verlangte, daß diese Farmer solche gefährlichen Gegenstände zum Beweis ihres guten Willens in seinem Büro in Amity Harbor abliefern sollten. Er wünsche eine Nachricht dieses Inhalts in der *Review*. Er dankte Ishmael für seine Hilfe.

Arthur druckte die Nachricht des Sheriffs. Er druckte eine Meldung von der Luftschutzbehörde, die den Einwohnern von San Piedro mit japanischen Pässen davon Kenntnis gab, daß sie ab 14. Dezember die Fähren nicht mehr benutzen dürften. In einem Zeitungsartikel berichtete er, daß Larry Phillips der Hilfsfeuerwehrabteilung des Zivilschutzes die Namen von vierundzwanzig Freiwilligen genannt habe, unter anderem George Tachibana, Fred Yasui und Edward Wakayama. »Ja, die drei hab ich extra genannt«, erklärte er, als Ishmael ihn danach fragte. »Nicht jede Tatsache ist einfach nur eine Tatsache«, fügte er hinzu. »Das ist immer eine Art … Balanceakt. Ein Jonglieren mit allen möglichen Kugeln – das ist Journalismus.«

»Das ist nicht Journalismus. Der hat nur mit Tatsachen zu tun«, antwortete Ishmael.

Er hatte in der Schule aus einem seiner Bücher gelernt, was Journalismus war, und seiner Meinung nach hatte sein Vater einen journalistischen Grundsatz verdreht.

»Aber welche Tatsachen?« fragte Arthur. »Welche Tatsachen drucken wir, Ishmael?«

In der nächsten Ausgabe ermahnte Arthur die Geschäftsleute auf der Insel, ihre Schaufensterbeleuchtung pünktlich bei Einbruch der Dunkelheit abzuschalten; es war Weihnachtszeit und die Versuchung, die Lichter anzulassen, war groß. Er zeigte an, daß zu Sylvester ein öffentlicher Tanzabend unter dem Motto »Denkt an Pearl Harbor – es könnte auch hier passieren« stattfinden werde; Männer in Uniform brauchten keinen Eintritt zu zahlen; man hoffe auf rege Teilnahme. Arthur teilte seinen Lesern mit, daß Mrs. Lars Heinemann dem San Piedro-Ortsverband des Roten Kreuzes fünfhundert Dollar zur Verfügung gestellt und daß die Japanisch-Amerikanische Bürgerliga fünfundfünfzig Dollar gespendet habe – die höchste bis jetzt eingegangene Spende. Ein anderer Artikel berichtete, daß in den Räumen des Japanischen Gemeindezentrums in Amity Harbor ein Empfang für Robert Sakamura stattgefunden habe, der in die Armee aufgenommen worden sei. Man habe Reden gehalten und Essen serviert; ein Salut vor der amerikanischen Flagge und das laute Absingen des »Star-Spangled Banner« hätten den Abend würdig beschlossen.

Die *San Piedro Review* brachte eine Notiz, in der sie die Leser daran erinnerte, daß die Zeitung verpflichtet sei, alle Kriegsnachrichten zu unterdrücken, die dem Feind nützen könnten. Ferner wurde den Lesern dringend geraten, »nicht unbedacht über Manöver der Armee oder der Marine zu sprechen, die man beobachtet hatte«. Der Bau des ersten Ferienhotels der Insel für Sportangler am Protection Point sei wegen des Krieges aufgeschoben worden, schrieb Arthur. Nick Olafson starb beim Holzstapeln; die Familie George Bodine war gerade noch dem Tod entronnen, als ihr Küchenherd explodierte, aber Mrs. Bodine hatte sich bei dem Unglück einen Arm und ein Bein gebrochen. Weitere Nachrichten: Der Eltern-und-Lehrer-Verband startete eine Papiersammelaktion und war besonders an Weihnachtsgeschenkpapier interessiert. Die Farmvereinigung verpflichtete sich zum Schutz der Insel und versprach in einem Brief an das Landwirtschaftsministerium, sich darum zu kümmern, daß »auf unserer Insel solche Früchte und Gemüsesorten angebaut werden, die hier gedeihen und unseren kämpfenden Truppen von Nutzen sein können«. Die Armee forderte die Pferde- und Maultierbesitzer von San Piedro dazu auf, ihre Tiere bei der Inselverwaltung registrieren zu lassen und damit einer »patriotischen Pflicht« nachzukommen; die Inselbewohner wurden auch aufgefordert, die Reifen ihrer Autos zu prüfen und möglichst reifenschonend zu fahren: Gummi war knapp geworden.

Die Marine ermahnte die Inselleute in einer in der *Review* veröffentlichten Notiz, »Gerüchte zum Schweigen zu bringen, indem man sie nicht weiterverbreitet«. Noch ein Wohltätigkeitsabend mit Tanz fand statt, und die in Agate Point stationierten Soldaten waren Ehrengäste. Die Luftschutzkommission wandte sich mit der schriftlichen Bitte an die Schulleitung, die Aula der High School für zwei weitere Tanzabende zur Verfügung zu stellen; die Schulleitung bat ihrerseits um eine schriftliche Zusicherung, daß bei der Veranstaltung weder geraucht noch getrunken würde. In Fisks Eisenwarenhandlung wurde eine Meldestelle für Kriegsfreiwillige eingerichtet. Unterdessen hatte ein plötzlicher Wärmeeinbruch die Straßen von San Piedro in Schlammbahnen verwandelt, so daß Autos bis zum Trittbrett im Matsch versanken. Eve Thurmann, die sechsundachtzig war, blieb an der Piersall Road mit ihrem 36er Buick stecken und erschien mit schlammverkrusteten Knien bei Petersen; sie war beinahe drei Kilometer weit in die Stadt gelaufen. Die *Review* wies darauf hin, daß Verhaltensregeln bei Luftangriffen nun an vielen Leitungsmasten angeschlagen waren: Bewahren Sie Ruhe; bleiben Sie zu Hause; schalten Sie das Licht aus; legen Sie sich auf den Boden; halten Sie sich fern von den Fenstern; telephonieren Sie nicht. Ray Ichikawa machte beim siegreichen Basketball-Spiel der Amity Harbor High School-Mannschaft gegen Anacortes fünf Körbe. Ein halbes Dutzend Einwohner von West Port Jensen behaupteten, ein mysteriöses Wesen gesehen zu haben, das sich im flachen Wasser sonnte: Es schien einen Schwanenhals und den Kopf eines Eisbären zu haben, dazu ein riesiges Maul, aus dem Dampfwolken entwichen. Als Inselleute hinausruderten, um das Wesen aus der Nähe zu betrachten, verschwand es in den Wellen.

»Das kommt doch nicht in die Zeitung, oder?« fragte Ishmael seinen Vater. »Ein Seeungeheuer vor West Port Jensen?«

»Vielleicht hast du recht«, antwortete Arthur. »Aber erinnerst du dich noch an die Bärengeschichten, die ich letztes

Jahr gebracht habe? Der Bär, der auf einmal für alles verantwortlich war? Tote Hunde, zerbrochene Fenster, verschwundene Hühner, zerkratzte Autos? Ein Seeungeheuer – das ist eine Nachricht, Ishmael. Die Tatsache, daß Menschen es gesehen haben – ist eine Nachricht.«

In der nächsten Ausgabe druckte Arthur eine Annonce des Staates, in der die Inselbewohner dringend aufgefordert wurden, Kriegsanleihen zu erwerben. Er teilte mit, die Zivilschutzkommission registriere Boote, die im Fall einer Evakuierung einsetzbar wären. William Blair – Sohn des Zachary und der Edith Blair aus Amity Harbor – habe die erste Notausbildung der U.S. Marine-Akademie erfolgreich abgeschlossen und befinde sich auf dem Seeweg zum europäischen Kriegsschauplatz. Die Insel hatte an einem Vormittag vier Stunden lang Stromausfall, als ein halbes Dutzend Fesselballons der Armee sich losgerissen hatten und Stromleitungen zerstörten. Der Luftschutzbeauftragte Richard Blakkington ernannte neun Bezirksluftschutzwarte, die für die Verdunklung der Insel verantwortlich sein sollten; er besuchte auch einen Kurs in Anacortes über chemische Kriegführung und verteilte anschließend eifrig Flugblätter zu dem Thema. Inzwischen waren die Kinder auf San Piedro in ihren Schulklassen mit Kennziffern versehen und registriert worden, damit sie im Fall einer Trennung von den Eltern nicht verlorengingen. Arthur veröffentliche eine Tabelle des Kriegsministeriums mit den Flügel- und Heckkennzeichen von Flugzeugen. Er druckte auch ein Photo, das japanische Amerikaner in Fresno, Kalifornien, zeigte, die Schlange standen, um die Einbürgerung zu beantragen.

Vier weitere Inselbewohner japanischer Abstammung – das meldete ein Artikel auf der ersten Seite – hatten sich zum Kriegsdienst in der Armee der Vereinigten Staaten gemeldet. Richard Enslow, Lehrer an der High School, kündigte seine Stellung und ging zur Marine. Mrs. Ida Cross aus South

Beach strickte Socken für die Marine, schickte sie ab und bekam einen Dankesbrief von einem Flakschützen aus der Gegend von Baltimore. Die Küstenwache verbot das Fischen vor der Westseite der Insel und brachte mitten in der Nacht Lachsfischer auf, die ihre Netze zu nahe an Sperrzonen ausgesetzt hatten. Ende Januar wurde vorübergehend das Heizöl auf der Insel knapp, und die zivile Luftschutzkommission ordnete an, die Ölheizungen niedrig zu stellen. Die Kommission forderte die Farmer auf, zehntausend Säcke – Futter-, Mehl- oder Jutesäcke – zur Verfügung zu stellen, die als Sandsäcke dienen sollten. Einhundertfünfzig Inselbewohner absolvierten die vom Roten Kreuz angebotenen Erste-Hilfe-Kurse. Petersens Laden schränkte seinen Lieferservice ein: Mangel an Benzin und Arbeitskräften wurde als Grund angegeben.

»Sieht so aus, als ob du für die Japse bist, Art«, schrieb eines Tages ein anonymer Leser der *Review*. »Woche für Woche stehen sie bei Dir auf der ersten Seite, Du schreibst immerzu von ihrem Patriotismus und ihrer Loyalität, aber über ihren Verrat sagst du gar nichts. Allmählich wird es Zeit, daß Du den Kopf aus dem Sand ziehst und begreifst, was los ist: Wir haben Krieg. Und auf wessen Seite stehst Du eigentlich?«

Im Januar kündigten fünfzehn Inselbewohner ihr Abonnement, unter ihnen die Walker Colemans aus Skiff Point und die Familie Herbert Langlie aus Amity Harbor. Herbert Langlie schrieb: »Die Japse sind der Feind. Ihre Zeitung ist eine Beleidigung für alle weißen Amerikaner, die sich dazu verpflichtet haben, die Gefahr zu beseitigen, die mitten unter uns lauert. Hiermit möchte ich mein Abonnement mit sofortiger Wirkung kündigen und bitte Sie um Erstattung überschüssiger Beträge.«

Arthur entsprach diesem Wunsch; er schickte allen Kunden, die kündigten, eine Rückerstattung ohne Abzüge und legte einen persönlichen Brief in herzlichem Ton bei. »Die kommen eines Tages alle wieder«, sagte er voraus. Aber dann zog erst das Price-Rite in Anacortes seine wöchentliche viertelseitengroße Annonce zurück, danach Lottie Opsvigs Modegeschäft in der Main Street; Larsens Sägemühle und das Café Anacortes folgten. »Darum machen wir uns keine Sorgen«, erklärte Arthur seinem Sohn. »Wenn es sein muß, können wir die Zeitung auch mit vier statt mit acht Seiten herausbringen.« Er druckte den Brief von Walker Coleman und einen anderen ähnlichen Inhalts von Ingmar Sigurdson. Lillian Taylor, Englischlehrerin an der High School, schrieb daraufhin entrüstet von der »Engstirnigkeit, die aus den Briefen von Mr. Walker Coleman und Mr. Ingmar Sigurdson spricht, zwei wohlbekannten Inselbewohnern, die ganz offensichtlich ihre fünf Sinne nicht mehr beieinander haben und in die Fänge der Kriegshysterie geraten sind«. Arthur druckte auch das.

14

Zwei Wochen danach, am 14. Februar, wand sich ein schwarzer Ford durch Imadas Felder und fuhr auf das Haus aus Zedernschindeln zu. Hatsue stand am Schuppen und zog Kleinholz unter einer Öltuchplane hervor. Sie war dabei, sich das Holz in die Schürze zu packen, als sie etwas Seltsames bemerkte: Die Scheinwerfer des Ford waren geschwärzt, deshalb hörte sie den Wagen eher, als sie ihn sah. Er hielt genau vor ihrem Haus; zwei Männer in Anzug und Krawatte stiegen aus. Sie ließen die Türen leise ins Schloß fallen und sahen einander an; der eine strich sich die Jacke glatt – er war größer als der andere, und seine Ärmel waren so kurz, daß sie die Manschetten des Hemdes nicht einmal zur Hälfte bedeckten. Hatsue stand ganz still mit ihrer Schürze voll Kleinholz, während die Männer die Stufen zur Veranda hinaufstiegen und an die Tür pochten; die Hüte hielten sie in der Hand. Ihr Vater kam in Pullover und Sandalen zur Tür – in der linken Hand die Zeitung, die Lesebrille auf der Nase; Hatsues Mutter stand dicht hinter ihm.

»Darf ich mich vorstellen«, sagte der kleinere Mann und zog eine Dienstmarke aus der Jackentasche: »FBI. Sind Sie Hi-see-o Imada?«

»Ja«, sagte Hatsues Vater. »Ist irgendwas nicht in Ordnung?«

»Das wär zuviel gesagt«, erwiderte der FBI-Mann. »Es ist nur so, daß wir den Auftrag haben, dieses Haus zu durchsuchen. Verstehen Sie, wir werden eine Durchsuchung machen. Wenn Sie jetzt bitte ins Haus gehen, dann setzen wir uns alle erst einmal.«

»Ja, kommen Sie herein«, sagte Hatsues Vater.

Hatsue ließ das Kleinholz aus ihrer Schürze wieder auf den Stapel fallen. Die beiden Männer drehten sich um und sahen sie an. Der kleinere kam wieder ein, zwei Stufen die Verandatreppe herunter. Hatsue trat aus dem Schatten des Holzschuppens in den Lichtschein der Veranda. »Du kommst auch mit rein«, sagte der kleinere Mann.

Sie drängten sich im Wohnzimmer zusammen. Hatsue und ihre Schwestern saßen auf dem Sofa, und Hisao brachte den FBI-Männern Stühle aus der Küche – der größere folgte ihm überall hin. Er bot ihnen Platz an: »Bitte, setzen Sie sich.«

»Sie sind wirklich höflich«, gab der kleinere Mann zurück. Dann nahm er einen Umschlag aus der Jackentasche und gab ihn Hisao. »Das ist ein Durchsuchungsbefehl vom U.S. Bezirksstaatsanwalt. Wir müssen jetzt das Haus durchsuchen, das ist ein Befehl, verstehen Sie, ein Befehl.«

Hisao hielt den Umschlag in der Hand, machte aber keine Anstalten, ihn zu öffnen. »Wir sind loyal«, sagte er. Das war alles.

»Ich weiß, ich weiß«, sagte der FBI-Mann. »Trotzdem müssen wir uns hier umsehen.«

Während er noch sprach, stand der größere Mann auf und zupfte an seinen Manschetten, öffnete dann in aller Ruhe Fujikos Glasschrank und nahm den Stapel Notenblätter für *shakuhachi*-Musik heraus, den sie im untersten Bord aufbewahrte. Er nahm Fujikos Bambusflöte in die Hand, drehte sie hin und her – seine Hände waren klein für einen so schweren Mann – und legte sie dann auf den Eßtisch. Neben dem Holzofen war ein Zeitschriftenständer, und er blätterte die Zeitschriften durch. Er sah sich Hisaos Zeitung an.

»Wir haben von Bürgern hier am Ort Beschwerden erhalten, daß gewisse feindliche Ausländer auf San Piedro Gegenstände in ihrem Besitz haben, die zur Konterbande erklärt wurden«, sagte der kleinere Mann. »Wir haben die Aufgabe, das Haus nach solchen Gegenständen zu durchsuchen. Wir bitten um Ihre Kooperation.«

»Ja, natürlich«, sagte Hisao.

Der größere Mann ging in die Küche. Sie konnten ihn durch die offene Tür hindurch sehen: Er spähte unter das Waschbecken und öffnete die Ofentür. »Wir müssen auch Ihre Privatsachen durchsuchen«, erläuterte der kleinere Mann. Er nahm Hisao den Umschlag aus der Hand und steckte ihn wieder ein. »Ich hoffe, das macht Ihnen nichts aus«, fügte er hinzu.

Er öffnete den *tansu*, eine Kommode in einer Ecke des Wohnzimmers. Er zog Fujikos Seidenkimono mit der Goldbrokat-Schärpe heraus. »Sehr hübsch«, sagte er und hielt ihn ins Licht. »Wohl noch aus der alten Heimat. Ganz was Edles.«

Der größere Mann kam aus der Vorratskammer ins Wohnzimmer zurück; in einer Hand hatte er Hisaos Schrotflinte, vier Schachteln mit Munition hielt er an die Brust gedrückt. »Der Kerl hat lauter Waffen«, sagte er zu seinem Partner. »Ein großes altes Schwert ist auch noch da.«

»Leg alles auf den Tisch«, sagte der kleine Mann. »Und mach überall Schilder dran, Wilson – hast du die Schilder mitgebracht?«

»Hab ich in der Tasche«, antwortete Wilson.

Die jüngste Tochter der Imadas fing an zu schluchzen und schlug die Hände vors Gesicht.

»Na, na, Kleine«, sagte der FBI-Mann. »Ich weiß, das ist zum Fürchten – aber soll ich dir was sagen? Es ist kein Grund zum Weinen, hörst du? Wir sind gleich fertig, und dann verschwinden wir wieder.«

Der große Mann mit Namen Wilson holte Hisaos Schwert. Dann nahm er das Schlafzimmer in Angriff.

»Wissen Sie was«, sagte der erste Mann zu Hisao. »Wir sitzen einfach still und warten, bis Wilson fertig ist. Dann machen wir beide, Sie und ich, einen kleinen Gang nach draußen. Wir heften Schilder an dieses Zeug hier und laden es in unseren Wagen. Dann können Sie mich über Ihr Grundstück führen. Wir müssen alles durchsuchen, so ist es eben.«

»Ich verstehe«, sagte Hisao. Er und Fujiko hielten einander jetzt bei der Hand. »Nicht nervös werden«, sagte der FBI-Mann. »In ein paar Minuten sind Sie uns los.«

Er stand am Tisch und versah die Sachen mit Schildern. Eine Weile wartete er schweigend. Er wippte mit dem Fuß und hielt sich die Flöte an den Mund. »Wilson«, rief er schließlich. »Nimm die Pfoten von der Unterwäsche.« Dann lachte er leise und hob Hisaos Schrotflinte hoch.

»Die müssen wir mitnehmen«, sagte er entschuldigend. »Das ganze Zeug hier, verstehen Sie. Das wird eine Weile einbehalten – weiß der Himmel, warum – und Ihnen dann alles wieder zugestellt. Es wird zurückgebracht, wenn die Untersuchungen abgeschlossen sind. Kompliziert, aber so ist es eben. Wir haben Krieg, und so ist es eben.«

»Die Flöte ist kostbar«, sagte Hisao. »Kimono, Notenblätter – diese Dinge müssen Sie mitnehmen?«

»Alle diese Sachen, jawohl«, sagte der FBI-Mann. »Alles Zeug aus der alten Heimat müssen wir mitnehmen.«

Hisao war still, seine Stirn gerunzelt. Wilson kam mit ernstem Gesicht aus den Schlafzimmern; er brachte Hatsues Album mit. »Du bist doch pervers«, sagte sein Partner. »Mach schon!«

»Blödsinn«, sagte Wilson, »ich hab die Schubladen durchsucht. Mach's doch nächstes Mal selbst, wenn's dir nicht paßt.«

»Hi-see-o und ich gehen jetzt vor die Tür«, sagte der kleine Mann energisch. »Du kannst hier bei den Damen bleiben und weiter Schilder anbringen. Und sei höflich«, sagte er mahnend.

»Ich bin immer höflich«, sagte Wilson.

Hisao und der kleine Mann gingen hinaus. Wilson heftete Schilder an. Als er fertig war, blätterte er Hatsues Album durch und kaute auf seiner Lippe herum. »Erdbeerprinzessin«, sagte er und sah zu ihr hoch. »Da warst du bestimmt stolz.«

Hatsue antwortete nicht. »Das ist ein gutes Bild«, fügte Wilson hinzu. »Gut getroffen. Sieht wirklich genau aus wie du.«

Hatsue sagte nichts. Sie wünschte sich, Wilson würde die Hände von ihrem Album lassen. Sie wollte ihn schon höflich bitten, es wegzulegen, da kamen Hisao und der andere Mann durch die Tür. Der FBI-Mann trug eine Kiste. »Dynamit«, sagte er. »Sieh dir das an, Wilson.« Er stellte die Kiste vorsichtig auf den Tisch. Die beiden Männer griffen hinein – sie zählten vierundzwanzig Dynamitstäbe. Wilson sog an seiner Backe und starrte.

»Sie müssen mir glauben«, bat Hisao. »Das ist nur für die Baumstümpfe, nur zum Roden.«

Der kleinere FBI-Mann schüttelte ernst den Kopf. »Mag sein«, sagte er. »Aber schlimm ist es trotzdem. Dies Zeug hier«, er zeigte mit dem Finger auf die Kiste, »das ist Konterbande. Sie hätten das Zeug abliefern müssen.«

Sie nahmen die Flinte, die Munition, das Schwert und das Dynamit und packten alles in den Kofferraum. Wilson kam mit einem Segeltuchbeutel wieder und sackte Album, Kimono, Notenblätter und zum Schluß die Flöte ein.

Als alles im Kofferraum ihres Autos verstaut war, setzten sich die FBI-Männer noch einmal. »Das wär's dann«, sagte der kleinere. »Wissen Sie was?« sagte er zu Hisao.

Hisao gab keine Antwort. Er saß in Sandalen und Pullover da, blinzelte, hielt die Brille in der Hand. Er wartete, daß der FBI-Mann weiterredete.

»Wir müssen Sie verhaften«, sagte Wilson. »Das bedeutet eine kleine Reise nach Seattle.« Er hakte Handschellen von seinem Gürtel ab, wo sie neben seiner Pistole hingen.

»Die brauchst du doch nicht«, sagte der kleinere Mann eindringlich. »Der Bursche hier ist ein Gentleman. Handschellen müssen nicht sein. Die werden Ihnen dort nur ein paar Fragen stellen, okay? Wir fahren jetzt nach Seattle hinunter, dann ein paar Fragen, ein paar Antworten, und alles ist überstanden.«

Die beiden kleineren Mädchen weinten. Die jüngste versteckte das Gesicht in den Händen, und Hatsue legte den Arm um sie. Sie zog den Kopf ihrer Schwester an sich und strich ihr sanft übers Haar. Hisao stand auf.

»Nicht mitnehmen, bitte«, sagte Fujiko. »Er hat nichts Böses getan. Er –«

»Das weiß keiner«, sagte Wilson. »Niemand kann das sagen.«

»Wahrscheinlich schon in ein paar Tagen«, sagte der andere Mann. »Sehen Sie, solche Angelegenheiten brauchen ein bißchen Zeit. Wir müssen ihn nach Seattle mitnehmen. Er muß auf einen Termin warten und alles. Vielleicht ein paar Tage, eine Woche.«

»Eine Woche? Aber was machen wir? Was tun Sie –«, sagte Fujiko.

»Sagen Sie sich einfach, daß Sie damit dem Krieg ein Opfer bringen«, unterbrach sie der FBI-Mann. »Machen Sie sich klar, daß wir Krieg haben, und da müssen alle Opfer bringen. Vielleicht hilft's, wenn Sie die Sache so sehen.«

Hisao fragte, ob er sich Schuhe anziehen und seine Jacke aus der Kammer holen dürfe. Er fügte hinzu, wenn es gestattet sei, würde er gern eine kleine Reisetasche packen. »Können Sie machen«, sagte Wilson. »Nur zu. Wir sind gern entgegenkommend.«

Sie erlaubten ihm, Frau und Kinder zu küssen und sich

von allen zu verabschieden. »Ruft Robert Nishi an«, trug Hisao ihnen auf. »Sagt ihm, daß ich verhaftet bin.«

Aber als Fujiko dort anrief, erfuhr sie, daß Robert Nishi auch verhaftet worden war. Ronald Kobayashi, Richard Sumida, Saburo Oda, Taro Kato, Junkoh Kitano, Kenzi Yamamoto, John Masui, Robert Nishi – alle saßen jetzt in Seattle im Gefängnis. Sie waren alle in derselben Nacht verhaftet worden.

Der Zug, der die Verhafteten von Seattle aus in ein Arbeitslager nach Montana brachte, hatte mit Brettern vernagelte Fenster – auf frühere Gefangenentransporte war geschossen worden. Hisao schrieb seiner Familie jeden Tag: Das Essen war nicht sehr gut, aber richtig schlecht wurden sie nicht behandelt. Sie hoben Gräben für Wasserleitungen aus, damit die Größe des Lagers verdoppelt werden konnte. Dann hatte er Arbeit in der Wäscherei bekommen; er mußte Kleidungsstücke bügeln und zusammenfalten. Robert Nishi arbeitete in der Lagerküche.

Hatsues Mutter rief ihre fünf Töchter zu sich; Hisaos Brief hielt sie in der Hand. Sie erzählte ihren Töchtern, nicht zum erstenmal, die Geschichte ihrer Odyssee von Japan an Bord der *Korea Maru*. Sie erzählte ihnen von den Zimmern, die sie in Seattle geputzt hatte, von den Laken, die blutspuckende weiße Männer verschmutzt hatten, von den Klosetts voller Exkremente, vom Alkohol- und Schweißgestank dieser Weißen. Sie erzählte von der Hafenküche, in der sie Zwiebeln gehackt und Kartoffeln gebraten hatte – und das für *hakujin*-Hafenarbeiter, die durch sie hindurchgesehen hatten, als wäre sie gar nicht vorhanden. Sie habe schon viel durchgemacht, sagte sie – ihr Leben sei lange Zeit sehr hart gewesen. Sie wisse, was es heiße, am Leben zu sein, ohne wirklich zu leben; sie wisse, was es heiße, unsichtbar zu sein.

Sie wünsche, daß ihre Töchter lernten, damit so umzugehen, daß ihnen ihre Würde erhalten bliebe. Hatsue saß regungslos da, während ihre Mutter sprach, und versuchte herauszuhören, was sie meinte. Sie war nun achtzehn, und die Geschichte der Mutter hatte jetzt mehr Bedeutung und Gewicht für sie als früher. Sie beugte sich vor und hörte genau zu. Die Mutter sagte voraus, der Krieg mit Japan werde alle ihre Töchter dazu zwingen, sich zu entscheiden, wer sie waren, und dann japanischer zu werden. Zeigte sich nicht jetzt, daß die *hakujin* sie in ihrem Land eigentlich nicht haben wollten? Es gab Gerüchte, daß alle an der Küste wohnenden Japaner vertrieben würden. Es hatte keinen Sinn, etwas zu verschleiern oder so zu tun, als wären sie keine Japanerinnen – die *hakujin* konnten es ihnen am Gesicht ansehen; das mußte akzeptiert werden. Sie waren Japanerinnen in Amerika zu einer Zeit, in der Amerika mit Japan Krieg führte – wollte eine von ihnen das bestreiten? Es war auszuhalten, wenn sie hier lebten, ohne sich selbst zu hassen, ohne sich von dem Haß überall in ihrer Umgebung anstekken zu lassen. Es war auszuhalten, wenn sie ihrem Schmerz verboten, sie an einem menschenwürdigen Leben zu hindern.

In Japan, sagte sie, lernten die Menschen, sich nicht zu beklagen und nicht durch Leid ablenken zu lassen. Die Fähigkeit zur Ausdauer sei immer ein Spiegel des inneren Zustandes, sei die Philosophie und der Ausblick eines Menschen. Es sei am besten, Alter, Tod, Ungerechtigkeit und Härte anzunehmen – sie gehörten zum Leben. Nur eine törichte Japanerin könne abstreiten, daß es so sei – sie würde damit vor der Welt ihre Unreife verraten, und sie würde offenbaren, in welchem Maß sie in der Welt der *hakujin* statt in der Welt ihres eigenen Volkes lebe. Und ihr Volk seien die Japaner – darauf bestand Fujiko –, das hätten die Ereignisse der letzten Monate bewiesen. Warum sonst sei ihr Vater verhaftet worden? Aus den Ereignissen der letzten Monate konnten sie lernen, welche Finsternis in den Herzen der *hakujin* herrsche – und wieviel Düsternis überhaupt zum Leben gehöre. Zu leugnen, daß es dunkle Seiten im Leben gebe, sei genauso, als wollte man sich einreden, daß die Winterkälte nur eine Art vorübergehender Täuschung, nur eine Station auf dem Weg zur höheren »Wirklichkeit« eines langen, schönen Sommers sei. Der Sommer sei aber nicht wirklicher als der schmelzende Schnee im Winter. Nun gut, sagte Fujiko, euer Vater ist jetzt fort, er legt in einem Lager in Montana Wäsche zusammen, und wir alle müssen zurechtkommen, ausharren. »Versteht ihr das?« sagte sie auf japanisch. »Wir haben keine andere Wahl. Wir müssen es aushalten.«

»Nicht alle hassen uns«, widersprach Hatsue. »Du übertreibst, Mutter – und du weißt es. Sie sind nicht so anders als wir, das weißt du. Manche hassen, andere aber nicht. Es sind nicht alle.«

»Ich weiß, was du sagen willst«, entgegnete Fujiko. »Sie hassen uns nicht alle – damit hast du recht. Aber was das zweite angeht« – sie sprach immer noch japanisch – »glaubst du nicht, daß sie sehr anders sind? Auf unleugbare Weise, Hatsue? Ganz anders sind als wir?«

»Nein, das glaube ich nicht«, sagte Hatsue.

»Sie sind anders«, sagte Fujiko, »und ich kann dir auch sagen, wie anders. Siehst du, die Weißen werden von ihrem Ich in Versuchung geführt und können nicht widerstehen. Wir Japaner dagegen wissen, daß unser Ich nichts ist. Wir beugen unser Ich, immer, und darin sind wir anders. Das ist der grundsätzliche Unterschied, Hatsue. Wir neigen den Kopf, wir verbeugen uns und sind still, weil wir verstehen, daß wir für uns allein nichts sind, nur Staub im Wind, während ein *hakujin* meint, sein Alleinsein sei alles, sein Besonderssein sei die Grundlage seiner Existenz. Er sucht und tastet und sucht und tastet nach seinem Besonderssein, wir dagegen streben nach der Einheit mit dem Größeren Leben –

du mußt sehen, daß wir getrennte Wege gehen, Hatsue, die *hakujin* und wir Japaner.«

»Diese Menschen, die nach der Einheit mit dem Größeren Leben streben«, wandte Hatsue ein, »das sind die, die Pearl Harbor bombardiert haben. Wenn sie so bereit sind, sich zu beugen und zu verneigen, wie kommen sie dann dazu, die ganze Welt anzugreifen und andere Länder zu besetzen? Ich fühle mich nicht als Teil von ihnen«, sagte Hatsue. »Ich gehöre *hierher*, ich bin von hier.«

»Ja, du bist hier geboren, das stimmt«, sagte Fujiko. »Aber dein Blut – du bist immer noch Japanerin.«

»Das will ich nicht! Ich will nichts mit denen zu tun haben! Hörst du? Ich will keine Japanerin sein!«

Fujiko nickte zu den Worten ihrer ältesten Tochter. »Wir leben in schweren Zeiten«, entgegnete sie. »Heute weiß keiner, wer er ist. Alles ist verschwommen und undeutlich. Und doch solltest du lernen, nichts zu sagen, was du bereuen könntest. Du darfst nichts sagen, was dir nicht von Herzen kommt – oder was dir nur im Augenblick von Herzen kommt. Aber eines weißt du: Schweigen ist besser.«

Hatsue wußte sofort, daß ihre Mutter recht hatte. Ihre Mutter war souverän und gelassen, und ihre Stimme klang fest und überzeugend. Hatsue schwieg und schämte sich. Wer war sie denn, daß sie sich herausnahm zu sagen, wie ihr zumute war? Was sie empfand, blieb ihr ein Rätsel, sie empfand tausend verschiedene Dinge auf einmal, sie konnte den roten Faden ihrer Empfindungen nicht mit solcher Sicherheit entwirren, daß sie auch nur annähernd genau hätte Auskunft geben können. Ihre Mutter hatte recht, Schweigen war besser. Das war etwas – das Einzige –, was sie genau wußte.

»Ich könnte sagen«, fuhr ihre Mutter fort, »daß das Leben unter den *hakujin* dich verdorben, deine Seele unrein gemacht hat, Hatsue. In diese Unreinheit bist du verstrickt – ich sehe das jeden Tag. Du trägst sie immer mit dir. Sie ist wie ein Nebel um deine Seele, und manchmal, wenn du einen Augenblick nicht wachsam bist, fällt sie wie ein Schatten auf dein Gesicht. Ich erkenne sie in deiner Eile, von hier fortzukommen und nachmittags im Wald spazierenzugehen. Ich kann das alles nicht so leicht übersetzen – nur mit dem Wort Unreinheit; sie kommt davon, daß man jeden Tag unter den Weißen lebt. Ich verlange nicht, daß du dich ganz und gar von ihnen fernhältst – das solltest du nicht. Du mußt in dieser Welt leben, selbstverständlich mußt du das, und es ist die Welt der *hakujin* – du mußt lernen, dich in ihr zu bewegen, und du mußt zur Schule gehen. Aber du darfst nicht zulassen, daß das Leben unter den *hakujin* ein Leben der Bindung an sie wird. Deine Seele wird zugrundegehen. Etwas Wesentliches wird verfaulen und schlecht werden. Du bist achtzehn, du bist jetzt erwachsen – ich kann dich auf deinen Wegen nicht mehr begleiten. Bald wirst du allein gehen, Hatsue. Ich hoffe, daß du dir auf immer deine Reinheit bewahrst und dich erinnerst, wer du in Wahrheit bist.«

Da war Hatsue klar, daß ihr Täuschungsversuch mißlungen war. Seit vier Jahren war sie nun schon in den »Wald gegangen« und mit *fuki*-Sprossen, Wasserkresse, Krebsen, Muscheln, Heidelbeeren, Multebeeren, Brombeeren, manchmal sogar mit Büscheln Holunderbeeren zum Marmeladekochen nach Hause gekommen, alles, um ihre eigentliche Absicht zu verbergen. Sie war mit andern Mädchen tanzen gegangen und hatte in einer Ecke gestanden und alle Aufforderungen abgelehnt, während Ishmael mit seinen Freunden zusammengestanden hatte. Ihre Freundinnen hatten versucht, Verabredungen für sie zu arrangieren; sie wurde von vielen Seiten dazu ermutigt, Nutzen aus ihrer Schönheit zu ziehen und aus ihrer offensichtlichen Schüchternheit hervorzutreten. Im letzten Frühjahr war sogar eine Weile das Gerücht umgegangen, sie habe einen heimlichen Freund, einen ganz ungewöhnlich gutaussehenden Jungen, sie besuche ihn in

Anacortes, aber das Gerücht war allmählich wieder verstummt. Hatsue hatte die ganze Zeit mit der Versuchung gekämpft, ihren Schwestern und Freundinnen die Wahrheit zu sagen, weil es sie belastete, diese Wahrheit zu verschweigen, und weil sie, wie fast alle jungen Mädchen, das Bedürfnis hatte, mit anderen Mädchen über die Liebe zu reden. Aber sie tat es niemals. Sie tat weiter so, als ob ihre Schüchternheit gegenüber Jungen sie daran hinderte, sich mit ihnen zu verabreden.

Und nun schien ihre Mutter die Wahrheit zu kennen oder jedenfalls zu ahnen. Das schwarze Haar der Mutter war zu einem strengen glänzenden Knoten zusammengedreht, der am Hinterkopf mit Nadeln befestigt war. Die Hände hielt sie feierlich im Schoß gefaltet – den Brief ihres Mannes hatte sie auf den Kaffeetisch gelegt –, und sie saß mit großer Würde, ohne sich anzulehnen, auf ihrem Stuhl, die Augen ruhig auf die Tochter gerichtet. »Ich weiß, wer ich bin«, sagte Hatsue. »Und ob ich das weiß«, versicherte sie noch einmal, aber das waren wieder nur Worte, die ihr keine Sicherheit gaben, wieder nur Worte, die sie gleich bereute. Schweigen wäre besser gewesen.

»Dann bist du mit Glück gesegnet«, sagte Fujiko gelassen auf japanisch. »Du sprichst mit großer Sicherheit, meine älteste Tochter. Die Worte fliegen dir aus dem Mund.«

Später am Nachmittag wanderte Hatsue im Wald herum. Der Februar ging zu Ende, das Licht war trüb. Im Frühling würden wieder breite Sonnenbahnen durch das Blätterdach fallen, und abgestorbene Zweige, Samen, Nadeln, Rindenstaub würden durch die dunstige Luft zu Boden rieseln; aber jetzt im Februar wirkte der Wald düster, die Bäume waren triefnaß und rochen nach Fäulnis. Hatsue ging landeinwärts, bis die Zedern den flechtenbewachsenen, bemoosten Tannen Platz machten. Hier war ihr alles ganz vertraut – die toten und absterbenden Zedernstämme, deren Mark morsch geworden war, die umgestürzten Bäume, das aus der Erde herausgebrochene Wurzelwerk, mit Ranken überwachsen, dazu Giftpilze, Efeu, Salalbüsche, Kletterorchideen, die sumpfigen Stellen voller Teufelskrallen. Das war der Wald, durch den sie auf dem Heimweg von Mrs. Shigemuras Unterricht gegangen war, der Wald, in dem sie die innere Ruhe geübt hatte, die Mrs. Shigemura von ihr verlangte. Sie hatte unter meterhohen Farnen oder auf einem Felsvorsprung über einer Senke voller Trillium gesessen und die Augen offengehalten für alles, was es dort zu sehen gab. Soweit sie zurückdenken konnte, war er immer dagewesen, dieser stille Wald, der für sie stets sein Geheimnis behielt.

Gerade Baumreihen – wie gepflanzt – waren aus den Samen von Bäumen entstanden, die vor zweihundert Jahren umgestürzt und eingesunken waren, um selbst zu Erde zu werden. Der Waldboden war eine Landkarte aus umgestürzten Bäumen, die ein halbes Jahrtausend gelebt hatten, bevor sie fielen – hier eine Erhebung, dort eine Mulde, ein Erdwall oder modernder Hügel –, in den Wäldern lagen die Reste von Bäumen, die so alt waren, daß kein lebender Mensch sie je gesehen hatte. Hatsue hatte Jahresringe von gefällten Bäumen gezählt, die über sechshundert Jahre alt waren. Sie hatte Waldmäuse und Feldmäuse gesehen und das abgeworfene grüne Geweih eines Weißwedelhirsches, das modernd unter einer Zeder lag. Sie wußte, wo Frauenfarn und Scheinorchideen und warzige Riesenboviste wuchsen.

Tief im Wald lag sie auf einem gefällten Stamm und sah die astlosen Stämme hinauf. Ein später Winterwind schüttelte die Baumwipfel ringsum, so daß ihr beim Hinsehen leicht schwindlig wurde. Sie bewunderte die feingezeichnete Rinde einer Douglastanne, folgte ihren tiefen Kerben bis zum weitgespannten Wipfel sechzig Meter weiter oben. Die Welt war unbegreiflich und kompliziert, und dennoch weckte der Wald in ihrem Innersten eine ganz einfache Empfindung, die sie nirgends sonst erlebte.

Die Ruhe, die sie jetzt gefunden hatte, nutzte sie dazu, im Kopf eine Liste all der Dinge aufzustellen, die ihr das Herz schwer machten: Der Vater war fort, vom FBI verhaftet, weil er im Schuppen Dynamit aufbewahrt hatte; es hieß, daß über kurz oder lang alle Leute mit japanischem Gesicht von San Piedro deportiert werden würden, bis der Krieg vorbei war; sie hatte einen *hakujin* zum Freund, den sie nur heimlich sehen konnte, der mit Sicherheit in ein paar Monaten eingezogen und in den Krieg geschickt werden würde, um Menschen ihres Blutes zu töten. Und zusätzlich zu allem Unglück hatte die Mutter vor ein paar Stunden auch noch in den verborgensten Winkel ihrer Seele geschaut und ihre tiefsitzende Unsicherheit erkannt. Ihre Mutter sah offenbar die Kluft zwischen dem, was Hatsue tat, und dem, was sie war. Aber was war sie denn eigentlich? Sie war von hier und nicht von hier, und wenn sie auch noch so gern Amerikanerin gewesen wäre, so war es doch, wie ihre Mutter sagte: Sie hatte das Gesicht der Feinde Amerikas, und das würde immer so bleiben. Sie würde sich nie bei den *hakujin* zu Hause fühlen, und doch liebte sie diese Insel mit dem verwucherten Wald und den heimatlichen Feldern über alles. Sie gehörte aber auch in ihr Elternhaus, und von da war es nicht weit nach Japan, von wo sie vor Jahren gekommen waren. Sie spürte, wie dieses ferne Land jenseits des Ozeans an ihr zog und entgegen ihrem Wunsch in ihr lebendig war; das konnte sie nicht abstreiten. Und zugleich war sie auf San Piedro verwurzelt und wollte nichts als ihre eigene Erdbeerfarm, den Geruch der Felder und der Zedern; sie wollte einfach nur immer hier sein. Und dann Ishmael. Er gehörte zu ihrem Leben genauso wie die Bäume, und er roch nach Zedern und nach Muschelstränden. Und doch blieb bei aller Verbundenheit mit ihm etwas leer in ihr. Er war kein Japaner, und sie waren am Anfang ihrer Freundschaft so jung gewesen, ihre Liebe hatte unbedachtsam und impulsiv angefangen; schon lange, bevor sie sich selbst kannte, war sie in ihn verliebt gewesen. Allerdings fragte sie sich jetzt, ob sie sich je selbst kennen würde, ob es am Ende überhaupt jemandem gelänge, ob es vielleicht gar nicht möglich war. Und sie glaubte endlich zu verstehen, was sie so lange zu begreifen versucht hatte: daß sie ihre Liebe zu Ishmael Chambers nicht deshalb geheim hielt, weil sie im Inneren Japanerin war, sondern weil sie nicht mit Überzeugung vor aller Welt bekennen konnte, daß sie ihn wirklich liebte.

Ihr wurde schlecht. Ihre Nachmittagsspaziergänge hatten ihre Verabredungen mit einem Jungen nicht verschleiern können: Ihre Mutter hatte es längst geahnt. Hatsue wußte jetzt, daß sie niemanden hatte irreführen können, auch sich selbst nicht, das wurde ihr klar, sie war niemals ganz mit sich einverstanden gewesen. Sie, Hatsue und Ishmael, konnten doch gar nicht sagen, daß sie einander wirklich liebten. Sie waren einfach zusammen aufgewachsen, waren zusammen Kinder gewesen, und die Vertrautheit und Nähe, die dadurch entstanden war, hatten sie mit Liebe verwechselt. Aber andererseits – was war denn Liebe, wenn nicht die Sehnsucht, mit diesem Jungen, den sie schon immer gekannt hatte, in der hohlen Zeder auf dem Moos zusammenzusein? Er war ein Teil von diesem Ort, den Wäldern, den Stränden, er war der Junge, der wie die Bäume roch. Wenn das, was man war, durch Geographie und nicht durch Blut bestimmt war – wenn es in Wahrheit darauf ankam, an welchem Ort man sich zu Hause fühlte, dann war Ishmael ebenso Teil von ihr und in ihr wie alles Japanische. Sie wußte, daß das die einfachste, reinste Form der Liebe war, nicht die vom alles verdrehenden Verstand angekränkelte Form, wie Mrs. Shigemura ironisch gepredigt hatte. Nein, sagte sie sich, sie war nur ihrem Instinkt gefolgt, und ihr Instinkt hatte die Unterschiede nicht gemacht, die ihre japanische Herkunft von ihr verlangte. Sie wußte nicht, was Liebe sonst sein sollte.

Eine Stunde danach besprach sie das mit Ishmael in der hohlen Zeder. »Wir haben uns schon immer gekannt«, sagte sie. »Ich weiß gar nicht mehr, wie es vor dir war. Es fällt mir so schwer, mich an die Tage ohne dich zu erinnern. Ich weiß nicht mal, ob es solche Tage überhaupt gegeben hat.«

»Mir geht's genauso«, sagte Ishmael. »Weißt du noch, der Glaskasten damals? Den wir mit ins Wasser genommen haben?«

»Natürlich weiß ich das noch«, sagte sie.

»Das muß vor zehn Jahren gewesen sein«, sagte Ishmael. »Wir haben uns an dem Kasten festgehalten. Wie wir da draußen auf dem Meer waren, daran erinnere ich mich.«

»Und darüber wollte ich mit dir reden«, sagte Hatsue. »Ein Kasten im Meer – was ist das für ein Anfang? Was hatten wir da gemeinsam? Wir kannten uns doch gar nicht.«

»Wir kannten uns wohl. Wir haben uns immer schon gekannt. Wir waren uns nie so fremd, wie es die meisten Leute sind, wenn sie sich zum erstenmal begegnen und anfangen, miteinander zu gehen.«

»Das ist auch so eine Sache«, sagte Hatsue. »Wir gehen nicht miteinander – das ist nicht das richtige Wort – wir *können* uns nicht zusammen sehen lassen, Ishmael. Wir sind in diesem Baum eingesperrt.«

»Wir sind in drei Monaten mit der Schule fertig«, antwortete Ishmael. »Ich finde, danach sollten wir zusammen nach Seattle ziehen. In Seattle wird alles anders sein – du wirst schon sehen.«

»Dort sperren sie Leute wie mich auch ein, genau wie hier, Ishmael. Ein Weißer und eine Japanerin – ob in Seattle oder anderswo ist mir egal – können nicht einfach so zusammen auf die Straße gehen. Nicht nach Pearl Harbor. Das weißt du. Außerdem wirst du im Juni eingezogen. So wird es kommen. Nach Seattle wirst du auch nicht ziehen. Wir müssen ehrlich miteinander sein.«

»Was sollen wir denn machen? Sag du's mir. Was ist die Antwort, Hatsue?«

»Es gibt keine Antwort«, sagte sie. »Ich weiß es nicht, Ishmael. Wir können gar nichts machen.«

»Wir müssen nur Geduld haben«, antwortete Ishmael. »Dieser Krieg wird nicht ewig dauern.«

Sie lagen schweigend in ihrem Baum, Ishmael auf einen Ellbogen gestützt, Hatsue hatte den Kopf an seine Brust gelehnt und die Füße an dem glänzenden Holz hochgestellt. »Schön ist es hier drin«, sagte Hatsue. »Hier ist es immer schön.«

»Ich liebe dich«, sagte Ishmael. »Und das wird immer so bleiben. Egal was passiert. Ich werde dich immer lieben.«

»Das weiß ich«, sagte Hatsue. »Aber ich versuche, realistisch zu sein. Ich meine nur, es ist nicht so einfach. Da sind so viele Dinge im Weg.«

»Die sind nicht wirklich wichtig«, sagte Ishmael. »Sie ändern alle nichts. Liebe ist das Stärkste auf der Welt, das weißt du doch. Nichts kommt an sie heran. Nichts kommt ihr nahe. Wenn wir uns lieben, sind wir sicher. Liebe ist das Größte überhaupt.«

Er sprach so überzeugend und dramatisch, daß Hatsue sich davon anstecken ließ und selbst glauben wollte, daß nichts auf der Welt größer als die Liebe sei. Weil sie das glauben wollte, war sie nachgiebig und leidenschaftlich. Sie fingen an, einander auf dem moosigen Boden in ihrer Baumhöhle zu küssen, aber etwas störte sie daran, es war wie ein Versuch, die Wahrheit der Außenwelt zu vergessen und einander mit den Lippen darüber hinwegzutäuschen. »Tut mir leid«, sagte sie und löste sich von ihm. »Es ist alles so kompliziert. Ich kann das nicht vergessen.«

Er hielt sie in den Armen und streichelte ihr Haar. Sie

sprachen nicht mehr. Sie fühlte sich geborgen, als überwinterte sie im tiefsten Wald, als wäre die Zeit angehalten und die Welt im Frost erstarrt – es war wie ein vorübergehender Aufenthalt in einem stillen Rasthaus, das man am nächsten Morgen wieder verlassen mußte. Sie schliefen ein und lagen mit den Köpfen auf dem Moos, bis das Licht von Grün zu Grau wechselte, und dann war es Zeit, nach Hause zu gehen.

»Alles wird gut«, sagte Ishmael. »Warte nur, es wird schon gehen.«

»Ich weiß nicht, wie«, antwortete Hatsue.

Das Problem erledigte sich für sie am 21. März, an dem Tag, an dem die Umsiedlungsbehörde offiziell verkündete, daß Einwohner japanischer Abstammung acht Tage Zeit hätten, sich auf ihre Evakuierung vorzubereiten.

Die Kobayashis – sie hatten für tausend Dollar Rhabarberpflanzen auf fünf Morgen Land im Center Valley gepflanzt – verabredeten mit Torval Rasmussen, daß er die Pflege und die Rhabarberernte übernahm. Die Masuis arbeiteten noch im Mondlicht: Sie jäteten Unkraut in ihren Erdbeerfeldern und banden die Erbsenranken hoch; sie wollten ihre Habe in gutem Zustand an Michael Burns und seinen Bruder Patrick, den Tunichtgut, abgeben, die sich bereit erklärt hatten, sich um die Farm zu kümmern. Die Sumidas entschlossen sich, alles billig zu verkaufen und ihre Baumschule zu schließen; am Donnerstag und Freitag hatten sie den ganzen Tag offen und sahen zu, wie Heckenscheren, Düngemittel, Zedernholzstühle, Vogelbäder, Gartenbänke, Papierlaternen und Bonsai-Bäumchen weggingen – jeder, der wollte, konnte sie haben. Am Sonntag hängten sie Vorhängeschlösser an die Gewächshaustüren und baten Piers Petersen, ein Auge auf ihre Sachen zu haben. Sie schenkten Petersen ihre Legehühner und ein Paar Stockenten dazu.

Len Kato und Johnny Kobashigawa fuhren mit einem Dreitonner, einem Heuwagen, über Land und brachten Möbelladungen, Umzugskisten und Geräte in den Versammlungssaal des Japanischen Gemeindezentrums. Als der Saal bis unter die Decke mit Betten, Sofas, Öfen, Kühlschränken, Kommoden, Schreibtischen, Eßtischen und Stühlen vollgestopft war, wurde er am Sonntag um sechs Uhr abends zugeschlossen und mit Brettern vernagelt. Drei im Ruhestand lebende, alte Lachsfischer – Gillon Crichton, Sam Goodall und Eric Hoffmann – wurden vom Sheriff von San Piedro als Hilfssheriffs vereidigt; sie hatten den Auftrag, den Inhalt des Saales zu bewachen.

Die Umsiedlungsbehörde zog in muffige Büroräume am alten W. W. Beason Cannery Dock ein, das etwas außerhalb von Amity Harbor lag. An diesem Dock waren nicht nur das Heerestransportkommando untergebracht, sondern auch Vertreter der Landwirtschaftsverwaltung und des Bundesamtes für Arbeitsbeschaffung. Kaspar Hinkle, der Trainer des Baseballteams der High School, stürmte an einem Donnerstagabend kurz vor Büroschluß in die Umsiedlungsbehörde und knallte seine Mannschaftsaufstellung auf den Schreibtisch des Sekretärs: Sein erster Catcher, der zweite Baseman und zwei Outfielder, sagte er – von seinen beiden besten Pitchern ganz zu schweigen –, würden nun die ganze Saison verpassen. Ob man sich das nicht noch einmal gründlich überlegen wolle? Keiner seiner Schüler sei ein Spion!

Am Abend des 28. März, es war ein Samstag, fand der Ball der Abschlußklasse der Amity Harbor High School in der Schulaula statt – diesmal unter dem Motto »Narzissen-Nebel«. Eine Swing-Band aus Anacortes, die »Men About Town«, spielte ausschließlich fröhlich beschwingte Tanzmusik; in einer Spielpause stellte sich der Kapitän der Baseballmannschaft ans Mikrophon und händigte den sieben Mannschaftsmitgliedern, die am Montag umgesiedelt werden sollten, mit aufmunternden Worten Ehrenurkunden aus. »Ohne euch haben wir keine Chance«, sagte er. »Im Augenblick haben wir nicht mal mehr genug Leute, um überhaupt eine Mannschaft zustande zu bringen. Aber falls wir doch mal wieder siegen sollten, dann siegen wir für euch, die ihr jetzt gehen müßt.«

Die tierliebe Evelyn Nearing, eine Witwe, die in einer Zedernhütte ohne Wasserklosett und ohne Strom am Yearsley Point wohnte, nahm Ziegen, Schweine, Hunde und Katzen von einem halben Dutzend japanischer Familien in Pflege. Die Odas verpachteten ihr Lebensmittelgeschäft an die Familie Charles MacPherson und verkauften Charles ihr Auto und zwei Pickups. Arthur Chambers heuerte Nelson Obada als Sonderkorrespondenten für seine Zeitung an: Er sollte Berichte nach San Piedro schicken. In der Ausgabe vom 26. März druckte Arthur vier Artikel über die bevorstehende Evakuierung: »Japanische Inselbewohner verlassen Insel auf Anweisung der Armee«, »Japanische Damen gelobt, weil sie bis zum letzten Augenblick im Eltern-Lehrer-Verband mitgearbeitet haben«, »Evakuierungsbefehl trifft Baseballmannschaft hart« und die Kolumne: »Ein offenes Wort: Nicht genug Zeit«, in der die Umsiedlungsbehörde rundheraus verurteilt wurde, da sie »mit unsinniger und erbarmungsloser Eile die japanischen Amerikaner von unserer Insel vertreibt«. Am nächsten Morgen um sieben Uhr dreißig nahm Arthur einen anonymen Anruf entgegen: »Japsenliebhabern schneiden wir die Eier ab. Wir stopfen ihnen das Maul damit.« Arthur hängte ein und tippte an seinem Artikel weiter: »Die Gläubigen preisen Christus am Ostermorgen.«

Am Sonntagnachmittag um vier Uhr teilte Hatsue ihrer Mutter mit, sie mache einen Spaziergang – ihren letzten vor der Abfahrt, betonte sie. Sie wolle eine Weile im Wald sitzen und nachdenken, sagte sie. Sie verließ das Haus in Richtung Protection Point, schlug dann im Wald einen Bogen zum South Beach Pfad und folgte ihm bis zur Zeder. Ishmael wartete dort schon auf sie; die Jacke hatte er sich unter den Kopf geschoben. »Jetzt ist es soweit«, sagte sie und kniete einen Moment lang im Eingang. »Morgen früh müssen wir weg.«

»Ich hab mir was ausgedacht«, antwortete Ishmael. »Wenn du an dem Ort angekommen bist, wohin du gebracht wirst, schreibst du mir. Wenn dann die Schulzeitung erscheint, schicke ich dir ein Exemplar und stecke einen Brief hinein und gebe den Journalismus-Kurs als Absender an. Wie findest du den Plan? Glaubst du, er funktioniert?«

»Ich wollte, wir brauchten überhaupt keinen Plan. Warum müssen wir das machen?«

»Schreib mir nach Hause«, sagte Ishmael, »aber mit Kenny Yamashita als Absender – meine Eltern wissen, daß ich mich gut mit Kenny versteh, also kannst du mir ohne Probleme nach Hause schreiben.«

»Und wenn sie Kennys Brief sehen wollen? Wenn sie fragen, wie's ihm geht?«

Ishmael dachte einen Augenblick darüber nach. »Wenn sie Kennys Brief sehen wollen? Wie wär's, wenn du ungefähr ein halbes Dutzend Briefe sammelst und alle in einen Umschlag steckst? Einen von Kenny, einen von dir, einen von Helen, einen von Tom Obada – erzähl ihnen, die Schulzeitung hat darum gebeten. Ich ruf Kenny heute abend an und sag ihm Bescheid, damit keiner Verdacht schöpft, wenn du davon anfängst. Sammel all die Briefe, steck deinen zuletzt in den Umschlag, schick mir das Ganze, ich zieh deinen Brief raus und nehm den Rest mit in die Schule. Da kann eigentlich nichts schief gehen.«

»Du bist genau wie ich«, sagte Hatsue. »Wir sind beide richtig hinterhältig geworden.«

»Hinterhältig finde ich das nicht«, sagte Ishmael. »Uns bleibt doch gar nichts anderes übrig.«

Hatsue knüpfte den Gürtel ihres Mantels auf; es war ein Wickelmantel aus Stoff in Fischgrätenmuster, gekauft bei Penney in Anacortes. Darunter trug sie ein Kleid mit breitem bestickten Kragen. An diesem Tag hatte sie ihr Haar nur zurückgekämmt, weder geflochten noch mit Spangen oder Schleifen zusammengehalten, sie ließ es offen und ungebändigt über ihren Rücken fließen. Ishmael vergrub seine Nase darin. »Es riecht nach Zedern«, sagte er.

»Das tust du auch«, antwortete Hatsue, »deinen Geruch werde ich am meisten vermissen.«

Sie lagen auf dem Moos, berührten einander nicht und sprachen nicht, Hatsue hatte die Haare jetzt über eine Schulter gelegt, Ishmael die Hände im Schoß. Draußen frischte der Märzwind auf, er fuhr raschelnd durch die Farnwedel, und sein Rauschen mischte sich mit dem Plätschern des nahen Bachs. Der Baum dämpfte diese Geräusche, und Hatsue hatte das Gefühl, tief an einem sicheren Ort aufgehoben zu sein.

Sie begannen einander zu küssen und zu berühren, aber sie fühlte sich leer, und dieses Gefühl überschattete alles; sie konnte ihre Gedanken nicht zur Ruhe bringen. Sie legte einen Zeigefinger auf Ishmaels Lippen, schloß die Augen und ließ das Haar aufs Moos fallen. Der Geruch des Baumes war auch sein Geruch und der Geruch des Ortes, den sie am nächsten Tag würde verlassen müssen, und sie fing an zu begreifen, wie sehr sie das alles vermissen würde. Der Schmerz überflutete sie; Ishmael tat ihr leid, und sie tat sich selbst leid, und sie begann, leise zu weinen, ohne Tränen, nur ihre Kehle spannte sich, und der Brustkasten wurde ihr eng. Hatsue schmiegte sich an Ishmael, weinte lautlos und atmete den Geruch an seinem Hals ein. Sie drückte die Nase an die Stelle unter seinem Adamsapfel.

Ishmael schob die Hände unter den Saum ihres Kleides, dann ganz langsam weiter nach oben, ließ sie über ihre Beine und ihren Slip bis zu den Kurven ihrer Hüften hinaufgleiten, und dort blieben sie liegen. Er hielt Hatsue leicht an den Hüften umfaßt, nach einer Weile ließ er sie etwas weiter heruntergleiten und preßte sie an sich. Sie spürte, wie sie angehoben wurde, und sie spürte, wie hart er war, und sie preßte sich gegen seine Härte. Die drängte sich gegen den Stoff seiner Hose, und die Hose preßte sich gegen ihren Slip, dessen glatte, feuchte Seide einen angenehmen sanften Druck ausübte. Sie küßten sich nun heftiger, und sie fing an, sich so zu bewegen, als wolle sie ihn in sich aufnehmen. Sie konnte sein hartes Glied und die Seide ihres Slips und den Baumwollstoff seiner Hosen spüren. Dann ließ er ihre Hüften los und fuhr mit der Hand die Linie ihrer Taille entlang und unter ihrem Kleid hinauf zum Verschluß ihres Büstenhalters. Sie bog den Rücken durch, damit seine Hände Platz hatten, und er öffnete den Verschluß ohne Mühe, streifte ihr die Träger über die Schultern und küßte ihr sanft die Ohrläppchen. Seine Hände wanderten wieder an ihrem Körper entlang nach unten, er zog sie unter dem Kleid hervor, um ihren Nacken unter dem Haar zu halten, dann ihre Schulterblätter. Sie ließ sich mit ihrem Gewicht auf seine Hände fallen und hob ihm ihre Brüste entgegen. Ishmael küßte sie vorn auf ihr Kleid und fing dann an, die elf Knöpfe vom bestickten Kragen abwärts zu öffnen. Das brauchte Zeit. Ihr Atem vermischte sich, und Hatsue hielt Ishmaels Oberlippe zwischen den Lippen, während er sich vorsichtig den Knöpfen widmete. Nach einer Weile war das Kleid aufgeknöpft, und er zog ihr den Büstenhalter nach oben und ließ seine Zunge über ihre Brustspitzen gleiten. »Laß uns heiraten«, flüsterte er. »Ich möchte dich heiraten, Hatsue.«

Sie war viel zu leer, um darauf zu antworten; sie konnte einfach nicht sprechen. Ihre Stimme war wie verschüttet vom Weinen, und sie konnte sie nicht an die Oberfläche heraufholen. Statt dessen strich sie ihm mit den Fingerspitzen über den Rücken und die Hüften, und dann ertastete sie mit beiden Händen sein hartes Glied durch den Stoff seiner Hosen und merkte, wie er einen Augenblick lang den Atem anhielt. Sie drückte mit beiden Händen und küßte ihn.

»Laß uns heiraten«, sagte er noch einmal, und jetzt verstand sie, was er meinte. »Ich möchte … ich möchte dich heiraten.«

Sie machte keinen Versuch, ihn zurückzuhalten, als er seine Hand unter den Seidenstoff ihres Slips gleiten ließ. Dann streifte er ihr den Slip ab, und sie weinte immer noch lautlos. Er küßte sie, schob sich dabei selbst die Hose zu den Knien hinunter, die Spitze seines harten Gliedes drängte gegen ihre Haut, und mit den Händen umschloß er ihr Gesicht. »Sag doch nur ja«, flüsterte er. »Sag einfach ja, sag ja. Bitte sag ja, o Gott, sag doch ja.«

»Ishmael«, flüsterte sie, und in diesem Augenblick schob er sich in sie hinein, tief hinein, seine Härte füllte sie ganz und gar, und Hatsue wußte mit aller Klarheit, daß nichts daran richtig war. Diese Erkenntnis überfiel sie plötzlich wie ein gewaltiger Schock, zugleich aber auch wie etwas, was sie immer schon gewußt hatte, wenn es auch bis zu diesem Augenblick verborgen gewesen war. Sie versuchte, von ihm wegzukommen, stieß ihn. »Nein«, sagte sie. »Nein, Ishmael. Nein, Ishmael. Nicht.«

Er zog sich aus ihr heraus, wandte sich ab. Er war ein anständiger Junge, ein gutmütiger Junge, das wußte sie. Er zog sich die Hose wieder hoch, knöpfte sie zu und half ihr in den Slip. Hatsue brachte ihren Büstenhalter in Ordnung, hakte den Verschluß wieder ein und knöpfte das Kleid zu. Sie zog sich den Mantel an, setzte sich auf und fing an, sich sorgfältig das Moos aus den Haaren zu bürsten. »Es tut mir leid«, sagte sie. »Es war nicht richtig.«

»Mir kam es richtig vor«, antwortete Ishmael. »Es schien wie Heiraten, wie verheiratet sein, wie wenn du und ich verheiratet wären. Wie die einzige Art Hochzeit, die wir je haben können.«

»Es tut mir leid«, sagte Hatsue und zog sich Moos aus dem Haar. »Ich will nicht, daß du unglücklich bist.«

»Ich bin unglücklich. Mir ist elend. Morgen früh bist du weg.«

»Ich bin auch unglücklich«, sagte Hatsue. »Ich bin ganz krank vor Unglück, so schlecht hab ich mich noch nie gefühlt. Ich weiß überhaupt nichts mehr.«

Er brachte sie nach Hause, bis zum Rand ihrer Felder; dort blieben sie einen Augenblick hinter einer Zeder stehen. Es war schon dämmerig, und die besondere Stille, die der März manchmal mitbringt, hatte alles ergriffen: die Bäume, das modernde Laub, die blattlosen Ranken des wilden Weins, die Steine auf dem Boden. »Mach's gut«, sagte Hatsue. »Ich schreib dir.«

»Geh nicht weg«, sagte Ishmael. »Bleib hier.«

Als sie schließlich ging, war es längst dunkel, und sie trat aus dem Wald auf die offenen Felder hinaus und nahm sich vor, nicht zurückzublicken. Aber nach zehn Schritten drehte sie sich gegen alle Vorsätze doch um – sie mußte es tun. Sie wußte, daß dies ein endgültiger Abschied war, daß sie ihm hätte sagen müssen, sie werde ihn nie wiedersehen, ihm erklären müssen, daß sie sich zur Trennung entschlossen habe, weil sie in seinen Armen nicht mit sich selbst im Einklang war. Aber sie sagte es nicht, auch nicht, daß sie zu jung waren, nicht klar genug gesehen hatten, daß sie sich vom Wald und vom Strand hatten bezaubern lassen, daß alles die ganze Zeit nur eine Täuschung gewesen war, daß sie nicht sie selbst gewesen war. Sie sah ihn nur unverwandt an und war unfähig, ihn so zu verletzen, wie dieser Abschied es verlangt hätte; sie liebte sein freundliches, ernsthaftes Wesen und seine Gutherzigkeit immer noch – wenn auch nur ganz unbestimmt. Da stand er, Ishmael, und sah sie verzweifelt an, und so sollte sie ihn in Erinnerung behalten. Zwölf Jahre danach sollte sie ihn noch genauso sehen, wie er da am Rand der Erdbeerfelder im Schutz der stillen Zedern stand, ein gutaussehender Junge, der einen Arm nach ihr ausstreckte und ihr winkte, damit sie zurückkäme.

15

Am Montagmorgen um sieben Uhr brachte ein Militärlaster Fujiko und ihre fünf Töchter nach Amity Harbor zur Anlegestelle der Fähre; dort händigte ihnen ein Soldat Schilder für ihre Koffer und Mäntel aus. Sie warteten in der Kälte bei ihrem Gepäck, und ihre *hakujin*-Nachbarn standen da und starrten zu der Sammelstelle am Kai hinüber, wo sie von Soldaten umgeben auf den Abtransport warten mußten. Fujiko sah Ilse Severensen, die am Geländer lehnte und die Arme gekreuzt hatte; sie winkte den Imadas zu, als sie an ihr vorbeikamen. Ilse, eine aus Seattle Zugezogene, hatte seit zehn Jahren Erdbeeren bei Fujiko gekauft und behandelte sie wie eine Farmersfrau, deren Rolle im Leben darin bestand, für Ilses Besucher aus der Stadt den Inselaufenthalt durch einen exotischen Farbtupfer zu verschönen. Ihre Freundlichkeit war immer herablassend gewesen, und sie hatte für ihre Erdbeeren immer ein bißchen mehr bezahlt, so als ob sie Almosen spendete. Und deshalb konnte Fujiko an diesem Morgen keinen Blick mit ihr tauschen und kein Zeichen des Erkennens geben, obwohl Ilse Severensen freundlich gewinkt und ihren Namen gerufen hatte – Fujiko sah zu Boden und hielt die Augen niedergeschlagen.

Um neun Uhr wurden sie an Bord der *Kehloken* gebracht, die Weißen starrten dabei vom Hügel aus auf sie hinab, und Gordon Tanakas Tochter – sie war acht Jahre alt – fiel auf dem Pier hin und fing an zu weinen. Bald weinten auch andere Leute, und vom Hügel klang die Stimme Antonio Dagarans, eines Filipinos, der Eleanor Kitano erst vor zwei Monaten geheiratet hatte. »Eleanor!« rief er, und als sie aufsah, ließ er einen Strauß roter Rosen fallen, die im Wind langsam auf das Wasser zu segelten und in den Wellen zwischen den Pfählen des Anlegepiers landeten.

Von Anacortes aus wurden sie im Zug zu einem Durchgangslager gebracht – es waren die Pferdeställe am Marktplatz von Puyallup. Sie wurden in den Ställen einquartiert und schliefen auf Armeefeldbetten; um neun Uhr abends mußten sie im Quartier sein und um zehn Uhr das Licht ausmachen – eine nackte Glühbirne pro Familie. Die Kälte der Ställe kroch ihnen in die Knochen, und als es nachts regnete, stellten sie die Feldbetten um, weil das Dach undicht war und Wasser durchließ. Am nächsten Morgen früh um sechs Uhr wateten sie durch den Schlamm zur Lagerkantine und aßen Konservenfeigen und Weißbrot von Blechtellern und tranken Kaffee aus Blechbechern. Fujiko hielt das alles durch, ohne ihre Würde zu verlieren, obwohl sie sich am Rand des Zusammenbruchs fühlte, als sie vor den Augen anderer Frauen die Toilette benutzen mußte. Daß sich ihr Gesicht verzerrte, als sie versuchte, sich zu erleichtern, empfand sie als tiefe Demütigung. Sie ließ den Kopf hängen, während sie auf der Toilette saß, und schämte sich der Geräusche ihres Körpers. Außerdem leckte das Dach über der Latrine.

Nach drei Tagen wurden sie wieder in einen Zug verfrachtet, und es begann eine schier endlose, ermüdend langsame Reise in Richtung Kalifornien. Nachts kamen Militärpolizeistreifen durch die Wagen und befahlen, die Fensterjalousien herunterzulassen, und sie brachten die dunklen Stunden unruhig auf ihren Sitzen hin und her rutschend zu und gaben sich Mühe, nicht zu klagen. Der Zug hielt und ruckte und fuhr wieder an und rüttelte sie in einen halbwachen Zustand, und an der Toilettentür stand immer eine

Warteschlange. Viele Leute litten infolge des Essens im Puyallup-Lager unter schlimmen Magen- und Darmverstimmungen; Fujiko gehörte zu ihnen. Wenn sie auf ihrem Platz im Zug saß, brannte ihr Rektum, ihr Hirn schien im Kopf zu schwimmen, und kalter Schweiß stand ihr auf der Stirn. Fujiko tat, was sie konnte, ihren Beschwerden nicht so weit nachzugeben, daß sie den Töchtern davon erzählte. Sie wollte nicht, daß die Kinder erfuhren, welche Schmerzen sie hatte; sie sollten nicht wissen, wie dringend sie ein bequemes Bett und ausgiebigen Schlaf brauchte. Denn wenn sie überhaupt schlief, wartete sie dabei immer auf das Summen der Schmeißfliegen, die sie ständig belästigten, und auf das Geschrei des Takami-Babys, das drei Wochen alt war und Fieber hatte. Das Wimmern dieses Babys zehrte an ihr, und sie steckte sich während der Fahrt die Finger in die Ohren, aber das half auch nicht. Ihr Mitgefühl mit dem Baby und allen Takamis verflüchtigte sich zunehmend, je weniger sie schlafen konnte, und heimlich wünschte sie dem Baby den Tod, wenn dadurch nur endlich Stille einkehrte. Und zugleich haßte sie sich selbst dafür, daß sie so etwas denken konnte, und sie kämpfte dagegen an, während ihr Zorn darüber wuchs, daß man das Baby nicht einfach aus dem Fenster werfen konnte, um den anderen im Wagen endlich Ruhe zu verschaffen. Dann, schon lange nach dem Zeitpunkt, zu dem sie sich gesagt hatte, nun könne sie es keinen Moment mehr ertragen, hörte das Baby doch noch mit seinem gequälten Weinen auf, Fujiko beruhigte sich, schloß die Augen und spürte ungeheuer erleichtert, wie der Schlaf sich näherte – und von neuem erhob sich das Wimmern und untröstliche Weinen des Takami-Babys.

Der Zug hielt an einem Ort namens Mojave mitten in einer endlosen stillen Wüste. Sie wurden um acht Uhr dreißig in Busse verladen, und die Busse fuhren mit ihnen auf staubigen Straßen vier Stunden lang nach Norden bis zu einem Ort namens Manzanar. Fujiko hatte die Augen geschlossen und sich vorgestellt, der Sandsturm, der prasselnd gegen den Bus wehte, sei ein Regenguß wie zu Hause. Sie war eingedämmert und erwachte gerade rechtzeitig, um im Sandsturm umrißhaft Stacheldraht und Reihen von dunklen Baracken zu sehen. Auf ihrer Uhr war es halb eins: Zeit, sich für das Mittagessen anzustellen. Sie aßen im Stehen aus Armeekochgeschirren, den Rücken dem Wind zugekehrt. Erdnußbutter, Weißbrot, Feigen aus Konservenbüchsen und Brechbohnen; alles schmeckte nach Staub.

Am ersten Nachmittag wurden sie gegen Typhus geimpft; sie stellten sich in einer Reihe auf, bis sie drankamen. Sie warteten im Staub bei ihrem Gepäck, und sie standen Schlange um das Abendessen. Abends wurden die Imadas in Block 11, Baracke 4, eingewiesen; sie bekamen ein fünf mal sechs Meter großes Zimmer mit einer nackten Glühbirne, einem kleinen Coleman-Ölofen, sechs Feldbetten, sechs Strohmatratzen und zwölf Armeedecken. Fujiko saß auf der Kante eines Feldbettes; sie hatte Magenkrämpfe vom Lageressen und von der Typhusspritze. Sie hatte ihren Mantel an und hielt sich mühsam aufrecht, während ihre Töchter das Stroh in den Matratzen gleichmäßig verteilten und den Ölofen anzündeten. Trotz der Wärme des Ofens und obwohl sie immer noch angezogen war, fror sie unter ihren Decken. Gegen Mitternacht hielt sie es nicht mehr aus und taumelte mit drei Töchtern, die sich auch elend fühlten, in die Dunkelheit der Wüste hinaus und suchte den Weg zur Latrine. Erstaunlicherweise standen dort schon mindestens fünfzig Frauen und Mädchen Schlange, alle in dicken Mänteln, mit dem Rücken zum Wind. Eine Frau vorn in der Schlange mußte sich heftig übergeben, und das Erbrochene roch nach den Feigen, die sie alle gegessen hatten. Die Frau entschuldigte sich wortreich auf japanisch, und dann übergab sich eine andere in der Schlange, und alle schwiegen wieder.

In der Latrine fanden sie den Boden glitschig von Exkrementen vor, überall lagen schmutzige Papiertücher. Alle zwölf Toiletten, sechs mal zwei Rücken an Rücken, waren bis zum Überfließen verstopft. Die Frauen benutzten diese Toiletten trotzdem, hockten im Halbdunkel, beobachtet von einer langen Schlange Fremder, die sich die Nase zuhielten. Als Fujiko an der Reihe war, beugte sie den Kopf und entleerte sich und hielt dabei die Arme fest über dem Bauch verschränkt. Die Hände konnte man sich an einem Wassertrog abspülen, aber Seife gab es nicht.

In der Nacht wehten Staub und gelber Sand durch die Astlöcher in Wänden und Fußboden. Gegen Morgen lag eine Sandschicht auf den Bettdecken. Fujikos Kopfkissen war noch weiß, wo ihr Kopf gelegen hatte, aber rundherum war es gelb vom Sand. Sie spürte ihn im Gesicht und in den Haaren und sogar im Mund. Die Nacht war kalt gewesen, und im Nachbarzimmer, nur durch eine dünne Holzwand von ihnen getrennt, schrie ein Baby.

Am zweiten Tag in Manzanar bekamen sie einen Putzlappen und Eimer und Besen. Ihr Blockwart – ein Mann aus Los Angeles in staubigem Mantel, der behauptete, in seinem früheren Leben Anwalt gewesen zu sein, jetzt aber unrasiert dastand, ein Schuhband nicht geschnürt und die Nickelbrille schief aufgesetzt, zeigte ihnen, wo sie Wasser holen konnten. Fujiko und ihre Töchter putzten den Staub weg und wuschen in einer großen Blechschüssel ihre Wäsche. Während sie noch putzten, wehte neuer Sandstaub herein und legte sich auf die frisch gewischten Kiefernbretter. Hatsue ging in den Wüstenwind hinaus und kam mit ein paar Fetzen Teerpappe wieder, die sich in einer Rolle Stacheldraht an einem Feuerschutzwall verfangen hatten. Sie stopften die Teerpappe in die Ritzen am Türpfosten und befestigten sie über den Astlöchern mit Reißzwecken, die ihnen die Familie Fujita geliehen hatte.

Es hatte keinen Sinn, mit jemandem über die Zustände zu sprechen. Alle waren in derselben Lage. Alle wanderten wie Geister unter den Wachtürmen herum und fühlten sich von den Bergen eingekesselt. Der scharfe Fallwind kam von diesen Bergen und durch den Stacheldraht und blies ihnen den Wüstensand ins Gesicht. Das Lager war erst halbfertig, die Baracken reichten nicht aus. Manche Leute mußten bei der Ankunft erst einmal Baracken bauen, um sich einen Ort zum Schlafen zu verschaffen. Überall waren Menschenmengen, Tausende drängten sich auf einem Gelände von zwei Quadratkilometern, auf Wüstenboden, den Bulldozer von der Armee zu Staub zusammengefahren hatten. Es gab keinen Ort, wo man hätte allein sein können. Die Baracken sahen alle gleich aus: In der zweiten Nacht stand ein Betrunkener in der Tür zu Imadas Zimmer und entschuldigte sich endlos lange, während der feine Sand ins Zimmer wehte; der Mann sagte, er habe sich verlaufen.

Die Zimmerwände gingen nicht bis unters Dach, und man konnte die Leute in anderen Räumen streiten hören. Drei Zimmer weiter war ein Mann, der sich selbst Schnaps brannte – Reis aus der Kantine und Saft aus Aprikosenbüchsen nahm er dazu –, in der dritten Nacht hörten sie, wie er weinte und seine Frau ihm drohte. In derselben Nacht gingen die Suchscheinwerfer in den Wachtürmen an und warfen grelles Licht in das einzige Fenster ihres Raumes. Am Morgen stellte sich heraus, daß ein Wächter geglaubt hatte, Fluchtbewegungen zu sehen, und deshalb die Maschinengewehrschützen im Turm alarmiert hatte. In der vierten Nacht erschoß ein junger Mann in Baracke 17 seine Frau und sich selbst, während sie zusammen im Bett lagen – irgendwie hatte er ein Gewehr ins Lager geschmuggelt. »*Shikata ga nai*«, sagten Leute. »Es mußte so kommen.«

Die Kleider konnte man nirgendwo unterbringen. Sie lebten aus Koffern und Kisten. Der Boden unter den Füßen war kalt, und sie trugen die staubigen Schuhe, bis sie zu Bett gingen. Am Ende der ersten Woche hatte Fujiko jeden Überblick über das Tun und Treiben ihrer Töchter verloren. Alle sahen allmählich gleich aus, denn alle trugen Kleider aus Armeebeständen: Jacken, Wollmützen, Segeltuchgamaschen, Ohrenwärmer und Khakihosen. Nur die beiden jüngsten aßen noch mit ihr zusammen; die drei anderen liefen mit Rudeln junger Leute herum und aßen an anderen Tischen. Sie schimpfte; die Töchter hörten höflich zu und gingen wieder. Die älteren Mädchen verließen das Zimmer früh und kamen spät wieder, die Kleider und Haare voll Sand. Im Lager streunten überall junge Leute herum, gingen durch die Feuerschneisen und kauerten im Windschutz der Baracken. Eines Morgens nach dem Frühstück hatte Fujiko auf dem Weg zum Waschhaus ihre mittlere Tochter gesehen – sie war erst vierzehn –, wie sie in einer Gruppe stand, zu der auch vier Jungen in Eisenhower-Jacken gehörten. Die Jungen waren aus Los Angeles, das wußte sie; die meisten Leute im Lager kamen aus Los Angeles. Sie waren nicht besonders herzlich, behandelten sie aus einem unerklärlichen Grund von oben herab und ließen sie nie zu Wort kommen. Fujiko sagte gar nichts mehr, fiel in sich zusammen. Sie wartete auf einen Brief von Hisao, aber statt dessen kam ein anderer Brief.

Als Hatsues Schwester Sumiko den Umschlag mit Ishmaels falschem Absender sah – Journalismuskurs, San Piedro High School –, konnte sie ihrer Neugier nicht widerstehen und öffnete ihn. Sumiko war vor der Umsiedlung in der vorletzten Klasse der High School gewesen, und obwohl sie wußte, daß der Brief für Hatsue war, war er einfach zu verlockend. Diese Post brachte Nachrichten von zu Hause.

Sumiko las den Brief von Ishmael Chambers vor dem mit Dachpappe gedeckten YMCA-Gebäude; draußen bei den Schweineställen des Lagers las sie ihn noch einmal, wobei sie vor allem die überraschenden Stellen immer wieder anstarrte.

4. April 1942
Meine Liebste,
ich gehe immer noch jeden Nachmittag zu unserer Zeder. Ich schließe die Augen und warte. Ich rieche Deinen Duft und träume von Dir, und ich habe Sehnsucht nach Dir. Ich denke in jedem Augenblick an Dich und möchte Dich halten und spüren. Es bringt mich um, daß Du nicht da bist. Es ist, wie wenn ein Teil von mir nicht mehr da wäre.
Ich bin einsam und elend und denke immer an Dich und hoffe, Du schreibst mir gleich jetzt. Denk daran, Kenny Yamashita auf dem Briefumschlag als Absender anzugeben, damit meine Eltern nicht zu neugierig werden.
Hier ist alles schrecklich und traurig, und das Leben ist sinnlos. Ich kann nur hoffen, daß Du ein bißchen Glück findest, solange wir getrennt sein müssen – daß Dich irgendwas irgendwie glücklich macht, Hatsue. Ich kann nur unglücklich sein, bis Du endlich wieder in meinen Armen bist. Ich kann ohne Dich nicht leben, das weiß ich jetzt. Nach all den Jahren, in denen wir zusammen waren, bist Du ein Teil von mir geworden, das fühle ich. Ohne Dich habe ich nichts.

In Liebe
Immer Dein Ishmael

Eine halbe Stunde lang ging sie umher und dachte nach und las Ishmaels Brief noch viermal, dann lieferte sie ihn widerstrebend bei der Mutter ab. »Hier«, sagte sie. »Ich kann mich selbst nicht leiden. Aber ich muß es dir zeigen.«

Die Mutter las Ishmael Chambers' Brief im Stehen, mitten in der Baracke, mit einer Hand hielt sie sich die Stirn. Beim Lesen bewegte sie die Lippen lautlos und schnell, und ihre Augen blickten streng. Als sie fertig war, setzte sie sich auf eine Stuhlkante, ließ den Brief sinken, seufzte dann und nahm die Brille ab. »Nein«, sagte sie auf japanisch.

Sie legte die Brille mit einer müden Bewegung in den Schoß, den Brief dazu, und preßte beide Hände auf die Augen.

»Der Nachbarjunge«, sagte sie zu Sumiko, »von dem sie schwimmen gelernt hat.«

»Ishmael Chambers, du kennst ihn doch«, antwortete Sumiko.

»Deine Schwester hat einen furchtbaren Fehler gemacht«, sagte Fujiko. »Einen Fehler, den du hoffentlich nie machen wirst.«

»Bestimmt nicht«, sagte Sumiko. »Außerdem könnte ich diesen Fehler hier ja gar nicht machen.«

Fujiko nahm die Brille wieder in die Hand und hielt sie zwischen Daumen und Zeigefinger. »Sumi«, sagte sie, »hast du jemandem etwas erzählt? Hast du diesen Brief jemandem gezeigt?«

»Nein, nur dir.«

»Du mußt mir was versprechen«, sagte Fujiko. »Versprich mir, niemandem etwas zu erzählen – du darfst es keinem Menschen sagen. Wir haben hier schon genug Klatsch, auch ohne dies. Du mußt versprechen, daß du den Mund hältst und nie wieder davon redest. Verstehst du mich, meine Tochter?«

»Ja gut, ich versprech's dir«, sagte Sumiko.

»Ich werde Hatsue sagen, ich hätte den Brief gefunden. Du mußt die Schuld nicht auf dich nehmen.«

»In Ordnung, das ist gut«, antwortete Sumiko.

»Dann geh jetzt und laß mich allein«, sagte ihre Mutter.

Das Mädchen ging hinaus und wanderte ziellos herum. Fujiko setzte sich die Brille wieder auf und machte sich daran, den Brief noch einmal durchzulesen. Aus dem Inhalt ging klar hervor, daß ihre Tochter sich seit langem, seit vielen Jahren schon, sehr weit mit diesem Jungen eingelassen hatte. Es war offenkundig, daß er sie berührt hatte, daß die beiden sexuellen Kontakt gehabt hatten im Inneren eines hohlen Baumes, im Wald. Hatsues Spaziergänge im Wald waren nur ein Vorwand gewesen, genau wie Fujiko vermutet hatte. Ihre Tochter war mit *fuki*-Sprossen in der Hand und Feuchtigkeit zwischen den Beinen wiedergekommen. *Verlogenes Mädchen,* dachte Fujiko.

Sie dachte einen Augenblick lang an ihr eigenes Liebesleben zurück, daran, wie sie mit einem Mann verheiratet worden war, den sie nie zuvor gesehen hatte, wie sie die erste Nacht ihres gemeinsamen Lebens in einer Pension zugebracht hatten, deren Wände mit Photos aus *hakujin*-Illustrierten tapeziert waren. In dieser ersten Nacht hatte sie sich geweigert, sich von ihrem Mann berühren zu lassen – Hisao war unsauber, seine Hände waren rauh, Geld hatte er nicht, nur ein paar Münzen. Die ersten Stunden hatte er sich ununterbrochen bei Fujiko entschuldigt und ihr seine verzweifelte Finanzlage in allen Einzelheiten erläutert, hatte sie angefleht, ihn mit ihrer Arbeit zu unterstützen, hatte seine Talente und guten Eigenschaften herausgestrichen – er sei ehrgeizig, fleißig, trinke und spiele nicht, habe keine schlechten Angewohnheiten und lebe sparsam, aber die Zeiten seien hart, er brauche einen Menschen an seiner Seite. Er könne verstehen, daß er sich ihre Liebe erst verdienen müsse, sagte er, er sei willens, eine Bewährungszeit auf sich zu nehmen, wenn sie nur bereit sei, Geduld zu üben. »Ich will nicht, daß du auch nur mit mir sprichst«, hatte sie entgegnet.

Er hatte in jener ersten Nacht auf einem Sessel geschlafen, und Fujiko hatte wach im Bett gelegen und nach einem Ausweg aus dieser Situation gesucht. Sie hatte nicht genug Geld für eine Fahrkarte nach Japan, und insgeheim wußte sie auch, daß sie nicht zu ihrer Familie zurückkehren konnte – die Eltern hatten sie verkauft und einen Anteil an den betrügerischen *baishakunin* weitergegeben, der ihnen versichert hatte, daß Hisao während seiner Zeit in Amerika große Reichtümer angehäuft habe. Im Lauf der durchwachten Nacht wuchs ihr Zorn über den Betrug, und als der Morgen dämmerte, spürte sie Mordlust.

Am Morgen stand Hisao am Fuß des Bettes und fragte Fujiko, ob sie gut geschlafen habe. »Mit dir rede ich nicht«, antwortete sie. »Ich schreibe jetzt nach Hause, daß sie mir Geld für die Rückreise schicken, und ich fahre, sobald ich kann.«

»Wir können zusammen etwas sparen«, flehte Hisao. »Wir können zusammen zurückfahren, wenn du das willst. Wir –«

»Was ist mit den zwölf Morgen Bergland?« sagte Fujiko ärgerlich zu ihm. »Der *baishakunin* hat mich dorthin gefahren und mir alles gezeigt: Pfirsichbäume, Persimonen, Trauerweiden, Steingärten. Und jetzt ist das alles nicht wahr.«

»Du hast recht, es ist nicht wahr«, gestand Hisao. »Ich habe kein Geld – das stimmt. Ich bin arm und arbeite mir die Finger wund. Der *baishakunin* hat dich angelogen. Es tut mir alles sehr leid, aber –«

»Bitte, sprich nicht mit mir«, sagte Fujiko. »Ich möchte nicht mit dir verheiratet sein.«

Sie hatte drei Monate gebraucht, bis sie bereit war, mit ihm zu schlafen. Als sie es tat, merkte sie, daß sie gelernt hatte, ihn zu lieben, wenn Liebe das richtige Wort dafür war, und als sie schläfrig in seinen Armen lag, ging ihr auf, daß Liebe wenig Ähnlichkeit mit ihren Mädchenphantasien hatte. Die Liebe war viel weniger dramatisch und viel praktischer, als sie es sich damals in ihrem Dorf bei Kure vorgestellt hatte. Fujiko hatte geweint, als ihr Hymen riß, auch deshalb, weil sie ihre Jungfernschaft Hisaos Nöten opferte, ohne zu erleben, was sie sich erhofft hatte. Aber nun war sie verheiratet, und er war ein zuverlässiger Mann, und allmählich wurde er ihr vertraut. Sie hatten schon viel Schweres zusammen durchgestanden, und er hatte sich nicht ein einziges Mal beklagt.

Jetzt stand sie da mit diesem Brief – einem Brief, den ein junger *hakujin* ihrer Tochter geschickt hatte. Von der Liebe in einer Zeder, von seiner Einsamkeit, seinem Unglück handelte der Brief, und davon, wie schrecklich er sie vermisse; und er hatte geschrieben, daß sie ihm unter falschem Namen antworten solle – mit Kenny Yamashita als Absender. Sie fragte sich, ob ihre Tochter diesen Jungen liebte oder ob sie überhaupt etwas von der Liebe wußte. Jetzt konnte sie sich erklären, warum Hatsue so schweigsam und bedrückt gewesen war – viel mißmutiger als ihre anderen Töchter –, seit sie San Piedro verlassen hatten. Alle waren unglücklich gewesen, und Hatsue hatte das ausgenutzt, die allgemeine schlechte Stimmung war ihr gelegen gekommen, aber dennoch fiel ihre Niedergeschlagenheit auf; sie war teilnahmslos gewesen und hatte ihre täglichen Pflichten gleichgültig und lustlos erledigt wie jemand, der großen Kummer hat. Sie vermisse ihren Vater, hatte sie auf Fragen geantwortet, sie habe Heimweh nach San Piedro. Aber daß sie ihren *hakujin*-Freund, ihren heimlichen Liebhaber, vermißte, hatte sie niemandem verraten. Das ganze Ausmaß ihrer Täuschung stand Fujiko jetzt lebhaft vor Augen, und sie war empört, daß sie als Mutter so hinters Licht geführt worden war. Die Empörung mischte sich mit der allgemeinen Melancholie, die seit der Bombardierung von Pearl Harbor immer mehr von ihr Besitz ergriffen hatte; so untröstlich wie in diesem Augenblick war Fujiko kaum je gewesen, seit sie erwachsen geworden war.

Sie rief sich zur Ordnung und nahm sich vor, unter allen Umständen Würde zu bewahren. Das war eine Lektion, die sie von ihrer Großmutter in Kure gelernt, zu Anfang in Amerika vergessen, mit der Zeit aber wiederentdeckt hatte und die sie nun weitergeben wollte. *Giri* war das Wort der Großmutter gewesen – man konnte es nicht genau übersetzen, es bedeutete etwa: Tue alles, was du tun mußt, ruhig und mit stoischer Gelassenheit. Fujiko lehnte sich zurück und sammelte sich, um den Geist ruhiger Würde aufzubringen, den sie für die Begegnung mit Hatsue brauchte. Sie atmete tief durch und schloß die Augen.

Nun gut, sagte sie sich, sie würde mit Hatsue reden, wenn das Mädchen von seinen ziellosen Wegen durch das Lager wiederkam. Sie würde der Geschichte ein Ende setzen.

Drei Stunden vor dem Abendessen klopften Jungen aus San Piedro an ihrer Zimmertür. Sie hatten Werkzeuge und Bretter bei sich und sagten, sie seien bereit, den Imadas zu bauen, was immer gebraucht würde: Regale, eine Kommode, Stühle. Fujiko kannte diese Jungen: Sie kamen alle aus Inselfamilien – es waren Söhne der Tanakas, der Kados, der Matsuis, der Miyamotos. Ja, sagte sie, sie könne alle die genannten Dinge brauchen, und die Jungen machten sich im Windschutz der Baracke an die Arbeit, maßen, sägten und schraubten, während der Wind blies. Kabuo kam herein und nagelte Regalträger an die Wand. Fujiko saß währenddessen mit verschränkten Armen auf einem Feldbett und hatte den Brief hinter sich geschoben. »Neben der Kantine liegen noch Blechreste«, sagte Kabuo Miyamoto zu ihr. »Die können wir auf die Astlöcher im Fußboden nageln – sie werden besser halten als Dachpappe.«

»Dachpappe reißt wie *nichts*«, antwortete Fujiko auf englisch, da Kabuo sie in dieser Sprache angeredet hatte, »und hilft nicht gegen Kälte.«

Kabuo nickte und ging wieder an die Arbeit; er war sehr geschickt. »Wie geht es der Familie?« fragte Fujiko. »Deinem Vater? Deiner Mutter? Und allen?«

»Mein Vater ist krank«, antwortete Kabuo. »Das Lageressen ist schlecht für seinen Magen.« Er machte eine Pause, um einen Nagel aus der Tasche zu ziehen. »Und Sie?« fragte er. »Wie geht es den Imada-Frauen?«

»Staubig«, sagte Fujiko. »Staub essen wir.«

In diesem Augenblick kam Hatsue zur Tür herein; ihr Gesicht war von der Kälte gerötet. Sie zog sich den Schal vom Kopf. Kabuo Miyamoto hielt einen Moment mit der Arbeit inne und starrte sie an, während sie ihr Haar ausschüttelte. »Hallo«, sagte er. »Schön, dich zu sehen.«

Hatsue schüttelte das Haar noch einmal, faßte es mit den Händen schnell zusammen und strich es nach hinten. Dann steckte sie die Hände in ihren Mantel und setzte sich neben die Mutter. »Hallo«, sagte sie, sonst nichts.

Sie saßen einen Moment lang da und sahen schweigend zu, wie Kabuo Miyamoto arbeitete. Er hockte mit dem Rükken zu ihnen und hämmerte. Ein anderer Junge kam mit einem Stapel frisch zugesägter Kiefernbretter durch die Tür. Kabuo legte sie einzeln auf die Winkel und prüfte sie alle mit einer Wasserwaage. »Sie sind gerade«, entschied er. »Mit denen wird's wohl gehen. Besser konnten wir es leider nicht machen.«

»Sie sind sehr schön«, sagte Fujiko. »Sehr nett von euch. Wir sind euch dankbar.«

»Wir zimmern euch sechs Stühle«, sagte Kabuo, jetzt zu Hatsue. »Wir zimmern euch zwei Kommoden und einen Tisch, an dem ihr essen könnt. Wir bringen sie dann in ein paar Tagen. Sobald wir sie fertig haben.«

»Danke«, sagte Fujiko. »Ihr seid wirklich sehr nett.«

»Das tun wir gern für Sie«, sagte Kabuo Miyamoto. »Es ist wirklich keine Mühe.«

Den Hammer noch in der Hand, lächelte er Hatsue an, und sie schlug die Augen nieder. Er steckte den Hammer in eine Tuchöse an seiner Hose, nahm die Wasserwaage und das Maßband und verabschiedete sich: »Auf Wiedersehen, Mrs. Imada. Wiedersehen, Hatsue. Schön, dich zu sehen.«

»Noch einmal unseren Dank«, sagte Fujiko. »Eure Hilfe wird sehr geschätzt.«

Als die Tür ins Schloß gefallen war, griff Fujiko hinter sich und gab Hatsue den Brief. »Da«, zischte sie. »Post für dich. Ich weiß nicht, wie du so verlogen sein konntest. Das werde ich nie verstehen, Hatsue.«

Sie hatte sich vorgenommen, hier und jetzt über die Sache zu reden, aber sie war so sehr von Bitterkeit erfüllt – und merkte das selbst –, daß sie nicht sicher war, ob sie überhaupt die richtigen Worte finden konnte. »Du wirst diesem Jungen in Zukunft weder schreiben noch Briefe von ihm annehmen«, sagte sie streng von der Tür aus.

Hatsue saß mit dem Brief in der Hand da, und Tränen traten ihr in die Augen. »Es tut mir leid«, sagte sie. »Verzeih mir, Mutter. Ich habe dich getäuscht, und ich habe es immer gewußt.«

»Daß du mich getäuscht hast, ist nur die Hälfte der Wahrheit, Tochter«, sagte Fujiko auf japanisch. »Du hast auch dich selbst getäuscht.«

Dann ging Fujiko hinaus in den Wind. Sie lief zur Post und bat den Beamten, alle Post für die Familie Imada festzuhalten. Von jetzt an werde sie selbst kommen und die Post abholen. Briefe sollten nur ihr ausgehändigt werden.

Am Nachmittag saß sie in der Kantine und schrieb selbst an die Eltern des jungen Ishmael Chambers. Sie berichtete ihnen von dem hohlen Baum im Wald und davon, wie Ishmael und Hatsue viele Jahre alle Welt getäuscht hatten. Sie enthüllte ihnen den Inhalt des Briefes, den Ishmael an ihre Tochter geschrieben hatte. Ihre Tochter, sagte sie, werde nicht antworten, weder jetzt noch später. Was immer zwischen den beiden gewesen sein mochte, sei nun vorbei; sie entschuldigte sich für die Rolle, die ihre Tochter dabei gespielt habe. Sie hoffe, der Junge sehe seine Zukunft nun in einem neuen Licht und verschwende keinen Gedanken mehr an Hatsue. Sie verstehe, schrieb sie, daß die beiden nur Kinder seien; sie wisse, daß Kinder oft Torheiten begingen. Dennoch seien diese beiden jungen Menschen schuldig und müßten sich nun auf sich besinnen, ihre Seelen erforschen, die Sache als eine Gewissensfrage betrachten. Es sei kein Verbrechen, jemanden anziehend zu finden, schrieb sie, oder zu glauben, was man empfinde, sei Liebe. Die Unehrenhaftigkeit liege vielmehr darin, daß beide vor ihren Familien verborgen gehalten hätten, was sie füreinander empfanden. Sie hoffe, Ishmael Chambers' Eltern verstünden ihre, Fujikos, Lage. Sie wünsche keine weitere Verständigung zwischen ihrer Tochter und Ishmael. Sie habe ihrer Tochter deutlich gemacht, wie ihr bei dieser Sache zumute sei, und habe verlangt, daß die Tochter dem Jungen nicht mehr schreibe und keine Briefe von ihm mehr annehme. Sie fügte hinzu, sie bewundere die Familie Chambers sehr und habe große Achtung vor der *San Piedro Review*. Sie wünsche der ganzen Familie alles Gute.

Sie zeigte Hatsue den Brief, bevor sie ihn in den Umschlag steckte. Das Mädchen las ihn zweimal langsam, die linke Wange in die linke Hand gestützt. Als sie fertig war, hielt sie den Brief im Schoß fest und sah ihre Mutter ausdruckslos an. Ihr Gesicht war seltsam leer; sie sah aus wie ein Mensch, der innerlich vollkommen erschöpft und zu müde ist, noch irgend etwas zu empfinden. Fujiko sah, daß Hatsue in den drei Wochen, seit sie San Piedro verlassen hatten, älter geworden war. Ihre Tochter war plötzlich erwachsen, war eine Frau mit matter Seele. Ihre Tochter hatte sich plötzlich verhärtet.

»Das brauchst du nicht abzuschicken«, sagte sie jetzt zu Fujiko. »Ich hätte ihm sowieso nicht geantwortet. Im Zug hierher konnte ich an nichts anderes denken, nur an Ishmael Chambers und daran, ob ich ihm einen Brief schicken sollte. Ob ich ihn noch liebe.«

»Liebe«, zischte Fujiko. »Was weißt du schon von Liebe. Du –«

»Ich bin achtzehn«, entgegnete Hatsue. »Ich bin alt genug. Hör auf, mich für ein kleines Mädchen zu halten. Du mußt begreifen, daß ich erwachsen bin.«

Fujiko nahm die Brille vorsichtig ab und rieb sich aus purer Gewohnheit die Augen. »Im Zug«, sagte sie. »Und die Entscheidung?«

»Zuerst habe ich gar nichts entschieden«, sagte Hatsue. »Ich konnte nicht klar denken. Ich mußte über zu viele Dinge auf einmal nachdenken, Mutter. Ich war zu niedergeschlagen zum Denken.«

»Und jetzt?« sagte Fujiko. »Was jetzt?«

»Ich bin fertig mit ihm«, sagte Hatsue. »Wir waren zusammen Kinder, wir haben am Strand gespielt, und dann war es auf einmal mehr. Aber er ist nicht der Mann, den ich heiraten möchte, Mutter. Das habe ich die ganze Zeit gewußt. Jedenfalls habe ich ihm geschrieben und gesagt, daß ich immer, wenn wir zusammen waren, das Gefühl hatte, etwas sei verkehrt daran. Ich habe es irgendwo tief in mir gespürt – dieses Gefühl, als ob ich ihn liebte und zugleich nicht lieben könnte –, ich war immer durcheinander, jeden Tag, seit ich ihn kenne. Er ist ein guter Mensch, Mutter, du kennst seine Familie, er hat wirklich einen sehr guten Charakter. Aber darauf kommt es gar nicht an, oder? Ich wollte ihm sagen, daß es vorbei ist, Mutter, aber ich mußte doch *fort* … alles war *durcheinander*, ich konnte die Worte nicht herausbringen, und außerdem habe ich nicht gewußt, was ich wirklich empfinde. Ich war verwirrt. Ich mußte an zu vieles denken. Ich mußte alles in Ordnung bringen.«

»Und ist die Ordnung jetzt da, Hatsue? Hast du Ordnung geschafft, ja?«

Das Mädchen schwieg einen Augenblick lang. Sie fuhr sich mit einer Hand durch das Haar und ließ sie dann fallen, dann die andere Hand auch. »Ja, ich habe alles in meinem Kopf geordnet. Ich muß es ihm sagen. Es muß zu Ende sein«, sagte sie dann.

Fujiko nahm ihren Brief wieder an sich und riß ihn genau in der Mitte durch. »Schreib du deinen eigenen Brief«, sagte sie auf japanisch. »Sag ihm die Wahrheit. Schreib alles auf, was du jetzt gesagt hast. Sag ihm die Wahrheit, damit du weitergehen kannst. Schaff diesen *hakujin*-Jungen aus deinem Leben.«

Am nächsten Morgen wurde Sumiko noch einmal eingeschärft, wie wichtig es sei, daß sie nichts von dieser Episode verriete. Sie versprach ihrer Mutter, daß sie nichts sagen werde. Fujiko brachte Hatsues Brief zur Post und kaufte eine Briefmarke. Sie feuchtete den Umschlag an und schloß ihn selbst und klebte – einer plötzlichen Laune folgend – die Briefmarke verkehrt herum darauf, bevor sie den Brief in den Postkasten steckte.

Als Kabuo Miyamoto die Kommode brachte, lud Fujiko ihn zum Tee ein, und er saß über zwei Stunden bei ihnen, und am nächsten Abend, als er den Tisch brachte, blieb er wieder und ebenso am dritten Abend, als er mit den Stühlen kam. Am vierten Abend erschien er mit der Mütze in der Hand an ihrer Tür und fragte Hatsue, ob sie einen Spaziergang unter dem Sternenhimmel mit ihm machen wolle. Bei dieser Gelegenheit sagte sie nein und sprach drei Wochen lang nicht mit ihm und bemerkte doch, daß er höflich war und gut aussah, klare Augen hatte und der Sohn eines Erdbeerfarmers war. Sie wußte, daß sie nicht bis ans Ende ihrer Tage um Ishmael Chambers trauern konnte.

Ein paar Monate später war es dann so weit, daß Ishmael für sie nur ein beständiger Schmerz war, der von ihrem täglichen Leben überdeckt wurde, und nun sprach sie in der Kantine mit Kabuo Miyamoto und setzte sich beim Essen neben ihn. Sie bewunderte seine Tischmanieren und sein liebenswürdiges Lächeln. Er sprach zärtlich mit ihr, fragte sie nach ihren Träumen, und als sie sagte, sie wünsche sich eine Erdbeerfarm, sagte er, genau das sei auch sein Wunsch, und er erzählte ihr von den sieben Morgen Land der Familie, die bald auf seinen Namen überschrieben werden würden. Wenn der Krieg vorbei sei, wolle er zu Hause auf San Piedro Erdbeeren pflanzen.

Als sie ihn zum ersten Mal küßte, spürte sie, wie die alte Traurigkeit sie überschwemmte, und wie verschieden von Ishmaels Mund sein Mund war. Er roch nach Erde, und er war viel stärker als sie. Sie spürte, daß sie sich in seiner Umarmung nicht bewegen konnte, und versuchte, ganz außer Atem, sich etwas Raum zu verschaffen. »Du mußt sanfter sein«, hatte sie geflüstert. »Ich will's versuchen«, war Kabuos Antwort gewesen.

16

Ishmael Chambers wurde mit siebenhundertfünfzig anderen Rekruten im Spätsommer 1942 in Fort Benning, Georgia, zum Marinesoldaten ausgebildet. Im Oktober bekam er Fieber und Durchfall und lag elf Tage im Lazarett; in dieser Zeit verlor er ziemlich viel Gewicht, las die Zeitungen von Atlanta und spielte mit seinen Zimmergenossen Schach. Er lag im Bett, hatte die Knie hochgezogen und die Arme hinter dem Kopf verschränkt, hörte im Radio die Berichte vom Kriegsgeschehen und studierte die Skizzen der Truppenbewegungen in den Zeitungen, zwar neugierig, aber träge und ohne sich allzu viele Gedanken zu machen. Sechs Tage lang ließ er sich einen Schnurrbart wachsen, rasierte ihn dann wieder ab und ließ ihn noch einmal wachsen. Fast jeden Nachmittag schlief er und wachte gerade rechtzeitig auf, um den Einbruch der Dunkelheit mitzuerleben und zu beobachten, wie das Licht im Fenster drei Betten weiter rechts verblaßte. Andere Soldaten kamen und gingen, aber er blieb. Auch Verwundete wurden ins Lazarett gebracht, wurden aber in zwei Stockwerken gepflegt, zu denen er keinen Zutritt hatte. Er trug Tag und Nacht immer nur T-Shirt und Unterhose, und die Luft, die durchs offene Fenster hereinwehte, roch nach welken Blättern, regennassen Straßen und umgepflügten Feldern, und allmählich kam es ihm seltsam passend vor, daß er so weit weg von zu Hause so allein und krank dalag. Denn endlich hatte er nun genau das Leiden, nach dem er sich fünf Monate lang gesehnt hatte – seit

Hatsues Brief angekommen war. Es war ein leichtes, ermüdendes, zähes Fieber, und wenn er sich nicht zu viel bewegte und sich nicht unnötig anstrengte, konnte er beliebig lange so weiterleben. Er ließ sich von seiner Krankheit einhüllen und richtete sich in ihr ein.

Im Oktober machte er eine zweite Ausbildung mit, diesmal zum Funker. Er wurde auf die Nordinsel von Neuseeland zur Zweiten Division der Marines versetzt. Man teilte ihn der B-Kompanie im Zweiten Marineregiment, Drittes Bataillon, zu, und es dauerte nicht lange, bis er Männern begegnete, die auf Guadalcanal gewesen waren; er ersetzte einen Funker, der bei den Kämpfen um die Salomon-Inseln gefallen war. Eines Nachts erzählte ein Leutnant namens Jim Kent davon, daß Ishmaels Vorgänger sich für einen toten jungen Japaner interessiert hatte, dem die Hosen mit der Innenseite nach außen um die schlammverkrusteten Knöchel hingen. Der Funker, ein Gefreiter namens Gerald Willis, hatte den Penis des Jungen hochgestellt, indem er einen Stein als Stütze darunter packte, hatte sich dann bäuchlings auf die Erde gelegt und so lange auf den Penis des Japaners geschossen, bis er ihn traf. Hinterher war er ganz stolz auf sich gewesen und hatte mindestens eine halbe Stunde lang mit seiner Zielsicherheit angegeben und den anderen genau beschrieben, wie der Penis mit abgeschossener Eichel ausgesehen hatte und wie die Eichel ausgesehen hatte, die ein Stück weiter auf dem Boden lag. Der Gefreite Willis war zwei Tage danach auf einer Patrouille tödlich getroffen worden, durch Granatfeuer aus den eigenen Reihen, das er auf Leutnant Kents Befehl angefordert hatte. Kent hatte die korrekten Koordinaten angegeben. Sieben Männer des Zuges waren dabei gefallen. Kent selbst hatte sich in sein Schützenloch geduckt und beobachtet, wie ein Soldat namens Wiesner eine Handgranate in einen Bunker zu werfen versuchte, aber von einer Maschinengewehrgarbe in der Hüfte getroffen wurde, die ihm die Eingeweide aus dem Bauch trieb. Ein Stück davon war auf Kents Arm gelandet; blau, frisch und glänzend hatte es ausgesehen.

Sie waren ununterbrochen im Gelände und übten Landemanöver in der Hawkes Bay, wo die Brandung gefährlich war. Männer kamen dabei um. Ishmael versuchte, die Manöver ernst zu nehmen, aber die Veteranen in seiner Truppe kamen verkatert oder gelangweilt oder beides zugleich zu den Übungen, und ihre gleichgültige Einstellung wirkte sich auf die anderen aus. In der Freizeit trank er Bier und manchmal Gin mit anderen Jungen, die wie er neu im Feld waren, und in Wellington spielten sie Poolbillard. Sogar dann, wenn er sich morgens um ein Uhr im rauchigen Licht betrunken auf sein Billardqueue stützte und wartete, während ein Mitspieler zum Stoß ansetzte und eine Band aus Wellington Schlager spielte, die er nicht kannte, fühlte sich Ishmael seltsam weit weg von allem, was um ihn herum geschah. Er war wie taub, völlig desinteressiert am Trinken und Spielen und anderen Leuten, und je mehr er trank, um so klarer wurde sein Kopf und um so kälter wurde er allem gegenüber. Er begriff nicht, warum seine Kameraden lachten oder sich wohl fühlten, er verstand sie einfach nicht. Was taten sie eigentlich hier, warum tranken und brüllten sie um ein Uhr morgens in einem Land, das so weit weg von zu Hause war; worüber waren sie so fieberhaft glücklich? Eines Morgens wanderte er um halb fünf Uhr durch heftigen Regen in sein Hotel in Wellington zurück und legte sich mit schweren Gliedern aufs Bett, nahm sich sein Klemmbrett und schrieb an seine Eltern. Als er mit diesem Brief fertig war, schrieb er einen an Hatsue, und dann nahm er beide Briefe, zerriß sie und schlief ein; ein paar Papierfetzen hatte er sich in die Jackentasche gestopft, der Rest lag über den Boden verstreut. Er schlief mit den Schuhen an den Füßen und wachte um sechs Uhr fünfzehn auf, um sich in der Toilette am Ende des Flurs zu übergeben.

Am ersten November rückte die Zweite Division aus Wellington ab, angeblich zu weiteren Manövern in der Hawkes Bay, fand sich aber statt dessen am Ende der Fahrt in Nouméa auf der französischen Insel Neu-Kaledonien wieder. Am dreizehnten ging Ishmaels Regiment an Bord der *Heywood*, eines Transportschiffes; über die Hälfte der Dritten Flotte fuhr mit – Fregatten, Zerstörer, leichte und schwere Kreuzer, ein halbes Dutzend Schlachtschiffe –, alle unterwegs mit unbekanntem Ziel. Am zweiten Tag der Fahrt wurde seine Kompanie auf dem Oberdeck zusammengerufen und davon in Kenntnis gesetzt, daß sie sich auf das Tarawa-Atoll zubewegten, wo sie auf Betio, einer stark verteidigten Insel, landen würden. Ein Major stand vor ihnen, kaute auf seinem Pfeifenstiel, hielt den rechten Ellbogen mit der linken Hand umschlossen. Er erklärte, daß die Bordkanonen dort alles dem Erdboden gleichmachen würden – kaum drei Quadratkilometer Korallensand –, dann sollte das Regiment reingehen und die Reste abräumen. Der japanische Kommandeur habe große Töne gespuckt: Betio sei uneinnehmbar, auch wenn eine Million Soldaten tausend Jahre lang angriffen. Der Major zog die Pfeife aus dem Mund und erklärte, damit mache sich der Japs einfach lächerlich. Er sagte ein Gefecht voraus, das einen oder höchstens zwei Tage dauern werde, mit allenfalls geringen Verlusten der Marines. Dafür würden die Bordkanonen schon sorgen, wiederholte er, die Insel sei ein maßgeschneidertes Ziel für Schiffsartillerie; die würde die Drecksarbeit erledigen.

In der Nacht zum neunzehnten ging eine dünne Mondsichel über der See auf, und die Flotte stand sieben Seemeilen vor Tarawa. Ishmael nahm auf dem Speisedeck der *Heywood* eine letzte Mahlzeit ein, Ernest Testaverde war bei ihm, ein Junge, den er mochte, ein Panzerabwehrschütze aus Delaware. Sie aßen Steak, Eier und Bratkartoffeln und tranken Kaffee. Dann schob Testaverde seinen Teller weg und zog Schreibblock und Stift aus der Tasche. Er begann, einen Brief nach Hause zu schreiben.

»Schreib du lieber auch«, sagte er zu Ishmael. »Letzte Gelegenheit, weißt du doch.«

»Die letzte Gelegenheit?« antwortete Ishmael. »Wenn das so ist, weiß ich eigentlich niemanden, dem ich schreiben sollte. Ich –«

»Man weiß nie«, sagte Testaverde. »Also schreib doch – für alle Fälle.«

Ishmael ging nach unten und holte seinen Schreibblock. Er saß auf dem Oberdeck mit dem Rücken an einen Mast gelehnt und begann einen Brief an Hatsue. Von seinem Platz aus konnte er zwanzig andere Männer sehen, die alle eifrig schrieben. Es war warm für die späte Abendstunde, und die Männer hatten es sich bequem gemacht: Sie saßen mit offenem Kragen und aufgerollten Hemdsärmeln auf Deck. Ishmael berichtete Hatsue, daß er im Lauf der nächsten Stunden auf einer Insel im Südpazifik landen werde und die Aufgabe habe, Leute zu töten, die aussähen wie sie – und zwar so viele wie möglich. Was sie davon halte? fragte er. Was sie dabei empfinde? Er sagte, er sei ganz taub und stumpf geworden, schrecklich sei das, er empfinde gar nichts mehr, nur die Vorfreude darauf, möglichst viele Japse umzubringen, er sei wütend und wünschte sich, sie wären alle tot. Er hasse sie alle. Er erklärte ihr die Art seines Hasses und schrieb, wenn jemand daran schuld sei, dann sie. Er hasse *sie* jetzt. Er wolle sie eigentlich nicht hassen, aber da dies sein letzter Brief sei, fühle er sich verpflichtet, die Wahrheit zu schreiben, möglichst die ganze Wahrheit – er hasse sie von ganzem Herzen, schrieb er, und es kam ihm gut und richtig vor, das zu schreiben: *»Ich hasse Dich von ganzem Herzen, ich hasse Dich, Hatsue, ich hasse Dich auf immer.«* Als er so weit gekommen war, riß er das Blatt aus dem Block heraus, knüllte es zusammen und warf es ins

Meer. Er sah ein paar Sekunden zu, wie es auf dem Wasser trieb, dann warf er den Block hinterher.

Morgens um drei Uhr zwanzig hörte Ishmael, der schon wach in seiner Koje lag, das Kommando: »Alle Mann auf Gefechtsstation.« Er setzte sich auf und sah zu, wie Ernest Testaverde sich die Stiefel schnürte, fing dann an, seine eigenen zu binden, machte einmal Pause, um einen Schluck aus der Feldflasche zu nehmen. »Einen trockenen Mund hab ich«, sagte er zu Ernest. »Schluck Wasser, bevor wir sterben?«

»Mach die Stiefel zu«, sagte Ernest. »Los, an Deck.«

Sie gingen nach oben, schleppten die Ausrüstung mit, und Ishmael fühlte sich jetzt hellwach. An Deck der *Heywood* waren schon über dreihundert Mann, sie hockten oder knieten, packten ihre Ausrüstung im Dunkeln noch einmal um – C-Rationen, Feldflaschen, Schanzzeug, Gasmasken, Munition, Stahlhelme. Noch war kein Schuß gefallen, und man hatte nicht das Gefühl, im Gefecht zu sein – es war wie eine weitere Nachtübung in tropischen Gewässern. Ishmael hörte, wie die Landungsboote quietschend ausgeschwenkt und zu Wasser gelassen wurden; dann kletterten Männer über Bord und hangelten sich mit Helmen und schwerem Gepäck durch die Frachtnetze zum Boot hinab. Sie versuchten, ihren Absprung auf das Auf und Ab der Boote unter ihnen abzustimmen.

Ishmael sah zu, wie ein halbes Dutzend Marinesanitäter Verbandszeug zusammenpackten und Tragbahren stapelten. So etwas hatte er während der Manöver nicht gesehen; als er Testaverde darauf aufmerksam machte, zuckte der nur die Achseln und zählte seine Panzerabwehrmunition weiter. Ishmael stellte sein Sprechfunkgerät an, horchte einen Augenblick auf die Statikgeräusche im Kopfhörer, stellte es wieder ab und wartete. Er wollte sich das Gerät nicht zu früh auf den Rücken laden und dann mit der Last dastehen, bis er an der Reihe war, sich durchs Frachtnetz hinabzuhangeln. Also setzte er sich neben das Gerät und spähte übers Wasser, versuchte, Betio auszumachen, aber die Insel war nicht zu sehen. Die Landungsboote, die die *Heywood* in der letzten halben Stunde verlassen hatten, waren als dunkle Punkte im Wasser zu sehen – Ishmael zählte drei Dutzend.

Die drei Gruppen des Dritten Zuges wurden auf dem Oberdeck von einem Leutnant Pavelman aus San Antonio instruiert; er erklärte ihnen bis in alle Einzelheiten die Aufgabe der B-Kompanie im Gesamtangriffsplan. Er hatte ein Reliefmodell der Insel aus Gummi vor sich und fing nüchtern an, mit einem Zeigestock die Topographie zu erklären. Zuerst würden Amtracs landen, sagte er, dann Higgins-Boote in Staffeln. Sie würden Luftunterstützung haben, Sturzbomber und Hellcats, später auch B-24er von Ellice Island, die würden die Insel bis zum Augenblick der Landung unter Feuer nehmen. Die B-Kompanie würde an einem Punkt namens Beach Red Two landen, sagte er, und der Mörserzug werde Leutnant Pratt unterstellt, der den Auftrag habe, dort Stellung zu beziehen. Der Zweite Zug würde gleichzeitig zur Rechten von Pratt landen und im Feuerschutz seiner leichten Maschinengewehre über einen kleinen Deich vorstoßen, sich dann im höhergelegenen Gelände sammeln und landeinwärts vorrücken. Unmittelbar südlich von Red Beach Two gebe es Bunker und Unterstände; die Aufklärung des Marine Corps sei außerdem der Ansicht, daß der Bunker mit der japanischen Kommandozentrale vielleicht in diesem Gebiet liege, möglicherweise am Ostende des Flugplatzes. Der Zweite Zug sollte danach suchen und für die Sprengmannschaften der Pioniere, die ihnen unmittelbar folgen würden, die Lage der Belüftungsschächte kenntlich machen. Drei Minuten nach der Landung des Zweiten würde der Dritte Zug – Ishmaels – am Strand landen und dazustoßen oder auch, je nachdem, wie Leutnant Bellows die Verhältnisse einschätzte, dem Zug zu Hilfe kommen, der bis dahin am weitesten vorgestoßen war. Der Zug könne Unterstützung von der K-Kompanie erwarten, deren Landung mit der Stabsgruppe und einem Zug mit schweren Maschinengewehren unmittelbar nach dem Dritten Zug geplant war. Diese Gruppe würde wieder mit Amtracs landen, die gegen Widerstand am Deich eingesetzt werden konnten; die Taktik sei, schnell und unter Feuerschutz hinter der ersten Infanteriewelle zu landen. »Man kann auch sagen: die Trottel voran«, rief einer aus dem Dritten Zug bitter, aber keiner lachte darüber. Pavelman machte unbeeindruckt weiter: Die erste Welle würde umsichtig, aber stetig vorstoßen, Verstärkung würde in der zweiten folgen, Nachschub und Kommandostab in der dritten Welle, danach wieder Infanterie und weiterer Nachschub, bis der Brückenkopf gesichert sei. Darauf rief Leutnant Pavelman, die Hände am Gürtel, den Kaplan Thomas auf, mit ihnen den dreiundzwanzigsten Psalm zu lesen und das Lied »Jesus unsre Zuversicht« zu singen. Als das geschehen war, wurden alle an Deck still, und der Kaplan hielt eine kurze Ansprache, in der er die Männer aufforderte, ihre Beziehung zu Gott und Jesus zu überdenken. »Alles schön und gut«, tönte die Stimme eines Soldaten aus dem Dunkel. »Aber wissen Sie was, ich bin Atheist, ich bin die Ausnahme von der Regel, daß es in Schützengräben keine Atheisten gibt, und ich will verdammt noch mal bis zum gottverdammten Ende Atheist bleiben, verfluchte Scheiße!«

»So sei es«, sagte Kaplan Thomas freundlich. »Und möge Gott dich trotzdem segnen, mein Freund.«

Ishmael begann sich zu fragen, ob ihm das alles auf irgendeine Weise helfen würde, wenn er landete. Er hatte Leutnant Pavelman zugehört, so genau er konnte, hatte aber zwischen den Worten und der Richtung, in die seine Füße ihn nach der Landung auf Betio tragen sollten, keinerlei Beziehung herstellen können. Was sollte er da? Was sollte er dort eigentlich tun? Der Feldkaplan teilte Drops und Militärklosettpapier in Rollen aus, und Ishmael nahm sie an, hauptsächlich deshalb, weil alle anderen es auch taten. Der Kaplan, der einen 45er Colt am Gürtel trug, redete ihm zu, mehr Drops zu nehmen. »Das Zeug ist gut«, sagte er. »Nimm schon.« Es waren Pfefferminzdrops; Ishmael steckte sich ein Bonbon in den Mund, wuchtete sein Sprechfunkgerät auf den Rücken und richtete sich auf. Im ganzen hatte er mehr als vierzig Kilo zu schleppen, schätzte er.

So schwer beladen im Frachtnetz zum Boot hinabzuklettern, war nicht leicht, aber Ishmael hatte es bei den Manövern geübt und sich selbst beigebracht, dabei entspannt zu bleiben. Als er den halben Weg geschafft hatte, spuckte er das Pfefferminzdrops aus und beugte sich über den Netzrand hinaus. In seinen Ohren klang ein Pfeifton, der von Sekunde zu Sekunde lauter wurde. Er wandte sich in die Richtung, aus der das Geräusch kam, und im selben Augenblick schlug fünfundzwanzig Meter vom Heck entfernt eine Granate ein. Eine Salzwasserfontäne spritzte hoch und durchnäßte die Soldaten, phosphoreszierend und grünleuchtend schoß sie gegen den dunklen Hintergrund auf. Der Junge neben Ishmael, ein Gefreiter namens Jim Harvey aus Carson City, Nevada, fluchte leise, drückte sich dann in die Netzmaschen. »Mist«, sagte er. »Das war 'ne gottverdammte Granate. So 'ne Scheiße, ich kann's nicht glauben.«

»Ich auch nicht«, sagte Ishmael.

»Ich hab gedacht, die haben die ganze Kacke hier schon in die Luft gejagt«, schimpfte Jim Harvey. »Die schweren Geschütze sollten doch alle weggeputzt sein, bevor wir ankommen. Gottverdammter Mist.«

»Die dicken Brummer von Ellice kommen schon noch«, erklärte Walter Bennet, der bereits weiter unten im Netz hing. »Die knipsen die Japse mit Tieffliegern aus, bevor wir einen Fuß auf den Sand setzen.«

»Das ist doch Quatsch«, sagte eine andere Stimme. »Von wegen Tiefflieger – auf die kannst du lange warten, Walter, du Träumer.«

»Eine Scheißjapsgranate«, sagte Jim Harvey. »Gottverdammter Scheißdreck. Ich –«

Eine weitere Granate kam pfeifend herunter und krachte hundert Meter vor ihnen ins Wasser, so daß eine Fontäne aufspritzte.

»Scheißkerle«, schrie der Gefreite Harvey. »Ich hab gedacht, die bomben die Bastarde weich. Hab gedacht, wir sollten da nur rein und ein bißchen aufräumen.«

»Die haben schon seit Tagen Scheiß gebaut«, erklärte ein Junge namens Larry Jackson ruhig. »Der ganze Quatsch von wegen weich machen war doch für die Katz. Die haben alles verbockt, und jetzt müssen wir den Kopf hinhalten, und die Japse schießen aus allen Rohren.«

»O Jesus«, sagte Jim Harvey. »Ich kann den Quatsch nicht *glauben*. Was ist eigentlich los, verdammt noch mal?«

Das Landungsboot mit dem Dritten Zug an Bord schob sich auf Betio zu. Der Pfeifton der Granaten kam jetzt aus größerer Entfernung. Ishmael saß gebückt unter einem hölzernen Schandeckel, der in Nouméa provisorisch angebracht worden war. Die Last auf seinem Rücken drückte ihn nieder, und er hatte den Helm bis auf die Brauen heruntergezogen. Er hörte, wie Jim Harvey hoffnungsvoll drauflos schwadronierte: »Die Arschlöcher haben's ihnen seit Tagen gegeben, ja? Nicht mehr viel übrig, bloß Sand und Scheißdreck und massenweise kleingehackte Japse. Das haben wir doch *alle* gehört; Madsen hat die Funksprüche aufgenommen, und Bledsoe war dabei, er war im selben Zimmer, das ist kein Quatsch, sie haben die Japse zugepflastert ...«

Der Seegang war im Gegensatz zu allen Voraussagen rauh. Ishmael konnte unruhige See schlecht vertragen und hatte sich an Dramamin gewöhnt. Er schluckte zwei Tabletten mit Wasser aus der Feldflasche, die an seinem Gürtel hing, und spähte über den hölzernen Schandeckel. Den Helm hatte er auf, aber nicht festgeschnallt. Das Boot schlug unter ihm, und er sah, daß sie gleichauf mit drei anderen Truppentransportern unmittelbar zur Linken waren. Er konnte die Männer im nächsten Boot ausmachen; einer hatte sich eine Zigarette angesteckt, und man konnte sie glimmen sehen, obwohl er sie mit der Handfläche abdeckte. Ishmael duckte sich wieder unter seiner Last, schloß die Augen, steckte sich die Finger in die Ohren und versuchte, an nichts zu denken.

Drei Stunden lang arbeiteten sie sich Betio entgegen; die Wellen schwappten ständig über den Bordrand und durchnäßten alle an Bord. Die Insel erschien als lange schwarze Linie am Horizont. Ishmael stellte sich jetzt hin und streckte die Beine. Überall auf Betio flammte Feuer auf, und ein Mann neben ihm versuchte, mit seiner wasserdichten Uhr die Zeit zwischen zwei von den Schlachtschiffen auf die Insel abgefeuerten Salven zu stoppen. An der anderen Seite beschwerten sich zwei Männer bitter über einen Admiral Hill, der die Verantwortung trug und den Zeitplan so festgelegt hatte, daß sie nun bei Tageslicht statt im Schutz der Dunkelheit auf der Insel landeten. Sie konnten sehen, daß die Flotte Betio unter schweren Beschuß nahm – dicke schwarze Rauchwolken stiegen von der Insel auf –, und das wirkte sich positiv auf die Stimmung des Dritten Zuges aus. »Da bleibt nix übrig von den Arschlöchern«, versicherte der Gefreite Harvey. »Die Fünfzoller schaffen das. Die machen Kleinholz aus denen.«

Fünfzehn Minuten später stießen sie auf die starke Strömung am Zugang zur Tarawa Lagune. Sie glitten an zwei Zerstörern vorbei, der *Dashiell* und der *Ringgold*, die beide aus allen Rohren feuerten; die Detonationen waren ohrenbetäubend, lauter als alles, was Ishmael je gehört hatte. Er schnallte sich den Helm fest und fand, daß er lange genug über den Bordrand gespäht habe. Einmal hatte er noch hinübergesehen und weit hinten drei Amphibienfahrzeuge bei der Landung beobachtet. Sie fingen eine Menge Maschinengewehrfeuer ein; eines stürzte in einen Bombentrichter; ein zweites brannte und blieb liegen. Sturzbomber kamen nicht mehr, und die B-24er waren nie aufgetaucht. Das Beste war, Kopf einziehen, Helm festschnallen und sich aus der Schußlinie halten. Ishmael war zufällig genau zu dem Zeitpunkt in den Krieg gekommen, von dem kleine Jungen gern träumen. Er stürmte einen Strand, er war Marinefunker – und er hatte das Gefühl, sich gleich in die Hosen zu machen, buchstäblich. Er spürte, wie sein Rektum sich zusammenzog.

»Ach du Scheiße«, sagte Jim Harvey. »Gottverdammter Mist, diese Sauhunde, die verdammten Arschlöcher, verdammt, das gibt's doch nicht!«

Der Gruppenführer, ein Mann namens Rich Hinkle aus Yreka, Kalifornien, der in Neuseeland ein ausgezeichneter Schachpartner für Ishmael gewesen war, war der erste unter ihnen, der starb. Der Transporter lief plötzlich knirschend auf das Riff auf – sie waren noch etwa fünfhundert Meter vom Strand entfernt –, und die Männer saßen dreißig Sekunden wie erstarrt da und sahen sich an, während Maschinengewehrfeuer an die Backbordseite ratterte. »Da kommt's gleich dicker«, brüllte Hinkle über den Lärm. »Raus hier, aber flott. Bewegt euch! Los!«

»Du zuerst«, sagte einer.

Hinkle schwang sich über den Steuerbordrand und ließ sich ins Wasser fallen. Einige Männer folgten ihm zögernd, darunter auch Ishmael; er schob gerade seine Vierzig-Kilo-Last über die Seite, da wurde Hinkle ins Gesicht getroffen und ging unter, und der Mann unmittelbar hinter ihm bekam auch einen Treffer ab – sein Schädel platzte auf. Ishmael ließ sein Sturmgepäck in die Lagune fallen und sprang hinterher. Er tauchte, so lange er konnte, kam nur kurz hoch, um Luft zu holen – konnte dabei Mündungsfeuer aus leichten Waffen überall am Strand aufblitzen sehen – und verschwand wieder unter Wasser. Als er dann hochkam, sah er, daß alle, die Munitionsträger, die Pioniere, die Maschinengewehrschützen – einfach *alle* ihre Ausrüstung ins Wasser warfen und tauchten wie Ishmael.

Er schwamm mit drei Dutzend anderen Soldaten hinter das Landungsboot zurück. Der Bootsführer arbeitete immer noch daran, es vom Riff loszubekommen; er fluchte und versuchte, durch Hin- und Zurückreißen des Gashebels zum Ziel zu kommen. Leutnant Bellows brüllte die Männer im Boot an, die sich geweigert hatten, über Bord zu springen. »Scheiß auf dich, Bellows«, wiederholte einer immerzu. »Du zuerst!« schrie ein anderer. Ishmael erkannte die Stimme des Gefreiten Harvey, die jetzt schrill vor Hysterie war.

Das Landungsboot bekam wieder Feuer aus leichten Waffen, und die Männer, die sich hinter ihm verkrochen hatten, begannen, auf die Küste zuzuwaten. Ishmael hielt sich in der Mitte, schwamm Bruststil, den Kopf dicht über dem Wasser, und versuchte, sich vorzustellen, er sei ein toter Soldat, der harmlos in der Lagune von Betio trieb, eine Leiche in der Strömung. Das Wasser reichte den Männern jetzt noch bis zur Brust, einige hielten die Gewehre über den Kopf, die Getroffenen fielen in Wasser, das vom Blut anderer Männer schon rosa gefärbt war. Ishmael sah, wie Männer taumelten und untergingen, sah Maschinengewehrsalven den Wasserspiegel aufpeitschen. Im seichten Wasser vor ihm richtete sich ein Gefreiter namens Newland auf, um auf den Deich zuzustürmen, und dann lief ein anderer, den er nicht kannte, hinterher und wurde in der Brandung erschossen, und dann rannte ein dritter los. Der vierte, Eric Bledsoe, wurde ins Knie getroffen und fiel im flachen Wasser um. Ishmael hielt inne und sah, wie der fünfte und sechste Mann das Feuer auf sich zogen, holte tief Luft und versuchte, mit riesigen Schritten vorwärtszukommen, während die Männer vor ihm losstürzten. Alle drei schafften es unverletzt bis zum Deich und kauerten sich nieder und sahen sich nach Eric Bledsoe um; das Knie war ihm weggeschossen worden.

Ishmael sah, daß Eric Bledsoe verblutete. Fünfzig Meter hinter ihnen lag er in der Brandung und rief leise um Hilfe. »O Scheiße«, sagte er. »Leute helft mir doch. Kommt doch, Jungs, helft mir doch, verdammt, bitte, helft mir.« Eric war mit Ernest Testaverde in Delaware aufgewachsen; die beiden hatten sich in Wellington oft zusammen betrunken. Robert Newland wollte loslaufen und ihn retten, aber Leutnant Bellows hielt ihn zurück. Da sei nichts zu machen, erklärte er, das Feuer sei zu konzentriert für so was, am Schluß hätte man bloß zwei Tote. Dem stimmten alle wortlos zu. Ishmael drückte sich an den Deich; er war nicht bereit, noch einmal zurück zum Strand zu laufen, um einen Verwundeten in Sicherheit zu zerren, auch wenn ein Teil von ihm das versuchen wollte. Er hätte ja auch nichts tun können. Seine Ausrüstung trieb in der Lagune. Er hätte Eric Bledsoe nicht einmal einen Verband anlegen und schon gar nicht das Leben retten können. Er saß da und sah zu, wie die Brandung Eric herumwarf, so daß sein Gesicht der Sonne zugekehrt war. Die Beine lagen nur zum Teil im Wasser, und Ishmael konnte genau sehen, wo das eine abgerissen war und nun in den Brandungswellen trieb. Der Junge starb, und sein Bein schwamm einen oder zwei Meter weiter auf den Wellen, während Ishmael sich am Deich zusammenkauerte.

Um zehn Uhr war er immer noch an derselben Stelle, ohne Waffen, ohne etwas tun zu können; mit ihm warteten Hunderte tatenlos, Männer, die an Land gekommen und beschossen worden waren. Mittlerweile lagen viele tote Marinesoldaten auf dem Sand und viele Verwundete, und die Männer am Deich versuchten, nicht zuzuhören, wenn sie vor Schmerzen schrien oder um Hilfe riefen. Dann tauchte auf einmal ein Feldwebel der J-Kompanie aus dem Nichts auf, stand über ihnen auf dem Deich – eine Zigarette hing ihm im Mundwinkel – und brüllte sie an: »Ein Haufen Hühnerkacke seid ihr.« Er überschüttete sie mit einem Schwall von Flüchen: »Solche Feiglinge, euch sollte man die Eier ganz langsam absäbeln, aber so, daß es weh tut, wenn der gottverdammte Krieg erst vorbei ist; was seid ihr für Männer, laßt andere die Drecksarbeit tun, um euren Arsch zu retten; was seid ihr für Männer, gar keine Männer seid ihr, bloß Mäuseficker und Wichser, was bringt ihr schon zustande, wenn ihr ihn einmal im Jahr auf Halbmast hochkriegt«, und immer weiter im selben Ton, während die Männer unter ihm schrien, er solle in Deckung gehen und sich retten. Er weigerte sich, und ein Geschoß traf ihn von hinten und zerfetzte ihm vorn das Hemd, riß beim Austreten Därme mit. Der Feldwebel hatte keine Zeit mehr, überrascht zu sein, er fiel einfach mit dem Gesicht in den Sand, auf seine eigenen Innereien. Niemand sagte ein Wort.

Dann brach endlich ein Bulldozer eine Bresche in den Deich, und ein paar Männer gingen hindurch. Sie wurden alle sofort erschossen. Ishmael bekam den Auftrag, ein Halbkettenfahrzeug mit auszugraben, das von einem Panzer-Leichter auf Betio abgeladen worden war und sich prompt im Sand festgefahren hatte. Er kniete sich hin und grub mit einem Klappspaten, während der Mann neben ihm sich in den Sand erbrach und dann mit dem Helm überm Gesicht ohnmächtig zu Boden ging. Ein Funker von der K-Kompanie hatte sein Gerät am Deich aufgebaut und fluchte laut über Störungen; jedesmal, wenn die Bordgeschütze eines Schlachtschiffs feuerten, war das Gerät tot – nicht mal die Statik knisterte mehr. Er kriegte keine Verbindung.

Am frühen Nachmittag begriff Ishmael, daß der süßliche Geruch vom Strand her der Leichengestank der toten Marinesoldaten war. Er mußte sich übergeben, trank dann den Rest Wasser aus seiner Feldflasche. Soweit er wußte, war keiner aus seinem Zug mehr am Leben. Seit über drei Stunden hatte er kein bekanntes Gesicht gesehen; man hatte ihm aber einen Karabiner, eine Packung Munition und eine Feldmachete gegeben. Ein Versorgungstrupp war mit Waffennachschub am Deich entlanggekommen. Er zerlegte den Karabiner – er war voll Sand – und säuberte ihn, so gut er das unter den Bedingungen konnte, den Helm auf dem Kopf, aber nicht festgeschnallt. So saß er am Fuß des Deichs – drehte den Abzugmechanismus in der Hand und tupfte ihn vorsichtig mit einem Zipfel seines Hemds ab –, als eine neue Amtrac-Staffel landete und Mörserfeuer auf sich zog. Eine Weile sah Ishmael interessiert zu, wie Männer aus den Fahrzeugen sprangen und in den Sand fielen – einige verwundet, andere tot – andere stürmten schreiend vorwärts. Dann senkte er den Kopf, wollte nicht mehr hinsehen, putzte weiter an seinem Karabiner herum. Vier Stunden später, als es dunkel wurde, saß er immer noch, notdürftig eingegraben, an derselben Stelle, mit dem Karabiner in der Hand, die Machete in einer Lederscheide am Gürtel.

Ein Oberst mit Gefolge kam den Strand herunter und ermahnte die Unteroffiziere und die Mannschaften, sich neu zu formieren und improvisierte Abteilungen zu bilden. Um neunzehn Uhr – in weniger als zwanzig Minuten also – hätten sie bis auf den letzten Mann über den Deich vorzugehen; wer zurückbleibe, werde vors Kriegsgericht gestellt; er sagte, es sei an der Zeit, daß sie sich wie Marinesoldaten verhielten. Der Oberst ging weiter, und Leutnant Doerper von der K-Kompanie fragte Ishmael, wo sein Zug sei und was zum Teufel er sich eigentlich dabei denke, hier ganz für sich allein eingegraben hinter dem Deich zu hocken. Ishmael erklärte, daß er bei der Landung seine Ausrüstung verloren hatte und daß alle um ihn herum gefallen waren oder verwundet wurden. Leutnant Doerper hörte ungeduldig zu und befahl Ishmael dann, sich am Strand erst einen Mann, dann noch einen und dann noch ein paar zu suchen, bis er eine Gruppe zusammen habe, und sich danach bei dem Kommandostand zu melden, den Oberst Freeman neben dem festgefahrenen Halbkettenfahrzeug eingerichtet habe. Er habe keine Zeit für so eine Scheiße, sagte er.

Ishmael erklärte zwei Dutzend Männern, worum es ging, dann endlich hatte er eine Gruppe zusammen. Einer sagte ihm, er könne ihn am Arsch lecken, der nächste behauptete, er habe eine Wunde am Bein und sei kampfunfähig; der dritte versprach, er werde in einer Minute nachkommen, rührte sich aber nicht. Plötzlich kamen Schüsse vom Wasser her, und Ishmael vermutete, daß ein japanischer Heckenschütze hinausgeschwommen war und mit dem Maschinengewehr feuerte, das auf einem in der Lagune zusammengeschossenen Amtrac liegengeblieben war. Der Deich war nicht mehr sicher.

Als er sich tiefgebückt am Deich entlangbewegte und hektisch auf Leute einredete, stieß er auf Ernest Testaverde, der oben am Deich über ein paar Kokosstämme hinweg das Feuer erwiderte, das Gewehr hoch und den Kopf tief haltend. »Heh«, sagte Ishmael. »Mein Gott.«

»Chambers«, sagte Ernest. »Gottverdammt noch mal.«

»Wo sind die anderen alle?« fragte Ishmael. »Was ist mit Jackson und denen?«

»Ich hab gesehen, wie's Jackson erwischt hat«, antwortete Ernest. »Alle Pioniere und die Minensucher sind getroffen worden, als sie an Land gingen. Und Walter«, fügte er hinzu. »Und Jim Harvey. Und dieser Hedges, den hab ich auch fallen sehen. Und Murray und Behring hat's auch erwischt. Alle im Wasser.«

»Hinkle auch«, sagte Ishmael. »Und Eric Bledsoe – dem haben sie das Bein abgeschossen. Und Fitz, den hat's am

Strand erwischt. Ich hab gesehen, wie er hinfiel. Bellows hat's geschafft, aber ich weiß nicht, wo er ist. Newland auch. Wo sind die Kerle denn?«

Ernest Testaverde antwortete nicht. Er zerrte an seinem Helmgurt und zog den Karabiner zurück. »Bledsoe?« sagte er. »Weißt du das genau?«

Ishmael nickte. »Er ist tot.«

»Das Bein haben sie ihm abgeschossen?« sagte Ernest.

Ishmael setzte sich mit dem Rücken zum Deich hin. Er wollte nicht über Eric Bledsoe reden, sich auch nicht daran erinnern, wie er gestorben war. Was hatte es schon für einen Sinn, über so etwas zu reden. Nichts hatte Sinn, soviel war klar. Alles, was geschehen war, seit das Landungsboot auf das Korallenriff aufgelaufen war, verschwamm in seinem Kopf. Er konnte keinen klaren Gedanken fassen. Er kam sich vor wie in einem sinnlosen Traum, in dem sich die Ereignisse ständig wiederholten. Er war am Fuß des Deichs eingegraben, und dann fand er sich immer wieder dort, immer noch unten am Deich eingegraben. Ab und zu ging eine Leuchtrakete hoch, und er sah die Dinge um sich herum ganz scharf, konnte auch seine eigenen Hände bis in alle Einzelheiten sehen. Er war erschöpft und durstig und konnte sich nicht konzentrieren, und das Adrenalin in ihm war versiegt. Er wollte leben, das wußte er nun, aber alles andere war unklar. Er wußte nicht mehr, warum er hier war – warum er sich freiwillig bei den Marines gemeldet hatte, welchen Sinn das Ganze haben sollte. »Jaha«, sagte er. »Bledsoe ist tot.«

»Ach verdammt«, antwortete Ernest Testaverde. Er trat gegen einen Kokosstamm, einmal, zweimal, dreimal, immer wieder. Ishmael Chambers wendete sich ab.

Um neunzehn Uhr gingen sie mit dreihundert Mann über den Deich. Mörser- und Maschinengewehrfeuer aus den Palmen unmittelbar vor ihnen schlug ihnen entgegen. Ishmael sah nicht, daß Ernest Testaverde getroffen wurde. Als er später nach ihm fragte, erfuhr er, daß man Ernest mit einem faustgroßen Loch in der Stirn gefunden hatte. Ishmael bekam eine Kugel in den linken Arm, genau in die Mitte seines Bizeps. Der Muskel riß, als das Geschoß eintrat – eine einzelne Kugel aus einem Nambu-Maschinengewehr –, und der Knochen brach und splitterte, und hundert Knochensplitter wurden in seine Nerven und Adern getrieben und blieben im Fleisch des Arms stecken.

Vier Stunden später, als es wieder hell wurde, sah er zwei Sanitäter bei dem Mann knien, der vor ihm lag. Der Mann war am Kopf getroffen worden, und Hirnmasse quoll unter seinem Helmrand hervor. Ishmael hatte sich hinter diesen toten Mann gewälzt und die Sulfonamid-Tabletten und einen Verband aus dem Erste-Hilfe-Päckchen an seinem Gürtel geholt. Er hatte sich einen Verband angelegt und sich mit dem ganzen Gewicht seines Körpers auf den Arm gelegt, um die Blutung zu hemmen. »Ist schon gut«, sagte ein Sanitäter zu Ishmael. »Wir holen 'ne Bahre und Träger. Der Strand ist gesichert. Alles in Ordnung. Wir bringen dich an Bord.«

»Scheißjapse«, sagte Ishmael.

Später lag er an Deck eines Schiffes, sieben Seemeilen von Betio entfernt, einer von vielen Verwundeten, die reihenweise nebeneinander lagen, und der Junge auf der Bahre links neben ihm starb an dem Schrapnell, das ihm die Leber durchbohrt hatte. Rechts von ihm lag einer mit vorstehenden Zähnen, dem eine Kugel quer durch Oberschenkel und Leisten gedrungen war; das Blut hatte seine Khakihose durchtränkt. Der Junge konnte nicht sprechen und lag mit durchgebogenem Rücken da; alle paar Sekunden stöhnte er mechanisch auf, er atmete mühsam und flach. Ishmael fragte ihn einmal, ob alles in Ordnung sei, aber der Junge stöhnte nur. Er starb zehn Minuten bevor die Bahrenträger kamen, um ihn zur Operation abzuholen.

Ishmael verlor seinen Arm auf einem Schiffsoperationstisch an einen Sanitätsmaat, der während seiner gesamten Berufspraxis nur vier Amputationen durchgeführt hatte, und die alle in den letzten Stunden. Der Maat ging den Knochen mit einer Handsäge an und kauterisierte den Stumpf ungleichmäßig, so daß die Wunde langsamer heilte als gewöhnlich und das Narbengewebe dick und rauh wurde. Ishmael war nicht gut genug narkotisiert worden, und als er aufwachte, sah er seinen Arm noch in einer Ecke auf einem Haufen blutgetränkter Verbände liegen. Zehn Jahre später träumte er immer noch davon, sah er immer noch, wie seine eigenen Finger gekrümmt an einer Wand lagen, bleich und weit weg, obwohl er seinen Arm sofort wiedererkannte, ein Stück Abfall auf dem Fußboden. Jemand sah, daß Ishmael dorthin starrte, gab einen Befehl, und der Arm wurde mit einem Handtuch umwickelt und in einen Segeltuchsack gesteckt. Irgendein anderer verpaßte ihm eine Morphiumspritze, und Ishmael redete auf ihn ein, ohne zu wissen, wer es war: »Die Japse sind … die Scheißjapse …«, aber wie er den Satz zu Ende bringen sollte, wußte er nicht, er wußte nicht ganz, was er eigentlich sagen wollte, das einzige, was ihm einfiel, war: »Diese beschissene, gottverfluchte japanische Hure.«

17

Am ersten Nachmittag des Prozesses lag gegen zwei Uhr schon eine feste Schneedecke auf allen Inselstraßen. Ein Auto rutschte und drehte sich still um sich selbst, stellte sich quer, glitt weiter und kam endlich zum Stehen, wobei ein Scheinwerfer gegen die Tür von Petersens Lebensmittelladen stieß; zum Glück öffnete ein Kunde sie genau im richtigen Moment, so daß wunderbarerweise weder an der Tür noch am Auto Schaden entstand. Hinter der Grundschule von Amity Harbor rammte ein Junge bei einer Schlittenpartie auf einem Stück Pappe ein siebenjähriges Mädchen, das sich gerade bückte, um einen Schneeball zu kneten. Es brach sich bei dem Zusammenstoß den rechten Arm. Der Schulleiter Erik Karlsen legte dem Kind eine Decke um die Schultern und setzte es an eine Heizung, ging dann hinaus und ließ den Motor seines Autos warmlaufen. Dann fuhr er es ganz vorsichtig die First Hill hinab in die Stadt, dabei mußte er durch die Halbmonde spähen, die das Heizungsgebläse aus der völlig vereisten Windschutzscheibe herausgetaut hatte.

Auf der Mill Run Road fuhr Mrs. Larsen aus Skiff Point den DeSoto ihres Mannes in den Graben. Arne Stolbaad packte zu viel Holz in seinen Ofen und verursachte einen Schornsteinbrand. Ein Nachbar rief die Freiwillige Feuerwehr, aber die Reifen des Pumpenwagens hatten am Indian Knob Hill keine Bodenhaftung mehr; der Fahrer, Edgar Paulsen, mußte halten und Schneeketten aufziehen. In der Zwischenzeit erlosch das Feuer in Arne Stolbaads Schornstein von selbst; als die Feuerwehrmänner schließlich kamen, brachte er seine Freude darüber zum Ausdruck, daß er nun endlich die Rußablagerungen im Rauchabzug ausgebrannt habe.

Um drei Uhr fuhren fünf Schulbusse von Amity Harbor ab; die Scheibenwischer sprengten Eisscherben von den Windschutzscheiben, und die Scheinwerfer beleuchteten den wirbelnden Schnee. Schüler auf dem Heimweg warfen Schneebälle nach den Bussen; der South Beach Bus rutschte gleich hinter Island Center von der Straße in die Bankette. Die Schulkinder stiegen aus und gingen zu Fuß durch das Schneetreiben nach Hause; Johnny Katayama, der Busfahrer, begleitete sie. Alle Kinder bekamen von Johnny ein halbes Spearmint-Kaugummi mit auf den Heimweg, als sie von der Straße abbogen und zum Elternhaus gingen.

Ein Junge brach sich am Nachmittag beim Rodeln den Knöchel. Er hatte nicht ganz verstanden, wie man einen Schlitten lenkt, und als ihm plötzlich eine Zeder im Weg stand, hatte er den Fuß ausgestreckt, um nicht auf den Baum zu prallen.

Ein Zahnarzt im Ruhestand, der alte Doc Cable, rutschte auf dem Weg zu seinem Brennholzschuppen aus und stürzte. Dabei verstauchte er sich das Steißbein so heftig, daß er aufschrie und sich wie ein Embryo im Schnee zusammenrollte. Nach einer Weile richtete er sich mühsam wieder auf, taumelte ins Haus und meldete seiner Frau mit zusammengebissenen Zähnen, daß er sich verletzt habe. Sarah packte ihn mit einer Wärmflasche aufs Sofa; er nahm zwei Aspirin und schlief ein.

Zwei Teenager veranstalteten einen Wurfwettbewerb auf dem Pier des Hafens von Port Jefferson. Es ging zuerst darum, mit Schneebällen eine Muringsboje, dann einen Anlegedalben auf dem benachbarten Pier zu treffen. Einer der beiden, Dan Daniels Sohn Scott, nahm drei Schritte Anlauf, warf seinen Schneeball aufs Meer hinaus und kippte dann der Länge nach ins Salzwasser. Er war innerhalb von fünf Sekunden wieder draußen, seine nassen Kleider dampften. Er rannte nach Hause, und unterwegs gefroren seine Haare im Schneetreiben zu eisigen Strähnen.

Die Bürger von San Piedro rannten dem Kaufmann Petersen die Tür ein und kauften ihm die Konservenregale leer. Sie schleppten mit ihren Stiefeln so viel Schnee in den Laden, daß einer der Lehrjungen, Earl Camp, den ganzen Nachmittag lang nur damit beschäftigt war, hinter ihnen her zu wischen. Einar Petersen nahm eine Schachtel Salz aus dem Regal und streute den Inhalt vor die Ladentür, aber zwei Kunden rutschten trotzdem aus. Einar entschloß sich, der Kundschaft gratis Kaffee anzubieten, und wies eine seiner Kassiererinnen an – Jessica Porter, die zweiundzwanzig und immer gutgelaunt war –, sich hinter einen Klapptisch zu stellen und den Kaffee auszuschenken.

In Fisks Eisenwarenladen kauften die Bürger von San Piedro Schneeschippen, Kerzen, Kerosin, Streichhölzer, gefütterte Handschuhe und Taschenlampenbatterien. Die Gebrüder Torgersen hatten bis drei Uhr nachmittags ihren gesamten Schneekettenvorrat und fast alle Eiskratzer und alles an Frostschutzmitteln verkauft. Tom zog mit seinem frisch lakkierten Abschleppwagen, einem Zweitonner, Autos aus den Straßengräben; Dave verkaufte Benzin, Batterien und Motoröl und riet seinen Kunden, nach Hause zu fahren und dort zu bleiben. Inselleute hielten zu Dutzenden an der Tankstelle und hörten zu, während Dave ihre Autos volltankte oder Schneeketten aufzog und unheilverkündende Prophezeiungen über das Wetter machte. »Drei Tage Schnee«, sagte er. »Stellt euch drauf ein, Leute.«

Gegen drei Uhr bogen sich die Zedernäste unter den Schneemassen. Als der Wind aufkam, ließ er ganze Schneeschleier niedergehen. Die Erdbeerfelder von San Piedro lagen so weiß, unberührt und makellos wie Wüsten da. Die Laute des Lebens waren nicht gedämpft, sondern vielmehr ganz erstorben – sogar die Möwen waren still. Statt dessen hörte man den Wind und den Wellenschlag und das Zurückgleiten des Wassers unten an den Stränden.

Eine grimmige, angespannte Erwartung breitete sich auf San Piedro aus. Niemand wußte, was dieses Dezemberunwetter zu bedeuten hatte. Die Häuser dieser Insel konnten bald so tief in Schneewehen vergraben sein, daß von den Blockhütten unten am Strand nur noch die steilen Dächer und von den größeren Häusern nur die oberen Stockwerke zu sehen wären. Der Strom konnte ausfallen, wenn der Wind stärker wurde; dann würden alle im Dunklen sitzen. Vielleicht würde die Wasserspülung in den Klosetts nicht mehr funktionieren, die Wasserpumpen kein Wasser mehr ziehen, man würde sich um Öfen und Laternen zusammendrängen. Es konnte aber auch sein, daß der Schneesturm eine Ruhepause, eine friedliche Winterferienzeit brachte. Die Schulen würden schließen, die Straßen wären unbefahrbar, niemand würde zur Arbeit gehen. Familien würden lange schlafen und spät und ausführlich frühstücken, sich dann dicke Kleidung anziehen und draußen in der Kälte herumwandern, wissend, daß warme, gemütliche Räume auf sie warteten. Aus den Schornsteinen würde Rauch aufsteigen, und bei Einbruch der Dämmerung würde überall Licht in den Fenstern aufscheinen. Windschiefe Schneemänner würden in den Gärten Wache stehen. Zu Essen würde genug da sein, kein Grund zur Besorgnis.

Und doch, wer schon lange auf der Insel lebte, wußte, daß man nie vorhersagen konnte, was aus einem Schneesturm wurde. Es konnte sein, daß dieser sich wie frühere entwikkelte, die Leid, sogar Tod mit sich gebracht hatten – es konnte aber auch sein, daß er sich über Nacht legte und den Kindern einfach viel Schnee bescherte. Wer wußte das schon?

Wer konnte es vorhersehen? Wenn es zur Katastrophe kommen sollte, mußte man das hinnehmen, sagten sie sich. Dann mußte man tun, was man konnte – ansonsten war nichts zu machen. Darauf hatte man keinen Einfluß – sowenig wie auf das Salzwasser, das den Schnee ganz mühelos schluckte und immer das blieb, was es war.

Als die Nachmittagspause vorbei war, rief Alvin Hooks noch einmal Art Moran auf. Der Sheriff war zweieinhalb Stunden nicht im Gerichtssaal gewesen, weil er Kontakt mit der Freiwilligen Feuerwehr aufnehmen und seine ehrenamtlichen Hilfssheriffs zusammenrufen mußte, lauter Männer, auf die man in schweren Zeiten zählen konnte. Gewöhnlich hatten sie beim Erdbeerfest und anderen öffentlichen Veranstaltungen für Ordnung zu sorgen; jetzt teilten sie das Inselgebiet nach den jeweiligen Wohnsitzen und Arbeitsplätzen untereinander auf und halfen den Inselleuten, deren Autos auf den Straßen liegengeblieben waren.

Art war sehr nervös, als er zum zweitenmal an diesem Tag in den Zeugenstand gerufen wurde. Er hatte jetzt nur noch den Schneesturm im Sinn. Er sah zwar ein, daß Alvins Fall sein zweimaliges Erscheinen im Gerichtssaal nötig machte, aber glücklich war er nicht darüber. In der fünfzehnminütigen Pause hatte er in Alvin Hooks Büro ein Sandwich gegessen, ein Stück Wachspapier auf den Knien ausgebreitet, einen Apfel auf die Schreibtischkante gelegt. Hooks hatte ihn ermahnt, seine Geschichte in der exakten zeitlichen Reihenfolge zu erzählen und keine Einzelheiten auszulassen, auch wenn sie ihm unwichtig vorkamen. Jetzt wartete Art ungeduldig im Zeugenstand, kniff seinen Schlipsknoten zusammen und prüfte, ob in seinen Mundwinkeln Krümel klebten, während Alvin den Richter um Erlaubnis bat, vier Leinen als Beweisstücke zuzulassen. Und endlich sagte Hooks: »Sheriff Moran, ich habe hier in der Hand vier Taue, wie sie die Fischer als Leinen zum Festmachen verwenden. Ich möchte Sie bitten, diese Taue genau anzusehen.«

Art nahm sie in die Hand und sah sie demonstrativ genau an. »Okay«, sagte er einen Moment danach.

»Erkennen Sie sie?«

»Jawohl.«

»Haben Sie in Ihrem Bericht diese Leinen erwähnt, Sheriff Moran? Sind es dieselben vier Stücke?«

»Ja, so ist es. Das sind die Enden, von denen ich in meinem Bericht geschrieben habe, Mr. Hooks. Das sind sie.«

Der Richter ließ die Leinen als Beweisstücke zu, und Ed Soames versah sie einzeln mit einem Zettel. Alvin Hooks gab sie Moran zurück und forderte ihn auf, zu erklären, wo er sie gefunden habe.

»Also, dieses hier«, sagte der Sheriff, »das mit der Markierung A, stammt vom Boot des Angeklagten. Es hing an einer Backbordklampe, genau gesagt, an der dritten Klampe, vom Heck aus gesehen. Es sieht genauso aus wie seine anderen Taue, sehen Sie? Genau wie die anderen, außer dem Tau an der zweiten Klampe vom Heck aus gesehen. Das ist dies hier mit der Markierung B – das war neu, Mr. Hooks, aber die anderen sind alle gebraucht. Alles dreisträngige Manilaseile mit einem Palstek am Ende, schon ziemlich abgenutzt. In dem Zustand waren Mr. Miyamotos Leinen – mit Palstek und reichlich abgenutzt, außer dem einen Stück. Das war brandneu, hatte aber auch einen Palstek.«

»Und die beiden anderen?« fragte Alvin Hooks. »Wo haben Sie die gefunden, Sheriff?«

»Die habe ich auf Carl Heines Boot gefunden, Mr. Hooks. Dieses Tau hier mit der Markierung C« – der Sheriff hielt den Tampen hoch, damit die Geschworenen ihn gut sehen konnten – »ist genauso wie alle anderen Leinen, die ich auf Carl Heines Boot, auf dem Boot des Verstorbenen, fand. Sehen Sie hier? Ein dreisträngiges Manilaseil mit einem besonderen handgeknüpften Auge am Ende, Mr. Hooks – so wie Carl Heine Ösen knüpfte, wie man weiß. Alle seine Taue hatten diese handgeknüpften Ösen, keine einen Palstek.«

»Das vierte Stück Tau, das Sie da haben«, fragte Alvin Hooks weiter, »woher stammt das, Sheriff?«

»Auch von Carl Heines Boot, aber das paßt nicht zu den anderen. Ich habe es an der Steuerbordseite gefunden, an der zweiten Klampe vom Heck aus gesehen. Das Seltsame ist, es paßt zu den Tauen, die ich an Bord des Angeklagten gefunden habe. Ziemlich abgenutzt und mit Palstek, genau wie das andere, das ich Ihnen gezeigt habe, genau wie alle seine Leinen außer der neuen. Es sieht den anderen so ähnlich, daß es eindeutig dieselbe Herkunft hat. Genauso abgenutzt.«

»Dieses Tau sieht genauso aus wie die auf dem Boot des Angeklagten?«

»Haargenau so.«

»Aber gefunden haben Sie es auf dem Boot des Verstorbenen?«

»Ganz richtig.«

»Auf der Steuerbordseite, an der zweiten Klampe von hinten?«

»Ja.«

»Und das Boot des Angeklagten – verstehe ich richtig? – hatte ein neues Tau an der Backbordseite, Sheriff – ebenfalls an der zweiten Klampe vom Heck aus?«

»Das ist richtig, Mr. Hooks. Da hatte er ein neues Tau.«

»Sheriff«, sagte Alvin Hooks. »Wenn der Angeklagte an Carl Heines Boot festgemacht hätte, hätten diese beiden fraglichen Klampen dann nebeneinandergelegen?«

»Und ob die nebeneinandergelegen hätten. Und wenn er – Miyamoto – es beim Ablegen vom Boot des Verstorbenen eilig hatte, dann kann er gut ein Tau zurückgelassen haben, das um die zweite Klampe geschlungen war.«

»Verstehe«, sagte Alvin Hooks. »Sie schließen daraus, daß er ein Tau zurückließ und es dann durch dieses neue – Beweisstück B dort in Ihrer Hand – ersetzte, als er zum Hafen zurückkam.«

Art Moran sagte: »So ist es, genauso. Er machte an Carl Heines Boot fest und ließ beim Ablegen ein Tau zurück. Das scheint mir ziemlich klar.«

»Aber Sheriff«, sagte Alvin Hooks, »wie sind Sie überhaupt darauf gekommen, gegen den Angeklagten zu ermitteln? Warum haben Sie daran gedacht, sich sein Boot genau anzusehen und ein neues Stück Tau auffällig zu finden?«

Art erklärte, im Zuge der Ermittlungen zum Tod Carl Heines habe er selbstverständlich Carls Verwandte befragt. Er habe Etta Heine aufgesucht, sagte er, und ihr erklärt, daß er, auch wenn es sich um einen Unfall handelte, eine förmliche Ermittlung durchführen müsse. Hatte Carl Heine Feinde?

Nach Etta, sagte er, habe sein Weg natürlich zu Ole Jurgensen geführt und von Ole zu Richter Fielding: Art habe einen Durchsuchungsbefehl gebraucht. Er hatte die Absicht, Kabuo Miyamotos Boot *Islander* zu durchsuchen, noch bevor es am Abend wieder zu den Lachsgründen auslief.

18

Der Gerichtsdiener Ed Soames war an die Tür gekommen, als Art Moran am Spätnachmittag des Sechzehnten um fünf Minuten nach fünf geklopft hatte, um zu Lew Fielding vorgelassen zu werden. Der Gerichtsdiener hatte seinen Mantel an und trug seine Aktentasche in der Hand; er habe gerade gehen wollen, erklärte er; der Richter sitze noch an seinem Schreibtisch.

»Ist es wegen Carl Heine?« fragte Ed.

»Sie haben's wohl schon gehört«, antwortete der Sheriff. »Aber ich will nicht deswegen zum Richter. Und wenn Sie jetzt ins Café gehen und sagen, ich wär wegen Carl Heine gekommen, wissen Sie was? Dann haben Sie unrecht, Ed.«

»So einer bin ich nicht«, sagte der Gerichtsdiener. »Andere vielleicht, aber ich nicht.«

»'türlich nicht«, sagte Art Moran.

Der Gerichtsdiener klopfte an die Tür zum Amtszimmer des Richters, öffnete sie dann und sagte, der Sheriff sei da – dienstlich, wolle aber nicht sagen, in welcher Angelegenheit. »In Ordnung«, antwortete der Richter. »Schicken Sie ihn rein.«

Der Gerichtsdiener hielt Art Moran die Tür auf und trat zur Seite, um ihn vorbeizulassen. »Schönen Abend, Sir«, sagte er. »Bis morgen.«

»Guten Abend, Ed«, entgegnete der Richter. »Schließen Sie beim Rausgehen bitte ab? Der Sheriff hier ist mein letzter Besucher.«

»Wird gemacht«, sagte Ed Soames und schloß die Tür.

Der Sheriff setzte sich und rückte umständlich die Beine zurecht. Er legte seine Mütze auf den Fußboden. Der Richter wartete geduldig, bis er die Tür ins Schloß fallen hörte. Dann sah er dem Sheriff zum erstenmal in die Augen. »Carl Heine«, sagte er.

»Carl Heine«, antwortete der Sheriff.

Lew Fielding legte den Füller aus der Hand. »Ein Mann mit Frau und Kindern«, sagte er.

»Ich weiß«, antwortete Art. »Ich bin heute morgen draußen gewesen und habe Susan Marie die Nachricht gebracht. Mein Gott«, fügte er bitter hinzu.

Lew Fielding nickte. Er saß mißmutig mit aufgestützten Ellbogen an seinem Schreibtisch und hielt sich mit beiden Händen das Kinn. Wie immer wirkte er, als würde er im nächsten Augenblick einschlafen; seine Augen sahen so traurig und müde aus wie die eines Bassets. Die Wangen waren eingefallen, die Stirn zerfurcht, die silbrigen Brauen buschig. Art erinnerte sich an die Zeiten, als er noch rüstiger gewesen war und beim Erdbeerfest Hufeisen geworfen hatte. Der Richter mit Hosenträgern und aufgekrempelten Hemdsärmeln, vor Konzentration blinzelnd und vornübergeneigt.

»Wie geht's ihr? Susan Marie mein ich.«

»Nicht gut«, antwortete Art Moran.

Lew Fielding sah ihn an und wartete. Art hob die Mütze auf, legte sie sich auf den Schoß und fummelte an ihrem Rand herum. »Ich bin gekommen, damit Sie mir einen Durchsuchungsbefehl unterschreiben. Ich möchte Kabuo Miyamotos Boot durchsuchen, vielleicht auch sein Haus – das weiß ich noch nicht genau.«

»Kabuo Miyamoto«, sagte der Richter. »Und wonach suchen Sie?«

»Na ja«, antwortete der Sheriff und beugte sich vor. »Mir ist da einiges aufgefallen, Richter. Fünf Dinge im ganzen.

Erstens, ich habe Aussagen von Männern, die erklären, Miyamoto habe sich gestern nacht, als es passiert ist, in denselben Fischgründen aufgehalten wie Carl. Zweitens hat Etta Heine gesagt, Miyamoto und ihr Sohn seien seit langer Zeit verfeindet – ein alter Streit um Land. Drittens habe ich ein Stück Tau, das jemand auf Carls Boot zurückgelassen hat; es war um eine Klampe gewickelt; sieht so aus, als wär vielleicht einer zu ihm an Bord gekommen, und ich möchte mir Miyamotos Leinen mal ansehen. Viertens habe ich Ole Jurgensens Behauptung, daß Carl und Miyamoto beide kürzlich bei ihm waren und beide sein Land kaufen wollten, das Ole dann an Carl verkauft hat. Miyamoto sei rasend vor Wut abgezogen, sagt Ole. Hat angeblich gesagt, er werde mal mit Carl reden. Und das hat er ja vielleicht auch getan. Auf See. Und dann … sind die Dinge außer Kontrolle geraten.«

»Und fünftens?« fragte Lew Fielding.

»Fünftens?«

»Sie haben behauptet, Sie hätten fünf Anhaltspunkte. Ich hab bisher vier gehört. Jetzt warte ich auf den fünften.«

»Oh«, sagte Art Moran. »Horace hat eine … ziemlich gründliche Autopsie gemacht. Carl hat eine üble Verletzung seitlich am Kopf. Und Horace hat etwas Interessantes dazu gesagt, das genau zu dem paßt, was ich von Ole weiß. Und übrigens auch von Etta. Er hat gesagt, solche Kopfverletzungen habe er im Krieg gesehen. Hat gesagt, die Japse machten sowas mit dem Gewehrkolben. Schon als Kinder übten sie sich im Stockkampf, hat er gesagt. *Kendo* heißt der Stockkampf, den sie ständig trainieren, hat Horace gesagt. Und ein bestimmter *kendo*-Hieb hinterläßt offenbar eine Wunde, wie Carl sie am Kopf hat. Ich hab mir zuerst nichts dabei gedacht. Nicht mal, als die Fischer unten am Kai erzählten, daß Miyamoto letzte Nacht draußen an der Ship Channel Bank war – an derselben Stelle wie Carl. Ist mir dabei gar nicht eingefallen. Aber heute nachmittag, als Etta erzählte, was für Probleme sie mit Miyamoto hatte, fiel es mir wieder ein, und erst recht, als Ole von dem Verkauf berichtet hat. Und ich hab mich entschieden, dieser Spur nachzugehen und Miyamotos Boot zu durchsuchen, Richter. Nur für den Fall eines Falles. Mal nachsehen, was sich da findet, wenn überhaupt was.«

Richter Fielding drückte mit Daumen und Zeigefinger die Nase zusammen. »Ich weiß nicht recht, Art«, sagte er. »Erstens haben Sie die Behauptung von Horace – aus dem Stegreif, ohne zu überlegen, hat er von einer zufälligen Ähnlichkeit zwischen dieser Wunde an Carls Kopf und den Kriegsverletzungen durch japanische Soldaten erzählt –, aber ist das *wirklich* ein Hinweis auf Miyamoto? Dann haben Sie Etta Heine, auf die ich nicht näher eingehen möchte; es ist wohl genug, wenn ich sage, der Frau traue ich nicht. Sie ist so voll Haß, Art; ich traue ihr einfach nicht. Und Sie haben mindestens fünfzig Lachsfischer, die alle letzte Nacht im Nebel draußen waren – einer so streitlustig wie der andere, wenn er meint, daß jemand ihm seinen Fisch wegschnappen will –, und Sie haben Ole Jurgensen. Und ich muß zugeben: Ole ist interessant. Da haben Sie was, worüber man mal genauer nachdenken sollte. Aber –«

»Richter«, unterbrach ihn Art Moran, »kann ich mal was dazu sagen? Wenn Sie *zu lange* darüber nachdenken, haben wir gar keine Chance mehr. Die Boote gehen gleich raus.«

Der Richter schob den Ärmel zurück und sah auf seine Uhr. »Zwanzig nach fünf; Sie haben recht.«

»Ich hab hier eine eidesstattliche Erklärung«, drängte der Sheriff und zog das Schriftstück aus der Hemdtasche. »Ich hab sie ziemlich schnell geschrieben, aber sie ist in Ordnung. Steht alles schwarz auf weiß da. Wonach ich suchen will, ist eine Mordwaffe, das ist alles, falls ich die Chance dazu kriege.«

»Na gut, es kann nichts schaden, wenn Sie's richtig machen, Art«, sagte Lew Fielding. Er lehnte sich über den Schreibtisch dem Sheriff zu. »Und damit es verfahrenstechnisch einwandfrei ist, frage ich Sie: Schwören Sie, daß die Angaben in dieser Erklärung der Wahrheit entsprechen – so wahr Ihnen Gott helfe – *schwören* Sie?«

Der Sheriff schwor.

»In Ordnung. Haben Sie einen Durchsuchungsbefehl mitgebracht?«

Der Sheriff zog einen aus der zweiten Hemdtasche hervor. Der Richter faltete das Blatt unter seiner Schreibtischlampe auseinander und nahm seinen Füller zur Hand. »Ich schreibe folgendes«, sagte er, »ich gestatte Ihnen, Miyamotos Boot zu durchsuchen, aber nicht sein Haus. Frau und Kinder sollen da nicht reingezogen werden; soweit ich sehe, können wir damit noch warten. Und vergessen Sie nicht, dies ist eine *eingeschränkte* Durchsuchung. Die Mordwaffe, Art, und nichts sonst. Ich will nicht, daß Sie in den Privatsachen des Mannes rumwühlen.«

»Verstanden«, sagte Art Moran. »Die Mordwaffe.«

»Wenn Sie auf dem Boot nichts finden, kommen Sie morgen wieder. Dann können wir immer noch über das Haus reden.«

»In Ordnung«, sagte Art Moran. »Danke.«

Dann fragte er, ob er das Telephon benutzen könne. Er rief in seinem Büro an und sprach mit Eleanor Dokes. »Sag Abel, er soll unten am Pier auf mich warten«, sagte er. »Und seine Taschenlampe soll er mitbringen.«

Um diese Zeit, in den Fünfzigern, achteten die Fischer von San Piedro auf Dinge und Vorzeichen, von denen andere Leute sich keine Vorstellung machten. Die Fischer waren überzeugt, daß das Gewebe aus Ursache und Wirkung ebenso unsichtbar wie allgegenwärtig war und daß deshalb ein Mann in einer Nacht sein Netz bis zum Rand voll mit Lachsen heraufbringen und in der nächsten nur Seetang erwischen konnte. Gezeiten, Strömungen und Winde waren eine Sache, die Mächte des Schicksals etwas ganz anderes. Ein Fischer nahm an Deck eines Bootes bestimmte Worte nicht in den Mund: Pferd, Ferkel, Schwein; wer diese Worte aussprach, beschwor schlechtes Wetter herauf oder sorgte dafür, daß sich die Leinen in der Schiffsschraube verfingen. Lag der Deckel der Ladeluke verkehrt herum, kam ein Südweststurm auf, und ein schwarzer Koffer an Bord beschwor verhedderte Leinen und verknotete Netze herauf. Wer Möwen etwas tat, zog die Rache der Schiffsgeister auf sich, denn in den Möwen hielten sich die Seelen der auf See verunglückten und verschollenen Männer auf. Auch Schirme brachten Unglück, ebenso zerbrochene Spiegel, und man durfte keine Scheren verschenken. Nur ein Greenhorn würde sich an Bord eines Ringwadenkutters einfallen lassen, sich beim Fingernägelschneiden auf ein am Boden liegendes Wadennetz zu setzen, oder einem Bootsmann ein Stück Seife in die Hand zu geben, statt es ins Waschbecken fallen zu lassen, oder eine Obstkonserve am falschen Ende zu öffnen. Schlechter Fang und schlechtes Wetter konnten die Folge all dieser Dinge sein.

Als Kabuo Miyamoto an diesem Abend mit einer Batterie für die *Islander* den Südkai herunterkam, sah er, daß sich auf der Netztrommel seines Bootes und der Saling und auf dem Dach des Bootshauses ein Schwarm Möwen niedergelassen hatte. Als er an Bord ging, flogen sie auf, dreißig bis vierzig Vögel, schien ihm, ein Getöse von Flügeln, mehr als er für möglich gehalten hätte, ein halbes Hundert Seemöwen stoben von der *Islander* hoch, schossen vom Bootshaus auf. Sie kreisten ein halbes dutzendmal über seinem Kopf, in weiten Bögen, die sich über die gesamten Docks hinzogen, und ließen sich dann auf den Wellen an der Seeseite nieder.

Kabuos Herz pochte. Er hielt nicht besonders viel von Omen, aber so etwas hatte er noch nie gesehen.

Er ging in seine Kabine und nahm den Deckel vom Batterieschacht ab. Er paßte die neue Batterie ein und schloß die Kabel an. Dann startete er die Maschine. Er ließ sie eine Weile laufen, legte dann den Schalter für die Pumpe Nummer eins um, damit Wasser in seinen Deckschlauch gepumpt wurde. Kabuo stellte sich auf die Kante des Lukendeckels und schwemmte Möwendreck durch die Speigatten. Die Möwen hatten ihn aus dem Gleichgewicht gebracht, er fühlte sich unbehaglich. Andere Boote liefen aus, er sah, daß sie sich an den Bojen von Amity Harbor vorbei auf den Weg zu den Lachsgründen machten. Er blickte auf die Uhr; schon zwanzig vor sechs. Er dachte sich, er könne diesmal sein Glück am Ship Channel versuchen; bei Elliot Head stand der Lachs häufig.

Als er aufsah, hatte sich eine einsame Möwe auf der Backbordreling niedergelassen, kaum drei Meter von ihm heckwärts. Sie war perlgrau mit weißen Flügeln, eine junge Silbermöwe mit breiter, schimmernder Brust, und sie schien ihn so aufmerksam zu beobachten wie er sie.

Kabuo griff vorsichtig hinter sich und drehte den Hahn voll auf. Der Wasserstrahl schoß hart auf das Achterdeck, und ein Schwall floß zum Heck. Als er die Möwe wieder im Blick hatte, beobachtete er sie einen Moment aus den Augenwinkeln, verlagerte dann sein Gewicht schnell nach links und richtete den Schlauch auf sie. Der Strahl traf den Vogel voll auf der Brust, und während er versuchte, der Gewalt des Wassers zu entkommen, prallte er mit dem Kopf gegen die Bordwand der *Channel Star*, die neben der *Islander* lag.

Kabuo, den Schlauch noch in der Hand, stand an der Backbordreling und starrte auf die sterbende Möwe, als Art Moran und Abel Martinson neben seinem Boot auftauchten, beide trugen Taschenlampen.

Der Sheriff fuhr sich zweimal mit der flachen Hand vor der Kehle entlang. »Stellen Sie den Motor ab«, rief er.

»Wozu?« fragte Kabuo Miyamoto.

»Ich habe einen Durchsuchungsbefehl«, antwortete der Sheriff und zog das Papier aus der Hemdtasche. »Wir müssen Ihr Boot durchsuchen.«

Kabuo streifte ihn mit einem Blick, dann verhärtete sich sein Gesichtsausdruck. Er stellte das Wasser ab und sah den Sheriff an. »Wie lange wird das dauern?«

»Keine Ahnung«, sagte der Sheriff. »Kann 'ne ganze Weile dauern.«

»Und was suchen Sie?«

»Eine Mordwaffe«, antwortete Art Moran. »Wir meinen, daß Sie möglicherweise für den Tod von Carl Heine verantwortlich sind.«

Kabuo blinzelte und ließ den Schlauch aufs Deck fallen. »Ich habe Carl Heine nicht getötet«, sagte er eindringlich. »Ich war's nicht, Sheriff.«

»Dann haben Sie wohl nichts dagegen, daß wir Ihr Boot durchsuchen, oder?« sagte Art Moran und ging an Bord.

Er und Abel Martinson gingen um das Ruderhaus herum und stiegen ins Heck hinunter. »Sie wollen sicher einen Blick drauf werfen«, sagte der Sheriff und drückte Kabuo den Durchsuchungsbefehl in die Hand. »Wir fangen schon mal an. Wenn wir nichts finden, können Sie los.«

»Dann dauert's nicht lange«, antwortete Kabuo. »Hier werden Sie nichts finden.«

»Gut«, antwortete Art. »Jetzt stellen Sie erstmal den Motor ab.«

Die drei gingen in die Kabine. Kabuo legte den Schalter neben dem Ruder um. Die Maschine verstummte, und es war still. »Dann mal los«, sagte Kabuo.

»Setzen Sie sich«, antwortete Art. »Setzen Sie sich auf die Koje.«

Kabuo setzte sich. Er las den Durchsuchungsbefehl. Er sah zu, wie der Hilfssheriff Abel Martinson den Werkzeugkasten durchsuchte. Abel nahm jeden Schraubenschlüssel in die Hand und sah ihn im Lichtkegel seiner Taschenlampe von allen Seiten an. Er ließ den Lichtstrahl über die Bodenbretter gleiten, kniete sich dann mit einem flachen Schraubenzieher hin und hebelte den Deckel des Batterieschachtes auf. Der Lichtkegel fuhr über die Batterien und in alle Winkel des Schachtes. »D-Sechser«, sagte er.

Als Kabuo darauf nicht reagierte, schob Abel den Deckel wieder an seinen Platz und legte den Schraubenzieher weg. Die Taschenlampe schaltete er aus.

»Maschine unter der Koje?« fragte er.

»Richtig«, antwortete Kabuo.

»Stehen Sie auf und heben Sie die Matratze hoch«, sagte Abel. »Ich will mir das mal ansehen, wenn Sie nichts dagegen haben.«

Kabuo stand auf, rollte das Bettzeug zur Seite und öffnete den Deckel zum Maschinengehäuse. »Sehen Sie nach«, sagte er.

Abel knipste die Taschenlampe wieder an und steckte den Kopf in das Gehäuse. »Sauber«, sagte er nach einer Weile. »Sie können die Matratze wieder zurücklegen.«

Sie gingen hinaus aufs Achterdeck, Abel Martinson voran. Der Sheriff nahm unterwegs alles in die Hände, was er sah: Ölzeug, Gummihandschuhe, Schwimmer, Leinen, Wasserschlauch, Rettungsring, Besen, Eimer. Er bewegte sich langsam und betrachtete alles genau. Er inspizierte das Boot gründlich, sah sich auf seinem Weg die Leinen an allen Klampen gründlich an, kniete sich sogar hin, um sie zu prüfen. Dann ging er kurz nach vorn und kniete sich neben den Anker und dachte schweigend über etwas nach. Dann wanderte er wieder zum Achterdeck zurück und steckte die Taschenlampe in den Hosenbund.

»Sie haben vor kurzem ein Anlegetau ersetzt«, sagte er zu Kabuo Miyamoto. »Hier an der zweiten Backbordklampe. Ist brandneu, oder?«

»Das hatte ich schon 'ne Weile hier rumliegen«, erklärte Kabuo Miyamoto.

Der Sheriff starrte ihn an. »Sicher«, sagte er. »So wird es sein. Hilf mir mal mit dem Lukendeckel hier, Abel.«

Sie schoben den Deckel zusammen zur Seite und spähten hinein. Lachsgestank schlug ihnen entgegen. »Nichts«, sagte Abel. »Was jetzt?«

»Spring runter. Sieh dich etwas um da unten.«

Der Hilfssheriff ließ sich in den Laderaum hinab. Er kniete sich hin, knipste die Taschenlampe an und tat so, als sähe er sich um. »Also, ich seh nichts«, sagte er.

»Da ist auch nichts zu sehen«, sagte Kabuo Miyamoto. »Ihr verschwendet nur eure und meine Zeit, Leute. Ich muß raus zum Fischen.«

»Komm wieder raus«, sagte Art Moran.

Abel drehte sich nach Steuerbord, die Hände an der Lukeneinfassung. Kabuo sah, wie er unter den Steuerbordrand spähte und das Gaff mit dem langen Griff musterte, das an das Schanzkleid geklemmt war. »Sieh dir das an«, sagte Abel.

Er zog sich aus dem Laderaum hoch und griff danach – ein solides, etwa anderthalb Meter langes Gaff mit einem Stahlwiderhaken an einem Ende. Er reichte es Art Moran.

»Da ist Blut dran«, sagte er.

»Fischblut«, sagte Kabuo. »Mit dem Haken zieh ich Fische aus dem Wasser.«

»Und wie kommt das Fischblut an das Griffende? Am Haken ist Blut vielleicht nichts Besonderes, aber am *anderen* Ende? Da, wo man das Ding hält? *Fisch*blut?«

»Sicher«, sagte Kabuo. »Das kriegt man auch an die Hände, Sheriff. Kann Ihnen jeder Fischer sagen.«

Der Sheriff nahm ein Taschentuch aus der Gesäßtasche und hielt das Gaff damit. »Ich werd das mitnehmen und untersuchen lassen«, sagte er und gab es an Abel Martinson weiter. »Der Durchsuchungsbefehl ermächtigt mich dazu. Ich frage mich, ob ich Sie dazu bringen kann, heute nacht hierzubleiben, nicht rauszufahren, bis Sie von mir hören. Ich weiß, Sie wollen raus und fischen, aber ich frage mich, ob Sie heute nicht besser hierbleiben sollten. Gehen Sie nach Hause. Warten Sie ab. Warten Sie da, bis Sie von mir hören. Sonst muß ich Sie nämlich auf der Stelle festnehmen. Aufgrund all dessen, was wir hier haben, in Untersuchungshaft bringen.«

»Ich hab ihn nicht getötet«, wiederholte Kabuo Miyamoto. »Und ich kann es mir nicht leisten, nicht auf Fang zu gehen. Ich kann das Boot nicht in einer Nacht wie dieser einfach liegenlassen und –«

»Dann sind Sie verhaftet«, unterbrach ihn Art Moran. »Denn ich kann Sie auf keinen Fall mit Ihrem Boot auslaufen lassen. In einer halben Stunde könnten Sie schon in Kanada sein.«

»Nein, das würde ich nicht tun«, entgegnete Kabuo. »Ich würde nur fischen und dann nach Hause kommen. Und bis dahin wüßten Sie, daß an meinem Gaff da nur Fischblut, nicht Carl Heines Blut ist. Ich könnte rausfahren, meinen Lachs rausholen und mich morgen früh bei Ihnen melden.«

Der Sheriff schüttelte den Kopf, ließ die Hände auf den Gürtel fallen und verhakte die Daumen hinter der Schnalle. »Nein«, sagte er, »Sie sind verhaftet. Tut mir leid, aber wir müssen Sie festnehmen.«

Die Ermittlung, fiel dem Sheriff ein, lief erst seit fünf Stunden. *Sherlock Holmes* – das Wort klang ihm in den Ohren. Horace Whaley hatte ihn ausgelacht, weil ihm übel geworden war beim Anblick der Leiche, des freigelegten Schädels, der Knochensplitter in Carls Gehirn. Da war die Windel, die Susan Marie sich auf die Schulter gelegt hatte, ihr behandschuhter Zeigefinger, der auf den Kuchen in der Kirche wies, dieser weiße Finger, der ihn einlud, sich ein Pfefferminzplätzchen in den Mund zu stecken. Sie war auf den Treppenstufen zusammengesunken, mit nach außen gestellten Füßen, die Babyflasche neben sich. Also gut, am Ende hatte er Sherlock Holmes gespielt, ja: Es war eine Art Spiel gewesen. Er hatte nicht im Ernst geglaubt, etwas anderes herauszubekommen, als daß Carl Heine ertrunken war. Über Bord gefallen, wie andere Männer vor ihm, und gestorben, weil das der Lauf der Dinge war. Art Moran glaubte an die Macht der Umstände. Für ihn gehörte Unglück zum Leben. Das Unglück, das er während seiner Arbeit gesehen hatte, blieb ihm in schmerzlicher, lebendiger Erinnerung, und weil er seit vielen Jahren so viel davon gesehen hatte, wußte er, daß es ihm immer wieder begegnen würde; so ging es eben im Leben. Das Leben auf der Insel unterschied sich in dieser Hinsicht nicht vom Leben anderswo: Ab und zu geschahen schlimme Dinge.

Jetzt glaubte er zum erstenmal ernsthaft daran, daß er es mit einem Mord zu tun hatte. Er hätte damit rechnen müssen, daß der Lauf der Welt ihn früher oder später an diesen Punkt bringen würde. Er war mit sich zufrieden. Fürs erste jedenfalls hatte er sich ganz professionell verhalten; seine Ermittlungen waren gründlich gewesen. Horace Whaley konnte sich nun nicht mehr über ihn lustig machen und ihn einen Möchtegern-Sherlock-Holmes nennen.

Ihm ging durch den Kopf, daß Horace Whaley bei aller Arroganz doch recht gehabt hatte. Denn hier war der Japs mit dem blutigen Gewehrkolben, nach dem zu suchen Horace geraten hatte. Hier war der Japs, auf den die Aussagen aller Inselleute, mit denen er gesprochen hatte, wiesen.

Art Moran sah dem Japs in die unbeweglichen Augen, um zu prüfen, ob er die Wahrheit in ihnen erkennen könne. Aber es waren harte Augen in einem stolzen, reglosen Gesicht, und in ihnen war gar nichts zu erkennen. Es waren die Augen eines Mannes, der seine Gefühle verbarg, die Augen eines Mannes, der etwas verheimlichte. »Sie sind in Verbindung mit dem Tod Carl Heines verhaftet«, wiederholte Art Moran.

19

Schon um halb neun Uhr morgens an diesem siebten Dezember war Richter Fieldings Gerichtssaal voll besetzt mit Bürgern, die für die Wärme der Heizkörper sehr dankbar waren. Ihre feuchten Mäntel hatten sie in der Garderobe gelassen, aber Schneegeruch brachten sie trotzdem mit, er hing in ihren Haaren und Hosen, Stiefeln und Pullovern. Ed Soames hatte die Heizung noch weiter aufgedreht, auch deshalb, weil der Sprecher der Geschworenen ihm berichtet hatte, daß einige Geschworene eine frostige Nacht im Amity Harbor Hotel hinter sich hatten. Die ächzenden maroden Heizkörper und der Wind, der an den Fenstern rüttelte, hatten sie wach gehalten. Sie waren im zweiten Stock, von allen abgeschnitten, untergebracht worden und hatten, wie der Sprecher sagte, bevor sie zu Bett gingen, noch überlegt, ob der Prozeß wegen des Schneesturms unterbrochen werden müsse. Die meisten hätten keinen Schlaf finden können und im Bett vor Kälte gezittert, während der Wind das Hotel erschütterte.

Ed Soames entschuldigte sich bei den Geschworenen dafür, daß sie so schlecht untergebracht waren, und wies sie darauf hin, daß im Vorraum heißer Kaffee für sie bereitstehe; sie könnten sich während der Pausen davon nehmen. Wie schon am Tag zuvor zeigte er ihnen den Schrank, in dem vierzehn Kaffeebecher an Messinghaken aufgehängt waren. Er wies sie auch auf den Zuckerspender hin und entschuldigte sich dafür, daß es keine Sahne gab: Petersen war ausverkauft. Er hoffe, sie könnten sich auch so behelfen.

Der Sprecher ließ wissen, daß die Geschworenen bereit seien, also führte Ed Soames sie in den Gerichtssaal. Die Reporter fanden ihre Plätze, der Angeklagte wurde hereingebracht, Eleanor Dokes nahm ihren Platz am Stenographiergerät ein.

Ed Soames forderte alle auf, sich zu erheben, und als sie das getan hatten, kam Lew Fielding aus seinem Amtszimmer und schritt zur Richterbank, als wäre niemand im Saal. Er sah wie immer vollkommen desinteressiert aus. Er stützte den Kopf schwer auf die linke Faust und nickte Alvin Hooks zu. »Ein neuer Tag«, erklärte er ihm, »aber vor Gericht noch Ihr Tag, Herr Staatsanwalt. Sie haben das Wort. Rufen Sie Ihren Zeugen auf.«

Alvin Hooks erhob sich und dankte Richter Fielding. Er sah frisch und gut rasiert aus, gepflegt in seinem Serge-Anzug mit den dicken Schulterpolstern. »Die Staatsanwaltschaft ruft Dr. Sterling Whitman auf«, verkündete er, und dann erhob sich auf der Tribüne ein Mann, den zuvor niemand gesehen hatte, ging durch die niedrige Schranke und näherte sich dem Zeugenstand, wo ihn Ed Soames auf die Bibel schwören ließ. Er war groß, mindestens ein Meter neunzig, und schien aus seinem Anzug herausgewachsen; die Hemdsärmel sahen sehr weit aus der Jacke hervor, die auch unter den Achseln spannte.

»Dr. Whitman«, sagte Alvin Hooks, »wir danken Ihnen, daß Sie den Kampf mit den Elementen nicht gescheut haben, um heute morgen Ihre Aussage zu machen. Ich habe gehört, daß nur eine Handvoll Passagiere vom Festland es gewagt haben, mit der Fähre um sechs Uhr fünfundzwanzig übers Wasser nach San Piedro zu kommen – stimmt das?«

»Stimmt; wir waren nur sechs«, sagte Dr. Whitman.

»Eine aufregende Fahrt durch so einen stiebenden Schneesturm«, fügte Alvin Hooks hinzu.

»Stimmt«, wiederholte Dr. Whitman.

Er war eindeutig zu groß für den Zeugenstand und sah aus wie ein Storch oder Kranich, den man in eine Kiste gepackt hatte.

»Dr. Whitman«, sagte der Staatsanwalt. »Sie sind Hämatologe am General Hospital von Anacortes – stimmt das? Habe ich das richtig verstanden?«

»Das ist richtig.«

»Und seit wann arbeiten Sie dort?«

»Seit sieben Jahren.«

»Und worin bestand Ihre Arbeit während dieser Zeit im einzelnen, Doktor?«

»Ich bin seit sechseinhalb Jahren Hämatologe. Ausschließlich Hämatologe.«

»Hämatologe«, sagte Alvin Hooks. »Was genau tut ein Hämatologe?«

Dr. Whitman kratzte sich am Hinterkopf, dann über und unter dem linken Brillenbügel. »Ich bin spezialisiert auf Pathologie und Behandlung des Blutes«, sagte er dann. »In der Hauptsache auf Bluttests und Analysen. Ich berate die behandelnden Ärzte.«

»Verstehe«, sagte Alvin Hooks. »Seit sechseinhalb Jahren besteht Ihre Arbeit also darin – lassen Sie mich versuchen, es vereinfacht auszudrücken –, Blutuntersuchungen zu machen? Und die Ergebnisse dieser Untersuchungen zu analysieren? Trifft das zu?«

»Kurz gesagt, ja«, bestätigte Sterling Whitman.

»Nun denn«, sagte Alvin Hooks. »Könnten wir Sie also zutreffend als einen Experten für Bluttests charakterisieren? Angesichts Ihrer sechsjährigen Erfahrung? Würden Sie sagen, daß Sie sich in der Bestimmung von Blutgruppen Fachkenntnisse erworben haben?«

»Unbedingt«, sagte Sterling Whitmann. »Blutgruppenbestimmung … gehört zur Routine. Das ist das tägliche Brot eines Hämatologen – Blutgruppen zu bestimmen.«

»Sehr gut«, sagte Alvin Hooks. »Am Abend – am späten Abend des sechzehnten September brachte Ihnen der Sheriff dieses Bezirks einen Fischhaken, wenn ich mich nicht irre, und bat Sie, einen Blutflecken zu untersuchen, den er daran gefunden hatte. Ist das richtig, Dr. Whitman?«

»Das ist richtig.«

Alvin Hooks drehte sich um die eigene Achse und sah Ed Soames an; Ed gab ihm das Gaff.

»Nun, Dr. Whitman«, sagte der Staatsanwalt. »Ich zeige Ihnen einen Gegenstand, der bereits als Beweisstück 4-B der Anklage zugelassen wurde. Ich händige Ihnen den Gegenstand nunmehr aus und bitte Sie, ihn genau anzusehen.«

»In Ordnung«, sagte Sterling Whitman.

Er nahm das Gaff und untersuchte es – ein Gaff mit langem Griff und einem Widerhaken am Ende; durch ein Schildchen am Griff war es als Beweismittel gekennzeichnet.

»Okay, ich hab es mir angesehen«, sagte er.

»Sehr gut«, sagte Alvin Hooks. »Erkennen Sie diesen Fischhaken, Dr. Whitman?«

»Jawohl. Es ist das Gaff, das Sheriff Moran mir am Abend des sechzehnten September brachte. Es war blutbefleckt, und er bat mich, einige Untersuchungen daran vorzunehmen.«

Alvin Hooks nahm ihm das Gaff wieder ab und legte es so auf den Tisch mit den Beweisstücken, daß die Geschworenen es gut sehen konnten. Dann suchte er einen Ordner aus seinen Papieren heraus und kehrte zum Zeugenstand zurück.

»Dr. Whitman«, begann er wieder. »Ich gebe Ihnen nun einen Gegenstand, den die Anklage als Beweisstück 5-A bezeichnet hat. Würden Sie mir bitte sagen, ob er Ihnen bekannt ist; können Sie ihn für das Gericht identifizieren?«

»Das kann ich«, sagte Sterling Whitman. »Das ist mein Untersuchungsbericht. Ich habe ihn geschrieben, nachdem mir Sheriff Moran das Gaff gebracht hatte.«

»Sehen Sie ihn genau an«, sagte Alvin Hooks. »Ist er noch im selben Zustand wie zu der Zeit, als Sie ihn schrieben?«

Sterling Whitman blätterte der Form halber ein paar Seiten um. »Ja«, sagte er einen Augenblick später, »es sieht so aus. Ja.«

»Und erkennen Sie Ihre Unterschrift auf dem Bericht?«

»Ja, das ist sie.«

»Danke, Doktor«, sagte Alvin Hooks und nahm den Ordner wieder in die Hand. »Herr Vorsitzender, die Staatsanwaltschaft stellt den Antrag, daß der Bericht als Beweisstück 5-A zugelassen wird.«

Nels Gudmundsson räusperte sich. »Kein Einspruch«, sagte er.

Lew Fielding gab dem Antrag statt. Ed Soames setzte schwungvoll seinen Amtsstempel darauf. Dann händigte Alvin Hooks den Bericht Sterling Whitman wieder aus.

»In Ordnung«, sagte er. »Nun, Mr. Whitman. Hiermit gebe ich Ihnen ein Schriftstück zurück, das jetzt als Beweisstück 5-A geführt wird: Ihren Untersuchungsbericht, unter anderem den Fischhaken betreffend. Würden Sie bitte Ihren Befund für das Gericht zusammenfassen?«

»Selbstverständlich«, sagte Sterling Whitman und zupfte verlegen an einer Manschette. »Erstens habe ich festgestellt, daß das Blut auf dem Gaff, das ich von Sheriff Moran erhielt, menschliches Blut war, es hat sofort auf menschliche Antikörper reagiert. Zweitens stellte ich fest, daß dieses Blut zu der Gruppe gehört, die wir als B positiv beschreiben können, Mr. Hooks. Unter dem Mikroskop konnte ich das eindeutig und ohne jede Schwierigkeit feststellen.«

»Sonst noch etwas Wichtiges?«

»Ja«, sagte Sterling Whitman. »Der Sheriff bat mich, in unseren Krankenhausakten nachzusehen, ob die Blutgruppe des Fischers Carl Heine verzeichnet ist. Wir hatten sie in unseren Akten. Mr. Heine war nach dem Krieg zu einer Reihe von Untersuchungen in unserer Klinik; wir hatten auch die medizinischen Berichte aus seiner Militärzeit. Ich habe sie durchgesehen und in meinen Bericht aufgenommen. Mr. Heine hatte die Blutgruppe B positiv.«

»B positiv«, sagte Alvin Hooks. »Wollen Sie damit sagen, daß die Blutgruppe des Verstorbenen der des Blutes auf dem Gaff entsprach?«

»Ja, es war dieselbe Blutgruppe«, sagte Sterling Whitman.

»Aber, Dr. Whitman«, sagte Alvin Hooks, »die Blutgruppe B positiv müßten doch viele Menschen haben. Können Sie mit Sicherheit sagen, daß es Carl Heines Blut war?«

»Nein«, sagte Dr. Whitman, »das kann ich nicht. Aber ich möchte darauf hinweisen, daß die Blutgruppe B positiv relativ selten vorkommt. Statistisch gesehen. Höchstens zehn Prozent der männlichen Kaukasier haben diese Blutgruppe.«

»Einer von zehn männlichen Kaukasiern nur? Mehr nicht?«

»So ist es.«

»Verstehe«, sagte Alvin Hooks. »Einer von zehn.«

»Richtig«, wiederholte Sterling Whitman.

Alvin Hooks ging an den Geschworenen vorbei zum Tisch des Angeklagten. »Dr. Whitman«, sagte er, »der Angeklagte hier heißt Kabuo Miyamoto. Ich wüßte gern, ob sein Name in Ihrem Bericht auch vorkommt.«

»Ja, ich habe ihn genannt.«

»In welchem Zusammenhang?« fragte Alvin Hooks.

»Na ja, der Sheriff bat mich, auch bei ihm nachzusehen. Er fragte, ob ich bei meiner Suche nach Carl Heines Akten Miyamotos Unterlagen gleich mit raussuchen könne. Das tat ich und las sie auf sein Verlangen hin durch. Auch in diesem Fall standen medizinische Berichte aus der Militärzeit zur Verfügung. Kabuo Miyamotos Blutgruppe wurde bei seinem Eintritt in den Militärdienst festgestellt: Blutgruppe 0 negativ.«

»0 negativ?« fragte Alvin Hooks.

»So ist es. Ja.«

»Und das Blut auf dem Gaff, das Sheriff Moran Ihnen gebracht hat, das Gaff, das er bei seiner Durchsuchung auf dem Boot des Angeklagten gefunden hatte – Sie haben es vor wenigen Augenblicken in der Hand gehabt –, war B positiv, Doktor?«

»Ja, B positiv.«

»Das Blut auf dem Gaff war also nicht das Blut des Angeklagten?«

»Nein.«

»Und es war kein Lachsblut?«

»Nein.«

»Es stammte weder von einem Fisch noch von einem anderen Tier?«

»Nein.«

»Es gehörte zur selben Blutgruppe wie das Blut des Verstorbenen? Wie das Blut von Carl Heine junior?«

»Ja.«

»Zu einer Blutgruppe, die Sie als selten bezeichnen würden?«

»Ja.«

»Ich danke Ihnen, Dr. Whitman. Keine weiteren Fragen.«

Jetzt erhob sich Nels Gudmundsson mühsam, um Sterling Whitman ins Kreuzverhör zu nehmen. Für die Zeitungsleute war er inzwischen zu einer Quelle der Heiterkeit geworden; sie grinsten jedesmal vor sich hin, wenn er sich räusperte, und sie amüsierten sich über seine schwerfälligen Versuche aufzustehen oder sich zu setzen. Er war ein alter Mann in Hosenträgern, mit einem blinden Auge, das unkontrolliert in seiner Höhle hin- und herging, und mit schlecht rasierten Hautlappen an der Kehle – wundgescheuerten, rötlichen Falten, aus denen vereinzelte silberne Stoppeln sprossen. Aber auch wenn Nels Gudmundsson bisweilen auf schwer faßbare Weise lächerlich wirkte, wurden die Reporter doch sogleich wieder ernst, wenn er vor ihnen auf und ab ging und sie aus der Nähe sehen ließ, wie das Blut unter der feinen Haut seiner Schläfen pulsierte, und wie durchdringend sein gutes Auge blickte.

»Also gut«, sagte Nels. »Herr Dr. Whitman, darf ich Ihnen ein paar Fragen stellen?«

Er habe durchaus nichts dagegen, meinte Sterling Whitman; dazu sei er ja nach San Piedro gekommen.

»Also gut«, sagte Nels. »Dieser Fischhaken. Sie sagen, Sie haben Blut daran gefunden?«

»Ja«, sagte Sterling Whitman. »Das habe ich gesagt. Ja, so ist es.«

»Dieses Blut«, sagte Nels. »Wo haben Sie es genau gefunden?« Er nahm das Gaff und brachte es dem Zeugen. »An welcher Stelle, Dr. Whitman? Am Griff? Am Haken?«

»Am Griff«, antwortete der Doktor. »Hier«, er zeigte mit dem Finger darauf, »nicht am Haken, sondern am entgegengesetzten Ende.«

»Genau hier?« sagte Nels und hielt die Hand auf die Stelle. »Sie haben Blut hier am Holzgriff gefunden?«

»Ja.«

»War es nicht eingesickert?« fragte Nels Gudmundsson. »Saugt Holz von dieser Art das Blut nicht auf, Doktor?«

»Einiges war schon eingesickert, ja«, sagte Sterling Whitman. »Trotzdem konnte ich noch eine Blutprobe nehmen.«

»Wie denn?« fragte Nels, noch immer das Gaff haltend.

»Durch Abschaben. So macht man es mit eingetrocknetem Blut. Man schabt es vom Untergrund ab.«

»Ich verstehe«, sagte Nels. »Sie benutzten eine Klinge, Doktor?«

»Ja.«

»Sie haben es auf einen Objektträger gestrichen? Und den Objektträger unter ein Mikroskop gelegt?«

»Ja.«

»Und was haben Sie gesehen? Nur Blut und Holzfasern?«

»Ja.«

»Sonst nichts?«

»Nein.«

»Nichts, nur Blut und Holzfasern?«

»So ist es.«

»Doktor«, sagte Nels Gudmundsson. »Haben Sie keine Knochenpartikel, keine Haare oder Hautreste auf diesem Gaff gefunden?«

Sterling Whitman schüttelte energisch den Kopf. »Nichts davon. Es war genauso, wie ich gesagt habe. Wie ich geschrieben habe. Wie ich in meinem Untersuchungsbericht angegeben habe. Nur Blut und Holzfasern.«

»Doktor«, sagte Nels. »Wundert Sie das nicht? Wenn dieses Gaff tatsächlich eine Kopfwunde geschlagen haben sollte, würden Sie dann nicht erwarten, Indizien dafür zu finden? In Gestalt von Haaren zum Beispiel? Oder kleiner Knochensplitter? Oder Hautpartikel? Dinge, die wir normalerweise mit einer Kopfverletzung in Zusammenhang bringen, Dr. Whitman? Als Beweis dafür, daß der fragliche Gegenstand dazu gedient hatte, diese Kopfwunde zu schlagen?«

»Sheriff Moran hat mich gebeten, zwei Bluttests zu machen«, sagte der Zeuge. »Das habe ich getan. Wir haben festgestellt, daß –«

»Ja, ja«, unterbrach Nels Gudmundsson. »Das haben Sie schon gesagt. Das Blut auf dem Gaff gehörte zu der Gruppe, die wir als B positiv bezeichnen; das will niemand bestreiten, Doktor. Was ich wissen möchte, ist folgendes: Würden Sie, ein Mann, der seit sechseinhalb Jahren seinen Lebensunterhalt damit verdient, daß er Blut unter einem Mikroskop ansieht, nicht erwarten, außer Blut auch Haare oder Knochen- oder Hautpartikel zu finden, wenn mit diesem

Gaff eine Kopfwunde geschlagen wurde? Was sagen Sie, Doktor? Wäre das nicht logisch?«

»Ich weiß nicht«, sagte Sterling Whitman.

»Sie wissen es nicht?« fragte Nels Gudmundsson. Er hielt das Gaff immer noch in der Hand, legte es jetzt aber auf die Kante des Zeugenstandes.

»Doktor«, sagte er. »Der Coroner, der den Toten, um den es hier geht, untersucht hat, erwähnt in seinem Bericht, wenn ich mich recht erinnere, auch ›eine zweite, leichtere Abschürfung an der rechten Hand, die, ausgehend von der Falte zwischen Daumen und Zeigefinger, lateral bis zur Außenseite des Handgelenks verläuft‹. Mit anderen Worten: eine Verletzung der rechten Innenhand von Carl Heine. Wäre es möglich, Dr. Whitman, daß – wenn die Hand den Griff dieses Gaffs umschlösse –, daß eine solche Verletzung das B-positive Blut verursacht haben könnte, von dem Sie sprachen? Daß dieses Blut ins Holz eingesickert ist? Wäre das möglich, Doktor? *Möglich?*«

»Möglich schon«, sagte Sterling Whitman. »Aber davon weiß ich nichts. Meine Aufgabe war nur, die Bluttests durchzuführen, so wie Sheriff Moran es von mir verlangt hatte. Ich habe Blut der Blutgruppe B positiv an diesem Gaff gefunden. Ich habe keine Ahnung, wie es dahin gekommen ist.«

»Gut«, sagte Nels Gudmundsson. »Gut, daß Sie das sagen. Denn, wie Sie sagen, jeder zehnte männliche Kaukasier hat die Blutgruppe B positiv, nicht wahr? Das heißt, auf unserer Insel also ungefähr zweihundert Männer, Doktor? Kommt das ungefähr hin?«

»Ja, das kann sein. Zehn Prozent der männlichen kaukasischen Bevölkerung der Insel. Es –«

»Und ist nicht der Prozentsatz bei der männlichen Bevölkerung japanischer Abstammung noch höher? Der Prozentsatz der japanischen Amerikaner auf der Insel, die die Blutgruppe B positiv haben?«

»Ja, das ist richtig. Ungefähr zwanzig Prozent. Aber –«

»Zwanzig Prozent. Ich danke Ihnen, Doktor. Eine ganze Menge Inselleute, die die Blutgruppe B positiv haben. Aber nehmen wir einmal an, nur um diesen Gedanken zu Ende zu führen, daß das Blut auf dem Gaff wirklich Carl Heines Blut war, auch wenn es von mehreren hundert anderen Männern stammen könnte – nehmen wir das also einen Moment lang hypothetisch an. Mir scheint, es könnte mindestens auf zwei Weisen dorthin gelangt sein. Es könnte vom Kopf des Verstorbenen stammen, oder es könnte von der ganz gewöhnlichen Wunde an seiner Hand kommen – Kopf oder Hand, Doktor, beides ist denkbar. Wenn wir nun bedenken, daß das Blut sich an dem Ende des Gaffs befindet, wo man es normalerweise in der Hand hält, und wenn wir weiter bedenken, daß Sie dort nur Blut gefunden haben, aber keine Knochen-, Haut- oder Haarpartikel, Doktor – die wahrscheinlichen Indizien für eine Kopfwunde, würde ich meinen –, was kommt Ihnen dann wahrscheinlicher vor? Daß das Blut am Gaff, wenn es überhaupt von Carl Heine stammt, von seinem Kopf oder von seiner Hand kommt?«

»Ich habe keine Ahnung«, sagte Sterling Whitman. »Ich bin Hämatologe, kein Detektiv.«

»Ich bitte Sie nicht, Detektiv zu spielen«, sagte Nels. »Ich möchte nur wissen, was wahrscheinlicher ist.«

»Von der Hand, nehm ich an«, gab Sterling Whitman zu. »Von der Hand wär wohl wahrscheinlicher als vom Kopf.«

»Ich danke Ihnen«, antwortete Nels Gudmundsson. »Ich weiß es sehr zu schätzen, daß Sie sich auf den Kampf mit den Elementen eingelassen haben, um uns das zu sagen.« Mit diesen Worten wandte er sich vom Zeugen ab, ging auf Ed Soames zu und übergab ihm das Gaff. »Das können Sie jetzt weglegen, Mr. Soames«, sagte er. »Haben Sie vielen Dank. Das ist jetzt erledigt.«

Drei Fischer – Dale Middleton, Vance Cope und Leonard George – sagten übereinstimmend aus, daß sie am Abend des fünfzehnten September Carl Heines Boot, die *Susan Marie*, mit ausgesetztem Netz in den Fischgründen an der Ship Channel Bank gesehen hatten; außerdem hatten sie auch Kabuo Miyamotos Boot, die *Islander*, ungefähr zur selben Zeit in derselben Gegend gesehen. Ship Channel ähnelte vielen Fanggebieten, in denen Lachs gefischt wurde: Es war ein enger, begrenzter Fischgrund, so daß die Boote in Sichtweite voneinander fischen und vorsichtig manövrieren mußten, damit man nicht aus Versehen in dem Nebel, der im Frühherbst fast immer über Island County lag, über das Netz eines Nachbarn lief und es mit der Schiffsschraube zerriß. Eben weil sie dicht beieinander bleiben mußten, hatte Leonard trotz Nebel sowohl die *Susan Marie* als auch die *Islander* zwischen acht Uhr und acht Uhr dreißig an der Ship Channel Bank ausgemacht. Er erinnerte sich, daß er beim Vorbeifahren erst die *Islander* und zehn Minuten später die *Susan Marie* gesichtet hatte; die *Islander* hatte sich in den Wind gelegt, und Carl Heine brachte gerade etwas Raum zwischen sich und sein Netz, indem er langsam vorauslief; er bewegte sich von seiner Netzlampe weg. Mit einem Wort, sie hatten in denselben Gewässern gefischt, Carl ein Stückchen weiter nordwärts, stromabwärts. Knapp eine Meile näher an der Wasserstraße für große Schiffe, nach der Ship Channel Bank benannt war.

Nels Gudmundsson fragte Leonard George, ob es unter Lachsfischern üblich sei, auf See an Bord eines anderen Fischers zu gehen. »Absolut nicht«, antwortete Leonard. »Es gibt fast nie einen Grund dazu. Höchstens, wenn deine Maschine schlappmacht und jemand dir 'n Ersatzteil bringt – aber sonst wüßte ich nicht, warum. Vielleicht noch, wenn du dich verletzt oder was kaputt ist. Sonst machst du nicht an 'nem anderen Boot fest. Du machst deine Arbeit, basta.«

»Gibt's manchmal Streit auf See?« sagte Nels. »Ich hab so was mal gehört. Daß Lachsfischer Streit haben. Gibt es Streitereien draußen auf dem Wasser, Mr. George?«

»Und ob«, sagte Leonard. »Muß bloß mal einer abgekorkt werden, dann –«

»Abgekorkt?« unterbrach Nels. »Können Sie uns kurz erklären, was das heißt?«

Leonard George antwortete, ein Kiemennetz habe eine Unter- und eine Oberkante; der Boden des Netzes heiße Bleileine – kleine Bleistücke würden eingeknüpft, damit das Netz durch sein Gewicht tief nach unten sinke –, und ganz oben am Netz sei die Korkleine: Sie werde durch Schwimmkorken an der Wasseroberfläche gehalten, so daß ein Kiemennetz von weitem wie eine Korkleine aussehe, die vom Bootsheck bis zu seiner Signallampe reiche. Wenn ein Mann nun sein Netz in der Strömung oberhalb eines andern schon ausgebrachten Netzes aussetzte, dann »korkte« er den anderen damit »ab«, stahl ihm die Fische, bevor sie ihm ins Netz gehen konnten. Das gab Ärger, sagte Leonard. Dann mußte man das Netz einholen, an dem Dieb vorbeiziehen und in der Strömung oberhalb von ihm wieder aussetzen, was dann den Fischdieb unter Umständen so in Rage brachte, daß er sich wiederum zum Bockspringen entschloß; und damit würden beide nur kostbare Fangzeit vergeuden. Aber bei dem ganzen Streit würde nie ein Fischer auf das Boot des anderen gehen, betonte Leonard. Das tat man nicht, so etwas habe er noch nie gehört. Man blieb für sich, solange man nicht in Not war und Hilfe brauchte.

Nach der Morgenpause rief Alvin Hooks Hauptfeldwebel Victor Maples in den Zeugenstand. Maples erschien in seiner grünen Ausgehuniform mit den Abzeichen der Vierten Infanteriedivision. Er trug Auszeichnungen für Tapferkeit vor dem Feind und das Verwundetenabzeichen. Die Messingknöpfe an Hauptfeldwebel Maples Uniformjacke, die Kragenspiegel und die Orden an seiner Brust blinkten im schwachen Licht des Gerichtssaals. Hauptfeldwebel Maples hatte mindestens dreißig Pfund Übergewicht, sah aber in seiner Ausgehuniform immer noch recht gut aus. Das Übergewicht war gut verteilt; Maples war ein kräftiger Mann. Er hatte kurze dicke Arme, keinen Hals und ein verschwommenes, unerwachsenes Gesicht. Seine Haare trug er sehr kurz, als Bürstenschnitt.

Hauptfeldwebel Maples erklärte dem Gericht, er tue seit 1946 Dienst in Fort Sheridan, Illinois, und sei auf die Ausbildung von Kampftruppen spezialisiert. Davor habe er Truppen in Cap Shelby, Mississippi, ausgebildet, bis er 1944/45 am Italienfeldzug teilgenommen habe. Hauptfeldwebel Maples war in der Schlacht am Arno verwundet worden – eine deutsche Kugel hatte ihn im Rücken getroffen und war um Haaresbreite an der Wirbelsäule vorbeigegangen –, und dafür hatte man ihm den Silver Star verliehen. Er hatte, wie er sagte, auch bei Livorno und Luciana gekämpft und das 442. Regiment – das Nisei-Regiment, dem der Angeklagte angehört hatte – an der Front kämpfen sehen.

Hauptfeldwebel Maples hatte seinerzeit Tausende von Soldaten im Nahkampf ausgebildet. Nahkampf sei sein Spezialgebiet, sagte er; auch auf anderen Gebieten der Grundausbildung habe er gearbeitet, aber meistens doch wieder den Weg zurück zum Nahkampf gefunden. Hauptfeldwebel Maples schilderte dem Gericht, wie überrascht er Anfang 1943 gewesen war, als das 442. Regiment – das aus Japanern bestand – zur Ausbildung nach Camp Shelby kam. Das waren Jungen aus Internierungslagern, Freiwillige, die auf dem europäischen Kriegsschauplatz eingesetzt werden sollten. Einer von ihnen war der Angeklagte, Kabuo Miyamoto, daran erinnerte sich Hauptfeldwebel Maples sehr genau.

Daß er sich ausgerechnet an Kabuo noch erinnerte, obwohl ihm doch Tausende über den Weg gelaufen waren, das hing mit einer … merkwürdigen Geschichte zusammen. An einem Nachmittag im Februar hatten zehn Züge Rekruten auf dem Exerzierplatz in Camp Shelby rings um Hauptfeldwebel Maples Aufstellung genommen – zehn Züge, nur von Nisei-Jungen, so daß er umringt war von hundert japanischen Gesichtern, während er die Kampfweise mit dem Bajonett erklärte. Hauptfeldwebel Maples belehrte seine Rekruten, daß die Armee der Vereinigten Staaten alles Interesse daran habe, das Leben ihrer Soldaten zu schützen, bis sie auf dem Schlachtfeld eingesetzt würden; deshalb werde während der Ausbildung nicht mit der Waffe, sondern mit einem Holzstab geübt. Und Helme seien Vorschrift.

Der Hauptfeldwebel begann nun, Bajonettangriffe zu demonstrieren, fragte dann, wer freiwillig zu ihm kommen wolle. Bei dieser Gelegenheit nun, so berichtete er dem Gericht, kam es dazu, daß er dem Angeklagten von Angesicht zu Angesicht gegenüberstand. Ein junger Mann trat vor in den Kreis der Rekruten und präsentierte sich dem Feldwebel; erst verbeugte er sich leicht, dann salutierte er und rief laut: »Sir!« Darauf habe Hauptfeldwebel Maples ihn zur Ordnung gerufen: »Erstens haben Sie nicht zu salutieren und mich nicht mit Sir anzureden. Ich bin Feldwebel – kein Offizier. Zweitens: In dieser Armee verbeugt sich keiner vor keinem. Eine Menge Offiziere erwarten, daß Sie sie grüßen, aber eine Verbeugung? Das ist nicht soldatisch. Jedenfalls nicht beim amerikanischen Militär. Das macht man nicht.«

Hauptfeldwebel Maples gab Miyamoto einen Holzstab und warf ihm einen Sparringshelm zu. Der Junge strahlte eine gewisse Aggressivität aus, und Maples hatte das registriert. Er war ihm bei der Grundausbildung aufgefallen, weil er etwas Kriegerisches an sich hatte. Maples hatte schon viel mit solchen Jungen zu tun gehabt und sich nie von ihrem jugendlichen Imponiergehabe einschüchtern lassen;

daß er sich beeindrucken ließ oder sie als ebenbürtig ansah, kam nur selten vor. »Im Nahkampf bleibt der Gegner nicht einfach stehen«, sagte er und sah dem Jungen ins Gesicht. »Das Trainieren an der Puppe oder am Sandsack ist eine Sache, aber mit einem trainierten Menschen zu kämpfen, der ausweicht und zurückschlägt, ist etwas ganz anderes. In diesem Fall«, erklärte er den versammelten Rekruten, »wird unser Freiwilliger versuchen, meinen Angriffen auszuweichen.«

»Jawohl, Sir«, sagte Kabuo Miyamoto.

»Schluß mit dem Sir«, antwortete Hauptfeldwebel Maples. »Das war das letzte Mal.«

Er erklärte dem Gericht, wie erstaunt er war – wie tief erstaunt –, als er merkte, daß er den Angeklagten nicht treffen konnte. Kabuo Miyamoto bewegte sich kaum und wich trotzdem jedem Hieb und Stoß aus. Die hundert Nisei-Rekruten sahen schweigend zu und gaben in keiner Weise zu erkennen, daß sie den einen oder den anderen Mann vorzogen. Hauptfeldwebel Maples focht mit seinem Holzstab weiter, bis Kabuo Miyamoto ihm das Ding aus der Hand schlug.

»Entschuldigung«, sagte Miyamoto und verneigte sich. Er kniete nieder, hob den Stab auf und gab ihn dem Hauptfeldwebel zurück.

»Hier wird sich nicht verbeugt, das habe ich doch schon gesagt.«

»Ich mach es aus Gewohnheit«, sagte Kabuo Miyamoto. »Ich bin es gewohnt, mich zu verbeugen, wenn ich mit jemandem fechte.« Dann hob er plötzlich seinen Holzstab. Er sah Hauptfeldwebel Maples an und lächelte.

Maples fügte sich in das Unvermeidliche und kämpfte an jenem Nachmittag gegen den Angeklagten. Der Kampf dauerte alles in allem drei Sekunden. Schon beim ersten Angriff wurden dem Hauptfeldwebel die Beine unter dem Körper weggeschlagen, und er spürte, daß ihm der Kopf mit der

Stabspitze gegen den Boden gedrückt wurde; dann hob sich der Stab, Miyamoto verbeugte sich und half ihm wieder auf die Beine. »Entschuldigung, Herr Hauptfeldwebel«, sagte er danach. »Ihr Stab, Herr Hauptfeldwebel.« Und er gab ihm seinen Stock zurück.

Danach nutzte Hauptfeldwebel Maples die Gelegenheit, *kendo* bei einem Meister zu lernen. Er war nicht dumm – diese Auskunft gab er dem Gericht ohne jeden Anflug von Ironie –, und deshalb lernte er von Miyamoto, was er nur konnte, einschließlich der Bedeutung des Verbeugens. Nach und nach wurde Maples ein *kendo*-Meister, und nach dem Krieg unterrichtete er die Rangers in Fort Sheridan in der *kendo*-Technik.

Aus seiner Perspektive als Experte in der alten japanischen Kunst des Stockkampfes könne er sagen, so Hauptfeldwebel Maples, daß der Angeklagte durchaus in der Lage sei, auch einen Mann, der deutlich größer war als er selbst, mit einem Gaff zu töten. Überhaupt kenne er nur wenige Männer, die sich gegen einen Angriff von Kabuo Miyamoto erfolgreich verteidigen könnten – ein Mann ohne Übung in *kendo* habe mit Sicherheit nur eine sehr geringe Chance, ihn abzuwehren. Kabuo Miyamoto war nach Hauptfeldwebel Maples' Erfahrung ein Mann, der sowohl eine hervorragende Technik im Stockfechten besaß als auch die Bereitschaft, Gewalt gegen einen anderen Mann zu üben. Sein Zeugnis wies ihn als ausgezeichneten Soldaten aus. Nein, Hauptfeldwebel Victor Maples würde es nicht überraschen, wenn sich herausstellte, daß Kabuo Miyamoto einen Mann mit einem Gaff getötet hatte. Er sei in hohem Maße zu einer solchen Tat befähigt.

20

Zur Zeit des Mordprozesses gegen Kabuo Miyamoto war Susan Marie Heine schon drei Monate Witwe, aber ihre Trauer war so tief wie am ersten Tag. Noch immer konnte sie viele Stunden lang, vor allem nachts, nur an Carl denken und daran, daß er aus ihrem Leben verschwunden war. Auf der Tribüne, eingerahmt von Mutter und Schwester, von Kopf bis Fuß schwarz gekleidet, die Augen hinter einem getupften Chenille-Schleier verborgen, sah Susan Marie in ihrer Trauer sehr attraktiv aus. Die Reporter sahen zu ihr hinüber und fragten sich offensichtlich, ob es mit den Regeln des Anstandes zu vereinen war, sie anzusprechen. Das dichte Haar der jungen Witwe war geflochten und unter dem Hut mit Nadeln hochgesteckt, so daß man im vollbesetzten Gerichtssaal ihren Alabasterhals deutlich sehen konnte – den Hals, den Art Moran so sehr bewundert hatte, als Susan Marie bei Gemeindetreffen Kaffee ausschenkte. Der Hals und das geflochtene Haar und die weißen Hände, die sie im Schoß hielt, standen in hartem Kontrast zu ihrer schwarzen Trauerkleidung und verliehen Susan Marie die vornehm-zurückhaltende Aura einer jungen deutschen Baronin, die zwar kürzlich ihren Gatten verloren, aber trotzdem nicht vergessen hatte, wie man sich gut anzieht – auch wenn sie sich gut anzog, um ihre Trauer sichtbar zu machen. Und bei Susan Maries Anblick dachte man in erster Linie an Trauer. Wer sie schon länger kannte, sah, daß sogar ihr Gesicht sich verändert hatte. Einige ihrer Bekannten schrieben die Veränderung der Tatsache zu, daß sie seit Carls Tod nicht mehr richtig aß – Schatten lagen dicht unter den Wangenknochen , aber andere begriffen es als eine tiefergehende Veränderung. Der Pfarrer der lutherischen First Hill-Kirche hatte an vier aufeinanderfolgenden Sonntagen seine Gemeinde aufgefordert, nicht nur um Carl Heines Seelenheil zu beten, sondern auch darum, daß Susan Marie »in angemessener Zeit von ihrer tiefen Trauer erlöst werde«. Zu diesem Zweck hatten die Frauen der Kirche Susan Marie und ihre Kinder einen Monat lang mit warmem Abendessen in Kasserollen versorgt, und Einar Petersen hatte darauf geachtet, daß ihr die Lebensmittel an die Küchentür gebracht wurden.

Alvin Hooks, der Vertreter der Anklage, wußte sehr wohl, wie wertvoll Susan Marie Heine für ihn war. Den Bezirkssheriff und den Coroner hatte er in den Zeugenstand gerufen, danach die Mutter des Ermordeten und den gebeugten Schweden, von dem der Ermordete den alten Hof seines Vaters hatte zurückkaufen wollen. Er hatte dann eine Reihe weniger wichtiger Zeugen aufgerufen: Sterling Whitman, Dale Middleton, Vance Cope, Leonard George und Hauptfeldwebel Victor Maples. Nun, zum Abschluß, wollte er die Ehefrau des Ermordeten in den Zeugenstand bitten, eine Frau, die allein durch ihre Anwesenheit auf der Tribüne, wo die Geschworenen sie ständig sehen konnten, viel bewirkt hatte. Vor allem die männlichen Geschworenen würden sich ihrer Wirkung kaum entziehen können. Sie würde die Geschworenen nicht so sehr durch das überzeugen, was sie zu sagen hatte, sondern durch das, was sie war.

Am Donnerstag, dem 9. September, hatte Kabuo Miyamoto nachmittags auf ihrer Schwelle gestanden und gefragt, ob er mit ihrem Mann sprechen könne. Der Tag war so wolkenlos gewesen wie selten im September auf San Piedro – in diesem Jahr hatte es eine ganze Reihe solcher Tage gegeben –, sehr heiß, aber mit einer Brise vom Meer, die in den Erlen wühlte und schon ein paar Blätter zu Boden wehte. Eine Minute lang war es still, dann kam eine Bö vom Wasser herauf, die nach Salz und Tang roch, und die Bäume rauschten so laut wie die Wellen, die sich am Strand brachen. Ein Windstoß blähte Kabuos Hemd in seinem Rücken wie einen Ballon. Dann legte sich der Wind plötzlich wieder, sein Hemd fiel zusammen, und sie bat ihn herein und bot ihm einen Stuhl im Wohnzimmer an; sie werde ihren Mann suchen gehen, sagte sie.

Der Japaner schien nicht sicher zu sein, ob er in ihr Haus kommen sollte. »Ich kann auf der Veranda warten, Mrs. Heine«, schlug er vor. »Es ist schönes Wetter heute nachmittag. Ich werde draußen warten.«

»Unsinn«, sagte sie, trat einen Schritt zurück und winkte ihn ins Wohnzimmer. »Kommen Sie doch und machen Sie es sich bequem. Kommen Sie aus der Sonne und setzen Sie sich, warum denn nicht? Es ist schön kühl hier drinnen.«

Er sah sie kurz an, machte aber nur einen Schritt. »Danke«, sagte er. »Das ist ein wunderschönes Haus.«

»Carl hat es gebaut«, sagte sie. »Kommen Sie doch jetzt, bitte. Setzen Sie sich.«

Der Japaner ging an ihr vorbei, wandte sich nach links und ließ sich auf der Sofakante nieder. Sein Rücken war sehr gerade, sein Benehmen förmlich. Es war, als halte er es für eine Art Beleidigung, sich bequem hinzusetzen. Mit einer Bedächtigkeit, die in ihren Augen an etwas Stilisiertes grenzte, faltete er die Hände und wartete in steifer Haltung. »Ich geh Carl suchen«, sagte Susan Marie. »Ich bin gleich wieder da.«

»Gut«, sagte der Japaner, »danke.«

Sie ließ ihn allein. Carl und die Jungen waren draußen im Garten und dünnten die Himbeerbüsche aus; sie fand die drei in den südwärts gelegenen Spalieren, Carl schnitt die älteren Hölzer frei, die Jungen beluden die Schubkarre. Sie blieb am Ende einer Reihe stehen und rief: »Carl, du hast Besuch. Kabuo Miyamoto. Er wartet im Wohnzimmer auf dich.«

Alle drei drehten sich nach ihr um, die Jungen hemdlos und klein vor den Büschen, Carl hockend, das Messer in der Hand, ein Riese mit rostrotem Bart. Er klappte das Messer zusammen und steckte es in die Scheide an seinem Gürtel. »Kabuo? Wo?«

»Im Wohnzimmer. Er will dich sprechen.«

»Sag ihm, ich komm«, rief Carl. Und er hob die beiden Jungen mit Schwung in die Schubkarre, oben auf die abgeschnittenen Zweige. »Nehmt euch vor den Dornen in acht«, sagte er. »Los geht's.«

Sie ging wieder ins Haus und sagte dem Japaner, daß ihr Mann gleich käme; er habe in den Himbeeren gearbeitet. »Möchten Sie einen Kaffee?« fragte sie.

»Nein, danke«, antwortete Kabuo Miyamoto.

»Es macht keine Umstände«, drängte sie. »Bitte, trinken Sie doch einen.«

»Sehr freundlich von Ihnen«, sagte er. »Sie sind sehr nett.«

»Möchten Sie also einen? Carl und ich wollten auch gerade eine Tasse trinken.«

»Also gut«, sagte Kabuo. »Danke, ja. Vielen Dank.«

Er saß noch immer auf der Sofakante, genauso wie eben, als sie ihn allein gelassen hatte. Susan Marie fand seine Starrheit beunruhigend und wollte ihm schon vorschlagen, er solle sich doch zurücklehnen und entspannen, sich zu Hause fühlen, sich's gemütlich machen, da kam Carl herein. Kabuo Miyamoto stand auf.

»Heh«, sagte Carl. »Kabuo.«

»Carl«, sagte der Japaner.

Sie gingen aufeinander zu und gaben sich die Hand, ihr Mann einen halben Kopf größer als sein Besucher, bärtig und breitschultrig und mit muskulöser Brust unter dem schweißnassen T-Shirt. »Was hältst du davon, wenn wir rausgehen«, sagte er. »Einen Gang über das Grundstück machen oder so. Aus dem Haus raus, an die Luft?«

»Ist mir recht«, sagte Kabuo. »Ich hoffe, ich komm nicht ungelegen«, fügte er hinzu.

Carl drehte sich zu Susan Marie um und sah sie an. »Kabuo und ich gehen raus«, sagte er. »Sind gleich wieder da. Nur ein paar Schritte.«

»Ist recht«, sagte sie. »Ich setz Kaffee auf.«

Als sie gegangen waren, ging Susan Marie in den oberen Stock hinauf und sah nach dem Baby. Sie lehnte sich über die Wiege und roch den warmen Atem des kleinen Mädchens und streifte mit der Nase die Wange des Kindes. Vom Fenster konnte sie ihre Jungen im Garten sehen, sie schaute von oben auf die Köpfe, die beiden saßen im Gras neben der umgekippten Schubkarre. Sie machten Knoten in die abgeschnittenen Himbeerranken.

Susan Marie wußte, daß Carl mit Ole Jurgensen gesprochen und eine Anzahlung auf Oles Farm geleistet hatte; sie wußte, was Carl für den alten Besitz in Island Center empfand und wie gern er Erdbeeren anbauen wollte. Aber trotzdem hätte sie das Haus an der Mill Run Road lieber nicht aufgegeben, dieses Haus mit seinem goldgelben Licht, den lackierten Kieferbrettern und den unverblendeten Sparren im Dachzimmer, mit der Aussicht aufs Meer jenseits der Himbeerbüsche. Als sie am Fenster des Kinderzimmers stand und über die Felder blickte, spürte sie stärker denn je, daß sie hier nicht wegziehen wollte. Sie war als Tochter eines Kleinbauern und Schindelmachers aufgewachsen, der nie mit seinem Verdienst auskam; sie hatte Tausende von Schindeln geschnitten, hatte mit Keil und Hammer über einen Zedernholzblock gebückt gestanden, die blonden Haare in den Augen. Sie war die zweite von drei Töchtern, und sie dachte daran, wie ihre jüngere Schwester im Winter an Tuberkulose gestorben war; sie hatten sie am Indian Knob Hill auf dem lutherischen Teil des Friedhofs begraben. Der Boden war gefroren gewesen, und die Männer hatten Mühe gehabt, Ellens Grab auszuheben. Sie hatten fast einen ganzen Dezembermorgen dazu gebraucht.

Carl war sie begegnet, weil sie es darauf angelegt hatte. Auf San Piedro konnte eine Frau, die aussah wie sie, so etwas tun, wenn sie es mit der gebührenden Unschuld tat. Sie war zwanzig gewesen und hatte in Larsens Apotheke als Verkäuferin hinter einem Ladentisch aus Eiche gestanden. An einem Samstagabend um halb zwölf stand sie auf einem Hügel über dem Tanzpavillon von West Port Jensen; sie stand im Schutz einer Zeder, und Carl ließ seine Hände unter ihre Bluse gleiten und streichelte mit seinen großen Fischerhänden ihre Brüste. Laternen hingen in den Bäumen, und sie konnte die Lichter der Vergnügungsboote schimmern sehen, die unten im Hafen lagen. Ein Schimmer fiel auf die Stelle, an der sie standen, so daß sie sein Gesicht erkennen konnte. Dies war ihr dritter Abend zusammen. Und inzwischen wußte sie ganz sicher, daß sie sein Gesicht mochte: Es war großflächig, windgegerbt und strahlte Ruhe und Zuverlässigkeit aus. Sie umschloß es mit ihren Händen und betrachtete es aus der Nähe. Es war das Gesicht eines Inseljungen und zugleich geheimnisvoll. Er war schließlich im Krieg gewesen.

Carl begann, ihr den Hals zu küssen, so daß Susan Marie den Kopf zurücklegen mußte, damit er herankam mit seinem rostroten Bart. Sie sah in die Zedernäste hinauf und roch den würzigen Duft des Baumes, und Carls Lippen glitten an ihrem Hals entlang zum Schlüsselbein und tasteten sich bis zu dem Spalt zwischen ihren Brüsten weiter. Sie ließ ihn. Sie erinnerte sich genau, diesmal hatte sie es nicht resigniert geschehen lassen wie die beiden anderen Male, als sie mit jungen Männern zusammen gewesen war – einmal gegen Ende ihres letzten High School-Jahres, das andere Mal im vergangenen Sommer –, diesmal hatte sie sich danach gesehnt; diesen bärtigen Fischer wollte sie, diesen Mann, der im Krieg gewesen war und gelegentlich, wenn sie ihn drängte, ohne Übertreibungen davon erzählte. Sie strich ihm über den Kopf und spürte den seltsamen Reiz seines Bartes an ihren Brüsten. »Carl«, flüsterte sie, aber dann fiel ihr nichts mehr ein, sie wußte nicht, was sie sonst noch hätte sagen wollen. Nach einer Weile hielt er inne und stemmte die Hände gegen die Rinde der Zeder, vor der sie stand, so daß seine muskulösen Arme ihren Kopf umschlossen. Er sah sie an, mit großer Vertrautheit und Ehrlichkeit, gar nicht verlegen – dieser ernste Mann –, dann strich er ihr eine blonde Strähne hinters Ohr. Er küßte sie und knöpfte ihr dann, während er ihr immer noch in die Augen sah, zwei Blusenknöpfe auf und küßte sie wieder; sie war nun zwischen Carl und dem Baum gefangen. Sie drängte sich ihm entgegen, preßte ihr Becken an ihn – das hatte sie noch nie getan. Sie gab damit ihr Begehren zu, offenbarte es, und war davon selbst zutiefst überrascht.

In anderer Weise war sie nicht überrascht, daß sie sich im Alter von zwanzig Jahren unter einer Zeder über dem Tanzpavillon von West Port Jensen an Carl Heine drängte. Schließlich hatte sie es herbeigeführt, hatte es gewollt. Als sie siebzehn war, hatte sie entdeckt, daß sie das Verhalten von Männern beeinflussen konnte und daß sie diese Fähigkeit ihrem Aussehen verdankte. Wenn sie jetzt in den Spiegel sah, war sie nicht mehr überrascht, daß sie die Brüste und Hüften einer schönen erwachsenen Frau hatte. An die Stelle des Erstaunens war schnell die Freude getreten. Wenn sie einen Badeanzug trug, sah sie rund und fest aus, und ihr schweres blondes Haar schimmerte so, daß die Schultern etwas von seinem Glanz widerspiegelten. Ihre Brüste standen ganz leicht nach außen und streiften ihre Innenarme, wenn sie ging. Sie waren groß, und als sie ihre Verlegenheit überwunden hatte, gefiel es ihr, daß Jungen bei dem Anblick nervös wurden. Aber Susan Marie flirtete nicht. Sie gab nicht zu erkennen, daß sie wußte, wie attraktiv sie war. Bevor sie Carl begegnete, war sie mit zwei anderen Jungen ausgegangen und hatte darauf bestanden, daß sie höflich und zurückhaltend blieben. Susan Marie wollte nicht in erster Linie ihrer Brüste wegen geschätzt werden, aber sie war doch stolz auf ihre Schönheit. Dieser Stolz erhielt sich, bis sie Mitte Zwanzig war, bis sie das zweite Kind zur Welt gebracht hatte und ihre Brüste nicht mehr sichtbarer Ausdruck ihrer Sexualität waren. Zwei Söhne hatten mit Gaumen und Lippen daran gesogen, und sie kamen ihr verändert vor. Sie trug jetzt einen verstärkten Büstenhalter, um sie zu heben.

Innerhalb dreier Monate nach der Heirat wußte Susan Marie, daß sie mit Carl eine gute Wahl getroffen hatte. Auf seine ernste, schweigsame Veteranenart war er zuverlässig und zärtlich. In den Nächten war er zum Fischen unterwegs. Morgens kam er nach Hause, aß und duschte, und dann gingen sie ins Bett. Er pflegte seine Hände mit Bimsstein, damit sie nicht rauh wurden, und so fühlten sie sich gut an, wenn sie ihre Schultern streichelten, obwohl es Fischerhände waren. Carl und Susan Marie versuchten eine Stellung nach der anderen, probierten alles aus, das Sonnenlicht sickerte durch die heruntergezogenen Jalousien, ihre Körper bewegten sich im Morgenschatten, waren aber deutlich sichtbar. Sie merkte, daß sie einen aufmerksamen Mann geheiratet hatte, einen Liebhaber, dem es wichtig war, sie zu befriedigen. Er las alle ihre Bewegungen als Hinweise, und wenn sie kurz davor war zu kommen, zog er sich gerade so weit zurück, daß ihre Erregung noch heftiger wurde. Dann mußte er sich auf den Rücken legen, damit sie mit durchgedrücktem Kreuz auf ihm reiten konnte, während er sich mit angespannten Bauchmuskeln wieder in halb sitzende Stellung brachte und ihre Brüste streichelte und küßte. Oft kam sie in dieser Weise, hielt ihre Empfindungen unter Kontrolle, ließ sich von Carls Körper leiten, und Carl richtete es so ein, daß er gleichzeitig mit ihr zu kommen anfing und sie dabei so erregte, daß sie am Ende noch nicht ganz befriedigt war und sich weiter gegen ihn pressen mußte, um noch ein zweites Mal kommen zu können, eine Lust, die der Pfarrer der lutherischen First Hill-Kirche weder billigen noch mißbilligen konnte, weil er – dessen war sie sich sicher – keine Ahnung hatte, daß so etwas überhaupt möglich war.

Carl schlief danach bis ein Uhr mittags, aß dann und arbeitete auf dem Grundstück. Er war glücklich, als sie ihm erzählte, daß sie schwanger war. Er hörte nicht auf, mit ihr zu schlafen, bis sie ihn zu Beginn des neunten Monats darum bat. Nicht lange nach der Geburt ihres ersten Sohnes kaufte Carl sich ein Boot. Als er es nach ihr benannte, freute sie sich und kam an Bord, und sie nahmen das Baby mit in die Bucht, fuhren nach Westen, bis die Insel nur noch eine schwarze Linie am Horizont war. Sie saß auf der kurzen Koje und stillte ihr Baby, während Carl am Ruder stand. Von ihrem Platz aus sah sie seinen Hinterkopf, das kurze, wirre Haar, die Muskeln an seinem breiten Rücken und den Schultern. Sie aßen eine Büchse Sardinen, zwei Birnen und eine Tüte Philibert-Nüsse. Das Baby schlief in der Koje, und Susan Marie stand auf einer Kiste und steuerte das Boot, während Carl ihr von hinten Schultern und Kreuz massierte, dann den Hintern. Sie hielt sich am Ruder fest, als er ihren Rock hochhob und den Slip herunterschob, und dann lehnte sie sich gegen das Ruder, griff hinter sich, ließ die Hände an den Hüften ihres Mannes entlanggleiten, schloß die Augen und wiegte sich auf und ab.

Das waren die Dinge, an die Susan Marie sich erinnerte. So wie sie es sah, war Sex das gewesen, was ihre Ehe im Innersten zusammengehalten hatte. Er hatte alles durchdrungen, was sonst zwischen ihnen war, ein Zustand, den sie manchmal besorgniserregend fand. Wenn der Sex nichts mehr taugte, würde dann auch ihre Ehe nichts mehr taugen? Irgendwann in ferner Zukunft würden sie älter und weniger leidenschaftlich sein, würde ihre Sehnsucht nacheinander abgestanden und verbraucht sein – und was dann? Sie wollte gar nicht daran denken oder sich ausmalen, daß sie eines Tages nichts mehr haben würde, nur sein Schweigen und sein besessenes Arbeiten am Boot, am Haus, am Garten.

Sie konnte sehen, wie Kabuo Miyamoto und ihr Mann an der Grundstücksgrenze entlangwanderten. Dann verschwanden sie hinter einem Hügel, und sie beugte sich über die Wiege und streichelte ihrem Baby über das Haar, das sich so wunderbar anfühlte, und ging dann wieder nach unten.

Zwanzig Minuten später kam Carl wieder – allein –, zog sich ein sauberes T-Shirt an, setzte sich auf die Veranda und stützte den Kopf in die Hände.

Sie kam heraus, in jeder Hand eine Tasse Kaffee, und setzte sich zu ihm. »Was wollte er?« fragte sie.

»Nichts«, antwortete Carl. »Wir hatten was zu bereden. Nichts Besonderes. Ist nicht so wichtig.«

Susan Marie gab ihm eine Tasse Kaffee. »Er ist heiß. Sei vorsichtig«, sagte sie.

»In Ordnung«, sagte Carl. »Danke.«

»Ich hab ihm auch einen Kaffee gemacht. Ich dachte, er bleibt noch.«

»Es war nichts«, sagte Carl. »Das ist eine lange Geschichte.«

Susan Marie legte ihm einen Arm um die Schulter. »Was ist es denn?«

»Ich weiß es nicht«, seufzte Carl. »Er will sieben Morgen von Oles Land. Er will, daß ich Ole erlaube, sie an ihn zu verkaufen. Oder daß ich sie ihm selbst verkaufe. Verstehst du – daß ich ihm nicht im Weg bin dabei.«

»Sieben Morgen?«

»Die sieben, die seine Familie hatte. Er will sie wiederhaben. Da geht's um das, wovon meine Mutter immer redet.«

»Ach das«, sagte Susan Marie. »Ich hatte gleich, als er kam, so ein Gefühl. *Das*«, fügte sie grimmig hinzu.

Carl sagte nichts. So war er immer – in einem solchen Augenblick sagte er nicht viel. Er erklärte nicht gern, ließ sich nicht gern auf Einzelheiten ein, und er hatte Seiten, die ihr unzugänglich waren. Das erklärte sie sich mit seinen Kriegserfahrungen, und meistens überließ sie ihn seinem Schweigen. Aber manchmal fand sie es ärgerlich.

»Was hast du ihm gesagt?« fragte sie nun. »Ist er im Zorn weggegangen, Carl?«

Carl setzte die Kaffeetasse ab. Er stemmte die Ellbogen auf die Knie. »Ach verdammt, was hätte ich ihm denn sagen sollen? Ich muß auch an meine Mutter denken, du kennst sie ja, ich muß an die ganze alte Geschichte denken. Wenn ich ihn wieder auf das Land da draußen lasse ...« Er zuckte die Achseln und schien einen Moment lang ganz mutlos. Sie sah die Fältchen, die der Seewind in seine Augenwinkel gegraben hatte. »Ich hab ihm gesagt, daß ich mir das überlegen muß, daß ich es mit dir besprechen will. Ich hab ihm auch gesagt, wie meine Mutter sich über ihn aufgeregt hat – wegen seiner finsteren Miene und der bösen Blicke. Er wurde starr, als ich davon anfing. Sehr höflich, aber ganz kalt. Hat mich dann gar nicht mehr angesehen. Wollte auch nicht auf einen Kaffee mitkommen. Ich weiß nicht, wahrscheinlich war alles mein Fehler. Wir sind irgendwie in Streit geraten, glaub ich. Ich konnte nicht mit ihm reden, Susan. Ich hab ... einfach ... nicht gewußt, wie ich das machen soll. Ich hab nicht gewußt, was ich ihm sagen sollte ...«

Seine Stimme verlor sich. Sie merkte, daß er wieder einen seiner seltsamen Momente hatte, überlegte und beschloß zu schweigen. Sie hatte nie ganz begriffen, ob Carl und Kabuo Freunde oder Feinde waren. Sie hatte sie an diesem Tag zum erstenmal zusammen gesehen, und es kam ihr so vor, als hätten die beiden noch etwas füreinander übrig – den Eindruck hatte sie –, als trügen sie nach der langen Zeit wenigstens noch Erinnerungen an ihre Freundschaft in sich. Aber wirklich wissen konnte man das nicht. Vielleicht waren die Herzlichkeit und das Händeschütteln bloß steife Förmlichkeiten gewesen, und insgeheim haßten sie einander. Sie wußte jedenfalls, daß Carls Mutter alle Miyamotos haßte; sonntags beim Essen redete sie manchmal davon, und dann fand sie kein Ende mehr, schimpfte wie besessen. Carl versank meistens in Schweigen, wenn sie davon anfing, oder er stimmte ihr zu, um sie zu besänftigen, und winkte dann ab. Susan Marie hatte sich an dieses Abwinken und an Carls Abneigung gegen das Thema gewöhnt. Sie war es gewohnt, aber es quälte sie trotzdem, und sie wünschte sich, jetzt, wo sie zusammen auf der Veranda saßen, endlich einmal richtig darüber zu sprechen.

Wind kam auf und schüttelte die Erlenwipfel, und sie spürte die seltsame Herbstwärme darin. Carl hatte ihr schon mehr als einmal erklärt – gerade vor einigen Tagen wieder –, daß er seit dem Krieg nicht mehr *reden* konnte. Nicht einmal mit seinen alten Freunden, so daß Carl jetzt ein einsamer Mensch war, der von seinem Land und seiner Arbeit, dem Boot, dem Wasser und seinen eigenen Händen mehr verstand als von seinem Mund und seinem Herzen. Er tat ihr plötzlich leid, und sie rieb ihm sanft die Schulter und wartete geduldig. »Verdammt«, sagte Carl nach einer Weile. »Egal. Du hättest ja auch gar nichts dagegen, wenn ich ihm einfach das Ganze gebe und ihn damit machen lasse, was er will. Du willst ja sowieso nicht da rausziehen.«

»Es ist so schön hier«, antwortete Susan Marie. »Schau dich doch mal einen Augenblick um, Carl.«

»Schau dich mal da draußen um«, sagte er. »Fünfundsechzig Morgen sind das, Susan.«

Das verstand sie. Er war ein Mann, der viel Platz brauchte, viel Land um sich herum, auf dem er sich bewegen konnte. Damit war er aufgewachsen, und das Meer war bei aller Weite kein Ersatz für grüne Felder. Carl *brauchte* Raum, viel mehr als sein Boot ihm bieten konnte; und diesen Krieg – die Erinnerung an den Untergang der *Canton*, an die Männer, die vor seinen Augen ertranken – konnte er überhaupt nur loswerden, wenn er sein Boot ein für alle Male aufgab und Erdbeeren pflanzte wie sein Vater. Sie wußte, daß ihr Mann nur so wieder ins Gleichgewicht kommen konnte; und deshalb war sie letzten Endes auch bereit, mit ihm nach Island Center zu ziehen.

»Angenommen, du verkaufst ihm diese sieben Morgen«, sagte Susan Marie, »was könnte deine Mutter schlimmstenfalls tun?«

Carl schüttelte energisch den Kopf. »Mit ihr hat das in Wirklichkeit gar nichts zu tun«, sagte er. »Es liegt daran, daß Kabuo ein Japs ist. Und ich hasse die Japse zwar nicht, aber ich mag sie auch nicht. Das ist schwer zu erklären. Aber er ist ein Japs.«

»Er ist kein Japs«, sagte Susan Marie. »Das meinst du nicht wirklich, Carl. Du hast mir doch von ihm erzählt. Ihr wart doch Freunde.«

»Wir *waren* Freunde«, sagte Carl. »Das stimmt. Das ist lange her. Vor dem Krieg. Aber jetzt mag ich ihn nicht mehr besonders. Es gefällt mir nicht, wie er sich aufgeführt hat, als ich ihm gesagt hab, ich wollte mir's überlegen, so als ob er dachte, ich geb die sieben Morgen einfach her, als ob ich ihm das schuldig wäre, oder –«

Dann hörten sie hinter dem Haus einen der Jungen aufschreien, es klang wie ein Schmerzensschrei, nicht nach Streit oder Wut, und Carl war schon unterwegs, bevor Susan

Marie aufstehen konnte. Sie fanden ihren älteren Sohn auf den Steinfliesen; den linken Fuß hielt er mit beiden Händen umklammert – er hatte ihn sich an der scharfen Kante einer Strebe der umgekippten Schubkarre verletzt. Susan Marie kniete sich neben ihn und küßte ihm das Gesicht und drückte ihn an sich. Sein Fuß blutete. Sie erinnerte sich, wie Carl die Wunde angesehen hatte; er war sehr liebevoll und ganz verändert, gar kein Kriegsveteran mehr. Sie hatten den Jungen zu Dr. Whaley gebracht, und dann war Carl zum Fischen gegangen. Über Kabuo Miyamoto hatten sie nicht mehr gesprochen, und Susan Marie merkte bald, daß das Thema irgendwie verboten war. In ihrer Ehe war es verboten, an die Wunden ihres Mannes zu rühren, wenn er nicht selbst damit anfing.

Nun, nach Carls Tod, war ihr noch klarer geworden, daß sich in ihrer Ehe alles um Sex gedreht hatte. Das war bis zuletzt so gewesen, bis zu dem Tag, an dem Carl aus ihrem Leben verschwand: An jenem Morgen, als die Kinder noch schliefen, hatten sie die Badezimmertür zugemacht, den Riegel vorgelegt und sich ausgezogen. Carl duschte und Susan Marie kam zu ihm, als der Fischgeruch weggespült und abgeflossen war. Sie wusch ihm den Penis und spürte, wie er in ihrer Hand hart wurde. Sie legte die Arme um Carls Hals, umklammerte ihn mit den Beinen und verschränkte die Füße über seinem Hintern. Carl half ihr mit seinen kräftigen Händen, er hielt ihre Oberschenkel, lehnte sein Gesicht an ihre Brüste und begann, sie mit der Zunge zu streicheln. In dieser Stellung bewegten sie sich miteinander, aufrecht in der Badewanne, unter dem Wasserschwall der Dusche; Susan Maries blonde Haare klebten ihr am Gesicht, und ihre Hände hielten seinen Kopf. Danach wuschen sie sich gegenseitig, ließen sich Zeit dabei, machten es ruhig und zärtlich. Carl ging zu Bett und schlief bis ein Uhr. Um zwei Uhr, nach dem Essen – er aß Rührei und gebackene Artischocken, Birnenkompott und Brot mit Kleehonig –, ging er hinaus und wechselte das Öl in seinem Traktor. Sie sah ihn an jenem Nachmittag vom Küchenfenster aus, wie er frühes Fallobst aufsammelte und in einen Leinensack tat. Um Viertel vor vier kam er wieder ins Haus und verabschiedete sich von den Kindern, die auf der Veranda saßen, Apfelsaft tranken, Kekse aßen und mit Kieselsteinen spielten. Er kam in die Küche, nahm seine Frau in die Arme und erklärte, wenn er nicht einen ganz besonders guten Fang mache, werde er am nächsten Morgen früh nach Hause kommen; gegen vier Uhr, hoffe er. Dann machte er sich auf den Weg zum Pier von Amity Harbor, und sie sah ihn nie wieder.

21

Nels Gudmundsson stand in einiger Entfernung vom Zeugenstand, als er an der Reihe war, Susan Marie Heine zu befragen: Er zögerte, einer Frau von so trauriger, sinnlicher Schönheit zu nahe zu treten. Sein Alter war ihm nur zu sehr bewußt, und er fürchtete, die Geschworenen könnten es abstoßend finden, wenn er nicht ausreichend Abstand zu Susan Marie hielt und wenn es ihm nicht gelang, den Anschein zu erwecken, als betrachte er sein körperliches Leben nur noch mit kühlem Desinteresse. Im vergangenen Monat hatte ihm ein Arzt in Anacortes eröffnet, daß seine Prostata mäßig vergrößert sei. Sie würde durch einen chirurgischen Eingriff entfernt werden müssen, und das bedeutete, daß er kein Sperma mehr produzieren könne. Der Arzt hatte Nels peinliche Fragen gestellt und ihn damit gezwungen, eine Wahrheit auszusprechen, derer er sich schämte: Er brachte keine Erektion mehr zustande. Ganz kurz gelang es ihm noch, aber sie ging schnell vorbei, ohne daß sie ihm Befriedigung brachte. Das war für sich genommen nicht so schlimm, aber eine Frau wie Susan Marie löste tiefe Frustration in ihm aus. Wenn er sie im Zeugenstand ansah, fühlte er sich, als hätte er eine endgültige Niederlage erlitten. Er konnte nun *keiner* Frau mehr – auch nicht den Frauen in der Stadt, die so alt wie er waren und die er noch kannte – nähertreten, sein Leben war in dieser Hinsicht vorüber.

Während er Susan Marie betrachtete, erinnerte sich Nels an die schönsten Jahre seines Liebeslebens, die jetzt über ein halbes Jahrhundert zurücklagen. Er konnte kaum glauben, daß das so war. Er war neunundsiebzig und in einem verfallenden Körper eingesperrt. Es fiel ihm schwer, zu schlafen oder zu urinieren. Sein Körper hatte ihn im Stich gelassen, und nicht einmal die Dinge, die er einst für selbstverständlich gehalten hatte, waren noch möglich. Man konnte darüber leicht bitter werden, aber Nels hatte sich geschworen, nicht unnütz gegen Windmühlenflügel zu kämpfen. Er hatte es wirklich zu einer gewissen Weisheit gebracht – wenn man es so nennen wollte –, wußte freilich, daß die meisten alternden Menschen keineswegs weise waren, sondern nur einen dünnen Mantel aus billigen Weisheiten als Schutz vor der Welt trugen. Die Weisheit, die junge Leute vom Alter erwarteten, war in diesem Leben sowieso nicht zu erlangen, egal, wieviele Jahre man lebte. Er wünschte sich, ihnen das sagen zu können, ohne sie zu enttäuschen oder Spott oder Mitleid hervorzurufen.

Nels' Frau war an Dickdarmkrebs gestorben. Sie hatten sich nicht besonders gut vertragen, aber trotzdem vermißte er sie. Ab und an saß er in seiner Wohnung und weinte, um sein Selbstmitleid und seine Reue loszuwerden. Ab und an versuchte er ohne Erfolg zu masturbieren, in der Hoffnung, jenen verlorenen Teil seiner selbst wiederzufinden, den er so schmerzlich, so tief vermißte. Ganz selten kam es vor, daß er das Gefühl hatte, es könnte ihm gelingen und irgendwo tief in ihm vergraben fände sich seine Jugend. Meistens aber akzeptierte er, daß das nicht so war, und dann versuchte er entschlossen, sich selbst zu trösten – besonders befriedigend fand er seine Methoden nicht. Er aß gerne gut. Er spielte gern Schach. Er hatte nichts gegen seine Arbeit und wußte, daß er ein guter Anwalt war. Er las gerne Zeitungen, aber er wußte, daß seine Lesegewohnheiten etwas Neurotisches, Zwanghaftes hatten; er sagte sich, daß er besser daran täte, etwas weniger Seichtes, nicht so viele Zeitungen und Illustrierte zu lesen. Das Problem war aber, daß er sich auf »Literatur« nicht konzentrieren konnte, auch wenn er sie noch so sehr bewunderte. Nicht daß *Krieg und Frieden* ihn geradezu gelangweilt hätte, aber er konnte sich nicht auf den Roman *einlassen*. Das war nicht der einzige Verlust: Auch seine Augen lieferten ihm nur noch eine halbe Sicht der Welt, und Lesen reizte seine Neurasthenie so, daß seine Schläfen heftig pochten. Auch sein Kopf ließ ihn allmählich im Stich, fürchtete er – obwohl man das nie ganz genau wissen konnte. Sein Gedächtnis war mit Sicherheit nicht mehr so gut wie früher.

Nels Gudmundsson hakte die Daumen hinter seine Hosenträger und sah die Zeugin bewußt kühl an. »Mrs. Heine«, sagte er, »der Angeklagte hier erschien am Donnerstag, dem neunten September, an Ihrer Tür? Habe ich das richtig gehört?«

»Ja, Mr. Gudmundsson, das ist richtig.«

»Und er wollte Ihren Mann sprechen?«

»Das stimmt.«

»Sie gingen hinaus und unterhielten sich im Freien? Sie redeten nicht im Haus miteinander?«

»Genau«, sagte Susan Marie. »Sie unterhielten sich draußen. Sie gingen dreißig bis vierzig Minuten auf unserem Grundstück hin und her.«

»Aha«, sagte Nels, »und Sie sind nicht mitgegangen?«

»Nein, bin ich nicht«, antwortete Susan Marie.

»Haben Sie etwas von der Unterhaltung mitbekommen?«

»Nein.«

»Mit anderen Worten, Sie haben vom Inhalt des Gesprächs keine Kenntnis aus erster Hand – ist das richtig, Mrs. Heine?«

»Ich weiß nur, was Carl mir erzählt hat«, antwortete Susan Marie. »Mitgehört habe ich die Unterhaltung nicht.«

»Ich danke Ihnen«, sagte Nels. »Das beunruhigt mich

nämlich. Daß Sie als Zeugin über diese Unterhaltung ausgesagt haben, ohne ein Wort davon gehört zu haben.«

Er befühlte die Hautfalten an seinem Hals und richtete das gesunde Auge auf Richter Fielding. Der Richter hatte den Kopf in die Hand gestützt und erwiderte den Blick gähnend und desinteressiert.

»Nun gut«, sagte Nels. »Fassen wir also zusammen, Mrs. Heine. Ihr Mann und der Angeklagte gingen spazieren und unterhielten sich, und Sie blieben im Haus zurück. Ist das richtig?«

»Ja, das ist richtig.«

»Und nach dreißig bis vierzig Minuten kam Ihr Mann wieder. Ist das auch richtig, Mrs. Heine?«

»Ja.«

»Sie haben ihn nach dem Inhalt seines Gesprächs mit dem Angeklagten gefragt?«

»Ja.«

»Und er antwortete, daß sie über das fragliche Land gesprochen haben? Das Land, das Ihre Schwiegermutter vor über zehn Jahren an Ole Jurgensen verkauft hat? Das Land, auf dem das Haus stand, in dem der Angeklagte seine Kindheit verbracht hatte? Ist das alles richtig, Mrs. Heine?«

»Ja«, sagte Susan Marie, »richtig.«

»Sie und Ihr Mann hatten das Land kurz davor gekauft, sie hatten eine Anzahlung geleistet. Trifft das zu, Mrs. Heine?«

»Ja, das hat mein Mann gemacht.«

»Also«, sagte Nels Gudmundsson. »Montag, der sechste September, war Labor Day, am Dienstag, dem siebten, bot Mr. Jurgensen sein Land zum Verkauf an … dann unterschrieb Ihr Mann also am Mittwoch, dem achten September, den Kaufvertrag?«

»So muß es gewesen sein«, sagte Susan Marie. »Mittwoch, der achte, müßte stimmen.«

»Und der Angeklagte kam am Tag danach zu Ihnen? Donnerstag, den neunten September?«

»Ja.«

»Also gut«, sagte Nels Gudmundsson. »Sie haben ausgesagt, daß der Angeklagte am Nachmittag des neunten an Ihrer Tür erschien und daß er und Ihr Ehemann zusammen spazierengingen und redeten, daß Sie aber bei dieser Unterhaltung nicht dabei waren. Habe ich das richtig verstanden, Mrs. Heine?«

»Ja, das haben Sie.«

»Und dann«, sagte Nels, »nachdem der Angeklagte an jenem Nachmittag gegangen war, saßen Sie mit Ihrem Mann auf der Veranda und redeten mit ihm?«

»Ja.«

»Ihr Ehemann gab zu erkennen, daß er nicht über den Inhalt seines Gesprächs mit dem Angeklagten reden wollte?«

»Richtig.«

»Sie fragten trotzdem weiter?«

»So ist es.«

»Er berichtete Ihnen, er habe dem Angeklagten gesagt, er wolle sich die Sache überlegen? Er wolle sich überlegen, ob er die sieben Morgen an Mr. Miyamoto verkaufen wolle oder nicht? Oder Mr. Jurgensen den Verkauf gestatten?«

»Ja.«

»Er berichtete Ihnen von seiner Sorge, wie seine Mutter es aufnehmen würde, wenn er das Land an den Angeklagten verkaufte? Habe ich Sie das sagen hören, Mrs. Heine?«

»Das hab ich gesagt.«

»Aber trotzdem hat er den Verkauf erwogen?«

»Das stimmt.«

»Und das hat er auch dem Angeklagten zu verstehen gegeben?«

»Ja.«

»Mit anderen Worten: Mr. Miyamoto verließ am neunten Ihr Grundstück in dem Glauben, daß Ihr Mann zumindest die Möglichkeit offenließ, ihm die sieben Morgen zu verkaufen.«

»Richtig.«

»Ihr Mann berichtete Ihnen, daß er Mr. Miyamoto Hoffnungen gemacht habe?«

»Hoffnungen?« antwortete Susan Marie. »Das wär wohl übertrieben.«

»Drücken wir es mal so aus: Ihr Ehemann hat nicht eindeutig Nein gesagt? Er hat den Angeklagten nicht in dem Glauben gelassen, daß keine Hoffnung auf den Wiedererwerb des Grundbesitzes seiner Familie bestehe?«

»Nein, das hat er nicht«, antwortete Susan Marie.

»Mit anderen Worten: Er ließ Mr. Miyamoto den Glauben, daß zumindest eine Möglichkeit bestand.«

»Vermutlich«, sagte Susan Marie.

»Sie können das natürlich nur vermuten«, sagte Nels, »da Sie ja nicht dabeigewesen sind, als die beiden das besprochen haben. Da Sie dem Gericht nur zu berichten haben, was Ihr Mann Ihnen berichtet hat. Worte, die nicht hundertprozentig genau sein mögen, da Ihr Mann wußte, wie wenig begeistert Sie darüber waren, daß Sie vielleicht umziehen müßten. Das haben Sie uns ja gesagt. Deshalb könnte es gut sein, daß er den Ton und Inhalt seines Gesprächs mit Mr. Miyamoto etwas anders wiedergegeben hat, als er Ihnen davon erzählte –«

»Einspruch«, fuhr Alvin Hooks dazwischen. »Spekulation.«

»Stattgegeben«, sagte der Richter. »Schweifen Sie nicht ab, Mr. Gudmundsson. Im Kreuzverhör dürfen Sie nur Fragen an die Zeugin stellen, die in umittelbarem Zusammenhang mit ihrer Aussage stehen. Alles andere gehört nicht hierher – aber das wissen Sie ja. Bitte fahren Sie fort.«

»Entschuldigung«, sagte Nels. »Also gut, Mrs. Heine. Ihr Mann und der Angeklagte sind, wenn ich das richtig verstanden habe, zusammen aufgewachsen?«

»Soweit ich weiß, ja.«

»Hat Ihr Mann jemals erwähnt, daß sie Nachbarn waren, sich von Kindheit an kannten?«

»Ja.«

»Hat er Ihnen erzählt, wie sie als zehn- oder elfjährige Jungen zusammen angeln gegangen sind? Oder daß sie in derselben Baseball- und Footballmannschaft der High School gespielt haben? Daß sie viele Jahre lang mit demselben Schulbus gefahren sind? Hat er etwas davon erzählt, Mrs. Heine?«

»Ich glaube, ja«, sagte Susan Marie.

»Hmmm«, machte Nels. Er zupfte wieder an seinen Halsfalten und sah einen Moment lang an die Decke. »Mrs. Heine«, sagte er dann, »in Ihrer Aussage haben Sie die ›bösen Blicke‹ erwähnt, die Mr. Miyamoto angeblich Ihrer Schwiegermutter zugeworfen hat. Erinnern Sie sich, daß Sie davon gesprochen haben?«

»Ja.«

»Sie haben aber nicht erwähnt, daß der Angeklagte auch Sie mit solchen Blicken bedacht hätte? Habe ich das richtig in Erinnerung?«

»Nein, das hab ich auch nicht gesagt.«

»Oder Ihren Ehemann? Habe ich Sie sagen hören, daß er Ihren Mann böse angeguckt hat? Oder ist das eine Sache, von der nur Ihre Schwiegermutter berichtet?«

»Ich kann weder für Carl noch für seine Mutter sprechen«, antwortete Susan Marie. »Ich weiß nicht, ob so was passiert ist.«

»Natürlich nicht«, sagte Nels. »Und ich würde auch nicht wollen, daß Sie für einen der beiden sprechen. Nur daß Sie das vorhin – als Mr. Hooks Sie befragte – offenbar ganz gern getan haben. Deshalb dachte ich, versuchen kann ich's ja auch mal.« Er lächelte.

»Jetzt reicht's mir aber«, unterbrach Richter Fielding. »Mr. Gudmundsson, entweder Sie fahren mit dem Verhör fort, oder Sie setzen sich auf der Stelle.«

»Herr Vorsitzender«, entgegnete Nels. »Bei der Beweisaufnahme wurde viel Hörensagen zugelassen. Das muß einmal gesagt sein.«

»Ja«, sagte der Richter. »Eine Menge Hörensagen, gegen das Sie nicht protestiert haben, Mr. Gudmundsson. Sie wissen auch, daß Mrs. Heine von Gesetzes wegen berechtigt ist, über Art und Inhalt eines Gespräches Auskunft zu geben, das ihr verstorbener Mann geführt hat. Bedauerlicherweise kann er es nicht selbst tun. Mrs. Heine steht unter Eid, sie muß die Wahrheit sagen. Als Gericht haben wir keine Wahl, wir müssen darauf vertrauen, daß ihre Aussage wahrheitsgetreu ist.«

Er wendete sich mit einer langsamen Bewegung den Geschworenen zu: »Die gesetzliche Bestimmung, um die es hier geht, nennt man das ›Leichenstatut‹ – ein wenig zartfühlender Titel, aber einen anderen kenne ich nicht. Normalerweise verhindert dieses Statut, daß eine Zeugenaussage ins Protokoll aufgenommen wird – ich kann sie für unzulässig erklären, weil sie auf bloßem Hörensagen beruht –, da die Person, von der die Rede ist, nicht mehr lebt. In Strafprozessen verhindert das ›Leichenstatut‹ jedoch die Zulassung einer solchen Zeugenaussage nicht, wie Mr. Gudmundsson sehr wohl weiß. Trotzdem schafft das ›Leichenstatut‹, offen gesagt, eine … gesetzliche Grauzone. Und ich glaube, darauf möchte Mr. Gudmundsson hinweisen.«

»Ja«, sagte Mr. Gudmundsson. »Genau darauf möchte ich Sie aufmerksam machen.« Er verneigte sich leicht vor dem Richter, warf einen kurzen Blick auf die Geschworenen, drehte sich dann um und sah Kabuo Miyamoto an, der immer noch aufrecht an seinem Platz am Tisch des Angeklagten saß und die Hände gefaltet hatte. In diesem Augenblick begannen die Lampen im Gerichtssaal zuerst zu flakkern, einmal, zweimal, dann erloschen sie endgültig. Auf der Piersall Road hatte der Sturm einen Baum umgestürzt, und der hatte im Fallen die Stromleitungen mitgerissen.

22

»Genau im richtigen Moment«, sagte Nels Gudmundsson, als im Island County-Gericht die Lichter ausgingen. »Ich habe keine weiteren Fragen an Mrs. Heine, Euer Ehren. Was uns betrifft, kann sie den Zeugenstand verlassen.«

Die vier hohen Fenster, die vom Dampf der Heizungen beschlagen waren, ließen nur wenig von dem grauen, durch den Schneefall gedämpften Tageslicht durch. Die Gesichter der Zuschauer auf der Tribüne, die einander und die Decke mit den erloschenen Lampen ansahen, erschienen in diesem Licht ebenfalls grau.

»Sehr schön«, antwortete Richter Fielding. »Aber eins nach dem anderen jetzt. Immer mit der Ruhe. Wir werden korrekt vorgehen, Licht hin, Licht her. Mr. Hooks, brauchen Sie die Zeugin noch?«

Alvin Hooks erhob sich und erklärte dem Gericht, die Anklage habe keine weiteren Fragen. »In der Tat ist der Zeitpunkt des Stromausfalls noch günstiger, als mein Herr Kollege von der Verteidigung vermutet«, sagte er und blinzelte zu Nels hinüber. »Mrs. Heine ist unsere letzte Zeugin. Die Anklage ist im selben Moment mit der Beweisführung zu Ende wie der Bezirk mit der Stromzufuhr.«

Einige der Geschworenen lächelten. »Die Anklage hat das Beweisverfahren abgeschlossen«, wiederholte Richter Fielding. »Also gut. Sehr gut. Ich wollte sowieso die Mittagspause verkünden. Wir werden einen Bericht von der Elektrizitätsgesellschaft anfordern und dann weitersehen. Wir müssen abwarten. Inzwischen möchte ich Mr. Hooks und Mr. Gudmundsson bitten, mich in mein Amtszimmer zu begleiten.«

Der Richter nahm seinen Hammer auf und ließ ihn lustlos auf die Nußbaumplatte fallen. »Gehn Sie essen«, riet er. »Punkt ein Uhr fangen wir wieder an – wenn überhaupt. Ein Uhr nach meiner Uhr, auf der es jetzt«, er spähte auf das Zifferblatt, »elf Uhr dreiundfünfzig ist. Die elektrischen Uhren hier im Haus gehen jetzt natürlich nicht mehr. Beachten Sie sie nicht.«

Ed Soames hielt ihm die Tür auf, und Richter Fielding entschwand in sein Amtszimmer. Die Zuschauer auf der Tribüne verließen ihre Plätze; die Reporter steckten ihre Notizblöcke ein. Ed Soames folgte dem Richter; er wollte ein paar Kerzen anzünden, die, wie er wußte, ganz hinten in einer Schreibtischschublade lagen. Richter Fielding würde sie bestimmt brauchen. In seinem Amtszimmer war es dunkel, dunkler als zur Dämmerstunde, nur ganz schwaches Licht drang durch die Fenster. Ed hatte die Kerzen schon angezündet, als Nels Gudmundsson und Alvin Hooks kamen und sich dem Richter gegenüber an den Schreibtisch setzten. Die Kerzen standen zwischen ihnen, so daß sie aussahen wie drei Männer, die sich zu einer Séance eingefunden hatten – der Richter in seiner Seidenrobe, Nels mit seiner etwas theatralischen Fliege, und Alvin Hooks gepflegt und elegant, die Beine übereinandergeschlagen. Ed ging zur Tür und entschuldigte sich, daß er unterbreche; ob der Richter noch etwas brauche? Wenn nicht, wolle er sich um die Geschworenen kümmern.

»Oh ja«, antwortete Richter Fielding. »Sehen Sie doch bitte im Kesselraum nach, ob man die Heizung irgendwie in Gang halten kann. Und rufen Sie die Elektrizitätsgesellschaft an, wie der Stand der Dinge ist. Und, warten Sie, treiben Sie so viele Kerzen wie möglich auf.« Er wandte sich an die Anwälte. »Hab ich was vergessen?« fügte er hinzu.

»Das Hotel«, antwortete Alvin Hooks. »Fragen Sie lieber auch nach der Heizung dort, sonst halten die Geschworenen es nicht aus. Letzte Nacht ist es ihnen dort ziemlich schlecht ergangen, erinnern Sie sich, und der Stromausfall wird's nicht besser machen.«

»Richtig«, sagte Ed Soames. »Wird erledigt.«

»Danke, Ed«, sagte der Richter. »Sehr aufmerksam von Ihnen, Alvin.«

»Ich bin ein aufmerksamer Mensch«, antwortete Alvin Hooks.

Soames ging mit grimmiger Miene hinaus. Der Gerichtssaal war leer, nur Ishmael Chambers saß noch auf der Tribüne und sah aus, als sei er bereit, bis in alle Ewigkeit zu warten. Eleanor Dokes hatte sich um die Geschworenen gekümmert; sie waren alle im Vorraum und zogen sich die Mäntel an. »Der Richter hat eine Sitzung, die wird die ganze Mittagspause dauern«, erklärte Ed Ishmael Chambers. »Es hat keinen Sinn, hier auf ihn zu warten. Um ein Uhr wird er sagen, wie's weitergeht.«

Ishmael stand auf und stopfte sich den Notizblock in die Tasche. »Ich warte nicht«, sagte er leise. »Ich hab nur nachgedacht.«

»Nachdenken müssen Sie woanders«, sagte Ed Soames. »Ich schließe jetzt den Gerichtssaal ab.«

»In Ordnung«, sagte Ishmael. »Entschuldigung.«

Aber er ging langsam und gedankenverloren. Ed Soames beobachtete ihn ungeduldig. Ein komischer Vogel, dachte er bei sich. Nur eine halbe Portion, wenn man bedenkt, wie sein Vater war. Vielleicht hatte der fehlende Arm etwas damit zu tun. Ed erinnerte sich an Ishmaels Vater und schüttelte ratlos den Kopf. Er und Arthur waren gut miteinander ausgekommen, aber mit dem Jungen war nicht zu reden.

Ishmael kämpfte sich mit hochgezogenen Schultern und aufgestelltem Kragen durch den Schnee zu seinem Büro, sein leerer, mit einer Nadel festgesteckter Mantelärmel schlug im Wind. Der Sturm kam vom Meer, Nordwest. Er peitschte die Hill Street herunter. Ishmael mußte den Kopf gesenkt halten; sobald er ihn hob, schlug ihm der Schnee wie Eisnadeln in die Augen. Trotzdem konnte er sehen, daß in ganz Amity Harbor kein Licht brannte. Der Strom war vollständig ausgefallen. Vier Autos waren an der Hill Street in abenteuerlichen Winkeln zur Straße liegengeblieben, und eines an der Kreuzung Hill und Ericksen war in einen parkenden Pickup gerutscht und hatte den hinteren Teil der Karosserie auf der Fahrerseite eingedrückt.

Ishmael machte die Tür zu seinem Büro auf und schob sie mit der Schulter wieder zu. Noch im Mantel und mit schneebedecktem Hut nahm er den Telephonhörer auf, um seine Mutter anzurufen; sie lebte allein, ungefähr sieben Kilometer außerhalb der Stadt, und er wollte hören, ob sie in dem Unwetter zurechtkam und ob das Südend auch in einem so schlimmen Zustand war wie Amity Harbor. Wenn sie genug Brennholz in den Küchenofen packte und einen Vorhang vor die Speisekammertür hing, müßte sie es in der Küche warm genug haben.

Das Telephon im Büro war tot, und aus dem Hörer erreichte ihn nur eine hohle Stille; dabei fiel ihm mit Schrecken ein, daß natürlich auch seine Druckerpresse lahmgelegt war. Dazu war es im Büro bereits sehr kalt, da es elektrisch beheizt wurde; einen Augenblick lang setzte er sich, vergrub die Hand in der Manteltasche und sah sinnend in das Schneetreiben vor seinem Fenster. Der Stumpf des amputierten Armes pochte, oder eigentlich war es, als ob der Arm selbst wieder da wäre, nur halb taub, ein Phantomarm. Sein Gehirn begriff offensichtlich immer noch nicht ganz – oder weigerte sich zu glauben –, daß der Arm nicht mehr da war.

Früher, kurz nach dem Krieg, hatte er in dem fehlenden Arm heftige Schmerzen gespürt. Ein Arzt in Seattle hatte eine Abtötung der Nerven vorgeschlagen – also eine Operation, die die Empfindung im Stumpf beseitigte –, aber davor war Ishmael aus unerfindlichen Gründen zurückgeschreckt. Was immer in diesem Arm noch zu empfinden war, Schmerz oder sonstwas, er wollte es empfinden, ohne genau zu wissen warum.

Jetzt faßte er in die Innenseite seines Mantels, umschloß den Stumpf mit der rechten Hand und überlegte, was er tun mußte. Vor allem mußte er nach seiner Mutter sehen; er mußte Tom Torgersons Amateurfunkgerät benutzen und eine Verbindung nach Anacortes herstellen, um anzufragen, ob die Zeitung dort gedruckt werden könne. Er wollte sich mit Nels Gudmundsson und Alvin Hooks unterhalten. Er wollte feststellen, ob die Fähre nach Anacortes in Betrieb war und ob die Elektrizitätsgesellschaft angeben konnte, wann die Leitungen wieder geflickt waren. Gut wäre es, in Erfahrung zu bringen, wo die Leitungen zerstört worden waren, und dorthin zu fahren und Photos zu machen. Es wäre auch gut, zur Küstenwachstation zu fahren und einen vollständigen Bericht über Sturmstärke und Geschwindigkeit, über die Wasserstände bei Hochflut und die Schneefallmenge zu bekommen. Er sollte Lebensmittel und einen Kanister Kerosin für seine Mutter besorgen. Im Schuppen stand ein Kerosinofen, den sie im Schlafzimmer aufstellen konnte. Er brauchte aber einen neuen Docht. Er würde bei Fisk vorbeifahren müssen.

Ishmael hing sich die Kamera um und stapfte auf die Hill Street hinaus, um Aufnahmen zu machen. Auch unter günstigen Bedingungen war es nicht leicht, die Kamera mit einem Arm stillzuhalten. Seine war ein großer Kasten mit einem Ausziehbalg für die Linse; sie war unhandlich und hing ihm schwer wie ein Stein um den Hals; er haßte sie von

Herzen. Wenn es möglich war, schraubte er sie auf ein Stativ; wenn nicht, dann setzte er sie auf den Armstumpf, drehte den Kopf, so daß er über die linke Schulter sehen konnte, und machte seine Aufnahmen, so gut es ging. Das war ihm immer peinlich. Er kam sich vor wie ein Zirkusclown in seiner verdrehten Haltung, die Kamera wacklig neben dem Ohr balancierend.

Ishmael machte drei Bilder von dem Auto, das in den Pickup gerutscht war. Immerzu fiel Schnee auf die Linse, und nach einer Weile gab er auf. Trotzdem beschloß er, die Kamera mitzunehmen, da ein Schneesturm wie dieser nur selten vorkam – den letzten hatte die Insel 1936 erlebt – und mit Sicherheit Schäden anrichtete, von denen die Inselzeitung berichten mußte. Trotzdem durfte der Sturm, nach Ishmaels Ansicht, nicht den Bericht über den Mordprozeß gegen Kabuo Miyamoto von der ersten Seite verdrängen, denn der Prozeß war eine Angelegenheit von ganz anderer Art und Größenordnung. Für seine Mitbewohner auf der Insel war ein Unwetter von solchen Ausmaßen freilich ein großes Ereignis und stellte absolut alles in den Schatten; und selbst wenn es vor Gericht um Leben und Tod eines Mannes ging, interessierten sich die Leute von San Piedro doch mehr für die Zerstörung der Docks und Spundwände, für die Bäume, die auf Häuser gestürzt waren, die geplatzten Wasserrohre, die liegengebliebenen Autos. Ishmael war zwar auf der Insel geboren, konnte aber nicht verstehen, wieso solche vorübergehenden, zufälligen Begebenheiten in der Lebenssicht der Einwohner eine so wichtige Rolle spielten. Es war, als hätten sie nur darauf gewartet, daß etwas Gewaltiges in ihr Leben einträte und sie nun selbst in den Nachrichten auftauchen ließ. Andererseits war der Prozeß gegen Kabuo Miyamoto der erste Mordprozeß auf der Insel seit achtundzwanzig Jahren – Ishmael hatte in den alten Jahrgängen der *Review* nachgesehen –, und im Gegensatz zum Schneesturm wurde er von Menschen gemacht, spielte sich im Bereich menschlicher Verantwortung ab, war kein bloßer Zufall aus Wind und Meer, sondern etwas, was Menschen aufklären konnten. Fortgang, Folgen, Ergebnis, Bedeutung dieses Prozesses lagen in Menschenhand. Ishmael plante, den Prozeß gegen Kabuo Miyamoto als Aufmacher für die Donnerstagsausgabe zu nehmen – wenn er sie bei dem Unwetter überhaupt gedruckt bekam.

Er machte sich auf den Weg zu Tom Torgersons Tankstelle, wo ein halbes Dutzend verbeulter Autos am Zaun aufgereiht standen und langsam zugeschneit wurden, während Tom gerade wieder eines abstellte – »Die sind überall«, rief er Ishmael aus dem Fenster seines Abschleppwagens zu. »Fünfzehn hab ich allein an der Island Center Road gezählt, und zwölf liegen oben an der Mill Run. Ich brauch drei Tage, bis ich die alle eingesammelt habe.«

»Hören Sie«, sagte Ishmael. »Ich weiß, daß Sie viel zu tun haben. Aber ich brauch Schneeketten an meinem DeSoto. Er steht oben an der Hill Street, und ich kann ihn nicht zu Ihnen runterschaffen. Da oben sind vier Wagen liegengeblieben, die Sie sowieso wegkarren müssen. Was meinen Sie: Können Sie als nächstes da rauffahren? Ich hab die Schneeketten auf dem Boden vor den Rücksitzen. Und noch was. Ich müßte mit Ihrem Gerät eine Verbindung nach Anacortes zustande bringen, wenn ich nicht noch ein funktionierendes Telephon finde. Ich kann meine Zeitung nicht drucken, es ist kein Strom da.«

»Die ganze Insel ist lahmgelegt«, antwortete Tom Torgensen. »Niemand hat Strom oder Telephon. An zwanzig verschiedenen Stellen haben Bäume die Leitungen runtergerissen. Drüben in Piersall ist ein Trupp Elektriker; die versuchen, die Stadt wieder anzuschließen – vielleicht schaffen sie's bis morgen früh, schätz ich. Aber okay, ich schick jemanden zu Ihrem DeSoto, ich kann's nicht selbst machen.

Wir haben zwei Jungs von der High School angestellt, einen davon schick ich rauf, okay?«

»Sehr gut«, sagte Ishmael. »Die Schlüssel stecken. Und wie sieht's aus, kann ich Ihr Funkgerät benutzen?«

»Ich hab's letzte Woche mit nach Hause genommen«, antwortete Tom. »Wenn Sie dahin laufen wollen, klar. Das Gerät ist aufgebaut – Lois wird's Ihnen zeigen.«

»Ich bin auf dem Weg zur Küstenwache. Vielleicht kann ich die Leute dort dazu bringen, 'ne Nachricht durchzugeben – wenn Ihr Gerät nicht hier ist.«

»Ist mir recht«, sagte Tom. »Sie können meins gern benutzen, wie gesagt. Gehen Sie einfach zu mir nach Hause.«

Ishmael kämpfte sich die Main Street entlang bis zu Fisk, wo er einen Kanister Kerosin und einen Docht für den Heizofen seiner Mutter kaufte. Bei Fisk waren alle Batterien der Größe D ausverkauft, und es gab nur noch eine einzige Schneeschaufel. Drei Viertel des Kerzenvorrats und vier Fünftel von seinem Kerosin waren verkauft. Fisk, Kelton Fisk, hatte einen ausgeprägten Sinn für Bürgerpflicht; deshalb hatte er sich schon morgens um zehn Uhr geweigert, mehr als drei Liter Kerosin pro Insel-Haushalt zu verkaufen. Er stand breitbeinig vor seinem Kanonenofen, putzte seine Brillengläser mit einem Zipfel seines Flanellhemdes und gab Ishmael unaufgefordert eine genaue Aufzählung aller Gegenstände, die er seit acht Uhr morgens verkauft hatte. Außerdem erinnerte er Ishmael daran, daß der Docht, den er gekauft hatte, nach sechsmaligem Gebrauch geschneuzt werden müßte.

Ishmael ging beim Amity Harbor Restaurant vorbei und bat Elena Bridges, ihm zwei Käsesandwiches einzupacken; er hatte keine Zeit, sie im Restaurant zu essen. Das Restaurant war zwar halbdunkel, aber voll und laut – die Leute saßen in den Nischen und an der Theke, eingepackt in Mäntel und Schals, Einkaufstaschen mit Lebensmitteln neben sich, und sahen in das Schneetreiben hinaus. Sie waren froh, daß sie sich aus dem Unwetter an einen trockenen Platz hatten flüchten können. Später, wenn sie mit dem Essen fertig waren, würde es ihnen schwerfallen, wieder ins Freie zu gehen. Ishmael wartete auf seine Sandwiches und hörte zu, wie sich zwei Fischer an der Theke unterhielten. Sie schlürften Tomatensuppe, die auf dem Gasofen warm gemacht worden war, und spekulierten darüber, wann die Insel wieder Strom haben würde. Der eine fragte sich, ob die Hochflut bei dieser Windgeschwindigkeit – über fünfundfünfzig Knoten – über die Kaimauern gehen würde. Der andere sagte, daß ein Nordwestwind eine Menge Bäume, die an Südwind gewöhnt waren, umknicken würde, wie er befürchtete, auch die Weißtanne, die hinter seinem Haus stand. Am Morgen sei er draußen gewesen und habe sein Boot dreifach an einer Ankerboje vertäut, und mit dem Fernglas habe er vom Wohnzimmerfenster aus sehen können, wie das Boot herumtanzte, wenn die Windböen in die Bucht fuhren. Der erste Fischer fluchte und sagte, das hätte er mit seinem Boot genauso machen sollen; jetzt könne er nur hoffen, daß es am Pier mit reichlich Leine und den zwölf Fendern, sechs an jeder Seite, ausreichend geschützt war; bei dem Sturm war es nicht mehr zu bewegen.

Um Viertel vor eins machte Ishmael einen Abstecher zum Büro der Island County Power & Light Company an der Second Street, Ecke Mainstreet. Er war jetzt schwer bepackt, die Tüte mit den Käsesandwiches steckte in der einen, der neue Docht in der anderen Manteltasche, die Kamera baumelte an seinem Hals, und den Kerosinkanister trug er in der Hand. An der Tür zum Büro hing eine Liste für die Bürger von San Piedro: Piersall Road, Alder Valley Road, South Beach Drive, New Sweden Road, Mill Run Road, Woodhouse Cove Road und mindestens ein halbes Dutzend weiterer Straßen waren von umgestürzten Bäumen blockiert, die

Stromleitungen niedergerissen hatten. Die Elektrizitätsgesellschaft plane, bis zum nächsten Morgen um acht Uhr die Stromversorgung von Amity Harbor wiederherzustellen, und bitte die Bürger bis dahin um Geduld. Der Reparaturtrupp werde von der Freiwilligen Feuerwehr unterstützt und würde die Nacht durcharbeiten; was getan werden könne, werde so schnell wie möglich getan.

Ishmael ging zum Gericht zurück. Eines seiner Sandwiches aß er auf einer Bank im Flur im zweiten Stock; die Kamera hatte er neben sich und den Kerosinkanister auf dem Fußboden abgestellt. Der Korridor war glitschig von dem geschmolzenen Schnee, den Vorübergehende an ihren Stiefeln hineingetragen hatten. Alle, die den Flur entlanggingen, bewegten sich vorsichtig wie Eisläufer, die zum ersten Mal auf Schlittschuhen stehen – an Licht gab es nur, was durch die Bürofenster sickerte und von dort durch die verglasten Türen kam. Wie die Flure war auch die Garderobe ein feuchter, glitschiger, dunkler Ort – voll nasser Mäntel, Taschen, Hüte und Handschuhe. Ishmael stellte den Kerosinkanister und die Kamera auf das Bord über den Mantelhaken. Er wußte, daß keiner die Kamera stehlen würde, und er hoffte, daß niemand das Kerosin mitnehmen würde. Seit dem Stromausfall war das nicht mehr unmöglich.

Richter Fieldings Ansage vor dem versammelten Gericht war knapp. Der Prozeß sei bis zum folgenden Morgen um acht Uhr ausgesetzt; bis dahin erwarte die Elektrizitätsgesellschaft, die Stadt wieder mit Strom versorgen zu können. Schwere See zwischen San Piedro und dem Festland habe die Anacortes-Fähre gezwungen, ihren Betrieb einzustellen, deshalb sei es nicht möglich, eine andere Unterbringung für die Geschworenen bereitzustellen; sie müßten wieder in den kalten, dunklen Zimmern des Amity Harbor Hotels übernachten und sich, so gut es ging, behelfen; leider könne er an den Umständen nichts ändern, eine andere Unterkunft gebe es nicht. Er hoffe, daß die Geschworenen sich nicht von den Elementen ablenken ließen. Sie hätten die Verpflichtung, Sturm und Stromausfall zu trotzen, so gut sie könnten, um den Kopf ganz für den Prozeß und die Zeugenaussagen frei zu haben, sagte Richter Fielding. Er verschränkte die Arme und beugte sich vor, so daß die Geschworenen trotz des dämmrigen Lichtes sein unrasiertes, erschöpftes Gesicht sehen konnten. »Der Gedanke, daß es zu einer Einstellung und Wiederaufnahme kommen könnte, macht mich müde«, seufzte er. »Ich meine, wenn wir uns etwas Mühe geben, können wir vermeiden, daß es dazu kommt. Ich hoffe, Sie haben eine einigermaßen angenehme Nacht im Amity Harbor Hotel, aber wenn nicht, dann seien Sie tapfer und kommen Sie morgen konzentriert in den Gerichtssaal zurück. Dies ist schließlich ein Mordprozeß«, mahnte der Richter, »und Schnee oder nicht – wir müssen vor allem das im Kopf und im Herzen haben.«

Um zwei Uhr fünfunddreißig packte Ishmael Chambers seinen Kerosinkanister, den Docht und zwei Tüten Lebensmittel in den Kofferraum seines DeSoto. Einer von Tom Torgersons Jungen hatte die Schneeketten montiert, und Ishmael beugte sich über die Räder und inspizierte aus der Nähe, ob sie gut gespannt waren. Er schabte Eis von den Fenstern des Wagens und stellte den Entfroster an, bevor er ganz langsam in den Schnee hinausfuhr. Er wußte, daß man die Bremse in Ruhe lassen und mit stetigem niedrigem Tempo fahren, auf Hügelkämmen den Fuß vom Gas nehmen mußte und beim Bergabfahren gleichmäßig Tempo gewinnen sollte. Auf der First Hill Street hörte er seine Ketten, spürte, wie sie griffen und fuhr ganz vorsichtig im ersten Gang bergab, auf seinem Sitz vorgebeugt. Er bremste nicht, als er auf die Main Street kam, sondern bog sofort nach links zur Center Valley Road ab, rutschte dabei ein bißchen. Jetzt machte er sich weniger Sorgen. Der Schnee war hier schon festgefahren, die Straße nicht so gefährlich, wenn man geduldig und aufmerksam blieb. Nicht der Schnee, sondern andere, leichtsinnigere Fahrer waren jetzt seine Hauptsorge. Es war wichtig, im Rückspiegel zu beobachten, ob sich jemand von hinten näherte, und dann, wenn möglich, auszuweichen.

Ishmael verließ Amity Harbor auf der Lundgren Road, weil sie gleichmäßig ohne Kurven und Schleifen anstieg und nicht so steil wie die Mill Run oder Piersall war und weil sie nicht auf der Liste der durch umgestürzte Bäume blockierten Straßen stand. Er sah an George Freemans Haus eine umgekippte Douglastanne, deren Wurzelballen drei Meter hoch neben Georges Briefkasten aufragten. Die Baumspitze hatte ein Stück von Georges Zedernholzzaun umgerissen. George stand mit einer Kettensäge draußen und arbeitete im Sturm, die Wollmütze auf dem kahlen Kopf.

Ishmael fuhr auf der Lundgren Road weiter und bog in den Scatter Springs Drive ein. In der ersten Kurve steckte ein Hudson mit der Nase im Graben, in der zweiten hatte sich ein Packard Clipper Sedan überschlagen und lag mit den Rädern nach oben im Dornengebüsch neben der Straße. Ishmael hielt an und machte Photos davon; sein Stativ stellte er an den Straßenrand. Die geraden Linien der Erlen und Zedern hinter dem Packard zeichneten sich elegant und klar vor dem Meer aus Schnee ab, das harte graue Licht im Schneetreiben, der verlorene hilflose Wagen, dessen Räder langsam von Schnee bedeckt wurden, das Dach, das sich so weit in den gefrorenen Boden geschoben hatte, daß nur die untere Hälfte der Fenster zu sehen war – das alles war eine Unwetterszene, wie man sie eindringlicher kaum finden konnte, und Ishmael photographierte sie, weil sie ihm alles zu symbolisieren schien, was der Sturm bewirkte: eine Welt, in der ein Packard Clipper bedeutungslos wurde und nichts mehr mit seiner eigentlichen Bestimmung zu tun hatte; er war so wertlos wie ein Schiff auf dem Meeresgrund.

Ishmael war froh, als er feststellte, daß das Fenster auf der Fahrerseite heruntergekurbelt und niemand mehr im Auto war. Er nahm an, daß es Charlie Torvals Wagen war – Charlie wohnte in der New Sweden Road und verdiente sein Geld mit dem Bau von Spundwänden und Docks und dem Verankern von Vertäungsbojen. Er besaß jede Menge Taucherausrüstung, einen Lastkahn mit einem aufmontierten Kran und – wenn Ishmael sich richtig erinnerte – diesen rostbraunen Packard. Vielleicht war es ihm peinlich, wenn ein Photo von seinem mit den Rädern zum Himmel zeigenden Wagen in der *Review* erschien. Ishmael beschloß, mit ihm zu reden, bevor er es veröffentlichte.

In der dritten Kurve des Scatter Springs Drive – einer Serpentine, mit der die Straße bergab aus dem Zedernwald hinaus in die flacheren Hügel des Tals führte – sah Ishmael drei Männer, die sich mit einem halb von der Straße gerutschten, im Schnee steckengebliebenen Plymouth plagten: Einer sprang auf der Stoßstange auf und ab, der zweite hockte am Boden und betrachtete die durchdrehenden Räder, der dritte saß bei offener Tür hinter dem Steuer und trat aufs Gas. Ishmael kurvte, ohne anzuhalten, an ihnen vorbei und bog schleudernd – leicht schadenfroh und übermütig – in die Center Valley Road ein. Seit er von der First Hill Street heruntergefahren war, hatte sich eine seltsame Begeisterung für die Fahrt und ihre Gefahren in ihm ausgebreitet.

Der DeSoto war nicht gerade ein Geländewagen, das wußte er. Ishmael hatte einen Knauf aus Kirschholz auf das Steuer montiert, um die Schwierigkeiten zu verkleinern, die er als Einarmiger mit dem Fahren hatte. Sonst war nichts an dem Wagen verändert, und dabei sollte es auch bleiben. Den DeSoto, der seit über zehn Jahren nur auf der Insel unterwegs war, hatte sein Vater vor fünfzehn Jahren gekauft, er hatte eine Viergang-Halbautomatik, der Ganghebel war an der Lenksäule, die Hinterachse war starr. Arthur hatte ihn 1939 auf einem Autohof in Bellingham erstanden – gegen seinen Ford Modell A und fünfhundert Dollar Bargeld. Er war ein bescheidenes Fahrzeug, massig und eckig wie ein Dodge, vorn so langgestreckt, daß er unausgewogen wirkte. Der Kühlergrill saß dicht über der Stoßstange. Ishmael hatte den Wagen behalten, teils aus Trägheit, teils weil er ihn an seinen Vater erinnerte. Wenn er am Steuer saß, spürte er die Form, die sein Vater in den Sitz gedrückt hatte.

Die Erdbeerfelder im Center Valley lagen unter einer zwanzig Zentimeter hohen Schneedecke und verschwammen im Schneetreiben wie eine Traumlandschaft, nirgendwo erkennbar begrenzt. Im Scatter Springs Drive hatten die Bäume die Straße so überwölbt, daß der Himmel nur noch als undeutliches blasses Band durchschimmerte, aber hier draußen bot er sich in seiner ganzen Weite dar, chaotisch und wild. Wenn Ishmael an den Scheibenwischern vorbei hinaussah, blickte er in Millionen schräg fallender Flocken, die nach Süden getrieben wurden. Der Himmel wirkte verhangen und bösartig. Der Wind fegte den Schnee gegen die Scheunenwände und Hausmauern, und Ishmael konnte hören, wie er durch die Gummidichtung des Seitenfensters pfiff, die schon seit Jahren lose war. Sie war schon lose gewesen, als sein Vater noch lebte – eine der kleinen Besonderheiten dieses Autos und zum Teil der Grund, warum er sich nicht davon trennen mochte.

Er fuhr an Ole Jurgensens Haus vorbei, wo weißer Rauch aus dem Schornstein wirbelte und vom Wind fortgetragen wurde – Ole hatte es offensichtlich warm. Der Schneefall verwischte die Grenzen zwischen den Feldern, so daß man Kabuos langersehnte sieben Morgen nicht mehr von dem Land unterscheiden konnte, das sie umgab. Alle menschlichen Besitzansprüche auf die Landschaft waren erloschen, vom Schnee null und nichtig gemacht. Die Welt war eine Welt, und die Vorstellung, ein Mann könne wegen eines winzigen Fleckchens davon einen anderen umbringen, ergab keinen Sinn – auch wenn Ishmael wußte, daß diese Dinge geschahen. Schließlich war er im Krieg gewesen.

An der Kreuzung Center Valley Road und South Beach Drive sah Ishmael in der vor ihm liegenden Kurve ein Auto, das die Steigung der Straße, die um ein schneeverhangenes Zedernwäldchen herumführte, nicht geschafft hatte. Ishmael erkannte den Wagen: Es war der Kombi von Fujiko und Hisao Imada. Hisao versuchte, mit einer Schaufel das rechte Hinterrad, das im Straßengraben festsaß, freizubekommen.

Hisao Imada war ohnehin klein und zierlich, aber in seinen dicken Wintersachen verschwand er fast ganz; den Hut hatte er tief ins Gesicht gedrückt und den Schal übers Kinn gezogen, so daß nur noch Mund, Nase und Augen zu sehen waren. Ishmael wußte, daß er nicht um Hilfe bitten würde, teils weil die Leute von San Piedro das nie taten, teils weil es typisch für ihn war. Ishmael beschloß, am Fuß der Steigung zu parken, neben Gordon Ostroms Briefkasten, und die fünfzig Meter den South Beach Drive bergauf zu laufen; er wollte den DeSoto lieber von der Straße haben, während er Hisao Imada überredete, sich mitnehmen zu lassen.

Ishmael kannte Hisao schon lange. Als er acht Jahre alt war, hatte er den Japaner zum erstenmal gesehen, wie er müde hinter seinem weißen Ackerpferd mit dem Senkrükken herstapfte: ein Japaner, der eine Machete im Gürtel trug, um Ranken und Schößlinge abzuhacken. Er wohnte mit seiner Familie in zwei Stoffzelten auf dem Gelände, das sie gerade gekauft hatten und nun rodeten. Wasser holten sie aus einem Bach, und sie wärmten sich an einem Reisigfeuer, das die Kinder in Gang hielten – kleine Mädchen in Gummistiefeln, Hatsue war eines davon, die Äste und Arme voll

Reisig anschleppten. Hisao war mager und zäh und arbeitete gründlich und gleichmäßig. Er trug ein ärmelloses Unterhemd, und dieses Hemd zusammen mit der Machete im Gürtel erinnerte Ishmael an die Bilder von Seeräubern in den Büchern aus der Bibliothek von Amity Harbor, die sein Vater für ihn auslieh. Aber das war über zwanzig Jahre her, und der Mann, auf den er jetzt auf dem South Beach Drive zuging, war ein anderer Hisao Imada, ein glückloser kleiner Mann, taub vor Kälte und hilflos mit seiner Schaufel im Sturm, unter Bäumen, die jeden Augenblick umstürzen konnten.

Ishmael sah noch etwas. Auf der anderen Seite des Autos arbeitete Hatsue, ebenfalls mit einer Schaufel in der Hand. Sie blickte nicht auf. Sie schaufelte den Schnee weg, bis der schwarze Boden des Zedernwäldchens freilag, und warf schippenweise Erde unter die Räder.

Fünfzehn Minuten später wanderten sie alle drei die Straße hinab zu seinem DeSoto. Es hatte sich herausgestellt, daß ein auf der Straße liegender langer Ast den Reifen am Hinterrad durchbohrt hatte und immer noch in beide Achsen verkeilt war. Auch das Auspuffrohr war zusammengedrückt worden. Mit dem Wagen kam man nirgends mehr hin – das sah Ishmael –, aber Hisao brauchte eine Weile, sich das einzugestehen. Trotzig arbeitete er mit seiner Schaufel weiter, als ob sich dadurch das Schicksal des Wagens doch noch wenden ließe. Nachdem er zehn Minuten höflich mitgeholfen hatte, dachte Ishmael laut vor sich hin, ob nicht vielleicht der DeSoto die Lösung des Problems sei. Er mußte fünf Minuten lang hartnäckig davon sprechen, bis Hisao widerwillig nachgab, als müsse er sich in ein unvermeidliches Übel fügen. Er öffnete die Wagentür, legte seine Schaufel hinein und holte eine Tüte mit Lebensmitteln und einen Kerosinkanister heraus. Hatsue schaufelte ungerührt weiter, ohne etwas zu sagen, blieb an der von Ishmael abgewandten Seite des Autos und warf schwarze Erde unter die Reifen.

Schließlich ging ihr Vater um den Wagen herum und sprach japanisch mit ihr. Daraufhin hörte sie auf zu arbeiten und trat auch auf die Straße, und Ishmael hatte Gelegenheit, sie genau anzusehen. Mit ihr gesprochen hatte er nur am Morgen zuvor auf dem Flur im zweiten Stock des Island County-Gerichts, als sie mit dem Rücken zu einem Bogenfenster auf der Bank vor dem Amtszimmer des Friedensrichters gesessen hatte. Da war ihr Haar genau wie jetzt im Nakken zu einem schwarzen Knoten zusammengefaßt gewesen. Sie hatte ihm viermal gesagt, er solle weggehen.

»Hallo, Hatsue«, sagte Ishmael. »Ich kann euch nach Hause fahren, wenn ihr möchtet.«

»Mein Vater sagt, er hat das Angebot angenommen«, antwortete Hatsue. »Er sagt, er ist dir dankbar für die Hilfe.«

Sie ging hinter Ishmael und ihrem Vater den Hügel hinab zum DeSoto; die Schaufel hatte sie immer noch in der Hand. Als sie schon ein gutes Stück gefahren waren und langsam dem South Beach Drive unten am Meer folgten, erklärte Hisao in gebrochenem Englisch, daß seine Tochter während des Prozesses bei ihm wohne; Ishmael könne sie beide vor seinem Haus absetzen. Dann beschrieb er, wie ein Ast unmittelbar vor ihnen auf die Straße gefallen war; er habe fest auf das Bremspedal getreten, um nicht hineinzufahren. Der Kombi sei ins Schleudern gekommen, als er auf den Ast aufgefahren war, und in den Straßengraben gerutscht.

Während Ishmael fuhr und zuhörte, höflich nickte und ab und an etwas wie »Ich verstehe, ja natürlich, das kann ich verstehen« einwarf, wagte er es nur selten, einen kurzen Blick in den Rückspiegel zu werfen. Er sah, daß Hatsue demonstrativ mit höchster Konzentration aus dem Seitenfenster auf die Welt draußen blickte, als wolle sie zu verstehen geben, daß sie an nichts anderes dachte als an den Schneesturm. Ihr schwarzes Haar war klatschnaß. Zwei Strähnen hatten sich aus der straffen Frisur gelöst und lagen wie angeklebt an der kalten Wange.

»Ich weiß, daß er Ihnen Ärger gemacht hat«, sagte Ishmael. »Aber ist der Schnee nicht wunderschön? Ist es nicht schön, wie er fällt?«

Die Tannenäste bogen sich schwer, Zäune und Briefkästen trugen Schneehauben, die Straße vor ihm war zugeschneit, und nirgendwo waren Menschen zu sehen. Hisao Imada stimmte zu – ah ja, wunderschön, kommentierte er leise –, und im selben Augenblick wendete sich seine Tochter schnell vom Fenster ab und sah nach vorn, so daß sich ihre und Ishmaels Augen im Rückspiegel trafen. Es war der rätselhafte Blick, mit dem sie ihn im Flur des Gerichtsgebäudes angesehen hatte, als er versucht hatte, vor dem Prozeß mit ihr zu sprechen. Was aus ihren Augen sprach, konnte Ishmael noch immer nicht deuten. War es Tadel, Trauer, unterdrückter Zorn oder vielleicht all das zusammen? Vielleicht auch Enttäuschung?

Nicht um sein Leben hätte er nach all den Jahren ihren Gesichtsausdruck entziffern können. Ishmael nahm sich vor, sie, wenn Hisao nicht dabei war, geradeheraus zu fragen, was sie ihm eigentlich durch diese abweisende Strenge und ihr Schweigen zu verstehen geben wollte. Was hatte er ihr getan? Worüber konnte sie zornig sein? Grund zum Zorn hätte wohl eher er selbst; aber schon vor Jahren hatte sein Zorn über sie sich allmählich erschöpft und schließlich ganz verflüchtigt. Und nichts anderes war an seine Stelle getreten. Er empfand nichts, was den Zorn ersetzte. Wenn er sie sah, was manchmal vorkam, zum Beispiel in Petersens Lebensmittelladen oder auf der Straße in Amity Harbor, dann wendete er sich fast so hastig ab wie sie; sie mieden einander mit großer Bestimmtheit. Eines Tages, vor drei Jahren, war ihm plötzlich klargeworden, wie sehr sie in ihrem neuen Leben aufging. Sie hatte vor Fisks Eisenwarenhandlung auf dem Boden gekniet, um die Schnürsenkel ihrer kleinen Tochter zu binden, die Tasche auf dem Gehsteig neben sich. Sie hatte nicht bemerkt, daß er sie beobachtete. Als er sah, wie sie dort kniete und sich an den Schuhen ihrer Tochter zu schaffen machte, war ihm plötzlich bewußt geworden, wie ihr Leben jetzt war. Sie war eine verheiratete Frau mit Kindern. Sie schlief jede Nacht neben Kabuo Miyamoto. Er hatte sich gezwungen zu vergessen, so gut es eben ging. Nur ein unbestimmtes Gefühl des Wartens auf Hatsue war noch geblieben – die Wunschvorstellung, daß sie eines Tages zu ihm zurückkommen werde. Er hatte keine Vorstellung, wie es dazu kommen sollte, aber er konnte das Gefühl nicht loswerden, daß er wartete und daß diese Jahre des Wartens nur ein Zwischenspiel waren zwischen den Jahren, die er mit Hatsue verbracht hatte, und denen, die er wieder mit ihr verbringen würde.

Jetzt sprach sie von hinten, sah aber zum Seitenfenster hinaus. »Deine Zeitung«, sagte sie. Mehr nicht.

»Ja«, antwortete Ishmael, »was ist damit?«

»Der Prozeß, Kabuos Prozeß, ist ungerecht«, sagte Hatsue. »Das solltest du in deiner Zeitung schreiben.«

»Was ist ungerecht?« fragte Ishmael. »Was genau ist ungerecht? Wenn du mir das erklärst, will ich gern darüber schreiben.«

Sie starrte immer noch aus dem Fenster in das Schneetreiben, und immer noch klebten ihr Strähnen von nassem Haar an den Wangen. »Das Ganze ist ungerecht«, erklärte sie ihm bitter. »Kabuo hat niemanden getötet. Das könnte er gar nicht. Sie haben diesen Feldwebel herangeschafft, damit er aussagt, Kabuo wär ein Killer – das war doch ein reines Vorurteil. Hast du gehört, was für Sachen der Mann gesagt hat? Daß es in Kabuos Wesen liegt zu töten? Daß er ganz schrecklich ist, ein Killer? Davon kannst du in deiner Zeitung schreiben, von der Zeugenaussage, die dieser Mann gemacht hat; und wie ungerecht das alles ist, kannst du schreiben. Wie ungerecht der ganze Prozeß ist.«

»Ich verstehe, was du meinst«, sagte Ishmael. »Aber ich bin kein Jurist. Ich weiß nicht, ob der Richter Feldwebel Maples' Aussage nicht hätte zulassen sollen. Aber ich hoffe, die Geschworenen kommen zum richtigen Urteil. Darüber könnte ich vielleicht einen Artikel schreiben. Wie sehr wir alle hoffen, daß das Rechtssystem funktioniert. Daß wir auf ein ehrliches Ergebnis hoffen.«

»Es dürfte gar keinen Prozeß geben«, sagte Hatsue. »Das Ganze ist falsch, es ist alles ganz falsch.«

»Ungerechtigkeit finde ich auch furchtbar«, sagte Ishmael zu ihr. »Aber manchmal frag ich mich, ob Ungerechtigkeit nicht ... ein Teil des Lebens ist. Ich frag mich, ob wir Gerechtigkeit überhaupt erwarten können, ob wir annehmen dürfen, wir hätten einen Anspruch darauf. Oder ob –«

»Ich rede hier nicht vom ganzen Universum«, schnitt Hatsue ihm das Wort ab. »Ich rede von bestimmten Leuten – dem Sheriff, dem Staatsanwalt, dem Richter, dir. Von Leuten, die etwas tun können, weil sie Zeitungen machen oder Menschen verhaften oder verurteilen oder über deren Leben entscheiden. Man muß nicht ungerecht sein, oder? Das ist nicht Teil des Lebens, wenn Leute zu jemandem ungerecht sind.«

»Nein, das ist es nicht«, antwortete Ishmael kalt. »Du hast recht – die Menschen sind nicht gezwungen, ungerecht zu sein.«

Als er sie neben dem Briefkasten der Imadas absetzte, spürte er, daß er irgendwie die Oberhand gewonnen hatte – einen emotionalen Vorteil besaß. Er hatte mit ihr gesprochen, und sie hatte auch gesprochen, sie hatte etwas von ihm gewollt. Sie hatte einen Wunsch geäußert. Die Spannung zwischen ihnen, die Feindseligkeit, die er empfand, war immer noch besser als gar nichts, fand er. Es war ein Gefühl, das sie teilten. Er saß im DeSoto und beobachtete, wie Hatsue durch den Schnee davonstapfte, die Schaufel über der Schulter. Ihm schoß durch den Kopf, daß ihr Ehemann nun ebenso aus ihrem Leben verschwinden würde wie er selbst vor langer Zeit. Es waren damals äußere Umstände gewesen, und jetzt waren es wieder äußere Umstände; es gab Dinge, die man nicht in der Hand hatte. Weder er noch Hatsue hatten gewollt, daß der Krieg kam – diesen Einbruch in ihr Leben hatten sie beide nicht gewollt. Aber jetzt war ihr Mann des Mordes angeklagt, und das änderte alles zwischen ihnen.

23

Der Leuchtturm der Küstenwache auf den Felsen am Point White war ein Turm aus Stahlbeton, der sich dreißig Meter über die See erhob. In den Jahren, bevor er gebaut wurde, waren elf Schiffe an dieser Stelle auf Grund gelaufen – zwei Postdampfer, sieben Holzfrachter, ein norwegischer Stückgutfrachter und eine Viermastbark mit einer Ladung Kohle aus Newcastle, die nach Seattle wollte. Alle waren inzwischen spurlos verschwunden – von der Brandung zerschlagen und im Lauf der Jahre ins Meer gespült. Nichts mehr war zu sehen, nur zerstreute, seepockenverkrustete Klippen, und bis zum Horizont nichts als graues Wasser, das in der Ferne mit dem Himmel verschwamm.

Bei Springfluten kam es vor, daß Wellen gefährlich weit bis zum Leuchtturm hinaufschlugen und sein Fundament mit salzigen Algen überspülten, die klebenblieben und wie Seemoos aussahen. Unter der Kupferkuppel des Leuchtturms gab es sechzehn Reflektoren und vier in Quecksilber schwimmende Projektionslinsen. Die Küstenwache pflegte das Uhrwerk sorgfältig, und die Linsen drehten sich zweimal pro Minute. Und trotz allem liefen immer noch Schiffe auf Grund, weil das Leuchtfeuer bei dichtem Nebel nicht zu sehen war. Die Küstenwache installierte Reflektortonnen vor der Küste und verankerte in bestimmten Abständen numerierte Bojen in der Fahrrinne, und diese Maßnahmen schienen den Inselleuten ausreichend zu sein, bis es zur nächsten Schiffskatastrophe kam. Ein Schlepper, der eine Dieselfähre aus San Francisco zog, brach auf den Klippen eine Meile nördlich vom Leuchtturm auseinander, dann ein Schlepper, der eine Schute mit Bauholz zog, dann ein Bergungsschiff aus Victoria. Die Inselleute reagierten auf die Nachricht von solchen Schiffbrüchen mit grimmiger Schicksalsergebenheit; viele meinten, derartige Unglücksfälle seien von Gott verhängte Strafen und daher unvermeidlich. Sie kamen nach einem Schiffbruch in großer Zahl, standen am Strand und starrten schaudernd auf das aufgelaufene Schiff; manche brachten Ferngläser oder Kameras mit. Alte Fischer, die viel Zeit hatten, suchten Treibholz zusammen, entzündeten Feuer und wärmten sich an ihnen, während die Brandung Lecks in die Rümpfe der Schiffe schlug, die hart auf Grund gesetzt hatten. Man diskutierte heftig und schob allen möglichen Leuten und Umständen die Schuld zu. Ohne eine einzige sichere Information kamen die Inselleute zu den verschiedensten Schlüssen: Fehler oder Unerfahrenheit des Lotsen, falsch gelesene Karten, irreführende Signale, Nebel, Wind, Gezeiten, Unkenntnis. Wenn ein Schiff nach Tagen auseinanderbrach oder Teile davon sanken oder wenn eine Bergungsmannschaft verzweifelt aufgab, nachdem sie nur einen Bruchteil der Ladung gerettet hatte, sahen die Inselleute mit ausdruckslosem Gesicht und verkniffenem Mund zu und schüttelten ein-, zweimal den Kopf. Eine Woche lang sprachen sie noch behutsam von dem, was sie gesehen hatten, und dann verschwand die Begebenheit allmählich aus ihren Gesprächen.

Kurz vor Anbruch der Dunkelheit befand sich Ishmael Chambers im Büro des Obermaats, dem der Leuchtturm unterstand, eines hochgewachsenen Mannes mit Namen Evan Powell. Der Raum hatte Licht von Kerosinlampen und wurde mit einem schmiedeeisernen Holzfeuerofen beheizt. Der Leuchtturm bezog Strom aus einem eigenen Generator, so daß alle dreißig Sekunden ein Blinkleuchtfeuer aufflammte und sich im Glas des Bürofensters spiegelte. Obermaat Powell hielt Ordnung auf seinem Schreibtisch, nur ein Kalenderblock, ein Doppelständer für Stifte, ein fast voller Aschenbecher und ein Telephon standen darauf. Er saß zurückgelehnt auf einem Kippstuhl, mit einer brennenden Zigarette in der Hand, kratzte sich im Gesicht und hustete. »Ich bin erkältet«, erklärte er Ishmael heiser. »Ich lauf nicht gerade auf vollen Touren. Aber ich helf Ihnen gern, wenn ich kann, Mr. Chambers. Brauchen Sie was für Ihre Zeitung?«

»Ja«, sagte Ishmael. »Ich arbeite an einem Artikel über den Schneesturm. Ich wüßte gern, ob Sie irgendwelche Archive haben, Wetterberichte aus den letzten Jahren vielleicht, irgendwas, was ich mir ansehen könnte. Alte Logbücher zum Beispiel, damit ich Daten vergleichen kann. Ich kann mich nicht an einen Sturm wie diesen erinnern, aber das heißt nicht, daß es so was noch nie gegeben hat.«

»Wir haben jede Menge Archive«, antwortete Obermaat Powell. »Der Leuchtturm ist schon länger hier als die Küstenwache – ich weiß nicht, wie weit zurück die zuverlässigen Informationen reichen –, aber das können Sie sich ansehen, wenn Sie wollen. Hier liegt mehr Zeug herum, als Sie je durcharbeiten können. Mich würde interessieren, was Sie da finden.«

Obermaat Powell kippte in seinem Stuhl nach vorn und drückte die Zigarette sorgfältig aus. Er hob den Telephonhörer ab, wählte eine einzige Nummer und zog sein Taschentuch aus der Hosentasche. »Wer ist da?« sagte er barsch in den Hörer. »Sehen Sie nach, ob Sie Levant finden können. Und dann richten Sie ihm aus, er soll runterkommen. Er soll ein paar Kerosinlampen mitbringen. Sagen Sie ihm, ich brauch ihn auf der Stelle.«

Er legte die Hand über die Sprechmuschel, putzte sich die Nase und sah Ishmael an. »Wieviel Zeit haben Sie?« fragte er. »Ich kann Ihnen Levant zwei Stunden zur Verfügung stellen, höchstens.«

»Das reicht vollkommen, ich will hier niemandem Mühe machen. Sie müssen mir nur zeigen, wohin ich gehen soll«, sagte Ishmael.

Evan Powell nahm die Hand vom Hörer. »Smoltz«, sagte er. »Holen Sie Levant. Sagen Sie ihm, ich brauch ihn jetzt sofort. Suchen Sie Levant.«

Er legte auf und schnaubte sich noch einmal die Nase. »Kein Schiffsverkehr bei diesem Wetter«, sagte er. »Vor einer Stunde haben wir Neah Bay reingekriegt. Wir rechnen damit, daß der Schnee vor morgen nachmittag nicht aufhört.«

Der Funker Levant erschien. Levant hatte die Maße eines Basketballspielers, er war mindestens ein Meter neunzig, hatte einen großen Adamsapfel und krauses schwarzes Haar, und er brachte eine Lampe und eine Taschenlampe mit. »Das hier ist Ishmael Chambers«, erklärte ihm Obermaat Powell. »Er macht die Zeitung unten in der Stadt und muß sich mal unsere Wetterberichte ansehen. Ich möchte, daß Sie sich um ihn kümmern, ihm alles zeigen und dafür sorgen, daß er hat, was er braucht. Stellen Sie ihm ein paar Lampen hin.«

»Sonst noch was?« sagte Levant.

»Vergessen Sie nicht Ihre Funkwache«, sagte Powell. »Noch zwei Stunden, dann sind Sie dran.«

»Hören Sie«, sagte Ishmael. »Zeigen Sie mir nur, wo's lang geht. Ich möchte Ihnen nicht die Zeit stehlen.«

Levant zeigte ihm das Archiv im zweiten Stock, in dem sich Holzkisten, Aktenschränke und Seesäcke bis zur Decke stapelten. Es roch nach altem Papier und Kopierertinte; Staub gewischt hatte man auch seit längerem nicht mehr.

»Alles datiert«, erklärte Levant und stellte die Lampe ab. »So ordnen wir die Sachen – nach Datum hauptsächlich. Funksprüche, Logbücher, Wetterberichte, Wartung – alles hier, nach Datum geordnet, würd ich sagen. Datum steht überall drauf.«

»Sie machen Funkwache?« fragte Ishmael. »Sind Sie der Funker?«

»Jetzt ja«, sagte Levant. »Ich bin seit zwei Monaten hier – die Kollegen wurden versetzt, ich bin nachgerückt.«

»Gehört viel Buchführung zu Ihrer Arbeit? Gibt ein Funker auch Material in dieses Archiv?«

»Wir haben einen, der alle Funkmeldungen in Kurzschrift notiert«, erklärte Levant. »Der schreibt sie auf, heftet sie ab, und dann landen sie hier in einem Schrank. Und das ist es dann auch, scheint mir. Nehmen nur Platz weg. Interessieren keinen Menschen.«

Ishmael nahm einen Ordner in die Hand und hielt ihn in das Licht der Lampe. »Sieht so aus, als hätte ich hier eine Weile zu tun«, sagte er. »Gehen Sie ruhig wieder an Ihre Arbeit. Wenn ich was brauche, weiß ich, wo ich Sie finde.«

»Ich bring Ihnen noch 'ne Lampe«, antwortete Levant.

Dann war Ishmael allein mit den Kisten voll Seeberichten; sein Atem stand dunstig im Lampenlicht. Der Raum roch nach Salzwasser, Schnee und Vergangenheit – er war erfüllt vom Geruch entschwundener Tage. Ishmael versuchte, sich auf seine Arbeit zu konzentrieren, aber das Bild Hatsues, wie sie auf dem Rücksitz seines Wagens saß und ihr Blick dem seinen im Rückspiegel begegnete, trug ihn in die Vergangenheit.

Als er sie nach dem Krieg zum ersten Mal wiedersah, hatte sie versucht, freundlich zu sein, aber damit hatte er sich nicht abfinden können. Er hatte in der Schlange an der Kasse bei Petersen mit seinen Einkäufen – Milch und Crackers – hinter ihr gestanden. Er war stumm und voller Haß auf sie gewesen, und sie hatte sich zu ihm umgedreht, mit einem Baby auf dem Arm, und distanziert freundlich gesagt, sie habe von seinem Unglück mit dem Arm gehört, daß er ihn im Krieg verloren habe, und es tue ihr sehr leid. Sie war so schön wie immer, das wußte er noch, nur ein bißchen älter und ein bißchen strenger um die Augen sah sie aus, und ihn schmerzte der Anblick ihres Gesichts und ihres Haars, das ihr zum Zopf geflochten den Rücken herunterhing. Ishmael stand da, sah blaß und krank aus – er hatte eine Erkältung und etwas Fieber –, den einen Mantelärmel mit einer Sicherheitsnadel hochgesteckt, hielt Milch und Crackers mit seiner einen Hand umklammert und starrte Hatsues Baby lange und böse an, während die Kassiererin, Eleanor Hill, so tat, als hätte sie nicht gehört, daß Hatsue das ausgesprochen hatte, was die andern – auch sie, Eleanor Hill – nicht wahrnehmen wollten: Daß Ishmael nur noch einen Arm hatte. »Den haben die Japse auf dem Gewissen«, sagte Ishmael tonlos und starrte das Baby immer noch an. »Sie haben mir den Arm weggeschossen. Die Japse.«

Hatsue sah ihn noch einen Augenblick an, drehte sich dann wieder zur Kassiererin um und öffnete ihr Portemonnaie. »Tut mir leid«, sagte Ishmael sofort. »So hab ich es nicht gemeint. Das wollte ich nicht sagen.« Aber sie schien ihn nicht zu hören, und er legte Milch und Cracker hin und berührte sie mit der Hand an der Schulter. »Es tut mir leid«, sagte er noch einmal, aber sie drehte sich nicht um und wich seiner Berührung aus. »Es tut mir mehr als leid. Mir ist elend. Verstehst du? Ich mein gar nicht, was ich sage. Du kannst mir nicht mehr trauen, wenn ich den Mund aufmache. Ich red nur so daher. Ich –«

Eleanor Hill tat ungeheuer geschäftig und so, als nähme sie den Kriegsversehrten Ishmael gar nicht wahr, als hörte sie nicht, was er sagte. So ging es ihm immer, wenn er von sich selbst sprach, wenn er versuchte zu sagen, was er sagen mußte; nichts konnte er irgend jemandem einfach erklären, und niemand wollte ihm zuhören. Nur die Männer, die selbst im Krieg gewesen waren, blieben ihm; mit ihnen konnte er ab und zu reden, aber das half nichts. »Es tut mir leid, Hatsue«, sagte er noch einmal. »Es tut mir alles furchtbar leid.«

Er ging ohne Milch und Crackers. Er ging nach Hause und schrieb einen Entschuldigungsbrief, erklärte darin ausführlich, daß er nicht ganz bei sich sei, daß er manchmal Dinge sage, die er gar nicht meine, daß er wünsche, er hätte das Wort »Japse« nicht gesagt, daß er das nie wieder tun würde. Der Brief blieb zwei Wochen auf seinem Schreibtisch liegen, dann warf er ihn weg.

Ohne daß er es wollte, wußte er bald, wo sie wohnte und welchen Wagen sie fuhr, und wenn er ihren Mann Kabuo Miyamoto sah, wurde ihm eng ums Herz. Er spürte, wie er sich innerlich verkrampfte, und lange Zeit konnte er nachts nicht schlafen. Bis zwei Uhr lag er wach, dann knipste er das Licht an und versuchte, ein Buch oder eine Zeitschrift zu lesen. Allmählich kam das Morgengrauen, und er hatte wieder nicht geschlafen. Dann stand er auf und wanderte am frühen Morgen langsam auf den Inselpfaden herum. Einmal begegnete er ihr dabei. Sie war in der Fletcher's Bay unten am Strand und harkte nach Sandklaffmuscheln. Ihr Baby schlief auf einer Decke neben ihr, unter einem Schirm. Ishmael war langsam den Strand entlang auf sie zugegangen und hockte sich neben sie, während Hatsue ununterbrochen Muscheln mit dem Rechen freilegte und in ihren Eimer sammelte. »Hatsue«, sagte er bittend. »Kann ich mit dir reden?«

»Ich bin verheiratet«, sagte sie, ohne ihn anzusehen. »Es gehört sich nicht, daß wir allein zusammen sind. Das macht einen schlechten Eindruck, Ishmael. Die Leute werden über uns reden.«

»Es ist doch kein Mensch da«, antwortete Ishmael. »Ich muß mit dir reden, Hatsue. Das zumindest bist du mir schuldig, meinst du nicht?«

»Ja«, sagte Hatsue. »Das ist wahr.«

Sie wandte sich von ihm ab und sah nach ihrem Baby. Die Sonne fiel nun auf das Gesicht des Kindes; Hatsue stellte den Sonnenschirm um.

»Ich komm mir vor wie ein Sterbender«, sagte Ishmael zu ihr. »Ich bin keinen einzigen Augenblick mehr glücklich gewesen, seit du nach Manzanar abgefahren bist. Als ob ich ein schweres Gewicht mit mir herumschleppe, einen Bleiklumpen in mir hätte oder so. Weißt du, wie das ist, Hatsue? Manchmal glaub ich, ich werd verrückt, ich werd noch in der Anstalt in Bellingham enden. Ich bin verrückt, ich schlafe nicht, ich bin die ganze Nacht auf. Es läßt mich nicht los, dieses Gefühl. Manchmal glaub ich, ich kann es nicht mehr aushalten. Ich sage mir selbst, daß es so nicht weitergehen kann, aber es geht trotzdem weiter. Ich kann nichts dagegen tun.«

Hatsue schob sich mit dem linken Handrücken die Haare aus den Augen. »Das tut mir leid für dich«, sagte sie leise. »Ich will nicht, daß du unglücklich bist. Ich hab nicht gewollt, daß du leidest. Aber ich weiß nicht, was ich jetzt für dich tun kann. Ich weiß nicht, wie ich dir helfen soll.«

»Du wirst denken, daß es Wahnsinn ist«, sagte Ishmael. »Aber alles, was ich möchte, ist, dich im Arm halten, Hatsue. Ich möchte dich nur einmal im Arm haben und dein Haar riechen, Hatsue. Ich glaube, danach wird es mir besser gehen.«

Hatsue hatte ihn lange scharf angesehen, die Harke fest umklammert. »Schau, du weißt doch, daß das nicht geht. Ich kann dich nicht berühren, Ishmael. Zwischen uns muß alles aus sein. Wir müssen es hinter uns lassen und weiterleben, jeder für sich. Da gibt es keine Halbheiten, in meinen Augen. Ich bin verheiratet, ich habe ein Baby, und ich kann nicht zulassen, daß du mich umarmst. Ich möchte, daß du jetzt sofort aufstehst und gehst und mich vergißt, ein für alle Male. Du mußt mich lassen, Ishmael.«

»Ich weiß, daß du verheiratet bist«, sagte Ishmael. »Ich will dich vergessen, wirklich. Ich glaube, wenn du einmal die Arme um mich legst, kann ich damit anfangen, Hatsue. Halt mich dieses eine Mal, und ich gehe und spreche nie wieder mit dir.«

»Nein, das geht nicht«, sagte sie. »Du mußt einen anderen Weg finden. Ich werde dich niemals umarmen.«

»Ich rede nicht von Liebe«, sagte er. »Ich bitte dich nicht darum, daß du den Versuch machst, mich zu lieben. Nur daß du mich in die Arme nimmst so wie ein menschliches Wesen ein anderes, weil ich unglücklich bin und nicht weiß, wohin. Ich brauch das, einmal.«

Hatsue seufzte und wandte die Augen ab. »Geh«, sagte sie. »Es tut mir weh, daß du so unglücklich bist, Ishmael, es tut mir wirklich weh, aber ich werde dich nicht umarmen. Du wirst ohne das leben müssen. Jetzt steh auf und laß mich allein, bitte.«

Jahre waren vergangen, und jetzt stand ihr Mann vor Gericht, weil er einen Mann auf See ermordet hatte. Im Archiv der Küstenwache kam Ishmael der Gedanke, daß sich vielleicht hier in den Aktenordnern eine für den Prozeß wichtige Information finden ließ. Und im selben Augenblick packte er die Wetterberichte beiseite und fing an, die Schränke durchzusehen, von einer merkwürdigen Erregung gepackt.

Innerhalb einer Viertelstunde hatte er gefunden, was er suchte, und zwar in einem Aktenschrank rechts von der Tür, in der dritten Schublade von unten, ziemlich weit vorn – die Protokolle vom 15. und 16. September 1954: Kein Wind, ruhige Gezeiten, dichter Nebel, milde Temperaturen. Um ein Uhr zwanzig, 0120, kam ein Schiff durch, die *SS. West Corona*, griechischer Eigner, liberianische Flagge; sie hatte ihre Position durchgegeben, war irgendwo im Westen und lief südwärts Richtung Seattle. Die Funkmeldungen waren in Kurzschrift abgefaßt; die *Corona* hatte einen Funkspruch von einer Position nordwestlich von der Reflektortonne 56 abgesetzt; sie wollte mit Hilfe des Funksignals vom Leuchtturm ihre Position bestimmen. Sie hatte in der Passage während der Fahrt Peilungen vorgenommen, aber der Navigationsoffizier wollte sich nicht darauf verlassen und hatte morgens um 0126 Uhr in schwerem Nebel den Leuchtturm angefunkt und um Hilfe gebeten. Es gab Interferenzen, und das Signal war schwach, also hatte der Funker vom Dienst den Navigationsoffizier der *Corona* angewiesen, sich an der Tonne 56 zu orientieren, die vor der Nordküste von Lanheedron Island lag, und seine Position über sie zu errechnen. Der Navigationsoffizier der *Corona* hatte ein Nebelhornsignal abgegeben und die Zeit bis zum Echo gemessen. Er dividierte und multiplizierte und gab dem Funker seine neuberechnete Position durch. Die *Corona* liefe außerhalb der Fahrrinne, berichtete er, etwas südlich der Tonne 56, und würde den Kurs ändern und nach Nordosten laufen müssen, durch die Mitte von Ship Channel Bank.

Ship Channel Bank. Dort hatten Dale Middleton, Vance Cope und Leonard George Carl Heine mit ausgebrachtem Netz gesehen, in der Nacht, in der er über Bord ging. In jener Nacht hatte ein riesiger Frachter die Fischgründe durchpflügt und eine Bugwelle vor sich hergeschoben, die groß genug war, auch einen kräftigen Mann über Bord zu werfen.

Um 0142 nahm die *Corona* ihre Kurskorrektur vor, während der Navigationsoffizier noch zweimal Echomessungen durchführte. Später prüfte er den Kurs noch dreimal an den Tonnen 58, 59 und 60. Der Funker der *Corona* hatte nun den Eindruck, sie befänden sich wieder genau in der Schiffahrtsstraße. In der Umgebung von White Sand Bay fing er das Funksignal des Leuchtturms auf, fühlte sich nun immer sicherer und vollzog den großen Bogen nach Süden. Die *Corona* fing das Funksignal des Leuchtturms nun klar auf und lag auf Kurs Seattle.

Alles war in dreifacher Ausführung da – Durchschläge nach Militärstandard. Unterzeichnet waren sie vom Assistenten des Funkers, Matrose Philip Milholland; er hatte die Funksprüche transkribiert. Ishmael nahm die drei Seiten von Milhollands Notizen aus dem Ordner und faltete sie zweimal. So paßten sie genau in seine Manteltasche, und dort ließ er sie stecken – er konnte sie spüren und entspannte sich ein wenig. Dann griff er sich eine der Lampen und ging hinaus.

Am Fuß der Treppe, in einem Vorzimmer, fand er Levant, der neben einem Kerosin-Heizkörper langsam die *Saturday Evening Post* durchblätterte. »Ich bin fertig«, meldete er. »Nur noch eins. Ist Philip Milholland noch hier? Ich würde gern mit ihm sprechen.«

Levant schüttelte den Kopf und legte die Zeitung auf den Fußboden. »Kennen Sie Milholland?«

»Könnte man sagen«, antwortete Ishmael. »Hab ihn mal kennengelernt.«

»Milholland ist nicht mehr hier. Er wurde nach Cape Flattery versetzt, Milholland und Robert Miller auch. Als wir hierherkamen.«

»Wir? Wer ist wir?« fragte Ishmael.

»Ich und Smoltz, wir beide haben zusammen angefangen. Smoltz.«

»Wann war das? Wann ist Milholland weggegangen?«

»Damals im September«, sagte Levant. »Ich und Smoltz, wir haben zusammen angefangen, am 16. September, mit der Hundewache.«

»Hundewache? Ist das so was wie Nachtwache?«

»Nachtschicht, ja«, sagte Levant. »Ich und Smoltz haben die Nachtschicht.«

»Milholland ist also nicht mehr da«, sagte Ishmael. »Er ist am 15. September weg?«

»Am 15. nicht, da konnte er nicht weg, weil er in der

Nacht noch arbeiten mußte. Am 16. muß er gegangen sein – ja, genau. Er und Miller sind am 16. September nach Flattery rausgefahren.«

Niemand weiß es, dachte Ishmael. Die Männer, die die Funksprüche der *Corona* aufgefangen hatten, waren am Tag danach an einen anderen Ort versetzt worden. Sie hatten in der Nacht des 15. Nachtschicht gehabt, sich dann am Morgen des 16. ausgeschlafen und danach San Piedro verlassen. Die transkribierten Funksprüche waren in einen Hefter gewandert, der Hefter in einen Aktenschrank in einem Zimmer, das vollgestopft war mit Berichten der Küstenwache. Und wer sollte sie dort finden? Sie waren so gut wie für immer verloren, wie es Ishmael schien, und niemand wußte, wie die Sache wirklich gewesen war: Daß in der Nacht, in der Carl Heine ertrunken war – deshalb war seine Uhr um 1 Uhr 47 stehengeblieben –, ein Frachter um 1 Uhr 42 durch die Fischgründe von Ship Channel Bank gepflügt war – genau fünf Minuten vorher – und ohne Zweifel eine Bugwelle aufgeworfen hatte, die leicht ein kleines Lachsfischerboot in Schwierigkeiten bringen und auch einen starken Mann über Bord werfen konnte. Oder, genauer gesagt, ein einziger Mensch kannte die Wahrheit, und zwar er selbst. Das war das Wichtigste.

24

Ishmaels Mutter hatte den Holzofen in der Küche angeheizt – er sah es an dem dicken Rauch, der aus dem Schornstein quoll, geisterhaft weiß vor dem Schneegestöber –, und sie stand in Mantel und Schal am Spülstein, als Ishmael mit dem Kerosinkanister vor ihrem Fenster vorbeiging. Kondenswasser hatte sich innen am Fensterglas niedergeschlagen, deshalb konnte er sie nur als Silhouette erkennen, nur vage und fragmentarisch, ein Farbklecks. Als er im Vorübergehen durch das Schneetreiben und das beschlagene Fenster spähte, sah er plötzlich ganz deutlich ihre Hand: Sie rieb einen kreisrunden Fleck in der Scheibe trocken, und dann sah sie ihn und winkte. Ishmael hielt den Kerosinkanister hoch, blieb aber nicht stehen, sondern ging weiter auf die Küchentür zu. Seine Mutter hatte einen Pfad zum Holzschuppen freigeschaufelt, der aber schon wieder zugeschneit war. Die Schaufel lehnte am Zaun.

Er stand am Eingang zur Küche, setzte den Kanister ab und tastete in der Manteltasche nach den zusammengefalteten Aufzeichnungen Philip Milhollands, die er durch den Mantel am Bein spürte. Er zog die Hand aus der Tasche, steckte sie wieder hinein und griff noch einmal nach den Seiten. Dann hob er den Kerosinkanister an und ging ins Haus.

Seine Mutter trug Gummistiefel, hatte sie aber nicht zugeknöpft; vor dem Eingang zum Wohnzimmer hatte sie mit kleinen Nägeln eine Wolldecke angebracht. In der Küche fiel milchiges Licht durch die beschlagenen Fenster; der Raum war warm, und auf dem Tisch lagen säuberlich angeordnet ein paar Kerzen, eine Kerosinlampe, zwei Taschenlampen und eine Schachtel Streichhölzer. Seine Mutter hatte einen Kessel mit Schnee auf den Holzofen gesetzt; als Ishmael die Tür hinter sich zumachte, zischte und prasselte es. »Im Auto habe ich Lebensmittel, und hier ist ein neuer Docht für den Heizofen«, sagte er, stellte den Kerosinkanister an die Wand und legte den Docht auf den Tisch neben die Kerzen. »Hast du heute nacht sehr gefroren?«

»Überhaupt nicht«, antwortete seine Mutter. »Ich bin wirklich froh, daß du da bist, Ishmael. Ich hab versucht anzurufen, aber das Telephon geht nicht. Die Leitungen müssen alle tot sein.«

»Sind sie auch, überall«, sagte Ishmael.

Sie hatte geschmolzenen Schnee aus einem zweiten Kessel im Spülstein in Töpfe geschüttet, hörte nun damit auf, trocknete sich die Hände und drehte sich zu ihm um. »Sind viele Leute steckengeblieben?« fragte sie.

»Ich hab auf dem Weg aus der Stadt hierher bestimmt fünfzig Wagen am Straßenrand gesehen«, erzählte Ishmael. »Charlie Torvals Auto lag auf dem Rücken im Brombeergestrüpp oben an der Scatter Springs. Überall sind umgestürzte Bäume; Strom gibt es nirgends. Sie wollen bis morgen die Stadt wieder mit Strom versorgen – die Stadt kommt zuerst dran, wie immer. Wenn sie es schaffen, solltest du mit mir zurückfahren und bei mir wohnen; wir machen das Haus zu und ziehen in die Stadt, es ist doch nicht nötig, daß du hier draußen bleibst und dich zu Tode frierst. Ich –«

»Ich friere nicht«, sagte seine Mutter und zog sich den Schal vom Kopf. »Es ist mir jetzt sogar ein bißchen zu warm hier. Ich hab gerade Schnee geschippt und Holz reingeholt. Mir geht es sehr gut, nur daß ich mir Sorgen mache, ob die Leitungsrohre halten, wenn das Wasser darin auftaut. Ein Rohrbruch ist das letzte, was ich brauchen kann.«

»Wir drehen die Hähne auf«, antwortete Ishmael. »Dann dürftest du keine Probleme damit haben. Im Keller an der Ostwand ist ein Druckventil – Dad hat es eingebaut, weißt du noch?« Er setzte sich an den Tisch und schloß die Hand um den Stumpf seines amputierten Armes, rieb und drückte vorsichtig daran herum. »Das Ding tut weh, wenn es so kalt ist«, sagte er.

»Wir haben elf Grad unter Null«, sagte seine Mutter. »Können die Lebensmittel in deinem Auto gefrieren? Vielleicht sollten wir sie lieber reinholen.«

»Gut, gehen wir«, sagte Ishmael.

»Wenn du mit deinem Arm kannst«, sagte seine Mutter.

Sie brachten die beiden Tüten mit den Einkäufen und Ishmaels Kamera in die Küche. Die Blumenbeete waren alle zugedeckt, und auf den Stechpalmen und Maulbeerbäumen häufte sich der Schnee und überzuckerte die Spitzen der Rhododendren. Sie mache sich Sorgen um ihre Blumen, sagte sie, die weniger winterharten würden den Frost wohl nicht überleben – ihr seien schon in milderen Wintern Blumen eingegangen. Ishmael sah, daß sie mit der Schubkarre Holzbündel vom Schuppen an die Küchentür gefahren hatte; rings um den Holzklotz, auf dem sie Kleinholz gehackt hatte, lagen noch Splitter.

Seine Mutter mit ihren sechsundfünfzig Jahren gehörte zu den Landwitwen, die sich gut allein behelfen konnten; er wußte, daß sie jeden Morgen um Viertel nach fünf aufstand, ihr Bett machte, die Hühner fütterte, duschte, sich anzog, zum Frühstück ein gekochtes Ei und Toast aß und starken Tee dazu trank, gleich nach dem Frühstück das Geschirr abwusch und die Hausarbeit erledigte, die sonst noch anfiel. Bis neun Uhr hatte sie wohl alles geschafft, dachte er sich, dann hatte sie getan, wozu sie sich verpflichtet fühlte, und konnte von da an lesen, oder sie kümmerte sich um ihren Garten oder fuhr zu Petersens Laden. Ihm war aber nicht klar, wie sie ihre Zeit genau zubrachte. Er wußte, daß sie viel las – Shakespeare, Henry James, Dickens, Thomas Hardy –, aber er konnte nicht glauben, daß das ihre Tage ausfüllte. Zweimal im Monat ging sie Mittwochabend zu einem Treffen ihres Lesezirkels, wo sie gemeinsam mit fünf Frauen über *Benito Cereno, Die Blumen des Bösen, Bunbury* und *Jane Eyre* diskutierte. Sie hatte sich mit Lillian Taylor angefreundet, deren Begeisterung für Blumen und für den *Zauberberg* und *Mrs. Dalloway* sie teilte. Die beiden standen gebückt oder aufrecht im Garten und schüttelten die Samen aus den federigen Rispen der abgeblühten Astilben, setzten sich dann an einen Gartentisch und klaubten die Samen aus ihren Hüllen und füllten sie in kleine Pappschachteln. Um drei Uhr tranken sie Zitronenwasser und aßen Butterbrote mit abgeschnittener Kruste dazu. »Wir sind doch kultivierte alte Damen«, hörte er Lillian einmal sagen. »Nächstens werden wir noch Malerkittel und blaue Baskenmützen tragen und aquarellieren – was meinst du dazu, Helen? Fühlst du dich schon als Muttchen mit Palette?«

Helen Chambers war schlicht und würdevoll wie Eleanor Roosevelt. Ihre Schlichtheit hatte eine ganz eigene Schönheit; sie sah eindrucksvoll aus. Ihre Nase war breit und ihre Stirn stattlich. Wenn sie zum Einkaufen in die Stadt fuhr, trug sie einen Kamelhaarmantel und einen runden, mit Schleife und gestreifter Spitze geschmückten Strohhut. Seit dem Tod ihres Mannes interessierte sie sich noch mehr für Bücher und Blumen und hatte ein stärkeres Bedürfnis, mit Menschen zusammenzukommen. Ishmael hatte in der Kirche neben ihr gestanden und beobachtet, wie sie Freunde und Bekannte mit einer Herzlichkeit und einem echten Gefühl begrüßte, wie er sie nie aufbringen konnte. Oft aß er anschließend mit ihr zu Mittag. Er hatte seiner Mutter erklärt – als sie ihn aufforderte, das Tischgebet zu sprechen –, daß er, wie schon sein Vater, ein unbelehrbarer Atheist sei und den

Verdacht habe, Gott sei ein schlechter Scherz. »Stell dir vor, du müßtest dich in diesem Augenblick entscheiden«, hatte sie einmal geantwortet. »Stell dir vor, jemand hält dir eine Pistole an die Schläfe und zwingt dich zu sagen, ob es einen Gott gibt oder nicht, Ishmael.«

»Niemand setzt mir eine Pistole an die Schläfe«, hatte Ishmael gesagt. »Ich muß mich nicht entscheiden, oder? Das ist doch der Punkt. Ich muß weder das eine noch das andere mit Sicherheit wissen, wenn –«

»Niemand *weiß* es, Ishmael. Was *glaubst* du?«

»Ich glaube gar nichts. Das liegt mir nicht. Außerdem weiß ich nicht, was du mit Gott meinst. Wenn du mir erklärst, was er ist, Mom, dann sage ich dir, ob ich meine, daß er existiert.«

»Jeder weiß, was Gott ist«, sagte seine Mutter. »Das fühlt man doch, oder?«

»Ich fühl das nicht«, antwortete Ishmael. »Ich spüre auch nicht das Gegenteil. Ich habe gar kein Gefühl dafür – und das kann man sich nicht aussuchen. Sagt man nicht, ein solches Gefühl kommt plötzlich über einen? Soll es nicht einfach *geschehen*? Ich kann ein solches Gefühl doch nicht erzwingen, oder? Vielleicht sucht sich ja Gott bestimmte Leute aus, und der Rest – merkt nichts von ihm.«

»Aber du hast ihn doch gefühlt, als du klein warst«, sagte seine Mutter. »Ich weiß es noch, Ishmael. Du hast ihn gefühlt.«

»Das ist lange her«, antwortete Ishmael. »Was ein Kind empfindet – ist etwas anderes.«

Jetzt saß er im Dämmerlicht in der Küche seiner Mutter – Philip Milhollands Aufzeichnungen hatte er in der Manteltasche – und versuchte, sich zu erinnern, welche Vorstellung von Gott er als Junge gehabt haben mochte. Er konnte sie nicht wieder heraufbeschwören. Nach dem Krieg hatte er versucht, etwas von Gott zu spüren, Trost in ihm zu finden.

Es hatte ihm nichts gegeben, und als er nicht mehr leugnen konnte, daß der Versuch eine traurige Unwahrheit war, gab er ihn auf.

Der Wind rüttelte am Fenster hinter ihm, und der Schnee fiel dicht und schnell. Seine Mutter hatte eine Suppe gekocht, die sie ihm anbot: fünf Sorten Bohnen, Zwiebeln und Sellerie, ein Stück Schweinshaxe, zwei kleine Rüben. Ob er jetzt Hunger habe oder noch warten wolle? Ihr sei beides recht, sie könne essen oder warten, das sei ihr gleich. Ishmael legte zwei Scheite Tannenholz auf das Feuer im Küchenofen. Er setzte einen Kessel Wasser auf, ließ sich dann wieder am Tisch nieder. »Schön warm hier«, sagte er. »Du brauchst dir keine Sorgen zu machen, daß dir kalt wird.«

»Bleib doch«, erwiderte seine Mutter. »Übernachte hier. Ich habe drei zusätzliche Bettdecken. Dein Zimmer ist kalt, aber im Bett hast du es bestimmt warm. Fahr bei dem Schnee nicht zurück. Bleib hier und mach's dir gemütlich.«

Er nahm ihren Vorschlag an, und sie setzte die Suppe auf den Ofen. Am nächsten Morgen würde er sich darum kümmern, ob jemand seine Zeitung druckte; jetzt saß er erst einmal im Warmen. Ishmael hatte die Hand in der Manteltasche und fragte sich, ob er seiner Mutter nicht einfach von den Protokollen der Küstenwache erzählen solle, die er aus dem Leuchtturm gestohlen hatte, um dann in die Stadt zurückzufahren und die Kopien Richter Fielding auszuhändigen. Aber er tat nichts. Er saß da und sah zu, wie das Zwielicht hinter den Küchenfenstern in Dunkelheit überging.

»Dieser Mordprozeß«, sagte seine Mutter schließlich, »der beschäftigt dich wohl sehr?«

»Ich denk an nichts anderes mehr«, sagte Ishmael.

»Es ist eine Schande«, sagte seine Mutter. »Das Ganze ist doch eine Farce. Sie haben ihn eingesperrt, weil er Japaner ist.«

Ishmael sagte nichts dazu. Seine Mutter zündete eine von

den Kerzen auf dem Tisch an und stellte sie auf eine Untertasse. »Was meinst du?« fragte sie. »Ich hab nichts von dem Prozeß gesehen, deshalb interessiert mich, was du dazu sagst.«

»Ich habe nicht eine Minute versäumt«, antwortete Ishmael. Und er merkte, wie ihm kalt wurde, und die Unerbittlichkeit dieser Kälte überraschte ihn nicht. Er schloß die Hand um Milhollands Aufzeichnungen.

»Ich glaub, er hat's getan«, log Ishmael. »Die Beweislage spricht eindeutig gegen ihn – der Staatsanwalt hat gute Aussichten, den Fall zu gewinnen.«

Er berichtete ihr von dem Blut am Gaff, von der Wunde an Carl Heines linker Kopfseite, von dem Feldwebel, der ausgesagt hatte, Kabuo sei ein Stockkämpfer von tödlicher Präzision. Er erzählte ihr von Ole Jurgensens Zeugenaussage und dem langen Streit um das Land. Er erzählte ihr, daß drei Fischer bezeugt hatten, Kabuo Miyamoto in der Mordnacht in der Nähe von Carl Heines Boot beim Fischen gesehen zu haben, und er erzählte ihr von dem Stück Anlegetau. Der Angeklagte habe so starr auf seinem Stuhl gesessen, so ungerührt und stur. Er habe nicht reumütig gewirkt. Er habe weder den Kopf gewendet noch die Augen bewegt noch den Gesichtsausdruck verändert. Ishmael fand ihn stolz und trotzig; die Möglichkeit, daß er zum Tode verurteilt werden könne, gehängt werden könne, lasse ihn anscheinend kalt. Das erinnere ihn – erzählte er seiner Mutter – an einen Vortrag im Ausbildungslager in Fort Benning. Da hatte ein Oberst ihnen erklärt, daß ein japanischer Soldat lieber im Kampf sterben als sich ergeben würde. Seine Treue zum Vaterland und sein Stolz darauf, Japaner zu sein, machten es ihm unmöglich, sich zu ergeben. Für ihn sei Sterben nicht etwas so Unvorstellbares wie für einen Amerikaner. Der Tod auf dem Schlachtfeld sei für ihn etwas anderes als für einen amerikanischen Soldaten. Für einen japanischen Soldaten sei ein Leben nach der Niederlage nicht mehr lebenswert; er wisse, daß er nicht zu seinen Leuten zurückkehren könne, wenn er die Demütigung erlitten habe, besiegt worden zu sein. Auch seinem Schöpfer könne er dann nicht mehr unter die Augen treten – seine Religion schreibe ihm vor, in Ehren zu sterben. Verstehen Sie, fügte der Oberst hinzu: Der Japs zieht es vor, mit intakter Ehre zu sterben, und das sollte der Infanterist ihm gönnen. Mit anderen Worten: Machen Sie keine Gefangenen, schießen Sie erst, und stellen Sie dann Fragen. Denn der Feind hat keine Achtung vor dem Leben, weder vor dem eigenen noch vor dem eines anderen. Er hält sich nicht an die Regeln. Er hebt die Hände, tut so, als ergibt er sich, aber er trägt eine scharfe Handgranate unter der Jacke. Der Japs ist von Natur aus verschlagen und hinterlistig. Sein Gesicht wird nie zu erkennen geben, was er denkt.

»Das war alles nur Propaganda«, sagte Ishmael. »Sie wollten nur, daß wir die Japaner ohne Skrupel umlegten, so als ob sie keine richtigen Menschen wären. Nichts davon ist wahr oder gerecht, und trotzdem ertappe ich mich dabei, daß ich jedesmal daran denke, wenn ich Miyamoto ansehe, wie er dasitzt und starr geradeaus blickt. Man hätte sein Gesicht gut für so einen Propagandafilm gebrauchen können, so undurchdringlich ist es.«

»Ich weiß, wer er ist«, sagte Ishmaels Mutter. »Er ist ein sehr gutaussehender Mann, sein Gesicht ist beeindruckend. Er war im Krieg wie du, Ishmael. Hast du das vergessen – daß er im Krieg gekämpft hat? Daß er sein Leben für dieses Land aufs Spiel gesetzt hat?«

»Stimmt schon«, sagte Ishmael, »er hat gedient. Ist das wichtig für den Mord an Carl Heine? Ist es relevant für den Fall, der jetzt verhandelt wird? Ich geb zu, daß der Mann ›beeindruckend‹ ist, wie du sagst, und daß er im Krieg war – aber hat das etwas zu bedeuten? Ich verstehe nicht, was daran relevant sein soll.«

»Es ist mindestens so bedeutsam wie dein Propagandavortrag«, antwortete Ishmaels Mutter. »Wenn du so etwas im Gedächtnis behältst und irgendwie mit dem Gesichtsausdruck des Angeklagten in Zusammenhang bringst – dann wäre es nur gut, wenn du dich auch an andere Dinge erinnerst, einfach, um fair zu bleiben. Sonst wärst du nämlich auf eine Weise subjektiv, die ganz und gar nicht fair gegenüber dem Angeklagten ist. Du wärst voreingenommen.«

»Der Gesichtsausdruck des Angeklagten hat nichts damit zu tun«, sagte Ishmael. »Eindrücke haben nichts damit zu tun, Gefühle haben nichts damit zu tun. Nur auf die Fakten kommt es an, und die Fakten sprechen gegen ihn.«

»Du hast selbst gesagt, der Prozeß ist noch nicht vorbei«, erinnerte ihn seine Mutter. »Der Verteidiger hat sein Plädoyer noch nicht gehalten, aber dein Urteil steht schon fest. Du kennst nur die Tatsachen des Staatsanwalts, aber das ist vielleicht nicht die ganze Geschichte – das ist nie der Fall, Ishmael. Und außerdem sind Tatsachen so kalt, wirklich, so entsetzlich kalt – können wir uns auf die Tatsachen allein verlassen?«

»Was haben wir denn sonst?« entgegnete Ishmael. »Alles andere ist mehrdeutig. Alles andere sind nur Emotionen und Ahnungen. An die Fakten kann man sich wenigstens halten. Emotionen treiben nur so vorbei.«

»Dann laß dich mit ihnen treiben«, sagte seine Mutter. »Wenn du noch weißt, wie das geht, Ishmael. Wenn du nicht für immer kalt geworden bist.«

Sie stand auf und ging zum Holzofen. Er saß schweigend da, den Kopf in die Hand gestützt, atmete durch die Nase und fühlte sich plötzlich ganz leer – ein großer luftiger Raum hatte sich auf einmal in ihm breitgemacht, eine Ätherblase, die gegen seine Rippen drückte – er war leer, noch leerer als vor einem Augenblick, bevor seine Mutter mit ihm gesprochen hatte. Was wußte sie von dem Gefühl der Leere, das ihn die ganze Zeit beherrschte? Was wußte sie überhaupt von ihm? Daß sie ihn in seiner Kindheit gekannt hatte, war eine Sache; sich auf die Verletzungen einzulassen, die er als Erwachsener erlitten hatte, war etwas anderes. Sie wußte letzten Endes nichts; er konnte sich nicht verständlich machen. Er wollte ihr nicht erklären, was es mit seiner Kälte auf sich hatte, noch sich sonst offenbaren. Er hatte sie schließlich in ihrer Trauer um ihren Mann beobachtet, und zum Teil hatte die größte Trauer für sie in der Entdeckung gelegen, daß der Kummer einen Menschen möglicherweise nie wieder losließ – etwas, was Ishmael schon vorher entdeckt hatte. Der Kummer nagte an einem Menschen und grub sich dann in ihn ein, baute sich ein Nest und blieb. Er fraß alles Warme, das ihn umgab, und dann breitete sich überall Kälte aus. Man lernte, damit zu leben.

Seine Mutter war von dieser Kälte ergriffen worden, als Arthur starb; ihre Trauer um ihn hatte sich festgesetzt. Aber Ishmael wurde jetzt klar, daß sie das nicht davon abgehalten hatte, sich am Leben zu freuen. Sie stand an ihrem Herd und schöpfte Suppe und strahlte den ruhigen Gleichmut eines Menschen aus, der überzeugt war, daß es so etwas wie Gnade gab. Sie freute sich am Aroma der Suppe, an der Wärme des Holzofens, an ihrem Schatten, den das Kerzenlicht an die Küchenwand warf. Der Raum war inzwischen dunkel und friedlich, der einzige warme Ort auf der Welt, und er kam sich leer darin vor.

»Ich bin unglücklich«, sagte er. »Was soll ich denn machen? Sag mir, was ich machen soll.«

Seine Mutter antwortete zuerst nicht, sondern kam an den Tisch und stellte ihm einen Teller Suppe hin. Dann brachte sie ihren eigenen Teller, stellte ihn auch auf den Tisch, dazu einen Laib Brot mit dem Brotmesser auf einem Holzbrett, ein Schüsselchen mit cremiger Butter und zwei Löffel. »Du bist unglücklich«, sagte sie, während sie sich setzte. Sie stützte das Kinn in die Hände und die Ellbogen auf den Tisch. »Daß du unglücklich bist, ist nichts Neues, das ist nicht zu übersehen.«

»Sag mir, was ich machen soll«, wiederholte Ishmael.

»Was du machen sollst? Das kann ich dir nicht sagen, Ishmael. Ich hab versucht zu verstehen, wie das für dich gewesen sein muß – daß du im Krieg warst, den Arm verloren hast, nicht geheiratet hast, keine Kinder hast. Ich habe mich bemüht zu begreifen, das kannst du mir glauben – ich habe versucht, mich in deine Lage zu versetzen. Aber ich muß zugeben, daß ich dich nicht verstehe – und wenn ich mir noch so viel Mühe gebe. Andere sind doch auch im Krieg gewesen und zurückgekommen und haben ihr Leben wieder in die Hand genommen. Sie haben Frauen gefunden, geheiratet und Kinder bekommen, Familien gegründet – trotz allem, was sie durchgemacht hatten. Aber du – du warst wie betäubt, Ishmael. Und du bist alle die Jahre fühllos und betäubt geblieben. Und ich hab nicht gewußt, was ich tun oder sagen soll oder wie ich dir helfen kann. Ich habe gebetet, und ich habe mit Pfarrer –«

»Einige von den Jungs in Tarawa haben auch gebetet«, sagte Ishmael. »Erschossen wurden sie trotzdem, Mutter. Genauso wie die, die nicht gebetet haben. Es hat überhaupt keinen Unterschied gemacht.«

»Trotzdem habe ich für dich gebetet. Ich habe mir gewünscht, daß es dir gut geht, Ishmael. Aber ich hatte keine Ahnung, wie ich dir helfen sollte.«

Sie aßen schweigend Suppe und Brot, und der Wasserkessel auf dem Holzofen zischte. Die Kerze legte eine Lichtkuppel um das Essen auf dem Tisch, und durch das beschlagene Fenster konnte man sehen, daß der Schnee am Boden den Schein des Mondes hinter den Wolken auffing, so daß alles silbrig übergossen schien. Ishmael versuchte, die kleinen Freuden von Wärme, Licht und Brot zu genießen. Er wollte seiner Mutter nicht von Hatsue Miyamoto erzählen, er wollte ihr nicht sagen, daß er vor vielen Jahren sicher geglaubt hatte, sie würden heiraten. Er wollte ihr nicht von der hohlen Zeder erzählen, in der sie sich oft getroffen hatten. Von jenen Tagen hatte er keinem Menschen erzählt; er hatte schwer daran gearbeitet, sie zu vergessen. Jetzt hatte der Prozeß alles wieder aufgewühlt.

»Dein Vater hat bei Belleau Wood gekämpft«, sagte seine Mutter auf einmal. »Er hat Jahre gebraucht, darüber hinwegzukommen. Er hatte Alpträume und litt genauso wie du. Aber das hat ihn nicht vom Leben abgehalten.«

»Er ist nicht darüber hinweggekommen«, sagte Ishmael. »Das schafft niemand.«

»Es hat ihn nicht vom Leben abgehalten«, wiederholte seine Mutter beharrlich. »Er hat einfach weitergemacht. Er hat sich nicht vom Selbstmitleid überschwemmen lassen – er hat weitergemacht.«

»Das habe ich auch«, sagte Ishmael. »Ich habe die Zeitung über Wasser gehalten, oder etwa nicht? Ich –«

»Das meine ich nicht, Ishmael«, sagte die Mutter. »Ich will auf etwas anderes hinaus. Du weißt genau, was ich sagen will. Warum um alles in der Welt kannst du nicht mit jemandem ausgehen? Wie kannst du deine Einsamkeit aushalten? Du bist doch ein attraktiver Mann, es gibt eine Menge Frauen, die –«

»Fang nicht wieder davon an«, sagte Ishmael und legte seinen Löffel hin. »Laß uns von was anderem reden.«

»Was gibt es denn anderes für dich?« sagte seine Mutter. »Genau das ist es doch – um auf deine Frage zu antworten, was du gegen dein Unglück tun kannst: heiraten und Kinder haben.«

»Das wird nicht geschehen«, sagte Ishmael, »das ist nicht die Antwort auf meine Frage.«

»Oh doch«, sagte seine Mutter. »Das genau ist die Antwort.«

Nach dem Essen zündete er den Kerosinheizofen an und stellte ihn in das Schlafzimmer seiner Mutter. Die Standuhr seiner Eltern tickte nach all den Jahren immer noch mit wilder Ausdauer. Sie erinnerte ihn jetzt daran, wie sein Vater ihm jeden Samstag morgens im Bett vorgelesen hatte, während die Uhr im Hintergrund lautstark tickte. *Ivanhoe* hatten sie gelesen und dann *David Copperfield*. Jetzt schlief seine Mutter unter Daunendecken, die langsam vergilbten, wie er im Schein der Taschenlampe sah. Er war erstaunt, neben ihrem Bett den uralten RCA-Plattenspieler zu sehen, der bis vor kurzem noch im Arbeitszimmer seines Vaters gestanden hatte. Sie hatte eine Aufnahme von Mozarts Jupiter-Sinfonie mit den Wiener Symphonikern aus dem Jahr 1947 gehört; Ishmael sah die Platte auf dem Teller und stellte sich vor, wie seine Mutter im Bett lag, eine Tasse Tee neben sich, und den melancholischen Klängen der Musik lauschte. Er stellte sich vor, wie sie um neun Uhr abends Mozart hörte.

Er öffnete die Hähne am Küchenwaschbecken und an der Badewanne und ging hinaus, um nach den Hühnern zu sehen. Es waren zwölf, alles Rhode Island Reds, sie hockten aufgeplustert in einer Ecke des Hühnerstalls, den sein Vater vor Jahren gebaut hatte. Einen Augenblick lang richtete Ishmael den Lichtkegel der Taschenlampe auf sie, dann griff er in den Stall und holte ein Ei heraus, das in der Kälte liegengeblieben war. Es fühlte sich steinhart an, und er wußte, daß der Embryo darin zu Eis gefroren war. Er wärmte es einen Augenblick in seiner Hand an, dann rollte er es sanft auf die Hühner zu. Durch die Bewegung wurden sie ein wenig aufgescheucht, schlugen mit den Flügeln, kamen aber gleich wieder zur Ruhe.

Er ging zurück und wanderte immer noch in Hut und

Mantel durch die Zimmer des kalten Hauses. Der Atem stand ihm in Schwaden vor dem Mund und blieb in der Dunkelheit zurück. Ishmael legte die Hand auf den Pfosten des Treppengeländers, zog sie wieder zurück und leuchtete mit der Taschenlampe nach oben. Er sah auf den Stufen halbmondförmig abgetretene Stellen; das Geländer hatte seinen Glanz verloren. Sein Kinderzimmer im oberen Stock hatte die Mutter in eine Nähstube und Kleiderkammer umgewandelt. Ishmael ging die Treppe hinauf, setzte sich auf sein altes Bett und versuchte, sich an früher zu erinnern. Ihm fiel ein, daß er an klaren Wintertagen, wenn die Ahornbäume kahl waren, von seinem Fenster aus hinter den Bäumen im Südwesten das grüne Salzwasser hatte sehen können.

Er hatte Anstecknadeln und Wimpel gesammelt, tausend Pennies in einem großen Steingutkrug, er besaß ein großes rundes Glasgefäß für einen Goldfisch und ein Modellauto aus Blech, das in einer Ecke an einem Draht von der Decke hing. Die Sachen waren alle fortgeräumt, und er wußte nicht, wo sie jetzt waren. Ganz hinten im Schrank hatte er seinen Unterwasser-Glaskasten aufbewahrt und seinen Baseballhandschuh obendrauf gepackt. In manchen Nächten war das Mondlicht durchs Mansardenfenster geflutet, hatte alles in einen bläulichen Schimmer getaucht und lockende Schatten hervorgezaubert, die ihn nicht schlafen ließen. Er hatte aufrecht im Bett gesessen und die Grillen und Frösche gehört – und manchmal auch das Radio auf seinem Nachttisch angeschaltet. Meistens hatte er Übertragungen von Baseballspielen gehört – die Seattle Rainiers der Pacific Coast League –, und noch immer hatte er die Stimme von Leo Lassen im Ohr, die durch das Rauschen statischer Entladungen kaum hörbar war: »White ist auf First Base, er tänzelt, tänzelt, ist bereit loszuspurten, er macht Gittelson vollkommen verrückt … Strange ist am Schlag … hmm, Leute, hört euch das an, das Publikum, ein wunderbares Publikum heute abend im Sick's Stadium, Strange wird angefeuert, er geht in Stellung, den liebt das Publikum! Ihr müßtet heute hier sein, Leute, das müßtet ihr sehen, den Mount Rainier dort hinten rechts hinter der Stadiontribüne, wie eine dicke weiße Eistüte sieht er aus. Gittelson wird gleich pitchen … da rennt White los, Gittelson bleibt keine Zeit zu werfen, White schafft es, er rutscht auf Second Base zu … ohh Mann! White hat's geschafft. Er hat Second Base gestohlen! White in Sicherheit auf Second Base!«

Sein Vater mochte Baseball auch. Ishmael hatte mit ihm im Wohnzimmer am Radio gesessen, beide waren sie wie hypnotisiert von Leo Lassens Reportagen: So mitreißend und eindringlich hatte er die Spiele geschildert, die viele Kilometer weit entfernt stattfanden, in Seattle, Portland oder Sacramento. Die Stimme aus dem Radio – sie war eine Oktave tiefer gesunken, hatte die Tonlage geändert, war merkbar langsamer und gedehnter geworden – klang manchmal wie die eines skurrilen alten Onkels, der einem die Geheimnisse seines Golfspiels ins Ohr flüsterte; dann wieder wurde sie elegant mit einem Zungenbrecher fertig; dann klang sie geheimnisvoll und unterstellte einem ganz gewöhnlichen Spielablauf dunkle, tiefere Bedeutung. Arthur schlug hochzufrieden auf seine Armlehne, wenn es für ihr Team gut lief; er wurde tieftraurig, wenn Fehler oder Leichtsinn Seattle zurückwarfen. Wenn das Spiel Längen hatte, streckte er die Beine aus, faltete die Hände im Schoß und starrte das Radio an, während es zu ihm sprach. Irgendwann schlief er ein, der Kopf sank ihm nach vorn, und er schreckte erst wieder auf, wenn Leo Lassens Stimme sich wieder ekstatisch überschlug: Freddy Mueller hatte ein Double gemacht.

Ishmael sah seinen Vater vor sich, wie er halbeingeschlafen am Radio saß; der Lichtkreis der Tischlampe erfaßte nur ihn, das Radio und die aufgeschlagenen Seiten der Zeitschrift in seinem Schoß – *Harper's* oder *Scientific Agriculture.*

Wenn das Spiel langsam zu Ende ging und die letzten Innings absolviert wurden, lag das restliche Zimmer schlafend in sanftem, friedlichem Schatten – ein paar Kohlen glimmten noch orangefarben hinter dem Kamingitter. Im Flur hingen Mäntel an polierten Messinghaken, und die Bücher seines Vaters standen ordentlich der Größe nach aufgereiht in den Regalen der beiden schweren verglasten Bücherschränke aus Eichenholz. Wenn sich etwas Wichtiges im Spiel ereignete – ein Homerun, ein gestohlenes Base, ein Double –, wurde sein Vater unruhig, blinzelte zwei-, dreimal und führte automatisch die Hand zur Brille, die oben auf der Zeitschrift lag. Sein graues Haar war gewellt und lag dicht am Kopf an, und sein Kinn zeigte leicht nach oben. Graue Haare sprossen ihm aus Ohren und Nase und wuchsen borstig in den Augenbrauen. Sobald das Spiel zu Ende war, schaltete er das Radio ab und setzte die Brille wieder auf; die Bügel legte er sich sorgfältig hinter die Ohren. Es war eine altmodische Stahlbrille mit runden Gläsern; wenn er sie aufsetzte, veränderte er sich: Er wirkte professoral, aber zugleich gutaussehend wie ein Mann, der gerne in der Natur war. Er nahm seine Zeitschrift auf und fing an zu lesen, als hätte das Spiel nie stattgefunden.

Ishmaels Vater war in Seattle im Veterans Administration Hospital gestorben. Er hatte ein Pankreaskarzinom gehabt, das am Ende auch die Leber befallen hatte, und Ishmael war nicht dabeigewesen, als er seine letzten Atemzüge tat. Einhundertsiebzig Inselleute waren zu Arthurs Begräbnis gekommen, das an einem wolkenlosen warmen Tag im Juni auf dem San Piedro Memorial Friedhof stattfand. Ishmael fiel wieder ein, daß Masato Nagaishi nach der Beerdigung erschienen war und ihm im Namen der Japanisch-Amerikanischen Bürgervereinigung und des Japanischen Gemeindezentrums sein Beileid ausgesprochen hatte. »Ich möchte Ihnen versichern«, sagte Masato Nagaishi, »daß der Tod Ihres Vaters die japanischen Bewohner von San Piedro Island tief bekümmert. Wir haben ihn immer sehr geachtet, den Journalisten und den Nachbarn; er war ein Mann von großer Fairneß, er hatte Mitgefühl für andere und war uns und allen Menschen ein Freund.« Masato Nagaishi ergriff Ishmaels Hand und drückte sie heftig. Er war ein großer Mann mit breitem Gesicht und kahlem Schädel, und er blinzelte hinter seiner Brille. »Wir wissen, daß Sie in die Fußstapfen Ihres Vaters treten werden«, sagte Mr. Nagaishi mit Nachdruck, während er Ishmael die Hand schüttelte. »Wir sind uns sicher, daß Sie sein Erbe in Ehren halten werden. Jetzt sind wir alle traurig wie Sie. Wir trauern mit Ihnen und ehren Ihren Vater. Wir denken an Sie.«

Ishmael öffnete die Schranktür und sah in die Kartons, die dort aufgestapelt waren. Er hatte die Sachen, die er weggepackt hatte, über acht Jahre lang nicht mehr angeschaut. Was die Kartons enthielten, interessierte ihn inzwischen kaum noch: seine Bücher, seine Pfeilspitzen, die Schulaufsätze, die Wimpelsammlung, der Topf mit den Pennies, die Abzeichen, die Scherben und Kiesel, die er am Strand gefunden hatte – Gegenstände aus einer anderen Zeit. Er wollte den Brief wieder ausgraben, den Hatsue ihm aus Manzanar geschrieben hatte, wollte ihn nach all den Jahren noch einmal lesen. Seit er sie auf der Straße getroffen und mitgenommen hatte, dachte er wieder an sie, hatte seine Abwehr gegen alles, was mit ihr zu tun hatte, gelockert.

Der Brief war noch genau da, wo er ihn damals versteckt hatte, zwischen den Seiten eines Segelhandbuches, das er zu seinem dreizehnten Geburtstag bekommen hatte. Als Absender war Kenny Yamashita angegeben, und die Briefmarke stand seltsamerweise auf dem Kopf. Der Umschlag war brüchig vor Alter und fühlte sich trocken und kalt an. Ishmael klemmte sich die Taschenlampe unter die Achsel und setzte sich mit dem Umschlag in der Hand auf die Bettkante. Der

Brief war auf Reispapier geschrieben, das nach all den Jahren zu zerfallen drohte; er hielt ihn daher sehr behutsam in den Lichtkegel der Taschenlampe und betrachtete ihre feine Handschrift.

Lieber Ishmael,
es ist sehr schwer, dies alles zu sagen – Dir diesen Brief zu schreiben tut so weh, ich weiß nicht, was schlimmer sein könnte. Ich bin nun mehr als achthundert Kilometer weit weg, und alles sieht jetzt im nachhinein ganz anders aus als beim letzten Mal in San Piedro, als wir zusammen waren. Ich versuche immer wieder, mir darüber klarzuwerden und die große Entfernung zwischen uns zu nutzen. Was ich dabei entdeckt habe, ist dies.
Ich liebe Dich nicht, Ishmael. Ehrlicher kann ich es nicht sagen. Von Anfang an, als wir noch Kinder waren, kam es mir schon vor, als wäre etwas falsch. Immer, wenn wir zusammen waren, wußte ich es. Ich habe es in mir gespürt. Ich habe Dich zugleich geliebt und nicht geliebt, und ich war ganz verwirrt und bedrückt. Jetzt ist mir alles klar, und ich finde, ich muß Dir die Wahrheit sagen. Als wir uns zum letzten Mal in der Zeder getroffen haben und ich Deinen Körper an meinem spürte, da wußte ich auf einmal ganz sicher, daß alles falsch war. Ich wußte, daß wir nie zusammengehören werden und daß ich Dir das bald würde sagen müssen. Und jetzt sage ich es Dir, mit diesem Brief. Ich schreibe Dir nun zum letzten Mal. Ich bin nicht mehr Dein.
Ich wünsche Dir das Allerbeste, Ishmael. Du hast ein großes Herz, und Du bist sanft und freundlich, und ich weiß, Du wirst auf dieser Welt Großes schaffen, aber ich muß mich jetzt von Dir verabschieden. Ich muß mein Leben weiterleben, so gut ich kann, und ich hoffe, Du tust das auch.
Herzlich, Hatsue Imada

Er las den Brief ein zweites Mal und dann noch einmal, und dann schaltete er die Taschenlampe aus. Er dachte daran, daß sie ihre Entdeckung in dem Augenblick gemacht hatte, als er in sie eingedrungen war, daß dieses Eindringen zu einer Wahrheit geführt hatte, die sie auf keine andere Weise hätte finden können. Ishmael schloß die Augen und versetzte sich zurück in jenen Augenblick in der Zeder, als er sich ganz kurz in ihr bewegt hatte; wieder fiel ihm ein, wie schön das für ihn gewesen war. Er hatte nicht wissen können, wie es sich anfühlen würde, in ihr zu sein, tief drinnen, wo er ihre Wärme spürte, und seine Überraschung über diese Empfindung war überwältigend gewesen, aber dann hatte sie sich plötzlich zurückgezogen. Er war nicht gekommen, er war kaum drei Sekunden in ihr gewesen, und in diesem Augenblick hatte sie erkannt – wenn es stimmte, was sie schrieb –, daß sie ihn nicht liebte, während er sie um so mehr liebte. Das war das Seltsamste daran. Daß er, indem er in sie eindrang, ihr den Weg gezeigt hatte, die Wahrheit zu sehen. Er hatte wieder mit ihr schlafen wollen, und er hatte sich gewünscht, daß sie ihn darum bitten würde, und am nächsten Tag war sie fort gewesen.

In den Jahren in Seattle war er mit drei verschiedenen Frauen ins Bett gegangen. Bei zweien hatte er eine Weile gehofft, er könne sich in sie verlieben, aber das war nicht geschehen. Die Frauen, mit denen er schlief, fragten oft nach seinem Arm, und er hatte ihnen von seinen Kriegserlebnissen erzählt, aber nach kurzer Zeit merkte er, daß er sie nicht achten konnte, und entwickelte eine Art Ekel gegen sie. Er war ein Kriegsveteran, der einen Arm verloren hatte, und das faszinierte Frauen eines bestimmten Typs. Sie waren knapp über zwanzig und glaubten, besonders reif und ernsthaft zu sein. Mit beiden schlief er noch ein paar Wochen lang, nachdem er beschlossen hatte, daß er sich von ihnen trennen würde – er schlief wütend und unglücklich mit ihnen, weil er einsam und selbstsüchtig war. Er schlief viel mit ihnen, liebte sie bis spät in die Nacht, manchmal auch an Nachmittagen. Er wußte, daß er noch einsamer sein würde, wenn er sie aufforderte, aus seinem Leben zu verschwinden, also wartete er beide Male noch ein paar Wochen damit, nur um nachts jemanden um sich zu haben, nur um in einer Frau kommen zu können, nur um sie unter sich atmen zu hören, solange er seine Hüften auf und ab bewegte und die Augen geschlossen hielt.

Dann kam sein Vater nach Seattle, um dort zu sterben, und Ishmael vergaß die Frauen. Sein Vater starb eines Nachmittags, als Ishmael in der Redaktion der *Seattle Times* war und mit seinen fünf Fingern auf der Schreibmaschine hämmerte.

Ishmael kehrte zum Begräbnis nach San Piedro zurück. Dann mußte er sich um die Angelegenheiten seines Vaters kümmern. Er blieb schließlich und übernahm die Zeitung. Er wohnte in einem Apartment in Amity Harbor und blieb für sich, soweit das für einen Zeitungsmacher auf einer kleinen Insel möglich war. Ab und zu onanierte er in die Falten seines Taschentuchs, und darin erschöpfte sich sein Sexualleben.

Ja, beschloß er, den Artikel, den Hatsue sich von ihm wünschte, würde er für die *San Piedro Review* schreiben. Vielleicht hätte sein Vater das anders gemacht, aber sei's drum: Er war nicht sein Vater. Sein Vater wäre natürlich schon vor Stunden zu Lew Fielding gegangen und hätte ihm die Schiffsverkehrsberichte der Küstenwache von der Nacht des 15. September gezeigt. Aber Ishmael nicht – noch nicht – nein. Diese Berichte würden in seiner Tasche bleiben. Morgen wollte er den Artikel schreiben, den sie sich von ihm wünschte; damit wäre sie ihm verpflichtet, und dann, nach dem Prozeß, wollte er mit ihr sprechen, als einer, der ihre Partei ergriffen hatte, und dann würde ihr gar nichts anderes übrigbleiben, als ihm zuzuhören. So würde es gehen, das war der richtige Weg. Allein auf der Bettkante in der Kälte seines alten Zimmers, den Brief zitternd in der Hand, begann er, sich diese Begegnung auszumalen.

25

Am dritten Prozeßtag um acht Uhr morgens – ein Dutzend hohe Kerzen beleuchteten den Gerichtssaal wie eine Kirche – rief Nels Gudmundsson seine erste Zeugin auf. Die Ehefrau des Angeklagten, Hatsue Miyamoto, erhob sich von ihrem Platz in der letzten Reihe der Tribüne und kam herunter; ihr Haar hatte sie am Hinterkopf zu einem straffen Knoten zusammengebunden und unter einem schmucklosen Hut verborgen, der einen Schatten über ihre Augen warf. Als sie durch die Schwingtür ging, die Nels für sie offenhielt, verharrte sie, um einen Augenblick lang ihren Mann anzublicken, der auf der Anklagebank gleich links von ihr saß und die Hände gefaltet vor sich auf dem Tisch hatte. Sie nickte, ohne ihren ruhigen Gesichtsausdruck zu verlieren, und ihr Mann nickte schweigend zurück. Er legte die Hände jetzt flach auf den Tisch und sah Hatsue eindringlich in die Augen. Die Frau des Angeklagten schien kurz zu schwanken, ob sie nicht zu ihm gehen solle, aber dann schritt sie ruhig auf Ed Soames zu, der vor dem Zeugenstand wartete und ihr geduldig die Bibel hinhielt.

Als Hatsue Miyamoto Platz genommen hatte, hustete Nels Gudmundsson dreimal in die vorgehaltene Hand und befreite seine Kehle vom Schleim. Dann ging er vor den Geschworenen auf und ab, wieder hatte er die Daumen hinter die Hosenträger gehakt und wieder tränte sein gutes Auge. Die Arterien in seinen Schläfen pochten, wie so häufig, wenn er nachts keinen Schlaf gefunden hatte. Wie andere auch, hatte er eine schlechte Nacht ohne Strom und Heizung hinter sich. Um zwei Uhr dreißig hatte er – erbittert über die Kälte – ein Streichholz angezündet und dicht an das Zifferblatt seiner Taschenuhr gehalten, war dann auf Socken in das dunkle Bad geschlurft und hatte feststellen müssen, daß das Wasser im Klo gefroren war. Nels hatte mit dem Griff der Saugpumpe herumgefuchtelt und das Eis zerschlagen, der Atem kam ihm dabei keuchend und stoßweise in Dunstwölkchen aus dem Mund; dann hatte er sich an der Wand abgestützt – sein Hexenschuß plagte ihn erbarmungslos – und sein ungleichmäßig tröpfelndes Wasser abgelassen. Danach war er wieder ins Bett gekrochen, hatte sich zusammengerollt wie ein Herbstblatt, sämtliche Decken im Haus auf sich gehäuft und schlaflos gelegen, bis die Morgendämmerung kam. Als er im Gerichtssaal eintraf, sahen die Geschworenen, daß er sich weder rasiert noch gekämmt hatte; er wirkte mindestens zehn Jahre älter. Sein blindes linkes Auge war an diesem Morgen besonders unstet und unkontrolliert. Es irrte auf seiner eigenen exzentrischen Umlaufbahn herum.

Die Tribüne war so vollbesetzt wie immer seit Beginn des Prozesses. Viele der dort versammelten Bürger trugen ihre Mäntel, Gummigaloschen und Wollschals; sie waren gar nicht erst zur Garderobe gegangen, so eilig hatten sie es gehabt, sich einen Sitzplatz zu sichern. Sie hatten den Geruch von nassem, auf dem Wollstoff der Mäntel geschmolzenem Schnee in den Raum getragen und waren dankbar für einen warmen Ort, an dem etwas Interessantes passierte. Handschuhe und Wollmützen stopften sie in die Taschen und freuten sich, wenigstens zeitweilig dem Schneesturm entkommen zu sein. Wie immer betrugen sie sich höflich und respektvoll; sie nahmen das Rechtswesen ernst; ein Hauch seiner Majestät wehte sie spürbar vom Richterstuhl her an, wo Lew Fielding mit halbgeschlossenen Augen undurchschaubar und meditierend saß. Der grüblerische Ernst der versammelten Geschworenen auf ihrem erhöhten Podium verstärkte diesen Eindruck noch. Die Reporter dagegen betrachteten aufmerksam die Frau des Angeklagten, die an diesem Tag einen Faltenrock und eine Bluse mit langen Abnähern in der Schulterpartie trug. Ihre Hand lag graziös auf der Bibel, und ihr Gesicht war glatt. Ein Reporter – er hatte kurz nach dem Krieg in Japan gelebt und Kraftfahrzeugmechaniker ausgebildet – fühlte sich an die Ruhe einer Geisha erinnert, die er in Nara bei der Teezeremonie beobachtet hatte. Hatsues Profil weckte in ihm die Erinnerung an den Duft der verstreuten Kiefernnadeln im Hof vor dem Teeraum.

Aber Hatsues Gelassenheit war nur äußerlich, ihre Ruhe eine einstudierte Maske. Denn sie wußte, daß sie ihren Ehemann letztlich nicht wirklich kannte; rätselhaft war er für sie schon lange, schon seit er neun Jahre zuvor aus dem Krieg zurückgekehrt war. Als er wieder auf San Piedro war, hatten sie ein kleines Haus draußen in der Bender's Spring Road gemietet, einer von Erlen überwölbten Sackgasse. Sie konnten kein anderes Haus sehen. Nachts schreckte Kabuo aus quälenden Träumen hoch, ging mit Pantoffeln und Morgenmantel in die Küche, wo er, vor sich hin starrend, am Tisch saß und Tee trank. Hatsue mußte erkennen, daß sie mit einem durch den Krieg völlig veränderten Mann verheiratet war. Ein Gefühl der Schuld lag wie ein Schatten auf seiner Seele. Hatsue merkte, daß sie ihn nun auf andere Art lieben mußte. Mit Barmherzigkeit hatte diese Liebe nichts zu tun, weder faßte sie ihn mit Samthandschuhen an, noch bestärkte sie ihn in seinem Kummer und in seinen düsteren Stimmungen. Sie widmete sich dieser Trauer ganz und gar – nicht um ihn zu trösten, sondern um ihm die Zeit zu geben, die er brauchte, um wieder zu sich selbst zu finden. Ohne Bedauern kam sie der Verpflichtung nach, die sie ihm gegenüber spürte, und nahm sich selbst bereitwillig zurück. Das gab ihrem Leben mehr Gestalt und Bedeutung als der Traum von einer Erdbeerfarm. Sie setzte sich um drei Uhr morgens zu ihm an den Küchentisch, während er vor sich hin starrte oder redete oder weinte, und wenn sie konnte, nahm sie ihm ein Stück von seinem Kummer ab und bewahrte es für ihn in ihrem Herzen auf.

Daß sie schwanger wurde, hatte Kabuo gutgetan. Zu der Zeit arbeitete er in der Konservenfabrik an der Seite seines Bruders Kenji. Er sprach davon, eine Farm zu kaufen, und fuhr mit ihr über die Inselstraßen, um zum Verkauf stehendes Land zu besichtigen. Aber immer hatte er etwas auszusetzen – der Boden war zu feucht, zu lehmig, zu trocken. An einem regnerischen Nachmittag fuhr Kabuo auf einen Parkplatz neben der Straße und erklärte ihr ernst, er habe vor, das Land seiner Eltern zurückzukaufen, sobald sich die Gelegenheit dazu biete. Wieder erzählte er ihr die Geschichte, daß nur noch die letzte Rate gefehlt habe, wonach sie Eigentümer der sieben Morgen gewesen wären. Daß Etta Heine sich nicht an die Abmachung gehalten und das Land an Ole Jurgensen weiterverkauft hatte. Daß das Land auf seinen, Kabuos, Namen hätte überschrieben werden sollen, weil er der älteste Sohn war und als erster Miyamoto amerikanischer Bürger sein würde. Wegen Manzanar aber hatten sie alles verloren. Sein Vater war an Magenkrebs gestorben, seine Mutter nach Fresno gezogen, wo Kabuos Schwester mit einem Möbelkaufmann verheiratet war. Kabuo schlug mit der Faust auf das Steuer und verfluchte die Ungerechtigkeit der Welt. »Sie haben uns bestohlen«, sagte er wütend, »und sie sind damit durchgekommen.«

Eines Nachts, sechs Monate nachdem er aus dem Krieg zurückgekehrt war, wachte sie auf und fand ihn weder im Bett noch im Haus. Hatsue saß ohne Licht in der Küche und wartete voller Unruhe über eine Stunde. Es regnete, die

Nacht war windig, und das Auto stand nicht in der Garage.

Sie wartete. Sie fuhr sich mit den Händen über den Bauch, versuchte, das Baby zu ertasten, und hoffte spüren zu können, wie es sich bewegte. Im Dach über der Speisekammer war eine undichte Stelle, aus der es tropfte, und sie stand auf, um die Schüssel auszuleeren, die sie darunter gestellt hatte. Irgendwann nach vier Uhr kam Kabuo mit zwei Säkken nach Hause; er war völlig durchnäßt und hatte Schlamm an den Knien. Er schaltete das Licht an und fand sie in der Küche; sie saß am Tisch, rührte sich nicht, starrte ihn nur an. Kabuo blickte zurück, stellte einen Sack auf den Fußboden, hob den anderen auf einen Stuhl und nahm den Hut ab. »Das alles hat mein Vater nach Pearl Harbor vergraben«, sagte er zu ihr. Dann fing er an, Gegenstände aus dem Sack hervorzuziehen – Holzschwerter, *hakama*-Hosen, einen *bokken*, ein *naginata*, Rollbilder mit japanischen Schriftzeichen –, und legte sie nacheinander vorsichtig auf den Küchentisch. »Das gehört meiner Familie«, sagte er und wischte sich den Regen von der Stirn. »Mein Vater hat die Sachen in unseren Erdbeerfeldern vergraben. Sieh dir das an«, fügte er hinzu.

Es war ein Photo von Kabuo im *bugeisha*-Anzug; er hielt mit beiden Händen einen *kendo*-Stock. Auf dem Photo war er erst sechzehn Jahre alt, aber er sah entschlossen und kriegerisch aus. Hatsue betrachtete das Bild lange forschend, vor allem Kabuos Mund und Augen. »Mein Urgroßvater«, sagte Kabuo, während er die Jacke auszog, »war ein Samurai, ein großer Kämpfer. Er brachte sich auf dem Schlachtfeld von Kumamoto um – er tötete sich mit dem eigenen Schwert, *seppukku*«, Kabuo führte pantomimisch vor, wie man sich den Bauch aufschlitzte, stieß sich das imaginäre Schwert tief in die linke Seite und zog es gleichmäßig nach rechts. »Er griff nur mit dem Schwert die kaiserlichen Truppen mit ihren Gewehren an. Stell dir das vor, Hatsue. Kämpft mit einem Schwert gegen Gewehre. Weiß, daß er sterben wird.«

Dann hatte er sich neben den nassen Sack auf den Fußboden gekniet und eine Erdbeerpflanze daraus hervorgezogen. Der Regen trommelte auf das Dach und schlug gegen die Hauswand. Kabuo holte eine zweite Erdbeerpflanze aus dem Sack und trug sie beide ins Licht der Lampe über dem Tisch, damit sie sie genau ansehen konnte, wenn sie wollte. Er hielt ihr die Pflanzen hin, und sie sah, wie die Venen und Arterien in seinen Armen sich dicht unter seiner Haut schlängelten und wie kräftig seine Handgelenke und Finger waren.

»Mein Vater hat die Väter dieser Pflanzen gesetzt«, sagte Kabuo zu ihr. »Als Kinder haben wir von den Früchten gelebt, die sie hervorbrachten. Verstehst du, was ich sagen will?«

»Komm zu Bett«, antwortete Hatsue. »Nimm ein Bad, trockne dich ab und komm wieder ins Bett«, sagte sie.

Sie stand auf. Sie wußte, daß er von der Seite sehen konnte, wie das Baby ihre Figur veränderte. »Du wirst bald Vater sein«, erinnerte sie ihn von der Türschwelle aus. »Ich hoffe, daß dich das glücklich macht, Kabuo. Ich hoffe, es wird dir helfen, all das ruhen zu lassen. Ich weiß nicht, wie ich dir sonst helfen kann.«

»Ich werde die Farm zurückbekommen«, antwortete Kabuo. Seine Stimme übertönte das Rauschen des Regens. »Wir werden dort leben. Wir werden Erdbeeren anbauen. Es kommt schon alles in Ordnung. Ich werde meine Farm wiederkriegen.«

Das war schon lange her, ungefähr neun Jahre. Sie hatten Geld gespart, so gut es ging, und schließlich soviel beisammen, daß sie ein Haus kaufen konnten. Hatsue wollte aus dem baufälligen Haus ausziehen, das sie am Ende der Bender's Spring Road gemietet hatten, aber Kabuo hatte sie überzeugt, daß es klüger war, ein Kiemennetzboot zu kaufen. Innerhalb von einem, höchstens zwei Jahren würden sie damit ihr Geld verdoppeln, das Boot abbezahlt haben und noch genug übrigbehalten, um Land kaufen zu können. Er sagte, Ole Jurgensen würde immer älter. Der würde über kurz oder lang verkaufen wollen.

Kabuo hatte gefischt, so gut er konnte, aber er war nicht wirklich zum Fischer geboren. Man konnte Geld damit machen, und das wollte er. Er war ehrgeizig, stark und fleißig, aber er lernte das Meer nicht verstehen. Das Geld hatte sich nicht verdoppelt, nicht einmal annähernd, und die *Islander* war noch nicht ganz abgezahlt. Kabuo setzte sich selbst immer mehr unter Druck und maß den Erfolg in seinem Leben an der Zahl der Lachse, die er nach Hause brachte. Mit jeder Nacht, in der er nichts fing, rückte sein Traum von der Erdbeerfarm in weitere Ferne. Er machte sich Vorwürfe und wurde ungeduldig mit ihr, und das führte zu noch tieferen Rissen in ihrer Ehe. Hatsue bestärkte ihn nicht in seinem Selbstmitleid, sie ignorierte es, und er nahm ihr das übel. Es fiel ihr zunehmend schwerer, solche Stimmungen von dem tiefsitzenden Schmerz seiner Kriegserfahrungen zu unterscheiden. Außerdem hatte sie inzwischen drei Kinder, die ihre Aufmerksamkeit und Zuwendung brauchten – sie konnte sich nicht wie früher ganz ihrem Mann widmen. Die Kinder würden ihn weicher machen, hoffte sie. Sie hoffte, er würde sich wegen der Kinder nicht mehr so besessen an seinen Traum von einem besseren Leben klammern. Sie wußte, daß sie diese innere Wandlung an sich selbst erfahren hatte.

Natürlich wäre es schön gewesen, in einem besseren Haus zu wohnen und an einem Junimorgen in die duftenden Erdbeerfelder hinauszugehen, im Wind stehenzubleiben und den Geruch einzuatmen. Aber dieses Haus und dieses Leben waren, was sie hatte, und es hatte keinen Sinn, sich ständig nach etwas anderem zu sehnen. Liebevoll versuchte sie, ihm das zu erklären, aber Kabuo hielt beharrlich daran fest, daß ein anderes, besseres Leben zum Greifen nah sei. Er müsse nur mehr Lachs fangen und auf Ole Jurgensens Alter setzen, Geld sparen und abwarten.

Nun saß Hatsue aufrecht da, hielt die Hände im Schoß und wartete auf die Fragen. »Ich möchte Sie jetzt bitten, sich in Erinnerung zu rufen«, sagte Nels, »was vor ungefähr drei Monaten geschah, Anfang September. Ist es richtig, daß Ihr Ehemann um diese Zeit Interesse zeigte, Grund und Boden zu erwerben, der in Island Center zum Verkauf stand? Können Sie sich erinnern, Mrs. Miyamoto?«

»Oh ja«, antwortete Hatsue. »Er war sehr daran interessiert, dort Land zu kaufen. Das hat er schon immer gewollt. Es war früher das Land seiner Familie – sie haben da Erdbeeren angebaut –, und er wollte es unbedingt wieder bestellen. Seine Familie hatte hart gearbeitet, um es kaufen zu können, und dann, im Krieg, verloren sie alles, das Land wurde ihnen weggenommen.«

»Mrs. Miyamoto«, sagte Nels. »Rufen Sie sich nun Dienstag, den 7. September, in Erinnerung. Ein Mr. Ole Jurgensen, Sie erinnern sich vielleicht, ein Erdbeerfarmer aus Island Center, hat ausgesagt, daß Ihr Ehemann am fraglichen Tag zu ihm gekommen sei und sich erkundigt habe, ob er sieben Morgen von diesem Land, diesen Erdbeerfeldern, von denen Sie sprachen, kaufen könne. Erinnern Sie sich daran?«

»Ja, das stimmt«, sagte Hatsue.

Nels nickte und massierte sich die Stirn; er ließ sich auf der Tischkante nieder. »Hat Ihr Ehemann erwähnt, daß er dort gewesen war? Hat er Ihnen erzählt, daß er mit Mr. Jurgensen über den Verkauf der sieben Morgen gesprochen hatte?«

»Ja«, sagte Hatsue, »das hat er mir erzählt.«

»Hat er etwas über den Inhalt dieses Gesprächs gesagt? Können Sie sich noch an irgend etwas erinnern?«

»Ja, er hat davon erzählt«, sagte Hatsue.

Hatsue berichtete, daß sie am Nachmittag des 7. September mit ihren Kindern an der alten Farm in Island Center vorbeigefahren sei und Ole Jurgensens Verkaufsschild gesehen habe. Sie habe gewendet und sei auf der Mill Run Road nach Amity Harbor gefahren, habe dort aus der Telephonzelle neben Petersens ihren Mann angerufen und ihm Bescheid gesagt. Dann sei sie nach Hause gefahren und habe eine Stunde gewartet, bis Kabuo mit der schlechten Nachricht wiedergekommen sei, daß Carl Heine Oles Farm gekauft habe.

»Ich verstehe«, sagte Nels. »Diese schlechte Nachricht – hat Ihr Ehemann Ihnen am Abend des 7. September davon erzählt?«

»Am Nachmittag«, sagte Hatsue. »Wir haben am Spätnachmittag darüber geredet, das weiß ich noch, bevor er zum Fischen hinausfuhr.«

»Am späten Nachmittag«, wiederholte Nels. »Schien Ihr Ehemann enttäuscht, Mrs. Miyamoto, daß er seine sieben Morgen nicht hatte kaufen können? Hatten Sie den Eindruck, er war enttäuscht?«

»Nein, enttäuscht war er nicht. Er war hoffnungsvoll, Mr. Gudmundsson, so voll Hoffnung, wie ich ihn selten zuvor gesehen habe. Für ihn war es am wichtigsten, daß Ole Jurgensen sich entschlossen hatte, die Erdbeerplantage aufzugeben und seinen Besitz zu verkaufen. Er sagte, daß jetzt Bewegung in die Sache gekommen war – vorher gab es keine Gelegenheit, aber jetzt war sie da. Er hatte viele Jahre auf diesen Augenblick gewartet – jetzt war die Gelegenheit. Er war voller Hoffnung.«

»Kommen wir nun zum nächsten Tag«, sagte Nels und hob den Kopf. »Hat er an diesem Tag, dem 8. September, darüber gesprochen? Sah er die Sache immer noch, wie Sie sagen, so hoffnungsvoll?«

»Oh ja«, antwortete Hatsue. »Sogar sehr. Wir haben am nächsten Tag wieder darüber gesprochen. Er hatte sich entschlossen, zu Carl Heine zu gehen und wegen des Kaufs der sieben Morgen mit ihm zu reden.«

»Aber er ist nicht gegangen. Erst am Tag danach. Er wartete einen Tag damit, ist das richtig?«

»Er hat gewartet«, sagte Hatsue. »Er war nervös. Er wollte genau überlegen, was er sagen wollte.«

»Und jetzt haben wir Donnerstag, den 9. September«, sagte Nels Gudmundsson zu ihr. »Zwei Tage sind vergangen, seit Ihr Ehemann mit Ole Jurgensen gesprochen hat, zwei lange Tage. Was passierte dann, nach Ihrer Erinnerung?«

»Was passierte?«

»Er ging zu Carl Heine – ist das richtig? – wie Susan Marie Heine gestern ausgesagt hat. Nach Susan Maries Zeugenaussage erschien Ihr Ehemann am Nachmittag des 9. September bei den Heines und fragte nach Carl. Susan Marie Heine gab an, die beiden Männer hätten bei einem Spaziergang dreißig bis vierzig Minuten miteinander gesprochen. Sie hat die beiden nicht begleitet und auch nicht gehört, was sie besprochen haben, aber sie hat über den Inhalt einer Unterhaltung mit ihrem Mann ausgesagt, die stattfand, nachdem Ihr Ehemann sich an jenem Tag von ihnen verabschiedet hatte. Sie sagte, die beiden hätten sich über die sieben Morgen unterhalten und über die Möglichkeit, sie an Ihren Ehemann zu verkaufen. Susan Marie Heine hat im Kreuzverhör bezeugt, daß Carl Ihrem Ehemann keine eindeutig negative Antwort gegeben hat, was den Kauf der sieben Morgen anging. Carl hat Ihrem Ehemann nicht gesagt, es sei aussichtslos, das Eigentum seiner Familie wiederzubekommen. So wie sie Carl verstand, hat er Ihrem Ehemann durchaus Hoffnung gemacht. Nun, Mrs. Miyamoto, scheint

Ihnen das zutreffend? War Ihr Ehemann am Nachmittag des 9. September im Anschluß an die Unterredung mit Carl Heine immer noch voller Hoffnung?«

»Er war hoffnungsvoller denn je«, sagte Hatsue. »Er kam von der Unterredung mit Carl Heine mit soviel Hoffnungen und Erwartungen wieder wie noch nie. Er hat mir erklärt, daß er seinem Ziel, das Land der Familie zurückzubekommen, so nahe wie noch nie sei. Zu diesem Zeitpunkt hatte ich auch das Gefühl, daß alles noch gut werden würde.«

Nels richtete sich wieder auf und ging langsam vor den Geschworenen hin und her; einen Augenblick dachte er schweigend nach. Man hörte den Wind an den Fenstern rütteln, in den Heizungen zischte und brodelte der Dampf. Der Raum, der immer schon schlecht beleuchtet war, schien ohne seine Deckenlampen noch grauer und trüber als sonst zu sein. In der Luft hing der Geruch von Schnee.

»Sie sagen, Mrs. Miyamoto, daß Sie ein gutes Gefühl hatten. Aber Sie wissen doch genau, daß die Mutter des Verstorbenen und Ihr Ehemann dort nicht gut miteinander auskamen. Es hatte, drücken wir es einmal so aus, es hatte Wortwechsel zwischen ihnen gegeben. Weshalb machten Sie sich dennoch Hoffnungen? Was hat Sie so optimistisch gemacht?«

Ja, sagte Hatsue, diese Frage könne sie verstehen. Sie selbst habe Kabuo auch danach gefragt: Würden diese Leute bereit sein, ihm das Land zu verkaufen, das sie der Familie einmal so skrupellos gestohlen hatten? »Etta und Carl sind verschiedene Menschen«, habe Kabuo darauf geantwortet. Diesmal habe Carl zu entscheiden, nicht seine Mutter. Und Carl sei vor langer Zeit sein Freund gewesen. Carl werde das Rechte tun.

»Mrs. Miyamoto«, fuhr Nels fort, »Ihr Ehemann hatte am Donnerstag, dem 9. September, nachmittags die Unterredung mit Carl Heine. Am folgenden Donnerstag, am 16. September also, fand man Carl Heine ertrunken in seinem Fangnetz. Zwischen den beiden Ereignissen lag eine Woche – sechs volle Tage und sieben Nächte vergingen. Fast eine ganze Woche. Meine Frage ist, ob Ihr Ehemann während dieser Woche mit Ihnen über Carl Heine oder die bewußten sieben Morgen gesprochen hat. Ob er Ihnen etwas über die sieben Morgen oder seine Versuche, sie zurückzukaufen, gesagt hat. Können Sie sich erinnern, ob Ihr Ehemann in der Woche zwischen dem 9. und 16. darüber gesprochen oder etwas unternommen hat, das in Zusammenhang mit dem Rückkauf des Landes seiner Familie stand?«

Na ja, sagte Hatsue, Kabuo habe gemeint, er könne im Augenblick nichts tun, nun sei Carl an der Reihe. Carl müsse sich nun dazu äußern. Er müsse über die Sache nachdenken und zu einem Schluß kommen. Er müsse sich fragen, ob er im Herzen bereit sei, ein Unrecht wieder gut zu machen, das seine Mutter begangen hatte. Fühlte sich Carl für die Handlungen seiner Familie verantwortlich? Begriff er seine Verpflichtung? Es sei jedenfalls unehrenhaft, Carl noch einmal mit derselben alten Frage zu bedrängen, habe Kabuo noch gesagt; er wolle nicht betteln, sich nicht Carl auf Gnade und Barmherzigkeit ausliefern. Er wünsche nicht, vor Carl schwach zu erscheinen oder zuviel Interesse zu zeigen. Nein, in solchen Dingen solle man lieber Geduld üben. Man könne nichts damit gewinnen, daß man sich vordränge oder zu deutlich zeige, was man wolle. Er wolle lieber abwarten. Er werde eine Woche warten, habe er Hatsue erklärt, und danach entscheiden, was zu tun sei.

Am Morgen des sechzehnten stürmte er in Gummistiefeln und Ölzeug zur Küchentür herein, als Hatsue gerade Tee aufsetzte, und erzählte ihr, daß er Carl draußen auf dem Meer begegnet sei, daß er Carl im Nebel mit einer Ersatzbatterie ausgeholfen habe und daß sie sich einig seien. Achttausendvierhundert Dollar für die sieben Morgen, achthundert sofort. Sie hätten sich die Hand darauf gegeben. Das Miyamoto-Land gehörte nach all den Jahren wieder Kabuo.

Aber später am selben Tag, um ein Uhr nachmittags, erzählte eine Kassiererin bei Petersens – es war Jessica Porter – Hatsue von dem schrecklichen Unfall, den Carl Heine in der Nacht zuvor beim Fischen gehabt hatte. Man hatte ihn tot in seinem Netz gefunden, draußen in der White Sand Bay.

26

Alvin Hooks leitete sein Kreuzverhör damit ein, daß er sich auf die Kante seines Tisches setzte und die Beine mit den blankgeputzten Schuhen so lässig kreuzte, als ließe er sich zu einem Plausch nieder. Die Hände hielt er im Schoß, die Finger verschlungen, den Kopf neigte er einen Augenblick nach rechts und betrachtete Hatsue Miyamoto prüfend. »Wissen Sie«, sagte er, »was ich da von Ihnen gehört habe, ist sehr interessant. Besonders, was den Morgen des 16. angeht. Die Geschichte, die Sie uns gerade erzählt haben, wie Sie Tee gemacht haben und der Angeklagte sehr aufgeregt in die Küche gestürmt ist und Ihnen von der Unterredung auf See erzählt hat und davon, daß er und Carl Heine sich irgendwie geeinigt hätten. Das fand ich alles hochinteressant.«

Er machte eine Pause und betrachtete sie wieder genau. Dann fing er an zu nicken. Er kratzte sich am Kopf und blickte zur Decke. »Mrs. Miyamoto«, sagte er seufzend, »habe ich das Richtige getroffen, als ich eben die Stimmung Ihres Ehemanns am Morgen des 16. als ›sehr aufgeregt‹ bezeichnete – an dem Morgen, als Carl Heine ermordet wurde? Oder habe ich Ihre Aussage vielleicht doch mißverstanden? Kam er an jenem Morgen ›sehr aufgeregt‹ nach Hause?«

»So würde ich es ausdrücken, ja«, sagte Hatsue. »Er war sehr aufgeregt, das stimmt.«

»Er schien ganz außer sich? Er war – durcheinander? Er kam Ihnen irgendwie … verändert vor?«

»Aufgeregt«, antwortete Hatsue, »nicht durcheinander. Er war aufgeregt, weil er das Land seiner Familie zurückbekommen sollte.«

»Nun gut, er war also aufgeregt«, sagte Alvin Hooks. »Und er hat Ihnen diese Geschichte erzählt, daß er auf See bei Carl Heine festmachte, um ihm wegen einer … leeren Batterie oder so zu helfen. Ist das richtig, Mrs. Miyamoto?«

»Ja, das stimmt.«

»Er sagte, er habe an Carl Heines Boot festgemacht und sei an Bord gegangen, um Carl eine Batterie zu leihen?«

»Richtig.«

»Und dabei, bei dieser Hilfsaktion für Carl, hätten er und Carl dann über die sieben Morgen gesprochen, die bis dahin Anlaß zum Streit zwischen ihnen gewesen waren? Ist das richtig? Carl war plötzlich bereit zu verkaufen? Für achttausendvierhundert Dollar oder so? Stimmt das? Habe ich das richtig wiedergegeben?«

»Ja«, sagte Hatsue. »So ist es gewesen.«

»Mrs. Miyamoto«, sagte Alvin Hooks, »haben Sie zufällig diese Geschichte irgend jemandem weitererzählt? Haben Sie zum Beispiel eine Freundin oder Verwandte angerufen, um die frohe Botschaft unter die Leute zu bringen? Haben Sie Ihre Freunde und Familie wissen lassen, daß Ihr Ehemann sich mit Carl Heine mitten in der Nacht auf seinem Fischkutter geeinigt hatte – daß Sie bald auf sieben Morgen Erdbeerland umziehen und ein neues Leben anfangen würden, haben Sie irgend etwas in dieser Art erzählt?«

»Nein«, sagte Hatsue, »habe ich nicht.«

»Und warum nicht? Warum haben Sie niemandem etwas erzählt? Es war doch sicher eine wichtige Neuigkeit? Man sollte meinen, Sie hätten es zum Beispiel Ihrer Mutter oder Ihren Schwestern erzählt, irgend jemandem.«

Hatsue setzte sich auf ihrem Stuhl zurecht und strich sich befangen über die Bluse. »Na ja«, sagte sie, »wir hörten, daß

Carl Heine … tot war, nur wenige Stunden, nachdem Kabuo nach Hause gekommen war. Carls Unfall – danach sah die Sache für uns anders aus. Das bedeutete, es gab gar nichts mehr zu erzählen. Alles war wieder unsicher.«

»Alles war wieder unsicher«, sagte Alvin Hooks und verschränkte die Arme vor der Brust. »Als Sie hörten, daß Carl Heine gestorben war, beschlossen Sie, nicht über die Angelegenheit zu sprechen? Wollten Sie das sagen, habe ich Sie richtig verstanden?«

»Sie deuten das falsch«, protestierte Hatsue. »Wir haben nur –«

»Ich deute oder mißdeute gar nichts«, fiel ihr Alvin Hooks ins Wort. »Ich möchte nur die Tatsachen klären – wir alle möchten nur wissen, wie es tatsächlich war, Mrs. Miyamoto, dazu sind wir hier. Sie stehen unter Eid, uns die Tatsachen mitzuteilen, also bitte, ich erlaube mir, meine Frage zu wiederholen: Haben Sie beschlossen, nicht über die nächtliche Begegnung auf See zu sprechen, nichts von der Begegnung ihres Mannes mit Carl Heine zu sagen? Haben Sie beschlossen, nicht darüber zu reden?«

»Es gab nichts zu erzählen«, sagte Hatsue. »Was hätte ich meiner Familie sagen sollen? Alles war wieder unsicher.«

»Schlimmer als unsicher«, sagte Alvin Hooks. »Nicht nur war der Grundstückskauf Ihres Mannes geplatzt – außerdem war, das wollen wir doch nicht vergessen, ein Mann zu Tode gekommen. Ein Mann war mit eingeschlagenem Schädel gefunden worden, machen wir uns das klar. Haben Sie daran gedacht, Mrs. Miyamoto, das, was Sie wußten, dem Sheriff mitzuteilen? Sind Sie je auf den Gedanken gekommen, daß es richtig gewesen wäre, dem Sheriff von Island County mitzuteilen, was Sie wußten: die nächtliche Begegnung Ihres Mannes auf See, die Geschichte mit der Batterie und so weiter und so weiter?«

»Wir haben darüber nachgedacht, ja«, sagte Hatsue. »Wir

haben den ganzen Nachmittag darüber geredet, ob wir zum Sheriff gehen und ihm alles erzählen, ob wir über die Sache sprechen sollten. Aber schließlich entschieden wir uns dagegen. Verstehen Sie – es sah sehr schlecht aus, es sah nach Mord aus, das haben Kabuo und ich begriffen. Uns war klar, daß er vor Gericht gestellt werden könnte, und genau das ist passiert. Und genau so ist es gekommen. Sie haben meinen Mann des Mordes beschuldigt.«

»Natürlich kann ich mir vorstellen, wie Ihnen zumute war«, sagte Alvin Hooks. »Ich kann verstehen, daß Sie Angst hatten, Ihr Mann würde wegen Mordes angeklagt. Aber wenn es so ist, wie Sie sagen, wenn die Wahrheit für Sie sprach, worüber haben Sie sich dann eigentlich Sorgen gemacht? Warum, wenn die Wahrheit wirklich für Sie sprach – warum um alles in der Welt, Mrs. Miyamoto –, sind Sie nicht sofort zum Sheriff gegangen und haben ihm alles gesagt, was Sie wußten?«

»Wir hatten Angst«, sagte Hatsue. »Es schien besser zu schweigen. Es schien ein Fehler, zur Polizei zu gehen.«

»Darin liegt die Ironie«, sagte Alvin Hooks. »Denn mir scheint, der Fehler war gerade, daß Sie sich nicht gemeldet haben. Daß Sie einer polizeilichen Untersuchung bewußt Informationen vorenthalten haben.«

»Vielleicht«, sagte Hatsue. »Ich weiß es nicht.«

»Ja, es *war* ein Fehler«, sagte Alvin Hooks und wies mit dem Zeigefinger auf sie. »Eine grobe Fehleinschätzung, meinen Sie nicht auch, jetzt im Rückblick? Hier haben wir einen Tod unter verdächtigen Umständen, der Sheriff befragt Leute und sucht nach Hinweisen, und Sie melden sich nicht. Sie hatten die Möglichkeit, ihm zu helfen, und Sie rühren sich nicht und geben keine ehrliche Auskunft. Offen gesagt, das macht Sie verdächtig, Mrs. Miyamoto. Tut mir leid, das sagen zu müssen, aber es ist wahr. Wenn man nicht einmal erwarten kann, daß Sie in einer solchen Situation das weitergeben, was Sie wissen – und Sie hatten Informationen von entscheidender Bedeutung –, wie sollen wir Ihnen dann jetzt glauben? Verstehen Sie? Wie um Himmels willen sollen wir Ihnen trauen?«

»Aber«, sagte Hatsue und beugte sich vor, »ich hatte gar keine Zeit, zur Polizei zu gehen. Wir haben nachmittags von Carls Tod erfahren. Nur Stunden danach war mein Mann schon verhaftet. Uns blieb wirklich nicht viel Zeit.«

»Aber Mrs. Miyamoto«, entgegnete Alvin Hooks. »Wenn Sie wirklich meinten, es sei ein Unfall gewesen, warum sind Sie dann nicht sofort zur Polizei gegangen? Gleich am selben Nachmittag hätten Sie dem guten Sheriff doch erzählen können, was Sie über diesen Unfall wußten? Was sprach dagegen, ihm zu sagen, was sie wußten? Was dagegen, ihm Hilfe anzubieten? Was dagegen, ihm zu erzählen, daß Ihr Ehemann zu Carl Heine an Bord ging, um ihm wegen einer – wie war das noch? – einer leeren Batterie zu helfen, richtig? Ich denke, Sie können mir nachfühlen, daß ich jetzt schlicht sagen muß: Ich verstehe das alles überhaupt nicht. Ich bin ratlos, ich bin verwirrt. Ich bin mit meiner Weisheit am Ende, ich weiß nicht mehr, was ich glauben soll und was nicht. Ich weiß es wirklich nicht.«

Alvin Hooks zupfte an seinen Hosenbeinen, stand auf, ging um den Tisch, ließ sich auf seinem Stuhl nieder und preßte die Handflächen aneinander. »Keine weiteren Fragen, Euer Ehren«, sagte er dann abrupt. »Ich brauche die Zeugin nicht mehr. Sie kann gehen.«

»Moment mal«, antwortete Hatsue Miyamoto. »Ich –«

»Seien Sie still, Sie hören bitte sofort auf«, unterbrach Richter Fielding. Er sah die Frau des Angeklagten streng an, und sie starrte wütend zurück. »Sie haben die Fragen beantwortet, die Ihnen gestellt wurden, Mrs. Miyamoto. Ich verstehe, daß Sie erregt sind, aber auf Ihre Verfassung, Ihren emotionalen Zustand, kann ich keine Rücksicht nehmen; das gestattet das Gesetz nicht. Daß Sie jetzt reden möchten, daß Sie Mr. Hooks dort drüben gründlich die Meinung sagen möchten, das kann ich Ihnen nicht vorwerfen, aber es ist einfach nicht erlaubt. Sie haben die Fragen beantwortet, und nun müssen Sie leider den Zeugenstand verlassen. Ich fürchte, Sie haben da keine Wahl.«

Hatsue wandte sich ihrem Mann zu. Er nickte ihr zu, sie nickte zurück, und im nächsten Augenblick faßte sie sich wieder, stand ohne ein Wort auf und ging an ihren Platz in der letzten Reihe der Tribüne, rückte ihren Hut zurecht und setzte sich. Ein paar Leute auf der Tribüne – auch Ishmael Chambers – drehten sich um und sahen sie an, aber sie reagierte nicht darauf. Sie blickte starr geradeaus und sagte nichts.

Nels Gudmundsson rief Josiah Gillanders, den Vorsitzenden des Lachsfischerverbandes von San Piedro, in den Zeugenstand, einen neunundvierzigjährigen Mann mit Walroßbart und den trüben, wäßrigen Augen eines Alkoholikers. Klein, gedrungen und kräftig wie er war, hatte Josiah mit seinem Boot *Cape Eliza* dreißig Jahre lang allein gefischt. Die Inselleute kannten ihn als ein Original, einen Mann, der sich den Gang und das Gehabe eines Kapitäns zugelegt hatte. Wo er ging und stand auf San Piedro, tippte er an seine blaue Kapitänsmütze mit dem harten Schirm. Er trug Latzhosen und Shetlandpullover und »versumpfte«, so nannte er das, häufig mit Kapitän Jon Soderland in der San Piedro Taverne. Die beiden tauschten Geschichten aus, und mit jedem Bier wurden ihre Stimmen lauter. Kapitän Soderland strich sich den Bart, und Josiah wischte sich den Schaum vom Schnauzer und schlug dem Kapitän auf die Schulter.

Jetzt im Zeugenstand hielt er seine Kapitänsmütze mit dem harten Schirm zwischen den Fingern, kreuzte die Arme über der breiten Brust und reckte das gespaltene Kinn Nels

Gudmundsson entgegen, der auf zittrigen Beinen vor ihm stand und ihn anblinzelte.

»Mr. Gillanders«, fing Nels an, »wie lange sind Sie schon Vorsitzender des Lachsfischerverbandes von San Piedro?«

»Elf Jahre«, antwortete Josiah. »Aber Fischer bin ich schon dreißig.«

»Sie gehen auf Lachsfang?«

»Ja, meistens.«

»Mit einem Kiemennetzboot, Mr. Gillanders? Seit dreißig Jahren leben Sie als Kiemennetzfischer auf dieser Insel?«

»Richtig. Dreißig Jahre.«

»Ihr Boot, die *Cape Eliza*. Hatten Sie mal einen Helfer beim Fischen?«

Josiah schüttelte den Kopf. »Nie«, sagte er. »Ich arbeite allein. Das war immer so, und das bleibt auch so. Ich fische allein. Ist mir lieber so.«

»Mr. Gillanders«, sagte Nels, »hat es sich in Ihren dreißig Jahren als Fischer irgendwann einmal ergeben, daß Sie auf das Boot eines anderen Mannes gegangen sind? Haben Sie je auf See an einem anderen Kiemennetzboot festgemacht und sind aus irgendeinem Grund an Bord gegangen?»

»So gut wie nie«, sagte Josiah Gillanders und zwirbelte seinen Schnauzbart. »Wenn's hochkommt, vielleicht ein halbes dutzendmal in all den Jahren – ein halbes dutzendmal, mehr nicht. Fünf- oder sechsmal – das ist alles.«

»Fünf- oder sechsmal«, sagte Nels. »Können Sie uns schildern, Mr. Gillanders, worum es sich dabei meist handelte? Erinnern Sie sich, welche Absicht Sie jeweils hatten, wenn Sie am Boot eines anderen Mannes festmachten? Können Sie das dem Gericht bitte erklären?«

Josiah bearbeitete wieder seinen Schnauzbart; das tat er immer, wenn er nachdachte. »Ich würd sagen, es war immer, wenn einer Schwierigkeiten hatte. Irgend jemand hatte Probleme mit der Maschine oder konnte sie nicht anwerfen und brauchte Hilfe. Oder – jetzt weiß ich's wieder – einer brauchte Hilfe, weil er sich die Hüfte gebrochen hatte, glaub ich. Ich hab bei ihm festgemacht und bin an Bord gegangen. Hab ihm unter die Arme gegriffen und die Sache in Ordnung gebracht. Aber ohne zu sehr ins Detail zu gehen, an Bord geht man nur im Notfall. Wenn jemand Hilfe braucht.«

»Man geht an Bord, wenn jemand Hilfe braucht«, sagte Nels. »Haben Sie in den dreißig Jahren, in denen Sie auf Fischfang waren, jemals das Boot eines anderen Mannes betreten, ohne daß es sich um einen Notfall handelte, aus irgendwelchen anderen Gründen? Nicht deshalb, weil der Mann im anderen Boot Hilfe brauchte, wie Sie sagen, sondern aus einem anderen Anlaß? Können Sie sich an einen solchen Fall erinnern?«

»Passiert nicht«, sagte Josiah. »Ungeschriebenes Gesetz auf See, Mr. Gudmundsson. Ehrenkodex unter Fischern. Du bleibst für dich, ich bleib für mich. Wir haben uns da draußen nichts zu sagen. Wir haben alle Hände voll zu tun, keine Zeit zum Quatschen; man kann nicht an Deck sitzen, Rum trinken und Geschichten erzählen, während ein anderer die Fische reinholt. Nein, an Bord geht man nur aus gutem Grund, sonst nicht – der Kollege braucht dich, ist in Not, Maschine läuft nicht, er hat sich das Bein gebrochen. Dann klar, dann geht man an Bord.«

»Sie würden also nicht annehmen«, fragte Nels, »daß der Angeklagte, Mr. Miyamoto, aus einem anderen Grund zu Carl Heine aufs Boot gegangen ist, als um ihm in einer Notlage zu helfen? Verstehen Sie, was ich meine?«

»Das hab ich noch nie gehört, daß einer aus irgendeinem anderen Grund an Bord gekommen ist, wenn Sie das meinen, Mr. Gudmundsson. Der einzige Grund ist, wie gesagt – ein Mann hat Probleme mit der Maschine oder hat sich das Bein gebrochen.«

Nels setzte sich langsam und vorsichtig auf die Kante des Tisches des Angeklagten. Mit einem Zeigefinger versuchte er, das umherirrende blinde Auge zur Ruhe zu bringen, aber ohne Erfolg; es zuckte weiter hin und her. »Mr. Gillanders«, sagte er, »ist es nicht schwierig, auf See längsseits zu gehen und festzumachen? Sogar bei ruhigem Wetter und gutem Licht?«

»Ist nicht ohne«, sagte Josiah. »Kann schwierig sein.«

»Ein solches Manöver bei Nacht, auf dem offenen Meer? Kann man das schnell schaffen, überfallartig? Könnte ein Mann, der gegen den Willen eines anderen entern will, das tun? Ist das möglich?«

»So was hab ich noch nie gehört«, entgegnete Josiah und warf die Hände in die Luft. »Zwei Skipper, die zusammenarbeiten, das ist schon nützlich. Manövrieren muß man schon 'ne Weile, verstehen Sie. Aber gegen den Willen eines anderen festmachen – das ist unmöglich, wenn Sie mich fragen, Mr. Gudmundsson. So was hab ich noch nie gehört.«

»Sie haben noch nie gehört, daß ein Lachsfischer das Boot eines anderen gegen dessen Willen geentert hat? Sie halten sowas auch für schlicht undurchführbar? Könnte man Ihre Auskünfte so zusammenfassen? Habe ich das richtig verstanden?«

»Ganz genau«, sagte Josiah Gillanders. »Es geht nicht. Der andere Mann würde Sie wegrammen. Würde Sie nicht längsseits kommen lassen, man könnte nie festmachen.«

»Nur in einer Notlage«, sagte Nels. »Es gibt keinen anderen vernünftigen Grund, an Bord zu kommen. Ist das richtig, Mr. Gillanders?«

»Richtig. Nur in Notfällen. Was anderes hab ich nie gehört.«

»Angenommen, Sie wollten einen Mann umbringen«, sagte Nels mit Nachdruck. »Würden Sie dann wohl versuchen, sein Boot gegen seinen Willen zu entern und ihm dann mit Ihrem Gaff über den Schädel zu schlagen? Sie sind ein Mann mit langjähriger Erfahrung auf See, deshalb bitte ich Sie, sich das einmal vorzustellen. Wäre so ein Plan nach Ihrer Einschätzung realistisch? Wäre das machbar, an seinem Boot festmachen und an Bord gehen, um ihn zu ermorden? Oder würden Sie etwas anderes versuchen, Ihr Ziel anders verfolgen, sich etwas ganz anderes einfallen lassen, statt gewaltsam im Nebel auf dem offenen Meer mitten in der Nacht gegen den Willen des anderen Mannes sein Boot zu entern – was meinen Sie, Mr. Gillanders?«

»Sie könnten nicht an Bord, wenn er das nicht will«, antwortete Josiah. »Das kann ich mir einfach nicht vorstellen. Schon gar nicht bei Carl Heine. Gegen den kommt man nicht so leicht an – das ist 'n harter Brocken, groß, stark. Der Miyamoto da hätte auf keinen Fall gewaltsam entern können. Ausgeschlossen. Das hat er nicht gemacht.«

»Es ist ausgeschlossen«, sagte Nels. »Sie als erfahrener Kiemennetzfischer und Vorsitzender des Lachsfischerverbandes von San Piedro halten es für ausgeschlossen, daß der Angeklagte an Bord von Carl Heines Boot ging, um ihn zu töten? Das Problem des gewaltsamen Enterns schließt das aus – macht es unmöglich?«

»Der Miyamoto da ist nicht gegen Carl Heines Willen an Bord seines Bootes gekommen«, sagte Josiah Gillanders. »Längsseits gehen ist zu schwierig, und Carl war keine Null. Wenn er überhaupt an Bord gegangen ist, dann muß es 'n Notfall gewesen sein, Maschinenschaden oder so was. Die Batterie war's, hat die Frau gesagt. Carl hatte Probleme mit den Batterien.«

»Also gut«, sagte Nels. »Batterieprobleme. Nehmen wir an, Sie hätten ein Batterieproblem. Die Maschine läuft nicht. Kein Licht. Sie treiben. Was würden Sie unternehmen, Mr. Gillanders? Eine Ersatzbatterie anschließen, was meinen Sie?«

»Hab nie 'ne Ersatzbatterie dabei«, antwortete Josiah. »Das wär so, als ob Sie 'ne Ersatzbatterie in Ihrem Auto mitschleppen. Tun Sie auch nicht, oder?«

»Aber, Mr. Gillanders«, sagte Nels Gudmundsson, »vielleicht erinnern Sie sich, daß sowohl in der Zeugenaussage des Sheriffs wie in seinem schriftlichen Bericht betont wird, daß eine Ersatzbatterie auf Carl Heines Boot war, als es treibend in der White Sand Bay gefunden wurde. Im Batterieschacht befanden sich eine D-6 und eine D-8, und eine D-8 stand in seiner Kajüte auf dem Fußboden – eine dritte Batterie, die zwar leer war, aber vermutlich doch als Ersatzbatterie anzusehen ist.«

»Na ja«, sagte Josiah. »Das Ganze ist sehr seltsam. Drei Batterien – sehr seltsam. Eine leere Ersatzbatterie – auch sehr seltsam. Alle Leute, die ich kenn, arbeiten mit zwei Batterien, eine Haupt- und eine Hilfsbatterie. Ist die eine leer, kann man mit der anderen hinkommen, bis man wieder im Hafen ist. Und noch was, eine D-6 und eine D-8 nebeneinander im Schacht – das hab ich auch noch nie gehört, solange ich rausfahr. Ich hab von so was noch nie gehört – man benutzt nur eine Batteriegröße –, und ich kann mir nicht vorstellen, daß Carl Heine mit so was rausfährt, verstehen Sie, das ist nicht normal. Ich mein, Mrs. Miyamoto hat recht – Carl hatte Probleme mit seinen Batterien, hat wahrscheinlich seine D-8 ausgebaut und auf den Kajütenboden gesetzt und sich dann 'ne D-6 von Miyamoto geborgt, dem seine zweite für den Rest der Nacht gereicht hat – das ist die wahrscheinlichste Erklärung.«

»Ich verstehe«, sagte Nels. »Sagen wir mal, Ihre Maschine tut's nicht, und Sie brauchen Hilfe. Was würden Sie als erstes tun?«

»Ich würd's mit Sprechfunk versuchen«, sagte Josiah. »Oder signalisieren, wenn jemand in Sichtweite ist. Oder wenn ich mein Netz ausgesetzt hätte und alles soweit in

Ordnung wär, warten, daß jemand in Sicht kommt und dann rufen oder Zeichen machen.«

»Sprechfunk wäre Ihre erste Wahl? Sie würden über Sprechfunk um Hilfe rufen? Aber haben Sie überhaupt Sprechfunk, wenn Ihre Batterie ausgefallen ist? Woher kommt der Strom für das Sprechfunkgerät, Mr. Gillanders, wie wird es gespeist, wenn Sie keine Batterie haben? Können Sie dann eigentlich damit arbeiten?«

»Sie haben recht«, sagte Josiah Gillanders. »Das Sprechfunkgerät wär tot. Ich könnte gar nichts damit anfangen. Sie haben absolut recht.«

»Was machen Sie also? Sie signalisieren jemandem, wenn es nicht zu neblig ist. Aber wenn es so neblig ist wie in der Nacht, als Carl Heine ertrank – irgendwann am Morgen des 16. September, der auch sehr neblig war, wie Sie sich vielleicht erinnern –, ja, dann können Sie wohl nur noch hoffen, daß einer möglichst dicht vorbeikommt, und dann müssen Sie ihn anrufen, ganz gleich, wer er ist, weil die Aussichten, daß Sie noch ein Boot sehen, nicht besonders gut sind, oder? Sie müssen die Hilfe in Anspruch nehmen, die sich bietet, weil Sie sonst ganz übel dran sind.«

»Genauso ist es«, sagte Josiah Gillanders. »In der Gegend muß man zusehen, daß man schnell Hilfe kriegt – im Nebel treiben, ohne Maschine und alles, gleich neben der Fahrrinne draußen an der Ship Channel Bank, das ist gefährlich. Die dicken Frachter kommen da ständig durch. Da sucht man sich besser Hilfe, so schnell man kann – wie Sie sagen, da ist jeder recht, der gerade aus dem Nebel auftaucht, wenn Sie mit Ihrem Horn loslegen. Da fällt mir ein – diesmal bin ich schneller als Sie«, fügte Josiah hinzu: »Carl hatte sicher ein Preßlufthorn an Bord, verstehen Sie. Der brauchte keine Batterie für sein Notsignal. Der hätte da draußen sein Horn in die Hand genommen und losgelegt. Der brauchte keine Batterie für sein Nebelhorn.«

»Aha«, sagte Nels. »Also gut. Er treibt im Nebel dicht an der Fahrrinne, ohne Maschine, ohne Lichter, ohne Funk, ohne Ersatzbatterie – meinen Sie, er hätte jede Hilfe angenommen? Meinen Sie, er wäre dankbar, wenn ein anderer Kiemennetzfischer vorbeikäme und anbieten würde, bei ihm festzumachen und ihm zu helfen?«

»Natürlich«, sagte Josiah. »Und ob er dankbar wär. Er sitzt fest, er kommt da nicht weg, kann nicht mal sein Netz einholen, keinen Fisch fangen. Der sollte verflucht dankbar sein, das kann man wohl sagen. Wenn nicht, dann hat er 'n paar Schrauben locker.«

»Mr. Gillanders«, sagte Nels und hustete hinter vorgehaltener Hand. »Ich möchte noch einmal auf die Frage zurückkommen, die ich vor ein paar Augenblicken gestellt habe. Ich möchte Sie bitten, noch mal über die Sache mit dem Mord nachzudenken – vorsätzlicher Mord. Man plant im voraus, jemanden umzubringen, und verfolgt dann diese Strategie: Man nähert sich draußen auf See dem Opfer, macht gegen seinen Willen an seinem Boot fest, springt an Deck und schlägt ihm mit dem Griff eines Fischgaffs über den Schädel. Ich möchte Sie fragen – ich frage Sie noch einmal –, würden Sie aus der Sicht eines Mannes, der seit dreißig Jahren Lachsfischer ist, aus der Sicht des Vorsitzenden des Lachsfischerverbandes von San Piedro – eines Mannes, der vermutlich fast alles erfährt, was sich nachts da draußen auf See abspielt –, würden Sie, Mr. Gillanders, das für einen guten Plan halten? Ist das der Plan, den ein Fischer sich zurechtlegen würde, wenn er jemanden umbringen wollte?«

Josiah Gillanders schüttelte den Kopf, als hätte man ihn beleidigt. »Das, Mr. Gudmundsson«, sagte er mit Nachdruck, »das wär der schwachsinnigste Plan, den man sich vorstellen kann. Absolut der schwachsinnigste, verstehen Sie. Wenn ein Kerl einen anderen umbringen wollte, dann könnte er es leichter haben, nicht so verrückt und gefährlich, das muß man wohl sagen. Das Boot eines anderen gegen dessen Willen entern – ich hab's ja schon gesagt –, das ist ausgeschlossen. Mit einem Gaff auf ihn losgehen? Das ist lächerlich. Das sind Seeräubergeschichten. Wenn Sie schon nah genug rankommen, um bei ihm festzumachen – kommen Sie aber nicht –, dann wären Sie auch nahe genug, um ihn zu erschießen, oder? Einfach abknallen, verstehen Sie, dann können Sie ganz leicht an seinem Boot festmachen, dann werfen Sie ihn über Bord und waschen sich die Hände. Dann geht der unter wie Blei, sackt bis zum Grund und wird nie mehr gesehen. Ich würd ihn erschießen und mir nicht in den Kopf setzen, als erster Lachsfischer in der Geschichte dieses Berufs gewaltsam ein Boot zu entern. Nein, Sir, wenn einer hier in diesem Gericht meint, der Kabuo Miyamoto hätte Carl Heines Boot gegen dessen Willen geentert, ihm ein Gaff über den Schädel gezogen und ihn dann über Bord gekippt – also, dem ist nicht zu helfen. Man muß schon bekloppt sein, um das zu glauben.«

»In Ordnung«, sagte Nels. »Ich habe keine weiteren Fragen mehr an Sie, Mr. Gillanders. Ich möchte Ihnen aber danken, daß Sie heute morgen hierhergekommen sind. Es schneit ganz schön da draußen.«

»Ja, es schneit reichlich«, sagte Josiah. »Aber hier drin ist es schön warm, Mr. Gudmundsson. Mr. Hooks da wird es sogar reichlich warm sein. Es –«

»Ihr Zeuge«, unterbrach Nels Gudmundsson. Er setzte sich neben Kabuo Miyamoto und legte ihm die Hand auf die Schulter. »Ich bin fertig, Mr. Hooks«, sagte er.

»Also dann bin ich jetzt wohl dran«, antwortete Alvin Hooks ruhig. »Ich habe nur ein paar Fragen, Mr. Gillanders. Nur ein paar Dinge, die wir trotz der Wärme hier noch einmal etwas genauer betrachten müssen – ist Ihnen das recht?«

Josiah zuckte die Achseln und faltete die Hände über dem Bauch. »Legen Sie los«, sagte er, »ich bin ganz Ohr, Käpt'n.«

Alvin Hooks stand auf und schlenderte zum Zeugenstand, die Hände tief in den Hosentaschen vergraben. »Also, Mr. Gillanders, Sie gehen seit dreißig Jahren auf Fischfang.«

»Richtig, Sir, dreißig. Zählen Sie nach.«

»Dreißig Jahre sind eine lange Zeit«, sagte Alvin Hooks. »Viele einsame Nächte auf See, stimmt's? Eine Menge Zeit zum Nachdenken.«

»Landratten meinen vielleicht, da ist man einsam, denk ich mir. Ein Mann wie Sie wird sich da draußen einsam vorkommen – ein Mann, der sein Geld mit Reden verdient. Ich –«

»Oh ja«, sagte Alvin Hooks. »Ich bin eine Landratte, Mr. Gillanders. Ich gehöre zu denen, die sich auf dem Meer einsam fühlen – alles wahr, jawohl. Gut, gut, fabelhaft – mein Privatleben haben wir jetzt abgehakt. Dann können wir uns nun wohl über den Fall unterhalten und diese anderen Dinge fürs erste auf sich beruhen lassen – wenn es Ihnen recht ist, Sir?«

»Hier haben Sie zu sagen«, sagte Josiah Gillanders. »Fragen Sie mich, was Sie wollen, und dann sind wir damit durch.«

Alvin Hooks ging vor den Geschworenen auf und ab, die Hände auf dem Rücken. »Mr. Gillanders«, fing er an. »Wenn ich recht verstanden habe, sagten Sie vorhin, kein Lachsfischer betrete das Boot eines anderen außer bei einem Notfall. Stimmt das? Hab ich Sie richtig verstanden?«

»Stimmt«, sagte Josiah Gillanders. »Sie haben's kapiert.«

»Ist es dann also ein Prinzip unter Lachsfischern, einander in schwieriger Lage zu helfen? Das heißt, Mr. Gillanders, würden Sie selbst sich verpflichtet fühlen, einem Fischerkollegen in einer Notlage auf See beizuspringen? Kann man das ganz allgemein sagen?«

»Wir sind Ehrenmänner«, sagte Josiah Gillanders. »Wir gehen allein auf Fang, aber wir arbeiten zusammen. Auf See gibt's Zeiten, wo einer den andern braucht, verstehen Sie? Wer was taugt, wird seinem Nachbarn zu Hilfe kommen. Das ist das Gesetz der See – das können Sie mir glauben –, daß man alles stehen- und liegenläßt und auf einen Notruf sofort reagiert. Ich wüßte keinen einzigen Fischer auf dieser Insel, der zögern würde, einem anderen Mann in Not da draußen auf dem Wasser zu helfen. Das ist ein Gesetz – verstehen Sie –, nicht irgendwo genau aufgeschrieben, aber so gut wie geschrieben. Lachsfischer helfen einander.«

»Aber Mr. Gillanders«, sagte Alvin Hooks, »wir haben vorhin auch gehört, daß Lachsfischer nicht immer gut miteinander auskommen, daß sie wortkarge Männer sind, die allein fischen, daß sie über die Position ihrer Boote streiten, darüber, wer wem den Fang stiehlt und so weiter und so fort. Als besonders freundliche Männer sind sie nicht bekannt, und sie fischen gern allein, halten Abstand. Ist es trotzdem – trotz dieser Atmosphäre der Isolation, der Konkurrenz, des Einzelgängertums –, ist es trotzdem richtig zu sagen, daß ein Lachsfischer einem anderen in Not immer helfen wird? Auch wenn er den anderen Mann nicht leiden kann, selbst wenn sie in der Vergangenheit im Streit miteinander lagen, selbst wenn sie verfeindet sind? Schiebt man das alles beiseite, hält man es plötzlich für unwichtig, wenn jemand in Seenot ist? Oder merken sich die Männer ihren Ärger und ignorieren einander, sind sogar schadenfroh, wenn ein Feind in Schwierigkeiten gerät – klären Sie uns auf, Mr. Gillanders.«

»Bah«, sagte Josiah, »wir sind durch und durch gute Männer. Spielt keine Rolle, ob es Reibereien gegeben hat, wir helfen einander, so läuft das bei uns – einer von uns hilft sogar seinem Feind. Wir wissen alle, daß jeder von uns eines Tages vielleicht Hilfe braucht; wir wissen, daß es uns an den Kragen gehen kann, verstehen Sie. Und wenn mich einer zur Weißglut bringt und mir noch so auf die Nerven geht, lasse ich ihn doch nicht einfach abdriften, das wär doch 'ne Sauerei, oder? In Seenot wird geholfen, ganz egal, was sonst läuft.«

»Na gut«, sagte Alvin Hooks. »Wir nehmen Ihnen das ab, Mr. Gillanders, und gehen jetzt zum nächsten Punkt. Wir nehmen Ihnen ab, daß sogar Feinde einander in Seenot helfen. Und nun: Habe ich sie richtig verstanden, haben Sie vorhin gesagt, daß gewaltsames Entern auf See unmöglich ist? Daß die äußeren Bedingungen einen Lachsfischer daran hindern, das Boot eines anderen Fischers zu betreten, wenn sie sich nicht einig sind? Wenn nicht beide damit einverstanden sind und zusammenarbeiten? Habe ich Sie da ganz klar verstanden?«

»Absolut«, sagte Josiah Gillanders. »Genau das hab ich gesagt – gewaltsames Entern werden Sie nicht erleben.«

»Gut«, sagte Alvin Hooks. »Mr. Gudmundsson, mein geschätzter Kollege von der Verteidigung, hat Sie vorhin gebeten, sich ein Szenario auf See vorzustellen, in dem ein Mann einen anderen vorsätzlich umbringen will. Er hat Sie gebeten, sich ein gewaltsames Entern, dann einen Sprung und einen Hieb mit einem Gaff vorzustellen. Sie haben gesagt, das sei nicht möglich. Sie haben gesagt, ein solcher Mord könne nicht geschehen.«

»Wenn es mit gewaltsamem Entern stattfindet, dann ist es Seemannsgarn und sonst nichts. Eine Piratengeschichte und damit basta.«

»Also gut«, sagte Alvin Hooks. »Ich bitte Sie nun, sich ein anderes Szenario auszumalen – Sie sagen mir, ob es Ihnen plausibel vorkommt, ob so etwas passiert sein könnte oder ob es wieder nur Seemannsgarn ist.«

Alvin Hooks schritt wieder auf und ab, und beim Gehen sah er alle Geschworenen einzeln an. »Nummer eins«, fing er an. »Der Angeklagte hier, Mr. Miyamoto, beschließt, daß er Carl Heine umbringen will. Ist das soweit plausibel?«

»Sicher, wenn Sie das sagen«, antwortete Josiah.

»Nummer zwei«, sagte Alvin Hooks. »Er fährt am 15. September zum Fischen hinaus. Etwas dunstig ist es, aber kein dichter Nebel, so daß er keine Mühe hat, bis in Sichtweite seines Opfers, Carl Heine, zu fahren. Er folgt ihm zur Ship Channel Bank – soweit verständlich?«

»Ich denk schon«, sagte Josiah Gillanders.

»Also Nummer drei«, fuhr Alvin Hooks fort. »Er beobachtet, wie Carl Heine sein Netz ausbringt. Er bringt sein Netz ebenfalls aus, nicht zu weit weg, absichtlich weiter stromaufwärts, und fischt bis in die Nacht hinein. Jetzt kommt dichter Nebel auf, null Sicht. Er kann nichts und niemanden sehen, aber er weiß, wo Carl Heine ist, zweihundert Meter entfernt, stromabwärts im Nebel. Jetzt ist es spät, zwei Uhr nachts. Das Wasser ist ruhig. Er hat über Sprechfunk gehört, daß andere Männer sich zu den Fischgründen am Elliot Head aufgemacht haben. Er weiß nicht genau, wie viele noch in dem Gebiet sind, aber mehr als eine Handvoll können es nicht sein, das ist ihm klar. Also tritt Mr. Miyamoto endlich in Aktion. Er holt sein Netz ein, vergewissert sich, daß er sein zuverlässiges Gaff zur Hand hat, und driftet stromabwärts auf Carl Heine zu, bläst vielleicht sogar sein Nebelhorn. Er treibt beinahe in Carls Boot hinein, so scheint es, und lügt ihm was vor, sagt, seine Maschine ist tot. Nun sagen Sie mir – das haben Sie uns ja schon erklärt –, würde sich Carl Heine nicht verpflichtet fühlen, ihm zu helfen?«

»Seemannsgarn«, zischte Josiah Gillanders. »Aber nicht schlecht. Weiter.«

»Würde sich Carl Heine verpflichtet fühlen, ihm zu helfen? Sie haben ja schon gesagt: Männer helfen sogar ihren Feinden? Hätte ihm Carl Heine geholfen?«

»Ja, er hätte geholfen. Weiter.«

»Hätten die beiden Männer ihre Boote aneinander festgemacht? Hätte man jetzt die notwendige Voraussetzung –

eine Notlage, wenn auch eine vorgespiegelte – für ein Längsseitsgehen? Was sagen Sie, Mr. Gillanders, ja oder nein?«

Josiah nickte. »Ja, hätte man.«

»Und an diesem Punkt unseres Szenarios, Sir, wäre es doch wohl möglich, daß der Angeklagte – ein trainierter *kendo*-Meister, ein Mann, der fähig ist, mit einem Stock zu töten, ein erfahrener und tödlicher Stockkämpfer –, daß dieser Mann an Bord springt und Carl Heine mit einem harten Schlag auf den Schädel tötet, mit einem Schlag, der ihm den Schädel bricht? Statt die Sache mit einem Pistolenschuß zu erledigen? Den möglicherweise – vielleicht – jemand übers Wasser hören könnte, der noch zum Fischen da draußen ist? Klingt das noch plausibel, Mr. Gillanders? Klingt mein Szenario für jemanden mit Ihrer Erfahrung plausibel? Ist das Ganze plausibel?«

»Es könnte so passiert sein«, sagte Josiah Gillanders. »Aber ich glaub nicht daran.«

»Sie glauben nicht daran«, sagte Alvin Hooks. »Sie sind anderer Meinung, scheint mir. Aber worauf gründen Sie Ihre Meinung? Sie haben nicht bestritten, daß mein Szenario plausibel ist. Sie haben nicht bestritten, daß dieser vorsätzliche Mord genauso geschehen sein könnte, wie ich es eben beschrieben habe, oder haben Sie das etwa bestritten, Mr. Gillanders? *Haben* Sie es bestritten?«

»Nein, hab ich nicht«, sagte Josiah, »aber –«

»Keine weiteren Fragen«, sagte Alvin Hooks. »Der Zeuge kann sich setzen. Der Zeuge kann in der angenehmen Wärme der Tribüne Platz nehmen. Ich habe keine weiteren Fragen.«

»Bah«, sagte Josiah Gillanders. Aber der Richter hob die Hand, und als Josiah das sah, verließ er den Zeugenstand mit seiner Mütze in der Hand.

27

Der Sturm schlug gegen die Fenster des Gerichtssaals und rüttelte die Scheiben so heftig in den Rahmen, daß man fürchten mußte, das Glas würde splittern. Seit drei Tagen und Nächten hatten die Zuschauer auf der Tribüne nun das Toben des Windes in den Ohren, wenn sie ihre Häuser verließen und sich zum Gericht und zurück kämpften. Sie hatten sich nicht im mindesten daran gewöhnt. Sie kannten die Seewinde, die im Frühjahr über die Insel fegten, wenn die Straßen matschig waren und der Regen kein Ende nehmen wollte, aber einen eisigen Sturm von so elementarer Gewalt wie diesen hatten sie noch nie erlebt. Es kam ihnen ganz unglaublich vor, daß der Wind tagelang ununterbrochen wütete, und es machte sie nervös und ungeduldig. Der dichte Schnee war schlimm genug, aber das Heulen des Sturms, seine beißende Schärfe in ihren Gesichtern – alle sehnten sich nach einem Ende und nach Frieden. Sie waren es leid, den Sturm ständig hören zu müssen.

Kabuo Miyamoto, der Angeklagte, hatte den Wind in seiner Zelle nicht gehört, nicht einmal als gedämpftes Murmeln. Er hatte keine Ahnung von dem Sturm draußen; erst als Abel Martinson ihn zum ersten Mal die Treppe hinaufführte – auf dem Weg zu Richter Fieldings Gerichtssaal mußte er Handschellen tragen – und als er durch das schlecht beleuchtete Erdgeschoß des Gerichtsgebäudes ging, spürte er, wie der Wind das Gebäude erschütterte. Und er sah durch die Fenster auf den Treppenabsätzen, wie der

Schnee schwer aus dem finsteren Himmel fiel und vom Wind umhergewirbelt wurde. Nach siebenundsiebzig Tagen in einem fensterlosen Raum war Kabuo dankbar für das kalte, wattige Licht des Wintersturms. In der Nacht zuvor war er stundenlang in seiner Zelle auf und ab gegangen, in Dekken gewickelt und zitternd vor Kälte, denn die Betonmauern waren besonders ausgekühlt. Der Hilfssheriff, der zu seiner Bewachung während der Nacht eingesetzt war – William Stenesen, ein Rentner, der früher im Sägewerk gearbeitet hatte –, fragte ihn kurz vor Mitternacht, ob alles in Ordnung sei. Kabuo hatte um zusätzliche Decken und ein Glas Tee gebeten. »Ich guck mal«, hatte William Stenesen geantwortet. »Aber meine Güte, Mann, wenn du nicht solchen Mist gebaut hättest, wären wir alle überhaupt nicht hier.«

Und Kabuo hatte wieder angefangen, über all das nachzudenken, was ihn hierher gebracht hatte. Als ihn Nels Gudmundsson nämlich im Anschluß an ihre Schachpartie vor zweieinhalb Monaten nach seiner Version der Geschichte gefragt hatte, da war er bei der Version geblieben, die er Sheriff Moran erzählt hatte: Er wisse nichts, hatte er beharrlich behauptet, und sich damit zusätzliche Probleme eingehandelt. Ja, er habe mit Carl über die sieben Morgen gesprochen, ja, er habe einen Streit mit Etta Heine gehabt, ja, er sei bei Ole Jurgensen gewesen. Nein, er habe Carl in der Nacht des 15. September draußen an der Ship Channel Bank nicht gesehen. Er habe keine Ahnung, was mit Carl passiert sei, und könne niemandem eine Erklärung oder Hinweise dazu geben, wieso Carl ertrunken sei. Er, Kabuo, habe die ganze Nacht gefischt, sei dann nach Hause und zu Bett gegangen, das sei alles. Mehr habe er nicht zu sagen.

Nels Gudmundsson war zuerst damit zufrieden gewesen und hatte ihm anscheinend geglaubt. Aber am nächsten Morgen war er mit einem gelben Schreibblock unter dem Arm wiedergekommen und hatte sich auf Kabuos Bett gesetzt, eine Zigarre zwischen den Zähnen. Die Zigarrenasche fiel ihm in den Schoß, aber es schien ihn nicht zu stören, er merkte es wohl gar nicht, und er tat Kabuo leid. Sein Rücken war krumm, und seine Hände zitterten. »Der Untersuchungsbericht des Sheriffs«, sagte er seufzend. »Ich hab ihn gelesen, Kabuo, von Anfang bis Ende.«

»Was steht drin?« fragte Kabuo.

»Er enthält ein paar Angaben, die mir Kopfzerbrechen machen«, sagte Nels und zog einen Füller aus der Jackentasche. »Ich hoffe, Sie haben nichts dagegen, daß ich Sie noch einmal um Ihre Version der Geschichte bitte. Würden Sie das für mich tun, Kabuo? Mir alles noch einmal von vorn erzählen? Die Sache mit den sieben Morgen und so weiter? Alles, was passiert ist?«

Kabuo ging zur Tür seiner Zelle und hielt ein Auge an das Sichtfenster. »Was ich Ihnen erzählt habe, glauben Sie mir nicht«, sagte er leise. »Sie denken, ich lüge, stimmt's?«

»Das Blut an Ihrem Gaff«, entgegnete Nels Gudmundsson. »Sie haben's in Anacortes untersucht. Es entspricht Carl Heines Blutgruppe.«

»Davon weiß ich nichts«, sagte Kabuo. »Das hab ich dem Sheriff gesagt, und das sage ich Ihnen auch. Ich weiß nichts davon.«

»Und noch etwas«, sagte Nels und zeigte mit dem Füller auf Kabuo. »Sie haben ein Tau von Ihrem Boot auf Carls Boot gefunden. Es war um eine Klampe auf der *Susan Marie* gelegt. Eindeutig ein Tau, das von Ihrem Boot stammt, heißt es. Sieht genauso aus wie die anderen Leinen da, bis auf eine, die kürzlich ausgetauscht wurde. Das steht auch in dem Bericht.«

»Oh«, sagte Kabuo, aber sonst nichts.

»Hören Sie«, sagte Nels Gudmundsson. »Ich kann Ihnen nicht helfen, wenn ich die Wahrheit nicht weiß. Ich kann die Verteidigung nicht auf ein mageres ›Oh‹ aufbauen; Sie müssen mir schon erklären, wie so belastendes Beweismaterial, das der Sheriff von Island County gefunden hat – Ihr Tau nämlich –, auf das Boot eines Fischers kommt, der unter verdächtigen Umständen gestorben ist. Was kann ich für Sie tun, wenn ich von Ihnen nur ›Oh‹ höre? Wie soll ich Ihnen denn helfen, Kabuo? Sie müssen Reinschiff mit mir machen, anders geht das nicht. Sonst kann ich Ihnen nicht helfen.«

»Ich habe Ihnen die Wahrheit gesagt«, sagte Kabuo. Er drehte sich um und sah seinen Pflichtverteidiger an, den alten Mann mit dem einen Auge und den zittrigen Händen, dem man seinen Fall übergeben hatte, weil er, Kabuo, sich geweigert hatte, der Auffassung des Staatsanwaltes dadurch Gewicht zu verleihen, daß er sich selbst einen Anwalt besorgte. »Wir haben über den Grund und Boden meiner Familie gesprochen, ich habe mich vor Jahren mit seiner Mutter gestritten, ich bin bei Ole gewesen. Ich bin zu Carl gegangen, und damit Schluß. Ich hab gesagt, was ich zu sagen habe.«

»Das Tau«, wiederholte Nels Gudmundsson, »das Tau und das Gaff. Ich –«

»Das kann ich mir nicht erklären. Davon weiß ich nichts.«

Nels nickte und starrte ihn an, und Kabuo hielt seinem Blick stand. »Sie können gehängt werden«, sagte Nels schonungslos. »Kein Anwalt auf der Welt kann Ihnen aus dieser Sache raushelfen, wenn Sie nicht die Wahrheit sagen.«

Am nächsten Morgen war Nels wiedergekommen und hatte einen Umschlag mitgebracht. Er rauchte seine Zigarre und ging mit dem Umschlag unterm Arm quer durch die Zelle. »Ich habe Ihnen den Bericht des Sheriffs mitgebracht«, sagte er, »damit Sie genau sehen, was uns erwartet. Das Problem ist, wenn Sie das Ding gelesen haben, werden Sie sich vielleicht eine neue Geschichte zurechtlegen – vielleicht tun Sie dann so, als ob Sie mir die Wahrheit sagen wollten, und servieren mir in Wirklichkeit nur eine weniger anfechtbare

Lüge. Wenn Sie diesen Bericht gelesen haben, Kabuo, könnten Sie sich was ausdenken, was dazu paßt, und ich würde dann damit arbeiten, hauptsächlich, weil mir gar nichts anderes übrigbleibt. Das gefällt mir nicht. Mir wär's lieber, wenn es nicht dazu käme. Ich möchte mich lieber auf Sie verlassen können. Also erzählen Sie mir, bevor Sie den Bericht lesen, eine Geschichte, die zu den darin aufgeführten Details paßt und Sie in meinen Augen entlastet. Erzählen Sie mir die Geschichte, die Sie dem Sheriff freiwillig hätten erzählen sollen, als es noch nicht zu spät war, als die Wahrheit Ihnen Ihre Freiheit hätte erhalten können. Als die Wahrheit Ihnen noch genützt hätte.«

Kabuo sagte zuerst gar nichts. Aber dann ließ Nels den Umschlag auf die Matratze fallen und stellte sich dicht vor ihn. »Es ist wohl, weil ihr Japaner seid«, sagte er leise; es klang wie eine Frage, nicht wie eine Feststellung. »Ihr meint, weil ihr Japaner seid, glaubt euch hier sowieso niemand.«

»Ich hab allen Grund, das zu denken. Aber vielleicht haben Sie schon vergessen, daß die Regierung vor ein paar Jahren beschlossen hat, sie könnte keinem von uns trauen, und uns alle hier rausgeschafft hat.«

»Das ist wahr«, sagte Nels, »aber –«

»Wir sind hinterhältig und verschlagen«, sagte Kabuo. »Einem Japs kann man nicht trauen, oder? Auf dieser Insel gibt's jede Menge Vorurteile, Mr. Gudmundsson, die Leute hier sagen nicht, was sie denken, aber sie sind voller Haß. Sie kaufen ihre Erdbeeren nicht bei uns, sie machen keine Geschäfte mit uns. Wissen Sie noch, wie letzten Sommer jemand alle Fenster von Sumidas Treibhaus mit Steinen eingeworfen hat? Na ja, und jetzt ist ein Fischer, den alle ganz gerne mochten, in seinem Netz gefunden worden, tot, ertrunken. Den Leuten wird es nur recht sein, wenn ein Japs ihn umgebracht hat. Sie wollen mich hängen sehen, ganz gleich, wie es in Wahrheit gewesen ist.«

»Es gibt Gesetze«, sagte Nels. »Sie gelten für jedermann. Sie haben ein Recht auf einen fairen Prozeß.«

»Es gibt Männer, die mich hassen«, sagte Kabuo. »Sie hassen alle, die so aussehen wie die Soldaten, gegen die sie gekämpft haben. Deshalb bin ich hier.«

»Sagen Sie die Wahrheit«, sagte Nels. »Sagen Sie die Wahrheit, bevor es zu spät ist.«

Kabuo legte sich mit einem Seufzer auf sein Bett und verschränkte die Hände hinter dem Kopf. »Die Wahrheit«, sagte er. »Die Wahrheit ist nicht so einfach.«

»Trotzdem«, sagte Nels. »Ich kann mir vorstellen, wie Ihnen zumute ist. Aber es gibt Dinge, die sind geschehen, und Dinge, die sind nicht geschehen. Nur darüber reden wir.«

Was in der Nacht geschehen war, kam Kabuo vor wie ein vielschichtiger Traum, nebelverhangen, ruhig und still. Er dachte in seiner dunklen Zelle oft daran, und die kleinsten Einzelheiten waren für ihn groß und jedes Wort hörbar.

An jenem Abend hatte er den Ölstand der Maschine auf der *Islander* überprüft und vor dem Auslaufen zur Ship Channel Bank in der Stunde vor Einbruch der Dunkelheit noch schnell die Lager der Netzwinde geschmiert. Ship Channel, hatte er sich sagen lassen, war an zwei Abenden hintereinander sehr ergiebig gewesen. Er hatte mit Lars Hansen und Jan Sorensen gesprochen und sich entschieden, im Ship Channel auf Fang zu gehen. Sie sagten, daß Silberlachse in riesigen Schwärmen mit der Flut hereinkamen. Man könne auch bei ablaufendem Wasser Fische fangen, aber bei weitem nicht so viele. Kabuo hoffte, während der Flut auf zweihundert oder mehr Lachse zu kommen, und mit Glück noch einmal hundert bei ablaufendem Wasser zu fangen – und Glück brauchte man, das wußte er. Der Fang bei Elliot Head in der letzten Nacht hatte kaum seine Unkosten gedeckt. Er hatte nur achtzehn Fische gefangen und dazu noch sein Netz im Dunkeln in eine große, labyrinthische Seetanginsel gelegt. Die Flut hatte ihn tief in den Seetang getrieben, und er hatte vier Stunden gebraucht, bis er sich vorsichtig, um sein Kiemennetz nicht zu zerreißen, wieder herausmanövriert hatte. Nun mußte er es heute nacht besser machen. Er würde Glück dazu brauchen.

Im blauen Licht der Dämmerung fuhr er im Bogen aus dem Hafen heraus und nahm Kurs aufs offene Meer. Von seinem Aussichtsplatz am Ruder der *Islander* sah er die seidigen Zedern der Insel San Piedro und ihre hohen, sanft geschwungenen Hügel, den Bodennebel, der in langen Fahnen über die Strände zog, und die Schaumkronen auf den gegen die Küste anrollenden Wellen. Der Mond war schon hinter der Insel aufgestiegen und hing genau über dem großen Kliff von Skiff Point – eine schmale Sichel, blaß und verschwommen, so ätherisch und durchsichtig wie die Wolkenfetzen, die am Himmel trieben und ihn verdeckten. Kabuo stellte sein Sprechfunkgerät an und las das Barometer ab: Es war nicht gefallen, obwohl rauhes Wetter vorhergesagt war mit kalten Böen und Schneeregen von den Georgia Straits her. Als er wieder aufsah, stob ein Schwarm Seevögel auseinander, graue Silhouetten vor dem unruhigen Wasser, etwa hundert Meter entfernt; sie flogen auf und glitten dann wie Brillenenten über die Wellen, aber für Brillenenten waren es zu viele – es mußten andere Vögel sein, welche, wußte er nicht, vielleicht Lummen. Er schlug einen weiten Bogen um Harbor Rocks, kämpfte sich mit sieben Knoten voran, genau gegen den Wind, fuhr mit der Flut und kam auf gleiche Höhe mit der *Kasilof*, der *Antarctic* und der *Providence*, die alle auf dem Weg zum Ship Channel waren; die halbe Flotte nahm Kurs dorthin. Die halbe Flotte lag vor ihm, alle fuhren mit voller Kraft im Dämmerlicht auf die Fischgründe zu und zogen breite, silbern schimmernde Bugwellen hinter sich her.

Kabuo trank grünen Tee aus seiner Thermoskanne und hörte die Sprechfunkkanäle ab. Er hörte gewöhnlich zu, ohne sich an den Gesprächen zu beteiligen, versuchte, aus der Art, wie die Männer miteinander redeten, auf die besten Fischgründe zu schließen.

Als es fast ganz dunkel war, aß er drei Reisbällchen, ein Stück Dorsch und zwei Falläpfel von einem wilden Apfelbaum hinter Bender's Spring. Der Nebel senkte sich schon aufs Wasser, deshalb drosselte er die Maschine und fuhr mit dem Scheinwerfer, der über die Wellen vor ihm strahlte. Die Aussicht auf Nebel machte ihn nervös. In dichtem Nebel konnte ein Fischer so die Orientierung verlieren, daß er sein Netz im Kreis aussetzte, ohne es zu bemerken, oder mitten in der Schiffahrtsstraße fischte, auf der die großen Frachter nach Seattle unterwegs waren. Bei solchen Wetterverhältnissen war es vernünftiger, bei Elliot Head auf Fang zu gehen, dort war man weit von der Schiffahrtsstraße entfernt und auf der Leeseite von Elliot Island, geschützt vor den harten Winden vom offenen Meer.

Aber gegen acht Uhr dreißig befand er sich an der Ship Channel Bank, die Maschine lief im Leerlauf, und Kabuo stand im Heck neben der Netzwinde und horchte in den Nebel hinaus, der ihn jetzt einhüllte. Vom weit östlich liegenden Leuchtturm her konnte er das Nebelhorn hören. Das war der Ton, den er mit nebligen Nächten auf See ohne Sicht verband – er klang verloren, vertraut, gedämpft und so melancholisch, daß Kabuo ihn nie ohne ein Gefühl der Leere hörte. Heute nacht war Geisterstunde, wie die alten Fahrensleute gesagt hätten, der Nebel dick und reglos wie Buttermilch. Durch solchen Nebel konnte man mit den Händen fahren, so daß Nebelfetzen und -fahnen entstanden, die sich zähflüssig wieder vereinigten und spurlos im ganzen verschmolzen. Ein Lachsfischer, der sich mit der Flut treiben ließ, bewegte sich durch dieses Nebelmeer wie durch ein drittes Element zwischen Luft und Wasser. In einer solchen Nacht kam man sich so verloren vor wie ein Mann ohne Taschenlampe in einer Höhle. Kabuo wußte, daß auch andere Fischer hier draußen waren, die genauso drifteten wie er, genauso in den Nebel starrten und blindlings über die Bank glitten; sie konnten nur hoffen, daß sie irgendwann erkennen würden, wo sie waren. Numerierte Tonnen markierten das Fahrwasser, und man hoffte, so dicht an einer vorbeizukommen, daß man sich daran orientieren konnte.

Kabuo steckte eine Schwimmkissenboje zwischen die Leinenführungen am Heck und zündete eine Kerosinlampe mit einem Streichholz an. Er wartete, bis der Docht gleichmäßig brannte, pumpte etwas Luft in den Kolben, regelte die Brennstoffzufuhr, stellte die Lampe dann sorgsam in ihren Rettungsring und beugte sich über den Hecksteven, um das Schwimmkissen zu Wasser zu lassen. Als er mit dem Gesicht so dicht über der Wasseroberfläche hing, meinte er, den im Meer ziehenden Lachs riechen zu können. Er schloß die Augen, hielt eine Hand ins Wasser und betete auf seine Weise zu den Meeresgöttern, sie möchten ihm Fische schicken. Er betete um Glück, darum, daß der Nebel sich heben möge; er betete, die Götter möchten den Nebel wegfegen und ihn vor den Frachtern im Fahrwasser beschützen. Dann stellte er sich wieder ans Heck der *Islander*, vertäute die Leine der Schwimmboje mit einfachen Knoten an der Kurrleine und löste die Bremse der Netztrommel.

Kabuo setzte sein Netz von Norden nach Süden aus, indem er sich, so langsam wie möglich blind mit Motorkraft vom Netz wegbewegte. Er glaubte, die Schiffahrtsstraße liege nördlich von ihm, war sich aber nicht ganz sicher. Der Gezeitenstrom, der nach Osten lief, würde das Netz stramm halten, aber nur, wenn er es in der richtigen Richtung ausgelegt hatte; wenn er in einen falschen Winkel zur Strömung kam, würde er die ganze Nacht lang das Netz schleppen müssen, damit es ihm nicht zusammengedrückt wurde. In dichtem Nebel konnte man nicht feststellen, ob ein Netz richtig stand; er konnte die Schwimmleine keine zwanzig Korken weit verfolgen und würde sie alle Stunde mit seinem Scheinwerfer prüfen müssen. Kabuo konnte von seinem Platz am Ruder in der Kabine nicht weiter als fünf Meter weit übers Wasser sehen. Die *Islander* zerteilte den Nebel, der Bug schnitt ihn buchstäblich auf. Der Nebel war so dicht, daß Kabuo schon überlegte, ob er nicht nach Elliot Head hinüberfahren sollte; er war sich keineswegs sicher, ob er nicht das Netz im Seattle-Fahrwasser ausgebracht hatte. Außerdem konnte er nur hoffen, daß kein anderer Fischer sein Netz genau nach Süden ausgesetzt hatte, oder wenigstens nicht so, daß es Überschneidungen mit seinem eigenen gab. In diesem Nebel würde er mit Sicherheit das Netzlicht des anderen übersehen und dessen Netz mit der Schraube erwischen, das würde viel Fangzeit kosten. Alles Mögliche konnte schiefgehen.

Im Heck glitt das Netz von der Trommel und rutschte leicht über die Lippklampen ins Wasser, und schließlich war es ganz draußen, dreihundert Faden lang. Kabuo ging zurück und spritzte die Rückstände, die beim Ausbringen aus dem Netz gefallen waren, mit dem Schlauch durch die Speigatten ins Wasser. Als er fertig war, schaltete er die Maschine ab, stellte sich mit dem Rücken zur Kabine an die Luke und horchte auf die Hornsignale vorbeikommender Frachter. Aber da war nichts – kein Laut, nur das Glucksen des Wassers und der ferne Ton vom Leuchtturm. Die Flut trug ihn sanft nach Osten, genau wie er vorhergesehen hatte. Seit er das Netz im Wasser hatte, fühlte er sich sicherer. Er konnte nicht mit Bestimmtheit sagen, daß er nicht im Fahrwasser war, aber er wußte, daß er mit derselben Geschwindigkeit trieb wie alle anderen Lachsfischer, die in diesem Nebelmeer auf Fang waren. Er stellte sich vor, daß dreißig oder mehr

Boote draußen lagen, alle im Nebel unsichtbar und unhörbar, alle im selben Rhythmus geschaukelt von der auflaufenden Flut, die er unter seinem Boot spürte; sie würde alle Boote in gleichbleibendem Abstand halten. Kabuo ging hinein und schaltete sein Topplicht an: rot über weiß, das Kennzeichen für einen Nachtfischer – nicht daß es etwas nützte. Nicht daß das Licht zu sehen gewesen wäre. Aber jedenfalls hatte er nun getan, was er konnte. Und das Netz war auch draußen. Jetzt konnte er sich nur noch in Geduld üben.

Kabuo holte sich seine Thermoskanne ins Ruderhaus, setzte sich dann auf das Backbordschanzkleid und trank grünen Tee, lauschte dabei angespannt in den Nebel hinaus. In einiger Entfernung konnte er aus südlicher Richtung einen Motor im Leerlauf hören, das Geräusch eines Netzes, das von der Trommel rollte, ein Boot, das sich mit geringer Kraft bewegte. Ab und zu knackte das Sprechfunkgerät, aber sonst kein Laut. Er saß in dieser Stille mit seinem Tee und wartete auf die Lachse. Wie in anderen Nächten auch stellte er sich vor, wie sie in schneller Bewegung den Gewässern entgegenzogen, aus denen sie stammten, den Gewässern, die ihre Vergangenheit und Zukunft enthielten, ihre Kinder und Kindeskinder und ihren Tod. Wenn er sein Netz einholte und sah, wie die Lachse mit den Kiemen festhingen, spürte er an ihrer Stille, wie schrecklich dieser Moment für sie sein mußte, und er war berührt, schweigend, wortlos, wie Fischer berührt sind. Die kräftigen silbernen Fischleiber sollten ihm seine Träume erfüllen; dafür war er dankbar, aber es bekümmerte ihn auch. Diese Wand aus unsichtbaren Maschen, die er ihnen in den Weg gespannt hatte, um sie aus dem Leben zu reißen, während sie, einem unwiderstehlichen Drang folgend, ihrem Ziel entgegenzogen. Er stellte sich vor, wie sie gegen sein Netz prallten, überrascht, daß dieses unsichtbare Ding ihr Leben während der letzten Tage ihrer unwiderstehlichen Wanderung beendete. Manchmal hörte er beim Einholen des Netzes einen Fisch, der sich so heftig wand, daß er mit einem dumpfen Ton an den Heckspiegel der *Islander* schlug. Wie alle anderen wanderte auch dieser Fisch in die Ladeluke, um im Laufe der folgenden Stunden zu sterben.

Kabuo schraubte seine Thermoskanne zu und nahm sie mit ins Ruderhaus. Noch einmal suchte er die Kanäle des Sprechfunkgeräts ab, und diesmal hörte er etwas: Dale Middletons Stimme im gedehnten Inseldialekt. »Hab grade das Ding aus der Suppe geholt«, sagte er, und dann fragte einer zurück: »Warum das denn?« Dale antwortete, er habe genug davon, so dicht am Fahrwasser im Nebel zu sitzen, bloß für ein Dutzend Silberlachse, eine Handvoll Katzenhaie, ein paar Seehechte und Kleinzeug, und aus dem Sprechfunkgerät nur Knacken zu hören. »Ich kann die Hand nicht vor Augen sehen«, sagte er. »Ich kann meine eigene Nase nicht mehr erkennen.« Jemand, ein Dritter, fand auch, daß es nichts mehr sei mit dem Fisch, daß der Fischgrund plötzlich trocken sei, er habe daran gedacht, es bei Elliot Head zu versuchen, vielleicht war da ja mehr zu holen. »Jedenfalls weg von diesem Fahrwasser«, antwortete Dale. »Einmal hol ich's noch rein, das reicht mir. Heh, Leonard, kommt dein Netz sauber hoch? Meins sieht aus wie 'n Öllappen. Das Ding ist so schwarz, verbrannter Toast ist nichts dagegen.«

Die Fischer redeten über Sprechfunk eine Weile hin und her; Leonard sagte, sein Netz sei einigermaßen sauber. Dale fragte ihn, ob er's in letzter Zeit mal eingefettet habe, Leonard behauptete, eine markierte Tonne gesehen zu haben, Nummer 57, an Backbord. Er sei eine halbe Stunde da herumgetrieben, habe aber weder Tonne 58 noch 56 gefunden, könne seine Position deshalb nicht bestimmen. Was ihn anging, wisse er seine Position nicht, und das werde erstmal so bleiben – zumindest bis er das Netz oben hätte, dann werde er sehen. Dale fragte ihn, ob er das Netz schon einmal oben gehabt habe, und Leonard klang enttäuscht. Dale beschrieb noch einmal den Nebel und meinte, dichter könne er überhaupt nicht sein, und Leonard stimmte zu, sagte, er erinnere sich an eine Nebelnacht vor Elliot Head letztes Jahr, da sei die See aber rauher gewesen – ganz übel, fügte er hinzu. »Head wär jetzt wahrscheinlich ganz gut«, antwortete Dale. »Komm, wir fahren runter, trotz Nebel.«

Kabuo ließ das Sprechfunkgerät an; falls ein Frachter hier durchkam und den Leuchtturm anfunkte, wollte er das mitbekommen. Er schob die Kabinentür auf und horchte in den Nebel hinaus, und schon kamen gedämpft und melancholisch die Nebelhornsignale der Boote, die von den Fischgründen wegfuhren, der Lachsfischer, die sich ohne Sicht in östlicher Richtung bewegten; sie wurden immer schwächer, je weiter die Boote sich entfernten. Es war an der Zeit, das Netz einzuholen, fand er, und dann, wenn nötig, auf eigene Faust die Nebelfahrt zu den Fischgründen vor Elliot Head zu machen – das war ihm lieber. Die Boote, die jetzt auf dem Weg dorthin waren, versuchten, sich ohne Sicht zu orientieren, und den Skippern traute er nicht allzuviel zu. Er wollte noch eine Stunde warten und dann das Netz einholen und, wenn der Fang zu kümmerlich war, weiterfahren.

Um halb elf Uhr stand er im Heck auf dem Pedal für die Netzwinde, kurbelte das Netz hoch und hielt ab und zu inne, um Seetang herauszuziehen und ins Wasser zu werfen. Das Netz war schwer und spannte sich, es regnete Seewasser, Holz und Tang aufs Deck. Er freute sich, als er sah, daß auch Lachse drin waren, zehn bis elf Pfund schwere Silberlachse, zehnpfündige Hundslachse und drei örtliche Schwarzmaullachse. Manche fielen aufs Deck, wenn sie über die Heckkante kamen, andere befreite er mit kräftigem Griff aus den Maschen; darin war er geschickt. Seine Hände fanden den Weg durch die Maschen des Netzes zu den langgestreckten Flanken der toten und sterbenden Lachse. Kabuo warf sie in die Ladeluke, dazu drei Seehechte und drei Katzenhaie, die er mit nach Hause nehmen wollte. Er zählte achtundfünfzig Lachse in diesem ersten Fang, und er war dankbar dafür. Einen Augenblick lang kniete er neben der Ladeluke, sah sich seinen Fang zufrieden an und überschlug, was er in der Fischfabrik dafür bekommen würde. Er dachte an die Wanderung, die die Lachse bis zu ihm gemacht hatten, und daran, daß sie vielleicht mit ihrem Leben seine Farm zurückkaufen würden.

Kabuo sah ihnen noch einen Augenblick zu – gelegentlich flatterten einem Fisch die Kiemen oder ein Zucken überlief ihn –, dann deckte er die Luke ab und schwemmte Schleim und Rückstände aus dem Netz durch die Speigatten von Deck. Der erste Fang war gut gewesen, er konnte bleiben, wo er war – kein Grund, anderswohin zu fahren. Die Chancen standen günstig, daß er trotz Nebel und all den Widrigkeiten zufällig genau in die Mitte eines Fischschwarms getrieben war; er hatte offensichtlich Glück, hatte nicht umsonst gebetet. Soweit war alles gut gelaufen.

Es war fast halb zwölf, falls er sich auf seine Uhr verlassen konnte; mit der ausklingenden Flut trieb er immer noch nach Osten, beschloß aber, jetzt mit Motorkraft wieder nach Westen zu fahren, um den Gezeitenwechsel zum Fischen zu nutzen. Beim Wechsel sammelten die Lachse sich, kreisten zu Hunderten über der Bank, und einige, die im Osten standen, würden mit der Ebbe zurückgetrieben, so daß sein Netz sich in beiden Richtungen füllen würde. Er hoffte, mit dem nächsten Zug etwa hundert Fische rauszuholen; das schien ihm durchaus möglich. Er war froh, daß er im Nebel geblieben war und fühlte sich irgendwie bestätigt. Er hatte richtig berechnet, wohin die Flut ihn treiben würde. In seiner Ladeluke waren Fische, mehr würden dazukommen, und er hatte wenig Konkurrenz in den Fischgründen. Er schätzte, daß mehr als zwei Drittel der Fischer aus der Gegend sich mit tutenden Nebelhörnern auf den Weg durch den Nebel nach Elliot Head aufgemacht hatten.

Kabuo stand in seiner Kabine am Ruder, hatte eine Tasse grünen Tee auf dem Tisch und suchte noch einmal die Kanäle des Sprechfunkgeräts ab. Keine Unterhaltungen mehr. All die Männer, die das Reden nicht lassen konnten, waren offenbar aus dem Empfangsbereich weggefahren. Aus Gewohnheit las er die Armaturen seiner Maschine ab und sah nach dem Kompaß. Dann ließ er die Maschine an, drehte ab und lief nach Westen, ging weniger als fünf Strich nach Norden und hoffte, auf eine markierte Tonne zu stoßen.

Mindestens zehn Minuten lang schnitt der Bug der *Islander* durch den Nebel. Kabuo hatte mit einem Auge den Kompaß im Blick und beobachtete mit dem andern das Wasser vor seinem Bug im Scheinwerferlicht. Er tastete sich Zentimeter um Zentimeter auf gut Glück voraus. Er wußte, daß er sich gegen die Fahrtrichtung der Boote bewegte, die sich sandbankabwärts treiben ließen. Die Gepflogenheiten der Lachsfischer schrieben in solchen Fällen vor, daß man das Nebelhorn in Abständen von einer Minute betätigte und aufmerksam auf ein Antwortsignal in den Nebel horchte. Als Kabuo bei seiner Fahrt gegen die Drift seine Position ein halbes dutzendmal signalisiert hatte, hörte er Backbord voraus ein Antwortsignal. Wer immer das Signal abgegeben hatte, er war sehr nah.

Kabuo schaltete in Leerlauf und ließ sich treiben; sein Herz klopfte heftig. Der andere Mann war für diesen Nebel zu nah, vielleicht fünfundsiebzig, höchstens hundert Meter entfernt, seine Maschine still. Kabuo gab wieder ein Nebelhornsignal. In die Stille, die folgte, kam ein Ruf von Backbord her – die ruhige, nüchterne Stimme eines Mannes, eine Stimme, die er kannte. »Ich bin hier drüben«, rief der Mann übers Wasser. »Ich hab Maschinenschaden, ich treibe.«

Und so hatte er Carl Heine gefunden, mit toten Batterien

um Mitternacht im Nebel treibend und auf die Hilfe eines anderen angewiesen. Da stand Carl, erfaßt vom Scheinwerfer der *Islander,* ein großer, schwerer Mann in seinem Ölzeug; er hatte sich im Bug seines Bootes aufgebaut, in der einen Hand hielt er eine Kerosinlampe, in der anderen ein Nebelhorn. Er hielt die Lampe hoch und stand da, das bärtige Kinn entschlossen gereckt, das Gesicht ausdruckslos. »Maschine ist ausgefallen«, sagte er noch einmal, als Kabuo beidrehte, an Steuerbord längsseits kam und ihm ein Tau zuwarf. »Meine Batterien sind leer. Beide.«

»In Ordnung«, sagte Kabuo. »Mach fest. Ich hab Saft genug.«

»Gott sei Dank«, antwortete Carl. »Ein Glück, daß ich dich getroffen habe.«

»Leg deine Fender raus«, sagte Kabuo. »Ich leg mich neben dich.«

Im Nebel machten sie die Boote aneinander fest, im Lichtkegel von Kabuos Scheinwerfer. Kabuo schaltete seine Maschine ab, während Carl über die beiden Schanzkleider stieg und auf die *Islander* kam. Er stand kopfschüttelnd an der Kabinentür. »Beide Batterien tot«, sagte er noch einmal. »Der Voltmesser ist runter bis auf neun. Die Keilriemen waren locker, glaub ich. Ich hab sie angezogen, aber jetzt rührt sich nichts mehr.«

»Hoffentlich liegen wir nicht im Fahrwasser«, sagte Kabuo und spähte zum Mast der *Susan Marie* hinauf. »Du hast 'ne Lampe gesetzt.«

»Hab ich gerade da oben angebunden«, sagte Carl. »Das einzige, was ich noch tun konnte, so wie's aussieht. Mein Sprechfunkgerät ist ausgefallen, als mir der Strom wegblieb; ich konnte mich nicht melden. Ich konnte überhaupt nichts mehr tun, eine Stunde lang treib ich hier schon rum. Die Lampe ist bei dem Nebel wahrscheinlich ganz nutzlos, aber aufgehängt hab ich sie mal für alle Fälle. Mehr Licht hab ich jetzt nicht, nur die Lampe da oben und die hier in meiner Hand. Nützt wahrscheinlich sowieso nichts.«

»Ich hab zwei Batterien«, sagte Kabuo. »Wir bringen eine rüber und gucken, ob wir deine Maschine in Gang kriegen.«

»Da wär ich dir dankbar«, sagte Carl. »Bloß daß ich D-8 Batterien habe. Du hast wahrscheinlich D-6er.«

»Stimmt«, sagte Kabuo. »Aber wenn du genug Platz hast, wird's damit auch gehen. Und wir können deinen Schacht zurechtbiegen. Oder uns mit längeren Kabeln behelfen. Die kriegen wir schon rein.«

»Ich mess mal nach«, sagte Carl. »Dann wissen wir mehr.«

Er stieg zurück auf die *Susan Marie,* und Kabuo hoffte, daß sich hinter Carls unbeweglichem Gesicht die Bereitwilligkeit verbarg, über das Land zu reden, das unausgesprochen zwischen ihnen stand. Carl mußte sich äußern, so oder so, einfach deshalb, weil sie zusammen hier auf dem Meer waren, weil die Boote aneinander festgemacht waren, aber an sonst nichts, weil sie beide trieben und mit demselben Problem zu kämpfen hatten.

Kabuo kannte Carl seit vielen Jahren; er wußte, daß Carl alle Situationen mied, in denen er sprechen mußte. Er redete meistens über die Welt der Werkzeuge und Gegenstände, wenn er etwas sagen mußte. Kabuo erinnerte sich, wie er mit Carl – lange vor dem Krieg, zwölf Jahre alt waren sie damals gewesen – in einem geliehenen verwitterten Ruderboot zum Angeln unterwegs gewesen waren. Die Sonne war gerade untergegangen, und die Phosphoreszenz im Wasser leuchtete und schäumte so prunkvoll unter Carls Rudern, daß Kabuo sich von seiner Begeisterung über die Schönheit der Welt dazu hatte hinreißen lassen, zu sagen: »Guck dir die Farben an!« Und schon als Zwölfjähriger hatte er begriffen, daß man mit einer solchen Bemerkung aus der Rolle fiel. Was Carl empfand, behielt er für sich; er zeigte niemandem seine Gefühle – das tat auch Kabuo nicht, freilich aus anderen Gründen. Sie waren einander ähnlicher, als Kabuo zugeben wollte.

Kabuo stemmte den Deckel des Batterieschachtes hoch und löste die Kabel aus den Anschlußklemmen. Er hob eine Batterie heraus – sie war doppelt so groß und doppelt so schwer wie eine Autobatterie – und trug sie bis zum Schanzkleid, wo er sie absetzen und dann Carl hinüberreichen konnte. Sie standen jeder in seinem Boot, und die Batterie wechselte den Besitzer. »Die wird passen«, sagte Carl. »Da ist nur ein Flansch im Weg. Aber den kann ich zurechtbiegen.«

Kabuo griff nach unten und nahm sein Gaff in die Hand. »Damit können wir ihn umbiegen.«

Sie traten in Carls ordentlich aufgeräumtes Ruderhaus, Kabuo trug eine Lampe und das Gaff, Carl ging mit der Batterie voran. Eine eingewickelte lange Wurst baumelte neben dem Kompaß an einem Draht von der Decke, die Koje war gemacht. Kabuo erkannte darin Carls Eigenart, seinen fast zwanghaften Ordnungssinn, der ihn vor vielen Jahren schon dazu gebracht hatte, seinen Angelkasten immer aufgeräumt zu halten. Sogar seine Kleidung war zwar vielleicht abgetragen, aber immer auffallend sauber und gepflegt.

»Gib mir mal das Gaff«, sagte Carl jetzt.

Er kniete neben seinem Batterieschacht und schlug mit dem Gaff gegen den Metallflansch. Kabuo stand daneben und sah, mit wieviel Kraft und Geschick er seine Aufgabe anging: Jeder Schlag saß, er setzte dabei aus der Schulter an, und er schlug bedachtsam und ohne Hast. Trotzdem rutschte ihm die rechte Hand einmal ab, streifte die Metallkante und begann zu bluten, aber Carl achtete nicht darauf. Er packte Kabuos Gaff fester, und erst später, als die Batterie im Schacht saß, hielt er sich die Handfläche an den Mund und leckte schweigend das Blut ab. »Mal sehen, ob sie anspringt«, sagte er.

»Bist du sicher«, sagte Kabuo, »daß die Keilriemen straff

sind? Sonst hat das Starten keinen Sinn. Da machen wir nur diese Batterie auch noch leer, und dann haben wir wirklich ein Problem.«

»Sind okay«, sagte Carl und saugte an seiner Wunde. »Ich hab sie angezogen.«

Er zog den Choke heraus und legte die Kippschalter um. Die Maschine der *Susan Marie* stotterte zweimal unter den Bodenplanken, keuchte, ratterte und sprang an. Carl schob den Choke wieder ein Stück hinein.

»Weißt du was«, sagte Kabuo. »Behalt die Batterie für den Rest der Nacht. Ich kann nicht hier warten, bis deine sich wieder auflädt, das dauert mir zu lange; ich komm mit meiner zweiten aus, und wir treffen uns dann am Hafen.«

Carl räumte die leere Batterie aus dem Weg, schob sie rechts neben das Ruder, schaltete dann das Licht in der Kabine an und las den Spannungsmesser ab; auf die blutende Hand preßte er ein Taschentuch. »Du hast recht«, sagte er. »Sie lädt sich jetzt auf, aber das wird 'ne Weile dauern. Vielleicht finde ich dich später wieder.«

»Fang erstmal 'n paar Fische«, sagte Kabuo. »Mach dir keine Sorgen. Wir treffen uns dann am Pier.«

Er schob den Deckel wieder auf den Batterieschacht. Er nahm sein Gaff und wartete. »Ich geh dann«, sagte er schließlich. »Bis dann.«

»Warte mal«, antwortete Carl und machte sich immer noch an seiner Hand zu schaffen – sah sie an, nicht Kabuo. »Du weißt so gut wie ich, daß wir was zu bereden haben.«

»Stimmt«, antwortete Kabuo und hielt sein Gaff in der Hand. Und dann stand er da und wartete.

»Sieben Morgen«, sagte Carl Heine. »Was würdst du denn zahlen, Kabuo? Ich frag nur so aus Neugier.«

»Wieviel willst du denn dafür haben? Wollen wir das nicht zuerst klären? So würd ich eigentlich lieber anfangen.«

»Hab ich gesagt, ich will verkaufen? Ich habe weder ja

noch nein gesagt, stimmt's? Aber wenn ja, dann würd ich denken, ich hab sie, und du willst sie unbedingt. Eigentlich sollte ich ein kleines Vermögen von dir verlangen, aber dann würdest du vielleicht deine Batterie wiederhaben wollen, und dann lieg ich hier im Wasser.«

»Die Batterie ist drin«, antwortete Kabuo lächelnd. »Das ist eine Sache für sich, das hat damit nichts zu tun. Außerdem würdest du dasselbe für mich tun.«

»Vielleicht«, sagte Carl. »Aber da wär ich mir nicht so sicher, ich warn dich, Kumpel. Ich bin nicht mehr so wie früher. Es ist alles nicht mehr, wie es war.«

»Okay«, sagte Kabuo, »wenn du meinst.«

»Verdammt«, sagte Carl. »Das wollte ich gar nicht sagen. Ich mein es anders. Ach, verdammt noch mal, es tut mir leid, okay? Der Verkauf damals tut mir leid. Wenn ich da gewesen wäre, dann wär es nicht so gekommen. Meine Mutter hat das Ganze in Gang gesetzt, ich war auf See, im Krieg gegen euch verdammte japanische Hun–«

»Ich bin Amerikaner, so gut wie du oder sonstwer«, unterbrach ihn Kabuo. »Und nenn ich dich vielleicht Nazi, du dickes Nazischwein? Ich hab Männer umgelegt, die haben genau wie du ausgesehen – fette deutsche Schweine. Deren Blut liegt mir auf der Seele, Carl, und ich werd nicht so gut damit fertig. Also erzähl mir nichts von Japsen, du dicker Nazi-Hundesohn.«

Er hielt immer noch das Gaff umklammert und merkte es erst jetzt. Carl stellte einen Fuß auf das Schanzkleid der *Susan Marie* und spuckte kräftig ins Wasser. »Ich bin ein Schwein«, sagte er endlich und starrte in den Nebel. »Ein Hunne, ein Nazi-Hundesohn, und ich muß dir noch was sagen, Kabuo. Ich hab deine Bambus-Angelrute immer noch, ich hab sie all die Jahre behalten. Ich hab sie in der Scheune versteckt, als meine Mutter wollte, daß ich sie dir zurückbringe. Du bist ins Internierungslager gekommen, und ich bin zur Marine – und das verdammte Ding hab ich immer noch im Schrank.«

»Laß es da«, sagte Kabuo Miyamoto. »Ich hab die ganz vergessen. Du kannst sie behalten. Zum Teufel damit.«

»Zum Teufel mit dem Ding«, sagte Carl. »Die hat mich all die Jahre verrückt gemacht. Ich brauch nur meinen Schrank aufzumachen, und da steht sie, deine gottverdammte Bambusrute.«

»Gib sie mir wieder, wenn du willst«, sagte Kabuo. »Aber ich sag dir, du kannst sie behalten, Carl. Darum hab ich sie dir doch gegeben.«

»In Ordnung«, sagte Carl. »Damit wär das also geklärt. Zwölfhundert pro Morgen, und das ist endgültig. Das zahl ich Ole, verstehst du. Das ist der übliche Preis für Erdbeerland jetzt, du kannst dich erkundigen.«

»Das wären im ganzen achttausendvierhundert«, antwortete Kabuo. »Wieviel willst du sofort als Anzahlung?«

Carl Heine spuckte noch mal ins Wasser, drehte sich dann um und streckte die Hand aus. Kabuo legte das Gaff weg und ergriff sie. Sie schüttelten sich eigentlich nicht die Hände, sie drückten sie nur fest, wie Fischer, die wissen, daß sie mit Worten nicht mehr weiterkommen und sich anders verständigen müssen. Also standen sie auf See im Nebel da, trieben auf dem Wasser und drückten einander die Hand. Der Griff war fest, und Blut von Carls Hand war darin. Zuviel Bedeutung sollte dieser Händedruck eigentlich nicht haben, das wollten die beiden nicht, aber zugleich wollten sie auch, daß er alles sagte. Ihre Hände lösten sich schneller, als sie es eigentlich wollten, aber bevor sie beide verlegen wurden. »Tausend bar«, sagte Carl. »Den Vertrag können wir morgen unterschreiben.«

»Achthundert«, sagte Kabuo, »und die Sache ist abgemacht.«

28

Als Kabuo im Zeugenstand ans Ende seiner Geschichte gekommen war, erhob sich Alvin Hooks und baute sich vor ihm auf, scheinbar mit einem eingerissenen Fingernagel beschäftigt. Er fing an zu sprechen, hielt die Augen aber auf seine Finger gerichtet; die Nagelmonde bedachte er mit besonderer Aufmerksamkeit. »Mr. Miyamoto«, setzte er an, »ich kann beim besten Willen nicht begreifen, warum Sie diese Geschichte nicht gleich erzählt haben. Schließlich wäre es Ihre Bürgerpflicht gewesen, solche entscheidenden Informationen weiterzugeben, meinen Sie nicht? Meinen Sie nicht, Sie hätten dem Sheriff sagen müssen, was sich da angeblich auf hoher See abgespielt hat? Das würde ich doch stark annehmen, Mr. Miyamoto. Ich würde denken, man geht in einem solchen Fall zu Sheriff Moran und erzählt ihm die ganze Geschichte, sobald man erfahren hat, daß Carl Heine auf so schreckliche Art zu Tode gekommen ist.«

Der Angeklagte ignorierte Alvin Hooks, sah nur die Geschworenen an und richtete seine Antwort ruhig und gefaßt an sie, als ob niemand sonst da wäre. »Sie müssen wissen«, sagte er zu ihnen, »daß ich am 16. September vor ein Uhr mittags noch nichts von Carl Heines Tod gehört hatte und daß Sheriff Moran mich schon wenige Stunden danach festnahm. Ich hatte gar keine Zeit, von mir aus zur Polizei zu gehen und zu berichten, was ich jetzt erzählt habe. Ich –«

»Aber«, unterbrach ihn Alvin Hooks und schob sich zwischen Kabuo und die Geschworenen, »Sie haben gerade selbst erklärt, Mr. Miyamoto, daß Sie immerhin – wie sagten Sie doch – ein paar *Stunden* Zeit gehabt hätten, den Sheriff aufzusuchen. Sie hörten von Carl Heines Tod, ein Nachmittag verstrich, und dann gingen Sie zum Hafen von Amity Harbor – in der Absicht, zum Fischen zu fahren. Sie hatten die Absicht, bis zum Morgen des 17. auf Fang zu gehen, und wenn Sie sich danach entschlossen hätten, den Sheriff aufzusuchen, wären mindestens *sechzehn* Stunden vergangen, seit Sie von Carl Heines Tod gehört hatten. Fassen wir die Sache einmal etwas anders an – damit kommen wir der Realität wohl näher: Hatten Sie, Mr. Miyamoto, überhaupt die *Absicht*, zum Sheriff zu gehen? Waren Sie entschlossen, Ihre Geschichte mit der Batterie bei der Polizei zu Protokoll zu geben, bevor Sie verhaftet wurden?«

»Ich habe darüber nachgedacht«, sagte Kabuo Miyamoto. »Ich habe versucht, zu einem Entschluß zu kommen. Ich war in einer schwierigen Lage.«

»So, Sie haben darüber nachgedacht. Sie haben abgewogen, was dafür und was dagegen spricht, daß Sie aus eigenem Entschluß Sheriff Moran von diesem Zwischenfall mit der Batterie Meldung machen.«

»So ist es«, sagte Kabuo Miyamoto. »Ich habe überlegt.«

»Aber dann kam Sheriff Moran zu Ihnen, sagen Sie. Er erschien am Abend des 16. mit einem Durchsuchungsbefehl an Ihrem Boot, ist das richtig?«

»Ja.«

»Und Sie überlegten zu diesem Zeitpunkt immer noch, ob Sie ihm Ihre Batteriegeschichte erzählen sollten?«

»Ja, das tat ich.«

»Aber Sie haben die Geschichte nicht erzählt?«

»Nein, das habe ich nicht getan.«

»Sie haben ihm Ihre Batteriegeschichte nicht erzählt«, wiederholte Alvin Hooks. »Nicht einmal angesichts Ihrer bevorstehenden Verhaftung haben Sie irgendeine Erklärung angeboten. Da stand Sheriff Moran vor Ihnen, mit dem Gaff in der Hand, sagte Ihnen sogar, er wolle die Blutspuren untersuchen lassen, die daran klebten, und Sie haben ihm kein Wort davon gesagt, daß Carl Heine sich die Hand verletzt hatte – war das nicht die Geschichte, die Sie dem Gericht erzählt haben: daß Carl Heine sich verletzte, als er Ihr Fischgaff benutzte? Und daß deshalb sein Blut daran ist?«

»So ist das gewesen«, sagte Kabuo Miyamoto. »Er hat sich an der Hand verletzt, ja.«

»Aber dem Sheriff haben Sie diese Erklärung nicht gegeben. Sie haben nichts davon gesagt, daß Sie Carl Heine getroffen hatten. Warum eigentlich, Mr. Miyamoto? Warum diese Behauptung, von allem nichts gewußt zu haben?«

»Das müssen Sie verstehen«, sagte Kabuo. »Der Sheriff kam mit dem Durchsuchungsbefehl in der Hand. Ich begriff, daß ich unter Mordverdacht stand. Mir schien es am besten, gar nichts zu sagen. Zu warten, bis ich ... einen Anwalt hatte.«

»Sie haben dem Sheriff Ihre Batteriegeschichte also nicht erzählt«, sagte Alvin Hooks noch einmal. »Auch nicht, nachdem Sie verhaftet waren, und nicht einmal, als Sie einen Anwalt *hatten*. Sie haben vielmehr behauptet – ist das richtig? –, Sie haben behauptet, nichts über die Begleitumstände des Todes von Carl Heine zu wissen, Sie haben behauptet, ihn in der Nacht des 15. in den Fischgründen von Ship Channel Bank gar nicht gesehen zu haben. Diese Behauptungen, Ihre Behauptungen, nichts zu wissen, wurden alle im Vernehmungsprotokoll des Sheriffs festgehalten, das als Beweismaterial in diesem Prozeß zugelassen ist. Die Geschichte, die Sie unmittelbar nach Ihrer Verhaftung zu Protokoll gegeben haben, ist anders als die, die Sie uns heute erzählt haben, Mr. Miyamoto. So frage ich Sie also: Wo liegt die Wahrheit?«

Kabuo blinzelte; er preßte die Lippen zusammen. »Die Wahrheit ist das, was ich eben gesagt habe. Es ist wahr, daß ich Carl eine Batterie geliehen habe, daß ich ihm geholfen habe, seine Maschine zu starten, daß ich mit ihm Vereinbarungen über die sieben Morgen meiner Familie getroffen habe, daß ich dann weitergefischt habe.«

»Ich verstehe«, sagte Alvin Hooks. »Sie möchten also die Geschichte von Ihrer völligen Unwissenheit widerrufen, die Sie Sheriff Moran bei Ihrer Verhaftung erzählten, und dafür die Geschichte nachschieben, die Sie uns gerade erzählt haben. Und diese neue Geschichte sollen wir Ihnen glauben; das möchten Sie?«

»Ja. Weil es die Wahrheit ist.«

»Aha«, sagte Alvin Hooks. »Nun gut. Am Morgen des 16. September kamen Sie nach dem Fischen nach Hause und berichteten Ihrer Frau von dem Gespräch mit Carl Heine auf See. Ist das richtig, Mr. Miyamoto?«

»Ja, das ist korrekt.«

»Und dann? Was dann?« fragte der Staatsanwalt.

»Ich ging schlafen«, sagte Kabuo. »Bis halb zwei. Meine Frau weckte mich um halb zwei oder so und erzählte mir, daß Carl tot war.«

»Ich verstehe«, sagte Alvin Hooks. »Und was dann?«

»Wir setzten uns zusammen und redeten«, sagte Kabuo. »Ich aß zu Mittag und kümmerte mich um Rechnungen, die ich bezahlen mußte. Gegen fünf machte ich mich auf den Weg zum Hafen.«

»Und hielten Sie sich unterwegs irgendwo auf? Machten Sie Besorgungen? Besuche? Umwege? Sprachen Sie mit irgendwem über irgendwas?«

»Nein«, sagte Kabuo. »Ich ging gegen fünf von zu Hause weg und direkt zu meinem Boot. Das ist alles.«

»Sie sind nicht etwa kurz in den Laden gegangen, um Ihre Vorräte zu ergänzen? Nichts dergleichen, Mr. Miyamoto?«

»Nein.«

»Und am Hafen«, sagte Alvin Hooks. »Haben Sie da jemanden getroffen? Sind Sie bei einem anderen Boot stehengeblieben, haben Sie mit einem anderen Fischer gesprochen?«

»Ich bin direkt zu meinem Boot gegangen«, sagte Kabuo Miyamoto. »Ich habe nirgendwo Halt gemacht, nein.«

»Direkt zu Ihrem Boot«, wiederholte Alvin Hooks. »Und da waren Sie dann und trafen Vorkehrungen fürs Auslaufen, als der Sheriff mit seinem Durchsuchungsbefehl ankam.«

»Das stimmt«, sagte Kabuo. »Er hat mein Boot durchsucht.«

Alvin Hooks ging zum Tisch mit den Beweisstücken hinüber und suchte sich einen Ordner heraus. »Der Sheriff hat Ihr Boot in der Tat durchsucht«, bestätigte er. »Und die Ergebnisse seiner Durchsuchung sind in allen Einzelheiten hier in diesem Untersuchungsbericht aufgezeichnet, Mr. Miyamoto. Übrigens hat sich Ihr Verteidiger, Mr. Gudmundsson, darauf bezogen, als er den Sheriff ins Kreuzverhör nahm; er hat auch einen Punkt auf Seite 27 erwähnt, der besagt ...«, Alvin Hooks blätterte den Ordner durch, hielt dann inne, klopfte mit dem Zeigefinger nachdrücklich dreimal auf dieselbe Stelle. Er drehte sich wieder zu den Geschworenen um, wedelte mit dem Protokoll des Sheriffs vor ihren Augen, als ob sie mit ihm zusammen darin lesen könnten, obwohl sie am anderen Ende des Gerichtssaals saßen.

»Also das ist schon sehr problematisch«, sagte Alvin Hooks. »Denn hier steht, daß in Ihrem Batterieschacht zwei D-6 Batterien waren. ›Zwei D-6 Batterien im Schacht. Beide sechszellig‹ – das steht da, wörtlich, an dieser Stelle.«

»Mein Boot läuft auf D-6 Batterien«, antwortete Kabuo. »Viele Boote tun das.«

»Oh ja«, sagte Alvin Hooks. »Das weiß ich wohl. Aber wie kommt es, daß *zwei* Batterien da waren? *Zwei* Batterien, Mr. Miyamoto. Wenn Ihre Geschichte wahr ist, wenn Sie Carl Heine eine davon liehen, wie Sie behaupten – wenn Sie eine aus Ihrem Batterieschacht herausnahmen, um sie Carl Heine zu leihen –, hätte dann nicht nur *eine* im Schacht sein dürfen, als der Sheriff seine Durchsuchung vornahm? Ich habe Sie gefragt, was Sie an jenem Tag unternommen haben, wie Sie den Nachmittag verbrachten, und Sie haben uns nicht gesagt, daß Sie in dem Laden für Bootsbedarf waren, um sich eine neue Batterie zu kaufen, Sie haben keine Äußerung getan, die vermuten ließ, daß Sie Zeit damit zugebracht hätten, eine neue Batterie zu kaufen oder aufzustöbern. Sie haben uns nicht berichtet, Sie hätten Zeit darauf verwendet, eine neue Batterie in den Schacht einzubauen – warum also hat der Sheriff *zwei* Batterien in Ihrem Boot gefunden, wenn Sie eine davon Carl Heine geliehen haben, Mr. Miyamoto?«

Der Angeklagte sah wieder zu den Geschworenen hinüber und schwieg einen Augenblick. Wieder verriet sein Gesicht nichts; es war unmöglich zu ahnen, was er dachte. »Ich hatte eine Ersatzbatterie in meinem Schuppen«, sagte er gleichmütig. »Ich hab sie zum Boot mitgenommen und eingebaut, bevor der Sheriff mit seinem Durchsuchungsbefehl auftauchte. Darum waren da zwei Batterien, als er das Boot durchsuchte. Eine davon hatte ich gerade eingebaut.«

Alvin Hooks legte den Bericht des Sheriffs wieder an seine Stelle auf dem Tisch. Die Hände auf dem Rücken, als denke er über diese Antwort nach, ging er zum Podium der Geschworenen, blieb dort stehen, wandte das Gesicht dem Angeklagten zu und nickte bedächtig.

»Mr. Miyamoto«, sagte er in mahnendem Ton. »Sie haben hier einen Eid geleistet, die Wahrheit zu sagen. Der Eid verpflichtet Sie, ehrlich mit dem Gericht zu sein, die ganze Wahrheit über Ihr Mitwirken am Tod von Carl Heine zu sagen. Und jetzt scheint mir, Sie wollen Ihre Geschichte noch einmal verändern. Sie möchten sagen, daß Sie eine Batterie von zu Hause mitbrachten und in der Stunde, bevor Ihr Boot durchsucht wurde, in den Batterieschacht einbauten – oder so ähnlich. Sie fügen jetzt also wieder etwas hinzu, was Sie vorher nicht gesagt haben. Das ist alles schön und gut, aber warum haben Sie uns das nicht schon vorher erzählt? Warum ändern Sie die Geschichte mit der Batterie jedesmal, wenn eine neue Frage gestellt wird?«

»Das alles ist fast drei Monate her«, sagte Kabuo. »Ich habe nicht mehr alle Einzelheiten im Kopf.«

Alvin Hooks griff sich ans Kinn. »Sie machen es uns schwer, Ihnen zu trauen, Mr. Miyamoto«, seufzte er. »Sie sitzen hier, ohne die Miene zu verziehen, machen ein eisiges Pokerface –«

»Einspruch!« rief Nels Gudmundsson, aber Richter Lew Fielding saß schon aufrecht auf seinem Stuhl und sah Alvin Hooks streng an. »Das ist unter Ihrer Würde, Mr. Hooks«, sagte er. »Entweder Sie stellen Fragen, die uns weiterbringen, oder Sie setzen sich und lassen es gut sein. Sie sollten sich schämen«, fügte er hinzu.

Alvin Hooks wanderte noch einmal durch den Gerichtssaal und setzte sich dann an den Tisch des Staatsanwalts. Er nahm seinen Füller, drehte ihn zwischen den Fingern, sah aus dem Fenster auf den Schnee, der endlich weniger dicht fiel. »Mir fällt dazu nichts mehr ein«, sagte er. »Der Zeuge ist entlassen.«

Kabuo Miyamoto erhob sich im Zeugenstand, so daß die Leute auf der Tribüne ihn im ganzen sehen konnten – einen Japaner, der stolz vor ihnen stand, sie sahen die Kraft in seinem Torso. Einen Moment stand er aufrecht und angespannt da, mit breiten Schultern, die Sehnen an seinem Hals sichtbar. Während sie ihn musterten, richtete er seine dunklen Augen auf das Fenster und blickte lange in den fallenden Schnee hinaus. Die Zuschauer fühlten sich an die Photos von japanischen Soldaten erinnert. Der Mann, der vor ihnen stand, war edel und kriegerisch zugleich, und das Spiel von

Licht und Schatten in seinem Gesicht ließ Flächen und Linien scharf hervortreten. Keine Spur von Nachgiebigkeit war an ihm zu entdecken, etwas Unverwundbares ging von ihm aus. Er war in keiner Weise wie sie, dachten sie, und die ruhige und distanzierte Art, mit der er in das Schneetreiben hinaussah, machte das zum Greifen deutlich.

29

In seinem Schlußplädoyer charakterisierte Alvin Hooks den Angeklagten als einen kaltblütigen Mörder, der entschlossen gewesen sei, einen Mann zu töten, und genau nach Plan gehandelt habe. Er erklärte dem Gericht, Kabuo Miyamoto sei von Haß und kalter Verzweiflung wie besessen gewesen; er habe sich seine verlorenen Erdbeerfelder so viele Jahre sehnsüchtig zurückgewünscht und dann Anfang September fürchten müssen, daß sie ihm endgültig unerreichbar bleiben würden. Daraufhin sei er zu Ole Jurgensen gegangen und habe von Ole gehört, daß das Land verkauft war, und dann sei er zu Carl Heine gegangen, und Carl habe ihn abgewiesen. In der Nacht auf See habe er über alles nachgedacht und sei zu dem Schluß gekommen, wenn er nicht handle, würde ihm der Grundbesitz seiner Familie – und in seinen Augen war es Familienbesitz – für immer entgleiten. Und er sei auf eine Lösung gekommen, die seinem Charakter entspreche: Er sei stark und verwegen, von früher Kindheit an in der Kunst des Stockkampfes geübt; ein Mann, der, wie Hauptfeldwebel Victor Maples dem Gericht erklärt habe, nicht nur fähig, sondern auch willens schien, einen Mord zu begehen. Dieser starke, kalte, gefühllose Mann beschloß nun, sein Problem zu lösen. Er beschloß, das Leben eines anderen Mannes auszulöschen, des Mannes, der zwischen ihm und dem ersehnten Grundbesitz stand. Er sagte sich, wenn Carl Heine tot wäre, würde Ole ihm die sieben Morgen verkaufen.

Also folgte er Carl zu den Fischgründen an der Ship Channel Bank. Er fuhr ihm nach, brachte sein Netz oberhalb von Carls Standort aus und beobachtete ihn im Schutz des fast undurchdringlichen Nebels. Kabuo Miyamoto war ein geduldiger Mann; er wartete, bis die Nacht am dunkelsten war, und führte erst dann aus, was er im Sinn hatte. Er wußte, daß Carl nicht weit entfernt war, höchstens hundertfünfzig Meter; er konnte seinen Motor im Nebel hören. Er lauschte, und dann, gegen ein Uhr dreißig, setzte er sein Nebelhorn in Gang. So machte er sein Opfer auf sich aufmerksam.

Carl, erklärte Alvin Hooks, lag mit ausgesetztem Netz im Nebel – er hatte es gerade einholen wollen; da traf er auf den Angeklagten, Kabuo Miyamoto, der so tat, als triebe er hilflos auf dem Meer. Und jetzt, sagte Hooks, in diesem Moment, war das Täuschungsmanöver des Angeklagten besonders tückisch: Er mißbrauchte den Ehrenkodex der Fischer, der sie verpflichtete, einander bei Seenot Hilfe zu leisten; und er mißbrauchte das, was von der Jugendfreundschaft zwischen ihm und Carl noch übrig war. Carl, habe er wohl gesagt, Carl, es tut mir leid, daß wir uns fremd geworden sind, aber jetzt, wo ich im Nebel auf dem Wasser treibe, muß ich dich um Hilfe bitten. Bitte, leg an und hilf mir, Carl. Bitte, laß mich jetzt nicht im Stich.

Stellen Sie sich das vor, beschwor Alvin Hooks die Geschworenen und verneigte sich vor ihnen mit ausgestreckten Händen, wie ein Mensch, der Gott anfleht – stellen Sie sich diesen gutmütigen Mann vor, wie er mitten in der Nacht auf See sein Boot stoppt, um seinem Feind zu Hilfe zu kommen. Er macht sein Boot am Boot des Feindes fest, und als er noch dabei ist, eine Leine zu vertäuen – erinnern Sie sich, es gibt keine Anzeichen eines Kampfes, so sorgfältig hatte der Angeklagte die Tat geplant –, springt der Feind zu ihm an Bord und schlägt ihm sein Fischgaff über den Kopf. Und dieser gute Mann fällt tot um – oder beinahe tot. Er ist bewußtlos und lebensgefährlich verletzt.

Stellen sie sich auch vor, sagte Alvin Hooks, wie der Angeklagte Carl Heine über Bord wirft und wie das schwarze, nächtliche Wasser hoch aufspritzt. Die See schlägt über Carl Heine zusammen – Wasser dringt in seine Taschenuhr, und sie bleibt um ein Uhr siebenundvierzig stehen. Damit ist der Zeitpunkt seines Todes genau bestimmt. Und der Angeklagte steht dabei und sieht zu, wie das Wasser sich wieder glättet und jede Spur verschluckt. Aber dicht unter der Wasseroberfläche arbeitet der Gezeitenstrom – stärker als der Angeklagte angenommen hatte – und trägt Carl Heine in die Maschen seines eigenen Netzes, das immer noch hinter dem Boot steht. Eine Schnalle seines Ölzeugs verfängt sich in den Maschen, und Carl bleibt unter der Oberfläche hängen – der Beweis für Kabuo Miyamotos Verbrechen, der nun darauf wartet, gefunden zu werden. Das ist eines von drei Dingen, mit denen der Angeklagte nicht gerechnet hat: der Leichnam selbst, das blutige Gaff und das Anlegetau, das er in seiner Eile, vom Schauplatz des Verbrechens wegzukommen, vergessen hat.

Nun sitzt er hier im Gerichtssaal vor Ihnen, sagte Alvin Hooks zu den Geschworenen. Hier steht er vor einem ordentlichen Gericht, die Beweise sind geführt, die Zeugenaussagen gemacht, alle Fakten geprüft, die Argumente beider Seiten vorgetragen worden, und die Wahrheit ist offen zutage getreten. Alle Unsicherheiten sind ausgeräumt, und die Geschworenen müssen nun ihrer Pflicht gegenüber dem Volk von Island County nachkommen. »Dies ist kein erfreulicher Anlaß«, führte ihnen Alvin Hooks vor Augen. »Hier geht es um die Pflicht, einen Menschen des vorsätzlichen Mordes schuldig zu sprechen. Hier geht es am Ende um *Gerechtigkeit*. Hier geht es darum, den Angeklagten mit ungetrübtem Blick zu betrachten und zu sehen, daß die Wahrheit an ihm und an den Fakten, die in diesem Fall vorliegen, eindeutig abzulesen ist. Schauen Sie genau hin, meine Damen und Herren, sehen Sie sich den Angeklagten an, wie er dort sitzt. Sehen Sie ihm in die Augen, betrachten Sie sein Gesicht – und fragen Sie sich jetzt, was die Pflicht, die Sie als Bürger dieser Gemeinde übernommen haben, Ihnen befiehlt.«

Nels Gudmundsson erhob sich auch jetzt, wie schon während des gesamten Prozesses, so greisenhaft linkisch und mühsam, daß sein Anblick für die Zuschauer auf der Tribüne quälend war. Inzwischen hatten sie gelernt, Geduld mit ihm zu haben, wenn er sich räusperte, bis die Kehle frei war, und in sein Taschentuch schnaubte. Sie hatten auch gelernt, darauf zu warten, daß er die Daumen hinter den winzigen schwarzen Knöpfen der Hosenträger verhakte. Die Geschworenen hatten bemerkt, wie sein linkes Auge ziellos herumschwamm, wie das Licht über die trübe glasige Oberfläche zuckte, während das Auge exzentrisch in seiner Höhle rollte. Nun beobachteten sie ihn dabei, wie er sich aufraffte und die Kehle räuspernd vom Schleim befreite.

Gemessen und so nüchtern, wie er konnte, rekapitulierte Nels die Fakten aus seiner Sicht: Kabuo Miyamoto sei zu Ole Jurgensen gegangen, um sich nach seinem Land zu erkundigen. Mr. Jurgensen habe ihn an Carl Heine verwiesen, und Kabuo habe Carl aufgesucht. Sie hätten miteinander gesprochen, und Kabuo sei zu der Überzeugung gekommen, daß Carl sich die Sache überlegen wolle. Und in diesem Glauben habe er abgewartet. Er habe gewartet, und am Abend des 15. September habe ihn ein schicksalhafter Umstand, ein Zufall, durch den Nebel zur Ship Channel Bank geführt, wo Carl in Seenot geraten war. Kabuo habe unter diesen Umständen getan, was er konnte, um dem Freund aus Jugendtagen, dem Jungen, mit dem er früher zusammen geangelt hatte, aus seiner Notlage herauszuhelfen. Und zuletzt, sagte Nels, hätten sie dann über das Land gesprochen und seien sich einig geworden. Dann sei Kabuo wieder seines Weges gegangen und habe bis zur Morgendämmerung gefischt. Und am nächsten Tag sei er festgenommen worden.

Es gebe nicht einen einzigen Beweis dafür, erklärte Nels Gudmundsson den Geschworenen, daß der Beschuldigte einen Mord geplant habe oder mit der Absicht, Blut zu vergießen, aufs Meer hinausgefahren sei. Die Anklage habe nicht die Spur eines Beweises für vorsätzlichen Mord liefern können. Kein einziger Zeuge habe Aussagen über die Gemütsverfassung des Angeklagten in den Tagen vor Carl Heines Tod machen können. Niemand habe in einem Lokal neben Kabuo gesessen und gehört, daß er Carl Heine beschimpft oder gar gedroht hätte, ihn umzubringen. Es gebe keinerlei Rechnungen oder Belege über einen kürzlich erfolgten Kauf einer Mordwaffe; es gebe auch weder Tagebucheintragungen, noch abgehörte Telephongespräche, noch nächtliche Unterhaltungen, die als Hinweis darauf dienen könnten. Die Anklage habe keinen Schuldbeweis antreten können, der jeden vernünftigen Zweifel ausschloß; sie habe nicht beweisen können, daß das Verbrechen, das dem Angeklagten zur Last gelegt werde, überhaupt geschehen sei. Es bestünden vernünftige, mehr als vernünftige Zweifel, betonte er nachdrücklich, deshalb könne die Jury ihn nicht verurteilen.

»Der Staatsanwalt«, sagte Nels, »ist in seinem Plädoyer davon ausgegangen, daß Sie, meine Damen und Herren, Argumenten zugänglich sind, die auf Vorurteilen beruhen. Er hat Sie aufgefordert, sich das Gesicht des Angeklagten genau anzusehen; dabei hat er Ihnen unterstellt, daß Sie, weil der Beschuldigte japanischer Abstammung ist, in ihm den Feind sehen. Es ist schließlich noch nicht allzuviel Zeit vergangen, seit unser Land im Krieg mit dem Reich der aufgehenden Sonne und dessen kampfstarken, gut ausgebildeten Soldaten lag. Sie alle erinnern sich an die Wochenschauen und Kriegsfilme. Sie alle haben die Schrecken dieser Jahre noch im Gedächtnis; darauf baut Mr. Hooks. Er rechnet damit, daß Sie sich von leidenschaftlichen Gefühlen leiten lassen, die man lieber mit dem Krieg begraben sollte, der jetzt zehn Jahre zurückliegt. Mr. Hooks zählt darauf, daß Sie sich an diesen Krieg erinnern und Kabuo Miyamoto mit diesem Krieg in Verbindung bringen.«

»Und, meine Damen und Herren«, sagte Nels beschwörend, »wir dürfen nicht vergessen, daß Kabuo Miyamoto tatsächlich mit diesem Krieg verbunden *ist*. Er ist Oberleutnant der Armee der Vereinigten Staaten, er trägt hohe Auszeichnungen für Tapferkeit im Kampf für sein Heimatland – die Vereinigten Staaten – auf dem europäischen Kriegsschauplatz. Wenn Sie in seinem Gesicht keine Gefühlsregung erkennen können, wenn Sie seinen ruhigen Stolz bemerken, dann sehen Sie den Stolz und die erschöpfte Leere eines Kriegsveteranen, der nach Hause zurückgekommen ist und *dies* vorfindet. Er ist zurückgekehrt und muß erleben, daß er Vorurteilen geopfert wird – täuschen Sie sich nicht, in diesem Prozeß geht es um Vorurteile –, und das ausgerechnet in dem Staat, den er im Krieg verteidigt hat.«

»Meine Damen und Herren«, fuhr Nels eindringlich fort, »vielleicht gibt es so etwas wie Schicksal. Vielleicht hat Gott aus unerforschlichen Gründen hinuntergeschaut und zugelassen, daß dem Beschuldigten diese Prüfungen auferlegt werden, daß sein Leben nun in Ihren Händen liegt. Carl Heine starb bei einem ungeklärten Unfall – zu einem für den Angeklagten denkbar ungünstigen, unglücklichen Zeitpunkt. Und doch ist es geschehen. Es ist geschehen, und Kabuo Miyamoto steht unter Anklage. Und hier ist er und erwartet Ihr Urteil, in der Hoffnung, daß Menschen Vernunft üben, auch wenn das Schicksal gegen ihn war. Es gibt Dinge in dieser Welt, über die wir keine Macht haben, und es gibt solche, die in unserer Macht stehen. Wenn Sie nun zusammen über dieses Verfahren nachdenken, dann ist es Ihre Aufgabe, ganz sicher zu sein, daß Sie sich in keinem Punkt dem Zufall ausliefern. Mögen sich auch Schicksal, Zufall und unglückliche Umstände gegen uns verschwören; menschliche Wesen müssen *vernünftig* handeln. Kabuo Miyamotos Augenschnitt, das Geburtsland seiner Eltern – das sind Dinge, die Ihre Entscheidung nicht beeinflussen dürfen. Er ist Amerikaner wie Sie, und Ihr Urteilsspruch gilt einem Amerikaner, der nach unserem Rechtssystem jedem anderen Amerikaner gleichgestellt ist. Das ist die Aufgabe, um derentwillen Sie hierhergerufen wurden. Diese Aufgabe müssen Sie erfüllen.«

»Ich bin ein alter Mann«, sagte Nels Gudmundsson nach einer Pause. »Ich kann nicht mehr gut gehen, und eins meiner Augen taugt nichts mehr. Ich leide unter Kopfschmerzen und habe Arthritis in den Knien. Und dazu bin ich letzte Nacht beinahe erfroren; heute bin ich todmüde, ich habe kein Auge zugetan in dieser Nacht. Deshalb hoffe ich wie Sie, daß heute nacht die Heizung wieder geht und daß dieser Schneesturm, der uns so plagt, endlich aufhört. Ich wünsche mir, daß ich noch viele Jahre angenehm und friedlich weiterleben kann. Dieser letzte Wunsch, das muß ich mir eingestehen, wird sich kaum erfüllen, denn wenn ich nicht innerhalb der nächsten zehn Jahre sterbe, dann doch sicherlich innerhalb der nächsten zwanzig. Mein Leben nähert sich seinem Ende.«

»Warum sage ich Ihnen das?« fragte Nels Gudmundsson, indem er auf die Geschworenen zuging und sich vor sie hinstellte. »Ich sage es, weil ich als alter Mann dazu neige, die Dinge im Licht des Todes zu sehen, also ganz anders als Sie. Ich bin wie ein Reisender vom Mars, der mit Erstaunen sieht, was hier vorgeht. Und was ich sehe, das ist die immer gleiche menschliche Schwäche, die von einer Generation an die nächste weitergegeben wird. Immer und immer die gleiche traurige menschliche Schwäche. Wir hassen einander; wir sind das Opfer unvernünftiger Ängste. Und nichts im Strom der Menschheitsgeschichte läßt hoffen, daß wir daran etwas ändern werden. Aber ich schweife ab, das muß ich zugeben. Ich möchte nur deutlich machen, daß Sie sich angesichts einer solchen Welt ausschließlich auf sich selbst verlassen müssen. Ihnen bleibt nichts als die Entscheidung, und die müssen Sie jeder für sich selbst und allein treffen. Werden Sie nun Teil jener gleichgültigen Mächte sein, die sich verschworen haben, unablässig auf das Unrecht hinzuarbeiten? Oder werden Sie sich gegen diese endlose Strömung stemmen, ihr trotzen und wahrhaft menschlich sein? Im Namen Gottes, im Namen der Menschlichkeit, tun Sie Ihre Pflicht als Geschworene. Befinden Sie Kabuo Miyamoto für nicht schuldig im Sinne der Anklage und lassen Sie ihn nach Hause zu seiner Familie zurückkehren. Geben Sie diesen Mann seiner Frau und seinen Kindern wieder. Sprechen Sie ihn frei, denn das müssen Sie.«

Richter Lew Fielding sah vom Richterstuhl in den Saal; die Spitze des linken Zeigefingers hatte er an die Nase gelegt, und der Daumen stützte sein Kinn. Wie immer wirkte er müde; er sah aus, als halte er sich nur mühsam wach. Er schien den Vorgängen bestenfalls mit halber Aufmerksamkeit zu folgen – die Lider fielen ihm zu, der Mund stand ein wenig offen. Dem Richter war den ganzen Morgen schon unbehaglich zumute; er war mißmutig, denn er hatte den Eindruck, seine Sache nicht gutgemacht, den Prozeß nicht gut geleitet zu haben. Er legte strenge Maßstäbe an seine berufliche Leistung, er war ein sorgfältiger, besonnener, äußerst genauer Richter, der sich an den Buchstaben des Gesetzes hielt, auch wenn er schläfrig wirkte. Da er noch nie den Vorsitz in einem Mordprozeß geführt hatte, sah er sich in einer schwierigen Lage: Wenn die Geschworenen den Angeklagten schuldig sprachen, würde er allein darüber entscheiden müssen, ob das Urteil ›Tod durch Hängen‹ zu lauten habe.

Richter Fielding erhob sich, strich die Robe glatt und richtete das Wort an die Geschworenen. »Dieser Prozeß nähert sich seinem Abschluß, und in wenigen Minuten werden Sie die Pflicht haben, sich in den für Sie reservierten Raum zurückzuziehen und gemeinsam über ein Urteil zu beraten. Zu diesem Zweck, meine Damen und Herren, weist das Gericht Sie an, die folgenden Überlegungen in Ihre Urteilsfindung einzubeziehen.

Erstens: Sie dürfen den Angeklagten nur dann für schuldig befinden, wenn Sie überzeugt sind, daß die Anklage in allen Punkten ohne jeden vernünftigen Zweifel richtig ist. *Ohne jeden vernünftigen Zweifel,* verstehen Sie! Wenn Sie vernünftige Zweifel hegen, können Sie den Angeklagten nicht schuldig sprechen. Wenn Sie beim Nachdenken eine berechtigte Unsicherheit bezüglich der Wahrheit der hier erhobenen Anklage empfinden, dann müssen Sie den Angeklagten ›nicht schuldig‹ sprechen. Das ist Ihre gesetzliche Pflicht. Ganz gleich, wie stark Ihre Bedenken sind, einen Schuldspruch dürfen Sie nur dann fällen, wenn Sie sich ganz sicher sind, daß alle vernünftigen Zweifel an seiner Schuld ausgeräumt sind.«

»Zweitens«, sagte der Richter, »müssen Sie sich an den Wortlaut der Anklage halten. Nur darum geht es. Sie müssen hier nur über eine Frage befinden: Ist der Angeklagte des vorsätzlichen Mordes schuldig? – und über nichts sonst. Wenn Sie entscheiden, daß er sich anderer Dinge schuldig gemacht hat – der Körperverletzung, des Totschlags, der Notwehr –, so gehört das nicht zur Sache. Es geht ausschließlich um die Frage, ob der Mann, über den Sie das Urteil sprechen müssen, des *vorsätzlichen* Mordes schuldig ist. Und das, meine Damen und Herren, heißt *vorausgeplant*. Diese Anschuldigung setzt bei dem Angeklagten einen Geisteszustand voraus, in dem er kaltblütig einen Mord vorbedacht hat. Sie besagt, daß er sich im voraus mit dem Gedanken an Mord befaßte und bewußt dafür entschied. Und da liegt für die Geschworenen die Schwierigkeit in derartigen Fällen«, sagte der Richter. »Vorsätzlichkeit ist ein inneres Handeln, das man nicht mit Augen sehen kann. Vorsätzlichkeit muß mit Hilfe von Indizien indirekt erschlossen werden – sie muß abgeleitet werden aus den Handlungen und Worten der Menschen, die vor Ihren Augen durch ihr Verhalten und ihre Rede Zeugnis abgelegt haben, und aus den Indizien, auf die man Sie hingewiesen hat. Um den Angeklagten schuldig sprechen zu können, müssen Sie befinden, daß er *vorsätzlich und mit Vorbedacht* die Handlungen begangen hat, derentwegen er unter Anklage steht. Daß er den Mord vorausgeplant hat, verstehen Sie. Daß er sich auf die Suche nach seinem Opfer machte, in der klaren Absicht, einen vorsätzlichen Mord zu begehen. Daß der Mord nicht in der Hitze eines Streits oder als zufällige Folge einer eskalierenden gewalttätigen Auseinandersetzung geschah, sondern tatsächlich eine Handlung war, die von einem zum Mord entschlossenen Mann geplant und ausgeführt wurde. Noch einmal verpflichtet Sie das Gericht, nur über die Frage zu entscheiden, ob es sich um einen vorsätzlichen Mord handelt, und sonst absolut gar nichts. Sie müssen ohne jeden vernünftigen Zweifel von einer Sache und nur von einer Sache überzeugt sein – davon, daß der Angeklagte in diesem Fall des vorsätzlichen Mordes schuldig ist.

Sie wurden als Geschworene für diesen Prozeß ausgewählt«, fuhr Richter Fielding fort, »weil man überzeugt war, daß jeder von Ihnen aufgrund der vorliegenden Beweismittel ohne Furcht, Voreingenommenheit, Vorurteil oder Sympathie und mit zuverlässiger Urteilsfähigkeit, klarem Verstand und in Übereinstimmung mit diesen Anweisungen ein gerechtes Urteil zu fällen in der Lage ist. Denn der Sinn unseres Geschworenensystems besteht darin, ein Urteil durch Abwägung von Ansichten und durch Diskussion unter den

Geschworenen abzusichern – vorausgesetzt, daß das auf vernünftige Weise und in Übereinstimmung mit dem Gewissen eines jeden Geschworenen geschieht. Jeder Geschworene sollte den Meinungsäußerungen und Argumenten der anderen zuhören und bereit sein, sich überzeugen zu lassen. Es ist nicht im Sinne des Gesetzes, daß ein Geschworener mit vorgefaßter Meinung und fest entschlossen, einen Urteilsspruch durchzusetzen, in die Beratung eintritt. Es verstößt auch gegen die Absicht des Gesetzgebers, wenn ein Geschworener seine Ohren der Diskussion und den Argumenten seiner Mitgeschworenen verschließt, denen zugebilligt werden muß, daß sie gleichermaßen ehrlich und intelligent sind. Mit einem Wort, *hören* Sie einander zu. Bleiben Sie objektiv, seien Sie vernünftig.«

Der Richter hielt inne und ließ seine Worte wirken. Er suchte den Blick jedes Geschworenen, hielt die Augen jedes Gegenübers einen Moment lang fest. »Meine Damen und Herren«, sagte er dann mit einem Seufzer, »da dies ein Strafprozeß ist, muß Ihr Urteil – ob ›schuldig‹ oder ›nicht schuldig‹ – einstimmig sein, bitte verstehen Sie das. Es gibt keinen Grund zur Eile; und keiner von Ihnen muß besorgt sein, daß wir anderen aufgehalten werden, weil Sie noch Zeit zum Überlegen brauchen. Das Gericht dankt Ihnen im voraus für Ihre Mitarbeit in diesem Prozeß. Der Strom ist ausgefallen, und Sie haben unangenehme Nächte im Amity Harbor Hotel verbringen müssen. Es war nicht leicht für Sie, sich auf diese Verhandlung zu konzentrieren, während Sie sich Sorgen um Ihr Heim, um Ihre Familie und Freunde machen mußten. Der Sturm steht nicht in unserer Gewalt«, sagte der Richter, »aber der Ausgang dieses Prozesses sehr wohl. Der Ausgang dieses Prozesses wird nun von Ihnen bestimmt. Sie dürfen sich zurückziehen und mit Ihren Beratungen beginnen.«

30

Um drei Uhr nachmittags verließen die Geschworenen im Prozeß gegen Kabuo Miyamoto den Gerichtssaal. Zwei Reporter kippelten mit ihren Stühlen gefährlich weit nach hinten, verschränkten die Hände im Nacken und plauderten miteinander. Abel Martinson legte dem Beschuldigten Handschellen an, erlaubte dessen Frau, noch kurz mit ihm zu sprechen, und drängte dann darauf, daß sein Gefangener sich auf den Weg in den Keller machte. »Du wirst freikommen«, sagte sie zu Kabuo. »Sie werden das Rechte tun – du wirst sehen.«

»Ich weiß nicht«, antwortete ihr Mann. »Aber wie es auch kommt, ich liebe dich, Hatsue. Sag auch den Kindern, daß ich sie liebe.«

Nels Gudmundsson suchte seine Unterlagen zusammen und schob sie in seine Aktentasche. Ed Soames hielt in einer Anwandlung von Großzügigkeit den Gerichtssaal für das Publikum geöffnet. Ihm war klar, daß die Leute auf der Tribüne sonst keinen Ort zum Aufwärmen hatten. Viele von ihnen saßen träge auf den Bänken oder wanderten in den Gängen auf und ab und unterhielten sich leise über die Verhandlung. Ed baute sich vor der Tür zu Richter Fieldings Amtszimmer auf, hielt die Hände im Rücken, nahm die dienstbeflissene Haltung eines königlichen Lakaien an und beobachtete alles unbeteiligt. Ab und zu sah er auf die Uhr.

Auf der Tribüne ging Ishmael Chambers seine Aufzeichnungen durch, blickte aber immer wieder auf, um Hatsue Miyamoto anzusehen. Als er am Morgen ihre Aussage gehört hatte, war ihm fast schmerzhaft klargeworden, wie vertraut ihm diese Frau war: Er hatte jede Regung, jedes kurze Zögern genau wahrgenommen und verstanden. Er spürte noch deutlicher, daß er ihren Geruch einatmen, ihr Haar in seiner Hand fühlen wollte. Der Wunsch danach war um so heftiger, weil er Hatsue nicht haben konnte, er sehnte sich nach ihr, wie er sich danach sehnte, wieder einen unversehrten Körper zu haben und ein anderes Leben anzufangen.

Philip Milhollands Aufzeichnungen steckten in Ishmaels linker Hosentasche; er mußte nur aufstehen, zu Ed Soames hinübergehen und um ein Gespräch mit Richter Fielding bitten. Dann die Aufzeichnungen aus der Tasche ziehen, auseinanderfalten, sehen, was Ed Soames für ein Gesicht machte, ihm die Papiere wieder aus der Hand nehmen und sich an ihm vorbei ins Amtszimmer des Richters drängen. Dann würde Lew Fielding durch die Brillengläser nach unten spähen, den Leuchter auf seinem Schreibtisch zu sich heranziehen, die Kerzen würden anfangen zu flackern, und endlich würde der Richter aufblicken und ihn über den Brillenrand hinweg prüfend betrachten, weil ihm allmählich die ganze Bedeutung von Philip Milhollands Notizen aufging. *Der Frachter lief um 1 Uhr 42 auf das Fanggebiet zu. Carl Heines Taschenuhr blieb um 1 Uhr 47 stehen.* Das sprach für sich.

Was hatte Nels Gudmundsson in seinem Schlußsatz gesagt? *»Der Staatsanwalt ist in seinem Plädoyer davon ausgegangen, daß Sie, meine Damen und Herren, Argumenten zugänglich sind, die auf Vorurteilen beruhen. ... Er rechnet damit, daß Sie sich von leidenschaftlichen Gefühlen leiten lassen, die man lieber mit dem Krieg begraben sollte, der jetzt zehn Jahre zurückliegt.«* Aber soviel Zeit waren zehn Jahre eigentlich gar nicht, und wie sollte er seine Leidenschaft aufgeben, solange sie ein ganz eigenes Leben hatte und so empfindlich war wie das Phantomglied, dessen Abtötung er so lange abgelehnt hatte? Und mit Hatsue ging es ihm genauso wie mit den Schmerzen in seinem nicht vorhandenen Arm. Die Geschichte hatte ihm Hatsue geraubt, die Geschichte war launisch und stumpf gegen private Sehnsüchte. Und dann war da seine Mutter mit ihrem Glauben an einen Gott, der gleichgültig danebenstand, während Eric Bledsoe in der Brandung verblutete, und dann war da der Junge auf dem Deck des Lazarettschiffs, dem das Blut aus den Leisten sickerte.

Er schaute wieder zu Hatsue hinüber; sie stand in einer kleinen Gruppe japanischer Inselleute, die leise miteinander flüsterten, auf ihre Uhren sahen und warteten. Er betrachtete ihren Faltenrock, die Bluse mit den langen Abnähern in der Schulterpartie, das streng im Nacken zusammengebundene Haar, den schlichten Hut, den sie in der Hand hielt. Die Hand, die entspannt und anmutig herabhing, die Harmonie von Fesseln und Schuhen, er sah, wie gerade ihr Rücken, von welch natürlicher Grazie ihre Haltung war; etwas, was ihn selbst damals berührt hatte, als er noch ein Kind war. Und der Salzgeschmack auf ihren Lippen, damals, als er sie einen Augenblick lang mit seinen Lippen gestreift hatte, während er sich an seiner Glasbodenkiste festhielt. Und dann die vielen Male, als er ihren Körper berührt hatte, und der Duft der Zedern, der alles durchdrungen hatte …

Er stand auf und wollte gehen, aber in diesem Augenblick flackerten die Lampen im Gerichtssaal auf, gingen an. Ein gedämpfter Freudenruf kam von der Tribüne, verlegen und verhalten, wie auf der Insel üblich; einer der Reporter hob die Fäuste, Ed Soames nickte und lächelte. Der graue, düstere Schleier, der über allem gehangen hatte, verflog, und ein Licht breitete sich aus, das, verglichen mit dem Halbdunkel der letzten Tage, geradezu gleißend schien. »Elektrizität«, sagte Nels Gudmundsson zu Ishmael. »Ich hätte nie gedacht, daß sie mir mal so fehlen würde.«

»Gehen Sie nach Hause und schlafen Sie ein bißchen«, antwortete Ishmael. »Stellen Sie die Heizungen hoch.«

Nels schloß die Schnappverschlüsse seiner Aktentasche und stellte sie auf den Tisch. »Ach übrigens«, sagte er plötzlich, »habe ich Ihnen eigentlich schon mal gesagt, wie sehr ich Ihren Vater mochte? Arthur war wirklich ein bewundernswerter Mann.«

»Ja, das war er«, sagte Ishmael.

Nels zupfte an der Haut an seiner Kehle, dann nahm er die Aktentasche in die Hand. »Also dann«, sagte er. »Grüßen Sie Ihre Mutter; sie ist eine wundervolle Frau. Jetzt können wir nur noch beten, daß der richtige Urteilsspruch gefällt wird.«

»Ja«, sagte Ishmael. »Okay.«

Ed Soames verkündete, der Gerichtssaal bleibe so lange geöffnet, bis die Geschworenen die Urteilsfindung abgeschlossen hätten, oder bis sechs Uhr. Um sechs werde er die Wartenden über den Stand der Dinge unterrichten.

In der Garderobe stieß Ishmael auf Hisao Imada. Sie zwängten sich beide in ihre Mäntel. »Vielen Dank, daß Sie uns geholfen haben«, begrüßte Hisao ihn. »Das hat uns gerettet – sonst hätten wir laufen müssen. Wir danken Ihnen sehr.«

Sie gingen hinaus auf den Flur, wo Hatsue wartend an einer Wand lehnte, die Hände in den Manteltaschen vergraben. »Kann ich Sie nach Hause bringen? Ich fahr wieder in Ihre Richtung. Zu meiner Mutter. Ich kann Sie mitnehmen.«

»Nein«, sagte Hisao. »Vielen Dank. Wir können schon bei jemandem mitfahren.«

Ishmael knöpfte sich den Mantel mit den Fingern seiner einen Hand zu. Er fing oben an, schaffte drei Knöpfe, schob dann die Hand in die Hosentasche und legte sie an Philip Milhollands Notizen.

»Der Prozeß gegen meinen Mann ist ungerecht«, sagte Hatsue. »Das solltest du in die Zeitung deines Vaters setzen, Ishmael, auf die erste Seite. Du solltest die Zeitung für die

Wahrheit nutzen, weißt du. Die ganze Insel soll lesen, daß der Prozeß nicht gerecht ist. Nur weil wir Japaner sind, ist es so gekommen.«

»Es ist nicht die Zeitung meines Vaters«, antwortete Ishmael. »Es ist meine, Hatsue. Ich gebe sie heraus.« Er zog die Hand aus der Tasche und knöpfte ziemlich umständlich noch einen Knopf zu. »Ich bin bei meiner Mutter zu erreichen«, sagte er. »Falls du mit mir über die Sache hier sprechen möchtest, kannst du mich dort finden.«

Draußen merkte er, daß es aufgehört hatte zu schneien, nur einzelne Flocken fielen noch. Ein hartes winterliches Sonnenlicht sickerte durch die Wolken, und der Nordwind blies heftig und kalt. Es kam ihm kälter vor als am Morgen, die Luft brannte ihm in der Nase. Wind und Schnee hatten alles saubergescheuert; Ishmael hörte den Schnee unter seinen Füßen knirschen, den Wind rauschen und sonst keinen Laut. Das Zentrum des Sturmtiefs war vorbeigezogen, das Schlimmste hatten sie hinter sich. Aber noch herrschte ringsum ein einziges Chaos: Autos standen kreuz und quer auf der Straße, da, wo sie liegengeblieben waren; in der Harbor Street lag eine Weißtanne im Schnee, die Äste waren weggebrochen, im Winkel abgeknickt, zersplittert, manche bohrten sich in die Erde. Er ging weiter und sah zwei Zedern, die quer über die Straße gestürzt waren, und unten am Hafen waren die Kais größtenteils überschwemmt. Die am weitesten außen stehenden Anlegedalben waren losgebrochen, der Wind hatte das Wasser gegen die Außenpiers gedrückt, und zwei Dutzend Boote lagen ineinandergeschoben an und zum Teil auf den überschwemmten Piers, zur Seite gekippt und noch an ihren Leinen vertäut.

Der Wurzelballen der Weißtanne war aus dem Boden gerissen und bildete nun eine gut sechs Meter hohe Mauer, über deren Krone schneebeladene Farnwedel und Efeu hingen. Wellen mit Schaumkronen fegten zwischen den gekenterten Booten durch, hoben sie und brachten sie zum Schlingern. Die Dächer der Ruderhäuser, die Netzwinden und Schanzkleider waren dick verschneit. Ab und zu schwappte eine schäumende Woge über die Boote, und Wasser strömte in sie hinein und zum Heck wieder heraus. Flut und Wind lagen jetzt schwer auf der Küste, und die Strömung drückte Wassermassen durch die Hafeneinfahrt; die grünen Äste und Zweige der umgestürzten Bäume lagen über den sauberen Schnee verstreut.

Zum ersten Mal in seinem Leben ging Ishmael auf, daß Zerstörung etwas Schönes sein konnte.

Das reißende Wasser, der wütende Wind, der Schnee, die umgestürzten Bäume, die gegen die überschwemmten Piers geworfenen Boote – es war rauh und schön und wild. Einen Augenblick lang hatte er wieder das Tawara-Atoll und den Deich vor Augen, die Palmen, die, von der Druckwelle der Bordkanonen umgeknickt, reihenweise am Boden lagen. Daran erinnerte er sich nur zu oft. Die Bilder stießen ihn ab und zogen ihn zugleich an. Er wollte sich nicht erinnern, und er wollte sich doch erinnern. Es war etwas, das er sich nicht erklären konnte.

Er stand da und betrachtete die Zerstörung im Hafen und wußte, daß er etwas Unverletzliches in sich trug, von dem andere Männer nichts ahnten, und zugleich hatte er nichts. Zwölf Jahre lang hatte er gewartet, das wußte er. Er hatte gewartet, ohne es zu merken, und das Warten hatte sich in etwas Tieferes verwandelt. Er hatte zwölf lange Jahre gewartet.

Die Wahrheit lag nun in Ishmaels Tasche, und er wußte nicht, was er mit ihr anfangen sollte. Er wußte nicht, wie er sich verhalten sollte, und die Leichtfertigkeit, mit der er auf alles reagierte, war ihm so fremd wie die Schaumkronen der Brecher, die über die verschneiten Boote und die Anlegedalben am überschwemmten Hafen von Amity Harbor hinwegrollten. Nirgendwo dort war eine Antwort zu finden, weder in den auf der Seite liegenden Booten, noch in der vom Schnee niedergeworfenen Weißtanne, noch in den abgebrochenen Ästen der Zedern. Er empfand nichts als die kühle Leichtfertigkeit, die ihn überfallen hatte.

Alexander Van Ness, ein graubärtiger Bootsbauer aus der Woodhouse Cove Road, war der Mann, der fast allein die Verantwortung dafür trug, daß man noch nicht zur Urteilsfindung im Prozeß gegen Kabuo Miyamoto gekommen war. Drei Stunden lang, bis sechs Uhr abends, beharrte er unerbittlich auf seinem Standpunkt: Richter Fieldings Mahnungen müßten mit äußerster Ernsthaftigkeit befolgt werden, und es bestehe ein vernünftiger Zweifel. Die zwölf Geschworenen hatten sich über die Bedeutung des Wortes »Zweifel« gestritten und dann über den Inhalt des Begriffs »vernünftig« und schließlich über die aus diesen beiden Teilen zusammengesetzte Wortfügung. »Ich meine«, schloß Alexander Van Ness, »es läuft am Ende auf ein Gefühl hinaus. Ich fühle mich unsicher, wenn ich das Gefühl habe, daß ich zweifle; und nur darauf kommt's an, richtig?«

Die anderen hatten den Eindruck, daß er nicht nachgeben würde, und um fünf Uhr fünfundfünfzig hatten sie sich innerlich darauf eingestellt, noch eine lange Nacht im Amity Harbor Hotel zubringen und am nächsten Morgen um acht Uhr weiter mit Alexander Van Ness verhandeln zu müssen.

»Nun hören Sie doch mal«, appellierte Harold Jensen verzweifelt. »Kein Mensch kann sich je seiner Sache ganz sicher sein. Soviel Dickköpfigkeit ist *nicht* vernünftig. Was vernünftig ist, ergibt sich doch aus der Mehrheit hier. Sie sind unvernünftig, Alex.«

»Ich kann verstehen, worauf Sie hinauswollen«, fügte Roger Porter hinzu. »Ich weiß, was Sie sagen wollen, Alex, und ich war auch 'ne Weile Ihrer Ansicht. Aber denken Sie mal an die eindeutigen Beweisstücke. Dieses Tau stammt von seinem Boot. Dieses Blut war an seinem Gaff. Die meiste Zeit hat er gelogen, als er davon sprach, wie er die Batterie ersetzte, eins kam zum andern, da war was faul. Ich bin einfach nicht mit dem Mann klargekommen.«

»Ich auch nicht«, meldete sich Edith Twardzik. »Ich wußte nie, wo ich mit ihm dran bin. Das war doch verdächtig, wie er einfach so dasaß und dem Sheriff erst eine Geschichte erzählt hat und dann 'ne ganz andere. Der Mensch kann doch nicht dauernd an seiner Geschichte rumdoktern, ohne daß der Rest von uns anfängt, darüber nachzudenken, Mr. Van Ness – meinen Sie nicht, daß der Mann ein Lügner ist?«

Alex Van Ness stimmte höflich zu; der Angeklagte habe tatsächlich gelogen. Aber das hieß nur, daß er ein Lügner war, dadurch wurde er nicht zum Mörder. Er stand nicht wegen Lügen vor Gericht.

»Passen Sie auf«, versuchte es Harold Jensen noch einmal. »Was bringt einen Mann zum Lügen, was denken Sie? Meinen Sie denn, ein Mann lügt einfach so, wenn er nichts mit seinen Lügen verheimlichen wollte? Eine Lüge vertuscht immer was; wenn ein Mann eine Lüge erzählt, dann will er nicht, daß die Wahrheit rauskommt. Die Lügen, die dieser Mann uns aufgetischt hat, sagen uns, daß er etwas verbirgt, meinen Sie nicht?«

»Schon richtig«, antwortete Alexander Van Ness. »Aber dann ist die Frage, was verbirgt er? Verbirgt er unbedingt die Tatsache, daß er ein Mörder ist? Folgt das und nur das mit absoluter Sicherheit daraus? Ich sag ja nur, daß ich da meine Zweifel habe, mehr will ich gar nicht behaupten. Ich sag nicht, daß Sie unrecht haben, bloß hab ich eben meine Zweifel.«

»Jetzt hören Sie sich das an«, sagte Edith Twardzik bissig. »Angenommen, ein Mann hält Ihrem Sohn 'ne Pistole an den Kopf und eine an den Kopf Ihrer Frau. Er sagt Ihnen, Sie haben genau eine Minute Zeit und können sich aussuchen, ob er Ihren Sohn oder Ihre Frau erschießen soll, wer von beiden es nun sein soll, und wenn Sie sich nicht entscheiden, dann erschießt er beide. Natürlich haben Sie dann auch ziemliche Zweifel, ganz egal, wie Sie entscheiden. Den Kopf kann man sich immer zermartern. Aber während Sie sich den Kopf zermartern, drückt der Mann auch schon ab, und damit ist alles gesagt, stimmt's? Ganz wird man seine Zweifel nie los, aber man muß sich entscheiden.«

»Das ist ein interessantes Beispiel«, antwortete Alex Van Ness. »Aber in der Lage bin ich eigentlich nicht.«

»Also schön, gehen wir die Sache mal anders an«, sagte Burke Latham, der auf einem Schoner zur See fuhr. »Es könnte ja auch sein, daß ein großer, dicker Komet oder ein Stück vom Mond gerade durchs Dach kommt und Ihnen auf den Kopf fällt. Also sollten Sie sich vielleicht lieber einen anderen Platz suchen, falls so was passiert. Vielleicht sollten Sie lieber Ihre Zweifel haben, ob der Stuhl auch wirklich stabil ist, auf dem Sie sitzen. Man kann alles anzweifeln, Mr. Van Ness. Aber so 'n Zweifel ist nicht vernünftig.«

»Ich hätte keinen Grund, mich auf einen anderen Stuhl zu setzen«, führte Alex Van Ness aus. »Was den Kometen angeht, wär das Risiko für mich überall in diesem Raum gleich groß, genau wie für Sie auf Ihrem Platz, Burke. Darüber muß man sich keine Sorgen machen.«

»Wir sprechen gar nicht mehr von den Beweisen«, warf Harlan McQueen ein. »Diese hypothetischen Beispiele bringen uns alle nicht weiter. Wie sollen wir ihm überzeugend klarmachen, was vernünftig ist, wenn wir nicht von den Beweisen reden, die der Staatsanwalt vorgelegt hat, einen nach dem anderen, Schritt für Schritt? Schauen Sie, Mr. Van Ness, meinen Sie nicht, daß dieses Stück Tau was zu bedeuten hat?«

»Doch, ich glaub schon«, antwortete Alex Van Ness. »Es sagt mir, daß Kabuo Miyamoto wahrscheinlich an Bord von

Carl Heines Boot war. Daran habe ich weiter keinen Zweifel.«

»Das ist doch was«, bemerkte Edith Twardzik, »immerhin etwas.«

»Das Gaff«, sagte Harlan McQueen. »Da war menschliches Blut dran, und das Blut hatte Carl Heines Blutgruppe. Bezweifeln Sie das auch?«

»Ich hab weiter keinen Zweifel, daß es Carl Heines Blut war«, gab Alex Van Ness zu. »Aber es ist möglich, daß das Blut von seiner verletzten Hand stammt. Das könnte doch sein.«

»Alles kann sein. Aber Sie nehmen eine Möglichkeit von hier und dann noch eine Möglichkeit von dort, und so kommen zu viele Dinge zusammen, die alle möglich sein sollen, aber so läuft das nicht. Die Welt ist doch nicht nur aus Zufällen gemacht. Wenn etwas aussieht wie ein Hund und bellt wie ein Hund, dann wird es sehr wahrscheinlich ein Hund sein«, versicherte Burke Latham.

»Reden wir jetzt von Hunden?« fragte Alex Van Ness. »Wie sind wir denn auf Hunde gekommen?«

»Und wie ist es hiermit?« fragte Harlan McQueen. »Der Angeklagte erfuhr, daß Carl Heines Leiche gefunden worden war, aber ist er zum Sheriff gegangen? Hat er ihm gesagt, daß er in der Nacht zuvor Carl Heine draußen beim Fischen getroffen hatte? Sogar als er schon verhaftet war, hat er immer weiter behauptet, daß er von nichts weiß. Und später hat er dann seine Geschichte umgebastelt, dann ist er mit dieser Batterie angekommen. Dann hat er das auch wieder geändert und erzählt, er hätte eine Ersatzbatterie eingesetzt, aber das hat er erst im Kreuzverhör behauptet. In diesem Punkt widerspricht seine Geschichte der des Staatsanwalts, und es fällt mir ein bißchen schwer, ihm zu glauben.«

»Ich glaub ihm überhaupt gar nichts«, sagte Ruth Parkinson ärgerlich. »Können wir das nicht endlich ein für allemal hinter uns bringen, Mr. Van Ness. Hören Sie doch endlich auf, so unvernünftig zu sein.«

Alex Van Ness rieb sich das Kinn und seufzte. »Es ist ja nicht so, daß ich nicht zu überzeugen wäre«, sagte er. »Ich bin nicht so verbohrt, daß man mir nicht zeigen könnte, wo's langgeht. Sie sind elf, und ich bin nur einer. Ich bin ganz Ohr, und ich will mir alles anhören. Aber solange ich noch Zweifel hege, die meiner Meinung nach vernünftig sind, hab ich keine Eile, wieder in den Gerichtssaal zu kommen und den Angeklagten zum Strang oder zu fünfzig Jahren Gefängnis zu verurteilen. Sie sollten sich zurücklehnen und sich entspannen, Mrs. Parkinson. So was macht man nicht in Eile.«

»Fast drei Stunden geht das jetzt«, sagte Burke Latham. »Wollen Sie sagen, man kann das noch langsamer machen?«

»Das Tau und das Gaff«, wiederholte Harlan McQueen. »Sind wir uns darin einig, Mr. Van Ness? Können wir von da aus weitermachen?«

»Das Tau, gut, da geb ich Ihnen recht. Bei dem Gaff würde ich eher sagen: vielleicht. Aber nehmen wir an, ich bin auch da Ihrer Meinung. Wie geht es dann weiter?«

»Dann kommen wir zu den Geschichten, die sich immerzu änderten. Der Staatsanwalt hat ihn wirklich in die Enge getrieben mit den zwei Batterien an Bord. Wenn er tatsächlich Carl Heine eine geliehen hat, dann hätte nur noch eine da sein dürfen.«

»Er hat gesagt, er hat die ersetzt. Er hat das halbwegs erklären können. Er –«

»Er hat das in letzter Minute eingebaut«, unterbrach McQueen. »Das hat er sich erst ausgedacht, als er in der Patsche saß, oder etwa nicht? Seine Geschichte schien wasserdicht, aber dieses Detail hatte er vergessen.«

»Richtig«, sagte Alexander Van Ness. »Da hätte nur eine Batterie sein dürfen. Aber angenommen, er ging an Bord von

Carl Heines Boot – vielleicht, um mit ihm über das Land zu reden, vielleicht hat Carl ihn angegriffen, vielleicht war es Notwehr oder Totschlag, ein Streit, in dem sie die Beherrschung verloren. Wie können wir wissen, ob dies ein vorsätzlicher Mord war, vorausgeplant? Ich geb zu, der Angeklagte kann Schuld auf sich geladen haben, aber vielleicht nicht die, die ihm vorgeworfen wird. Wie sollen wir wissen, ob er Carl Heines Boot in der Absicht betrat, den Mann umzubringen?«

»Sie haben doch gehört, was die Fischer alle gesagt haben«, antwortete Roger Porter. »Kein Mensch geht auf See auf ein anderes Boot, außer im Notfall. Er hätte nicht festgemacht, nur um sich zu unterhalten, verstehen Sie? So was machen Fischer nicht.«

»Wenn sie nur im Notfall an Bord eines anderen Bootes gehen, dann leuchtet mir die Batteriegeschichte ein«, sagte Alex. »Eine leere Batterie – das ist ein Notfall. Das stützt seine Geschichte irgendwie.«

»Also wirklich«, sagte Edith Twardzik. »Harlan hat ganz recht mit der Batteriegeschichte. Miyamoto hat Carl ganz sicher keine geliehen, sonst hätte er nur noch eine auf seinem Boot gehabt. Die Batteriegeschichte haut einfach nicht hin.«

»Das war ein Trick«, erklärte Burke Latham. »Genau wie der Staatsanwalt gesagt hat. Miyamoto tat so, als hätte er einen Motorschaden, ließ sich vor Carls Boot treiben und hat ihn reingelegt. Genauso ist es passiert.«

»Wär ihm zuzutrauen«, sagte Roger Porter. »Der Mann sieht mir ganz schön gerissen aus.«

»Diese Geschichte mit dem Trick«, sagte Alex Van Ness, »die kommt mir wirklich zu unwahrscheinlich vor. Einfach so in diesem Nebel zu treiben und dann genau auf den Mann zu treffen, den man umbringen will. Es ist mitten in der Nacht, der Nebel eine einzige Suppe, und dann soll man damit rechnen, daß man fein säuberlich auf das Boot zutreibt, das man sucht? Ich halte das für reichlich unwahrscheinlich.«

Um sechs Uhr machte Ed Soames seine Mitteilung: Die Geschworenen hatten sich vertagt. Bis jetzt sei noch kein Urteil gesprochen. Das Gerichtsgebäude werde geschlossen, fügte er hinzu. Alle sollten nach Hause gehen, ihre elektrischen Heizungen aufdrehen und sich ordentlich ausschlafen. Am folgenden Morgen um neun Uhr könnten sie sich wieder einfinden, wenn sie am Ausgang des Prozesses interessiert seien.

Die Geschworenen aßen im Amity Harbor Hotel zu Abend und redeten über andere Dinge. Alexander Van Ness aß mit großer Sorgfalt, wischte sich oft die Hände an der Serviette ab und lächelte die anderen an, ohne ein Wort zu sagen.

31

An der South Beach entlang waren die Stromleitungen noch nicht repariert, und als Ishmael Chambers durch den Schnee fuhr, sah er das Kerzenlicht in den Fenstern der Häuser, die ihm noch aus seiner Kinderzeit vertraut waren. Dort wohnten die Englunds, Gunnar Torval, Verda Carmichael, Arnold Kruger, die Hansens, die Syvertsens, Bob Timmons, die Crows, Dale Papineau, Virginia Gatewood und die Etheringtons aus Seattle, die vor sieben Jahren für immer auf die Insel gezogen waren und ihren Umzug inzwischen wohl bereuten. Meterlange Eiszapfen hingen von den Dachvorsprüngen, und an der Nordseite ihres Hauses lagen Schneewehen; sie hätten Sommergäste bleiben sollen. Die Crows waren vor Jahren schon gestorben, und jetzt bewohnte ihr Sohn Nicholas das Haus und führte den Krieg um die Grundstücksgrenze mit Bob Timmons beharrlich weiter; der litt seit kurzem an Venenentzündung in den Beinen und bewegte sich steif und mühsam zu seinen Zedern, um die abgebrochenen Äste vom Boden aufzuheben. Nichts hatte sich verändert, und doch war alles anders geworden. Dale Papineau trank immer noch zuviel, und Geld hatte er eigentlich auch nicht. Verda Carmichael war fort.

Ishmael fand seine Mutter wieder am Küchentisch vor. Sie las im Licht einer Kerosinlampe das letzte Kapitel von *Verstand und Gefühl* und trank Tee mit Zucker und Zitronenkonzentrat. Sie trug auch im Haus Mantel und Stiefel, und ihr Gesicht sah ohne Schminke grau und alt aus, wofür sie sich bei Ishmael entschuldigte. »Ich werd jetzt richtig alt«, gab sie zu. »Da führt kein Weg dran vorbei.« Dann stellte sie ihm, wie am Tag zuvor, wieder Suppe hin, und er erzählte ihr, daß die Geschworenen noch keinen Urteilsspruch gefällt hatten, daß in der Stadt das Licht wieder brannte und daß der Sturm den Hafen verwüstet hatte. Seine Mutter schimpfte auf die Geschworenen, machte sich Sorgen, daß sie sich von Vorurteilen leiten ließen; sie hoffte, daß Ishmael in diesem Fall einen Leitartikel schreiben würde. Seine Zeitung, sagte sie, trage in solchen Zeiten eine Verantwortung; sein Vater habe das gewußt. Ishmael nickte und stimmte ihr zu: Er werde einen deutlichen Leitartikel schreiben. Dann schlug er ihr vor, für die Nacht mit ihm in sein Apartment zu kommen, weil dort wieder geheizt werden konnte und es warmes Wasser gab. Seine Mutter schüttelte jedoch den Kopf und behauptete, sie sei ganz zufrieden, in South Beach auszuharren, am nächsten Morgen könnten sie immer noch nach Amity Harbor fahren, wenn sie wollten. Also schichtete Ishmael Brennholz in den Küchenofen und hängte seinen Mantel im Schrank in der Diele auf. Philip Milhollands Notizen hatte er noch in der Hosentasche.

Um acht Uhr hatten sie wieder Strom, und er schaltete die Heizung ein. Er wanderte durchs ganze Haus und knipste Lichter aus und stellte die Heizungsanlage im Keller höher. Er wußte, daß die Wasserrohre jetzt auftauen würden, und er beschloß, sich hinzusetzen und zuzuhören, wie das Haus wieder zu sich kam. Er goß sich Tee auf und nahm ihn mit ins Arbeitszimmer seines Vaters, ein Zimmer mit Blick aufs Wasser und auf die Rhododendren, die sein Vater so gemocht hatte. Und er saß schweigend am Schreibtisch des Vaters, im schwachen Schein einer einzigen Lampe. Er wartete, während die Heizung das Haus allmählich erwärmte, und dann hörte Ishmael, wie das Wasser sich in den Rohren bewegte und aus den Hähnen tropfte, die er geöffnet hatte.

Er wartete noch eine Weile, dann ging er ein zweites Mal durchs Haus, um zu prüfen, ob der Wasserdruck überall stark genug war, und dann schloß er die Wasserhähne. Die Rohre hatten anscheinend gehalten.

Um neun Uhr küßte seine Mutter ihn auf die Wange und sagte, sie gehe zu Bett. Ishmael setzte sich wieder ins Arbeitszimmer, wo sein Tee noch stand, und betrachtete nachdenklich die Bücher seines Vaters. Sein Vater hatte wie seine Mutter gern und viel gelesen. Auch wenn sie nicht dasselbe unter guter Literatur verstanden hatten; er hatte weit weniger von Romanen gehalten, obwohl er eine ganze Reihe von ihnen gelesen hatte. Seine Bücher standen säuberlich aufgereiht hinter Glas in vier großen Bücherschränken aus Eichenholz: Shakespeares Gesammelte Werke, Jeffersons Essays, Thoreau, Paine, Rousseau, Crèvecoeur, Locke, Emerson, Hawthorne, Melville, Twain, Dickens, Tolstoi, Henri Bergson, William James, Darwin, Buffon, Lyell, Charles Lamb, Sir Francis Bacon, Lord Chesterton, Swift, Pope, Defoe, Stevenson, Augustinus, Aristoteles, Vergil, Plutarch, Platon, Sophokles, Homer, Dryden, Coleridge, Shelley, Shaw. *Geschichte des Staates Washington, Geschichte der Halbinsel Olympia, Geschichte von Island County, Gärten und Gartenbau, Wissenschaftliche Landwirtschaft, Pflege und Kultur von Obstbäumen und Ziersträuchern.*

Sein Vater hatte seine Obstbäume geliebt. Er hatte sich in aller Ruhe um seine Apfelbäume und Rhododendronsträucher, Maulbeerhecken, Gemüse- und Blumenbeete gekümmert. An Herbstnachmittagen konnte man ihn mit einem Rechen oder einer Hacke im Garten finden. In einem Jahr hatte er die Dachvorsprünge und Mansarden, die Schindeln und die schattige Sommerveranda gestrichen, er hatte sich viel Zeit dafür genommen und mit Freude gearbeitet. Er hatte nie Eile. Er schien keine unerfüllten Wünsche zu haben. Abends las er oder schlummerte am Kamin ein, oder er arbeitete bedächtig am Schreibtisch. In seinem Arbeitszimmer lagen zwei große Karastan-Teppiche aus einem türkischen Bergdorf, das Geschenk eines Soldaten, an dessen Seite er damals bei Belleau Wood gekämpft hatte. Die Teppiche hatten angeknotete, sorgfältig gekämmte Fransen, *fleur-de-lis*-Bordüren, ornamentale Medaillons und winzige Bögen in einem Motiv aus miteinander verbundenen Acht-Speichen-Rädern; alles in rostbraunen und orangeroten Tönen. Auch der Schreibtisch war schön – sein Vater hatte ihn selbst gebaut. Die Arbeitsfläche aus Kirschholz war so groß wie der Eßtisch eines englischen Barons; sie war fast ganz mit einer Rauchglasplatte bedeckt. Ishmael erinnerte sich, wie sein Vater am Schreibtisch gesessen hatte, die sauber geführten Hefter hatte er vor sich liegen, rechter Hand den gelben Schreibblock, einen Stapel dichtbeschriebene Karteikarten, goldgelbes und weißes Durchschlagpapier für die Schreibmaschine, ein dickleibiges Lexikon und einen noch dickeren Thesaurus auf einem Ständer. Vor ihm stand eine schwere schwarze Underwood-Schreibmaschine, die Schreibtischlampe hatte er so tief heruntergezogen, daß sie dicht über den Tasten hing; er sah durch seine Lesebrille, ohne Hast, mit ruhigem Blick, ganz vertieft in seine Worte, umflossen vom milden gelben Licht der Lampe. Freundlich, einsam und beharrlich hatte er ausgesehen, und Ishmael drehte sich jetzt um und sah sich das Gesicht seines Vaters an, sah auf das Photo, das an der Wand gleich links neben einem Bücherschrank hing. Da saß er mit hohem steifem Kragen, ein junger Holzfäller, zwanzig oder einundzwanzig Jahre alt, an seinem freien Tag. Ishmael wußte, daß sein Vater romantische Vorstellungen von der Würde des Holzfällerberufs gehabt hatte – ein großartiger, heldenhafter Beruf, eine schicksalhafte Berufung war er für ihn gewesen. Diese pathetische Haltung hatte er im Lauf der Zeit abgelegt und verbrachte seine Abende immer öfter mit Lesen. Er wehrte mühsam den

Schlaf ab, der wie mit schwarzen Klauen nach ihm greifen wollte; die anderen jungen Holzfäller tranken sich derweil um Sinn und Verstand. Er hatte sich weitergebildet, Geld gespart wie ein zweiter Horatio Alger, eine eigene Zeitung gegründet, war in den Krieg gegangen, wieder heimgekehrt, hatte nicht lockergelassen, war vorangekommen. Er hatte sich sein Haus selbst gebaut, Flußsteine geschleppt, Bauholz bearbeitet – da war er schon weit über vierzig Jahre alt, aber unglaublich stark. Es machte ihm nichts aus, Artikel über Gärtnervereine, Berichte über Schulratssitzungen, Reportagen über Reitturniere oder Ankündigungen goldener Hochzeiten abzufassen – er bearbeitete sie genauso sorgfältig wie seine Hecken, die er so lange beschnitt, bis sie perfekt waren. Als Leitartikelschreiber war er bestenfalls bemüht und gründlich, für Kritik konnte er sich nicht begeistern. Er hatte die Grenzen und Grautöne der Welt kennengelernt und deshalb das Inselleben liebgewonnen, weil es überall durch Wasser begrenzt war und dadurch den Inselleuten gewisse Pflichten und Lebensbedingungen aufzwang, die den Festlandbewohnern fremd waren. Seinem Sohn hatte er immer wieder die Formel eingeschärft: Für die Insel gilt – einmal ein Feind, immer ein Feind. Hier könne man sich nicht in die Anonymität zurückziehen, hier gebe es keine Nachbargemeinde, in die man überwechseln könne. Inselleute müßten, allein ihrer landschaftlichen Umgebung wegen, ständig darauf achten, wohin sie träten. Niemand trete die Gefühle eines anderen leicht mit Füßen, wo die See gegen eine endlose Küstenlinie schlage. Und das habe etwas für sich und sei zugleich erbärmlich. Es habe etwas für sich, weil es bedeutete, daß die meisten Leute sich in acht nahmen; erbärmlich war es, weil es eine Art geistiger Inzucht bedeutete, zuviel Zurückhaltung, Reue und stummes Brüten, eine Welt, deren Bewohner in ihrer Beklommenheit und der Angst, sich zu öffnen, verharrten. Ernsthaft und immer auf Förmlichkeit bedacht seien sie, isoliert, jeder in sich gefangen und unfähig zu gründlicher Verständigung und Auseinandersetzung mit dem anderen. Sie könnten sich nicht frei äußern, weil sie eingeengt seien; wohin sie sich auch wendeten, war Wasser und immer mehr Wasser, unendliche Wassermassen, in denen man ertrinken konnte. Sie hielten den Atem an und bewegten sich vorsichtig, und dadurch würden sie zu dem, was sie innerlich seien: engherzig und klein, aber gute Nachbarn.

Arthur bekannte, daß er sie nicht mochte und zugleich eine tiefe Liebe für sie empfand. Wie das möglich sei? Er erhoffe sich das Beste von seinen Inselmitbewohnern, behauptete er, und er baue darauf, daß Gott ihre Herzen lenken werde, obwohl er wisse, daß sie anfällig für Haß seien.

Hier, am Schreibtisch seines Vaters, begriff Ishmael, daß es ihm ganz ähnlich ergangen war. Ihm wurde plötzlich klar, daß er seines Vaters Sohn war, und jetzt brütete er auf demselben Windsorstuhl vor sich hin, wie er vor sich hingebrütet hatte.

Ishmael erinnerte sich daran, wie er eines Nachmittags mit seinem Vater über das Gelände geschlendert war, auf dem das Erdbeerfest stattfand; sie waren auf der Suche nach Photomotiven und freundlichen, amüsanten Kommentaren. Gegen drei Uhr stand die Sonne schon im Westen, über den Torpfosten des Football-Platzes der High School. Tauziehen, Sackhüpfen und Dreibeinrennen waren vorbei, und eine unaufhaltsame Trägheit hatte sich über alles gesenkt, so daß hier und da erwachsene Männer mit Zeitungen auf dem Gesicht schlafend im Gras lagen. Viele hatten beim Picknick so viel gegessen, daß sie nun schwer und benommen in der Sonne saßen, die dieses Tableau in klares, strahlendes Licht tauchte, ein blendendes Inselsommerlicht. In der Luft hing der abgestandene Geruch von gebratenem Lachs; ein etwas bitterer, beißender Rauch von den langsam verkohlenden

Erlenzweigen senkte sich als unsichtbare Dunstglocke über die erschöpften Festteilnehmer.

Ishmael ging neben seinem Vater her, vorbei an den Ständen mit Gebäck, Popcorn und karamelisierten Äpfeln, bis sie zur Erdbeerausstellung kamen. Und dann blieb sein Vater stehen und hob die Kamera ans Auge, um jene Frucht zu photographieren, die hier die Hauptrolle spielte, wobei er aber den Faden eines angefangenen Gesprächs nie abreißen ließ. »Mr. Fukida«, rief er, »die Erdbeeren dies Jahr sind ja wie aus dem Bilderbuch. Sind die Preise ganz gut?«

Mr. Fukida, ein wettergegerbter alter Farmer in Overall und Schirmmütze, antwortete in einem fast übergenauen, perfekten Englisch: »Die Preise sind sehr gut. Man muß sagen, sie sind hervorragend. Mrs. Chambers hat gerade sechzehn Kisten gekauft.«

»Aha«, sagte Arthur. »Sechzehn Kisten. Da wird sie mich bestimmt zu Hilfe holen. Mr. Fukida, darf ich Sie bitten, ein wenig nach links zu rücken? Das wird sicher ein ausgezeichnetes Bild, Sie und Ihre wunderschön aufgebauten Erdbeeren.«

Ishmael sah Mr. Fukida wieder vor sich; seine Augenlider verbargen die Augen so gut wie vollständig; sie schienen fest geschlossen; ab und zu lief eine einzelne Träne heraus. Sie floß zögernd an den Gesichtsfalten entlang und blieb schließlich als glänzender Fleck an den Wangenknochen hängen, die aus seinem hageren, abgezehrten Gesicht sehr betont hervortraten. Er roch nach Ingwer und Zwiebeln und, wenn er beim Lächeln die Zähne entblößte, die groß wie alte Strandkiesel waren, auch nach Knoblauch.

»Mrs. Chambers wird ausgezeichnete Marmelade kochen«, hatte Arthur ohne Stolz gesagt. Beim Anblick des Erdbeerreichtums schüttelte er jetzt den Kopf vor ungläubiger Bewunderung: Die Früchte prangten auf umgedrehten flachen Zedernholzkisten, schwer und duftend, tiefrot und fest, ein wahrhaft prunkvoller Reichtum. »Wie für eine Königin«, hatte Arthur gesagt. »Ich ziehe meinen Hut vor Ihnen.«

»Guter Boden. Guter Regen. Sonne. Sechs Kinder.«

»Aber da muß noch ein Geheimnis dabei sein, das Sie nicht verraten. Ich hab selbst auch versucht, Erdbeeren anzubauen, ein paarmal, und fast unter denselben Bedingungen wie Sie.«

»Mehr Kinder«, sagte Mr. Fukida und grinste so breit, daß seine Goldkronen in der Sonne blitzten. »Mehr Kinder, das ist das ganze Geheimnis. Das ist wichtig, Mr. Chambers.«

»Na ja, versucht haben wir's«, sagte Arthur. »Wir haben uns weiß Gott alle Mühe gegeben. Aber der Ishmael, mein Sohn Ishmael hier – der wiegt leicht zwei, drei Bürschchen auf! Wir setzen große Hoffnungen in ihn.«

»Oh ja«, hatte Mr. Fukida gesagt. »Wir wünschen ihm auch viel Glück. Wir glauben, er hat ein starkes Herz, wie sein Vater. Ein sehr guter Junge ist Ihr Sohn.«

Ishmael ging die ausgetretenen Stufen hinauf zu dem Zimmer, in dem er so viele Jahre geschlafen hatte, und holte das Segelhandbuch aus dem Karton im Schrank. Da war der Umschlag mit Kenny Yamashita als Absender, die Briefmarke, die auf dem Kopf stand, ihre runde Schrift, der Brief auf Reispapier, der nach all den Jahren jetzt trocken und brüchig geworden war wie alte Blätter im Winter. Mit seiner einen Hand könnte er Hatsues Brief in Sekunden zu Staub zerdrücken und für immer vergessen, was darin gestanden hatte: *»Ich liebe Dich nicht, Ishmael … Als wir uns zum letzten Mal in der Zeder getroffen haben und ich Deinen Körper an meinem spürte, da wußte ich auf einmal ganz sicher, daß alles falsch war. Ich wußte, daß wir nie zusammengehören werden … «*

Er las den Brief noch einmal von vorn und wollte nun schnell zu den letzten Sätzen kommen: *»Ich wünsche Dir das Allerbeste, Ishmael. Du hast ein großes Herz, und Du bist sanft* *und freundlich, und ich weiß, Du wirst auf dieser Welt Großes schaffen, aber ich muß mich jetzt von Dir verabschieden. Ich muß mein Leben weiterleben, so gut ich kann, und ich hoffe, Du tust das auch.«*

Aber der Krieg, sein Arm, der Lauf der Dinge – all das hatte sein Herz kleiner gemacht. Er hatte sein Leben überhaupt nicht weitergelebt. Er hatte nichts Großes geschaffen, nur Reportagen über Straßenbauplanung, Gärtnervereinstreffen, Schulsportler geschrieben. Er hatte sich in all den Jahren nicht gerade übernommen, hatte seine Seiten ohne Mühe mit Worten gefüllt, dabei nichts riskiert, nur sichere Dinge in Satz gegeben: den Fahrplan der Fähre, die Gezeitentabelle und Kleinanzeigen. Vielleicht war es das, was in Hatsues Augen stand, wenn sie ihn ansah – falls sie ihn überhaupt einmal ansah: Enttäuschung über das, was aus ihm geworden war, Enttäuschung, weil er nicht hielt, was sie sich von ihm versprochen hatte. Er las ihren Brief noch einmal und begriff, daß sie ihn damals bewundert, daß sie in ihm etwas gesehen hatte, das sie mit Dankbarkeit erfüllte, auch wenn sie ihn nicht lieben konnte. Das war der Teil seiner selbst, den er im Lauf der Jahre verloren hatte, der zerstört war.

Er legte den Brief zurück in den Karton und ging wieder die Treppe hinunter. Seine Mutter schlief in ihrem Bett, er hörte sie leise schnarchen, in ihrer Kehle rasselte es; durch die offene Tür fiel Licht vom Flur, und sie sah sehr alt aus, wie sie dalag, die Wange in das Kopfkissen geschmiegt, eine Nachtmütze tief in die Stirn gezogen. Ihr Gesicht war eine Landkarte aus Falten; als er sie ansah, empfand er deutlicher als sonst, wie sehr er sie vermissen würde, wenn sie einmal nicht mehr da wäre. Daß er sich mit ihr nicht über Gott einigen konnte, spielte keine Rolle. Wichtig war nur, daß sie schließlich seine Mutter war und ihn immer noch liebte. Er begriff plötzlich, daß er seine Fahrten nach South Beach nicht nur ihretwegen unternahm, sondern auch um seiner selbst willen; er hatte sich getäuscht, als er sich einredete, er tue es nur für sie. Er hatte so getan, als ob ihr Tod – und eines Tages würde er sich damit auseinandersetzen müssen, daß er nach ihrem Tod allein in der Welt war – kein Problem für ihn sein würde.

Er zog sich den Mantel an und wanderte hinaus in die Kälte; Sterne standen am Himmel. Seine Füße liefen wie von selbst auf den Zedernwald zu, und unter dem Dach der Äste hing der Duft, den er aus seiner Jugend kannte, und der frische Geruch von neuem Schnee. Hier unter den Bäumen war er noch unberührt. Die Zedernäste bogen sich unter dem Schnee, und über ihnen lag ein klarer Dezemberhimmel; die Sterne blitzten in der Kälte. Er folgte seinen Füßen zu der Stelle, wo der Pfad auf den Strand mündete – im Sommer blühte dort eine Wand aus Geißblatt, durchwachsen von Heckenrosen und gelben Himbeeren –, und nahm die Abkürzung durch das kleine Tal mit schneebedeckten Farnen zur hohlen Zeder seiner Jugend.

Für einen Augenblick setzte Ishmael sich in die Baumhöhle, fest in seinen Mantel gewickelt. Er horchte; draußen war es sehr still. Die Stille der Welt rauschte ihm in den Ohren, als er jetzt erkannte, daß er nicht mehr hierhergehörte, daß er keinen Platz mehr in diesem Baum hatte. Andere junge Menschen sollten diesen Baum entdecken und den Ort so geheimhalten wie er und Hatsue damals. Vielleicht würde er sie eine Weile vor jenem Wissen schützen, das Ishmael nicht mehr leugnen konnte: das Wissen, daß die Welt sprachlos, kalt und nackt war und daß eben darin ihre schreckliche Schönheit lag.

Er stand auf und ging weiter, trat aus dem Wald heraus, auf die Felder der Imadas. Der Pfad zwischen den schneebedeckten Pflanzenreihen war freigeschaufelt, und er folgte ihm. Das Licht der Sterne wurde vom Schnee zurückgeworfen und tauchte die Umgebung in eine wäßrige Helle. Und schließlich stand Ishmael auf der Veranda der Imadas und dann in ihrem Wohnzimmer und saß mit Hatsue und ihrer Mutter und ihrem Vater zusammen in einem Raum, in dem er noch nie gewesen war. Hatsue saß neben ihm, ganz dicht neben ihm, im Nachthemd, darüber trug sie einen alten Bademantel von ihrem Vater, ihr Haar floß ihr in einer Flut von Licht über den Rücken, fiel in einem Schwall bis zu ihren Hüften. Ishmael griff in die Tasche, faltete die Notizen auseinander, die Philip Milholland am 16. September niedergeschrieben hatte, strich sie glatt, erläuterte den Inhalt der Stenozeichen und erklärte dann, warum er nach all den Jahren um halb elf Uhr abends gekommen sei, um mit Hatsue zu sprechen.

32

Man konnte Lew Fielding die Nachricht nicht telephonisch durchgeben, weil die Leitungen von South Beach noch tot waren. Also saßen die vier im Wohnzimmer in der Wärme des Kanonenofens, der in der Ecke murmelte und knackte, hielten Tassen mit grünem Tee in der Hand und sprachen ruhig über den Prozeß gegen Kabuo Miyamoto, ihr einziges Gesprächsthema seit vielen Tagen; sie konnten an nichts anderes denken. Es war spät geworden, das Zimmer war sehr warm, die Außenwelt lag eisig im Sternenlicht. Ishmael erzählte Hatsue, Hisao und Fujiko, er habe als Gerichtsreporter in Seattle genug Erfahrungen gesammelt, um mit ziemlicher Sicherheit sagen zu können, daß Richter Fielding aufgrund von Philip Milhollands Aufzeichnungen gezwungen sei, eine Wiederaufnahme zu verfügen. Der Richter werde erklären, daß das Verfahren aufgehoben sei.

Hatsue wußte noch, daß der Sheriff in seiner Aussage erwähnt hatte, er habe auf dem Fußboden von Carl Heines Kajüte eine verkehrt herum liegende Kaffeetasse gefunden. Sie sagte, das könne doch nur heißen, daß Carls Boot mitten in der Nacht von der Bugwelle eines vorbeifahrenden Frachters heftig hin und her geworfen worden war – etwas hatte die Kaffeetasse herunterfallen lassen, und da Carl sie nicht mehr aufgehoben hatte, mußte es dasselbe Etwas gewesen sein, was auch ihn über Bord gehen ließ. So müsse es gewesen sein, wiederholte sie. Der Prozeß gegen ihren Mann müsse eingestellt werden.

Verschütteter Kaffee beweise wirklich nicht allzuviel, sagte Fujiko, um die Hoffnung ihrer Tochter zu dämpfen. Hisao schüttelte bekräftigend den Kopf. Verschütteter Kaffee reiche nicht, sagte er, da müsse noch mehr gefunden werden. Gegen Kabuo spreche zuviel. Eine umgekippte Kaffeetasse allein werde ihn nicht aus dem Gefängnis holen.

Fujiko füllte Ishmaels Tasse sorgfältig auf und fragte ihn, wie es seiner Mutter gehe. Sie habe immer Hochachtung vor seiner Familie gehabt, sagte sie. Sie rühmte die hohe Qualität von Ishmaels Zeitung. Sie brachte einen Teller mit Butterplätzchen und redete ihm zu, wenigstens eines davon zu nehmen. Dann begann Hatsues Baby zu weinen – man konnte es deutlich aus einem der hinteren Zimmer hören – und Fujiko verschwand.

Kurz nach Mitternacht verabschiedete Ishmael sich, schüttelte Hisao die Hand, dankte ihm für den Tee und bat ihn, auch Fujiko seinen Dank auszurichten. Dann ging er hinaus. Hatsue begleitete ihn bis zur Veranda, in Gummistiefeln und im Bademantel ihres Vaters, die Hände hielt sie tief in den Taschen vergraben, der Atem kam ihr in Wölkchen aus dem Mund und wehte ihr um Nase und Wangen. »Ishmael«, sagte sie, »ich bin dir dankbar.«

»Schau«, antwortete er, »wenn du alt bist und zurückdenkst, dann wirst du dich auch ein wenig an mich erinnern, hoffe ich.«

»Ja«, sagte Hatsue, »das werde ich.«

Dann kam sie näher und küßte ihn so leicht, daß nur ein Hauch seinen Wangenknochen streifte; die Hände hielt sie in den Manteltaschen vergraben. »Such dir eine Frau zum Heiraten«, sagte sie zu ihm. »Hab Kinder, Ishmael. Lebe.«

Am Morgen weckte seine Mutter ihn um zehn Minuten vor sieben; die Frau des Angeklagten sei da und warte in der Küche auf ihn, sagte sie. Ishmael stand auf, schlug sich kaltes Wasser ins Gesicht, zog sich an und putzte die Zähne. Als er herunterkam, stand seine Mutter am Herd, und Hatsue saß beim Kaffee, und als er sie sah, fiel ihm sofort wieder ein, wie zart sie ihn in der Nacht zuvor geküßt hatte. »Soll ich gehen?« fragte seine Mutter vom Herd aus. »Ich geh, wenn ihr ungestört reden wollt.«

»Wir gehen ins Arbeitszimmer«, antwortete Ishmael. »Ist es Ihnen recht, Mrs. Miyamoto? Gehen wir?«

»Nimm deinen Kaffee mit«, schlug die Mutter vor. »Ich gieße dir noch was nach.«

Sie machten sich auf den Weg ins Arbeitszimmer, Ishmael ging voran. In der Ferne über dem Meer färbte sich der Himmel im ersten Morgenlicht – ein frostiges, fleckiges Orange –, das bleich durch die Fenster zu sehen war. Die Rhododendren wurden vom Schnee niedergedrückt; Eiszapfen hingen von den Dachsparren. Alles wirkte wie von der weißen Stille gefangengehalten.

Hatsue hatte ihr schwarzes schimmerndes Haar zu einem langen dicken Zopf geflochten. Sie trug einen grobgerippten Wollpullover, Marinelatzhosen und wadenhohe Fischerstiefel; sie stellte sich vor das Bild, das Arthur in jungen Jahren, in seiner Holzfällerzeit, darstellte. »Du siehst ihm sehr ähnlich«, sagte sie zu Ishmael. »Ich hab schon immer gedacht, du siehst aus wie dein Vater, vor allem die Augen.«

»Du bist doch nicht durch Schnee und Dunkelheit hierhergelaufen, um mir das zu erzählen? Was hast du auf dem Herzen?«

»Ich hab die ganze Nacht nachgedacht«, sagte Hatsue. »Weißt du noch, was mein Mann ausgesagt hat? Er sagte, Carl habe eine Lampe aufgehängt. Eine Kerosinlampe, die er am Mast angebunden habe. Er habe sie dorthin gehängt, weil seine Lichter nicht brannten. Er habe eine Lampe oben an seinem Mast festgemacht.«

Hatsue rieb sich die Hände, löste sie dann wieder voneinander. »Ich denke, wenn die noch immer da hängt, dann würde das doch heißen, daß seine Batterien wirklich tot waren. Stell dir vor, du schaust hoch zu Carls Mast, und da hängt eine Lampe, so wie Kabuo gesagt hat. Wär das nicht der Beweis? Daß seine Lichter aus waren und er die Lampe als eine Art Notmaßnahme da hingehängt hat? Meinst du nicht, das beweist etwas?«

Ishmael setzte sich auf die Schreibtischkante, kratzte sich am Kinn und dachte nach. Soweit er sich erinnerte, war in Art Morans Bericht eine an Carls Mast festgebundene Lampe nicht vorgekommen, aber es konnte immerhin sein, daß Art sie übersehen hatte. So etwas war möglich. Jedenfalls war das ein Punkt, dem man nachgehen sollte.

»Also gut«, sagte Ishmael. »Fahren wir in die Stadt. Wir fahren hin und sehen uns mal um.«

Sie fuhren mit dem DeSoto über schneeglänzende Straßen, die übersät waren von gesplitterten heruntergefallenen Ästen und grünen Zedern- und Tannenzweigen. Der Sturm war vorüber, und an der Westseite der Lundgren Road standen fünf Kinder mit Schlitten und Gummigaloschen auf der Hügelkuppe und sahen den Hang hinunter auf eine Mulde, die von schlanken Eschen und einem Dickicht aus wildem Wein eingerahmt war. Ishmael bog auf der Indian Knob Hill Road nach Westen ab; sie fuhren an den Erdbeerfeldern der Masuis vorbei, dann an Thorsens' Kuhställen und Patsy Larsens Hühnerställen. Hatsue hatte ihre Handschuhe im Schoß und wärmte sich die Hände an der Autoheizung. »Wir sollten zuerst zu meinem Mann fahren«, sagte sie. »Wir sollten ihm sagen, was wir machen. Ich möchte ihm die Aufzeichnungen der Küstenwache zeigen.«

»Das Gericht tritt um acht Uhr wieder zusammen«, antwortete Ishmael. »Wenn wir es schaffen, Carls Boot vorher zu untersuchen, können wir mit allem Material zum Gericht gehen. Wir können dann das ganze Verfahren stoppen. Wir können dem Ganzen ein Ende machen.«

Sie war lange Zeit still und beobachtete ihn. Sie sah ihn genau an und zog sich den Zopf über die Schulter nach vorn. »Du hast das mit dem Frachter schon gewußt«, sagte sie schließlich. »Das war dir nicht neu, oder?«

»Einen Tag lang«, antwortete Ishmael. »Einen Tag lang hab ich's mit mir rumgeschleppt. Ich wußte nicht, was ich tun sollte.«

Sie schwieg, und er wandte sich zu ihr, um zu sehen, was ihr Schweigen bedeutete. »Es tut mir leid«, sagte er. »Es ist unverzeihlich.«

»Ich versteh schon«, antwortete Hatsue.

Sie nickte und massierte sich die Hände, sah dann in den sonnengefleckten Schnee hinaus. »Alles sieht so rein aus«, sagte sie. »Es ist so schön heute.«

»Ja«, stimmte Ishmael zu.

Im Büro des Sheriffs in Amity Harbor fanden sie Art Moran, der neben einem elektrischen Ofen an seinem Schreibtisch saß. Als Art die beiden durch die Tür kommen sah, ließ er seinen Stift fallen, stand auf und hielt sich die Augen zu. »Einen Moment, laßt mich raten«, sagte er. »Ihr kommt in einer Mission.«

Hatsue zog die Notizen der Küstenwache heraus, glättete sie mit der Hand und legte sie ihm mitten auf den Schreibtisch.

»Mr. Chambers hat sie entdeckt«, sagte sie. »Er hat sie mir heute nacht gebracht.«

»Und?«

»Da war ein Frachter draußen«, sagte Ishmael. »In der Nacht, in der Carl Heine starb, ist ein Frachter durch Ship Channel Bank gefahren ...«

»Spielen Sie Detektiv?« sagte Art. »Wollen Sie Sherlock Holmes spielen? Wir haben das Tau und das Gaff mit Carls

Blut – die sprechen doch für sich, oder? Was braucht man sonst?«

»Hören Sie, Art«, antwortete Ishmael. »Wenn Sie Steno lesen können, dann schlag ich vor: Werfen Sie einen Blick auf diese Notizen. Ich nehm an, daß Sie dann wenigstens überlegen werden, ob Sie sich Carls Boot nicht noch einmal ansehen müßten, okay? Ob Sie nicht prüfen wollen, ob irgend etwas übersehen worden ist. Weil das, was da auf Ihrem Schreibtisch liegt, die Sache in ein neues Licht rückt.«

Art nickte. Er nickte auch Hatsue zu, ganz kurz, setzte sich dann wieder neben seine elektrische Heizung und nahm die Notizen der Küstenwache in die Hand. »Steno kann ich lesen«, sagte er.

Er war ganz ins Lesen vertieft – Ishmael und Hatsue beobachteten ihn dabei –, als Abel Martinson durch die Tür kam; er hatte kniehohe wasserdichte Holzfällerstiefel und einen Polarparka aus Militärbeständen an, die pelzgefütterte Kapuze unterm Kinn zusammengebunden, Nase und Kinn leuchtend rot. »Die Telephone gehen wieder«, meldete er dem Sheriff. »Sie haben sie gerade wieder in Ordnung gebracht, etwa die halbe Insel ist wieder angeschlossen. Die Stadt hat Telephon und auch alle Haushalte südlich von hier bis zum Leuchtturm.«

»Hör mal«, entgegnete der Sheriff. »Hör zu, Abel. Wir fahren zu Beasan's Cannery Dock runter, zu Sommensens Bootshaus, in Ordnung? Du, ich und Ishmael; die Dame wird im Café oder irgendwo anders warten und erstmal frühstücken. Können Sie irgendwo einen Kaffee trinken oder so was? Sie sind mir ein wenig zu beteiligt an dem Ganzen. Sie sind jetzt schon zu beteiligt. Das gefällt mir nicht, okay?«

»Ich war's«, sagte Ishmael. »Das alles kommt von mir.«

»Das ist egal«, sagte Art Moran. »Sehen Sie zu, daß Sie irgendwo ein paar Spiegeleier kriegen, Mrs. Miyamoto. Oder lesen Sie die Zeitung.«

Abel hauchte das Schlüsselloch mit seinem warmen Atem an, bevor er Sommensens Bootshaus aufschloß – ein morscher Schuppen aus teergetränkten Brettern, der schon seit fünfzig Jahren dort stand. Sogar im Schnee roch er noch nach Salz und Teer und nicht ganz so stark nach Dieselöl und faulendem Holz. Die Türen an der Seeseite öffneten sich zum Hafen, so daß Boote unter Motorkraft hinein- und nach der Reparatur wieder hinausfahren konnten. Das Blechdach hielt den Inselregen ab; das Haus hatte zwei Hebekräne, Gerüste und weiträumige Piers, war also gut ausgerüstet für die winterliche Überholung von Booten. Das Büro des Sheriffs hatte es vor zweieinhalb Monaten von Arve Sommensen gemietet, um die *Susan Marie* und die *Islander* dort hineinzulegen. Das Bootshaus hatte ein Vorhängeschloß bekommen, Abel Martinson, der den Schlüssel dazu in der Tasche hatte, ging auf seiner Streife gelegentlich vorbei. Nichts sei verändert worden, versicherte er nachdrücklich. Die Boote lägen seit dem 17. September unangetastet im Bootshaus.

Abel öffnete die Türen zum Wasser weit, und graues Licht flutete hinein. Ishmael sah sofort zum Mast der *Susan Marie* hinauf. Da hing keine Lampe.

Sie gingen in Carls Kajüte. Ishmael blieb in der Tür stehen und sah hinaus, während der Sheriff mit seiner Taschenlampe jeden einzelnen Gegenstand anleuchtete: die eingewickelte Wurst neben dem Kompaß, die kurze Koje, das Steuerruder, den Batterieschacht. »In Ihrer Zeugenaussage haben Sie von einer Kaffeetasse gesprochen, die hier auf dem Boden lag, wissen Sie noch, Art? Wo genau hat die Tasse gelegen? Wissen Sie noch genau, an welcher Stelle?«

»Ich hab sie aufgehoben«, sagte Abel Martinson. »Sie lag genau hier, mitten auf dem Boden.«

»Und sonst war alles an Ort und Stelle und gut aufgeräumt? Nur die Tasse, das war alles?«

»So, wie Sie es jetzt sehen«, sagte Abel. »Wir haben nichts

verändert – bloß die Tasse. Die hab ich aufgehoben, ganz automatisch, ohne nachzudenken. Da liegt was auf dem Boden, sieht unordentlich aus, und schon heb ich es auf. Ich kann's nicht lassen.«

»Nächstes Mal läßt du das gefälligst«, sagte Art Moran. »Wenn du eine polizeiliche Ermittlung durchführst, wird überhaupt nichts angerührt.«

»Okay«, antwortete Abel. »Ich mach das nie wieder.«

»Die Tasse«, sagte Ishmael. »Eine Tasse auf dem Fußboden. Muß man da nicht vermuten, daß das Boot erschüttert wurde oder stark geschaukelt hat? Meinen Sie nicht –«

»Aber es gibt kein anderes Indiz dafür«, unterbrach ihn Art Moran. »Wenn das Boot so einen Schlag bekommt, daß ein Mann dabei über Bord geht, dann fällt mehr durcheinander, würde man erwarten, dann liegt nicht bloß 'ne Kaffeetasse auf dem Boden. Und alles andere ist so säuberlich an seinem Platz.«

Sie gingen wieder hinaus und blieben dicht hinter der Kajüte stehen, während Ishmael den Lichtkegel einer Taschenlampe den Mast rauf und runter wandern ließ. »Erinnern Sie sich an die Geschichte mit der Lampe? Daß Carl eine Lampe da oben hingehängt hat? Habt ihr die Lampe abgenommen?«

»Halten Sie die Lampe still«, antwortete Abel. »Leuchten Sie noch mal an die Stelle direkt über der Saling.«

Dann richtete er seine Taschenlampe nach oben, so daß jetzt zwei Lichtkegel auf den Mast trafen. Dort oben konnte man durchgeschnittene Schlaufen aus Netzgarn erkennen, lose baumelnde Enden, zehn oder zwanzig einfache Schläge, an einer Stelle sauber durchtrennt.

»Da hat seine Lampe gehangen«, sagte Ishmael. »Da hatte er sie vertäut, weil er keine Lichter hatte. Da hat Carl seine Lampe aufgehängt.«

»Wir haben aber nie 'ne Lampe runtergenommen«, sagte Art. »Wovon reden Sie eigentlich?«

Abel Martinson kletterte aufs Kajütendach, stellte einen Fuß auf die Abzugshaube und leuchtete noch einmal mit seiner Taschenlampe nach oben. »Mr. Chambers hat recht«, sagte er.

»Hör mal«, sagte der Sheriff. »Kletter mal da rauf, Abel. Zieh dich hoch und sieh dir die Sache aus der Nähe an. Und faß ja nichts an!«

»Du mußt mir helfen, Art«, sagte der Hilfssheriff und steckte seine Taschenlampe ein. »Mach 'ne Räuberleiter, dann komm ich hoch.«

Der Sheriff gab Abel Hilfestellung, und er kletterte in seinem Parka bis zur Saling, hielt sich mit einem Arm fest und hing dort; das Boot schwankte, und er tastete mit der anderen Hand nach seiner Taschenlampe. »Sieht aus wie 'n Roststreifen quer über die Schlaufen«, sagte er. »Könnte vom Bügel der Lampe stammen. Vielleicht hat sich Rost vom Bügel an der Stelle abgerieben, könnte sein.«

»Sonst noch was?« sagte der Sheriff.

»Man kann sehen, wo die Knoten durchgeschnitten sind«, sagte Abel. »Die hat jemand mit dem Messer bearbeitet. Und hier – da ist noch was – dies Zeug am Mast. Sieht aus wie Blut.«

»Von seiner Hand«, sagte Ishmael. »Er hatte sich an der Hand verletzt. Das stand im Bericht des Coroners.«

»Da sind Blutspuren am Mast und an der Saling. Nicht viel, aber ich mein, es ist Blut.«

»Er hatte sich an der Hand verletzt«, wiederholte Ishmael. »Er hatte sich verletzt, als er den Schacht für Kabuos Batterie zurechtgebogen hat. Dann lud sich die Batterie auf, und er hatte wieder Strom. Deshalb kletterte er den Mast hoch, um die Lampe abzunehmen; er brauchte sie ja nun nicht mehr.«

Der Hilfssheriff rutschte den Mast herunter und kam hart auf. »Und was soll das alles jetzt?«

»Da ist noch was«, sagte Ishmael. »Erinnern Sie sich an

Horaces Bericht? Er hat ausgesagt, Carl hatte ein Knäuel Schnur in der Tasche und eine leere Messerscheide am Gürtel. Wissen Sie noch, daß Horace das gesagt hat, Sheriff? Die Scheide war auf und leer? Ein Knäuel Schnur und eine leere Scheide. Ich –«

»Er ist hochgeklettert und wollte seine Lampe runterholen«, sagte Abel. »Der Frachter kam vorbei, und der Schlag der Bugwelle holte ihn vom Mast. Messer und Lampe gingen mit ihm zusammen über Bord – wir haben weder das Messer noch die Lampe gefunden, stimmt's? – Und –«

»Immer mit der Ruhe, Abel«, sagte Art Moran. »So schnell kann ich nicht denken.«

»Er hat sich irgendwo den Kopf aufgeschlagen«, sagte Abel. »Das Kielwasser des Frachters trifft das Boot, es krängt hart, er stürzt ab und schlägt sich beim Aufprall den Kopf auf und geht über Bord.«

Zehn Minuten später fanden sie auf dem Schandeckel genau unterhalb des Mastes an der Backbordseite eine kleine Bruchstelle im Holz. Drei kurze Haare steckten in dem Riß, Art Moran schnitt sie mit dem Taschenmesser heraus und schob sie in das Fach seiner Brieftasche, in dem der Führerschein steckte. Sie sahen sich die Haare im Licht der Taschenlampe an und verstummten. »Die bringen wir zu Horace«, entschied Art. »Wenn sich zeigt, daß sie von Carl Heines Kopf sind, muß der Richter die Sache neu aufrollen.«

Um zehn Uhr setzte sich Richter Fielding mit Alvin Hooks und Nels Gudmundsson zusammen. Um zehn Uhr fünfundvierzig wurde den Geschworenen mitgeteilt, sie seien aus ihrer Pflicht entlassen; die Anklage gegen den Beschuldigten sei niedergeschlagen; neue Beweisstücke seien aufgetaucht. Der Angeklagte wurde sofort auf freien Fuß gesetzt und ging ohne Fußeisen und ohne Handschellen aus seiner Zelle; vor der Tür blieb er stehen und küßte seine Frau lange.

Ishmael Chambers machte ein Photo von dieser Szene; er beobachtete den Kuß durch den Sucher seiner Kamera. Dann kehrte er in sein Büro zurück, stellte die Heizung an und spannte Papier in seine Schreibmaschine. Und dann saß er eine Weile da und starrte den leeren Bogen an.

Ishmael Chambers versuchte, sich genau vorzustellen, was in jener Nacht geschehen war. Er schloß die Augen und bemühte sich, alles ganz klar vor sich zu sehen.

Die *Susan Marie* war in der Nacht des 15. September manövrierunfähig geworden – der Keilriemen der Lichtmaschine hatte sich gelöst. Carl Heine mußte fluchend in dichtestem Nebel getrieben haben, ungeduldig wartend und zu stolz, das Handnebelhorn zu blasen, das er für solche Fälle im Boot hatte. Dann zündete er seine beiden Kerosinlampen an, steckte sich eine Rolle Garn in die Tasche und zog sich bis zur Saling am Mast hoch, die Lampe über der Schulter, das Ölzeug rutschig. Mit dem Garn, das er sonst zum Netzflicken benutzte, ließ sich die Lampe leicht an den Mast binden, aber Carl legte zur Sicherheit zusätzliche Schläge übereinander und zurrte sie fest. Einen Augenblick blieb er da oben, den Arm um die Saling geschlungen; er wußte, daß sein Licht den Nebel nicht durchdringen konnte; trotzdem drehte er den Docht höher, bevor er wieder runterkletterte. Und vielleicht stand er dann lauschend, vom Nebel eingehüllt, im Heck seines Bootes.

Und vielleicht nahm er nach einer Weile seine zweite Kerosinlampe, suchte sich seinen Fünfachtel-Zoll-Schraubenschlüssel aus dem Werkzeugkasten, um den Keilriemen festzuziehen, und fluchte wieder vor sich hin: Wie konnte ihm das passieren, daß er daran nicht gedacht hatte, daß er nicht ganz selbstverständlich nachgesehen hatte, daß er sich diesen Ärger eingebrockt hatte (und wenn man nur einigermaßen was von Seefahrt und Booten verstand, hätte man das verhindern müssen), wie konnte das ausgerechnet ihm passieren, wo er doch insgeheim stolz darauf war, daß er ein so gründlicher, genauer Seemann war? Er zog den Keilriemen fest, prüfte ihn mit den Daumen, ging dann wieder hinaus und blieb an das Schanzkleid gelehnt stehen. Er lauschte in den Nebel und aufs Meer hinaus, horchte auf die anderen Boote, die von der Sandbank wegfuhren und dabei ununterbrochen Nebelsignale gaben; er hörte das Wasser leise gegen sein Boot klatschen, während er mit der Flut nach Osten trieb. Einen Fuß stellte er auf das Schanzkleid, die Kerosinlampe hatte er griffbereit, das Handhorn hielt er umklammert. Er überlegte über eine Stunde lang hin und her, ob er es benutzen sollte; ein Teil von ihm war dazu bereit. Er fragte sich, ob er Fische im Netz hatte. In diesem Augenblick hörte er in geringer Entfernung ein Boot und den durchdringenden Ton eines Nebelhorns, und er wandte den Kopf in die Richtung, aus der die Geräusche kamen. Sechsmal hörte er das Nebelhorn, bei jedem Ton war es näher, mit der Uhr prüfte er die Zeitabstände – genau eine Minute lag zwischen zwei Signalen. Als das Boot nur noch hundert Meter entfernt war, drückte er ein einziges Mal auf sein Handhorn.

Die *Islander*, mit dem Laderaum voll Fisch, und die *Susan Marie*, unbeleuchtet und manövrierunfähig auf dem Wasser treibend – eine Kerosinlampe am Mast, der Skipper mit zusammengebissenen Zähnen am Bug stehend –, bewegten sich im Nebel aufeinander zu. Dann fing Carl Heine Kabuos Leinen auf und machte sie mit den Halbsteks an den Decklampen fest, die er ohne nachzudenken legen konnte. Eine Batterie kam an Bord, sie war etwas zu groß, ein Metallflansch wurde mit dem Gaff weggeschlagen. Carl riß sich die Hand auf, an Kabuos Gaff klebte Blut. Irgendwie verständigten sie sich. Was gesagt werden mußte, wurde gesagt, und Kabuo fuhr in die Nacht hinein.

Als Kabuo kurz danach wieder allein auf dem Meer war, war ihm vielleicht der Gedanke gekommen, daß Carls Pech mit den Batterien sein, Kabuos, Glück gewesen sei. Vielleicht hatte er bei sich gedacht, nun habe er genau das Glück gehabt, das er schon so lange gesucht habe. Endlich war sein Traum zum Greifen nah, so nahe, daß er sich beim Fischen alles lebhaft vorstellte: sein Erdbeerland, das Aroma der Früchte, die Furchen in den Feldern, die Reifezeit im Frühsommer, seine Kinder, Hatsue, glückliche Tage. Er, der älteste Sohn der Miyamotos, der Enkel eines Samurai und der erste seiner Familie, der nach Name, Wohnort und Überzeugung Amerikaner wurde, war zugleich der geblieben, der er war; er hatte das Land seiner Familie oder den Anspruch auf dieses Land nicht aufgegeben – er hatte diesen Anspruch geltend gemacht, hatte jenes Recht geltend gemacht, jenes menschliche Recht, das Haß und Krieg, Kleinlichkeit und Feindseligkeit überwindet.

Und während ihm das durch den Kopf ging, während er sich über das plötzliche Glück in seinem Leben freute und sich den Duft der reifenden Erdbeeren vorstellte, trieb er die ganze Zeit in Nacht und Nebel, hörte den klagenden Ton des Nebelsignals vom Leuchtturm aus der Ferne. Dazu hörte er die Nebelhornexplosionen der S.S. *Corona.* Sie wurden schnell lauter, als das große Schiff näher kam. Und eine halbe Seemeile südwestlich stand Carl in seiner Kajütentür und horchte unsicher auf dieselben Signale, die jetzt durch den Nebel zu ihm drangen. Er hatte sich einen starken Kaffee gemacht und hielt die Tasse in der Hand; den Wasserkessel hatte er wieder an seinen Platz gestellt. Sein Netz war ausgesetzt und stand, soweit er sah, glatt hinter dem Boot. Alle seine Lichter brannten hell. Sein Voltmeter zeigte eine Spannung von dreizehneinhalb Volt, und die *Susan Marie* lief gut und gleichmäßig, ihr Scheinwerfer war vom Nebel eingehüllt. Es war zwanzig Minuten vor zwei, genug Zeit, noch etwas zu fangen – der Kaffee würde ihn wachhalten.

Bestimmt hatte Carl sein Sprechfunkgerät angeschaltet

und gehört, wie der Leuchtturmfunker seine Anweisungen gab, daß der Navigator des Frachters seine Position durchsagte, nachdem er sich an den Reflektortonnen vor Lanheedron Island orientiert und sich dann plötzlich zu einer Kursänderung mitten durch den Fischgrund der Ship Channel Bank entschlossen hatte. Carl hatte sicher versucht, in den Nebel hineinzuhorchen, aber das Geräusch seiner Maschine hatte alle anderen Geräusche übertönt, also hatte er den Motor abschalten und sich treiben lassen müssen. Wieder stand er wartend und lauschend da. Endlich brüllte das Nebelhorn des Frachters erneut, diesmal aus wesentlich geringerer Entfernung, es kam eindeutig näher, und er stellte die Kaffeetasse auf den Tisch. Dann ging er hinaus. Er wußte, daß die Bugwelle des Frachters sein Boot hart treffen würde, meinte aber, der Stoß könne keinen Schaden anrichten: Im Boot lag nichts lose herum, alles war gut gesichert an seinem Platz.

Bis auf die Lampe am Mast. Die Bugwelle eines großen Frachters konnte sie gegen den Mast schlagen und zerschellen lassen; das hatte Carl schon erlebt.

Und so zahlte er für sein pedantisches Naturell, für seine zwanghafte Ordnungsliebe. Er zahlte, weil er von seiner Mutter einen gewissen Geiz geerbt hatte. Während er auf dem Wasser trieb und die *Corona* in der Nebelnacht auf ihn zu dampfte, meinte er, in weniger als dreißig Sekunden oben im Mast sein zu können. Um seine Lampe zu retten. Welches Risiko ging er dabei schon ein? Glaubt ein Mann je, daß sein Tod unmittelbar bevorsteht oder daß ihm etwas zustoßen kann?

Und weil er war, der er war – der Sohn seiner Mutter, von Natur aus ordnungsliebend, ein Mann, der die Versenkung der *U.S.S. Canton* überlebt hatte und sich deshalb gegen einen Unfall mit einem Fischerboot gefeit glaubte –, kletterte er bedenkenlos den Mast hinauf. Er kletterte, und dabei öffnete sich die Wunde in seiner Hand wieder, die entstanden war, als er mit Kabuo Miyamotos Gaff den Flansch im Batterieschacht bearbeitet hatte. Nun hatte er den Arm über die Saling gelegt, seine Hand blutete, und er lauschte in den Nebel hinaus, zog das Messer aus der Scheide. Und wieder brüllte das Nebelhorn des Frachters auf, das tiefe Brummen seiner Maschinen war jetzt an Backbord zu hören, so nahe, daß er vor Überraschung zusammenzuckte und dann die Messerklinge in die Knoten drückte, die er ein paar Stunden zuvor gemacht hatte. Carl schaffte es, die Lampe abzuschneiden, hielt sie am Griff, und wollte sein Messer wieder in die Scheide schieben.

In dem Geisternebel jener Nacht kann er die Wasserwand der Bugwelle gar nicht gesehen haben, die von der *Corona* auf ihn zu rollte. Die Welle kam aus dem Nebel hervor und schob sich seitlich unter die *Susan Marie* und brachte sie so stark zum Krängen, daß die Tasse in der Kajüte vom Tisch fiel, und der Neigungswinkel hoch oben im Mast war so stark, daß der überraschte Mann, der dort oben hing, gar nicht begriff, was geschah. Noch immer sah er seinen Tod nicht voraus. Die blutige Hand glitt vom Mast ab, sein Ölzeug bot keinen Widerstand, er warf die Arme hoch, die Finger ließen Lampenbügel und Messer los, so daß sie im weiten Bogen ins Wasser flogen, und Carl Heine fiel schnell und hart auf den Backbordrand der *Susan Marie*. Sein Schädel brach über dem linken Ohr, und dann rutschte er schwer ins Wasser und sank unter, Wasser drang in seine Uhr; sie blieb stehen. Es war ein Uhr siebenundvierzig. Die *Susan Marie* wurde volle fünf Minuten lang hin- und hergeworfen, und während sie sich allmählich wieder beruhigte, kam der Leichnam ihres Skippers in seinem Lachsnetz zur Ruhe. Dort hing er im phosphoreszierenden Wasser, fing Licht und leichte Wellenbewegung auf, und sein Boot glitt nun mit dem Gezeitenstrom strahlend erleuchtet und still im Nebel dahin.

Die Wasserwand bewegte sich weiter. Sie rollte eine halbe Meile mit hohem Tempo und schob sich dann unter die *Islander*, so daß auch Kabuo sie noch spürte. Dann rollte sie weiter, ohne auf Widerstand zu stoßen und brach sich kurz vor zwei Uhr morgens an der Küste von Lanheedron Island. Das Nebelhorn des Frachters und das Nebelsignal vom Leuchtturm klangen im Nebel wieder auf. Kabuo Miyamoto hatte das Netz ausgebracht, sein Sprechfunkgerät abgeschaltet und machte sich daran, das Tau, das er in Carls Boot gelassen hatte, durch eine Reserveleine zu ersetzen. Der Nebel umgab ihn wie Watte. Vielleicht hockte er sich einen Augenblick hin, knüpfte ein Auge in das Tauende und hörte, wie das Nebelhorn des vorbeiziehenden Frachters niedrig über das Wasser zu ihm drang. Der Ton klang unvorstellbar schwermütig durch den Nebel, und als er lauter wurde – in dem Maß, in dem der Frachter näherkam –, wurde er noch verlorener. Der Frachter lief nach Norden, regelmäßig tutend, und Kabuo hörte zu. Vielleicht dachte er an die Nacht, als sein Vater alle japanischen Gegenstände in der Erde seiner Farm vergraben hatte. Oder vielleicht dachte er auch an Hatsue und die Kinder und die Erdbeerfarm, die er ihnen eines Tages vererben würde.

Das Nebelhorn des Frachters wurde schwächer und verlor sich in östlicher Richtung. Es wechselte sich mit dem Nebelsignal des Leuchtturms ab, das höher und trostloser klang. Der Nebel umschloß es, dämpfte es, und der Ton vom Frachter wurde so dumpf, daß er wie aus einer anderen Welt zu kommen schien, nicht mehr wie ein Nebelhorn, sondern wie eine Kakophonie aus Baßakkorden vom Grund des Meeres. Und schließlich mischte er sich mit dem Leuchtturmsignal, beide ertönten gleichzeitig, prallten disharmonisch aufeinander. Alle zwei Minuten kam diese Dissonanz schwach übers Wasser zu ihm, und endlich war auch sie vergangen.

Kabuo Miyamoto kam nach Hause, umarmte seine Frau und erzählte ihr, daß ihr Leben sich verändert habe; die Nachtschicht im Leuchtturm näherte sich ihrem Ende, und Philip Milholland packte seine Notizen in eine Mappe und legte sich schlafen. Er und der Funker Robert Miller schliefen bis in den Nachmittag hinein tief und fest. Dann wachten sie auf und verließen die Insel San Piedro, weil sie an einen anderen Ort versetzt wurden. Und Art Moran nahm seine Verhaftung vor.

Nun ja, dachte Ishmael, über seine Schreibmaschine gebeugt, die Fingerspitzen dicht über den Tasten: Was in Kabuos Herzen wirklich vorgegangen war, konnte am Ende niemand wissen. Und auch Hatsues Herz war undurchdringlich, genauso wie Carl Heines. Das Herz jedes anderen Menschen blieb immer rätselhaft, da es einen eigenen Willen besaß.

Ishmael überließ sich dem Schreiben, und während er das tat, begriff er noch etwas: daß der Zufall jeden Winkel der Welt beherrschte, alles, nur nicht die Kammern des menschlichen Herzens.

Kleines Glossar zur Lachsfischerei im Puget Sound

Bleileine	Mit Blei beschwerte Unterkante des Wand- oder Kiemennetzes.
Chinook	Pazifische Lachsart.
Gaff	Etwa anderthalb Meter lange Holzstange mit einem unten angebrachten Stahlhaken zum Hereinholen großer Fische.
Hundslachs	Lachsart vor der Nordwestküste der USA.
Katzenhai	Kleine Haiart im Pazifik.
Kiemennetz	Ein gerades Wandnetz, das der Lachsfischer quer zum Gezeitenstrom oder einer Strömung stellt. Die Fische bleiben mit den Kiemen in den Maschen hängen. Das Netz wird über das Heck ausgesetzt. Beim Einholen steht der Fischer am Heck, stoppt jeweils die Winde und holt die Fische mit der Hand aus den Maschen.
Klampe	Vorrichtung zum Festmachen und Vertäuen des Bootes.
Korkleine	Oberteil des Netzes mit Korkflotten, die das Netz halten.
Lippklampe	Eine Vorrichtung am Heck des Bootes, über die die Netzleinen geführt werden.
Netzlampe	Bei Nacht wird ein Licht ans Ende des Netzes gesetzt, um andere Fischer und Boote darauf aufmerksam zu machen.

Netzleine oder Kurrleine	Die Leine, über die das Netz am Boot hängt.
Netztrommel	Um sie wird das Netz gewickelt, wenn die Netzwinde es einholt.
Netzwinde	Motorwinde, mit der das Netz ausgesetzt oder eingeholt wird. Steht bei den kleinen Lachsbooten am Heck.
Palstek	Seemannsknoten.
Reflektortonnen	Dienen zur Positionsbestimmung. In der Zeit vor dem Radar wurde über ein akustisches Signal, das zurückgeworfen wurde, die Entfernung gemessen und die Position bestimmt.
Ringwadennetz	Ein Netz, das im Gegensatz zum Wandnetz einen geschlossenen Kreis bildet.
Saling oder Quersaling	Kleine Querspiere am Mast des Lachsbootes.
Schandeckel	Oberster Rand des Schanzkleides, eine Art Holzreling.
Schanzkleid	Bootswand, die als kleine, geschlossene Reling hochgezogen ist.
Schlag	Teil eines Knotens.
Schwarzmaullachs	Im Puget Sound heimische Lachsart.
Seitentrawler	Fischkutter, der sein Netz von der Seite des Bootes aussetzt, nicht vom Heck.
Silberlachs	Verbreitetste Lachsart vor der Nordwestküste der USA.
Speigatten	Kleine Öffnungen im Schanzkleid in Deckshöhe, durch die Spül- oder Spritzwasser ablaufen kann.